IT WILL BE LATE

陈建波◎著

作家出版社

第一章

1

一九二九年春天，雨水惊雷肆虐渐渐平息之时，一支携带着少量汉阳造、梭镖和砍刀的队伍分乘着十来艘木船，自西而至，通过水关在吴尚城的於浦码头处停泊，当先一枪撂倒了警察小钱，迎着春雨后的轻风展开了一幅绣有镰刀斧头的红色旗帜，呐喊着冲上岸来。码头上下，以及西仓大街上的商贩、行人顿作鸟兽散，飞跑得干干净净。

这支来历不明的队伍登岸后，兵分两路，一路沿通衢大道冲向县府所在地中山塔，一路向城北直奔俞府，枪声零星不断。一刻钟后，俞府门前一片宁谧。俞家大少爷云涛穿着军服，带着十来个卫兵、七八个护院家丁，以院墙、硬木八仙桌为遮护，构筑了一道简易阵地，静候街头这伙人的到来。

宅子里，俞家主人俞凤山在姨太太的搀扶下，跌跌撞撞地向后院奔去，陈年老病气管炎令他气喘吁吁，声音嘶哑，手中拐杖指着一处荒僻无人的小院，说："快，快进去，那里有暗道出去。"

姨太太答应着推门，本应是虚掩的木门却已被人从里面闩住了。俞凤山跺脚长叹："天要亡我，天要亡我，这一定是有家贼内应外合！"

他身后紧随的保镖二话不说，上前去抬腿照准门闩的位置，一脚端开了木门。却不料，屋子里有个女子惊叫一声。

俞凤山听出这是女儿萍如的声音，顾不得其他，三步并作两步跌跌撞撞地进去，只见她衣衫不整、头发凌乱、神色惊慌，不觉明白了大半，正待询问，内屋里走出个人来，以西式礼节鞠了一躬，问候道："伯父好。"

俞凤山定睛瞧去，认出这人竟是肖家的二少爷肖也，心中愤怒，正待发作。

姨太太摇晃了一下他的胳膊，催促道："先避险要紧，不要在这里拖延了。"

俞凤山一挥手，喝道："先将这个荒唐大胆的小子给我绑了。"

肖也挣扎着解释，俞小姐惊呼阻拦，都无济于事。俞凤山径自去屋角那处布满蛛网的壁橱前，用脚尖踩踏了两下，现出地下一块方洞来，召唤护院将女儿、肖也都带上，跟随自己下到暗道里，潜往安全地带，将地面上的血腥交火，交给儿子应付去了。

那边俞府大门前，枪响声急。俞云涛少校手里的驳壳枪扫射不停，将来犯之众阻止在门前。这块弹丸之地，已经伏倒了十几具尸体，都是猝不及防间中弹倒下的，个个脸上都凝固着惊异的神色。根据袭击吴尚前的情报侦察制订的计划，俞府比县府要更易于解决，几个耍刀的护院，吓都吓跑了，哪里还敢有抵抗？

但这一片枪响，使得这个计划碎如粉屑，不值一提了。

这一路负责偷袭俞府的指挥者名叫马援，被众人称作马队长，手里有把新得来不久的勃朗宁手枪，他盯住俞府的门额打了两枪，再度命令部属冲锋。在他看来，这区区不过二三十米的距离，是可以呼啸而越的，即使付出牺牲也值得。部众们在他的鼓励下，先冲了两次，每次都铩羽而归，这第三次，都有些迟疑了，有人建议得有枪火掩护才成。

马队长想想，将几个拿火铳的集合在一起，下令瞄准俞府一齐开火，为进攻开路。这五把形式各异的老旧火药枪并列在一处，齐刷刷地响了几响，弹丸、铁砂迸射四散烟气缭绕，刹那间将俞府守卫者打伤了几个。

俞云涛正得意时，左眼一黑，剧痛难忍，急忙一把捂住，右手扣动扳机，对着重新鼓起信心蜂拥而来的人群毫不留情地射击着，直至打光了弹匣里所有的子弹。俞府门前伏尸累累，伤者的悲号声此起彼伏。

与此同时，县府那边的袭击已经得手，缴获了六七支汉阳造、两把手枪、一挺轻机枪。听到这边的动静，马上转而赶来增援。但队伍刚刚走到半截路口时，城外担任监视任务的人飞速赶来，报告说："特派员，附近驻屯的民团已经出动，驰援县城来了。"

这位特派员摆了下手，立即传令下去，全队在於浦码头登船，从水路出城，沿卤丁河北去。俞府那边，马队长红了双眼，要亲自领头率队上阵。这会儿突然听到了命令，狠狠地挥了下手，喊道："不成！不成！我还要再冲一次！"

众人不应，都劝道："马队长，咱们先撤，把受伤的先带走，死去的弟兄们，日后再设法掩埋吧，这个仇，咱们先记下了。"

马队长含泪点了下头，抹了一把颏下浓密的胡楂，举枪一扬，示意撤退。

俞府门厅里，俞云涛左眼血流不止，用纱布强行摁住，恨恨地说："这只眼怕是保不住了，给我查清这伙匪徒的来历，我要让他们血债血偿！"

一个卫兵转身来报告："营座，来犯之敌已经退了，正向於浦方向登船。"

俞云涛略加思索，起身提枪便走，说："快，抄近路去清化桥，在那里设伏，可以再奏奇效！"

这支不足二十人的小队离开了俞府，从巷道捷径赶向目的地。刚到清化桥口，却见前面几个人散乱而来，当先一人正是自家的老爷子。俞云涛赶上前去，问："爹，你们怎么跑到这里来了？"

俞凤山手指遥远处一座宅邸，说："我是来肖家兴师问罪的，你这不成器的妹子，竟然、竟然把这个孽畜藏在咱们家后院子里，真是气死我了，气死我了！"

俞云涛转身去看妹妹一眼，皱了下眉。俞萍如脸上通红，瞟了哥哥一眼，再转而去看肖二少爷。肖也却正饶有兴趣地看着俞云涛这副负伤的狼狈相。

俞云涛无意纠缠这件事，忙让卫兵安排老爷子一行去桥那边的一家杂货铺子里藏身小憩，自己连忙将手下安置在桥栏板后面，以及岸边两侧的隐蔽地点，只待这伙袭击者出逃途经这里时，再趁势杀戮一番。

十分钟后，一列小船荡桨划来，船头有人持枪半蹲，警觉地监视着四周的动静。俞云涛靠在桥心雕琢精美的石板后面，不紧不慢地装填着子弹，吩咐卫兵，等船只距离十五米时发声提醒。

铺子里，俞凤山死死地盯住这个被自己意外撞破与女儿幽会的年轻人，眼中几乎冒出火来。他的双手合在一处，压住拐杖的顶端，说："这件事，是我们俞家的奇耻大辱，俞某一定不会放过你，不会放过肖家，等眼前这阵子过去，我押着你去肖家，讨一个说法！"

肖也脸色煞白，嘴角嚅动了一下，想说什么但又怕说错更添麻烦，犹豫不决。

此刻，卫兵眼望着蜿蜒河道里缓缓逼近的小船，说道："营座，船到了。"

俞云涛揩擦了一下左眼的滴血，翻身站起，伏在俯瞰河水的桥栏板上，瞄准了船头那个手执红旗的浓须汉子，扣动扳机。一声枪响，那人应声栽进河里。三面埋伏的士兵及护院们得了信号，一齐开火。将枪膛内的所有子弹毫不吝惜地倾注出去，并将岸边堆积的陈年稻草捆扎了，浇上煤油点火，向船上抛扔。纵使是春雨湿润，也挡不住这烈火焚烧的势头，浓烟四起，烈焰熊熊。船上的特派员立即下令弃船上岸，分头突围，在城外十里铺会合。

这着火的船上，有人犹自在抵抗，掩护同伴跳水游向岸边。霎时间，只见河道两侧，到处是涉水上岸的人，随后，街头巷尾闪过一批批夺路而去的身影。俞云涛将驳壳枪插回枪套，软软地靠在桥边栏杆上，望着河面上漂浮的尸体，喃喃地说："妈的，快去请约翰森医生，我这只眼，怕是没用了。"

2

俞云涛流血过多，在杀戮的亢奋之后，昏晕过去。这时，俞凤山急火攻心，一面要遣人去请美国医生来诊治儿子的伤病，另一方面还要追拿肖家二少爷肖也。

肖也是在烈火与枪声肆虐交加，转移了看守人的注意力时，横下心来猛地跳出了杂货铺的门槛，飞奔而逃了。他的双手被紧缚在背后，两腿却是灵便，再加上路径熟悉，沿着河道边的石板路十来步后，蓦然冲进一条斜巷，在里面拐了两拐，从某处暗角出去，上了另一条小街，彻底甩开了身后的追兵。

在新民巷的无人处，他择定了一个死角，努力地挣弄着束在手腕的绳索，想卸掉这象征着方才那段经历的标记。可是，俞家的绳索是用上等的细麻加上南洋棕榈编织成的，坚韧、结实、难以挣脱，只得咬紧牙关，将双腕抵在墙砖的锐角处，用力摩擦着。五分钟、十分钟，他的手上皮磨破了，绳索却完好如初。

肖也急得满头大汗，眼前发黑，心中叫苦不迭。

这时候，身后有个人笑道："小兄弟，这样是磨不断绳子的，我来帮你吧。"

他掉头望去，一个胡须浓密的汉子捂着肩头，手指缝隙里渗滴着鲜血，一看便知是方才袭击县城这支队伍中的人。他心中忐忑，掉过身将双手送过去。那人却没有解绳，说："兄弟，咱们来个君子协定，我替你解开绳子，你帮我出城，这会儿，怕是民团已经开始封锁了。我是个外乡人，没你，走不脱的。"

肖也着急，点头应承了。那人右手持刀，麻利地割断了绳索，解放了他的双手，叮嘱一句："咱们说话算话，如果你要花样，我就杀了你！"

肖也仔细地端详他，摇头说："这样子，你上了大街就会被抓的，不如我帮你去找个地方先包扎好伤口，再换了衣服，这样出城，才不会被注意。"

汉子点了下头，说："我叫马援，你叫我马大哥就成，你姓什么？"

肖也说："我叫肖也。"

两人在星罗密布的巷子里穿插纵横，来到了肖宅的后门。肖也领着马援进了荒芜的后园，来到一座无人居住的小屋里，先去取了一套干净的裤褂来。

马援接过衣服，放在凳子上，脱去了上衣，低头望望左肩上的枪伤，咂嘴说："子弹暂时取不出来了，但要止住血，肖兄弟，烦你生火，我用土法子先整好后，再走。"

肖也左右瞅瞅，没处找寻炭火，便转身出屋，寻来一罐煤油，撕了块布浸透了，缠绕在一根木头的顶端，用火柴点燃。火势腾地起来，马援将匕首凑在火舌里灼烧了片刻，眼见青蓝透红，当下转过刀把来，以平面压覆在伤口的表面，但听得嗞的一声响，他闷哼一声，空气里肉焦味弥漫。

肖也瞪着这人满头满脸大汗如雨般的模样，骇然无语。

马援抹去眼帘前的汗水，苦笑一声，说："暂且就这样吧。"

肖也二十多年来养尊处优，哪里见识过这样奇事、这等人物！心中既惊异又佩服，忍不住问："马大哥，你究竟是什么人？这到底是怎么回事？"

马援轻声嘿嘿笑道："兄弟，我们是新成立的工农红军独立师，是打土豪分田地、为穷人做主的队伍。这次负伤落难，多谢你帮助了，还请送我出城吧。"

肖也一时不明所以，但江湖豪侠传是知晓的，这位马大哥如此气概，自然值得相交。马援揩擦了一遍身体，换上衣服，用井水洗净了脸，正待随这年轻人出门。

前宅隐约传来叫唤声："二少爷，二少爷，你在家里吗？在家吗？"

肖也一惊，这是管家老汪的声音。

他做个手势，让马援退进屋子，自己站在圆洞门下。管家老汪一溜烟赶来，问："二少爷，听说土匪进城了，一家都乱了，你去哪儿了？老爷让我找你呢。"

肖也一笑，说："我就在这里歇着呢，土匪走了吗？"

老汪如释重负："走了，走了，谢天谢地，二少爷，你待在家里别到处乱走，出了事可不好。"

肖也又问："全家人可好？"

老汪笑道："好，都好，你没事，全家就都没事了。"

肖也目送着老汪走远，回身去唤出了马援来。马援在屋子里听他们的对话，对外面的形势心中有了数。俩人出了宅子，依旧在巷子里沿捷径走，在肖也的引路下，不出十分钟，就到了县城北门。

这一刻，外来的增援民团已经抵达，清一色蓝布衣服，戴着斗笠。雨水早已停了，斗笠仍然被他们顽固地顶在脑门上，远远望去，尖尖一片，倒也整齐。民团团总方松坡穿绸布长衫，坐在滑竿小轿上，一个随从站在一旁打伞，懒洋洋地进了城门，望了一眼这遭劫后的县城，微笑道："这李县长、王局长，都是些软球尿货，这些土匪不过几杆火药枪，就把他们吓跑了，这可不成，替我去拍个电报到省府，就说方某率民团迎头痛剿，匪徒一触即溃，望风披靡，吴尚已由我方收复，毙杀无数，大获全胜。"

他话音刚落，那边街口有个少尉副官快步走来，先敬一礼，说："方团总，中央军18师俞营长率卫队会同俞府护院坚守反击，共计毙伤来犯之共匪数百，清化桥口，水为之赤，实为大捷。俞营长负伤，正在福音医院治疗，省府保安处已经派出大员率部驰援。"

方团总一愣，说："我民团已到了吴尚，何须省府劳师动众？"

副官腰板挺直，声音硬朗道："此次吴尚遭袭，系城内有奸细里应外合，才导致危害，俞营长力挽狂澜，击溃匪徒，已下严令，全城通缉捉拿，请方团总予以配合。"

方团总笑了起来，从轿子上支起身子，望着街口聚集的各色人等，问："哪个是奸细？请明示，我好下手擒拿。"

副官挥了下手，街角处押来了个五花大绑、血肉模糊的男人来，说："这是临阵活捉的匪徒，他已愿意配合指认同伙，眼下吴尚四门皆封，只留这个北门出入，每个出城的人，都让他看个清楚。俞营长说了，指认出一个，留他的脑袋，两个以上，赏大洋五百，十个以上，升官发财，这位兄弟想清楚了，愿意帮忙。"

他此话一说，人群里马援脸色一变，急忙低下头去，一手拉住了肖也，附在他的耳畔，悄声说："不好，这个叛徒认得我，我们暂不出城，再作打算。"

肖也心中一紧，点了下头，便在人丛中穿行回头。那副官觉察异样，一眼看去，高声叫道："肖二少爷，你去哪里？"

肖也停步，随即便觉不妥，念起了自己在俞府的那桩祸事来，拔腿就跑。他这一跑不打紧，却暴露了身边的同伴位置，那个被捉来指认的人伸手指点道："马队长！快抓他，他就是马队长！"

马援反应奇快，甩手一枪，不偏不倚正中这个叛徒的脑门，那人圆瞪着双眼，直挺挺地倒了下去。这枪声一响，满大街的商户百姓惊呼四散，一片大乱。肖也顾不上招呼这位互相协助的同伴，被人流裹挟，顺着大街跌跌撞撞而去，再也寻不着这位马大哥了。

这街口之乱，刹那间流言四起，在坊里巷间不胫而走，说肖家二少爷领了土匪来打劫，杀人放火，洗掠无数，正在北门和民团交火。果不其然，只见一队民团团丁顶着斗笠赶到肖府。内内外外围了个水泄不通。

肖府中人不明所以，连忙关门，飞奔去向主人报信。

肖府主人肖定翁正在卧房内抽鸦片，把玩四姨太的身子，被下人惊慌失措地推门进来吓了一跳，顺手将手里的烟枪如掷飞镖般扔了过去，骂道："狗娘养的，不知道规矩吗？"

用人屈膝跪下，忙不迭地说："老爷、老爷！大事不好了！民团包围了咱们宅子，来者不善啊！"

肖定翁光脚趿鞋，从烟榻上起身，摇摇晃晃走到门前，扬起手来倾尽全力抽了这用人一记耳光，叱责道："区区民团，敢围我们肖府，吃了豹子胆了吗？我这就给南京发电报，让老二派人来了结了这伙胆大妄为的家伙。扶我去前面走走！"

用人不敢多话，与整理好衣衫的四姨太一起，合力将这位多年来在女色上耗虚了身子的肖老爷搀扶着来到前宅，推开缀满铜钉的大门，向外一看，果然是民团的人。

肖定翁捋了下长须，站在门内，问："你们哪位是领头的？"

宅门外影壁后转过一乘滑竿小轿来，方松坡懒洋洋地倚坐在桐油纸伞下，仰着头说："老哥，多年不见，你身子骨还行吧？你能自个儿跨过这道门槛？要不，我帮着搀你一把？"

肖定翁双腿微微颤抖，勉强抬腿，却是不成，便故作大笑道："我当是谁，原来是方兄弟，早知道你要来看我，我让人把宅子里那顶八抬大轿拾掇干净，迎出城去，这才对得起你我旧日的情谊。"

方团总一声笑，说："兄弟此次登门，是要请你交出个人来。"

肖定翁惊疑，问："谁？"

"你们肖家二少爷，我的那位侄儿。"方团总淡淡地说。

"你要他干什么？"肖定翁回头看了管家一眼。

老汪凑上前来，悄声道："我不久前还在后院子看到二少爷的。"

方团总冷笑："肖二少爷好生了得，小小年纪，居然就通了匪。今天吴尚这一场劫难，就是他招惹来的，我刚才还亲眼看到他和匪首马援在北门逃逸，果然脚似流星，跑得飞快，真不愧是肖家的子弟。"

肖定翁脸色一变，怒道："胡说，我儿子刚刚还在后院，怎会跑到北门去？"

方团总打了个哈哈："众目睽睽之下，抵赖是没用的，我这里还有证人，俞营长是亲眼看到，带着匪徒围攻俞府的，正是肖二少爷，想不到，俞、肖两家多年的仇怨，居然要用这种方式来解决，真是过分了，太过分了！"

肖定翁腰膝发软，摇摇欲坠，喘息着说："连你也欺负到我家门口来了，是可忍孰不可忍，速速让人联系二老爷，肖家遭人陷害，大难临头了。"

方团总笑道："这远水救不了近火，肖二老爷虽然居于高位，但省里现在当家的谭主席未必买账啊，更何况你们肖家子弟通匪，带着土匪要灭了俞家满门，你们两家的世仇我不管，但问是非公理。肖老爷，请交出人来吧。"

肖定翁浑身颤抖，被上涌的一口痰气塞住，翻了下白眼，瘫倒下去。方团总也不客气，浑然不顾肖家人的忙碌救护，招手指挥手下强行进宅，搜查捉拿那位肖二少爷。

俞云涛左眼中弹，约翰森医生登门来诊治，用酒精清洗了创口，检查伤情。十分钟后，他摇摇头，放下手里的镊子，对身边心急火燎的俞凤山说："俞营长伤情复杂，左眼失明了，子弹还留在眼底，必须取出来，不然他的脑内一旦感染了，将会危及生命。"

俞凤山恨恨地用拐杖在地砖上戳了戳，说："都是这伙泥腿子作恶，烦请您取出子弹，保住他这条命，我们俞家，就全指望他了。他千万不能有事。"

约翰森两手一摊，说："这里无法做手术，还是去福音医院吧，那里器械全，便于麻醉，适合做手术。"

俞凤山无奈，只得让人准备一顶卧榻暖轿，由几个护院抬着，在卫兵的护送下，赶往医院去了。

刚刚安排好儿子这件大事，他默坐在厅堂内片刻，定定心神，又念起那个私情败露的宝贝女儿来，霎时间一股子无名火冲上心头，站起身来往王姨太太住的院落去了。

这会儿，萍如正由她看押在屋子里。他内心气恼，这个丫头自幼就受自己的宠爱，外貌上虽然温婉柔弱，骨子里却是胆识过人。两年前，听说上海开设的女子学堂招生，进去既有书念，又能长见识，比困在这偏僻小城里要好许多，于是就闹着要去。俞凤山顾忌她是个女儿家，未经人世，生怕她在外面吃了亏，便不肯答应。孰料她倔强起来，竟绝起了食，非去不可。俞凤山没了主意，姨太太怕闹出人命来，也就跟着劝。他心里稍有松动，便又去跟驻扎在邻县的儿子商量。俞云涛正是这妹妹的楷模，当年拿了老子几十块大洋，偷出家门，千里迢迢去了广州，进了黄埔军校。几年过后，再在家乡露面，已是骑着高头大马、挎着盒子枪的连长了。他一听说妹妹要去上海求学，当即表示赞成，并叮嘱老子一句，俞家人不能在这小地方坐井观天，要出去见见世面，日后再回吴尚，那就是凤毛麟角了。俞凤山听了儿子的意见，放女儿去了上海，三年来回家两次，寄了家书无数封，倒也平平安安。这次归来，是跟父亲商量，准备去美国留学的，他正在犹豫，却不料土匪杀进城来，直抵家门，更不料就此忙乱中撞破了她的这等隐私。这个丫头，在上海好的没学，坏的一沾就会，竟然搭上了世仇肖家的那个二少爷，真是匪夷所思，难以置信！

俞凤山进了院子，在门前台阶上绊了一个趔趄，手扶住门框，怒道："人呢？人呢？这个死丫头人呢？"

姨太太闻声出来扶住他，轻声说："老爷子，你息怒，这种事情不能声张，传出去一是坏了俞府的名声，二是损了女儿的名节，日后不好嫁人了。"

俞凤山强抑住火气，跨进了厢房。屋子里迎窗的木椅上，俞萍如屏息静气地坐着，从她的位置，可以看到院子里所有的情形，也包括她老子气急败坏后的狼狈相。

俞凤山看到了女儿那窈窕灵巧的后背，忽然发觉自己郁怒恨恼之意消退了大半，嗓子眼里哼了一声。但萍如却置若罔闻，仍然盯住窗外，看着雨水洗刷过后的翠绿的树荫和草丛。俞凤山讶异于女儿这份镇定，再度出声说："你这个伤风败俗的丫头，丢尽我们俞家的脸面，这会儿后悔了是不？"

萍如微微摇头，仍不出声。

俞凤山提起手里的拐杖，照着她的肩膀用力敲了一记，恨声道："我要打死你，竟敢——"

姨太太一把按住拐把，叫声不能。

萍如腾地站起，掉头盯住父亲，说："凭什么打我？我没做错事，为什么打我？"

俞凤山差点儿气疯了，跟姨太太拔河似的争夺拐杖，嘴里骂道："你这个混账东西，你说，你在后院跟肖家那个兔崽子关起门来干什么，老夫亲眼所见，你还要抵赖吗？"

萍如正色道："他是我在上海的邻校的同学，他过来看望我，那又怎么了？我关门就是怕被你们误会了！"

听她这样振振有词地辩解，俞凤山愣了一下，气得笑了起来，将拐杖横过来敲在她的胫骨上，骂道："我叫你嘴硬，先打折了腿，我让你跟姓肖的勾三搭四，还同学！"

萍如闪躲着老父亲的追打，说："爹，你真的误会了，弄错了，不是你所想的那样。"

俞凤山被姨太太死死抱住，喘着粗气，说："死丫头，出了这等事，我快羞死了，我对不住你那早死的娘啊，她在九泉之下知道了，也会被气疯了，唉！我俞某人教女无方，没脸见人了，我要杀了你！杀了你，才能挽回颜面，挽回颜面！"

萍如昂首而出，丢下一句话来："我去看我哥。"

俞凤山听她提到了宝贝儿子，骂道："亏你还记得哥哥，他眼下在福音医院里治伤呢，那只眼睛怕是保不住了。眼下，俞家流年不利，出了这些事情，我得去都天庙烧香请愿了。"

萍如流下眼泪，说："不成，我得去医院看他。"

父女俩口角了一气，都一起关注起俞云涛的伤势来，这便出门。萍如不肯坐轿，陪侍在父亲的轿边，沿街走向医院，一路上四处张望打量这吴尚劫后的萧条，想从中找到肖也的身影。

一想到了肖也，她的面颊上漾起了一团红晕。父亲说得不错，那一刻俞府被围攻时，她和肖也正在起步迈向男女欲望的关键时刻。肖也灼热的双唇从她的脸上向下游弋，双手的动作也变得粗暴了，迫不及待地扯拉着她的胸衣，向内里探摸。她欲拒无力，浑身燥热，只能以低弱的呻吟来应对。接下去，将会发生什么，她在意乱情迷中没有去想。

但这情欲的冲动，却被枪声、呐喊声、脚步声打断了撞破了。虽然她矢口否认，但丝毫无用，无法解释清楚肖也在俞府这偏僻之所与自己单独相处的事实。好在，这阵纷乱、杀戮，给予了肖也逃走的机会，他只要脱了身，一切就简单了，俞府不能拿肖家怎样，更不能拿肖也怎样。

她定下心，随父亲跨进充斥着福尔马林气味的所在，只见副官带了两个护兵正守在手术室的门外，里面传出俞云涛负痛的吼叫声。

俞凤山担忧地问："这是怎么了？"

副官说："老爷子，俞营长不肯用麻药，怕伤了脑子，医生正在给他摘除眼球取子弹呢。"

俞凤山摇摇头说："这小子，自幼就逞刚强，不听人言。"

他再看女儿，叹口气说："我这是作了什么孽啊，生了你们这对儿女，前世冤家呀！"

萍如听着哥哥惨绝的叫声，轻咬住嘴唇，闭上眼睛暗暗祈祷他能逢凶化吉，渡过劫难。

手术室里，俞云涛的叫声渐渐停息了。

再一会儿，约翰森医生挽着袖子走出门来，说："手术完成了，你们去照应一下吧，俞营长很勇敢，不必要的勇敢，他休克了。"

众人一齐拥进室内，只见手术床上的俞云涛昏睡过去，左眼蒙上了一块纱布，被绷带缠绕固定了半个脑袋，模样很是惨淡。萍如哭出声来："哥哥，你的眼睛，眼睛没了呀！"

俞凤山俯身低头去探视，喃喃道："投笔从戎以来，战场上都是毫发无损，偏偏在这家门口被土匪伤了，这个仇，我必须要报，一定得报！"

副官说："没能逃出的土匪，大都已经被抓，关押在县府监狱里，只是里应外合的奸细还在潜逃中，那个肖二少爷还在城里，我下令封锁城门和水关，务必捉住他们！"

俞萍如一惊，道："你弄错了吧？肖也怎么可能是奸细？他是肖家的二少爷，要做土匪的内应干什么？绝不可能！"

副官说："他是在北门和那个匪首马援一起暴露、逃跑的，还开枪伤了人，现场许多人目睹，非我捏造，这件事千真万确。"

俞凤山不由得笑了："肖家通匪，这罪名可是自己找来套上脑袋的，怨不得别人，方团总负责搜拿嫌犯吗？很好，很好，非常之好！"

萍如忽然听说情郎变成了嫌犯，不肯相信。俞凤山沉下脸来，斥责道："你这个丫头，肖家早就有了害人之心，这次土匪入城，直奔我们俞家，一定是有意为之。那个小兔崽子又躲在咱家后院，用心险恶，明为见你，其实是潜入俞府做内应的，哼哼，被我逮了个正着。这次，千万可要抓住他！"

床上的俞云涛突然间咳嗽了几声，缓缓睁开右眼，望着父亲和妹妹，说："咱们俞家和县府，是这些匪徒入城袭击的重点目标，所谋非小，不要大意，电请上峰，派军队驰援吴尚，剿灭匪徒，不留后患。"

3

方团总率着民团将肖家兜底朝天大搜了一遍，一无所获。肖家长子肖林正在街口店铺内忙碌，听到宅子里来人报信，急匆匆地赶回去，先去看望气倒在床的父亲，然后再找到这位民团首领，抗议道：

"方团总，我们肖家也是吴尚有头有脸的人家，你凭什么乱搜乱动，搞得鸡飞狗跳？"

方团总皮笑肉不笑道："方某不凭什么，只是追缉通匪的嫌犯，你的宝贝弟弟在哪里？交出他来，我就罢手。"

肖林冷笑："方团总，莫说你只是个乡绅推举的团总，就是堂堂的吴尚县长，也不至于这样大胆荒唐，你说我二弟肖也通匪，那也得拿个证据来，他在上海上学，回乡来也不过五六天的时间，怎样通匪？这满大街的人都看见他明火执仗地干了坏事啦？"

方团总一笑，说："肖也和匪首做伴，想从北门出城，被民团拦截了，他和这马援一起逃逸，不但我看见了，俞营长的副官也看见了，还有许多百姓也看见了，你能替他搪塞得了？"

肖林心中不安，脸上却半分不让，说："我弟弟在上海念书多年，新近回家，又不上街抛头露面，这吴尚城有几个人认识他？你方团总恐怕也不认识他吧，你凭什么说那个跟匪首在一起的人是他？又是谁指认他的？"

方团总说："俞营长的副官认识这位肖二少爷，一叫之下，他夺路就走，不是他又是谁？"

肖林心中一动，笑道："这个什么俞营长的副官又是哪路神仙？他怎么会认识我的弟弟？这中间可是说不通得很呢。欲加之罪，何患无辞？肖家虽然担负不起通匪的罪名，但是洗脱它还是做得到的，也罢，我就在这里奉陪方团总。待会儿，请你跟我一起去见县长，咱们到县府去辩个清楚，如何？"

方团总眼见手下搜找肖也不得，一时没有对证，无心纠缠，当下将水烟壶捧在手里，笑道："肖兄，不要气恼，我也是办的公事，这指认肖二少爷通匪的，是俞府的人，不关我事，有什么话，你跟俞家讲去。"

肖林哼了一声，不再多说，看着这伙乌合之众从宅子里退出去，悄声查问管家老汪，这二少爷究竟去哪里了？老汪说不久前还在后院子见着他的，奇怪的是现在离开了。有个守门的说，早上看见二少爷从园子里摘了朵红艳艳的茶花，在后面的小街上走。

肖林思忖不语，去见父亲。这会儿，肖定翁被四姨太扶起身，咳出两块绿莹莹的浓痰来，胸口顺畅了许多。他在靠垫上听见了长子的脚步声，便问："林儿，你弟弟这是怎么回事啊？他在上海好端端地念书，回家才几天就变成土匪的内应了？"

肖林说："爹，这也还未必呢，指认他的是俞府的人，他们的话能作数？这件事，我想请父亲勉为其难，去县府走一趟，先洗刷了咱们家的清白。"

肖定翁听他如此一说，精神气儿缓了过来，点了下头。

肖林当即找人预备轿子，将老爷子搀扶起来换了衣鞋，这才上路出门。

吴尚县长李仲琳刚刚从城南藏身的一处草屋子里出来，带着警察局长和文书小心翼翼地返回办公之所。这突发剧变，是他无论如何也没有想到的。他在吴尚任县长大半年，平安无事，享用着这富庶之地的好处，从没有预防劫匪的准备。但是，方才这一变，县府内的存档资料被劫掠一空，警察局的十几支步枪也没了踪影，吴尚内外风声鹤唳，众说纷纭，这场劫变，他该如何向省府交代呢？

他正在为难之际，却见门卫进来躬身行礼道："本城肖府老爷前来拜访。"

李县长与这肖府病恹恹的主人也有数面之缘，这会儿听说他来登门，倒有些诧异，便挥挥手，让先请进来。片刻后，肖定翁在长子的扶持下来到这一县之长面前，先作揖施礼，说："李县长执掌吴尚，鄙人是治下之民，平日里碍于您公务繁忙，不曾时常拜会，甚为憾事。"

李县长见他客套，做个手势暂止住了，说："肖老先生有事请直说，此刻非比寻常，大劫过后，正要计数损失，向上面报信呢。"

肖定翁咳嗽了几声，说："那，在下就言归正题，这次冒昧来县府，正是为了方才这场劫乱，方团总以及俞府中人，意欲借此机会诬陷我肖家，竟说我那个刚从上海回来省亲的小儿子是土匪内应，还强搜了鄙宅，我是忍无可忍，才来这里讨个公道。"

李县长眉头皱起："这俞营长、方团总，我都认识，似乎不像是有意构陷他人的宵小之辈。况且，这次他们守城救援都立下功劳，他们的话总不会是空穴来风吧？令郎在上海求学，未必不会学坏，未必不会干些为人所不齿之事吧。"

肖定翁心中气恼，一时说不出话来。

肖林趋前一步，笑道："县长大人，方团总和俞家人也只是口头说说，并无真凭实据。想我肖家也是吴尚数得上的人家，家风极严，我这二弟，在上海念书，就住在我二叔的公馆里，我二叔何等人物？堂堂党国大员，在他的言传身教熏陶之下，又岂能干这等下三烂的事情。"

李县长知道他口中的国府大员是怎么回事，肖定翁的弟弟肖定坤，是政学系中的干将，北伐前后，在政坛上一度炙手可热，很有声势，做过北洋政府一任次长。但国民政府定都南京后，新权贵粉墨登场，视这政学系中众人为腐朽，虽未打倒，但也冷落一边了，肖家扛着过气的政界人物作大旗，殊无意义。

想到此，他淡淡一笑，说："这件事，俞营长、方团总都还没有只言片语送到我这里来，肖老先生少安毋躁，我是个秉公执法的人，不会随意冤枉好人，但也不会随意放过一个歹人。"

肖家父子匆匆赶来县府，一是为自家辩白，二是怕俞家和方团总恶人先告状。这时听李县长如此说，悬着的心稍稍放下了一小半，便先行告辞了。

李县长略送了一下，返回去，把这吴尚遭袭之事通盘斟酌了一番，定下了主意，提笔在呈文上写道：

> 三月十五，游匪在城内歹徒的策应之下，趁雨入城，袭扰县府要地，职等率本城警察、民团以及部分卫队严阵以待，激战终日，将来犯之敌悉数击溃，毙杀顽匪若干，生擒若干云云。

他将手中的毛笔扔下，自鸣得意地笑了起来。

4

城内所谓"肃匪"行动仍在紧锣密鼓地进行中。俞云涛做了手术，送回家后，关起门来卧床休息。他的副官连同方团总全城大搜索，又抓出七八个未能走脱的袭击者。但这其中，没有那位马队长，也没有肖家的二少爷。这两个人像是凭空里从这弹丸之地消失了一般。

但更加让人想不到的是，这肖也和马队长在北门欲出未果后，就此失散了。肖也仗着自己对这城中地势的了解，狂奔逃逸，但他一不敢回家，二不敢见熟人，只往僻静角落里躲藏。在城东社学庵的后园子里一个所在，是由相距百十年先后砌就的两道围墙中的夹存的空隙。肖也幼年时寻找走失的家猫，趴在树头上无意中发现了这隐蔽的死角，让他暂时躲过了世仇的构陷追捕，得以稍作喘息。

他坐在这生满青苔的所在，聆听着远近搜查者的动静，回味起这短短几个钟头内的人生剧变来。导致他沦落到眼下这份境地的，是与俞家小姐萍如的恋爱。

这场恋爱，起始于上海。在时间上，上溯到一年半之前，空间上，要回归到千里之外他所读书的上海圣约瑟大学。那里和萍如念书的正德女子学校相隔不过半条街的距离。那时，虽有不少学校实行男女同校，但女校仍留存有不少。当他们这些男学生夹着书本，从挂满英文字的大学校门跨进繁华大街时，远远一群穿着清一色裙装校服、洋溢着青春的魅力女子迎面而来的场景，深深地吸引住了他们。

肖也好奇地打量这些有意拉开距离、故作矜持而过的女子。突然间，有张似曾相识的美丽面容，对他展颜一笑，犹如春天里牡丹盛开，不，更似夜色中昙花绽放。那样极其短促的一瞬间，令他形神俱化，不知所措，像根木头一般站在十字街口，目送着她以及她们的窈窕背影姗姗远去，湮没于人海中。

这一刹那掠过的似曾相识的笑容，足足困扰了肖也两个月。他坐在课堂里、宿舍里、饭堂里，无时无刻不在记忆里翻寻搜索这张动人面孔的来历。他在上海过的是简单的日子，其间相识的都是本校的同学，绝无可能和正德女校的女孩子有瓜葛。他何时何地邂逅过这谜一样的女孩子呢？

夜不能寐的肖也瘦了，憔悴了，颓废了，神不守舍。

同宿舍的同学起先以为他是生了病，劝他去看医生。不料他摇头流下泪来，说出了缘由。同学大笑，替他出了个主意，俩人花钱租借了两件工部局水利处的管道维修工的制服，混进了女校。

肖也目光游弋在女学生们的脸上。虽然这里是美女如云，但却都不如那天惊鸿一瞥间的动人。

这个女孩去哪里了？肖也心中渴望和疑问交织，和同伴慢慢沿来路返回。在走出校门的一刹那，被前面街口一辆黄包车上的女孩子吸引住了。他屏住了呼吸，凝视着她如花般的笑靥，浑然忘我，只能傻傻地迎着她过去，愈走愈近，愈走愈近。

他这副模样，引起了女孩儿的注意，先是轻蔑地一笑，别转头去，但又走了三四步后，她转眼来再看他，一瞬间她开口问道："你是吴尚肖家的二少爷吧？"

这一声询问，如同春风化雨，吹拂得满面温馨。肖也激动地点头，连声说是。

女孩一笑，说："我认识你，自小就见过你，你骑过西仓大街王家酱菜铺子里的那只大黄狗，结果脑门磕在街边的麻石条上，额角破相留下块印记，我是凭借这个才肯定是你的。"

她这样一说，同学先笑了："肖兄，你还有这么一段趣事啊？骑犬驰骋，不亦乐乎？"

肖也摸着额头上的伤疤，有点尴尬，但灵机一动，问："那，你是——"

女孩儿犹豫了一下，说："我姓俞，俞萍如。"

肖也恍然大悟："哦，原来你是俞家的，俞家，我记得，你哥哥去了黄埔军校，现在带兵打仗，好不威风，你是他的妹妹，怪不得——"

"怪不得怎样？"俞萍如反问。

"怪不得这样漂亮、动人，让人过目难忘，虎兄无犬妹啊！"

他这一夸，情势倒转，俞萍如俏丽的脸成了一块红布，扭捏了一下，说："这跟我哥又有什么关系？"

肖也不好意思地笑了起来，说："哥哥是英雄，妹妹是美女，那是天经地义的事情，怎么没有关系？"

俞小姐低下头去，把玩手里的皮包，似笑非笑地看了肖也一眼，说："我进学校去了，门房大爷的眼神好严厉呀，以后来找我，离校门稍远一点，记住啊。"

后来的事情发展，也就水到渠成了。正德女校街口向右的一家法国人开的咖啡馆，成了肖也和萍如见面的固定地点。他们在这里约会、牵手，然后出门，流连在异乡的繁华街景中，心里头早已将故乡吴尚，将俞、肖两家存在仇隙的旧事忘得干干净净了。

这次返乡，两个人是结伴而行的，到了城外十里水路才分开，临别之际，他们约好见面的时间和地点。但是，在吴尚街头，熟人多，个个眼力如炬，躲躲藏藏却难了。萍如本就是个大胆的女孩，再加上在上海得了开化之风，并不将这小城里的封建闭塞放在眼里，索性将这恋人偷偷地约在了自家宅邸的后院。而同样胆大妄为的肖也也没有考虑后果，凭着一腔热爱赴约而至，就此酿下了这样的祸事。

当下这个处境，与之前逍遥自在的日子相比，恍若隔世。肖也合着眼，先恨俞凤山，再恨俞云涛和副官、方团总，继而又恨那个萍水相逢，将自己拖累入万劫不复的泥潭中的马大哥马队长，最后他恨自己，与俞家小姐恋爱本不该这样藏着掖着，偷偷摸摸。倘若这次回乡，一下子就挑明了，结果再糟糕，也强过眼下。现在，他背负着通匪的罪名，这给他，也给肖家带来的是杀身大祸、灭顶之灾。

他后悔莫及，抬头从一角空间仰望蔚蓝色的天空，默默无语。此刻何去何从，如何摆脱当下的困境，他一筹莫展。

天色渐渐暗沉，远近处一片鸦雀无声，想来一个白昼的忙碌已经耗尽了这些民团的精力，这会儿都已经撤走了。当月色初上树梢时，他决定离开这里，离开吴尚，只要民团和俞家没有抓到他，他就安全，肖家也是安全的。至于离开吴尚去哪里，他暂时还没有拿准主意，总之，三十六计走为上，走了，这些死局就解开了，就活了。

肖也扒上墙头，居高侦伺四面的动静，小心翼翼地跳下地，沿着巷子走了一气，再上了街。街头空旷，只三五个行人走过。他心怀警惕地行走在街边店铺相连的屋檐下。到了自家铺子德顺堂附近时，停下了脚步。

这时，门铺已经打烊，门板紧闭，只临街的窗户里，还闪着星星点点的烛火。他知道，打理生意的哥哥，正在里面盘账。这会儿，只有找他拿些盘缠，才好走路。

他倍加小心，去巷子里的一扇门上，轻轻拍打。

屋子里，肖林问："谁呀？"

肖也说："我。"

肖林开了门一把将他拉进去，低声骂道："你找死？不要命了！"

肖也说："哥，我是被冤枉的，我没有通什么匪。"

肖林严厉地盯着弟弟，说："眼下，肖家不比往昔了，二叔失势了，不能庇护我们，俞云涛做了营长，手里有兵，早就对咱们虎视眈眈了，你却作死，去他们家拈花惹草，自寻死路啊！"

肖也说："哥，我得走，走得远远的才没事，你先拿些盘缠给我回上海。"

肖林想了想，说："好，你是不宜再留在吴尚了，民团在到处抓你，俞家也在找你，时刻都有危险，你一个知书识礼的读书人，怎么会干这种事？"

肖也摇头，说："哥，事情不是外面流言说的那样，我没有通匪，我只不过是跟俞小姐恋爱了，在俞府见面时，被她父亲撞见了，后来阴差阳错被诬蔑陷害。到了眼下这个情形，唯一能帮我洗脱的，是俞小姐，但是她这会儿处境也难了，我不连累她，我走！"

肖林惊讶至极，说："你这浑小子，怎么尽做这些荒唐事？好啦，我也不责怪你了，这些事我会转告父亲的，家里的事我担着，你放心，尽管去，越远越好！"

肖也眼中噙着泪，望着哥哥，说："哥，等事情过去了，我会证明自己的清白的，我要娶俞小姐过门，不会给咱们肖家脸上抹黑的，一定不会！"

肖林沉默了片刻，说："好，那样就好。眼下四面封堵严密，你准备怎样出城呢？"

肖也说："我想好了,今天半夜里从南门古涵洞出城,那地方一般人不知道,我过去玩耍时无意间发现的,现在应该还在。"

肖林说："好,你夜里先出城,出去后,在城外十里地咱们肖家的祖坟等我,我把你出门在外所需物件连同盘缠都准备好,一并送过去,在那里会合。你出城时千万要小心,不要勉强。"

肖也感觉到了饥饿,当下也顾不得许多,忙去用热水淘了白天的剩饭,连扒了两大碗,这才饱了。他躺下小憩了两个钟头,看看窗外夜深人静了,便起身去换了身伙计的短衣,戴上斗笠,在不知何时下起的沙沙小雨中出了门,取道巷中捷径,一路悄无声息地去了。

肖林站在门前石阶上望着弟弟远去的背影,点起根烟来仔细盘算。

5

这一晚,俞宅中设了桌家宴,款待率民团入城助剿的团总方松坡。

方团总白日里搜拿城中残留余匪时,又得到了信息,省保安处副处长黎星斗率省属保安旅一千余人大约两天后到达吴尚。而驻广陵的中央军18师独立团也即将开拔。18师师长陈诚获悉俞云涛率少数卫队击退袭城之共匪,大为高兴,立即擢升他为独立团上校副团长。所有的相关事宜,均由电报拍发,通省皆知。看来,击溃攻城之匪的功劳,他方某人非但不能独揽吃肉,还将沦为帮闲喝汤的配角了。

他自忖身份地位,都不能与这位俞府的少爷、中央军副团长相提并论,于是一改午后时的得意和倨傲,抢先来俞府庆贺。

俞凤山眼见儿子做完手术在卧室里休养,这才稍稍放心,正盘算着如何一不做,二不休,干脆利落地处置掉女儿和肖二少爷这件丑事。听下人禀报,便礼节性地迎出厅堂。

方团总先作一揖,抢先报喜。

俞凤山对于儿子升官还蒙在鼓里,此刻听他一说,心花怒放,连声谦逊,当即要留客人在宅中小酌。

这方团总是城东三十里地夯垛人，祖居吴尚，也是大户世族，论起年份来，似乎还要早于俞、肖两家。可是，到了方松坡的祖父这一辈，祸从天降，家道遽变，他自幼就立下了重振家业、重立名声的志向。可惜岁月蹉跎，总无机会，当他年近五旬时，才勉强通过士绅的推举，做了个保境安民的民团团总。

这会儿，坐在俞凤山的对面，他既自惭形秽，又羡慕嫉妒，手捧酒杯曲意奉承道："俞团长年纪轻轻就风光如此，日后自然是前途无量的。俞翁，方某日后还要仰仗俞府呢。"

俞凤山喝了口酒，说："方团总，你这团总的位置，是俞某一力推荐的，那肖定翁自恃兄弟的权势，硬跟我抬杠，费了我不少的心思。"

方团总嘿嘿笑道："北伐成功，蒋委员长一统天下后，这北洋余孽、封建残余行情大跌呀，听说这肖二先生去职闲居在沪上，掉毛的凤凰不如鸡，报应来得好快。"

俞凤山笑道："肖二少爷通匪的事，一定要尽快了结，借此机会，挫一挫肖定翁的锐气。"

方团总轻轻拍了一下桌子，说："俞翁说得正是，肖家这些年来借着二先生的虚火，哪里把他人看在眼里。这一会儿，方某务必替地方上的诸位缙绅出了这口气。"

两人这杯来盏往之间，不觉夜色渐渐深了。窗棂处，沙沙雨声依稀。俞凤山留神聆听片刻，说："山雨欲来、黑云压城，都不似眼前吴尚的情形，你且说一说，白日里进城来的这伙土匪，究竟是什么来历？"

方团总停杯落箸，说："这伙人比寻常土匪不同，正是两年前蒋委员长全力剿杀的共产党。他们主张要杀尽富人、没收财产，分给泥腿子，在乡下很能蛊惑人心。据我所知，去年秋日，城北四十里的薛庄来了七八个人，为首的姓何，另有凶悍之徒姓马，这二人文武相辅，整日里在田间地头出没，把那些平日里就不安分守己的家伙拢在一起，渐渐成了气候。据密报，他们在周边各乡镇都有附从党羽，十天前，在卤丁河边，正式扯出了旗号，叫什么工农红军，聚众近千人，这次袭扰吴尚，怕是树旗立威，闹出响动来。我的意思，亲率民团，趁他们受挫时，来个四面清剿，将他们就此扑灭，免得日后养成羽翼，再难制服。"

俞凤山点了下头，说："好，这件事你尽管去办，若有困难，小儿可助一臂之力。总之，保个地方绥靖平安就好。"

他这表态，让方团总放下心，喝尽了杯中美酒，起身告辞。

俞凤山送他到廊檐下，抬头看这风中雨势，正出神之际，一个用人撑着伞匆匆进来，附在他的耳畔悄声说："老爷，有客人求见。"

6

吴尚城四门皆闭，城门处，有民团守护，在城楼上升起灯笼来，以示平安。东门地带，为避这雨夜风寒，城门洞里生了一堆篝火，七八个团丁将枪支和大刀靠在砖壁上，围坐于周围，有的喝酒，有的打盹儿，有的在抱怨家里头的农活还没忙完，再拖几天，怕是要耽搁收成了。

这边絮絮叨叨的议论和小醉后哼唱的小曲以及入梦的鼾声交集中，谁都没有觉察到，正有一个身影隐在树荫下悄然无声地挨近过来，到了城门边时，紧贴住城墙一隅不动，静候着夜色深沉时疲倦彻底消解了守城的这伙人仅存的警惕。凌晨时分，火光逐渐黯淡下去，城门洞里安静下来，只剩下此起彼伏的鼾声。

那个人缓缓探头去窥视，确定所有人都已入眠，这才果断地跨出脚步，在七八秒内横穿城门口，到了另一侧，然后顺着城墙根基急速下滑，钻进一片生长茂盛的灌木丛，在荆棘中奋力向前，浑然不顾衣角被刮、手脚被刺破，这样努力了五六分钟，他在树丛尽头停住，只见城墙上方顺延修筑的泄水孔道笔直而下，水声潺潺，正对着一处半人高的涵洞流淌。

他毫不犹豫地弯腰钻入洞内，踩着湿滑的青砖、粘脚的淤泥向里蹚去。这一走，花费了近半个钟头的时间，他才在城墙的外侧现身，站在窄浅的护城河里，顺水而行。这一下足足走出了五六百米，看看远离城门楼俯瞰地带了，这才涉水上岸。

凭着少时的记忆，肖也成功地离开了封锁严密的吴尚城。他倒尽了球鞋里的积水，继续赶路。半天之后，远处肖家坟地历历在目。肖也快要虚脱过去，强撑着最后一点气力，走到那座穰草屋顶的简陋土屋前，双腿一软，伏倒在雨水中，竭尽全力喊道："有人吗？有人吗？"

门吱呀一声响，探出张白净的小脸来，瞅了他一眼，又缩了回去，说："爹，有个人趴在咱家门前，你来瞧瞧。"

"谁呀？"一个须发皆白的老者推开门，手里提了把锄头，低头看他。

肖也支起身子，说："老田，是我，肖也！"

"二少爷？"这守坟人老田惊异地瞪大了眼睛，一把将他拉了起来，说："这是怎么了？快进屋子，快进屋，这样淋雨，肯定要染上风寒的。丫头，快去倒碗热水给少爷喝，我这就去煮姜汤给他发发汗。"

肖也瞟了一眼这端水过来的小女孩，约莫十二三岁的模样，道声谢，说："老田，什么时候有了这么大的闺女呀？"

老田嗯了一声，说："她是附近村子里周家的女儿，父母都染病死了，她一个人无依无靠，我这把年纪了，也想有个人做伴陪陪，就认个女儿收养了。"

肖也点头，问女孩："你叫什么名字？"

女孩说："我叫芸儿。"

老田在土灶边添加了些柴火，切了十几片生姜，问："少爷，你不是在上海念书的吗，怎么成了这副模样？"

肖也叹口气说："我回家没几天，就闯下了祸事，俞家和方团总串通一气，诬陷我通匪，满城缉拿我，我逃了出来，约了大哥在这里见面，他中午时分大概就能到了。"

俩人闲聊间，这锅里姜汤沸腾，老田用勺子舀了一碗递给他。他喝了几口，暖气从胃里渐渐升腾起来，便和衣侧卧在竹床边，不知不觉地睡着了。等到他再睁开眼时，屋外阳光灿烂，鸟语花香，不由得精神一振，翻身坐起。

芸儿蹲在门前的木凳上，正用笔在地上划拉着，似乎在写字。他好奇，问："小姑娘，你会写字？"

芸儿点头，说："我认识二十多个字呢。"

"谁教你的？"

芸儿神情黯淡下去，幽幽地叹口气。

肖也明白过来，便不再问，走出门去，正待察看老田在哪里。张望之下，他远远地看到一溜斗笠尖顶正向这边移动，他心中一紧，立即矮下身子，快步向南边的林深叶茂处走去。

一队民团悄无声息地过来，将草屋围住了。小女孩吓了一跳，手里的树枝惊颤落地。这些团丁二话不说冲进屋子，翻寻了一遍，骂骂咧咧地出来，却见老田左手拿了两只鸡蛋，右手端着一碗白花花的大米过来了。他一见这阵势，心中明白，却佯作糊涂，问："你们这是干什么？"

方团总从远处摇摇摆摆地走了过来，望着他手里的东西，问："你这泥腿子，穷得啃草根的命，哪来的大米鸡蛋？是招待东家少爷吧？"

老田一惊，摇头说："没见少爷呀？这是弄给孩子吃的。"

方团总一笑，说："哄人呢，你这穷鬼，舍得吃鸡蛋大米？"

老田撇了下嘴，说："这些天孩子身子不适，我央求村里富户暂借来给她补身子的。"

方团总笑了笑，冷不防抬手，将他手里的碗打落在地，啪啦一声，白花花的米撒了一地，同时右腿一起，用脚尖挑中了老田的肘部，两只鸡蛋脱手飞出去，碎裂在地，蛋黄蛋清摊了一地。

老田痛惜地大叫了一声："你凭什么！"双手揪住方团总的衣襟，奋力推搡着。方团总练过武，膝盖提起，顶中了对方的小腹。老田哼了一声，弯下腰去，方团总再一脚踢在他的胸，将他仰面放倒，嘴里吐出血来。

方团总狞笑道："你敢跟我动手？这是太岁头上动土，活得不耐烦了！我问你，这肖家少爷藏在哪里？你老实说了，我赏你这个，要是不说，今儿个你活到头了。"

说着，他从兜里摸出两块银洋来，递在老田面前。

　　老田看都不看，说："我确确实实没见过什么肖家的少爷，我只是一个看坟的，三年进不了两回城，哪里见过其他人？"

　　方团总左脚抬起，狠狠地踢在老田的左面颊上，老田眼前一黑，吐出两颗牙来。方团总右脚再起，踢在他的右脸颊上，老田呕出一大口血。芸儿在那边看见了养父被打，哇地哭出声，向这边跑来。

　　老田心中一急，也不知从哪里来的气力，奋不顾身地爬起身扑了过去，两条臂膊死命地箍住方团总，一口咬住了他的右耳，死命地撕咬，再不松开。方团总正在得意时，冷不防老田拼命，耳朵剧痛，惨号着、尖叫着向手下求救。

　　一个心腹团丁赶过来，抡起枪托狠狠地砸在老田的太阳穴上。老田松开手，瘫倒在地，四肢抽搐着。方团总耳朵被齐根咬掉了，痛怒交加，抬脚照着老田的面门下死力一口气连踢了十几下。老田五官变形，血肉模糊，眼见是不能活了。

　　这草屋子前的情形，肖也看在眼里，泪流满面，再也压抑不住，正要从藏身之处冲出来。这时，只听得东方一声枪响，方团总肩头中弹栽倒在地。那些团丁哗哗地拉开枪栓，找寻枪声的来处。但不等他们喘口气，又一声枪响，一个团丁应声倒下，没了声息。

　　方团总趴在地上，负着痛拔出短枪来，大喊道："都别慌，就一个人，怕什么？"

　　他话音未落，枪声再起，又一个团丁被打死了。团丁们惊慌失措，纷纷向一起聚拢，四下里寻摸。方团总强支起身，说："这一定是那漏网共匪，一定是！"

　　仿佛应答他的判断，这开枪之人行踪飘忽，不断地移换位置，枪声也随之时而东、时而西，每一声枪响都伴随有一个人倒下。这些团丁终于忍受不了，纷纷向来路退却。方团总嘴上硬，脚下却也发软，在两个心腹的扶持下，往吴尚方向逃去。

　　眼看这伙民团逃远了，肖也从藏身之处出来，赶到老田身边。老田嘴边仍咬着方团总的那片耳朵，含着一丝笑意断了气。

　　有个人提着枪飞奔过来，居然是在城里相遇的马队长。

马队长恨恨地说："我来迟了一步，老田就遭了这伙狗腿子的毒手，这些毒蛇，太歹毒了！"

芸儿伸手抓住肖也，哭道："都是你！都是你害的！那些人是找你的，我爹是为了你才死的！都怪你！怪你！"

马队长拦住芸儿，问："你眼下有什么打算？"

肖也说："我被他们陷害了，吴尚不能再留，准备去上海。"

马队长迟疑了一下，说："不留下来，跟我们一起干？"

肖也愣了一下，摇摇头说"我是被冤枉的，但这冤屈，将来是可以洗刷清白的，这一点，我有信心。"

马队长见他无意加入，也不勉强，说："那好吧，你日后如果想通了，愿意跟着我们干，随时欢迎你。咱们做不了同志，但还是朋友，谢谢你昨天的帮助！"

肖也说："我们是相互帮忙，彼此彼此。"

马队长看看天色，牵起芸儿的手，将老田的尸身藏在老屋后面，择日掩埋。

肖也站在自家坟地上四顾苍茫。惨白的太阳隐现在云中，已到正中，但约好来会合的大哥肖林始终没有露面。

他居高眺远，又等了一气，终于看到一辆骡车缓缓地驶来，驾车的人穿着件灰布长衫，戴着斗笠，俨然是肖林的模样。他舒了口气，快步迎上去。

驾车人收紧了骡子的缰绳，车子停在泥泞的路上，两行辙印延伸向远处。肖也跟肖林相差六岁，平日里逞强，与哥哥很少沟通。这会儿见了他，内心里既委屈又悲凉，带着哭腔说："哥，老田被方团总打死了，这仇，必须要报！"

那人抬手摘下了帽子，却不是肖林，而是一张完全陌生的面孔。

肖也后退一步，惊疑万分。那人却笑了笑，说："上车吧，肖先生嘱咐我送你，路途遥远，颠簸才刚刚开始呢，不要厌倦才好。"

肖也放下了心，道声谢，绕过车头去后面登车，揭起布帘时，里面一支黑洞洞的枪口正对着他，有个脸色黝黑的汉子厉声喝道："别动！"

肖也脑子里一片空白，浑身如坠万丈冰窖。那驾车人不知何时站在了他的身后，抬手在他的脖颈后部猛地一击，他眼前一黑，就此什么都不知道了。

7

肖也再度睁开眼，已经身处一片黑暗当中，鼻腔里充斥了一股子霉湿腐臭的气味。他翻身坐起，身边一阵金属响声，抬手动腿，才发现已经被上了手铐脚镣。他竭力回忆着晕倒前的情形，小心翼翼地问道："有人吗？有人吗？"

四下里一片死寂，无人应答。

他大声地又问："这里是哪儿？这里是哪儿？"

一个冷峻的声音在某个角落里响起："这里是广陵府的死囚牢，站着进来，躺着出去。"

肖也眼前一黑，腿一软，坐倒在一片湿漉漉的絮草上，喃喃自语道："我怎么会在这里？我怎么会在这里？我明明在吴尚，怎么会到广陵来？"

那个人在黑暗里再不吭声。

肖也脑子里混乱不已，眼睛逐渐适应了这死牢中的阴暗，快步冲到那排锁死的铁栅栏前，对着外面一堵砖墙，高声呼喊："冤枉啊，我冤枉啊！放我出去！放我出去！"

他的声音回荡在这幽暗的监房内，绝望单薄，无人理会。这样不知喊了多久，他声嘶力竭，伏在地上，泣不成声，继而睡去。等到他再醒来时，两个戴着宽檐帽的狱警站在他的面前，用脚尖拨弄着他的肩膀，颇不耐烦地说："起来，起来。过堂审你了。"

肖也一骨碌翻身坐起，说："我冤枉。"

狱警说："冤枉去堂上说，跟我们说了白说，没用。"

肖也便随他们出了这黑牢，顺着土阶上去，再在一片关押犯人的铁笼子中间穿过，又拐了四五个弯，来到一处地方推开门，只觉亮堂刺眼。一个推事坐在堂上，正慢条斯理地抽烟，翻阅卷宗。见他进来了，指指面前的一张木凳示意他坐下，扶了扶眼镜打量几眼，问："你就是肖也？"

肖也点头承认。

推事说："你何时加入匪党的？"

肖也立即摇头，说："我一直在上海念书，从未加入过什么匪党。"

推事笑了起来，说："这些离经叛道的事情，就是从上海这些鱼龙混杂的地方传过来的。乡下人，谁懂得什么马克思、牛克思？你家里花了钱财是送你去求学上进的，却不料你不务正业，竟然中了邪毒，干起这打家劫舍的勾当来了，真是可悲、可恨！"

他叫了声冤枉，说："绝无此事！我从未沾过政治，只不过昨天我在俞家拜望学友俞府小姐，被她的父亲发现了，便胡乱冤枉我是土匪内应。我是被陷害的！"

推事不耐烦与他纠缠，将手里的一沓文案往前一递，说："这些，都是证实你在吴尚与共匪头目马援一起企图夺路出城逃逸的证据。有俞营长、李副官、方团总，北门两家店铺的掌柜，街口卖风筝的张大、摆香烟铺的罗五，还有一群看热闹的百姓的证言。另外，你的兄长也有一份证词，你知道吗？"

肖也微微一惊，说："他也做证了？是为我洗刷清白吧？"

推事抽出一页纸来，缓声念道："吾弟肖也，于民国十八年三月十五日，伙同城外匪徒流窜至肖氏祖茔，杀害守坟人田某及团丁冯某、丁某，击伤团总方某等人，现已畏罪潜逃，肖家首告，大义灭亲，此人所为与肖家无干，望官府各处予以谅解。"

此刻，这个推事将肖林这份证词朗朗读来，字字清晰，犹如无数根钢针刺戳在肖也的脑海。他不由自主地双手捂住了脑袋，合上眼。

他为什么要这么做？父亲肖定翁知不知道？在这件突如其来的事件中，肖林扮演了什么角色？

肖也重新回到了那处缺失光线、潮湿肮脏的地下监房里。他背倚着冰冷的墙壁，想着自己在这韶华之年就要死去，不由自主地哭泣起来。

那黑暗里的声音不耐烦地说："怎么哭得跟个娘儿们似的，男子汉大丈夫，大不了就一个死字，怕什么？"

肖也捂着脸，抹着泪水，说："你说得轻巧，我是被陷害的，凭什么白白去死？不像你们这些作奸犯科的，死有余辜！"

那人笑了一声，说："蠢货，你能被人构陷入狱，旁人就不能吗？这世道人心败坏，奸邪横行，还能有个好吗？"

肖也问："你又是谁？"

那人淡淡地说："犯罪服法之人。"

肖也的眼睛适应了这幽暗的环境，看到一个须发披覆、不辨年纪的男人盘膝坐在墙角里。

那人说："原来是个后生小子，可惜了。"

肖也听他的嗓音，深沉老成，迟疑地问："你多大？"

这人仰面朝天，想了又想，说："记不得了，不过我坐牢时，还在大清朝呢，这世上的熟人，怕都已经将我忘得干干净净了。现在是民国了，民国多少年呢？"

肖也说："十八年。"

那人在寂静中一动不动，良久之后，才说道："关在这里的人，没一个能活着出去的，你既然来了，就随遇而安吧。"

肖也双腿发软，哭了两声，又觉得没用，白白地折损了男人的气概，于是强抑住了，硬着头皮说："死就死吧，这世上冤死的人，不止我一个，不缺我一个，也不多我一个！"

那人听他语言悲怆，也不在意，说："这里是铁打的营盘流水的兵，来来去去的人，我这些年看得多了，要不是你年轻，才懒得理会你呢。"

肖也对于自己的前景不再抱有希望，坐倒在草堆里，望着黑洞洞的屋顶，一言不发，也不知过了多久，下意识地喃喃说："要是马队长他们能劫狱就好了。"

他这话一出口，那人听在耳中，正待发问，却见栅栏外透入一丝光线来，狱警将一只食盒放下，揭开盒盖，现出里面的一碗米饭、一只烧鸡、一壶烧酒，说："这是你家里托人送进来的，请我们捎个话，这件事已经无法斡旋，外面剿匪杀得红了眼，与其在吴尚白白死了，还不如在这里熬着，日后再找机会救你。"

这一刻，肖也饥肠辘辘，把这些话当作耳旁风，先去将烧鸡两腿扯下，狠狠地撕咬下一块，大嚼起来。啃了好几口后，他扭头去看那位神秘的狱友，递出半只鸡去，说："前辈，尝尝鲜吧，这鸡滋味不错。"

那人笑了笑，说："我快十年没闻过荤腥味了，你拿过来，我嗅嗅就成。"

肖也将烧鸡送到他的面前，他果真伸头嗅了片刻，喉咙里发出一声响，咽了口唾沫，说："好啦，好啦，我的清修快被你破了，快拿去吃掉，快吃掉。"

肖也见他如此，觉得好笑，又去取过那壶烧酒来，揭开盖子，浓郁的酒香四溢。那人鼻尖，大笑一声，说："这是好东西！快拿过来！"

肖也浅尝了一口，说："不给，我是个将死的人，要借它消愁呢。"

那人不屑道："你小小年纪，这点事也算愁？那我这老人家，岂不早就愁得死了？广陵城里佳酿颇多，这是绿杨春，我看你也不是个品酒的人，好酒喝在你的肚子里，那是白浪费了。"

肖也本不嗜酒，将酒壶递过去。

那人先啜了一口，点头道："入口绵，"再喝一口回味片刻，说，"劲道足，回味余香不绝，是上等的好酒！"

他一下子倾饮半壶，咂嘴抹须，笑道："看来，你这小子跟老夫有缘，也算你命中有福，命不该绝了。"

肖也正吃烧鸡，听他这口风，一愣，问："你能救我？我不信，你自己都救不了自己，还能救人？"

那人细细地品酒，漫不经心地说："我罪孽深重，无须出去见人，但你不同，你没有犯罪却被关在这里，那是天理不容，我只要顺天理而为，自然是无所不能了。"

肖也只当他喝了自己的酒，随口吹牛，也不当真，吃了这鸡后，将一碗白米饭端到他的面前，说："吃饭吧，比发霉的窝窝头好多了。"

那人去抓了一团饭塞进嘴里，咀嚼着说："你把你的事情原原本本地说来听听，光听你喊冤，不知其详，那也没用。"

肖也吃饱了肚子，倚靠在墙边，便把自己这一段经历娓娓道来。

那人入神地听完后，将壶内剩酒喝得干干净净，说："你这哥哥不是个好人。"

肖也默然无语。

那人将空壶递回，问："你们肖家有多大的家业？"

肖也想想，说："我在外面念书，不是太清楚，但听父亲的口风，似乎近些年举步维艰，不比二叔有权势时的光景了。"

那人点头，说："这就是了，家业败落时，觊觎独占的贪欲更狠些，锅里就那么点食，独享尚且不够，岂容他人染指？"

肖也恍然。

那人不再纠缠这个，再问一句："你二叔是谁？"

肖也说："肖定坤。"

那人笑了，说："在前清中过举人，在广陵做过一任知事的肖某人？"

肖也点头称是。

那人哼了一声，说句："此人是我的旧相识，判我终身监禁的，就是他。"

肖也不觉愣住了，不知如何应答才好。

第二章

1

杀戮远远没有停止，鲜血从吴尚首先流起。两天后，省府各路援军云集吴尚，中央军18师独立团先行入城。在床榻间休息稍定的俞云涛，穿上了锃亮的皮靴，换上崭新的军服，以一块黑色眼罩遮住缺失的左眼，杀气腾腾地跨马入军主事，随即在城中县衙前，监斩那些被俘的人犯。

共计十七个农夫模样的人被捆绑住了双手，撅跪在石板地上，刽子手口中大唱起来，奋力抢刀。不过一袋烟的工夫，十七个人被斩首完毕，遍地鲜血。

李县长不敢亲临处决现场，坐在门厅内里喝茶待报。等杀人结束了，才出来见这位刚刚升职的俞副团长。俞云涛升职、泄恨，自然是一派春风得意的光景，刚刚和这位地方父母官谈了两句话，忽然间听得城北方向传来一阵枪声。他分辨出这动静的虚实，挥了下手，匆匆和县长道别，立即跨上马背，指挥队伍沿街向北，出北门，奔赴交火之处。

但等到他抵达时，原来是刚刚从省城风雨兼程赶来的省保安处副处长黎星斗及其卫队被伏击了，黎星斗从马上翻滚下来，摔伤了大腿，满脸是血。

俞云涛见他狼狈，急忙安排进城去请医生诊治，随即下令，各部加强戒备、伺机而动。

2

且说这支刚刚伏击了保安团的队伍，在春雨过后泥泞的河边小道上飞速撤离。领头的，正是那位马援队长。他对于这一带的地势道路了如指掌，正赶往集结地，向姚特派员汇报战果。

这支新成立不过一个月的工农红军队伍，师长、副师长携带了一批武器弹药，正在从上海开来的一艘轮船上。本来，部队成立后，按照预先的计划，暂时隐蔽，等师长去上海汇报返回之后，再做行动。但是，省委派来指导工作的特派员姚襄却迫不及待要抢先行动，袭击吴尚，给这一地区腐朽的反动势力沉重一击。结果，因为漏估了城中俞家省亲暂住的长子及其卫队的实力，而功亏一篑。

脱险之后的马援马队长，对于这次唐突的攻击行动有了清醒的认识。

但是同样遭遇了挫折的姚特派员，并未如他一般反省自明，反而仅仅认为这是情报工作上的失误导致。他站在地图前，指着吴尚这偌大的区域，要求再度出手，伏击中央军援兵。

马援坚决反对，建议部队先行撤离吴尚地区，去广陵一带发展，多打几个土豪的庄园，多缴获一些武器，等师长等人以及那批宝贵的武器弹药运到了，再作打算。

姚襄嗤之以鼻，责问他是不是丧失了革命的热情和勇气，害怕起敌人来了？

马援担不起这罪名，权衡辩论之后，将伏击的目标改为从省城颠巴颠巴赶来的那支保安团，这一招果见奇效，乱枪之下，毙伤了十几个敌兵。

姚襄见到他们安然归来，批评说："我早就讲过，敌人是不堪一击的，如果按照我原来的计划，伏击包围消灭这支保安团，然后再回过头去对付中央军，一定会获得大捷的。"

马援不以为然，建议脱离吴尚去广陵的口岸镇，等着师长和他们带来的那批军火抵达再说。

姚襄凛然道："我不会走的，在这样大好的革命形势下，你居然选择逃跑，那是绝不容许的！"

马援气极而笑，正要开口，留在伏击地区侦察情况的侦察员飞速赶来，报告说城内中央军出来接应，保安团正从左右包抄过来，这里已成危险地带，不宜久留了。

姚襄坚决不肯走。

马援着急起来，他冲周围的人使个眼色，强行拉住姚襄撤离了隐蔽地。但走到吴尚和广陵交界的廖家沟时，姚襄坚决不肯渡河，警告马援，这一旦渡河，他就要代表省委、代表师党委决定开除马援及其部属的党籍。

在这样的重压下，实际掌握了队伍基干力量的马援队长犹豫着让步了。部队在廖家沟以东两里地的村落里暂时屯驻下来。

姚襄心中愤怒，衡量利弊后终于下定了狠心，要将这个桀骜不驯、擅作主张的家伙先行解决掉，统一军令才能够先解决这人心惶惶的困境，重振士气，跟国民党反动军队进行决战。

马援对于身边这位姚特派员的心思浑然不觉，忙于训练士兵，整军备战。

他白天里只顾忙碌，天黑后回到草屋子里，头一挨枕头就睡着了。正在梦乡里时，忽然有人来通知他，去参加一个重要的会议。他马上去了姚襄的住处，果然正在开会。不料一进门就被预伏的同志们蜂拥按倒，用绳索捆得结结实实。

他大声责问："你们想干什么？想干什么？"

姚襄踱步过来，铁青着脸，宣布道："我代表省委、红独立师前敌委员会宣布，处决你这个扰乱军心的动摇分子。"

马援仰天呐喊道："我为革命出过力！看在我的贡献上，你们给我一个全尸，把我扔进廖家沟里，我九泉之下，绝不怪你们！姚特派员，老姚同志，这是我临死前唯一的请求了。"

姚襄思忖了一下，点点头，对执行者说："去廖家沟，下饺子，赏他个全尸。"

几个人七手八脚地将马援抬起来，出了小院去了河边停泊的一条船上，荡起桨来将船划向廖家沟，到了大河里，将马援拉起来坐在船帮上，捧起他的两条腿朝后一送，说："上路吧。"

马队长头下脚上扑通一声落水，眨眼间沉没，无影无踪了。这几个人望着波光粼粼的水面，沉默了半晌，开始划船返航。这空荡荡的河面上，倒映着天边的一轮惨淡的月影，河两边的芦苇唰唰地生长着。

3

吴尚城内，惨白的月光下，肖家长子肖林缓步从店铺向宅子走去。

在街口的拐角处，一个人当面拦住了去路。这个人步履轻盈，体态婀娜，只是头发有些凌乱。她的脸色苍白，如同这月色一般，两眼炯炯地盯住他，问："你，就是肖林？"

肖林微微一怔，这五官精致的女子，近夜时分半道相遇，开口直问，难道是《聊斋》中描述的艳遇？

这女子不容他浮想联翩，问："肖也如今在哪里？"

肖林蓦然一惊，反问："你是——"

女子说："我姓俞。"

"哦——原来是俞府的大小姐，"肖林客气地点了下头，说，"俞小姐是问我的弟弟吗？"

萍如说："我是在问他现在的下落。"

肖林踌躇片刻，说："他是因通匪坐牢了，现在关在广陵的大牢里。"

萍如急促地问："在广陵？他明明是在吴尚，怎么会在广陵？怎么会到了广陵？"

"他是潜逃到了广陵，被官府抓住的。不过，这样总比在吴尚被抓住要好，那些附从土匪的人都被杀头了。"

萍如打了个寒战，摇着头说："不成，他一定是被冤枉的。"

肖林望着这个心急如焚的女子，掠过一丝嫉妒，微笑道："俞小姐，肖也的事情我们全家都在想办法救他，托人情，找关系，即便倾家荡产也在所不惜。只是，这件事你们俞府的人就别掺和了，那是帮倒忙。你有什么口信，我可以代为转达。"

俞萍如深深地叹口气，取出一封信来递给他，说："我猜就是这样子，你——能转交给他吗？"

肖林点了下头，接过信去。萍如道了声谢，悄然退去，转眼间从这边纵横交错的巷道和小街汇聚处消失无影，只留下空气里淡淡的一丝幽香。

肖林低头看看这封信，确定方才不是梦魇中的幻觉。回到家里，他在灯下抽出那封淡香幽然的信函来，放在鼻端嗅了嗅，犹豫了片刻后，划起一根火柴来，将它点燃了，提在手里轻轻摇晃，最后丢进脚下的火盆里。

窗外的天色由暗转亮似乎是一瞬间的工夫，夜不能寐的肖林在一声尖厉的雄鸡鸣声中惊醒了，蓦然坐起。他看看不知何时睡着了的妻子，用凉水洗了把脸，出门往父亲那里去。

这会儿，肖定翁靠在四姨太丰腴的肉体上，微闭着眼，似睡非睡。

肖林走近了散发着衰败污浊气息、由暗红色木料包围着的父亲的卧室，弯腰问安。

肖定翁连吸了四五口鸦片烟，喉咙里发出一声充满了舒畅意味的呻吟，掉头来看他，问："你弟弟深陷囹圄，我肖家颜面尽失，昨儿我修书让你寄送上海，请你二叔设法营救，事情办妥了吗？"

肖林躬身说："已经寄出，父亲请放心。"

肖定翁叹息道："肖家日后的前途，我是下注在你弟弟身上，送到上海去念书，再出洋留学，将来回国后，去南京政府里谋一职位，这是条再稳妥不过的道路。他主外，你主内，兄弟合力，这是俞家一个丘八绝难相比的。可惜，这小子行为不检点，酿成了这桩祸事，我始料未及呀！这次救他出狱后，赶紧送出国留洋去，再弄出事端来，谁都难以救他。"

肖林点头称是。

肖定翁再吸两口烟，望着帐顶的绣花，说："你有守成之才，却无开拓之能，你弟弟却相反。肖家日后兴旺，就落在你们兄弟二人肩上了，明白吗？"

肖林应声说是。

肖定翁摆了下手，让他离开，再看看风韵犹存的姨太太，忽然流下泪来，喃喃地说："我年轻时作孽太多，老来受此报应，也是活该！你可不要在心底笑我。"

肖林返回店铺。父亲叮嘱他营救兄弟的事，他每一桩都束之高阁，没有付诸实施。他的脸上泛起一丝鄙夷的笑意，什么主外、主内的，老头子言下之意就是对自己的蔑视，想不到近些年来苦苦撑持家中店铺生意，让肖家不至于破产落魄，居然不如那个在上海吃喝玩乐挥霍无度的弟弟。他恨恨地朝地上啐了一口唾沫，将仅存的一丝怜悯和不安全然撇开了。

他沿街而行。这时，一顶小轿六七个团丁从前面街口转过来，懒洋洋躺在轿椅上的方团总扫了一眼刚刚开门营业的德顺堂店铺的横额，挥手让轿夫停步。

肖林快步迎上去。方团总看见他，笑道："肖大少爷，勤勉得很啊，这买卖，还好做吗？"

肖林略一拱手，说："鄙店的买卖尚可，承蒙各位主顾的厚爱。"

方团总依旧是笑嘻嘻地说："是啊，眼下肖家的生意，也只能在本部勉强维持度日罢了，可是昔日的盛景，我还是历历在目啊，肖家的货物通三江下四海，省城、京城，乃至南洋，都能销售到，也不过这三五年的光景，怎么就败落到这一步了？"

肖林强笑道："买卖大，有大的难处；小，有小的好处。我是个散漫的人，又没有什么本事，就守住祖业糊口混日子，过过平安的日子吧。"

方团总一笑，说："不瞒你说，我手里有条发财的路子，肖兄有没有兴趣合作一把？"

肖林迟疑了一下，说："方团总，鄙店只是勉强维持，没有什么财力做其他生意了，有心无力啊！"

方团总哈哈大笑，说："肖家再不济，几千块大洋怕是拿得出的，我这买卖是包赢不输，只要你有胆量气魄去尝试就行。"

肖林微笑着再作一揖，说："这件事容我想想，想好了，再说。"

方团总点头，再不多说，重新躺卧下来，用手里的鞭梢敲了下轿杠，示意轿夫出发。

肖林双手交互于胸前，心中冷笑，转身走进柜台去了。

4

马援自幼生长在这水网地带，六岁就能游水，水性纯熟，求姚襄留个全尸是假，搏一次生机是真。他被同志们无情地掀落水中后，深吸一口气，深潜到河底，双腿奋力地划动向前，估摸着远离了那条船后，这才向上浮起。他的半张脸在水面漂浮，打量了一下自己的位置，选定了河一侧方向，再度潜游。

大约半个钟头后，马援被一波细浪冲上河滩搁浅。他的脸上糊满了胶质的河泥，翻个身面朝上透气，躺在水波的摇曳中，浑身一时没了气力。从生死关头涉险而过的马援，没有丝毫兴奋，心中仍然惦记着方才将他推进水里执行死刑的那些同志。除掉了自己，姚襄下一步会做什么，他可以猜测得到。这数百人，用简陋原始的武器去跟中央军、民团的数千之众面对面交手，结果可想而知。

他深一脚浅一脚地向岸上走去。在一个槐树前，用力展开手腕绷紧了绳索，将它在树干上死劲地磨蹭。不过三四百下，便将这河水浸泡得发软的草绳磨断了。手腕处除了水泡发白外，又增添了七八道伤痕，便去捏了把三七草，在嘴里咀嚼碎了，抹在创破处，这便登上河堤向南而行。他要赶去老闸口码头，去见师长何为，将吴尚军中发生的剧变告知，迅速阻止姚襄等人的盲动冒险。

这样一个衣衫褴褛且又赤脚的男人，在这茫茫雨地里行色匆匆。也不知走了多久，远处传来轮船的汽笛声，老闸口码头不远了。他兴奋起来，迈开双脚加快了速度。

这处麻石码头，店铺密集，樯橹如林。一艘来自上海的轮船正在下客，人流如潮。他在人从里定睛寻找，果然见何为等人正在神色紧张地督促挑夫搬运着随船所携带的十几只用木板封得严实、长短各异的货箱。

他正要挤过去招呼，却不防有人在身后拍了一下他的肩膀。

他猛然掉头，四五个挎着短枪的便衣警觉地打量他，问："你是什么人？从哪里来的？"

马援镇定地回答："我是来码头做挑夫的，正找活计干呢。"

其中一人冷不防抓起他的手来查看，只见他腕部的绳印清晰，擦破皮的创口处，草药血迹犹在，他冷笑一声，说："形迹可疑，先抓起来！"

马援双臂一振，正待反抗。这些人已经拔出手枪，指着他。远处，何为师长正在向旁边的小船上转运货物。这关键时刻，一旦动手引发骚乱，必定要惊动了码头附近驻守的保安团，危及他们以及军火的安全。

他心中一动，敞开嗓门骂道："我是一个本分的人，为什么抓我？我没偷没抢，为什么要抓我？这还讲不讲道理？有没有王法了？"

他的声音洪亮，远远地传了出去，四下里忙碌的人们一下子都停住了脚步。

一刹那，马援和何为的目光遥遥相对。何为微微点头，掉转身去，招呼挑夫赶紧运货上船。马援欣慰地一笑，便放弃了任何抵抗的举措，任由这些家伙将自己押出码头，坐上了一辆骡车，向十五里开外的广陵城而去。

黄昏时分，马援被送入了广陵警察局的审讯室。审讯者是局里的稽查大队长。马援谎称自己出门觅活儿，被土匪绑架了，强逼入伙，他是去白马湖途中逃脱的。

审讯者吩咐书记员赶紧记录下这个讯息，下令将这个嫌犯暂先关到牢里去，留待日后再审。他要赶往府里，跟市长和驻军方面通气。

监狱长得了嘱咐，这个犯人要小心看紧，不能跟外界联络，心中想想，决定把他送到地下黑牢中去，只有那里才保险。

马援被狱警推下黑牢，站在一片昏暗当中，瞪大了眼察看四周的情况，正想寻个地方坐下，不料有个声音兴奋地叫道："马队长！马大哥！是你吗？"

马援循声望去，角落一隅，依稀有个人在向他招手。他走过去仔细辨认，吓了一跳："肖兄弟？你怎么在这里？"

那人站了起来，一把抓住他的手，摇撼了两下，也问："你怎么也被抓进来了？还戴着镣铐？"

马援叹口气，说："人生何处不相逢，偏偏让你我相聚在这黑洞洞的地牢里！"

肖也沮丧地摇头，说："是啊，咱们俩都是命里撞上了灾星，才落到这般地步！"

那个神秘人发出一声尖厉的笑声，说："应该说是我们三个人，都是命里有所报应了，这在佛家称作现世报，等不了来生啦！"

马援疑虑重重地附在肖也的耳畔，悄声说："我的身份，你暂且保密，这个人可疑得很。"

肖也答应了。却不料那人听觉极灵，接口道："你是什么人？我才懒得去管呢，能抓到这里来的，有几个是无辜？除了他！"

他随手一指肖也，不再吭声。

马援心里愈加惊疑，便拉了肖也去了地牢的另一边，询问究竟。

肖也当即就把自己被亲兄出卖，捉送到这邻县监狱里来的经过大致地叙述了一遍。

马援听得怒火填膺，内心不觉对这年轻人又增添了三分怜悯，忙拉他坐下，悄声说："你在这里九死一生，还是谋划出去的好。"

肖也苦笑："生死未卜，还能奢望出去吗？"

俩人坐在这隐晦当中，不辨外界的白天黑夜、阴晴月缺。狱警端了盘子进来，有酒有菜有饭。马援伸手欲拿，那狱警将两只发霉的窝窝头塞在他的手里，呵斥道："这是你的！那是他的！人家家里有人肯花钱，你有吗？"

马援一怔，啼笑皆非地望着肖也。

肖也欲哭无泪，将酒壶递给他。

俩人吃喝完毕，倚靠在厚草垫高的地铺上睡一睡，但草底隐藏的老鼠吱吱喳喳地叫，四处乱窜。马援骂了一句，肖也却笑，说："才来的人，总得有两天才能适应呢，别管它。"

俩人手抵在脑袋下面，仰望着挂着蛛网黑洞洞的屋顶发呆，却合不上眼。

　　也不知道又过了多久，那人吁口气，说："你们二位都能出去，但日后的路却不同，我奉劝一句，做友长久互益，为敌玉石俱焚。"

　　马援虽然不信这话，当他胡诌，但心里受用，笑呵呵地说："肖兄弟，这位听了我们的话，也即兴发话了，不过，我爱听！"

　　肖也惦记着自己的生死存亡，对未来一片迷茫，有了点信心，说："这怕是就要倚仗老兄了，我是四面楚歌，无路可走，你还有一伙弟兄可指望呢。"

　　马援笑问："敢问这位老兄，我们什么时候才能离开这鬼地方呢？"

　　那人说："不会太久，但也不会太早，总得是青天白日满地红之后吧！"

5

　　俞云涛眼部枪伤尚未全部痊愈，便率了部队出城清剿异党武装，要扑灭了这支新成立的番号为红军独立师、装备简陋的乌合之众，他就大功告成，平步青云不再是奢望。

　　他拿起手边刚刚送到的匪情通报来，揭开第一页，上面最为醒目的第一条讯息就是，共匪匪首何为秘密潜入江北地区，纠合乡村不法之徒建立农会、赤卫队，四处活动，近日奉共党首脑密令，成立所谓红军独立师，人数近千，装备等不详。

　　何为，这个名字他很熟悉，与自己同属一期毕业，后来参加了南昌暴动，上山为寇去了。他这次来到吴尚，所谋非小，倒不可等闲视之。不过日前袭击吴尚的行动，是他指挥谋划的吗？俞云涛有些不信，从与对方的交火中，他清晰地洞悉了对方领军首脑的能力，何为会打这样的仗？那也真是天晓得了。

　　他半信半疑，但仍不敢轻敌，下令各部戒备，他亲率一个主力营作为机动部队，在吴尚城郊十里地隐蔽屯驻，等待城内外的动静。

　　这支由特派员姚襄统率的队伍，已然抵近吴尚。

队伍在黄昏后启程，按照事先拟定的路线前进。月色迷离，遥远处一条线似的城墙渐渐清晰起来。城门楼上灯笼高悬，数十里旷野之外，一目了然。

突然间，前方亮起了两盏手电，有人喝问："什么人？"

前面先头部队立即开火，打倒了敌方巡逻士兵。但不远处，机枪声突突响起，应声倒下了四五个人。姚襄急忙下令撤退，他在两名卫士的帮助下，丢下队伍转身狂奔而去，将身后的激战、枪声都抛在了脑后。这一退就是几十里地，好不容易在一个灌木丛中收住了脚步，一屁股坐在泥地里，带着三分懊悔说："我们低估了敌人力量，这是一个教训。"

凌晨时分，在离城三十里地逐渐收拢残余，只剩下不足百人。他们在暮色苍茫中再次启程，目的地是廖家沟，渡过这条大河，进入广陵地界，避开吴尚地区敌人的围剿。当他们到达距离河岸三里地的村落里，在秘密交通站所在地暂作休整时，廖家沟河面上正有两条中型木船横渡河面而来，驶向通向吴尚方向的汉河交汇口。

船头，一个人手执礼帽，向着这边眺望，神色焦急。他正是姚襄期盼的红军独立师师长何为。

6

俞云涛再获胜捷，夜半时分和趁黑偷袭的对手撞了个正着，一举击溃对手后，他对于取得胜利尚未有兴奋意思。看来，他的老同学何为不在军中，这次交手，对方的战斗力甚至还弱于上次进攻俞府时，那个骁勇在前的马队长呢？没有一股子不畏生死的生力军冲突在前，使得整个战事索然无味。这是怎么回事？

吴尚城里，俞府一片喜庆热闹，门厅内外张灯结彩，迎接俞云涛的归来。不一刻，满城士绅纷至沓来。俞云涛进了府，只与县长见了一面，谦逊几句后，告乏谢客，进了卧室不再出来，任由他老子去代为照应斡旋。

俞凤山兴致勃勃地忙碌着，心里倒是留意那位肖定翁会是怎样的反应。但一天下来，肖定翁那边丝毫没有动静。他心里骂了一句，这个老东西是个茅厕里的石头，又臭又硬，他的儿子落在了自己手里，求死不得求活不能，居然还能这样沉得住气？他想象着这个多年宿敌为了儿子会登门而来，哀求自己高抬贵手放肖家一马的情形始终没有出现。据下人密报，那老家伙依然整天搂着那个硕果仅存的四姨太，醉生梦死不知所云呢。

想到了那个眉清目秀的肖二少爷，俞凤山气就不打一处来，他居然跟自己百般宠爱的掌上明珠私通幽会，那真是触动了他心里最难以忍受的地方。一时间，杀了这兔崽子的心都有了，好在，眼下让他在那个暗无天日的黑牢里饱受煎熬，无声无息地死去，比一时冲动宰了他要来得更加舒畅。

眼下，俞家大小姐萍如被关在自己的闺房里，不许外出，对于她的处置，俞凤山犹豫不决。按说犯下了这样的大错，上海那边的学业就应该予以取消，幽闭在宅子里一两年，再选择一个门当户对的人家嫁掉算了。但这个丫头性子倔强，关不住，万一闹出什么事来，那就麻烦了，弄成个鸡飞蛋打，得不偿失。但是依旧再放出去，她再惹下纰漏来怎么办？

这件事，他征求过儿子的意见。俞云涛一句话，简洁明了，顺了她回家来的初衷，送她出国留学，将肖家二少爷就此淡忘掉。这样一个明眸皓齿漂亮女子，又受过高等教育，将来择婿，必定是上流社会圈子里面走，小小的吴尚城，自然不放在眼里的。

俞凤山心中本不愿意，但儿子的意见，他却不能忽视。他压抑住对肖家的郁怒，送走客人之后，背着手走进女儿所住的院子。

屋子里，俞萍如正手执毛笔，写一首排解忧虑的小词，听说父亲到来，将纸捏成一团，扔进角落里，坐到窗下，捡起本书揭开两页来瞧，不理不睬。

俞凤山跨进门，看见她纤巧的后背，心中一缕怜爱升起，笑道："萍儿，在看什么书啊？"

萍如哗哗地揭了几页纸，将书推挪在一边，默不作声。

俞凤山走近去，看那本书，哼了一声，说："这等伤风败俗的书籍也看，怪不得学坏了！"

萍如冷冷道："学校开出的阅读书目上的，蔡元培、胡适先生，好几位有名望的校长、教授都推崇备至，到了你这里，倒变成伤风败俗了，真是好笑。"

俞凤山沉吟着，说："蔡元培是前清的进士，他会推崇这本书？这学校里的老师们都支持你们看？真是世道败坏了，人心不古啦！"

萍如不屑道："就你整天躲在这穷乡僻壤的，关起门来作威作福，哪里知道外面世界的变化和进步？"

俞凤山说："是啊，我不知道，好端端的人，出去转转，回来五毒俱全，勾结奸党，打家劫舍，这全都是眼前活生生的事实，你说这外出求学，学成了这样的本事，那还不如落草为寇呢！"

萍如听他提及了情郎肖也，脸上一红，但不甘示弱，说："我不信他是这样的人，他绝不会干打家劫舍的勾当的。"

俞凤山气得浑身颤抖，作势欲打，可一看女儿那倔强神情时，又放下了手，恨恨道："他勾连共匪，烧杀抢掠，已成铁证，没人能救得了他，死路一条！你仔细反省自己犯下的这些大错，父兄该怎样责罚你才是呢。"

萍如凛然道："大不了我去投河、跳井！"

俞凤山一愣，又怒又担忧，抬手指点道："混账东西，说这等混账话，你死了，有什么用？你这个不孝的东西！对得住你九泉之下的亲娘吗？对得住我和你大哥对你的一番疼爱吗？没心没肺！没有良心的东西！唉！"

他顿足长叹，一时间拿宝贝女儿无可奈何。

萍如不理会他，仍旧坐下来，捧起书来。

俞凤山咬咬牙出了门，不知该拿这个烫手的山芋如何是好。天黑之后，他踱步经过了儿子的卧室外，值守的卫兵行礼致意，叫了一声老爷子。屋子里传来俞云涛的声音："爹，请进来坐坐吧。"

俞凤山进了儿子的卧房，看见俞云涛脱了军装，内穿一件白衬衣，正坐在床头电灯下看地图，便劝道："涛儿，你的眼睛要紧，别太劳累了。"

俞云涛说:"我刚刚睡了一觉,睡得很踏实,吴尚的安全可保,我就不用操心了。"

俞凤山叹息说:"你放下了心,我可是担着心呢,你妹妹跟肖家那个孽子那出戏,怎么收场才好呢?她刚刚还跟我赌气口角,我是管束不了她啦。"

俞云涛笑了起来,说:"父亲何必担忧,这段孽缘已经被我们斩断了,肖也眼下身陷牢狱,这辈子怕是不会活着出来了,妹妹只不过是年轻,误坠情网,等时过境迁,她自然忘掉的,不必多虑。"

"那你去劝劝她,她见了我这个爹,哪里有好声气说话。"

俞云涛宽慰道:"爹,别生气,这一路女孩子,进了洋学堂,受的是西式教育,你用老法子去约束她是不成的,她日后的事,听我的,送出去留洋,也许在海外能够邂逅青年才俊,依照咱们的家世,总得找个强似咱们家的才好,这肖家的阳光大道,我看已经到头了,剩下的全是独木桥了。"

听儿子说到世仇肖家,俞凤山脸上有了笑意,说:"肖定翁作孽在前,有这么个长子照应他,自然要家道昌盛了。"

俞云涛也笑,说:"肖定翁生了两个儿子,反而是毁家灭族的由头,这怕是当初做梦也想不到的。"

俞凤山冷笑:"肖定翁自恃邪术,采阳补阴,到头来丹道不成,反成笑料,也算是吴尚数百年来的一朵奇葩。"

俞云涛说:"眼下,这肖家已成枯杇败屋,我已经让方团总设法再踹上一脚,将这幢房子弄塌了,他那失势的沪上二老爷,有心无力,束手无策,只能坐看肖府在吴尚灰飞烟灭。"

俞凤山捻须说:"哦,有这等事?你巧做安排,为父的坐看其成,嘿嘿,我生一虎,肖定翁生的只是两只猪犬而已,不值一提,真是不值一提了!"

这对父子相视而笑,尽在默契之中,浑然将那肖家父子当作了砧板上待宰的羔羊。俞凤山回去小憩,临走时叮嘱一句:"你妹妹那里,还是你去说两句为好,我这把年纪了,经不住气,她那刁蛮任性的脾性,有三分可是你宠惯成的。"

俞云涛送走了父亲，有些好笑。这女孩子骄纵的性格，与老爷子的宠爱是直接相关的，自己只不过在去上海这件事上，替妹妹说了话，至于她上海结交男朋友，那也是社交上的事，并不奇怪，只不过，这丫头挑来挑去，挑回了吴尚，与世仇之子谈起了恋爱。这也是老天有眼，他们倘若不回吴尚，就在上海交往，做出什么越轨事来，生米成了熟饭，那时候颜面尽失的可就是俞家了。他们这一起回了吴尚，私情败露，又掺和上了共产党袭城，两厢里这一乱缠，弄出了一个意外的收获，铸成了肖府二少爷通匪铁证，这神来之笔，引起一连串变故，重创肖家，所起的奇效，真正是煞费苦心也难以做到的。从这一点上说，这个妹妹所起的作用，至关重要，举足轻重。

他不禁笑了起来，想要给这个清婉动人的妹子以至高的奖赏。他穿上件竹布长衫，以抵御这夜晚间的寒凉，带了一个护兵去了妹妹的住处。

萍如将老子气走之后，坐在梳妆台前，望着镜子里自己的那副模样，忽然间笑了起来，但笑了几声后，眼泪不知不觉地随之流淌，由笑转为哭泣。她这时笑时哭的举止，倒让外面陪伴的老妈子紧张起来，以为这大小姐是受了刺激，神情恍惚，急忙进来劝说："小姐，你没事吧，我也帮你偷偷出府去找过他哥，这件事是假不了的，你一个堂堂的俞府千金，可不能再跟那个吃官司进牢狱没了前程的人牵扯了。"

萍如拭去眼泪，沉默了片刻，轻声说："我也没有想到，回到吴尚来会惹下这么一连串的祸事，早知道，就待在上海不回来了。"

她们在屋子里说话，被院子里的俞云涛听了个正着，应声评论道："这也未必，我看这肖也在大学里受了左翼分子的影响，也许在那里就加入了共产党，这次回乡探亲是假，配合城外共党队伍袭击吴尚是真。你想想，他在咱们宅子里时，外面恰好是匪军攻打，这一里一外，怎么也不像是巧合啊，幸亏我带了卫队在家，不然的话，俞家就遭劫难了。似你这样俞府大小姐的身份，绝没有好下场的。我这手心里捏着把汗呢！"

萍如听哥哥的声音，转身迎了出去，说："哥哥，你这些天尽忙着打打杀杀的事情，不理我了？"

俞云涛笑道："你这个丫头，是自己心里有鬼，不敢见我吧。"

萍如幽幽地叹口气，说："我心里没鬼，堂堂正正不做坏事。"

俞云涛说："我知道你不会存心害我跟爹的，但你年轻不谙世事，被人利用了也是可能的，我跟爹都不怪你，怕你所托非人，误了终身，害人害己呀！"

听他这么一说，萍如心中委屈、伤痛一齐发作，眼泪又不争气地流了下来，在哥哥面前，她失去了矜持，泣不成声。

俞云涛轻轻将手搁在她的肩头，说："好啦，不哭啦，听哥的，不哭了，在家里好好地歇息，等些天外面太平了，就送你出国留学去，遂了你的心愿，只是不要太轻信人了，吃一堑长一智，也是人之常情。"

萍如想起自己与肖也一同出国的约定，抽抽噎噎地问："那，肖也呢？他会不会死呀？"

俞云涛安慰她道："这个，你就不要去多想了，肖也私通共匪袭击吴尚，是个死罪，放在这里早已经被砍头了，他被抓到广陵，就是网开一面了，放他一条生路可以，他不会死，先监禁几年，等风声松懈了，由肖家再花些银子，就可以保释出来了。只是，这个人声名狼藉，前程什么的都毁于一旦了，不说也罢。"

听他这样一说，萍如稍稍放了点心，望着哥哥，说："出国的事，我想先暂缓一下。"

俞云涛知道她心中的想法，也不点破，随口应道："是啊，这些事也急不起来，先得地方绥靖了，剿灭了共匪后才行，你就在家里看看书吧，静养静养也是件好事。"

7

自从马援关入黑牢之后，肖也心中的郁闷稍有纾解，不至于朝朝暮暮对着默不出声的神秘前辈狱友了。而马援，忌惮于这个须发披拂的怪人底细不明，许多话都不便明言，整日里只是打熬筋骨，等待着同志们劫狱来救。所议论的也只是不咸不淡的闲话，聊以打发时间罢了。

但两三天过去，没有动静，六七天过去，依旧没有动静，十天过去了，还是没有动静。他心中有点忐忑了，时常望着紧闭的牢门发愣。

他的异样，肖也丝毫没有发觉，老是让他讲一些过去贩私盐时的与人争斗的陈年旧事。

马援越发地焦躁不安，夜不能寐。

这一切都逃不掉那位整日无语的神秘人之眼。他在晚饭时分，分了一小口酒喝，淡淡地说："马先生昔日是洪门中人，广陵、吴尚这一带是洪门活动的地界，你在洪门中是什么辈分？"

马援摇摇头，说："过去的事情啦，不提也罢！"

那人望着肖也，说："这还是值得一提的，他日后隐姓埋名，行走于江湖，或许用得着。"

马援嘿嘿笑道："你这人跟鬼谷子似的，神神道道，究竟是什么来历？"

那人说："关在这里几十年，什么来历都忘掉啦，你们二位多替自己担担心吧，不要在乎我这个无用的人。"

肖也听此人这样一说，先有了兴趣，伸手拉了下马援的衣袖，说："马大哥，你讲一讲这洪门中的事情，权当是消乏解闷。"

马援见他执意要自己讲，倒也无法拒绝，于是便将自己当年受父亲启蒙引导的洪门由来、堂口、切口暗语等说了个大概。这一说不打紧，花费了整整两天两夜的工夫。他讲完了，肖也心中记得了大半。

那人在黑暗中叹息，抬头望着深邃不明的屋顶，说："我来讲一个故事给你们听听，大约在二十多年前，或者是三十多年前，这广陵府，屯驻着一支新军，这支军队的官兵，虽然个个穿着西洋军装，扛着外国洋枪，却都又拖着辫子。大家心里都很别扭，想把这辫子剪掉，清清爽爽地做人。这支新军是由一个从日本留洋回来的人统领的，他那年似乎三十出头，朝廷赏赐了黄马褂和两眼花翎，督率了三千精锐，可谓春风得意之时。但是他，明着里是新军一镇的统领，暗地里是革命党人，有意要率手下这支队伍哗变起事，推翻清廷。他们这些留过洋的将领，朝廷其实暗地里放心不下，一方面要委以重任，另一方面在军中安插了耳目，窥伺着他们的一举一动，及时向上面密报。

"这个统领姓吴，身边有两个极为信任的左右助手，一个姓张，一个姓刘。他们志同道合，结拜为兄弟，在军中秘密发展党羽。这吴统领自以为事情做得机密，却没有想到，这姓张的兄弟，就是朝廷的爪牙，把他的一举一动转呈给清廷。兵部主事的对于吴统领愈加警惕，准备削弱其兵权，另调他处，并去其党羽。但清廷方面还没有来得及动手，南方已经兵变，硝烟四起。北洋陆军奉调南下平叛，与南军相持于江口不下。

"这广陵驻扎的新军早已有响应起事的念头了。吴统领以拱卫金陵重镇为由，出兵占领了铁路要隘，试图截断北洋军的军需物资。清廷上下一片惊恐，急忙派两江总督赶赴广陵，授予吴统领署理巡抚的重职，企图以高官厚禄收买他不变心。但吴统领一方面与清廷虚与委蛇，发电请求率部平叛；另一方面，封锁铁路，拦截火车，并部署出兵袭击北洋诸镇的腹背，策应南军。

"这些密报上达朝廷后，执政的亲贵大为恐慌，立即密令张某伺机刺杀吴统领，许以高官厚禄。这张某犹豫了两天，第三天晚上，恰巧发现吴统领未带护兵独自在后院散步。这大好的机会，让他一时利令智昏，认为是老天要赐予自己功名利禄，于是一不做，二不休，悍然下手。吴统领对这位结拜义弟信任有加，全然没有防备，至死也没有想到会死在他的手里。

"张某刺杀了吴统领，割下他的首级，偷偷离开军中，去金陵总督衙门领赏。不料次日在报纸上得悉，朝廷通电缉拿凶手并赠予吴统领太子少保衔的消息，他这才如梦方醒，自己只是一个用完即抛的弃子而已。悔恨之下，他不敢去领赏，将吴统领的首级埋掉后，自己躲进一处寺庙藏身。但朝廷却放心不下他，生怕机密泄露，四处遣派人手要捉他灭口。这张某在庙里躲了三个月，被同舍的僧人举报了，被密捕于庙内，押送广陵府。

"这时，南方军与北洋军正在秘密媾和，吴某一事风头已过，广陵执事者将张某关进黑牢，不闻不问，任其自生自灭。屈指算来，已是二十年的光景了。"

肖也和马援面面相觑，异口同声地说："是你，那个张某就是你！吴铁贞原来是你杀的！"

那人长叹一声，不复再言。

马援阅历丰富，听说过清末这一大疑案，肖也在学校里也听老师讲过这段推翻清廷历史中的诡异篇章。当时，报刊上都论定吴铁贞是死于仇杀，只有少数南方报纸上讲吴铁贞是革命党人，遭清廷遣人刺杀，以解北洋诸镇腹背受敌的危局。幕后主使者，非袁世凯莫属。想不到，历史的真实，居然隐在这广陵的黑牢里，当事人仍在这阴冷潮湿的地下接受命运的惩罚。

肖也说："我明白了，当年你是清廷的奸细，潜伏在吴铁贞身边，他以结义兄弟待你，你却耽于官爵和金钱，铤而走险，将他杀害了，但是清廷方面却为了安抚军心，不肯承认这暗杀乃官方指使，反而要抓你灭口。你出手时就注定两边不讨好，在这世上再无立锥之地，所以——"

"所以，关在这不见天日的地方，接受黑暗、潮湿、饥饿、寂寞的折磨，求生不得求死不能。"那人应声接下去说道。

肖、马二人默然，这时终于明白了他口口声声要在这地牢里赎罪的话语来。

那人手指肖也，说："你入我洪门，是件好事。日后漂泊他乡，自有裨益的。"

马援却摇头说："兄弟，我是个革命者，这旧社会会道门的一套，怕是不能帮你了。"

肖也正待开口，那人却说道："你过来，我以洪门弟子的身份收你为徒，你若愿意，日后也是洪门弟子，到了用时，自然会有用的。"

肖也当下再无迟疑，走到那人面前，迟疑着要屈膝跪倒。那人语调低沉地说："不需要这样，你心里拜了就行，拘泥于形式，是俗人所为。"

肖也忽然间觉得他这语音里仿佛具有某种催眠般的力量，一时间便跪不下去，点了下头说："前辈说得对，心中拜才是真拜。"

8

何为等人从上海等地秘密采购了一批军火，以大宗货物的名义随船携带，到了码头后，改由四条小船运载，从廖家沟起航向北，走了半天的路，抵达设在湖村的联络站。他们在村口的码头边，一下船就嗅到了空气里飘来的血腥气息，心中顿时警惕起来，连忙吩咐先将船只隐蔽在芦苇荡里，然后再派人假装过路的，潜入村中查探。

这先头侦察员进了村子，顺着一路斑斑血迹来到了联络站所在地祠堂，只见院内廊檐下坐着特派员姚襄，一群伤员正在休息。

姚襄认出了来人，长叹一声说："我们进攻吴尚的计划出了差错，同志们都很英勇，打了一仗，就剩下这些人了。"

何为等人闻讯赶来，目睹惨状，询问详情。

姚襄心中羞愧，但昂起头来，说："本来革命形势一片大好，我们袭击了吴尚敌人的巢穴，伏击了保安团，虽有损失，但也取得了不小的成果。可是，马援自恃本领，摆脱不了私盐贩子的习气，擅自行动，给革命队伍带来了难以估量的损失，为挽救咱们红军独立师，经过党委秘密会议决定，已经将他处决了。"

何为一惊："处决了？"

姚襄点头肯定说："是，处决了，他自知罪恶深重，要求溺水自沉在廖家沟，我们满足了他这个要求。"

何为对于这位姚特派员这段时期在军中主事的行径虽不清楚，但已颇为怀疑，当即下令，召集幸存的党支部成员，开会研究队伍应对这严峻形势所要进行的行动，并代表中央，传达了红军独立师当前的任务。

部队整编工作随即进行，经正式清点，包括负了轻伤尚能行动的伤员在内，全体官兵共有一百二十八人，少数重伤员寄住在群众家中养伤。为保密起见，队伍整编后，立即发放枪支弹药，就地动员了一部分农会的人参加，扩充为二百人左右，人人手里有枪，算得上装备精良了。

何为率部渡过廖家沟，进入广陵，分成四个小队分散行动。自己亲自率一支便衣队进入广陵城，与广陵地下县委联系，查探监狱里马援的情况。

经广陵地下县委的努力，花费了五块大洋从狱警口中得悉的消息，那个姓马的正是作为匪徒嫌疑抓进监狱的，那些官员仍旧忙于抽取盐税，捞取银子，一时还无暇去审讯这个嫌犯，任其在地牢里自生自灭。

何为心里有了数，马援的身份尚未暴露，安全暂时不至于有问题。于是马不停蹄地进行营救。他拿出一部分活动经费，共计一百块大洋，经由内线托人送给警察局长，打通关节放人，另外花了五块大洋，买通监狱长，以探监的名义跟马援见面，略作详谈，告知他组织上营救的详情，让他耐心等待，免得沉不住气，先闹出风波来。

这一百块大洋送出去后，暂无回音，但那五块大洋立即有了效应。监狱长将这封洋钱往怀里一揣，点了个头，说："又不是什么十恶不赦的人，家里探个监不算什么，尽管去吧。"

何为换上长衫，戴上礼帽，手挂文明棍，走进了监狱大门，穿过层层叠叠的牢笼，下到阴暗潮湿的地底，来到那一堵铁栅栏前，先回身道谢。狱警识趣地放下一盏油灯，转身走了。这盏灯幽幽地照亮了这长久的黑暗。

三个囚犯不约而同地抬起头来，追寻这光亮的来处。马援眼尖，猛然起身来到栅栏前，说："何——先生，你来啦？"

何为叹息道："我早点儿回来，就不会发生这种事情了。你是死里逃生吧？"

马援一笑，说："我的老本行，下水才有救。"

何为说："家底子所剩不多了，再就是缺你这样的人手，我想早些弄你出去。"

俩人伸出手，紧紧地互握了一下，就此告别。

肖也问："马大哥，你就要出去了，我想请你捎个口信出去。"

神秘人突然一声，说："这世间的事情，十有八九未必如人意，戏要一段段地唱，饭要一口口地吃，是骡子是马，尚未可知呢，想那么多干什么？"

马援一怔，心生异样，但也不多问。

肖也倒是按捺不住，有些愤然道："前辈，何必这样呢？关到这里，其实都是流年不利、命运不济的，这样挖苦，也太过分了。"

那人笑了一笑，说："天底下，有这样跟尊师说话的吗？"

肖也不依不饶地说："我这个人尊真理重于尊师。"

那人沉默了良久，干笑道："好个尊真理重于尊师，也是个翻脸无情之辈。"

肖也正色道："错了，尊师是尊师，尊理是尊理，理为重，师为轻，这是做人的根本，昔日你若是尊理为上，以天下苍生百姓为念，不至于落到眼下这样，在黑暗中忏悔修行。"

那人突然间站立起来，也不见他动腿动脚，便魅影般来到了眼前，探手一把抓住他的衣襟，愤然道："你敢耻笑我？"

肖也昂然不惧，目光炯炯地说："事实、道理本来如此，哪来耻笑一说？"

马援眼见此人这行止，不觉骇然，他来这狱中也有六七天了，似乎从未见他起身动弹过，这貌不惊人整天盘腿坐着的病人，一动起来，竟是这样惊世骇俗的身手，好生了得。

那人盯住肖也的双眼看了半晌，松开手，叹息一声："果然是个真汉子，我自愧不如了，不是我收你为徒，而是要以你为师了。"

马援忍不住笑道："那不如，你们师兄弟相称吧。"

那人又摇头，说："不对，这辈分字序已定，如何能改？"

马援不屑道："这字序辈分是死的，二位却都是大活人，变通一下不就成了。"

那人点了下头，重复一句："变通？变通是个好词，不知尊理，不知变通，率先酿成了这等毕生大恨。看来，二位我都不能以原本的眼光视之，肖兄弟、马兄弟，我们从此刻起，就以兄弟相称如何？"

肖也一笑，说："前辈，各随各便，你叫我兄弟，我叫你前辈，又有何不可？"

这人哈哈大笑，回归座上，说道："好！好！好！这样最好！不执着、不执意，才是真兄弟！"

马援笑问道："那么，请问老兄，我这次是走得了，还是走不了呢？"

那人信口答道："走是走得了，但只怕又是一阵腥风血雨。"

肖也明白过来，对马援说："那位何先生怕是用钱赎救不了你，得用武力劫狱了，杀人放火，劫数难逃！"

9

对于江北广陵、吴尚地区出现的这样一支共产党武装，南京国民政府极为不安，视之为心腹大患，委派黄埔出身的俞云涛为江北剿匪督察专员，全权指挥各部统一进剿，绥靖地方。

俞云涛得到了任命，独自坐在房间里，展开一张江北地图，背负着手低头俯瞰良久，揣摩着对手目标的去向。

他在室内出神，外面却已聚集了闻讯而来的人们，李县长、方团总，还有黎副处长。他们窃窃私语，只是偶尔回家省亲的俞营长，不过屈指可数几天，经历了一连串的变故后，居然做到了地方大员，督察四县的政务军务，真是如梦如幻，让人瞠目结舌了。

俞凤山在书房里，对着佛像连上了三炷香，听用人进门来悄声报讯，地方官员已经济济一堂，齐来祝贺，这可是前所未有的风光。他喜不自胜，也不顾还是上午，就取了家藏的上等好酒，自斟自饮，好不惬意。

这俞家父子都在宅邸里自觉风光时，广陵那边却有急电发来：郁堡、郭村被袭，守备民团被缴械，恳请增援清剿。

俞云涛反身去看地图，这两处地方都在广陵北部。他凝神思忖，下令保安团分路向广陵境内出动，摆出向白马湖进剿的姿态来。独立团从吴尚出发，白天向北，晚上悄悄返回。在吴尚城郊隐秘驻扎。这一刻，他需要提防的是敌手声东击西。

而此刻，秘密进入广陵的何为，已然筹划出营救方案来，立即召集吴尚地下县委以及身边的助手来开会，分配任务。目前，他需要马援马队长这样的得力干将，有了他，才有足够的信心来面对当前的艰险。

<h1 style="text-align:center">10</h1>

肖也这两天在牢里，跟着那位神秘前辈，学的是洪门中的切口暗语，晚上听的是洪门的掌故和各部渊源故事。

这天，正闲聊时，外面狱警突然现身，来到铁栅栏前，高声说提审犯人，随即手指马援道："你！"

马援一惊。

狱警叫道："愣什么？坐牢坐傻啦？快！快！局长亲自提审。"

马援被押走之后，肖也担心地叹息一声。那人却不容他有伤心的余地，伸手搭在他的肩头，说："这片刻的空暇，是天赐的，你必须紧紧抓住这个机会，将我所说的每一个字都牢牢记在心里，这对于你日后的运程有着极其重要的作用。"

肖也听他这说话的语调，心头讶异，正待疑问。那人依然悄声娓娓道来。

"这是个死囚来来去去的地方，每一个人到了这时候，都自知无法活着出去，但又不甘心将心里藏着的秘密带到地下去，所以，都将我作为他们临终倾诉秘密的唯一对象。我知道的事情太多了，以至于我花了半年的时间，才将它们带来的欲望和冲动压抑下去，化为空相。自从你进来之后，它们又在不经意间涌上来，干扰我的心境。我知道，必须将它转述给你，才能获得安宁。"

肖也凝神静听。这人说："十六年前，一个积年大盗被捕入狱，当事者对他用尽酷刑，一无所得。那人就躺在墙角，吐血咳嗽，气若游丝，我默坐不动，他仰面望着屋顶，如我这般絮絮叨叨，自说自话，诉说他生平背负着巨大秘密。他那时五十岁左右，再倒推三十年，在长毛、捻子肆虐之时，是遵王赖文光的亲随卫士。那一年，赖文光率军破广陵，清军紧随围城；赖文光突围时，将历年来劫掠的钱财藏于城中一个极隐秘的地方，将参与者尽数屠戮，只这个亲随作为财富的看守者剃发留下了。此人在之后的几十年里，多次想取走财富，却都未能得手。他自知生平杀人太多，官府不会放过自己，索性要将这个秘密带进黄泉。临死之前，又心有不甘，便将它说给我，他是将我看成与他一样的必死之人，却不想若干年后，还有你这样的人也关进了这牢里。"

肖也一颗心跳得激烈。

这人继续说："那笔财富藏的地方，绝难想象，与我们近在咫尺，嘿嘿，我们日夜陪伴着它，却不知道，这岂不是人世间的一大笑话？"

肖也骇然："你是说，这财富，就在——"

那人手指身下地面，徐声说："这下面，埋的是金砖，方圆十步，掘深近五尺，赖文光当年，将所有财富都兑成黄金埋藏在死囚牢的地下，谁能想到，这不见天日的地方！"

肖也屏住了呼吸，望着这人伸手托起一块砖头，递了过来。他伸手接住，入手沉甸下坠，心里已然明白，这是一块厚半寸、长三寸的金砖，仅此一块就价值可观了。那人说："你身体单薄，带四块走足矣，记住我的一句话，出了牢狱，远离吴尚，在繁华地面觅生活，你的命，只宜在灯红酒绿处的省会，在这蕞尔小城，只有被埋没、湮没的命运。"

在此人的催促下，肖也脱去外套，赤着身子将贴身的衬衣撕成条幅，将四块金砖排列整齐，包裹之后再用布条搓成的绳索将它们捆扎结实，分成前后左右系勒牢固，再重新穿上外衣。那人审视他一遍，叮嘱："记住我的话，趁乱而走，避乱而行，我只能帮你到这一步了，你以后的路自己走，有风趁风，无风借风，天下自有你的立足之地。"

肖也听他如此语意真挚，想到杳无音信的父亲，加害自己的哥哥，爱人的父兄陷害自己，眼中不禁热泪盈眶，说："前辈，请问你的姓名？"

那人说："此后，你我再无相见之日，何必挂念姓名这些无谓之物，你记住我的话就是了。趁乱而走，避乱而行。"

他说完这句话，便合上双眼，不复言语。

肖也见他言之凿凿，不信也信了，便转身走到那扇紧闭的铁门边，静候这预言中的大乱发生。

此刻，马援坐在审讯室的铁椅子里。广陵警察局长手夹香烟，坐在他的对面，打量他良久，微笑道："我对于身价能达到一百块大洋的人，非常敬重，有人肯花钱赎你，这说明你是有价值的，对他们而言，也许还远远超过这一百块，你到底是谁？当然，这只是我个人的好奇，在释放你之前，我觉得自己应该做个明白人，不用蒙在鼓里。"

马援笑道："哦，居然有人肯出这么一大笔钱赎我这条烂命？呵呵，这笔钱要是给我多好，我宁愿攥着这笔钱坐回牢里去，我这个人穷怕了，见不得钱，尤其是这么一大笔钱！"

局长将烟蒂掐灭在烟缸里，站起身来抱肘围着他踱了一圈步，说："我所处的这个职位，使得我能够洞悉许多不为人知的秘密，我断定，你是个共党分子无疑，所以犹豫，是不是履行这个协议，拿钱放人。或者，拿你去报功请赏。我一时拿不定主意，你是当事人，请你帮我拿个决心，如何？"

马援无奈地说："你说的话，我半句都不懂。"

局长说："你说不说，其实都不重要，就在这一秒钟，我已经决定了，但是，我不会告诉你，你回到那个阴冷、潮湿、肮脏的黑牢里，静待着自己的命运吧，我的决断，就是你的命运。"

11

何为劫狱营救马队长的计划是，主力一部袭击广陵以南的邗都镇，筹集军费、粮食、扩大影响。另一部袭扰郭村等地，使敌人手足无措。自己则亲自负责指挥劫狱。他在狱外大街对面的旅馆里租了间房子住下，站在窗前从窗帘的一角观察监狱门前及周围的情况。

下午三点左右，邗都镇内外枪响大作。广陵城里顿时乱了。警察局长从酒桌上站起身，去椅背上的枪套里取出手枪，却被相好的拦腰抱住，哭喊着要一起逃命。

广陵县长听到了枪声，脱去外套，换上件短衫，躲藏到居民家里，再不肯出来。保安团营长是个行伍出身，闻声即起、集合部队，号角吹了好几遍，然后浩浩荡荡地出城，离城五里便下令在路边的一处树林里等消息，四下里派出人去探风，等候各处的消息，再作应对。

这一连串的情形，都在何为的视野内，当城里驻防的保安团出城之后，他在窗口向楼下挥了下手。扮成小贩、挑夫、路人的队员们即刻动手，纷纷从扁担内、竹筐子里、货物下面取出长短枪支、长矛短刃，径直冲向监狱。先杀死守卫，一路奔袭狱警的宿舍，一路直下地牢去救马队长。还有一路，负责警戒，换上警服，代为看守，保持监狱前秩序井然的假象。

何为来到地牢时，铁门已被打开。

马援跨出门来，回头催促道："肖兄弟，快随我走吧，这千载难逢的机会，过了这村就没那个店了！"

肖也掉头望着那神秘前辈，说道："前辈，你也走吧，这机会稍纵即逝，再难有了。"

但那人纹丝不动，置若罔闻。马援一把拉住他，匆忙上去，边走边说："他绝不会走的，走不走对他都没有意义了。"

何为见马援拖着个陌生青年一起走，心中奇怪，问："他是谁？"

马援说："这是肖也兄弟，在吴尚城里救过我。"

何为也不多说，做个手势，带领着劫狱的队伍离开了警局监狱，向西门撤去。那些断后的队员遵照指示，将监狱里所有的囚犯都释放出来。一时间，广陵街头一片大乱，前有一队持枪人马步履如飞般远去，随后有一大群毫无准备的囚徒，四处逃窜，顺手抢劫，令广陵居民们眼花缭乱，惊骇莫名。

且说何为这一队人马冲出城门，拐入一条僻静的小路，斜插向南，直奔江边。在那里，三个大队的人马已经撤出集结，正在等候他们。离城十五里，有一处荒废土地庙，何为下令稍作休息，点起火把来清点人员，看有没有掉队的同志。结果点名下来，一个不缺。但马援从牢里带出来的那个年轻人却没了踪影。

倒是马援惊讶地叫道:"肖也兄弟呢?他跑丢了!"

何为询问此人的来历,马上联想起自己那位黄埔同学来,脸色微变,马上下令四处搜找,结果仍没有踪迹。他们佯动、骚扰、劫狱一气呵成,不想为了这个年轻人耽搁时间,随即启程。在天亮时分抵达了江边渡口,迅疾登上预先备好的多条木船,升帆起航,不再在这里多待一刻。

马援望着船行的方向,胸中豪情一起,说:"师长,你这是要去打兴南城吧?"

何为大笑,一口干了酒,说:"马队长就是马队长,了不得,不用我传达党委会的决议了,你猜对啦,咱们这就是去兴南,那地方城池大,乡村贫瘠,我们到了那里,登高一呼,马上就会有无数穷苦兄弟们参加,壮大队伍,是指日可待。"

第三章

1

肖也趁着众人忙于赶路，疏于留神时，闪在路边的一棵粗壮的大树背后，一动不动，目送着人群中马援挺直的背影越去越远，直至消逝。

他长长地吁了口气。现在，他终于是重获自由了，但由于他重获自由的方式是危险的，所以伴随着自由而来的危险也如影随形地紧跟着他。他听从狱中那位前辈的叮嘱，脱离了这支武装，独自上路，目的地已经明确：上海。他要重返上海，投奔叔父，回到校园，在那里，他自忖能够获得绝对的安全和自由。

他在黎明时分，借助初升太阳的位置，认定了方向，向南走去。也不知道走了多久，被一条宽阔的大河所阻，饥肠辘辘，索性去岸边一棵桑葚树上摘了一大把桑葚，顾不上洗就塞进嘴里，紫色的汁水从他的嘴角溢出，滴到了手臂上，他凝视着这醒目的印记，联想到了殷红的血渍，叹了口气，沿着河流向前，去寻找渡口。

最近的船渡是在八里地外。肖也走了好一气才到。一条渡船即将起航，船上已经坐了七八个人。他连忙挥手高声呼唤。船夫收住篙，等待他奔跑过来，踏过跳板上了船。肖也擦把汗正待坐下，不料船夫伸手说："十五文钱过河，付钱吧。"

肖也一愣，这才想起，自己身上没有铜板和现钞，迟疑了一下，正待开口。

角落里有个女孩脆声叫道："肖二少爷，是你吧？"

肖也一惊，掉头望去，是个白净的小姑娘，居然一时想不起来。

那女孩子见他惊异，白了一眼说："我干爹老田救过你，真是没良心！"

一个年轻的女子握住她的手摇晃了一下，嗔怪道："小孩子，别乱讲话。"

肖也顿时省悟过来，这是肖家守坟人老田的干女儿芸儿。

船夫不耐烦地催促道："快些，有钱快给，没钱下船，概不欠赊，这是一锤子买卖。"

肖也脸上顿时涨红了，两只手徒劳地在上衣兜内摸来摸去，摸出一个纯银镶花、纤细变形的戒指来。他抓在手心里，一下想起了这是自己上次去俞府幽会萍如准备送给她的礼物，却不想后来出了这一连串的祸事，几乎将它忘记得干干净净了。

船夫见他手里的戒指，心生贪念，笑嘻嘻地说："行，这枚戒指也值几个钱，就拿它抵过河的船钱吧。"

肖也心中一痛，不由自主地缩手。

船夫恼了："你给不给？不给，就请下船去！"

肖也正自为难，那女子站起身说："别耽搁时间了，这位先生的过河钱，我代付了。"

船夫接过钱来，恨恨地说："坐下吧，有人愿意替你付钱，那是你的运气，上路啦！"

他将竹篙斜插入河堤下方，奋力抵住，双脚移动几步，将船儿撑离了渡口，向对岸驶去。肖也没想到会在这条船上遇上芸儿，更没想到带着她的这个年轻女子肯为自己垫钱，满面羞惭地坐在她们对面，低声说："多谢了，多谢你了。"

那女子没有吭声。芸儿却说："你只谢她，不谢我吗？哼，要不是你，我也不至于——"

那女子使劲地拽了一下她的手，说："别乱说话。"

芸儿咬了咬嘴唇，低头不语。肖也叹口气，悄声说："我都记着呢，记着呢，将来总要报答的。"

那女子抬眼瞄了他一下，没有吭声，将双膝紧紧并拢，一只手搂住芸儿，在她的背后用指头划拉了两下。芸儿安静下来，望着船板的纹路和缝隙出神，静候着船只到达彼岸。

须臾间，船过大河，在对面渡口停靠。船客们纷纷下船，分头远去了。肖也见这女子带着芸儿，提着行李不便，便殷勤地去帮忙。女子阻拦他，说声不用。

肖也笑笑，说："你一个女人家，又要照应芸儿，又要提包拎箱子，实在是不易，还是让我帮忙吧。"

船夫在船头冷笑："人家替你垫付了船钱，你这是要做挑夫还钱了。"

女人哼了一声，算是默许了，拉起芸儿的手上了岸。

船夫手持竹篙，看着他们徒步沿着河岸而去，目光无意间掠扫过河滩，却见这年轻男人空手下船的足印，比其他人的明显深了许多，不由得心中一动，眉头微皱，一时间出了神。

肖也将包袱背在肩后，提着藤条箱子走了一段路，行李再加上四块金砖的坠沉，不觉满头大汗，脚步缓了下来。女人带着芸儿在前面驻步等他，问道："你是不是身子不舒服啊？"

肖也摇头，说："我走路慢，连累你等了。你们这是去哪里呀？"

女子说："上海。"

肖也喜道："我也是去上海，咱们恰好同路。"

芸儿咯咯笑了起来，问："你真的是去上海？"

肖也点头："我在上海念书，叔父也住在上海，看来，咱们可以一路同行了。"

那女人默想了片刻，摇头说："不成，你一个大男人，我们跟你在一起，路上不方便。"

"方便，方便。我还是有些用的，芸儿，你说是不是？我还认识那位马队长呢，我也帮过他的忙。"

他心中着急，想起在坟地里分手时，芸儿是跟马队长走的，连忙将他也说了出来套近乎。

果然，这女人听了，附在芸儿的耳畔轻声问了几句。芸儿点点头又去附在她的耳边说了两句。女人笑了一下，一张漠然的脸上有了神采。她上下打量他片刻，说："你这模样，够可以的，还肖家二少爷呢。"

肖也不好意思地笑了,努力地迈开脚步,走在前头,浑然间将身上的负荷暂时忘却了。

三个人走走停停,也不知过了多久,隐约听到了江上轮船汽笛的鸣响,不觉都高兴起来。芸儿充满憧憬地问:"肖少爷,那轮船有多大?比咱们这里的木船大得多吗?"

肖也说:"至少十倍。"

芸儿咋舌说:"那可不得了。"

女人好笑,拢住她的肩头,轻拍了几下,说:"没事,等到了上海以后,什么新鲜玩意儿都能看见,多长见识呢。"

她话音方落,一个声音冷冷地说道:"什么玩意儿,也比不上这个人身上的宝贝。老子在这渡口摆渡多年,像你这样的肥羊,还真不曾遇到过,识相点,把身上宝贝拿出来,不然,你们仨就没命去什么上海了!"

三个人一起抬头望去,竟是那个摆渡的船夫。

船夫狞笑了几声,从腰后抽出雪亮的利刃来,指定了肖也,逼近过去。

肖也脑子里一片混乱,连声说:"没什么东西,没什么东西呀!"

船夫目光敏锐,指着他略显臃肿的腰间。肖也知道自己身藏重金的秘密被对方觉察了,这才弃船尾随追赶。他望了那女人和芸儿一眼,心底掠过一阵愧疚,摇了下头,指着她们说:"这腰上的东西给你也罢,但是,得先放了她俩走,她们走远了安全了,我自然会解开腰带,双手奉上,要是你硬抢,我就跟你硬拼,你未必占得了便宜。"

船夫掉头看这女人和小孩,嘿嘿笑道:"不成,老子宰了你,夺了这财物,再将这两个小羊弄到个没人知晓的地方慢慢享用,那才叫财色双收呢,快点!快点!"

他持刀逼近肖也。

肖也叹口气,佯作顺从地去解腰间包裹金块的布绳,突然间左手抓住绳端,右手托住一节砖囊,在那歹人贪欲大起时,蓦然屈肘将它捧举在肩,依照学校里体育老师英国人纳尔逊传授的标准姿势,猛地投掷出去。那船夫与他近在咫尺，以为他要纳金求饶，全然没有防备。但见这布包迎面飞来，下意识地一挡，沉重的砖块打在他的手臂上，啪的一下击落了他手里的利器。

肖也拼却了性命，和身扑了上去，学的是已故守坟人老田的那招，双手紧紧地抱住了对方，张开嘴一口咬住了他的耳朵，死命地撕扯。船夫尖声惨叫，双拳胡乱地击打他的后背，狠命地挣扎。肖也一鼓作气，咬下了他的耳朵，呸的一声吐在地上，又想去啃他的鼻子。这一瞬间，船夫缓过神来，双手挣脱了，抡拳砰的一下打在他的下巴上。

肖也仰面摔倒，船夫抬脚踩住了他的胸膛，顺手捡起刀来，怒吼道：“我要一刀一刀活剐了你，活剐了你！”

他将刀尖抵在肖也的面颊上，深深地割了一刀。

肖也痛彻心腑，凄厉惨叫。

船夫举刀，再度行凶。

只听得身后一声枪响，船夫背心一热，一股力量将他推向前去，一头栽倒在松软的草丛泥土间。肖也自忖必死，突然间逢此变故，转身起看。那女人手持一把短枪，走到船夫的面前，瞄准了他的胸口，又开了两枪，血液四溅，沾染了路边的花草。

肖也瞠目结舌，望着她手里青烟袅袅的勃朗宁手枪，再看笑盈盈的芸儿，喃喃地问：“这，是怎么回事？”

芸儿拉住他的手，笑道：“二少爷，我给你介绍一下，这是我新认的姑姑，她姓任，任晓月。”

2

俞云涛得悉广陵城劫狱的消息，脑子里闪过肖二少爷那张清秀的面孔，心中一紧，立即下令各部以广陵城东部区域为主要目标，四面搜剿。他自己则即刻返回吴尚。

俞凤山正在宅子里喝茶，盘算着女儿留洋的事情。这时候见儿子手提马鞭步履匆匆而返，便问这会儿回来有什么要事。

俞云涛将马鞭搁在八仙桌上，解开衣襟，说："广陵监狱遭劫，犯人都逃光了，其中就包括那个肖二少爷，这小子命大，真是命大！"

俞凤山担忧道："这件事可千万别让你妹妹知道，这小子逃出了监狱，倘若不肯死心，又来纠缠，只是——这伙劫狱的家伙是什么来历呀？"

俞云涛说："共产党无疑，他们在周边地带佯动出击，吸引我们的注意力，其实是要越狱，这劫狱嘛，是救这个肖二少爷？还是另有他人，只是顺带他而已？"

俞凤山冷笑："这小子是通匪的罪名，那伙人不是救他，还能救谁？你即刻下令，只要发现此人的行踪，格杀勿论！"

俞云涛猜测道："他既然逃了出去，极有可能就在共匪的队伍里，他如果念念不忘吴尚，那岂不就——？"

俞凤山说："那，咱们马上就送你妹妹离开吴尚，去上海，办理出国事宜，并将风声散播出去，先死了这小子的心。"

主意既已拿定，俞云涛立即施行。安排家中管家，带了两个护院以及老妈子，护送妹妹俞萍如上了一条不起眼的乌篷船，不动声色地从宅子后门的码头起航，一路驶向柴墟渡口，从那里换乘大轮船，驶向上海。他拍发了一个电报，请沪上驻军同人帮忙，办理护照等相关事宜，将妹妹送往大洋彼岸的美国。只要她踏上远洋的客轮，这一切便可全部了断了。

3

吴尚的变故，跳出吴尚，跳出江北，跳出东南一隅来看，无足轻重。天下大势，此刻犹未有定局，更为规模庞大的战争，正在酝酿之中。中原地带，烽烟四起，金戈铁马，鏖战正烈。倒是那沪上都市，犹如世外桃源，春风吹拂在繁华大街上，靡靡歌声婉转动人，尘俗里的欲望，正在萌芽生长，让生活在其间的每一个人都浑身燥热，难以自持。

外滩一侧的十里铺码头，一艘客轮缓缓停靠，客人们携着行李踏着跳板登岸。肖也提着不属于自己的一只篾编的箱子和一只布包，走在前面。任晓月挽着芸儿的手，紧随其后。他们上岸出了码头，离人群远了，这才稍稍住脚。

肖也望着她们，说："任小姐，你们要去哪里？我先送你们，然后再去办自己的事情。"

任晓月摇头，说："不用，我带着芸儿，投亲靠友，你跟在后面不太方便。"

肖也理解这"不太方便"四个字的含意，微笑道："这一路，承蒙任小姐照顾，用的都是你的钱，我心里真是过意不去，等我这边安顿妥当了，就还钱给你，能不能留个地址给我？"

任晓月犹豫了一下，说："亲戚朋友家的地址，实在不便给你，这点钱，你不用还，你——好自为之吧。"

肖也却不答应，看见旁边的邮局，请她们稍等，去门前代写书信的小摊上借了纸笔，写了自己的名字和学校的地址，郑重地交在任晓月的手里，叮嘱道："你有事的话就去这里找我，一定记得找我啊！"

任晓月将他写有地址的纸条抓在手里，看了一眼，勉强收起来与他道别，上了黄包车越走越远，芸儿忍不住回头望望远处的肖也，说："姑姑，他走了。"

任晓月叹了口气，说："咱们也走了，这件事你不要对别人提起，记住呀。"

芸儿虽然疑惑，但还是认真地点了下头。

车子叮叮当当地一路飞奔，进了法租界，拐了个弯转入巷子，再走了约莫一刻钟，来到一座洋房面前。任晓月付了车钱，和芸儿一起拿了行李，走到宅子雕饰繁复的铁门前，轻轻敲门。

院子里没有应声，她有些诧异，但仍然执着地继续敲打了一阵子。这砰砰的声响，惊动了隔壁邻居家的女佣，从门缝里探出头来看，说："小姐，这宅子里没人住了，空了有些天啦。"

任晓月一惊，问："请问，你知道这宅子里的人去哪里了吗？"

女佣摇头，说："不声不响地搬走的，谁也不知道他们去哪儿了。"

说完这句话，她缩了回去，咣当关了门，不再理会。

任晓月没想到一路跋涉，会是这样的结果。这里是党的首脑机关下属的一个部门，专门负责接待各个根据地转道来上海的同志。她上次离开这里时，里面不仅有负责同志，还有扮作家属、佣仆的其他工作人员。可是，这次再度登门时，竟是人去楼空了。她虽然百思不得其解，但却不能在这里逗留，引起别人的注意了。她明白，一定发生了什么突发事件，才会有这样的结果。发生了什么呢？

她无暇多想，与芸儿一起离开目的地。走在租界车水马龙的大街上，芸儿前后左右地张望着，既好奇又紧张，拽了拽任晓月的衣角，问："姑姑，咱们这是要去哪里呀？"

任晓月摇了下头。她本是外地人，随何为以及未婚夫来过一次上海，参加了接受开辟江北根据地的任务。但未婚夫不幸随姚特派员首度进攻吴尚时中弹牺牲了。她随地方的同志转移后，马援带来了这个小姑娘，请她代为照应。何为回到队伍里后，鉴于独立师遭到了巨大的损失，派她去上海向中央汇报，希望中央再设法从其他根据地调派部分骨干去吴尚地区，加强部队和地方力量，重点支持吴尚根据地的发展。

她正处于未婚夫阵亡的伤痛之中，正好可以借机换换环境，稍作休息，芸儿这个孩子聪明伶俐，又是革命的遗孤，方才本以为一脚跨进大门，可以见着久违的领导和同志们，谁承想，却扑了个空。这一定是发生了紧急变故，被放弃了。她此刻应该怎么办？

任晓月下意识地看了看芸儿，担心起来。早知道这样，就仍然将她留在吴尚乡下了。这上海貌似繁华，实质上是凶险异常，这里是敌人统治的中心，每时每刻都有风险，本来是要安置她，给她一个稳妥的生活，却不想将她置于更加危险的境地了。

芸儿丝毫不知道她正处于茫然无措之中。她摇晃了一下任晓月的手，说："姑姑，亲戚不在家吗？要不，我们去找肖二少爷。"

任晓月摇摇头，说："他们搬家了，我们去他们现在住的地方。"

她和芸儿重新上了黄包车，赶往一个熟人的住处。这是她在上海唯一有过交往的人了，姓薛，薛莹，喜欢演话剧，是左翼文艺界中的活跃分子，属于外围组织中的人，找到了她，也许可以借助她和组织接上头，至少有个落脚之处吧。

不一刻，车夫将她们送到了一个弄堂里，任晓月凭着记忆，拐过一个弯角，来到顶里面一家，看看门上斑驳的油漆，以及在左上角用娟秀小楷写着的"薛宅"两个字，确定自己找对了地方，当下抬手轻拍了两下。里面有个熟悉的声音问："谁呀？"

"我。"任晓月提高声音答应道。

门开了，一个五官精致、气色却略显憔悴的年轻女子站在院内，望着她略带迟疑地问："你是？"

任晓月说："薛莹，是我呀，任晓月，老周的表妹，你忘记啦？"

这女人一愣，省悟过来，说："记得，记得！你跟老周来过这里，来过这里。"

她忙不迭地将任晓月和芸儿让进了屋里，沏茶倒水，请她们坐下，寒暄几句后，说："你们稍等，我去街口买些点心来。"

任晓月连说不用客气，薛莹已经推门出去了。任晓月松了口气，坐了下来。

芸儿悄声说："这阿姨是做什么的？"

任晓月说："是个演员，演戏的。"

"哦，乡下倒有不少唱戏的，但是没她好看。"芸儿说。

"那是唱戏，她不唱，演的是话剧，话剧懂吗？就是在台子上正正经经地说话。"

芸儿没有看过话剧，茫然地点头。

她们在屋子里闲聊着，等待薛莹的归来。十来分钟后，有脚步声传来，但不是薛莹的，粗重且杂乱。任晓月脸色顿时变了，一把攥住芸儿，将那张纸条塞进她的手心，悄声急促地说："记住，去找那个肖二少爷。"

她的话刚说完，房门便被推开了，几个穿着西服和绸衣的男人冲了进来，为首的是个疤眼，挥手示意，其余人一拥而上，将任晓月按住，捆绑起来。

芸儿大叫："别碰我姑姑，别碰我姑姑！"

这几个人不容分说，将任晓月强行架走，只丢下芸儿一个人在这里。芸儿哭得嗓子沙哑，一时不知所措。也不知过了多久，薛莹提着牛皮纸包裹好的糕点走进门来，惊讶地问："晓月呢？你姑姑呢？"

芸儿抹了下眼泪，抽噎着说："刚刚被几个坏人抓走了，你快去救她，救她呀！"

薛莹嘴角掠过一丝笑意，惊异地说："被抓走了？怎么会呢？谁抓她的？我去瞧瞧，我去瞧瞧。"

芸儿忍住了啜泣，望着她的背影，压住嘴唇，不吭声。

薛莹走回屋子，望着她说："你除了任晓月，还有其他亲人吗？我送你去吧，我送你去。"

芸儿闭上了双眼，使劲地摇头，尖声呐喊着："我要姑姑，我要姑姑！把姑姑还给我！还给我！"

这个十二岁左右女孩的叫声，清脆中带着凄厉，回荡在法租界这片民居的上空，格外地引人注意。薛莹赶紧哄道："别叫，别叫，你先吃糕点，吃饱肚子，我带你去找姑姑，去找姑姑。"

芸儿正是饥肠辘辘，也不客气，抓起糯香甘美的糕点来，接连吃了三四个，抹着嘴望着这个漂亮的女人，说："你可说话算数，带我去找姑姑。"

薛莹点头，说："好吧，好吧，我陪你出去找。"

俩人离开了院子，出了弄堂，在街头走了一气，哪里有任晓月的半丝踪迹。薛莹摸了下芸儿的脑袋，柔声说道："这样找，也不是个事，你在这里还有亲戚朋友吗？要不，我送你去。"

站在了街口，对于这座繁杂城市茫无所知的芸儿无法可想，低下头去，沉默了一气，说："听说有个亲戚做买卖，在那个什么约瑟大学附近，要不，你带我去。"

薛莹兴奋起来，连连点头。她招手叫了辆黄包车，带着芸儿坐上去，一路直奔目的地。半个钟头后，她们在圣约瑟大学门前路口下了车，薛莹紧攥住她的手，向南走了一段路，留意打量身边的每一家店铺，侦伺着芸儿的反应。芸儿面无表情地望着前方，不停地摇头。

待到这条路走到了尽头岔口，薛莹按捺不住了，气恼道："你到底记得不记得了？这家亲戚的店铺在哪里？"

芸儿哇的一声大哭起来，举起粉嫩的拳头，在她的身上砸着，说："都怪你！都怪你！我姑姑呢？我姑姑呢？"

薛莹左闪右躲，在这大庭广众之下，无法跟一个孩子较真儿，她硬下心，威胁道："你别闹了，不然，我就在这里扔下你，由着你自己一个人胡闹！"

芸儿挥舞着手臂，说："你走！你走！我跑丢了，也不关你事！"

薛莹有意吓唬她，边说边走道："那好，我这就走了，这就走了。"

她装作真的离开，笔直走出去好一段路，回头偷偷瞧去，却发现这女孩没了踪影。她赶紧掉过头去找。但芸儿真的跑掉了，无影无踪，至于去了哪里，这如潮般的人流里，星罗棋布的街道马路弄堂，到哪里去找？

薛莹跺了下脚，放弃了寻找，气呼呼地离开这条街，东转西绕了一阵子，走进路边的一家貌不惊人的店铺里。柜台后面，正有一个男人在啜饮红茶，见她进来了，笑道："功夫不负有心人，果然忍耐到了今天，有收获啦，这个女人既然跟老周同志有关，那么，从她的身上找到老周的踪迹，那就容易得多了。"

薛莹一屁股坐下，说："还讲呢，我被那小丫头缠得烦死了，叶主任，这会儿她跑丢了，我可懒得去找。"

那被称作叶主任的男子笑道："好啦，好啦，别使小性子，那个丫头，跑不了的。人生地不熟，在这十里洋场，能跑到哪里去？算了，我让手下的弟兄们眼睛尖着点，一准儿找得着！"

薛莹噘起嘴来，说："那，你什么时候送我出国？我心里可慌，共产党一准儿要报复我，我可不想出门挨枪子儿。"

叶主任安抚般地在她的肩头抚摸了一下，说："别急，别怕，我就送你走，替你换了名字办护照，想得周到不？"

薛莹将脑袋依偎过去，笑吟吟地说："谢你啦，我出去后，一定会惦记着你的。"

4

肖也进了貌似久违了的校门，此刻学校里正在上课，路上没几个人，门房老头先见个衣衫褴褛的疤脸汉子进来，吆喝一声要来阻拦。却不防他客气地招呼了一声，声音依稀熟悉；再三仔细打量，再跟声音验证，才勉强肯定这是昔日里那个风度翩翩的学生，不由得骇然。肖也解释：路上遭了贼受了伤，好不容易捡了条命回到学校。

走进校园，在明媚的阳光下，信步向前。不过数天的工夫，他从地狱跨进了天堂，恍如隔世，脚下步伐也有了劲头。

他回到宿舍，浑身乏力地坐倒下来，喝了一口凉水后，趁着屋内无人，先脱了外衣，将围腰缠着的几块沉重的金砖卸下来，塞进了床肚下面，然后去自己的桌子前拉开抽屉，取出本厚厚的书来，掀开书页，从中间先后取出了三张钞票，换了件干净的外套，将钱揣进去，先行离开学校，上了辆电车，前往二叔的公馆。

在站点下车后，他穿过马路，来到对面一幢宅楼前，拍打着宅门。楼上临街的阳台处，有个女佣伏在护栏上向下俯瞰，问："先生，你找谁？"

肖也仰头说："我是肖也，找二叔。"

女佣随即换成了一个戴着眼镜的年轻女子，仔细地端详他，疑惑地问："你是谁？二哥？听声音倒像，你脸上哪来的伤痕？怎么弄成了这副模样？"

肖也见是堂妹肖琴，挥舞着手说："一言难尽，小琴妹妹，你先开门，你先开门。"

肖琴一路小跑下楼来开门，愕然打量他，说："这——是发生了什么事了？哥哥，你怎么变成了这副模样？你的女朋友呢？"

肖也叹口气，走进客厅坐下，摇头说："妹妹，你哪里知道我这些日子吃的苦头啊，快拿些点心来，哥哥快饿坏了，饿坏啦！"

肖琴赶紧让女佣去厨房取点心来，连忙缠着他讲清缘由。肖也边吃边讲，约莫花费了一个钟头，才将自己回老家吴尚的这段经历说了个大概。肖琴瞠目结舌，不可思议，手抚胸口，说："哥，你怎么像是写小说啊，真是一波三折，让人揪心死了。"

肖也苦笑，摇头说："真像是噩梦似的，我这辈子都不想再回那个地方了。这辈子都不想回去了。"

这兄妹俩正说话时，有个中年妇女手扶着楼梯下来，远远看见肖也的憔悴模样，皱起了眉头，说："琴儿，这是谁呀？"

肖琴起身去拉她过来，说："妈，你仔细认认。"

肖也站起身来，恭敬地叫了声："二婶，我是肖也呀。"

肖太太捂住嘴，几乎不敢相信自己的眼睛："真是你吗？我的二少爷，你怎么变成这样子了，尤其是那道伤疤！"

肖也黯然垂头，说："一言难尽，就不说了，我是来见二叔的，他老人家在吗？"

肖太太摇摇头，说："你来得不巧，你二叔他去南京了，好像是有要事，具体我也不清楚，也不知道他几时回来。"

肖也失望地点点头，说："那，等他老人家回来再说吧，我就不在这里打扰了。"

他起身告辞。肖太太转而吩咐女佣说："去我房里，把老爷平时没穿的那件西装取来，给二少爷换上，这肖家人的脸面，可不能丢了，不管出了什么纰漏，架子不能塌啊。"

女佣领命去取了西服来，这肖也的体形和二叔肖定坤仿佛，穿起来半点不走样，竟似量身定做一般。肖琴点头肯定道："这才是我那个潇洒的二哥。"

肖也在叔父家里盘桓了小半天，才回学校宿舍去。换了这身衣服，出得门去，走在马路上，油然间腰板挺直了，手揣进兜里，恢复了昔日里那个翩翩富家公子的风度。这一路返回到了学校门口，忽然间，门房快步过来一把拦住他。肖也吓了一跳，退后半步，问干什么。

老头做个手势，请他去门房。一个女孩坐在小凳子上，闪巴着眼睛看他，说："肖二少爷，我终于找到你了。"

肖也定睛看去，居然是芸儿，吃了一惊，说："芸儿，你晓月姑姑呢？你怎么一个人在这里？"

芸儿泪如雨下，说："姑姑被几个坏人抓走了，我们去投奔的那个女人，是个骗子，姑姑叮嘱来学校找你，我好不容易来了。"

肖也连忙安慰她说："知道了，知道了，我会想办法的，你先别哭。"

芸儿擦去眼泪，将那张纸条递给他，说："多亏你写了这个，不然我可就找不着你了。"

肖也心中暗自称奇，这小女孩独自一人还能在偌大的城市里摸到这里来，真是难得。但是，一个难题横亘在眼前，这失去依靠、在上海举目无亲的小女孩，该如何安排？他向门房老头道了声谢，先领芸儿去自己的宿舍去了。眼见天色将晚，看看不妥，只得又去女生宿舍，轻拍房门，婉转说明来意。三个女生犹豫了一下，虽然同意了，但是只肯留宿三天。

肖也缓过了这当前之急，心头稍安，忙趁没人时询问芸儿有关任晓月的事情。对于她们度过了种种困难，却在目的地遭遇意外，颇觉茫然，不明白这其间的缘由。不过，她是在法租界被捕的，那么，可以找巡捕房交涉，他的同学里有一位的父亲是法租界工部局的华董，明天可以托他去疏通，看能不能救她出来。

他拿定了主意，便先暂且作罢。他躺在床头，思索着自己日后的出路，迷迷糊糊间睡着了。这一觉也不知道睡到了几时，宿舍门外，又是那老头的声音："肖先生，这位官长找你，请你出来一下。"

肖也从窗口朝外看，只见他身边站着个戴礼帽的男人，不觉有些紧张，难道吴尚的那些事如影随形追赶到了这里？他开了门，暗暗紧张。那人却摘下了帽子，领首致意道："肖先生，我是奉肖定坤秘书长之命，来学校接您的，请跟我走吧。"

肖也惊讶："我二叔回上海了？"

那人点点头。肖也放下心来，披了件外套，跟他出去。校门外灯光下，一辆崭新的别克汽车正在等待。他们上了车，司机发动车子，一路驶离。但这一路却没有去肖也白天拜访过的那处公馆，而是另寻他路而去。车子驶到了一处树荫环抱的幽暗所在，一只猛犬在铁栅栏后面不停地打转、吼叫着，挣动得拴狗的铁链子哗啦啦作响。

一个温和的声音在楼上说："阿虎，别叫了，是家里人。"

狗立即沉寂下去，趴在角落里，啃咬起骨头来。

肖也听到这熟悉的声音，叫道："二叔。"

那人说："来我的书房吧，你的事情我大概都知道了，别急。"

肖也进了门厅，转而登上二楼，穿过奢华的走廊，走进一扇敞开的樱桃木门，只见二叔肖定坤背对着门面朝书橱，袖手浏览着书脊上的名称。听到身后的脚步声，随后一指沙发，说："你先坐下歇息会儿，我找几本书给你先读读，你在圣约瑟大学念书，真正有用的却没有学到，才落得眼下这个困境。"

肖也不便应答，说了声是。

肖定坤伸手从密集的藏书里抽出了两本书来，递给这个背运的侄子，说："你且仔细看，有什么心得，可以尽管写笔记。"

肖也一看这两本书，一是本国古书《资治通鉴》，一本是翻译的外国书《君王论》。他不明所以，仰头望着叔叔，听他的训示。

肖定坤打量他的伤痕，点头说："也好，肖家子弟有这样的磨炼，书也念了，牢也坐了，日后可以做大事。"

肖也不免羞愧，说："叔父，我让肖家蒙羞了。"

肖定坤摆了下手，说："不对，肖家后辈正缺出类拔萃的人才，你受此磨难是好事；二叔日前赴南京国府，与蒋委员长促膝长谈，彻夜未眠，今天下午只在火车上小睡了两个钟头。老蒋请我出山，共谋平定天下的大计，我以年老体衰推辞了，呵呵，不日他还会再次请我的，在沪上蛰居了几年，厌倦了烦琐政务，再想重新拾掇起来，还是有些为难吃力的。"

肖也听他这样说，惊喜交加："原来叔父要出山了，这是大好事一件，父亲倘若知道了，必定高兴的，我闯下了这样的祸事，不知惹他多生气呢。"

肖定坤盯住他的双眼，看了半晌，说："你这伤痕改变了相貌，不如就此改个名字吧，用草头萧，萧羽，好，就叫萧羽，你就要毕业离校了，我会聘请你做事的，前提是先把两本书给读透了，领悟了。"

肖也冷不防这位叔叔会给自己改姓名，愣了一下，重复这个新的名字，迟疑道："叔父，这件事，我爹会同意吗？"

肖定坤摇头，说："这是没法子的事情，你在吴尚、广陵顶的是通共暴乱的罪名，委员长对于通共分子毫不留情，你若还是遭到通缉的共匪肖也，这上海就没有你的容身之地了。"

肖也听他点破了这个严峻的现实，仍有点不甘心，说："我是被冤枉的，叔父难道不能帮我洗脱罪名吗？"

肖定坤在书桌后坐了下来，望着这个仍然执着的侄子，说："费那么些精神气力纠缠于一个姓名干什么？萧羽，萧羽好啊，萧羽是党国干将，党国精英，日后前程无量，肖也和萧羽，只是两个字的变化而已，你仍然是肖家的二少爷，我替你父亲做主，还犹豫什么？"

肖也对这位二叔对于自己当下所处困境而采取的化解方法，先是瞠目结舌，再静下来想了一想，心底油然体会到了妙处，站起身来，鞠了一躬。

肖定坤问："还有什么疑问吗？"

肖也想了一想，问："那我在学校里登记注册的姓名，怎么办？"

肖定坤果断地一摆手，说："一并改了，这件事，我明天托人去办，这样的话，你毕业时就用萧羽的名字。嗯，这一点，你想到了，心思还算缜密，已经有进步了。"

肖也听到了叔父今晚以来第一句夸奖，隐然有了几分欣慰。肖定坤也不看他，只指着他手里那两本书，提醒道："好好去读读，今晚就读，要有心得，你再也不是肖家那个公子哥了，要肩负起责任来，懂吗？"

5

肖也回到学校时，已经是下半夜了，他进校门时，起身来开门的老头望着那缓缓驶去的汽车，笑嘻嘻地说："先生，你要发达了，我自从你一跨进这学校，就知道你不是个寻常的人，现在果然验证了，果然验证了。"

肖也笑了笑，倒没把他这阿谀奉承的话放在心上，他要认真地去看二叔推荐的这两本书。回到宿舍，同室的那位同学回山东后还没回来，床铺空荡荡，于是他点起煤油灯来，侧卧在灯下，先看了几页本国古书，再翻阅那本《君王论》。不觉窗外的天色已经微微亮了。他枕着书，如同武侠小说里的宝典秘籍一般，贴近珍藏，不知不觉地睡着了。

等他这一觉醒来，芸儿坐在他的身边，手托着腮帮子好奇地盯着他酣睡的模样。

肖也笑了起来，坐直了身子，将书挪到案头，问："吃了没有？"

芸儿摇头。

他起身去洗漱一番后，拉起她的手来，领她到学校门外的早点摊上去。俩人在简易木桌边刚刚坐下，端起伙计递上的豆浆，就看见有几个人在不远处四处张望，向路人询问着，依稀是要找一个走失的小女孩。

芸儿耳朵尖，下意识地捂住了自己的辫子。肖也有些紧张，他能够断定，这些人是在搜寻芸儿无疑，这些人跟昨天抓捕任晓月的那些人有关。他不动声色地伸出手去，将芸儿束缚辫子的绳子解开，将她的头发归拢了一下，抚平在脑后，脱下自己的外套遮在她的身上，轻声安慰说："别怕，吃饱了肚子再说。"

芸儿嗯了一声，低下头去，吃了一根油条，喝了半碗浓浓的豆浆。肖也觉察到了那些家伙的目光向这边扫来，然后又转移到了对面一个手抓糖球独自蹦蹦跳跳的女孩身上，围聚过去。小女孩吓坏了，用上海话高声地叫喊。一个中年妇女推着车子过来，用上海话劈头盖脸地骂，吸引了过路闲人们围过去看热闹。

趁着这混乱劲儿，肖也搂着芸儿，拔脚便走。俩人进了校门，转个弯，脱离外面街口的视野范围，才停下了脚步。肖也低头望望芸儿这一头的长发，说："剪短了吧。"

芸儿点头，又不舍地摸了摸乌黑的头发，撇下嘴说："怪可惜的。"

肖也无奈地一笑，说："是可惜。"

一个钟头后，肖也站在学校偏门一条小街上的理发店外，点着根香烟，悠悠地抽吸着。玻璃门推开，芸儿长发被剪得齐耳，小心翼翼地出门来，抬头望他。他笑了起来，伸手在她这光洁的短发上摸了一下，说："挺好，蛮精神呢。"

对芸儿外表特征进行改造之后，肖也稍稍地放了心，继续在宿舍里翻书解闷，看一段后，凝神想了一想，提笔来记了两句，再思索不妥，又用笔将它画掉，低头揭过书页来仔细研读。忽然间，他叹口气，自己如今还是凶犯的身份，虽在上海，也未必得到安全，再想想吴尚年迈的老父亲，难以得见，自己却要改名换姓，一股子悲凉涌上心头，将这诡术麻衣之书暂先抛开，重新担心起自己面临的生存问题来。

芸儿在窗下，用一根细红绳绕在五个指头上，织网玩。见他出神，便叫了一声："二少爷。"

肖也纠正，说："在这里还是别叫这个吧，我比你大着十多岁，叫我叔。"

芸儿笑了笑，说："那也太显老了，我叫你哥吧。"

肖也摇头，说："也太过分了，跟我称兄道妹了，你那姑姑跟我也差不多大吧。"

芸儿正色道："我确实是喊她姑姑，你别怕这个乱了，将来万一你娶了她，那我不叫你哥了，叫你姑爹。"

肖也没料到这小丫头伶牙俐齿，哭笑不得，摆了下手，去床头拿起久已不用的皮包来，将那几块金砖全部放进去，提在手里，坠沉有力。这分量，给了他开始新生活的勇气，心里头刹那间充满了一股子豪情，低头看看正自出神于指尖小游戏的芸儿，说："走吧，出去转转，咱们应该另外找个安逸的住处，寄人篱下，可不是个好办法。"

芸儿看他这西装革履的模样，和在肖家坟地初见时截然不同，怔怔地说："你这样子，像是个坏人。"

肖也笑了起来，说："胡说，这叫作体面，也叫作仪表，在上海这块地面上，仪表不体面的人，是不受人尊敬的。"

惯于在乡村生活的芸儿，对此一无所知，听他言之凿凿，只得姑妄听之，随他从学校的边门出去，上了辆黄包车，赶往设在外滩九江路的花旗银行。到了银行门口，仰头看看高大巍峨的大楼，下意识地整理了一下脖颈处的领带，一手提着皮箱，一手挽着芸儿的手，拾级而上。

进了银行椭圆形的大门，马上就有侍者过来招呼，肖也被邀请进了休息室，面前送上了一杯热腾腾的咖啡和一小碟子奶糖。肖也将奶糖端到芸儿的面前，自己搅拌了几下咖啡，侍者殷勤地问："先生，来鄙行办理什么业务？"

肖也说："兑换，开户，存钱。"

侍者恭敬地欠身，离开了。不一刻，一个穿灰色西服的男人从容走来，伸手递上一张名片，自我介绍说："鄙人是本行襄理，请问先生贵姓？"

"免贵姓肖。"

"肖先生，请随我来，只需要耽搁您一小会儿时间，就可以办妥相关事宜了。"

肖也起身叮嘱芸儿一句，便随他走出休息室，进了一间办公室。那人做个手势，请客人出示兑换物。肖也从包内取出四块金砖来，放在桌子上。那襄理拿在手里，先看成色，再试硬度，先大致目测之后，拍掌两下，马上就有侍者进来。这人指指金砖，说："去验货，称重，估算金额。"

侍者取了金砖，应声而去。

他们在办公室里抽了一根烟后，刚刚掐灭了烟头，外面的数字就报送进来，黄金是九成五的足金，共计八公斤，折算为二百八十三盎司，上个月美元刚刚暴涨到了每盎司三十五美元，总价约一万美元。

那襄理听了，微笑着问："肖先生，你是全部存在银行，还是只存一部分？"

肖也说："基本都存，我兑一千块本币现钞。"

襄理取出一份存户登记表，请他填写。他拿起钢笔，唰唰写下了"萧羽"二字。

襄理恭维道："原来是草头萧，萧羽先生，羽字好啊，飞黄腾达、平步青云，有了这对翅膀，好风送我上重霄！"

肖也听他这番驴唇不对马嘴，笑了起来，道声谢，转身出去喝咖啡。芸儿等得有些不耐烦了，望着他说："去哪里了？我一个人怪闷得慌的。"

肖也坐下，将奶糖剥开纸，送到她的嘴边。她含住了糖，皱起了眉头，说："甜得腻人。"

肖也将咖啡递给她喝了一小口，她又皱眉，说："苦的。"

肖也笑道："这就对了，先甜后苦，苦甜均匀，就好了。"

不一刻，那襄理领着个侍者手拿着印有银行标志的文件和装有现金的纸袋进来了，先将账户存单请他过目，说："按照您的吩咐，加了暗码，您这份单据，全世界鄙行的分行支行都可以通兑，这里是您要的现金，请清点。"

肖也略看了一看，说："不用了，就这样吧。"

当肖也和芸儿再次走出银行大门时，已是一个腰缠万贯的富翁了。在这座商业繁华的都市里，腰间有了钞票，胆气自是不同。他拉着芸儿的手过了马路，走过了几条街，在一家外观奢华的旅馆前站住了，望着那乳白色的店名标牌，说："芸儿，咱们从此刻起，就不用回学校去了，就住这间旅馆，好不好？"

芸儿仰头望着高耸的楼房，密集的窗户，脸上掠过一丝惊畏之色，点了下头，轻声说："住在这里比在宿舍里舒服吗？"

6

肖定坤对于肖也身份的修改极有效率，也不过两天时间，圣约瑟大学里，肖也所有的档案资料被全部更换，照片上，脸带刀疤的萧羽全方位地替代了肖也，至于其他证件，更是不在话下了。更加有意义的是，这些更换的证件中，多出一张盖有钢印的派司，根据这个物件，他现在是某个政府机关里的低级文官。妙的是，他连那个机构的所在地都一无所知。总之，他现在是政府的人了，有组织、有金钱，而这个改变距离他逃离广陵，不过个把月的时间。

但就在他稍稍心安的时候，针对他脱离广陵监狱的通缉行动，也已启动了。国民党党务特别调查科根据广陵，更确切地说是来自吴尚剿匪专员公署的通知，派人进入圣约瑟大学，对业已不存在的肖也，进行秘密侦缉。为首的是特别调查科叶明远主任。他穿着笔挺的中山装，戴着礼帽，拄着根手杖，轻轻地在校长约翰森的办公室门上敲击了几下。

约翰森对于这位特务头目并不陌生，近一年来，他已经潜来学校调查多次，在校门外抓走了六名学生领袖，其中，有两人被处决，三人失踪，还有一个被打伤致残，取保候审。他心中充满厌恶地听着这独特的声音，提高音调说："请进。"

叶明远抵开门扇，探进头来，笑吟吟地说："校长先生，您好，在下又来麻烦你了。"

约翰森将面前的书本挪开，指着面前木椅，说："叶主任，今天又准备抓捕哪个？我这学校本来学生就不多，再抓几次，就空了，关门大吉了！"

叶明远大笑，拱手作礼说："这也是被逼无奈之举，还望包涵。不过，这次来贵校，不是抓什么嫌犯、激进分子的，而是根据一份通缉令，捉拿广陵大狱里逃出来的家伙，巧的是，他是你们学校的一个学生。"

"学生？"约翰森好奇，"谁？"

叶明远将通缉电文递到他的眼前。

约翰森瞅瞅，摇头说："不熟悉，没有印象。"

叶明远冷笑，说："自然是有的，请校长将学生名册取出来勘查一下，那个学生叫肖也。"

约翰森无奈地摊摊手，摇电话叫来教务主任，让他带着这特务头子查看档案，自己将厚重的木门关上，取出烟斗来，填上烟丝，惬意地吸了几口，笑出声来。

叶明远带了四个特务进了教务处档案室，将在校所有学生的档案名册逐一查寻了一遍。没有肖也这个人，他心中生疑，望着教务主任，问："还有疏漏的人吗？"

教务主任拍着胸脯担保说："绝没有了，鄙校原来学生就不多，数得过来，你们要抓的，也许是别的学校的吧。"

叶明远狐疑地翻了下档案，说："可惜，吴尚那边照片还没有寄过来，不急吧，先等几天，我还会再来的。"

教务主任目送他远去之后，快步去了校长室，向他询问这件事如何处置。约翰森摸着唇上浓密的胡须，说："这与我们没多大的关系，查来查去，都是他们自己人，你怕什么？咱们这家学校，是教会办的，谅他们不敢轻举妄动。"

教务主任刚刚经手替换了那个名叫肖也的学生资料，万没料想，追查接踵而至。这时候，想起叶主任那阴鸷的眼神，背上竟有些发凉。想起他说的等照片比较这句话，有些发慌，但再想想，这位肖同学脸上那道醒目的刀疤，足以改变原有的容貌，也就稍稍地平稳了心境。

叶明远回到本部，这里是一处伪饰成木材贸易公司的两层楼，底楼是办公处，楼上是关押犯人的地方，窗口全部用木板钉死，不泄声不透光，再大的喊叫声也传不出去。地下室里，设有刑讯室，特地从德国进口了电刑用具。他原来对这个并不感兴趣，但近期抓了几个共产党主要目标，老虎凳、皮鞭都不起作用，倒是这不起眼的两根电线极有效果。

当他嘴边含着香烟，坐在木椅上，看着受刑人无望地蜷曲、伸展四肢，与某种难以名状的痛苦做无谓的痉挛挣扎时，心里就充满了欣喜。从他们的痛苦状态，他发现这种电流对人体神经系统的折磨，没有极限阈值，痛苦是没有尽头的，无法转换，这就是它的厉害所在。

通过这新式的刑具，叶明远近期接连破获了共产党几个重要的地下部门，捕获了几个重要人物，受到上峰的几度嘉奖。这些奖励令他的胃口越发地大了，他有心要在这十里洋场、繁华之所破获潜伏中的共产党中央总部，将那几个令委员长"魂牵梦萦"的大人物全部一网打尽，就此彻底解决领袖的心头大患，那才真正算是自己建功立业的时候。

他走进办公室，拉开窗帘，点起根烟来，将面前新送达的卷宗抽出来翻阅了几页，拿起电话，摇通了问："那个姓任的女人，背景材料准备好了没有？"

对方说："主任，这女人是从外地来的，我们已经查到，她是从十六铺码头下船的，她和薛小姐没有直线联系，据我估计，她之所以去找薛小姐，是因为失去了联络，这一点，跟我们新近破获的共产党地下联络机关有关。"

叶明远皱起眉头："那还不赶紧去查？倘若带动了后面的大鱼，我们可就有大收获了，延误了时机，我要军法从事的。"

对方迟疑了一下，问："可以用刑审讯吗？"

叶明远断然道："不行，先做好预备工作，把材料准备足了，先从心理上打破她的防线，刑讯只是配合手段，这么一个女人，不像是初来乍到的生手，怕是难以轻易撬开嘴巴的，你抓紧。"

搁下电话，叶明远全无倦态，又抽了根烟。但桌上的电话铃声响了起来，他拿起话筒，里面传来上司陈立夫的声音："明远兄吗？"

他连忙说是。陈立夫说："中共近期在苏皖等地，接连发动暴乱，严重影响了委员长的规划大计，我甚为担忧，你负责的侦缉工作还要加强，倘若能彻底解决中共首脑机构，使得各地的共党武装群龙无首，便形不成威胁，易于被国军各个击破，这重要的行动，就寄托在叶兄身上了，还望重视。"

叶明远保证说："立夫先生，请放心，我正在全力行动，手里正在梳理线索，一旦时机成熟，必当毫不犹豫地采取措施，完成党国交代的使命，不负重托。"

接完了这个电话，叶明远的心情反而沉重了。设想希望转换成现实的压力后，事情还是那么件事情，但心态已经起了微妙的变化。他重新坐下，将相关的资料再度打开，望着第一页的嫌犯照片。这个投奔薛莹而落入自己掌中的年轻女子，被捕时还带了一个小孩，那小家伙居然以寻找亲戚为借口，将薛莹甩脱了，真是个鬼精灵。这样一个十二岁的小女孩，岂不是有些可怕了？她与这任姓女子到底是什么关系？还有，她为什么要选择去圣约瑟大学附近呢？难道那里有人接应？可是，早知道有接应，又何必去投奔薛莹？他马上拿起电话来，通知行动组，以薛莹为中心，在圣约瑟大学附近扎口子，布下天罗地网，务必要找到她，这么个初来乍到的小孩子，会在上海如鱼得水，无影无踪了？

他低头盯着圣约瑟大学几个字，突然想起吴尚发来的通缉令里那个名叫肖也的青年学生，他跟任姓女子以及这小女孩会不会有关呢？

7

红军江北独立师在吴尚城北一战，与中央军18师独立团意外遭遇，激战半天，付出了沉重的伤亡代价。撤出战斗后，一路突破了保安团、民团的封锁，来到江边联络点。

马援旧伤未愈再添新伤，失血过多，昏迷不醒。

何为草拟了一份报告，着人送往省委，转呈中央。独立师于五月九日与中央军独立团主力遭遇，激战半天，给予敌人以重大杀伤后，撤出战斗，避开敌人援军的何为，付出了重大代价，现正欲转进兴南地区，休整补充。由于此战武器弹药消耗严重，请求中央、省委能够筹措资金支援。

办完了这件事，他再去看看昏迷中的马援，再三思量，又坐下来，写了一封给中央某位负责人的信，内抒直言，江北革命工作由于靠近国民党统治中心，敌人极为重视，不惜以重兵驻防，所以，在这片区域建立红色根据地，比之于其他地区要困难得多，付出的代价也将更为惨重。所以，在这里的胜利绝不会是一蹴而就、一帆风顺的，需要做好与敌人长期艰苦斗争的准备。

这封信，他用桑皮纸信封封口之后，外面再包了一层油纸，塞在了马援贴身的衣服兜内，并嘱护送他的人，一定要保证将人和信都送到上海去。

这一行数人趁着夜半江上风平浪静，划桨起锚，用了近一个钟头的时间，沿江而下，向南驶去。

这时，联络员送来了地委的密信，请求独立师会合赤卫队、农会，会攻吴尚。这封信，看笔迹和口吻，显然是出自姚襄之手。这位省委特派员、吴尚地区党委负责人，在主力遭到重创的情况下，还想再度进攻吴尚，真是异想天开了。

联络员见他沉思不语，说："临行之际，姚特派员让我捎带了口信给你，根据确切情报，吴尚的敌人连伤兵算在内，也就剩下二百来人，龟缩在城里，不敢出来。眼下，敌人主力，都在城外各处寻找独立师的下落，吴尚空虚，与其坐待敌人找上门来，还不如出其不意地插它一刀，起到奇效，时不我待啊！"

何为踌躇起来。姚襄的意思很明确，独立师虽然遭受了损失，但俞云涛的独立团同样也损失惨重，奇袭吴尚，歼灭敌军独立团残余，似乎还是可行的。

是走是留？他的脑子里剧烈交战，马上召集了几位负责人进行商榷。众人均表态，可以试试，值得冒险，这一战若是成功了，就可以彻底扭转江北地区的形势。

何为低下头，用脚底蹂灭了烟头，下定了决心，立即行动！

这硕果仅存的两百人的队伍，在晌午时分，喝完稀饭后列队启程。

独立师与江北特委书记姚襄约定的会合地点，距离吴尚约二十里地，地势褊狭，由两条河流交汇后，分割出来一处村庄，有一条旱路穿过河堤向外，走两三里地连通通衢大道，确实是隐蔽集结部队的一个好去处。

黄昏时分，队伍进入村庄，刚刚歇脚，那边特委通信员就满头大汗地赶来了，报告何为，姚特派员正率队伍在进发途中，约有四百余人，人数虽然不少，但缺乏火器，与独立师一起混合行动，就形成了互补，攻打吴尚就有了保证。

何为看看腕上的手表，问："姚书记几时能够到达？"

通信员说："一小时后，他在前面的大路口等你，不费周折进村子了，直接等候独立师出发。"

何为安置好队伍，自己带着警卫员由通信员带路向大道方向走去。夜幕渐渐垂落，月色浅淡，风吹树林，发出一阵又一阵呼呼声响。远近处有野狗不时地叫唤着，惊起夜宿的鸟群，不时飞起落下。遥远处的黑暗中，有人生起了一堆篝火，火势不大，但在黑夜里格外地耀眼。

通信员手指那里，说："看，姚特派员按照约定，点起火堆来了，是在向咱们标明方向呢。"

半个钟头后，他们来到了篝火堆前，果然是姚襄在守候，他的四周有七八个人在警戒。姚襄热情地迎上来，和何为握手，说："我方赤卫队都在公路的一侧隐蔽着，只等主力一到，就立即编队，趁着这黑漆漆的夜色攻城，城里，下午时我已经派出人混进去了，只要我们在城外放出暗号，他们就内应外合夺取城门。"

何为从随身的皮包取出地图来，在火光下照看，说："我们部队从东门进去，分成两路，一路守住松林街、府前街和清化桥，堵住小校场的敌人，集中力量围攻北山寺，争取一战拿下，然后再掉头乘胜包抄余敌，这样胜算就有八成了。"

姚襄兴奋不已，拍了下手，说："就照你的计划办，这排兵布阵打仗，你拿手。听你的。"

俩人边说边笑，等传递催促后面待命的主力过来的通信员离开之后，一起向公路走去。二十分钟后，前面沟壑、洼地里，果然有队伍在集结，有人拉动了枪栓，询问："什么人？"

姚襄抬起双手，说："我！我和何师长一起来了。"

哨兵垂下了枪，连续吹了三声响亮的呼哨。

何为从这德国产的军用哨声音中觉察出异样来，停下了脚步。但这一刻已经迟了，几只电筒霎时间亮起，交织成一片光亮，方才并肩而行的姚襄已经跑远了。他下意识地去摸枪，却被黑暗中冲出来的人扑倒在地。何为双手被执，无法动弹，双脚朝天飞踢，顿时踹倒了两个人。但是，又有人前仆后继地上来，合力抱住了他，令他丝毫动弹不得，那人欢快地喊道："抓住了！抓住了！"

姚襄走到距离他三米远的地方，伸手指点道："他就是何为，共产党红军独立师师长何为。"

何为在搏斗中被打得额角流血，糊住了半边眼睛，极度藐视地吐了口血沫，骂道："叛徒，你这个可耻的叛徒！"

姚襄没有理会，转身向后面走去，边走边含混不清地咳嗽着。

那厢里，早已做好准备的国民党军队，开始行动了，在一声刺耳的号角中，在一道打破天穹的信号弹的指引下，开始由三面向前进击他们所围剿的目标。刹那间，枪炮声、呐喊声连绵四起，硝烟弥漫。

被包围的红军独立师余部，与得到及时补充的中央军独立团以及周边四县的保安团、民团厮杀在一起。这是绝望的杀戮、无情的杀戮、肆意的杀戮！被杀者在杀人之后被杀，杀人者同样也在杀人之后被杀，谁能活着看到明天的太阳，都是未知之数。

8

肖也在大陆旅馆里租了一间套房，带着剪短头发的芸儿上街购买衣服。不选女装而选男装，换上出来，由清秀的小姑娘眨眼间变成了一个俊美的男孩。芸儿对于自己这身变化既新鲜又好奇，对着镜子左看右看，却有些不满意了，望着对面女装店橱窗那些招展的洋装，叹了口气。

肖也安慰道："别着急，等过了这阵子，想法子去营救你姑姑，到那时再换回老样子也不迟。"

提到了任晓月，芸儿眼里顿时噙泪，抓住他的手摇了几下，说："那你还不快想法子救她呀，已经好几天了。"

肖也拉着她在人行道里侧停下，低声叮嘱道："在这里说话要小心，到处都有密探，也许就在咱们的身边呢。这里不是吴尚，看着热闹，其实危险更大。"

芸儿懂事地点了点头，抬手去挽他的手，肖也轻轻地拨开了，半开玩笑半是提醒地说："男孩子才不吊住大人呢，女孩才这样小鸟依人，记住，留神。"

芸儿会过意来，也边走边悄声道："你快点说说救我姑姑的事情。"

肖也吁口气，压低了声音，说："我已经托了同学去查询了，下午去学校时，就会有回复了，不要急。"

芸儿吐了下舌头，现出了笑意，沿着人行道轻快地向前走去。

肖也望着她男孩似的背影，不觉叹息，这般的豆蔻年华，竟也卷进了世事纷争当中，真是不幸。想要觅一个安静的生活，真是很难了。

他们买完了衣服，又顺带了些零食，回到旅馆。下午时，芸儿坐在内室的床边，不知不觉地打盹儿睡着了。肖也穿上外套，离开了旅馆，乘坐电车返校。进校门时，门房老头得到教务主任的吩咐，早已留神。这会儿看见这位近些日子形迹可疑，时而衣衫褴褛，时而西装革履的肖先生来了，急忙招呼，请到一边来，说："刘主任让我捎话给你，最近就不要来学校了，据说有人要寻你的晦气呢。"

肖也心头一紧，忙问："这些人有没有闹事？"

老头摇头，说："反正，您小心吧，别在学校里抛头露面了。"

肖也答应着，双手插在兜里，漫步向前。他拿定了主意，不去宿舍，直接去课堂，找那位同学。这会儿，外籍教授正在授课，讲的是英语。下面的学生都在凝神听。肖也挨着那个同学坐下了，唇语问道："拜托你的那件事有眉目了吗？"

那同学点了下头，说："有了。据最新消息，那天确实有人在苏家巷里抓了个女人，直接送走了，没有留在巡捕房，但记录留下了。"

肖也心头失望，又问："究竟是哪些人干的？你能确定吗？"

同学笑了笑，没有搭理这句话，望着教授在黑板上奋笔疾书的模样儿出神。

肖也心领神会，从兜里取出钱包，抽出几张来，卷成圆筒状，塞在他的手心里，不动声色地说："这是下午请你喝咖啡的，我有事，你找个朋友去吧。"

同学点了下头，抓起桌上的笔来，在纸上写了一行字：特别调查科。

肖也将纸取过去，折叠起来，揣进口袋，提着包起身，悄悄地从后门出去，戴上帽子，步履轻快地沿着走来方向向前面走去。他的身影刚刚过了岔道口，那一边拐过来五六个便衣，叶明远主任亲率部属，手里拿着吴尚那边刚刚寄过来的照片，要来这学生档案室里比对，找出这个叫肖也的通缉分子。

肖也浑然不觉快步走到校门口时，斜刺里冲过来了教务主任，一把扯住他的胳膊，焦急地说："你好大胆子，还敢进校门？特务们都来抓你了！"

肖也吓了一跳，茫然四顾，并无异常。教务主任将他拉到角落里，说："赶紧走，别再回学校了，你的毕业手续一切都办妥了，下个月我们送给你，肖也同学，不，萧羽同学，你自己多保重，这乱世里，还得保护好自己才是。"

肖也道了声谢，离开了学校。在门外的马路边，看到了一辆黑色汽车，站了两个神色肃然的家伙。他明白，这是来抓自己的，为了营救被捕的任晓月，自己已经同时沦为被抓的目标了，这可是件险事。

他加快了步伐，乘坐电车，去二叔的公馆，告知当下自己面临的危机。

这一刻，肖定坤正在公馆里，做姜太公钓鱼状，高卧在书房里一张雕花紫檀卧榻上，枕边的架子上，放了他平生最为钟爱的四本书，《君王论》《曾文正公全集》《孙子兵法》《资治通鉴》，可以说，这几本书，是他在数十年宦途生涯中，汰除杂芜，留下来的精要宝典。其中《君王论》一书，是到手不过三年的，看完之后，他立即拜服，立刻知道自己生平所为的大谬所在。

他这三年，反复阅读此书达十五遍，重点研读其中重点章节达数十遍，领会对照，沉思默想，为日后出山之用。他五十岁亡命沪上，受形势逼迫，黯然下野。五十五岁时，开始筹划出山事宜。五十六岁初见端倪，此刻，则变动为静，以退为进，等待佳音了。

前天晚上，张君应委员长之命赴沪，登门造访。一见面，就欢欣鼓舞地说："定坤兄，一语定天下。所谓政学系一干人等，都将希望寄托在你身上呢。委员长那晚自你走后，寝食难安，要请你出山，担负起匡扶天下的重任。眼下，南京政府强敌环伺，共产党又不停地搅局，很让人头疼，当此危难之时，能够协助他从容破解之人，非你莫属，非你莫属啊。"

肖定坤一笑，说："张兄寝食难安，我信，但是求贤若渴之情，我看还不够急切，所以，今晚来的是上海特别市长张君，不是国府主宰蒋某人。所以，今晚，咱们只叙旧，公务暂且不谈。不在其位，不谋其政，即为此。"

张君心领神会，哈哈笑道："知道，知道，我此来不过是抛砖引玉，为你出山聊作铺垫，明天我回南京，便转告委员长，老先生正潜心研究时局，无心出山，余下的话，就不多说了。"

肖定坤大笑："好个研究时局，无心出山，妙哉，妙哉，张君兄，我自愧不如啊！"

这二人即就宅中喝茶，真的是句句不提时局。夜半时，张君告辞别去。肖定坤就此关起门来，只做两件事，看书、睡觉。不觉两天过去了，忽听楼下有了动静，坐起身凝神倾听，依稀听得女佣招呼什么二少爷，不觉淡然一笑，重新睡倒。

片刻间，脚步声上楼，敲门声起，便说："是萧科长吗？"

肖也在外面答应："在下萧羽，特来拜望叔父。"

肖定坤皱了下眉头，说："错了，既然是萧羽，那就是前来拜望前辈的。日后还要称呼官长职衔才行。"

肖也恭敬地说："是，肖老先生所言极是，在下是拜望肖老先生。"

门随即开了，肖也走进屋来，侍立在床边。肖定坤略一拱手，问："萧兄此来，必有要事，请坐下说话。"

肖也作揖坐下，说："在下此来，只为一件事，有关方面正在圣约瑟大学追查一个名叫肖也的人，在下一时不知道该如何应对，特来请示。"

肖定坤默想片刻，说："肖也没有了，萧羽，他们是查不清的，你何必紧张？"

肖也说："对方手持照片，在容貌上下手。"

肖定坤看他一眼，说："天底下相貌相似的多了去了，而且，你脸上这一刀疤有奇效，改变很大，我不凭着声音还不敢确认呢。"

肖也说："不过，这也只是一件小事，我还有另一件大事要禀明前辈，请施以援手。"

肖定坤目光如炬，在他的脸上扫视，说："怕是跟女色有关吧？"

肖也脸上一红，说："您取笑了，虽然是事关一个女子，但却与女色无关，我从广陵监狱逃出后，穷困潦倒，亡命荒野，是这位女子可怜我，救了我的性命，带着我一路来到了上海，于我有救命之恩，但不幸的是，她日前在法租界被捕了，我托巡捕房打听，是党务特别调查科的人干的，我无法可想，只有求您了。"

肖定坤微笑，说："你倒是大胆，自己还在通缉名单上，还要替别人出头，真是好笑！"

肖也摇头说："叔父何等人物，这点事情难道办不了？倘若救她不了，我情愿投案自首，跟她一起坐牢、杀头。"

"这是同生共死的劲头呀，"肖定坤板着脸说："你跟她这样了，那么，那位俞家的小姐，又该当处于何等位置？"

肖也说："两码事，这是生与死的事，以此为重！"

肖定坤脸上有了赞许之色，点头说："有担当是好事，生死在你的心中重过了卿卿我我，你成熟了一大步，好！这件事我暂先答应你，但是很棘手，我不能保证一定能成，除非，我自己的谋划成功了。"

肖也猜测着他这"谋划"二字的意义，没有冒昧多问，但肖定坤却反问他："我推荐你的书，你看了没有？依你的资质，定会有所得的，我这个老头子，也被它所折服了。"

肖也老老实实地回答："叔父，看了一部分，虽然大有裨益，但总觉得这些事非常人所能为，因此心中忐忑。"

肖定坤一笑，说："这些事，自然不是寻常人能为的，这是一把利刃，学好了，所向披靡，学不好，非但无益，还有害处。你好好地琢磨着，差以毫厘，失之千里，千万不要弄成了南辕北辙。"

肖也听了，自然点头称是。

肖定坤点起一根罗宋雪茄来，抽几口提了下精神，正待要再指点这个侄子，楼下传来两声汽车的喇叭声。他闻声笑道："贤侄，你且在这里暂避，楼下来客了，待会儿从旁门走。"

肖也应命，送他到门口，照看他那瘦长的背影踏着木质楼梯一步步下去了。楼下宅门开了，有碎乱的脚步声。

肖也关上门，去窗口往下察看。门外路边，停了三辆汽车，一队便衣武装正在警戒，九个侍卫簇拥着一对中年男女下了汽车，向宅内走去。看这排场，会是谁到了呢？他心中猜测，楼下传来肖定坤的声音："哎呀，委员长亲临寒舍，真是蓬荜生辉呀。"

一个宁波口音的男人说："定坤先生，我这是登门请贤了，关于国事要务，还望不吝赐教呢。"

肖定坤说:"定坤何德何能,还劳委员长登门,真是罪过,真是罪过了。"

肖也明白,这是当今南京政府首脑莅临肖公馆,造访叔父来了。他此刻终于懂了二叔这"谋划"二字的意义,看来,他老人家再度出山,执掌权柄的日子就在眼前。自己救任晓月的事情也就有了眉目。他不敢打扰他们的谈论,遵从叔父的意思,从楼上另一边的楼梯下去,绕到宅子后门,轻轻开了,和女佣做个手势,悄悄离开了。

今天,他来这里是拜望叔父,但婶娘以及表妹都没有露面,想来,是一起出门逛街看电影去了。蛰居书房,以书本为伴的,宛若世外神仙的二叔,与他那时髦摩登的妻女,在这所西式的宅邸中形成了强烈的反差对比,他不觉笑出声来。这一刻,他心情轻松,步履轻快,沿着麻石框就的人行道直向灯火阑珊处走去。

9

相距上海数百里路的江北小城吴尚,这一刻,城里主要街道上的几盏路灯破例亮着。保安团的士兵们持枪肃立,五米一个,绵延伸展。城门内外,独立团的队伍集结列队,城楼上,到处是寒光闪闪的刺刀,高耸的枪炮。这样的阵仗,是由江北剿匪专员、中央军18师独立团副团长俞云涛刻意摆下的,为的是迎接俘获的对手、黄埔四期的同班同学、红军江北独立师师长何为。

不一刻,何为被押送抵达。

俞云涛穿了件对襟青色布衣,率了黎星斗、方团总等人在门前等候,一见面就下令先给何为解开绳索,做个手势,请他入内。

正厅内,酒宴早已准备好了,开了封的坛子里酒香四溢。俞凤山站在屋檐下,长袍马褂,一脸殷勤的笑容。远远见了这位儿子的阶下囚,拱手说:"早就听说何先生的大名,犬子云涛是你的同窗好友,今天一见,果然器宇轩昂,非同凡响,俞某叹服不已。"

何为笑了笑,说:"这座宅子,被我的部下攻打过,弹痕犹在啊,那一战,我不在军中,至今深以为恨,我若亲临指挥,俞老伯就不会在这里跟我客套了。"

俞凤山与他身后的俞云涛相视而笑，说："正所谓时势造英雄，老天没有眷顾何先生，这一战，却让犬子成就了名声，还真要感谢你呢。"

何为仍是面含笑意，淡淡地说："俞老伯，这一时的胜负，说明不了什么。"

俞云涛使个眼色，接口说："何兄所言甚是，胜负乃兵家常事，俞某只不过是侥幸胜了一局，何兄出身黄埔，北伐中与我等并肩作战，军功卓著，蒋委员长犹记得你在南昌城下的英姿，今天，咱们兄弟相逢，一笑泯恩仇，只叙旧谊，不谈时事，你我同学一场，到了我的家乡吴尚，总得招待你尽尽地主之谊吧。"

何为点了下头，说："果然是只叙旧谊，那倒无妨。请！"

两人进了厅屋，俞云涛将何为请在上席，黎星斗、方团总在两旁陪坐，老爷子俞凤山却不列席，由着用人端了几样菜肴，在后宅里由姨太太服侍着小酌逍遥去了。

酒席上，黎星斗自恃省保安处副处长的身份，代为劝降。

何为一笑，却不为所动。

俞云涛连忙斡旋说："今天是何兄重获新生的日子，摆脱了往昔种种的纠缠，放下负担，大好的前程在等着他呢。我已经将与何兄见面的消息发往南京了，在电报里，我力荐何兄可堪大任，大战在即，委员长正是用人之时，此时何兄投奔，岂不是如虎添翼，我正待和你并肩驰骋，跃马中原，立不世之名呢！"

众人齐声叫好，起身敬酒。

何为将酒杯重重地放下，侧眼鄙睨道："打倒了旧军阀，却换成了新军阀，依旧是军阀混战，民不聊生，何某怎么会去做这等为人所不齿的勾当，还引以为荣？"

俞云涛呵呵笑道："好说，好说，不过这件事确实有点儿难，现在，咱们不谈难事，先喝酒吧。"

众人皆笑。

酒宴散后，何为站起身来，伸出双手，示意说："还是公事公办的好，省得各位夜不能寐，做起噩梦来。"

俞云涛摇头，说："今夜，就在本宅下榻，同学之间，无须如此。"

他吩咐佣仆带路，将何为安排在一间三面皆为高墙的小院内，四下里密布了警卫，将院门围得铁桶仿佛。何为被去掉了绳索捆绑，暂时得以放松。他坐在窗下，默想了一遍自己受中央委托来到江北，进行革命活动的经过种种，不觉黯然。但这消沉的情绪在他心头占据的时间很短，随即，他便转念想到这场斗争由寂寥无声到赤旗高举，再复归于低潮的经验教训来。

他和衣倚在床头，稍稍打了个盹儿，再醒来时，阳光已经升起。俞府的用人送来了早饭。不一刻，俞云涛的副官率四名卫兵进来，行了军礼，说："何先生，我等奉命送您去南京，请上路。"

何为点了下头，随他们走出院落，走出俞府，一队骑兵正列队等候。他被簇拥着跨上马背，被再度捆绑起来，两名士兵左右挟持，在清亮的马蹄声中，向渡口而去。

第四章

1

调查科主任叶明远，坐在圣约瑟大学的教务处档案室里，将在校学生档案取出来一一比对。他从吴尚得来的一张稚气十足的少年男孩的照片，与注册的学生档案上的所有人都有出入。有三个人与之相似度较高，但细细辨别，都有明显特征的差别。一个眉间距不同，一个脸上横曳着一条伤疤，还有一个耳朵轮廓大相径庭。他记下了他们的名字：王锐、萧羽、齐鲁。

教务主任敲了下门，进来后，问："叶主任，有收获吗？"

他摇了下头，问："这三个人，能让我见见吗？"

教务主任瞟了一眼，说："王同学、齐同学都可以找寻，但这位萧同学，已经离校在国府机关供职了，要等通知他后，才能有答复。"

"供职了？在哪里供职？"

"据说是党国紧要部门，很有些来头呢。"

叶明远点了下头，暂且把这个人丢开，说："那，就请校方带我去观摩观摩。"

教务主任领着叶明远去了教室课堂，指点一二。叶明远仔细观察，都比对不上，失望之余，只得说声打扰了，离校返回本埠。关于抓捕吴尚可能来逃的通共嫌疑犯肖也的行动，暂时告一段落。

但对于那个在线人薛莹处抓捕的女嫌疑犯，他决定开始正式提审。在楼底地下室密不透风的审讯室里，他点起根香烟来，吐了两个惬意的圈圈之后，只听得咣啷一声响，两个赤膊上身的大汉挟持着任晓月进来了。

任晓月自从那天被捕、进了监房后，对于外面的一切，都不清楚。她担心芸儿能否找到肖也，担心着薛莹这个业已叛变的女人还将要祸害多少同志。正焦虑不安时，突然被提审了，心底虽然紧张，但已经下定了决心。

她被押到审讯者面前一张木凳上坐下。

叶明远打量了片刻，这是个娟秀的青年女子，与本埠摩登女性们截然不同。她的头发束在脑后，将整个脸庞毫无遮掩地显露了出来，这是张额头稍显窄狭的脸，如果将头发解散下来，再电烫一下，那么缺陷将被遮盖，给人看到的是明净的双眸、挺直的鼻梁和弧度优美的下颌。

他笑了起来，问："姓名？"

女人说："任晓月。"

"从哪里来？"

"无锡"。

"家住无锡？"

"丈夫在无锡。"

"你丈夫叫什么名字？家住无锡哪里？"

任晓月说："三个月前，他在江北做生意时，染上重症，病死了。"

叶明远将从她身上搜出的用以证明身份的物件端详了几眼，倒也没有差错。

他再度审视这个女人，说："跟你一起的女孩呢？不像是你的女儿，她去哪里了？"

任晓月摇头，说："她是我亲戚家的小孩，肯定是受了惊吓，跑丢了，这大上海，这么个乡下小孩，肯定是跑丢了！这下子我可怎么跟亲戚交代呀！我求你们，快放我出去找！"

叶明远笑了笑，说："她没有跑丢，她还在上海圣约瑟大学里住着呢，有个叫肖也的人，你认识吧，他们都被我派人看守住了，过两天，你就会见到他们的。不过，我倒要问你，你究竟来自哪里？那个叫肖也的学生，是江北吴尚人，他是应你之请，代为照看小孩的，对吗？"

任晓月见他突然间提到了肖也，心中一沉，脸上却惨然，说："什么肖也？我不认识。"

叶明远点了下头，说："我知道你的心里清清楚楚，装疯卖傻而已，不过，我既然掌握了肖也和那女孩，你也应该明白，我对你这么个人有多了解了。你是来自吴尚的中共地下联络员，是来找老周的，老周现在哪里，你应该比我清楚，我眼下，通过你去找他，你配合了，一切都好办，小女孩我们会还给你的，但如果抗拒抵赖，那我就不客气了！"

任晓月苦笑着摇头："我真的不明白你说什么，老周是我的一个熟人，做捎客的，但自从我离开上海后，就没再见过，他现在干什么，我真的是一无所知，这次回上海，我也是想找他求助的，但四处找不着，这才去薛小姐那里打听，薛小姐一定知道，一定的！"

叶明远依旧保持着微笑，说："小姐，你在这里编故事，是糊弄不过去的，薛小姐，是共产党，不过现在幡然悔悟了，老周是共产党的大头目，你既能知道找他，你的真实身份也是呼之欲出了，你不要侮辱我的智力，对我要尊重，你不尊重我，就休想在这里得到尊重。懂不懂？"

任晓月抽泣起来，掏出手帕来擦拭着，说："你可别吓唬我，我一个外地乡下女子，带着小孩来上海投亲靠友，却莫名其妙被你们抓了，孩子也丢了，又扣什么共产党的大帽子，我可担当不起呀！担当不起呀！"

她说着，牵起心里的伤痛，号啕大哭起来，泪流满面。

叶明远一脸的厌恶，拍了下桌子，呵斥道："不要假惺惺地扮可怜了，你这个奸猾的女共党，这套瞒不过我的。来人呀，先替我把她给吊起来，请她尝尝特别调查科的手段！"

两个打手如狼似虎般地将任晓月从座椅上拖到刑架上去。任晓月拼命地挣扎，但拗不过他们的蛮力。这三下五除二后，将她双臂悬起，高挂在刑架上，只能够以两个脚指头点地。其中一个人站在她的身后，抓住了她青布衫的后襟，哗啦一声撕扯开来，露出里面雪白的脊背肌肤，嘿嘿坏笑了几声。

叶明远替自己续上一根烟，踱步过去，说："先抽五鞭子，给这雪白的画布添几道醒目的红花。"

一个壮汉领命，去井水桶里捡起根皮鞭来，咳嗽了一声，认定了她的背部抡圆了，啪地抽打了一下。任晓月顿时感觉一道火辣辣的疼横曳过后背，肌肤撕裂般地剧痛，不由自主地惨叫了一声。叶明远笑了。那壮汉稍加休整，再度抡起鞭子来，又重重地一下抽在她的背部，与上一道血痕交叉呈现。任晓月浑身颤抖，声嘶力竭地喊叫起来。

叶明远弹掉烟灰，正待说话，却见门开了，副手李凉手持一张纸走了进来，连连挥手示意阻止。叶明远惊奇，问有什么事。李凉将纸条递给他，悄声说："警备司令部熊司令刚刚来了电话，说这个女人是他家的远房亲戚，绝非共党分子，让我们善待，尽快释放。"

"哦？"叶明远盯住纸条记录下的任晓月的名字看了半晌，倒吸一口凉气，说："熊司令是她的远房亲戚？这倒闻所未闻，奇怪了！"

他挥了下手，示意先放下这个业已昏厥的女人，说："送回监房，找个医生给她上些药，改日再审。"

李凉站在一旁，望着他们将任晓月搀扶着出了刑讯室，悄声说："主任，熊式辉可是委员长的红人啊，他既然肯出面保她，不管她到底是什么背景，我们都要给他面子的。"

叶明远吁口气，说："知道了，这件事，我跟立夫先生通个气，看究竟是怎么个情况。"

叶明远回到办公室，坐下来凝神思索了一气，拿起电话，摇了南京中央党部陈立夫办公室。那边接听电话的秘书告诉他，立夫先生不在南京，眼下正在沪上公馆里。他心头一喜，急忙又要了位于法租界居尔典路陈公馆的电话，那边有人拿起话筒来，声音正是陈立夫本人。

叶明远说："立夫先生，我是明远，有事向您汇报。"

陈立夫语气散淡地说："是明远啊，我刚刚准备午睡呢。"

叶明远说："我新近抓住一个女共党分子，正待用刑，熊式辉却打来电话保释，这件事透着点古怪，本想答应他，但又不甘心，特地向您报告请示。"

陈立夫沉吟片刻，说："熊式辉资格老，按理说，不应该驳他的面子，可是这既然牵扯上共产党，就有点麻烦了，你稍等，我打个电话问问他，看到底是怎么回事。"

叶明远搁下电话，倒也如释重负，伏案低头，又将这女人的资料推敲斟酌了一气，越发地觉得奇怪。

二十分钟后，陈立夫回复了一个电话，语气颇不平静："明远，那个女人你暂先放掉，但是得派人盯死了，我倒想看看她的后台是谁，敢于虎口拔牙。"

叶明远答应着，再想询问他话里的深意，但陈立夫已经挂断了电话。他默坐了半晌，无话可说，先去沙发中躺下，闭眼小憩。一觉睡醒后，太阳已西逝，他起身去隔壁副手的办公室，吩咐一声："那个姓任的女人，你给我放了，但预先通知杨司令，通知他来接人，其他的事就不多说了。"

李凉领命，立即与警备司令部联系。叶明远沿着走廊向左，反手带上门，望着正在抽烟的稽查队长，说："派几个弟兄，隐蔽一点，将来这里接这个女人的警备司令部来人去向盯住，注意保密，这件事要妥当处理，知道吗？"

稽查队长点头，说："明白，这件事一定遵照执行。"

安排完这些，叶明远顺阶下楼，出门坐进汽车，向法租界开去。那里，有他一间秘密公寓，房子里，住着个会唱戏的美貌女子。他没有家室，但不缺女人，这个戏子，他是聊以打发时光罢了。他想娶一个身世好的大家闺秀，那样的话，不但对自己日后宦途有利，也对得起自己德阳叶家这个世族的名声，虽然他只是个上床丫头所生，在家族里地位卑下，远逊于同辈的兄弟姐妹们。

2

任晓月身上的刑伤剧痛难忍，那一刻裸露的背部遭受皮鞭抽打时，已经不能支持，她不能确定自己能承受住几下，也许下一鞭子的痛苦中，她就要崩溃了，但是敌人适时地停止了用刑，将她从刑架上解下来，披上衣服，送回监房。不久，就有医生来，替她清理了伤口，敷上了药膏，打了一针，由着她趴伏在被褥上。这其间发生了怎样的事情和变化，一无所知。

这样揪心疼痛中，几次虚脱的任晓月迷迷糊糊睡去。

监房的铁门打开了，看守领着几个人走了进来。对方公事公办地打量她，问："任晓月？"

她点头。

对方吩咐身后的随从扶她起来，搀扶上外面的汽车。

任晓月虽然虚弱得不想说话，但是心里明白，这是组织上在营救自己。想不到，在自己陷入最艰难危险境地时，枯木逢甘霖，援手及时而到，真是再精确不过了。她离开了这幢挂着商贸公司招牌、设在繁华街口的特务机关，坐进了一辆黑色的汽车，暂作等候。

不一刻，那个领头的人办妥手续快步出楼，将一支派克金笔塞回衣兜里，做了个手势。前座的司机会意，发动了汽车。他快步过来，拉开车门坐进去，说："不用回警备司令部了，直接送贝当路27号。"

汽车在两旁商铺鳞次栉比的大街上径直向前，十五分钟后，转向南，驶入一条僻静的路口，放缓了速度停靠在一座洋房门前，摁了两下喇叭。大门开了，出来两个四十开外的女佣，迎到车边，说："主任让我们来接客人。"

车里的人似乎也对这宅中的主人不甚明了，留意地往楼上窗口看。只见窗帘遮掩，并无半点端倪。这两个女佣微笑着招呼两句，再不理会他们，小心翼翼地扶持住任晓月，用吴侬软语叮嘱道："小姐，慢慢地走，回家里歇脚。"

任晓月对于方才接自己出来，眼下接收自己进去的所有人，都起了戒备之心。他们不像是党内的同志，但究竟是些什么人呢？会不会又是特务们使的一个花招，用来诱骗自己的？她越发地弱不禁风起来，慢慢地踱步向前，一面观察，一面寻思着。

两个女佣经验老到地服侍着这位身带刑伤的年轻女子进了宅内，从客厅一侧的走廊过去，进了间温馨素净的房间。一个短发男孩迎面而来，惊喜地叫道："姑姑，姑姑！"

任晓月先是吓了一跳，再仔细端详这男孩，不由得惊喜交加，唤道："芸儿，芸儿！"

芸儿一下子扑上来，张开双臂将她抱住，双脚连跳了几下。她这一热情之举，带动了任晓月背部的伤痛，连叫了两声，顿时面色如纸。女佣们心觉有异，赶紧阻拦，扶她先坐下，侧靠在沙发扶手上，说："这位小姐似乎身子不方便，少爷你可千万别乱碰她。"

芸儿知道闯了祸，吐了下舌头，连忙去查探她的身体，轻声说："姑姑，你在那里吃苦头了！"

任晓月缓过这阵剧痛，微笑着说："没事，能再看到你，我就满足了。芸儿，快告诉我，这里是哪儿？"

芸儿说："这里是咱们一个老朋友的新住处，他让我先不说，待会儿他就会下楼来看你的。"

任晓月心中存疑。门外楼梯传来脚步声，一个人穿过走廊来到门前，停顿了几秒钟后，现身跨进门来。他穿着雪白的衬衣，外罩了件黑色马甲，做工精致的衣领敞开着，露出脖颈和喉结下的凹陷，一张原本清秀的脸上有一道狭长疤痕，平添了几分剽悍之气。

他含笑望着她，问："任小姐，最近这段经历很不愉快吧，从此刻起，你就在这里好好地休息。"

"是你？肖二少爷！"任晓月一时无法将那个颓唐、落魄，衣衫褴褛的肖也跟眼前这个人联系在一起。

此人笑了笑，说："鄙人萧羽，草头萧，羽翼的羽，这世上，已经没有肖也、肖二少爷这个人了。他消失了，凭空消失了，就像魔术师变把戏一样，把他变没了。当然，你仍然还可以叫我肖二少爷，芸儿也行。"

任晓月这会儿彻底明白过来，这次从虎口里将自己救出来的人，居然是半途邂逅，一路前来上海的同伴，在吴尚时与战友马援有过特殊关系的肖二少爷，肖也。

她支起身体，急切地说："这会儿，我，我就要恢复和党组织的联系，你能帮助我吗？"

肖也摇摇头，说："这我可做不到，你和共产党的联系，在上次就被特别调查科的人给破获中断了，眼下，上海滩风声很紧，形势危险。而且，我通过特殊关系将你保出来，对方一定会起疑心的，我猜，咱们的门外，怕是已经有特务生根落户了。这时候去找你的组织，只能害了他们，一点儿好处都没有。"

　　任晓月想了想，觉得他的话有道理，重新俯伏在沙发一侧，无奈地说："谢谢你的援助，幸亏认识了你，不然，我跟芸儿就惨了。"

　　肖也所说的门外有特务跟踪，本是猜测之语，但却不幸而言中了。他通过二叔，经由一位熟人的介绍，刚刚购得洋房，特地挑选雇请了两个精明能干的老妈子，还都是两天前的事情。为了接这位于己有恩的女人出狱，他出手豪绰，一方面饲以重金，另一方面，借用叔父的老面子，给时任淞沪警备司令的熊式辉吹了风，博得了他们的倾力相助。

　　眼下所住的这幢洋房的前主人，在洽谈转让价格时，肖也丝毫没有犹豫，一口答应下来，但提出的条件是：次日立即移交房产。这果断之举，倒让肖定坤对这个侄子刮目相看，难得地赞了声好。至于他因此被陈立夫的得力部下盯梢，列入通共的嫌疑，却是一无所知。

　　但今天的萧羽，已非昨日之肖也。肖也遭人陷害，被捕入狱，而萧羽真真实实地干了营救共党分子的事儿，那些手握生死抓捕大权的特务，却奈何他不得。这也许就是上海滩和吴尚县城的对比，一个败落的世家子弟，一个新晋的委员长首席智囊的侄子，对比起来，人情冷暖，世事浮沉，尽在不言中。

　　这洋房内，任晓月与肖也见面，恍若隔世。而楼下门外，一排茂密的法国梧桐背后，特别调查科派遣的跟踪监视者，已经开始调查这幢住宅的主人是谁了。但是，这宅子周边的人，对于这里新近搬入的主人一无所知，前任房主法国人鲁滨逊已经搬走了，据说即将离开上海回国，他匆忙卖掉这房子，想必是财务出了问题，这样的情形，越发地让人产生疑惑。但是，谁都不敢贸然去打扰这宅子里的人，能够直通淞沪警备司令熊式辉的人，绝非寻常之辈，轻易得罪不起。尽管他收容了一个有共党嫌疑的女人，那也无济于事。

叶明远在办公室里得到了情报，立即命令对这宅子里的人严密监视，先查清他的底细再说。他倒要看看，什么人竟敢从自己手里虎口夺人，这女人或许就是他的致命毒药。

他就这件事秘密撰写了一份报告，等证据确凿后，直接呈送蒋委员长，让熊式辉之流也难脱其咎。

这一夜，虎口脱险的任晓月，欣喜万分的芸儿，亮着灯伏在卧室松软的床上说话，把分手后各自的遭遇，以及这位肖二少爷的行径说了一遍，直到在子夜时分才睡着了。

肖也坐在书房里，将那两本叔父推荐的书阅读了两个钟头，将它们放入前房主没有带走的密集书籍中，坐在案前默默地抽了一根烟，上床睡觉去了。他的宅子对面街口一家小店铺里，正有两个特务在窥伺，通宵达旦。

这一天的黄昏，一条木船悄无声息地划入苏州河，在静谧的码头处停泊。船上下来了五个人，其中一个穿着宽大的长衫，用以遮掩身上包裹创伤的绷带和纱布。红军江北独立师派来沪上疗伤并转呈信件的马援马队长，在离开吴尚之后漫长的旅途中，基本恢复了神志和体力。

他下了船，望着这座风格诡秘的城市，问同伴："这会儿有吴尚的消息吗？"

同伴说："我们一路上走的是水路，过江寻河，消息闭塞；也许，这边党组织会跟他们有电台通信，等找到了上级党组织，一切就好了。"

马援点头，让开了同伴的搀扶，沿着台阶上去。这一刻，天色一黑，灯红酒绿的大上海，在延续白昼繁华的同时，又利用灯火霓虹增添了这座远东第一都市的神秘气息。马援略显吃力地沿着马路向前，来到一家尚未打烊的铺子前，看了一眼斜放在木质盒架上琳琅满目的香烟，说："给我一盒最便宜的。"

伙计手持掸子过来，打量一眼摇头说："先生，我们这里没有最便宜的香烟，只有最上等的。"

马援笑了起来，指指说："就拿那红壳子的，老子喜欢红颜色的，看着就有劲道。"

伙计取下一盒烟递到他的面前,说:"先生,本店不但卖香烟,还有上等的茶叶,新来的碧螺春、龙井、瓜片,您想买的话,可以去后面先沏一杯品尝后再定夺。"

马援抓起烟来,冲同伴使个眼色,说:"也好,就喝点茶水消乏。"

三个人随着伙计进了后门,撩起布帘到里间去了。一个戴着礼帽、穿长衫的青年男子正在品茗,墙角处点了一炷香,香味幽幽地飘浮在空气里,格外地醒神。伙计悄声告诉他:"程先生,这是江北刚刚来接头的同志。"

那人点头,望着他们问:"几位都是江北独立师来的?"

马援说是。

此人脸色愈加沉重,说:"你们从江北到上海来,路途上至少要花费五六天的时间,知不知道这期间出大事了?"

马援一惊,急忙问:"出什么大事了?"

那人说:"独立师袭击吴尚,遭遇伏击,全军覆没了,何为同志被俘。敌专员俞云涛特地邀请了报馆记者召开了祝捷大会,向蒋介石报功了,昨天的报纸上,已经登载出来。中央对这一重大损失极为震惊,现在,据潜伏在敌人内部的同志发出的情报,何为同志被转押往上海,已经启程上路,中央指示,不惜一切代价在上海营救他。这样一位斗争经验丰富的同志,对于革命至关紧要,一定要营救他脱险。"

马援双腿一软,一下子扶住了桌沿,急促地说:"这不可能,这怎么可能?何为师长是一个非常谨慎的人,他不会在这个时候去冒险的。他绝不会去打吴尚,我们是在江边分手的,他正要乘船返回兴南休整队伍呢。"

那人叹息一声,说:"据绝密情报,这次失败,是江北党组织内部出了叛徒,出卖了何为同志和独立师,究竟是谁,正在追查中。我们是在五天前收到何为同志发来的电报,确定了你们没有问题,才在这里接头的,你们是可靠的同志,根据特科的命令,你们从现在起,就加入特科组织,担负起营救何为同志的任务来。当然,上海不比吴尚,敌情极为复杂,你们先暂住下来,熟悉各处的环境,做好武装解救的准备，我们正密切关注何为同志来上海的路线和时间，一旦确定了，就制订营救计划，付诸实施。"

马援心急如焚，万料不到在船上随波逐流之际，吴尚那边独立师竟然会是这样的结局。他想起何为，想起那些生死未明的战友，不觉眼中含泪，说："请尽早制订营救何师长的方案，我们赴汤蹈火，情愿用自己的性命来换他回来，有他在，江北的革命斗争才能够重新打开局面！"

3

俞云涛设伏围歼了江北地方上这支共产党武装，生俘了老同学何为，炫耀之后，向南京报捷。这肃清心腹要地威胁之举，让蒋校长大喜过望，立即发出嘉奖电令，擢升俞云涛为新编32师少将副师长，兼48旅旅长，就地负责编练部队，作为后援预备队。

至于参与此役的其他有功之人，均有奖赏不同。黎星斗接替了江北剿匪专员一职，方团总升为三县民团团总，至于那位出卖何为和独立师的原共产党江北特派员姚襄，则另有任用，着令他随押送何为的轮船前往南京，并转道改向上海。具体的职位，要等负责侦缉上海共产党组织的党务特别调查科接收何为后，由陈立夫、叶明远商讨任命。

且说那姚襄，对于自己的安全一直忧心忡忡，他是方团总无意间抓获的。那一天，负责绥靖乡土的方松坡，领着他的那队团丁出城向北，例行公事巡查路过李家荡时，有个保长偷偷摸摸地派人捎来口信，说这里有共党活动，人员不多，却有几杆长枪随着，像是个重要人物在里面。

方团总闻言大喜，立即率着团丁潜入村内，摸掉了岗哨，一下子冲进院子，把里面的人一网打尽了。这方团总受过失耳之痛，对于抓到手的泥腿子下手极狠，哪里管什么王法律条，啐了口唾沫，就下令挖坑，就地活埋他们。这些人被扔进坑边里，刚铲进去三四锹泥土时，就有人举手叫停，声嘶力竭地喊道："我是特派员姚襄！我是特派员姚襄!"

方团总听说过率众袭击吴尚的共产党领头的人就是什么姚特派员,这时候听他自陈,大喜过望,立即让团丁将他拉上来,继续填土。

姚襄站在他的身边,望着自己的部下和卫兵被泥土渐渐埋没了,他们临死前的挣扎和呼喊声,给了他强烈的震撼。这一刻,无法动弹,腿脚发麻,软瘫在地,无须审讯就直接匍匐在方团总的脚下,竹筒倒豆子把肚子里的货色倒了个干净。

这一点,俞云涛深为不屑,便不拿他当对手看,只当是方团总带来的一条狗而已。在消灭了何为所部后,他看到何为英雄末路的行色,心底未免有兔死狐悲之感,对于姚襄之流,心里又添了一层戒备。这个人,他本就不想留在身边,恰好党务特别调查科要解决上海潜伏的共产党中央机关,需要此人去帮忙,乐得打发他一起上路了。更为绝妙的是,是让他随押解何为的轮船走,这一路上和何为朝夕相对,让他自行羞愧,正所谓自作自受。

一行人在江边码头登船,在轮船的底层北侧舱内,相隔一道铁板的两个房间里,分别关押着何为,暂歇着尚无定位的共产党的叛徒姚襄。姚襄坐在床上,从舷窗口眺望江岸上的景物,昔日里的矜持、冷酷早已无影无踪,取而代之,是一种破罐子破摔的烂劲儿。

他满不在乎地抽着烟,略想想到达上海的前程,心中烦闷,不住地咳嗽,不住地吸烟。他的眼中充满迷惘,这近半年的吴尚之行,落得了怎样的结果呀?他不忍回味,但事实种种却不停地敲打着他的脑门,令他无法回避。

金属隔板的那端,何为正声音洪亮地跟看守他的士兵聊天,语气淡然,丝毫没有显露出阶下囚的窘迫,他的听觉里,充斥着这个熟悉的声音,挥之不去,难以屏蔽,令他陷入极其苦恼的状态,冀盼着轮船早些抵达上海,将这个人远远送走,才能得到清净。

4

肖也在家里督促着女佣们清扫整理楼上楼下的所有房间,尤其是毗邻厨房的餐厅和客厅，另外在对面的饭庄里花钱雇了一个扬州的厨子，擅长清炖狮子头、炒软兜、蟹黄粉条、清蒸鲥鱼、松鼠鳜鱼。这厨子早间来开了食材清单，安排用人去买，黄昏时分，他亲自料理，剖鱼褪鳞，将自备的厨具铲勺带进厨房，做烹调前的准备，等候雇主的吩咐。

白天里，肖定坤在委员长官邸谋划局势，眼见窗外日色斜去，念起侄子的恳请，起身告辞，婉拒了主人留宴，先回自己的公馆去换了衣服，带着姨太太和女儿坐车赶在天黑前来到侄子肖也，不，公开说应该是警备司令部萧羽科长新购置的宅第。

肖也亲迎到门前，恭恭敬敬地将叔父、婶娘、堂妹请入，先在客厅坐了，沏茶上烟。

肖定坤嗜好雪茄，见侄子奉上的正是上等吕宋雪茄，不觉一笑，说："你倒是个有心人。"

肖也说："近日，深受叔父熏陶，万事都留意在心。"

肖定坤点头，说："孺子可教。"

姨太太是个精明的女子，鼻尖处嗅到了法国香水的气味，笑吟吟地说："侄少爷，宅子里有女客？"

肖也醒悟，这是自己白天给任晓月带回的那瓶香水余香残痕，笑道："二婶猜对了，我从吴尚逃来上海的救命恩人，就在宅子里暂住呢。"

肖定坤想起他托自己的事情，含笑说："你这就不对了，我们既然来了，为什么不请那位小姐出来见见呢，我要当面感谢她，替我们吴尚肖家做了这么件功德无量的大好事！"

肖也起身上楼，请任晓月下楼。

任晓月穿着宽松的裙子，正伏在沙发一角翻阅报纸，无意中在内页瞥见了来自吴尚的消息：共匪江北余部全军覆没，匪首何为等被生擒。她心头如同巨石砸下来似的，浑身颤抖，竟似呆了一般。这时见肖也进来，二话不说一把拉住他的衣袖，急促地说："江北的队伍出大事了！何师长被俘了！"

肖也还没来得及看报，也吃了一惊，扫了一眼报纸，说："知道了，但这件事以后再说，你先随我下去，见见我叔叔，他听说你在江边救过我，特地要见你。"

任晓月脸上一红，连连摇头。

肖也添加一句："这次你能够从那些特务手里保释出来，也是他老人家出的力。"

任晓月勉强同意了，起身来整理了一下衣裙，忍住了脊背上的剧痛，正要迈步。

角落里，芸儿说："姑姑，你这裙子下楼可不方便，我替你提着点。"

任晓月轻啐她一口，袅袅婷婷地走到了楼梯处，果然如她所言，高低处挪不开腿脚。芸儿快步跟上，俯身去抓起裙角，亦步亦趋地跟着下楼，并轻声笑道："二少爷，你这裙子够长的。"

肖也轻声一笑，领着她们到了客厅。

任晓月微微欠身招呼一声"肖老先生"，便不再说话。

肖琴仗着堂妹的身份，细细看了这女子，笑道："堂哥，这样一个美人儿，你还不快以身相许，请我们喝喜酒，让我叫声二嫂？"

肖也没料到她会胡说，脸如红布，白了她一眼。

姨太太嗔怪道："不知礼貌的丫头，乱嚼舌头！"

肖定坤打量这女子，举止大度，不扭捏，点点头，说："也只有这样的气度，才能够出手救我的这个宝贝侄子，好！"

芸儿看看这三个不速之客，接话说："老先生，救二少爷的，不只有她，还有我呢！"

肖定坤一家三口齐齐盯住她看，模样儿是个清俊的男孩，声音却是个娇美的女孩。

肖也牵着她的手过去，说："这是咱们肖家祖坟地守坟老田的养女，老田因为救我，被方团总杀害了，这个账，我总要慢慢地跟他们清算的。"

肖定坤在记忆里搜寻这个名字和相应容貌，点头说："忠仆啊，不多见了，这个仇总得报。萧羽，我会设法让你得偿所愿的。"

肖也点了下头，说："肖先生，萧羽记住了，血债血偿，天经地义，这方团总必将死无葬身之地。"

任晓月听得有些糊涂，望望他，说："你叫萧羽？"

肖也说："我已经改了名字，虽然音不变，但是草头萧，羽毛的羽。"

"为什么要改名字呢？"芸儿好奇地问。

肖也一笑，说："为了报仇。"

任晓月思忖道："明白了，肖也是在逃的通缉犯，时刻都会被仇人所乘，叫了萧羽，就是另外一个人了，他们无法动你。"

肖定坤击节称赞道："任小姐果然聪颖过人，猜到了老夫的用心，不错，不错，看来，你跟我这位侄子是有缘的。"

任晓月脸上微红，却笑道："老先生夸奖了，肖先生自有红颜知己，我们只不过是萍水相逢罢了。"

肖定坤望望肖也，说："那是红颜祸水，险些累他丢了性命，但自从遇上任小姐，就有了生机，就有了新的希望，逢凶化吉了，好！这个好！"

肖也见他如此赞赏任晓月，心中念起俞萍如来，心头微痛，勉强一笑，没有吭声。

任晓月眼中余光瞟了他一眼，只是含笑不语。

芸儿被肖琴拉过去，跟母亲一齐细细端详，笑道："好个俊俏的丫头，怎么装成个假小子呢？"

姨太太将她安置在身边，摸摸她光滑细腻的脸蛋，爱怜地说："这丫头，惹人疼爱，干脆认我做干奶奶吧，我一定好好地宠着你。"

芸儿摇头，说："不成，你又不老，我认你做干妈吧。"

姨太太乐得合不拢嘴，一把将她搂在怀里，使劲地搓揉着，说："这丫头，越发地讨喜了，小机灵鬼，小可人儿！"

肖琴捂住嘴笑，望着肖也，说："哥，你这小侄女儿把我妈哄得开心死了。"

肖也和肖定坤相视而笑。

肖定坤思忖着笑："你有什么打算？我不日将赴南京，赞襄中枢军务，走之前，先将你的事情办妥了。"

肖也说："我这两天考虑了很久，有个想法，但不知道叔父能不能帮我。"

肖定坤盯住他，说："你先说来听听。"

肖也说："近期，我想回江北一趟。"

肖定坤大笑起来，说："孺子可教，好，我会助你一臂之力的，让你风风光光地回江北，让那些仇家心神不宁，噩梦缠身！"

这叔侄俩齐声大笑。

那厢里，女佣来禀报，凉菜已经上桌，请先用餐。肖也起身，请叔父一家以及两位女客入席。他特地准备好的法国葡萄酒，就着厨师亲手烹制的美味佳肴，开怀畅饮，气氛欢乐且温馨。

这肖定坤，对于任晓月甚为客气，是当作未来的侄媳妇对待了。任晓月浑然不觉，从容面对，倒让起先心神有些忐忑的肖也放下心。这晚宴大约到了八点半时，才告结束。肖也送叔、婶和表妹到门外，上了汽车。

任晓月站在门内，望着这老者带着妻女在警卫的护送下绝尘而去，未免疑惑，等肖也送客返回后，试探着问他底细，肖也大略告知。这位叔父，失势隐居多年，近日南京方面邀请他出山，正在运作而已。

任晓月听了，说："我有件事想求你帮忙，你一定得帮我！"

肖也明白她的心思，点了下头，说："你不要着急，这件事急不得，我先得了解一下到底是怎么回事，他们押他去南京，我们在上海暂时是鞭长莫及的。"

任晓月双手紧紧攥住裙角，说："我恨不得现在就去救他！"

肖也说："怎么救？到哪里去救？吴尚那边现在到底是个什么情况？真如报纸上所说的那样吗？其他的人呢？尤其是马队长！"

他说出了自己实质上担忧的这个人来，任晓月眼圈红了，芸儿在一旁也抽泣起来，说："马队长，马叔叔，我想他了，他那么厉害，一定不会有事的，一定的。"

肖也念及了那位与自己命运纠缠交织的狱友来，心头一阵黯然。他已不敢抱奢望了，何为既已被俘，马援的结果如何，可想而知了。但在她们面前，他却不能沮丧，强笑了一声，说："吉人自有天相，马大哥勇力过人，胆量过人，肯定没事！"

5

马援和同伴们登岸之后，迅速与上海地下党方面接上了头，被安置在租界内的一处民宅中。按照组织上新近获取的情报，敌人押解何为赴宁途中改变路径，直接来沪，在具体行程没有查清之前，他的任务是治伤、等待、熟悉环境。

马援的枪伤基本上都已收口，依照他的性子，干脆就此拉倒，任其自愈。但上级领导却不同意，认为他的伤早些痊愈，对于革命工作是有益的。要求他去广慈医院检查、用药。无奈之下，他只得在一位本地同志的陪同下，乔装打扮去了医院。医院外科医生问他的姓名和职业，他随口说了个假名，职业却是真真实实的三个字：当兵的。

有了这个铺垫，那医生将他请到隔壁检查，揭开他身上几处绷带纱布，才不至于惊讶，用酒精湿润了紧贴在伤口上的纱布，问："先生，你真是个了不起的军人，受了这么多次伤，居然还能活下来，令人钦佩呀！"

马援笑了笑，说："大夫，给我些消炎药吃就行，我这个人命硬，想在战场上被打死，也不容易，凑合着混吧。"

医生肃然起敬，简单地处理了他两处仍然渗出血水的伤口，说："你的伤恢复得差不多了，我看，用不了多久就能重新上战场了。"

马援点点头，穿起了衣服，抓起帽子来戴上。

这时，外面有个熟悉的声音说："我是约好来看病的，请问，王医生在不在？"

护士说："是任小姐吧？请少候，王医生正在里面替病人换药。"

女人嗯了一声，在窗口坐下来。马援趁着医生开药之际，走到门前，推开一条缝隙偷偷看去，一个穿着华丽绾着头发的女子正向窗外眺望，半边侧脸容貌极为熟悉，不觉轻声说："任晓月，她在这里？"

他正要出门去招呼她，被身边的同伴阻止了，严厉地使了个眼色。他蓦然醒悟，这个早于自己来上海的女同志的行踪确实有些问题，她现在的状况透着股诡异的气息，确实需要慎重。但是，她来这里干什么？这里是外科诊室，她是身上有伤？

他平日虽然粗莽，但电光石火间，几个念头疾闪而过，马上打消了见面的主意，低下头来，趁着她出神看窗外之际，离开了诊室，走出了医院。

在医院外面另一条街口，马援收住了脚步，问陪同的同志，说："任晓月是我在江北吴尚时的同志，她应该在半个月之前就到上海的，她还带了个小女孩，她有没有跟组织上联系？"

那人吃了一惊，说："她带了个女孩？这怎么回事？半个月前，敌人的特别调查科在圣约瑟大学附近到处搜捕一个十二岁左右的小女孩，莫非就是？"

马援嘿了一声，跺脚说："这事情麻烦了，赶紧去向上级报告，看如何应对。"

俩人匆匆忙忙赶回地下潜伏地，将刚才这意外发现向负责人汇报。负责人一听，就着急了，根据他所知道的情况，负责接待江北等根据地来人的联络站，因为一名外围同志的被捕而紧急关闭，在其他地方重新启用。这中间存在了近半个月的空白期。这期间，不少从别处来的同志失去了和组织上的联系，任晓月就是其中之一。

她在上海失去联络之后，出了什么事？去了哪里？突然间由一个纯朴的女性变成了一个衣着华丽的时髦女子，这样的悬殊变化，疑团重重，必须立即调查清楚。这项工作被迅速移交到了特科，马援等人因为在江北根据地和任晓月的关系，也随之转到了特科的领导之下。特科主任程宇中综合了已知悉的情报，决定从广慈医院外科医生那里作为侦察的起点。

通过内线，从医院登记治疗记录里，他们查询到，任晓月看病用的是本名，但是有意思的是，病情记录上的病情，医生直言不讳地写着：患者背部有三条严重的抽打伤痕，疑似皮鞭等刑具所致，治疗方案是用消炎药膏敷治，辅以消毒清洗，口服药片。

找到了任晓月刑伤的证据，程宇中更加地忧心忡忡。马援在脑海里回忆着任晓月新近的模样儿，尤其是站在窗前俯瞰街景时的神色，下意识地摇摇头，自言自语道："不像是叛变的样子呀，而且这说明记得明明白白，她是独自一个人来的，没有其他人的陪同，倘若她是叛徒，敌人会让她一个人来去自如？"

程宇中说："综合所有的情况，得出的结论是，任晓月叛变了，而且从许多痕迹中几乎可以勾画出她被捕叛变的轨迹来。"

马援双手在太阳穴上揉动了几下，喃喃道："她被捕了，叛变了，那芸儿呢？敌人追捕一个十二岁的小女孩，肯定就是她，任晓月被捕了，她逃脱了，敌人在抓她，这偌大的上海，她还安全吗？她现在到底在哪里呢？"

马援决意要去找业已在上海街头失踪多日的芸儿，并派人按照任晓月在广慈医院所留的地址，进行秘密侦察。但是，另一件大事却迫在眉睫，不能掉以轻心了。押送在吴尚兵败被俘的何为的火轮，在南京下关码头暂停，准备前往上海来了。根据内线确切的情报，这艘押送他的轮船的目的地是位于黄浦江边的十六铺码头。上海方面接收的人在那里等候移交。

中央方面下了命令，在码头处武力劫救，由特科负责制订行动计划。马援自然是参与这个行动的最佳人选了。特科负责人程宇中负责指挥实施这个行动。他来自鄂豫皖根据地，与马援磋商之后，另外又挑选了十五个人，召开了会议，大家都分头去十六铺码头侦察地形环境，将每一条道路、每一个出入口都牢记在心，依据地图详加勾勒。他和马援在码头外的大路边的栅栏后面抽了会儿烟，提议说："老马，你跟我去接头，本地人我不放心，一起走走。"

马援听出他这话里的谨慎，倒有点不以为然，答应了随他沿街而行。他们路过一家成衣店时，程宇中停了下来，上下打量马援，努嘴示意他进去。俩人进了店，犹太伙计热情地迎接，叫声："程老板，程老板，欢迎你！"

程宇中边看马援，边看店内陈设的衣服，指了指上面悬挂着的一件格子纹路的半长风衣，让取过来，给马援试穿。马援脱掉身上的布褂子，穿上了这材料顺溜且挺括的合体衣服，两条衣袖和胁下有些紧窄，刚想脱下，程宇中围着他端详了一圈，顺手拿起顶灰色的鸭舌帽来，往他脑门上一扣，笑道："就这样，就这样，不用换了，再去取一双软底的皮鞋来，这就凑齐了！"

马援不解，说："这是干什么？"

程宇中自取了件浅蓝色的单西装上衣，穿上对着镜子自赏，吹了声口哨，说："待会儿你就懂了。在上海，要融入这座城市的第一件事，就是衣着，这里不比乡下，我是经历过多次教训才弄明白的。"

马援无奈，彻底换了衣鞋。程宇中将换下的衣服都寄存在这家店里，约好两个钟头后来取，麻利地付款之后，和马援并肩走出店，在伙计的恭送中步履轻快地走在人群嘈杂的街头。他们在前面大约五六十米的地方拐了个弯，便听得乐队演奏着荡人心魄的曲调。循声望去，一家酒吧正在营业，闪亮的玻璃转门前，侍者彬彬有礼地招呼着客人，店名用霓虹灯制作，虽然白天里不亮，但形状辨认得出来：君逸酒吧。

马援问："这里是哪儿？"

程宇中说："喝酒的地方，你是我乡下来的表哥，土财主，见什么洋玩意儿都开眼，懂吗？"

马援点头，心中却狐疑，随他昂然入内。酒吧里，一片热闹，伏在吧台上跟女招待打情骂俏的，和侍者谈论调酒心得的，坐在椅子上与女客侧耳私语的，隔着一张狭窄的桌子密谈买卖交易的，满耳间是玻璃酒杯碰撞的清脆声响和低低的笑声。

马援瞠目结舌，脸上不觉红了。程宇中拉他坐下，食指在桌上敲击了两下，马上有侍者来问候，询问需要。程宇中随意说了一句，侍者立即回到吧台，用托盘端出高脚酒杯来，透明的杯身，可见褐黄色酒液荡漾起伏。程宇中示意马援端起酒杯来，略敬了敬。马援喝了一大口，噗的一声吐在地上，骂道："这是什么鬼东西，跟马尿差不多！"

周围众人皆笑。程宇中也笑，说："得慢慢地小啜，这是洋酒，你还没习惯，我以前也是，习惯了就没事了。"

马援在杯沿上嗅嗅气味，再凑上去，仿佛喝毒药似的抿了一小口，呷巴舌头，连说难喝。

一个穿雪白西装戴白色礼帽的家伙从附近暗处走了出来，坐到他们中间，啪地打了个响指，笑道："程少爷，最近忙些什么呢？有两天没见着你了。"

程宇中说："我回了趟乡下老家，这位是我的表哥，可是上等的财主，就是没怎么出过门，我这次是带他来长见识的，家里堆山积岭的银子，总得想办法花掉，不然，可就生霉了。"

这两人齐声大笑。马援瞪着程宇中，他连忙给介绍道："羊先生，羊专员，我的好朋友，干的是情报工作，赚的是黄金美钞，二位亲近亲近。"

马援与这位羊专员互敬了一下酒，羊专员取出雪茄来递上，说："上海不仅有难喝的洋酒，还有难抽的洋烟呢，程少爷，你表哥贵姓？"

程宇中说："姓马。"

"马老板，失敬了。"羊专员转而面对程宇中，说，"你是无事不登三宝殿，来这里，一定是有事，我猜猜，是对哪位老板有意思啦？"

程宇中说："老相好，还能有谁。"

"叶主任。"羊专员饶有兴趣地端起酒杯，说，"就猜到是他，这老兄最近行情看涨了，你们的头寸跌了不少。"

程宇中说："所以，才求助你老兄，咱们老朋友了，事情的酬劳，反正是按老规矩来，对不对？"

羊专员笑道："风险太大，成本太高，怕是要按行情走了。"

程宇中笑吟吟地说："行，涨价可以，但货色要好，劣等货，我可是一毛不拔的。"

"放心，保证让你满意，我羊某人手里，可从来不出假货、劣等货，名声要紧，没了名声，在这里可就寸步难行了，小命也难保了。"

程宇中放下酒杯，凑近了悄声说："我要江北转押来上海的共党大人物的相关情报，何时抵沪，如何交接，叶明远如何实施安全保卫，负责转接的人手。"

羊专员眨巴一下眼睛，拿起酒杯喝了一口，说："这可算是核心机密了，你肯出什么价钱？"

程宇中说:"三根金条。"

羊专员摇头,又开五根指头,说:"这个数。"

程宇中干脆地说:"成交!"

马援看在眼里,听在耳畔,心底啧啧称奇。

这时,酒吧入口处一阵子嘈乱,拥进来十几个持枪的便衣,咋咋呼呼地高喊:"都不要动,奉命搜查嫌疑分子!"

程宇中脸色一变,羊专员站起身,低声说:"两天后此刻,在百乐门对面交接,不见不散!"

他抓起帽子,转身便走。程宇中冲马援使个眼色,向另外的方向走去,马援会意,紧随在后。他们来到一侧后门的楼梯口,却见有人守住了,心中不觉一愣。程宇中拔出手枪,指手画脚地大声喊道:"看紧点,别让疑犯从这里跑掉,招子放亮点,别跟睁眼瞎似的!"

他的语气粗鲁,走到那守门的特务面前,问:"是调查科的吗?"

那人点头,程宇中说:"我是警备司令部稽查处的,我命令你给我看死在这里,走漏一个嫌疑分子,就拿你是问,拿叶明远是问,明白吗?"

那人被他的声势震慑住了,连连小鸡啄米般点头。程宇中却不急于走,转而掉头向屋子里凌乱的人群,摆出副坚守者的模样来,直到里面的秩序稍稍控制住了,这才如释重负地吹了一声呼哨,问:"楼下守卫怎么样?不会没有调查科的人吧?跟我去查查!"

他和马援扬长而去,半分痕迹不露地从特务们的围截中从容脱身。

马援佩服得五体投地,喃喃地说:"厉害,太厉害了!"

程宇中回头看他一笑,说:"地下工作也不容易呀,马援同志,咱们要跟敌人周旋的日子还长着呢,不适应环境敌情,是万万不能的!"

6

肖也走进自己名义上已经履职近半年的这幢大楼,心中有些紧张，这里是淞沪警备司令部稽查处，一个隶属于军事机构的情报侦缉机关。他小心翼翼地进了大门，登上台阶，到了二楼走廊，按照纸条的标注转向右侧，找着了那个挂有科长室牌子的所在，抬手敲了下门，里面却无人应声。

他略微用力推了一下，才发觉门被暗锁锁了，他以为自己来错了地方，再三看手心里肖定坤毛笔亲书的地址，有些犹豫了。这会不会是他年老体衰糊涂了一时写错了？他摇头，转身欲走。这时身后的房门吱呀开了，有个四十多岁的男人探出头来张望，问："你找谁？"

肖也指着那门，说："我是来办公的。"

那人一眼瞥见了他面颊上的刀痕，惊喜道："萧科长！我认出你来了，你是萧羽科长，快请进，快请进来坐。我这就去通知总务上来开门。您有段日子没来，是去北方了吧，北平有意思吗？饮食上还能适应吗？可真苦了您了，那边可比咱们这里糙得多呢。"

他被这个陌生男人殷勤地劝坐在对面的办公室里，不一刻有人来开了他所要进入的门，但见窗明几净，摆设齐整，只设了一套桌椅，竟是个单独的办公所在。

他迟疑了一下，身后的人推着他进去，说："萧科长，这就是你日常办公的地方。"

肖也恍若隔世般看着这一切，顺势坐下，拿起案头的报纸，竟是昨天的，不禁感慨一句："太周到了，太周到了！"

对门的下属及闻讯来开门的杂务欠身笑道："这都是本分，应做的。"

他们退出去，将门轻轻带上。肖也坐下来，瞅见桌上有盒香烟，便去拆开，抽出一根来点上，望着这光可鉴人的桌面，发了阵子呆，心有领悟。从即刻起，萧羽萧科长的身份就替代掉了那个仍被通缉的在逃犯肖也，他将以全新的面目跨入这混沌的乱世，秉承叔父肖定坤的意见，走一条他代为规划好的道路。不过，这条路只是他自己借道的一条捷径而已，他有自己的打算。遥远的长江北岸吴尚、广陵，依旧是他的梦魇之地，他迟早要将这段噩梦送入滔滔江水，付之东流。他唯一的手段，就是复仇！

肖也在这养尊处优的环境里，念起了自己落魄时的绝望和愤怒，下意识地去抓起茶杯，猛甩在地上，远处啪嚓一声响。这一声不打紧，对面的人纷纷赶过来看，只见这一地的碎瓷，一时间不知说什么才好。肖也镇定地笑了一声，说："不小心，失手摔落了，真是抱歉。"

众人这才放心。

肖也微笑着关了门，正要从包里取出那些书来，可不防面前的电话铃声大作，吓了一跳，拿起话筒接听时，更是一愣，原来是制定他锦绣前程的二叔。

肖定坤语气平和地说："在你的新办公室里，焐热屁股下的椅子了吗？"

肖也说："还没有呢。"

肖定坤笑了，说："没焐热就好，你把手里的事情停一下，替我置办一个会议，地点你选，要确保秘密安全，时间紧急，就定在今天晚上，嗯，你跟琴儿帮着招待一下，眼下我的手里缺得力的人，你要多出力。"

肖也答应了，走到窗口望着外面街道和建筑发了会儿愣，这偌大的上海，置办一个秘密会议，该选什么地方呢？他一时无法选址，苦笑两声，回到桌前，屁股刚要着凳，转念想想，再踱回到窗前，远眺那些楼房屋脊，轻声自言自语道："旅馆，不错，就去大陆旅馆。"

他想起自己不久前曾带着芸儿在那里短暂住过，立即去包里拿出名片来，按照上面所留的号码，拨号过去。片刻间接通后，那边传来一个甜得腻人的女声："这里是大陆旅馆，请问有何贵干？"

肖也说："我预订客房，最好是外面有会客室，里面可以搓麻将，想请几个朋友小来来怡怡情。"

女声说："先生贵姓？"

肖也说："萧，草头萧，我曾经在贵处下榻过。"

对方说："敝店符合您要求的客房有一间空着，只是价格稍高，不知您愿意吗？"

肖也说："那就订下，晚上替我准备十份西餐，大家免得出去了。"

那边的女侍遵从他的话一一地记下来，再叮嘱一句："萧先生，为了确定客房、订餐，请最迟在今天傍晚五点前抵达。"

肖也答应了，搁下电话，叔父交托的事情，就此落实完成。他重新去看了会儿报纸，看看日近正午时，电话铃声又响，依然是肖定坤本人打来的，问："萧科长，事情办妥没有？"

肖也说："大陆旅馆，晚六时，我提前到达。"

肖定坤说了声好，补充一句："晚上，你请那位任小姐一起过来，这种秘密事情，总得家里人去才行。"

肖也疑问："可任小姐——"

肖定坤不容置疑地说："任小姐是不是家里人，在于你而非我，明白吗？"

肖也无奈地笑了，只得从命。

时间过起来飞快，正午后，太阳迅速地向西倾斜。肖也夹着公文包，离开稽查处办公楼，在一片喧嚣声中向南走去，搭乘电车，再恢复步行，花费了四十分钟时间，回到了自己的住处。

这会儿，任晓月正在楼下客厅里抓着本书教芸儿。芸儿背得认真，她听得仔细，都没有留意他回来了。肖也静静地等着芸儿背诵完了这段短文，拍手说："真不简单，原来以为你不识字，想不到太小瞧你啦。"

芸儿笑道："姑姑说，你是个大学生才子，不多读几本书，没法跟你说话。"

肖也大笑，对任晓月说："你这样子，是要吓着小孩子的。"

任晓月含笑说："谁吓她了，她是自己吓自己，看你整天看书，心里忐忑，就让我给她补课。我看，这附近有家寄宿学校，干脆送她去念书吧，这么大的女孩子，得念书上学。"

肖也点头："行，这件事明天就办，但今天晚上，有要事要借你一用，不知道肯不肯？"

任晓月疑惑："直说吧，我竭尽所能就是了。"

肖也说："我叔父今晚请几个要好的朋友聚会，为免声张，委托我代办，并叮嘱保密，所以由我跟堂妹和你一起参与接待，无非是端茶送水的粗活儿，我怕你不愿意。"

任晓月说:"这些事,怕什么?你是我的救命恩人,敢不尽力?"

肖也正色道:"不对,应该说你是我的救命恩人才对,没有遇上你们的话,我怕是来不了上海,白白地死在江北了。"

芸儿不耐烦地说:"就不愿意听你们互相说这个,天天你救我、我救你的,我看啊,你们俩扯平了,互不亏欠,最好是,相——什么的,相敬如宾!"

任晓月顿时脸红了,啐她一口说:"胡说。"

肖也捂住嘴笑,连连摇手。任晓月转身上楼去换衣服。芸儿悄声问:"她为什么骂我胡说呢?"

肖也笑嘻嘻地说:"相敬如宾,是说人家结婚后的夫妻的,你这小孩子家,一知半解地胡说,小心你姑姑撕你的小嘴。"

芸儿吐吐舌头,跑开去了。

任晓月换了件藏青色的阴丹士林旗袍,下得楼来,微笑着问:"肖少爷,不,萧先生,萧科长,这会儿咱们去哪里呀?"

肖也打量了她这不施铅华的朴实装扮,关心地问一句:"你背上的伤不碍事吧?"

任晓月说:"不碍事,我昨天去过医院了,都快好了,这些轻巧活计,还是应付得了的。"

肖也做个手势,去开了门,请她随自己出去。他们在宅外路口叫了辆黄包车,坐上去。车夫挽起车把来,一溜小跑,二十分钟后,到达了大陆旅馆。俩人并肩下了车西行,不知不觉中挨得很近,宛若街上常见的情侣。

他们穿过街头人流,向前方的旅馆走去。信步而行间,却没有留意身后路口一辆电车缓缓停住,几个穿着校服的女孩子下了车,其中一个目光疑惑地望着肖也远去踏入旅馆的背影,突然激动起来,她正要尾随,却被同伴们拉住。她甩开她们的手,浑然不顾地横穿路面追赶,差点儿被路过的汽车撞着了。但这对男女已经走进了旅馆,没了踪影。

她不甘心,伏在柜台上,说:"对不起,我找人,刚才那一男一女,男的叫肖也。"

女侍抬头看她，说："没有叫肖也的，对不起，你恐怕认错人了。"

7

肖也代为操办的秘密会议，是在晚六时左右开始。肖定坤携女儿进了客房之后，就吩咐她跟堂哥和任晓月一起，担负起招待客人的责任。他作为东道主抵达约半个小时后，应邀参会人员陆陆续续地到达。这些人有的是报纸上的常客，有的低调并不为人所知。肖也时常看报，认出了两个人来，一个是张君，这座城市的市长；一个是便装的上司熊式辉，这座城市的警备总司令。他们实在是太出名了，想不熟悉都难。

所以，当客人们进门时，都将帽檐压得很低，手掩口鼻，看似是讨厌这里的空气，其实是在掩盖自己的身份。本来，他们和肖定坤的见面完全不用这样神神秘秘，但是其他与会者，颇有几个是令蒋委员长犯忌的角色，不得不低调行事。

他们进了门，去了会客室，肖也将门带上，坐了下来。肖琴好奇，问他们都是谁。任晓月冷眼旁观，并不吭声。她明白，肖也的这个叔父是个大人物，那么今晚的客人一定非比寻常，这些人在这里躲躲藏藏地开会，倒是件值得注意的事情。她用心地记着其中一两个人的名号，不动声色。

肖也侧耳聆听内屋隐约传出的声音。张君和叔父在侃侃而谈，当下党内以及政府里各方势力此消彼长，政学系近年来一直靠张君独木支撑，其余的人，一度被蒋某人视为异己、过期政客，而不予理会。但是，随着蒋某人执掌了军政大权，稳固住了南京政府，与党内外其他派系开始摩擦，甚至兵戎相见，大量人才为对手所用，或者直接成了对手。南京方面想要稳固住政权，铲除群雄，麾下人才已是捉襟见肘。此次，肖定坤被张君推荐，以一席隆中对式的长谈，赢得了蒋某人的尊重，成为他的首席幕僚。值此机会，正是政学系壮大力量之际，如何朝野呼应，如何悄然分荐与会众人重返政界，如何暗通声气，彼此照应，这就是当下亟待解决的问题。

这次，肖定坤要借成立的几个重要机构，加强蒋某人对党政控制的机会，安置几个人，但要注意的是，尽量做到不高调，不引人注目，政学系这个词儿就此淡化，而影响力却必须与日俱增了。整个政务系统一旦被把握住，那么，左右政局将不费吹灰之力。

他们这番计划，与会众人们俱都赞成，掌声稀稀拉拉响了几下。这时，旅馆代为订购的西餐红酒也都齐备，用餐车推送进来。肖也和任晓月以及堂妹一起，将食物、酒水、杯盘都送进去，请他们乘兴用餐。这一番忙碌后，会议到了尾声，大约在晚十点时，客人们分批离开。在走廊里相互道别。

送走所有人后，肖定坤留在旅馆里，对侄子、女儿，以及视为侄媳的任小姐，笑道："会议结束，我来断后，你们三位辛苦了，今晚的会议不足为外人道，记住。"

三个年轻人都点头。肖也结了账，留下杯盏狼藉由侍应生去料理，和任晓月一起坐进了肖定坤的汽车，离开了大陆旅馆。

距离旅馆约三十米处，有一家咖啡馆，临街窗口几个位置上，都坐着人，不时地向外张望。店里伙计意识到，这些客人起初虽然是陆续到来，但是却一致保持着耐心，直坐到接近半夜时，透着股子邪气。想打烊却又不敢，只得坐在一边角落里干着急。直到大陆旅馆里陆续有人出来，各自散去。这几个人才随之起身，当先一人将方才伏在桌上记录下的名单装进上衣兜里，俨然有大功告成的架势，站在街口伸展了一下上肢。

他身边的人附耳问道："叶主任，要不要继续跟踪？"

此人正是叶明远，党务特别调查科主任。他笑了一声，说："别人都可以不盯，但得盯住那个女人，盯住那幢屋子里的主人就行了，呵呵，萧科长，我倒要看看，到底是何方神圣。"

次日一早，下野蛰伏已久的政学系在租界大陆旅馆里聚会的情报，已经由叶明远整理好，亲手送到了陈立夫的桌上。陈立夫看了看这上面书写的名字，手托住下巴，冲着他笑了笑，说："你以为逮着一窝猫了，其实是一窝老虎，而且是养得精神十足、出林下山的老虎，张君是坐山虎，那肖定坤是出林虎，其余的都是些饿虎，虎须不可轻掷，打虎也要有充足的准备，这份报告，我暂且收存，日后再择机使用，现在不是时候。"

叶明远有些泄气，说："我手里正在搜集肖定坤通共的证据，他通过熊式辉保释出来的一个女共党分子，目前住在法租界里一个警备司令部稽查科姓萧的宅子里，这个姓萧的也是个奇怪的角色，跟肖定坤走得很近，一身全是谜团，我很有兴趣。"

陈立夫嗯了一声，说："可以去查，但要悄悄地行动，不要被对手觉察。还有，你手头有更重要的事情办理，江北共匪头目何为已经由水路转押上海了，你要做好消息封锁，他是共产党的重要人物，熟知江西、湖南等地的匪情，对于上海共产党中央的活动也了如指掌，通过他，你可以有大收获的，这是你工作任务的中心，切切不可忽略。"

叶明远欠身作礼，说："是，这件事情，我一定安排妥当。力保他安全登岸，审讯等事宜，我亲自负责，争取让他降服，为党国效力。"

叶明远对于自己由那个假释的女共党分子一直摸到了肖定坤、张君这帮政学系要人暗中的聚会，本以为是奇功一件，却被上司浇了盆冷水，心中不免失望。陈立夫似乎看出了他的沮丧，拍了下他的肩膀，说："叶兄，政治复杂呀，委员长正倚重此人，他的风头正盛，难攘其锋，不如束手旁观，看他要戏，再寻机会。你做的这一切都有意义，日后一定能起大作用，时也，势也，静观其变，必有所成！"

叶明远点头："我明白，这条线会继续监视的，请先生放心。"

他离开了陈公馆，回到调查科办公室时，已近正午。夜间轮值守在萧宅的特务已经回来了，书面报告放在桌上，这一夜，那对男女回家后，再没有动静。萧某书房的灯光亮到了下半夜才熄灭，那女人早早就寝，再没有其他变化。

他将报告塞进了抽屉，转而去查看何为来沪的十六铺码头的警戒预案，但脑子里仍然放不下那个从自己手心里滑脱的任小姐，还有，那个脸上有着醒目刀疤的男人。萧羽，他反复地唠叨着这个名字，似曾相识，却一时想不起来出处，徒作郁闷。

叶明远所惦记的萧羽，回到家里，看任晓月有疲倦之色，便让她先行休息，自己坐下来将方才的事情回顾了一下，叔父和张君召开了这次会议，无异是其政治势力的一次秘密展示，肖定坤不再是下野失意的政客了，如今他获得了蒋介石的信任，并委以重任，这是吴尚肖家复兴的开始，但是如今肖家名义上硕果仅存的后辈，是自己的哥哥，这个在关键时刻出卖弟弟的败类，将会在吴尚重新风光起来，这无论如何是难以设想的。他咬牙切齿，闭上眼睛想起自己在老家坟地里的经历，怒火燃烧，狠狠地用拳头击打了一下桌子，震得茶杯盖子跳动起来，发出清脆之声。他盯住茶杯看了半晌，强行止住愠怒，再去看书。以书本里精确的文字、新颖的思路来转移自己的愤恨。

他要报仇，必须要报仇，但不在这一刻。他既然已成萧羽，就要真正地养成丰满的羽翼，展翅腾飞，一飞冲天才行。

与他隔了三堵砖木建筑物的墙体，任晓月虽然早已关灯上床，但却难以入眠。她侧卧着身子，背部还有轻微余痛，这疼痛紧一阵、慢一阵，扰动着她的思绪。据报纸所载，何为此刻正在前往上海的路上，她想象得到，他戴着重镣铐，面目憔悴的情形，全然不是往昔神采飞扬的姿态了。他这样的人，还有马队长这样勇敢的部属，会遭遇失败？这简直难以想象。她念起那些独立师的战友，一个个鲜活的面孔掠过眼前，让她心痛、酸楚，不由自主地流泪啜泣。

这一夜到天明，在安静中悲伤的任晓月彻夜未眠，爬起来推开窗户，望着下面院子里一大簇夹竹桃发了会儿愣。这时，门廊里芸儿穿着衬衣出来，顺手去采摘那白色的花朵，她看得清晰，这小女孩胸部凸起，已经开始发育了。

她想起昨天跟肖也商量过的事情，招手唤道："芸儿，你上来。"

芸儿抬头望着，应了一声，小跑着上楼，不一刻就到了她的卧室外，擦拭着额头的微汗，问："姑姑，有什么事啊？"

任晓月说："上学呗，女孩子家家的，别整天里跟个野小子似的，该去念书学习了。"

芸儿撇了下嘴，说："姑姑，我不想去上学，干爹说过，女孩子书念多了不好，识字就成了，该学学家务。"

任晓月好笑，过去拉起她的手来，说："这哪够啊，差远了，你看肖家少爷，念的是大学，姑姑念的是师范，你再怎么地也不能比姑姑差吧。"

芸儿犹豫，想了想，说："我好一阵子不上学念书了，怕比别人差。"

任晓月笑道："别怕，有我呢，还有他。"

芸儿认真想了想，点点头，说："那，我试试，要是不方便，我还回来，行不？"

任晓月同意了，挽起她的手来，去找肖也。

这会儿，肖也已经沏泡好一杯浓茶，揉着酸涩的眼睛，倚靠在圈椅里。听到她们推门的声响，咳嗽一声，说："这么早就睡不着啦？"

任晓月说："早点儿好，把芸儿的事情办了吧，该让她上学了，不然野坏了，将来——"

肖也站起身，望着芸儿笑了，起来抬手去刮了一下她的鼻尖，说："是得给你这个小丫头套笼子了，也好，但是得让你姑姑先去买两件女孩的衣服，漂漂亮亮地去上学。"

芸儿咬咬嘴唇，说："可我这头发……"

肖也和任晓月一起笑了，不约而同地去摸了下她的头顶，说："没事，长长了就没事了，你穿上女孩的衣服，头发短了也好看。"

芸儿开心地笑了，跟着任晓月下楼去吃了早饭，然后踏着阳光出门去附近的街上买衣服。

俩人走出这座花园洋房，走过门前林荫，穿过一条笔直的弄堂，再拐过弯去，便是繁华的街肆了。任晓月记得附近有一家衣铺卖女孩的衣服，牵着她的手正待寻找之际，突然间，面前有个人拦住了去路，一脸严峻。

她吃了一惊，想要呼救。两把手枪，已经顶在了她的腰上，有个熟悉的声音说："任晓月，你这个叛徒！"

8

马援心系何为的安全，将黄浦江畔码头上的情况，几乎摸得透熟，心情急迫地等待着轮船的到来，与此同时，查找任晓月和芸儿下落的工作，还在继续。任晓月留在广慈医院的地址，经侦察完全确定。地下人员潜伏在对面的路边位置，以擦皮鞋为掩护，用了两天时间，已经将这座宅子的情况大致了解清楚了。

这宅子里的人是新近搬来的，主人姓萧，在政府做事，除了任晓月之外，还有一个男孩。为了证明任晓月是否叛变，特科决定调查跟踪那个姓萧的底细。这才发现，这姓萧的果然非常人，居然在警备司令部稽查处出入。更为惊人的是，他还进出国民党要人公馆。综合查核，判定任晓月叛变无疑，而且被敌人以这种特殊形式重点保护了。

由此，有人突然将江北红军独立师的失败，与这位来自江北的在上海被捕并叛变的女人联系起来。

马援参加了这个会议，一直听他们说，心里由茫然到透彻，回想起那个白皙文静的年轻女子在江北工作的点点滴滴，不禁叹口气，说："她到上海后被捕的时间，与独立师失败的时间估算，是有可能的。想不到，真是想不到，相距好几百里的路程，竟然会有这样大的影响。"

程宇中对于这样的推断，不置可否，考虑了一下，说："何为同志正被敌人押来上海，这个任晓月，也许会提供我们吴尚兵败的真相，这对于我们的营救会有很大帮助的。事不宜迟，大家留神行动，别打草惊蛇就行。"

制订抓捕任晓月的计划，并不复杂，她所住的那幢洋房，处于闹市边缘，相对僻静，但敌人既然安置她在这里，周围肯定会有埋伏，保不准还有钓鱼的可能，因此，严密监控，等待时机，一旦出现机会，一击而中，绝不犹豫。

马援认识任晓月，自然要参加这个行动。他穿着时髦洋派的衣服，足蹬皮鞋，很不适应，总是怀念在江北时光脚打草鞋的爽利劲儿。这会儿，心中隐隐有些激愤，一时间忘掉了衣服的约束、皮鞋的硌脚，全神贯注，坐在街口的一角，将皮鞋搁在假扮成鞋匠的同志的膝盖上，不停地吸烟，心中暗忖，自己剃去了浓密的胡子，特征尽去，会不会被任晓月一眼识破呢？

第一个白天，任晓月没有出门；第二个白天，下午时，任晓月和那个姓萧的坐着汽车出门去了。今天，他们起了个早，太阳初升刚露脸，就四散分布开来，静候目标出现。这一次，他们没有扑空，三天来的付出终于有了结果。只见任晓月穿着旗袍，袅袅婷婷地出门，身边多了个短发俊秀的男孩。他们牵着手过了马路，进了对面的弄堂，径直向前。现场的人马上判断出他们是要去前面街上。于是分别从几条路径追赶迂回过去。

几分钟后，目标与追逐者同时在预判的地点出现，但态势已改变。任晓月浑然不觉中，已经进入自己同志们的挟持当中。在一家店面前，两支手枪将她逼住，那一声熟悉嗓门的呵斥，令她浑身一抖，掉头看去，惊喜道："马队长，是你！真的是你？"

马援板着脸，低声说："任晓月，想不到你居然叛变了！"

任晓月正要辩解。身边的芸儿开口说："马叔叔，你们弄错了，晓月姑姑没有叛变，她是被肖二少爷救出来的。"

马援吓了一跳，几乎不敢相信："芸儿，是你吗？你怎么短头发啦？"

任晓月轻声说："你们误会了，我没有叛变，我们这就随你们走，我一直在寻找你们，却没有任何办法，真是急死人了！"

马援做个手势，示意收起武器，仍旧散开，冲街头招手。一辆早已准备好的汽车开了过来，他打开车门，示意她们上车，自己坐在司机旁边，说："程主任，她们就是我提起的任晓月和芸儿。"

程宇中笑了一声，说："你们是故人重逢吧，我带你们去个安静的地方，好好地谈谈。"

汽车驶出了法租界，在一条弄堂前停下。马援和程宇中一前一后，将任晓月和芸儿夹在中间，走到一户人家，推门直入。里面早已有人接应，开了一侧的厢房门放他们进去。四个人在一间亮着电灯的狭小房间里坐下。

程宇中打量一下眼前这位女性，印象不差，说："任晓月同志，我代表党组织，请你将从江北来上海后的这段经历原原本本地说清楚。"

任晓月乍见马援等人，心中喜悦，但被粗鲁地称作叛徒后，心有担忧。但这一刻，终于放下心来。当下，她便把自己携芸儿离开根据地，半途邂逅肖也，后来在上海失手被捕，又蒙肖也施以援手救出这一系列事情，讲了个详细。听她说到了肖家二少爷，马援眼神闪烁着喜悦光芒，万没想到广陵劫狱失散后，竟会是这样的结果。

他猛地一拍大腿，说："我说呢，原来这小子遇上你们得救了，那次广陵劫狱走散了，他竟然到了上海，还做了官，我要去揪他出来，先揍一顿！"

程宇中问："那个肖也，他现在具体身份是警备司令部稽查处的科长？"

任晓月点头，说："他到上海后，为了逃避通缉，遂从叔父的意思，改了姓名，现在叫萧羽，在警备司令部的职务，是他的叔父安排的，他这个叔父很有来头，是个大人物，昨天，我参与接待了他们在大陆旅馆的秘密会议，到会的全都是清一色的国民党要人，其中一个是上海市长，张君。"

"他的叔父是——"

"肖定坤。"

程宇中吹了一声呼哨，蓦然站起身来，紧紧地握住了任晓月的双手，说："任晓月同志，你真不简单，轻而易举地就接近到国民党中枢要员的身边，肖定坤新近被蒋介石委任为幕僚长，执掌军机要务，这个关系实在重要，我必须向中央负责同志报告，这太难得了，太难得了！"

任晓月看了下窗外的天色，说："今天的时间不宜拖得太久，以免被监视的特务觉察，我们先去买衣服作掩护才是。"

马援呵呵一笑，在芸儿顶着短发的脑袋上轻拍了一下，说："小东西，几天不见就变了样子，叔叔差点儿认不出来。"

芸儿看他这身打扮，也笑，说："你这小开的模样，我可也认不出来。我更闹不明白的是，为什么大家伙儿一到了上海，就都变了模样。"

马援哈哈一笑，说："上海是个大学堂啊，到了这里，大家都得学点新玩意儿，不然的话，可还真混不下去呢。"

大家就此各自散去。只马援有意要随任晓月一起去见肖也，但程宇中阻拦了，说："老马，这条线，这个关系异常重要，你可不能太过冲动，一切，等我汇报过了再做定夺。"

马援搓了下手，笑吟吟地说："这个家伙，闷声不着调的，居然有这样的运气，也不容易了。晓月，替我捎个口信向他问好，眼下，大家还都活着，就是件大好事！"

任晓月和芸儿乘车返回，下车后去衣铺子里买了两件衣服，匆匆赶回住处时，已近正午了。她在弄堂口停下脚步，拢拢略见散乱的头发，挽起芸儿的手，从容地穿过马路，到了门前。只见院子里停着辆灰色的汽车，不觉一愣。门厅里，肖也吸着烟，笑道："你们看看，我刚刚从一个俄国公爵手里买下的，这老毛子破产了，要开溜去美国，带不走的全都变卖掉。这上海，可真是有趣的地方。"

芸儿好奇地去摸那光洁的车身，问："你会开车吗？"

肖也自负地一笑，说："我去年就学会了，本以为要到外国去开汽车的，不承想，先在上海滩上遛起来了。"

任晓月笑道："那可好，日后咱们出门，有了汽车可是方便多了。"

9

肖也新添了汽车，任晓月心里已然将它当作自己与组织恢复联络的便捷工具了。而此刻正在街对面一幢房子楼顶监视的调查科特务们，却心中为难起来。这个姓萧的有了辆汽车，开起来，纵横驰骋，可不容易跟踪堵截了，实在是个大患。这个情况，自然在当晚就汇总呈送到了叶明远主任的报告里。这报告却疏于记载了一件事：下午，这嫌疑人开车去了新华女中，将那个小男孩，不，小女孩送到了学校里去了。这中学是住宿制，每周可以回家一次。那短发假小子将会消失在他们的视野中。

叶明远看了这报告，对这位萧某人的家世以及经济状况揣摩了一番，新买的洋房汽车，对于一个在警备司令部任职不超过一年的科长，那是太过奢侈了。他的背后，会是富庶，不，巨富的家业在支持他了。这个出手豪绰的年轻人，更让他心中好奇、迷惑。

但念起自己手中的漏网之鱼，那个名叫任晓月的女人，他对这个萧羽科长越发地不放心起来。他如此地靠近肖定坤，又有通共嫌疑，肖定坤也未必干净，将会给党国大业带来巨大的危险。

叶明远忐忑不安，这种实际工作中的压力，比他的上司们来得更加地强烈。他殚精竭虑地要破获就在眼皮底下潜伏的共产党中央机关，而对方却将触角堂而皇之地伸到了党国中枢，一旦出事，他所专事的对付共党职责，是推卸不了的。可是，他明知这其中的蹊跷，却不能向上直言，这种焦虑紧密地纠缠住了他，令这个手握生杀大权的人物，接连失眠，神色恍惚起来。

而这时，便有一封来自江北吴尚的匿名密函寄送转交到了他的手里。那函文内，只有寥寥数字：前次吴尚通缉之人，即为肖定坤之侄，特此告知。

这封信犹如醍醐灌顶般，一下子令他开了窍，蓦然省悟，连忙说："快，快给我找出这个萧羽的照片，再跟那个肖也比对，还有，全面彻查萧羽的底细，我要将这个祸害掐死在萌芽里。"

这封让叶明远像打了吗啡针一般来了精神的信函，来自吴尚，来自俞府主人俞凤山之手。这封信，他是毫不犹豫地拟就寄出的。缘由是，在一天之前，翻开新收到的日报，上面赫然登载着一段新闻，标题为《旧政客复出，执掌中枢》。内里的详情中，有三个字跃入他的眼帘，令他一阵子心跳加速，手抚额头叫了声老天。这三个字就是：肖定坤。

且说俞凤山得悉肖定坤复出的消息后，一溜烟去找儿子，摇晃着报纸说："祸事来了，肖家那个老家伙咸鱼翻身了！刚刚被老蒋任命为国府幕僚长，执掌权柄！"

俞云涛一惊，接过报纸来看，果然如此，肖定坤复出了。而且这个势头还要强于昔日，直接步入党国最高层去了。他沉吟了一下，说："父亲也不必为此着急，这肖也是通共的罪名，这个罪名甚为蒋委员长所忌讳，他拒不敢为这个铤而走险的，暂且宽心。"

俞凤山听儿子如此说，只得默然；回了书房后，坐下来再想想，冷笑一声，提起笔来，写下一行字，再用函皮包了，写上南京政府蒋委员长亲启字样，交由用人，悄悄地去邮局寄送出去。至于这封信到了南京，经侍从室拆阅后，再辗转送到上海党务特别调查科，这个专门用以反共的情报机构，他是全然不知了。

俞云涛送走父亲，正沉吟之际，团总方松坡来了，一见面就告知，想了个法子来摆布肖家大少爷，跟他合伙做生意，引君入彀。

俞云涛做了个赞许的手势，表示由着他去办，自己完全放心。

方团总心中高兴，离开旅部，前往肖家德顺堂铺子。

肖林正在柜台上，见了他们到来，举手示意。

方团总笑吟吟地说："大少爷，这第一次买卖，咱们五五分成，得利后也五五分，这可讲定了，签字为据。货，我已经在准备了，就等你那份货款到位呢。"

肖林咂了下嘴，说："不就是两千块大洋吗？行，我这就取票据给你。"

方团总收了银票，笑道："放心，这是一本万利的买卖，苏家埠那边，我的货已经收得差不多了，三辆骡车，十五条汉阳造，一支花机关卫护着，安如磐石。"

肖林知道苏家埠产的是鸦片，方团总要做这买卖，自然是一本万利的，自己出钱不出人，本钱也不算大，风险小，是笔好买卖；当下懒洋洋地握了下手，以示合作成交。

10

肖家宅院里，肖定翁枕着姨太太的大腿，拆阅不久前收到的来自上海兄弟写来的一封信函，上面字数不多，但每个字都足以让他从衰老的失望和沮丧中重新焕发活力。

> 我已复出，重掌权柄，再振门第，吾兄务必以身体为
> 重，一切事宜均由愚弟代为谋划。

肖定翁年近七旬，一时间手执家书，将四姨太放倒在床笫间，竭尽老命卖弄了一回。当晚，他在姨太太扶持下，坐在书桌前亲手写了一封回信。信内语意深切：吾弟，也儿已遭飞来横祸，生死不明，家业衰败之际，还望扶持，委派得力之人，挽肖家于水火，兄切盼，切盼。

次日一早，长子肖林来见，趁着四姨太在院外之际，悄声说："父亲，眼下世道人心都坏了，不能不提防啊，咱们宅子里埋着的二三十条枪，我看还是拿出来，招募些人做护院，日后借助二叔之力，把生意做大了，路途上押运、护送都要使劲呢。这得未雨绸缪啊。"

肖定翁闭眼思忖，说："好吧，枪、子弹都有，就差人，你小心地去办，不要弄出风声来，打草惊蛇反而不好。"

肖林说声是，便告退出去。也不回自家的住处，从后门悄悄地出去，四顾无人时，便从偏僻小路出城向东，去三五里地外，通衢大道路边一家茶舍，找了一个名叫老黄的人。

这老黄原是私盐贩子，眼下过得困顿。肖林拉他合作，做一笔大买卖。他听说有买卖，两眼放光，连忙问什么大买卖，多大的买卖。

肖林得意地一笑，说："你老兄先把兄弟们召集起来，我给你们一个肖家护商队的名义，我手里有十几杆汉阳造，后面的事情，再说。"

老黄听说有枪，摩拳擦掌一番，连声说："好，好，有枪就成，这年头，有枪就是草头王，肖大少，咱们就做你肖家的护商队！"

第五章

1

　　程宇中让马援转达给任晓月的中央某位负责人的密令是：紧紧把握肖也这条线，密切靠近国民党中枢要员，伺机弄清敌人的战略意图，为中央制定战略方针提供可靠的情报来源。但同时，要注意：任晓月目前的身份知情者仅限于程宇中、马援，任晓月必须做好在肖邸长期潜伏的准备。对于肖也，最好不要让他觉察这边的真实意图，只以寻常的江湖义气、救命之恩，以及他就自己遭遇经历形成的对反动统治的愤慨，来达到相关的目的。

　　马援想了想，虽然觉得对于肖也这个共患过难、一起坐过牢的兄弟，有些歉疚。但是，自然要以党的工作为重，暂且把个人的情感恩怨放在一边了。程宇中随即告诉他，日前中央负责人对于何为被转押来上海一事，极为关注，根据内部绝密消息，敌人这次之所以改变了主意，将他转押上海，其中必有蹊跷，看来，蒋介石对于彻底解决隐蔽在上海的党中央机关，是志在必得了。鉴于何为同志临去江北前，在中央工作过，对于各部门的情况了如指掌，他所知道的情况太多，一旦有变，那将会带来致命的影响。所以必须要争取在上海登岸时解救他出来，一是为了保护中央的安全，二是像他这样的军事干部，弥足珍贵。

　　马援点点头，说：“程主任，你放心，我们一定争取救出何为同志，他是江北革命的一杆旗帜，必须要重新树旗，打开局面！”

　　程宇中说：“好，这件事需要你那位肖兄弟的帮忙，十里铺码头的警卫工作，由警备司令部负责，他在机要部门，必定能得到准确的情报，有了情报，我们营救何为同志的把握就有了。"

马援拍了一下大腿，腾地站起身，说："你这话说中了，我去登门找他，这就去。"

程宇中一把拉住他，笑道："不急，这会儿，这位萧科长正忙于公务呢，咱们还是通过任晓月同志找他吧，我们约好了，今天下午，在昌盛百货公司见面，负责接头的同志，已经在那里等候她了，届时，她只要得到我的通知，自然会作出信号来，我们会很快和肖也，不，萧羽见面的。"

他们这边商议既定，与此同时，任晓月按照预定时间来到了约定地点。在三三两两逛商场的男女中随意地走走，然后装作累了，坐在墙角一隅，从手袋里取出把檀香扇子，轻轻地挥动，借以打发这渐热的天气。几分钟后，有个摩登女郎提着只缀花的帽子过来，坐在她的身边，用帽子扇风，一个紧密的纸团儿悄无声息地落在她的膝盖上。

任晓月以扇子作遮掩，将纸团捏在手心里，面无表情，整整鬓角的碎发，站起身来，懒洋洋地走到柜台前，抬手略指点了两三样东西，说："伙计，替我包好，送到这个地址去，一并结账。"

伙计见她的派头和口气，不敢怠慢，忙应声答应。她却连扇几下风，转身先走出商场，坐上了一辆黄包车，夹杂在人流和车流里，迅速离去。在车上，她将那小纸团掰开，现在手心看了看，上面写着：今晚，白俄餐厅，请肖先生见面欢饮，留意安全！落款是一个马字。

她明白了其中的意思，便将这纸团撕成小片碎屑，不经意间，分隔成十几次，任由它们在手心里被飞逝的风儿吹掠而去。等到她回到住宅时，最后一片纸屑已随风飘到了马路对面，无人发觉。

在宅子里，任晓月压抑不住兴奋，她隐约猜测得到，组织上这样急于和肖也见面，只有一个原因，何为即将到达上海，他们决心营救他，要通过肖也的关系。但，肖也会帮这个忙吗？他眼下，是敌人阵营中的人，已不是那个受陷害、被通缉的落魄可怜之人了。她心中忐忑，倚靠在松软的沙发上，合上了眼。在透过窗帘的淡漠阳光里睡着了。

这时候，她背后伤痕的结痂，已经脱落，这几道鞭痕最后在肌肤上残留的痕迹，将会是什么样子呢？她不敢去想，更不敢去看。

黄昏时，肖也开车回来。

他问女佣今晚准备什么晚餐，女佣说任小姐叮嘱过，今晚要出去吃，所以没有准备。肖也觉着奇怪，快步上楼。房间里，任晓月迎面出来，含笑说："咱们今晚去吃西餐。"

肖也问："你喜欢吃西餐，我倒是才知道。"

任晓月走近去，压低了声音说："有个人请你吃饭，这个人你认识，肯定愿意见他！"

"谁？"

任晓月撩起走廊上朝外的窗帘一角，说："马队长到上海了，他知道你还活着，高兴得不行，要见你，晚上，白俄餐厅见面。"

肖也听到马队长三个字，激动起来："马大哥，他还活着？那真是太好了！太好了！"

任晓月望着她，说："你们的交情，我有所耳闻，趁着这点儿空暇时间，你能不能告诉我一些，不然到时候坐下来，我可听不懂了。"

肖也苦笑，说："这位马队长，是我人生的转折点啊，没遇上他，也许日子还是像往常一样过，也许，我已经在留洋的轮船上了，唉！有了马队长，这世间就多了个萧羽，少了个肖也，这其中的是非恩怨，不是三言两语说得尽的。"

任晓月笑道："怎么说不尽呢？撇开那些细节不谈，我就所知来概括，无非是你救过他，他也救过你，你因他背上了通共的罪名，又因他而得救，逃出牢笼，你们是有缘分的人，从陌生人到有缘分，可是千金万金都换不到的。"

肖也点了下头，说："就两个字：缘分，我跟马大哥有缘，不过跟你和芸儿，不也同样有缘吗？一样是彼此相救，同样是过命的交情！而且，往后的日子，怕是剪不断、割不离的了。"

任晓月听他将缘分这两个字从马援身上忽然间挪移到了自己身上，脸上不禁红了，低下头说："你跟马队长有些日子不见了，他变化很大，见了面，你不一定认得出来。"

肖也一笑，说："这是件好事，在上海滩，就得有点上海滩的样子，要是依着在吴尚、广陵的旧模样儿，白俄餐厅他是进不了门的，看门的红头阿三，那眼神毒得很！"

两个钟头后，肖也将白天的白色西装换成了灰色，打了个齐整的领带，和任晓月上了汽车，沿马路直向前离开法租界，绕了一圈后，拐过一个弯，从车镜里察看后面，将车倒退进一条弄堂里。片刻后，果然看到一辆黑色汽车驶了过去，跟踪尾随痕迹明显。

肖也笑了笑，说："你来之后，特务就驻守下来了，一方面，我叔父的身份地位，另一方面，那个消失在通缉令里的肖也，都让这伙人抽白面一样上瘾了。"

任晓月有些歉然，正要开口，他却笑着摇头说："这就有点意思了，我喜欢跟他们玩，脑筋越玩越活络了！"

任晓月望着车窗外远去的特务所乘的汽车，咬住下唇，说："这可终于露出马脚来了，我就猜到，他们是不会善罢甘休的。果然是这样。"

肖也冷笑一声，发动了汽车，说："这会儿咱们可以安全地赴马队长的约了。"

他将车子掉转了方向，沿来路驶回，也不过十来分钟的时间，就到了白俄餐厅。他隐蔽好汽车，与任晓月一起穿过华灯初起的街道，走入了白俄餐厅那著名的旋转玻璃门。侍者迎上来招呼。只听见靠里的那张桌台上有个人啪的一声打了个清脆的响指。

肖、任二人抬头望去，正是马援。

肖也快步向前。

马援张开双臂一下子将他拥抱住，附在他耳边，说："能再见到你，我高兴死了！老天爷这样眷顾你啊，我几乎不敢相信！"

他松手，退后两步，仔细打量肖也的面孔，问："脸上哪来的伤疤？这一刀可不好，把你这个小白脸破相了。但这一刀也有样好处，连我都差点儿认不出你来了！"

肖也自矜地一笑："马大哥，我这算是捡了条命吧，那时候，这条命贱，不值钱。"

马援摇头，说："过了那道坎子，就值钱了，兄弟，你现在的命很值钱，非常值钱，千万不要妄自菲薄。"

任晓月站在一旁，微笑道："他哪里菲薄了？我听着怎么不像。"

坐在桌边抽烟看报的程宇中，将香烟搁在烟灰缸的缺口上，望着这两个在生死线上走过一遭的男人，做个手势，说："坐下来聊聊，坐下来聊聊，这里顾客多，咱们不能影响了别人的兴致。"

四个人坐下来，肖也取出香烟，递给程、马二人，啪的一声燃起了打火机，也不点烟，盯住火苗看了一气，说："马大哥，从报纸上知道了江北的消息后，我心里为你担心着呢。总怕你已经遭遇了不测，现在看你这副精神气，我就放心了。"

马援说："兄弟，我昨儿听晓月说了你还活着，还摆脱了那些讨厌家伙的纠缠，心里高兴得很呢，恨不得马上就见到你，这会儿亲眼看到了，就一个字，好！实在是好！好得不能再好了！"

程宇中点了四份牛排，让侍者取了一瓶红酒，请他们品尝。

马援啜了一口，皱眉摇头，对肖也说："这洋玩意儿，就是奇怪，这鬼味，比马尿还难喝，跟广陵大狱里咱们喝的那绿杨春酒，是天上地下了。"

肖也听他提到绿杨春酒，油然想起自己亲哥来，顿觉不悦，将高脚杯举了一举，说："在这里，喝什么也比在那里强，在上海滩，一切都是新鲜的，这酒也透着新鲜，对不？"

马援点头。

任晓月见他们只顾着叙旧，忙指指程宇中，说："这位程先生，是我们在上海的好朋友。"

俩人伸出手去握了一下，程宇中敬酒说："肖先生，不，萧科长神通广大，能救晓月出来，我们万分感谢。"

肖也淡淡地说："这倒没什么，任小姐是我的救命恩人，豁出一切，我也要设法救她。"

马援嘿嘿一笑，说："兄弟你知道感恩，知道回报，正是我辈性情中人，这我就放心了。"

肖也品出他话里的含意，问："马大哥，还有需要我效劳的事吗？"
马援没有说话。

程宇中瞟了一眼任晓月。任晓月笑了一声说："其实，这件事我已经提过了。"

肖也点头，说："何为，何师长，对吗？"

程宇中说一个字："对。"

肖也也说了一个字："难。"

"为什么？"马援追问。

肖也说："刚刚，我们出门来的时候，甩掉了特别调查科的特务跟踪，自从保释任小姐出来之后，他们就将我的住宅以及我们的行踪进行了严密监视，我要想帮助你们营救何为，不但先暴露了意图，还将拖累你们。"

程宇中沉吟道："何为同志到沪后，这边接应的就是特别调查科，但码头上的警卫安全由警备司令部负责，如果能够弄清楚何为登岸的时间，以及码头武装戒备的部署，我就有办法了。"

肖也摇头，说："没那么容易，警备司令部辖下两个师，码头附近的警卫至少有一个团，而且，还只负责外围警戒，码头里面，到时将会有调查科的人负责。我们无法解决党务特别调查科，一切都是白搭。"

程宇中凝思了一气，说："这个你不必担忧，我是想你只要能够协助我们弄清楚码头情况，就行了，怎么行动，怎样救人，我们自有安排。"

肖也说声好，举杯先干了杯中的酒，系起餐巾，拿起刀叉来，去切割热气腾腾的牛排。马援和程宇中交换了一下眼色，会意地笑了。

这顿晚餐商谈的事情，快捷迅速，进食的速度也是如此。马援三五口吃光了牛排，抹了下嘴，放下刀叉来，说："还不如烤羊腿来得爽快、过瘾，一口撕下一大块，叫大块——？"

"大快朵颐。"程宇中将最后一块肉送进嘴里，说。

肖也笑了。马援这时候想起芸儿来，后悔说："你们怎么没带芸儿来？怎么将她一个人丢在家里啦？"

任晓月说："她去上学了，在闸北一家女中住宿呢，每个礼拜或一个月回来一次。"

程宇中称赞一声："这个好，我们送她来上海，本来就是想让她跟其他烈士子女一样，进寄宿学校，或者送人领养，孩子等完成了学业，再考虑做些对革命有益的事情，那是最好的选择了。"

马援仍然有些不舍，说："这小女孩，一个人住在学校里，人生地不熟的，怪可怜的，改日，我去看望她，带些好吃的，也让她高兴高兴。"

程宇中却说："暂且不用，芸儿的事，就由萧先生和晓月去做主，我们不要多事，否则会弄巧成拙的。"

2

肖也和任晓月驱车回到住处。那些不久前盯梢他们失去目标的特务们立即关注起来，从街对面的隐蔽地点用望远镜向这边窥探，只见这一男一女下车进了屋子，屋子里灯光亮起，再无声息。

电话十分钟后打到叶明远的办公室。这位殚精竭虑正谋划为党国效力、铲除中共地下中央机关的党国干员接听了这个电话，部下声音仓促地报告，那个姓萧的和那个女共党分子在消失一个半钟头后，重新露面。他们去了哪里？见了什么人？干了些什么？都一无所知。

叶明远略略踌躇，喝了杯浓茶，转身站在窗台前，俯瞰黑压压的屋顶和灯火通明的高楼，出了会儿神。这时候，遥远处黄浦江畔传来了一声汽笛长鸣，这是夜航船只出港的动静。他的耳膜间回荡着这余音袅袅，脑子里浮现起近日翘首企盼的来客，那位被半公开转押的共党头目何为来。不错，是何为，极有可能是他。最近这段时间，各处汇总来的情报，几乎所有的人都在围绕他布局下注。

叶明远凝思着那个由自己手心里逃脱的女人，她自称丈夫病死于江北，也许是战死于江北，他们加入那个共匪头目何为所领导的暴乱，死于国军的镇压。她既然是来自外乡，失去了与所谓老周的联系，投奔薛莹，这也就点明了她的来处。这个女人来自江北，她所携带的女孩在圣约瑟大学附近神秘消失，而这所大学里，偏偏又有一个名叫肖也家住江北吴尚的被通缉的通共分子。

他无意间，在一声汽笛的提示下，完成了自己的推理逻辑，不由得笑出声来。萧羽萧科长，这个供职于警备司令部的家伙，正好能够对应上，何为即将抵沪，共党方面要救他，党务特别调查科要稳妥地接收转押他，这中间的针锋相对，不言自明了。

叶明远转身去看墙上悬挂着的上海地图，指头沿着外滩黄浦江缓缓滑行，点戳，不由自主地兴奋起来。敌人要干什么？不是威胁，不洞悉敌人的意图才是危险的。反之，亦然。他既然从蛛丝马迹中判断出了对手的动向。那么，下一步棋的走势、招数已然成竹在胸。

他抓起电话，拨号要了陈公馆，恭敬地说："立夫先生，我是叶明远，近日共党地下组织又有异动，卑职认为，目标就是那个何为，看来，共党对于他的被俘耿耿于怀，想要救他的意图太明显了，这可是个千载难逢的机会，正可以借机将共党在上海的组织一网打尽，一役毕其功。"

陈立夫的口气有些兴奋："明远，你确认他们的目标是何为？"

叶明远笑道："再明显不过了。"

陈立夫也笑了，说："好，这件事我委托你全权处置。另外，我再告诉你一个绝密情报，押送何为的那艘轮船上，不仅仅有何为，还有共党方面投诚的江北特派员姚襄，这是一个愿意跟我们合作的人，他的真实价值，比那个冥顽不化的何为，要大得多。"

叶明远对于上司的这个评论并不认可，当下之际，何为虽然只具象征意义，却足以引来共党各路人马的觊觎，仅此一点，便无可替代了。但是，意外得悉同船而来的还有一个变节投附的共党头目，这个人的价值亦不可小觑。他来上海，是要替特别调查科效命卖力的，也就是说，即将成为自己的手下。这是件大好事，但也是件坏事。好事是在侦破共党地下组织的工作中，如虎添翼；坏处是，此人一旦立功，抢得风头，就可能被南京方面重用。

叶明远嘴边掠过一丝冷笑，暗暗地动了杀机。按照从押送何为轮船发来的电报，今天上午九点，轮船过镇江，沿长江航道继续向东，绕过吴淞口，后天即可抵达上海，但今天江上风大雨急，轮船为安全计，停靠在避风港里，估计要耽搁一天。对于该船到沪登陆的时间，他要求不做严密的封锁，但同时也不可以外泄，有心人要想查询，难度不大。但是等他们按图索骥，真正到场时，结果将会让他们瞠目结舌。

叶明远得意地坐着，用红笔在地图上十六铺码头处重重地打了个红圈。

党务特别调查科的行动，在偌大的上海，没有拥兵数万的警备司令部的协助，那是绝无可能成功的。也不过半天的时间，一封密件就送达了警备司令熊式辉的手里。他拆开封皮，浏览了一遍，这是请求在码头周围增派部队封锁街道的函文，用以配合一项极其重要的行动。

熊式辉早已知道共党头目何为转沪的消息，当即批示转交参谋处执行。将驻防在太仓的两个营调进上海市区，就地负责码头的安全，这封密函经司令部里几个重要部门传阅下来，不出半天，就到了稽查处萧羽科长的手上。他看了片刻，将几个关键点记牢了，晚上回到家里，写下来让任晓月熟记，再寻机接头给马援等人默写出来。

这件事轻而易举地完成之后，他坐下来想想，又感觉不妥。那个特务机关对自己心存疑虑，他们对于码头的警卫，何为抵达的时间，再通过警备司令部得悉，基本上就是照会自己了。这样浅显的错误，他们会犯吗？除非，他们并不将这件事看得太过重要，或者说对于共产党方面的解救并不放在心上。

肖也摇了下头。何为是从吴尚押来的，与他的过去生活有着难以切割的联系，马援以及那个穿着花哨的陌生人，都是可以借重的力量。他们的安危，某种程度上也直接关系着自己的安危。他的仇怨未报，怎能轻易踏入绝境？

意识到了这一点，肖也立即行动起来，等任晓月回来之后，立即让她捎信给马援等人，这个情报，可能是特别调查科有意泄露，混淆视听。任晓月笑了笑。程宇中、马援对于从这个渠道得到的情报，并没有完全确信，只当作参考或者参照，并有意进行反向判断。她必须坚决执行组织上的要求，对肖也予以保密。所以，对于肖也的提醒，心中有所准备。

肖也不知道这一点，只当自己的提醒会引起对方的重视。而他还有更重要的事情要去办理。下午，他要陪刚从南京回来的肖定坤去与一个人密谈。这样绝密的会面，也只有他这样的嫡系亲属才适宜。为了避免特务的跟踪，肖也开着车直接去了肖公馆，肖定坤指指身边的皮包，示意他拎起。两人从隐没的树荫下由后门出去，步行了一段路后，登上早已等候的汽车，径直驶出了租界，一路直奔外滩上的银行大楼，乘坐电梯直上，在顶层一条奢华的走廊里，早有人在等候。一见他们，躬身行礼，拉开一道厚重的橡木门请他们进去。

肖定坤带着肖也走进屋内。沙发上，一个戴金边眼镜的中年男人站起来，作揖道："肖老，肯屈尊来这里，真是蓬荜生辉呀。这位是——"

肖定坤说："颂尧，这是我的心腹之人，尽管放心。"他转而对肖也说："这位是刘先生，是两广的参议，见识能力都是上上之选，要好好地向他学习。"

肖也欠身答应，退后两步，拉开距离。

肖定坤坐下，自取一根吕宋雪茄，点燃抽吸几口，说："两广事件妥善解决，你居功至伟，蒋委员长很满意，我已经向他秘密推荐你去担任江淮省主席一职，不过，你去就职必然会得罪 CC，有这个准备吗？"

刘颂尧一脸喜色，说："肖老一言九鼎，刘某感激莫名啊！什么 CC 之流，且放在一边。"

肖定坤摆摆手，说："刘兄，一言九鼎的是蒋委员长，不是肖某，我只不过是审时度势略加推荐罢了。平定两广你功勋卓著，他一直记在心里，大战在即，他要拿你做榜样，给那些武夫看看，投向中央的好处。只是，陈立夫推荐的是潘某，我只是提了一句，就让委员长改变了态度。"

"噢。"刘颂尧好奇。

肖定坤淡淡地说："我只不过说，江淮省主席是潘某的话，东南一隅，尽是 CC 的天下了。委员长立即改变了主意。"

刘颂尧连声道谢。肖定坤手指肖也，说："萧羽，我待他亲如子侄，现是熊式辉属下，你赴任时，把他也带上。江北督察专员的职位，高也不高，低也不低，能否由他来充任啊？"

肖也心中一惊。

刘颂尧说："没有问题，江北督察专员的职位，只低不高，若有更好的职位，我还可以提拔。总之，不会亏待了自家人的。"

肖定坤点点头，说："咱们今天见面一事，要严守秘密，陈立夫还在做他的春秋大梦呢，以为亲信行将就职，只等任命公布了。呵呵，咱们就让他梦醒来后两手空空。"

刘颂尧问："肖老，这任命大约何时能公布？"

肖定坤深吸了一口雪茄，在袅袅烟雾中自负地说："这任命在我手里票拟，我想什么时候发，就什么时候发。"

3

肖也对于自己即将就任江北督察专员一职，毫无思想准备，听叔父亲口说了出来，心头一惊，霎时间百感交集。他屏息静气侍立在一旁，聆听着他们的谈话，直至会晤结束离开了这幢银行大楼。

在车内，他有意无意地说："刘先生真是心细，居然在银行里跟您见面。"

肖定坤笑了笑，说："他是这家银行的董事，自然有方便之处。"

肖也恍然，随即想到，这次省主席的任命，也不知叔父从中得了多少利益呢？

肖定坤望着窗外掠过的街景，说："安排你去江北做个专员，你有没有信心？"

肖也眼中余光扫了一下他的脸色，说："有把握。"

肖定坤漫不经心地说："那，你给我讲讲，倘若你去了江北，如何施政？如何督察？"

肖也对于做地方官的经验是半点全无，但毫不犹豫道："施政、督察，这些琐事，用不着我亲力亲为，衙门里有的是熟手干员，几个县长抓在手里，为我所用就成了。更何况，我去江北，不是为了做官，而是为了——"

"为了什么？"

肖也眼中掠过一道杀气，斩钉截铁地说："报仇。"

肖定坤油然笑了起来，转过身子在他的肩膀上轻拍一下，说："孺子可教，孺子可教！我对你的栽培没有白费，只要你能够和那些仇家斗智斗勇，了却了心愿，南京方面，将会有更加辉煌的前程等着你的，我老了，肖家还得指望你了。"

肖也牙关紧咬，说："在广陵黑牢里，我就发下过毒誓，有恩报恩，有仇报仇，决不宽恕。"

肖定坤颔首赞许道："对，但是我告诫你一句，静如处子，动如脱兔，要么不出手，出手必须毫不留情，不达目的誓不罢休。"

肖也应了一声，一股子肃杀凛冽之气贯彻了全身，他情不自禁地颤抖了一下，收直了腰板，眼看着车子转过弯口，缓缓地驶入了肖公馆内。

这叔侄俩下车后，互相道别，再无话说。

肖也驾车离开了公馆大门，从车镜里看到路边树荫下有车在恭候。他冷笑一声，兜底加速，连过了两条岔路，停在一家面包房外，看视街景，居然正在昔日恋人俞萍如就读的女校附近。

一刹那，他心中猫戏老鼠般的快意荡然无存，怔怔地望着女校门前进出的女孩子们。

一个形影孤单的女子与那些成群结队的女孩子不同，独自提着只箱子，步履匆匆。这走路的姿态，微微上扬的脖颈，分明是——

肖也手指间烟头坠地，余烟袅袅。

俞萍如行色匆匆，从他的面前走过，对路边这个男人视而不见。但二十来步后，她收住了脚步，掉头来看，发出惊异之声。肖也情不自禁地跨出一步去，但一辆黑色汽车从面前驶过，暂时遮蔽住了她的面容和身影。他在这短短的几秒时间内恢复了理智，顺手打开车门，屈身坐进去，在车的前窗玻璃里，深深地瞥了她一眼，侧过头，将留有刀疤的那一侧面颊示给对方，发动了汽车，轻踩油门，向前驶去。

俞萍如站在路边，手捂住嘴边，惊诧、失望、悲伤之色交织在一起，目送着他以及那辆别克汽车渐渐远去。

肖也开着车，眼中不停地流泪，不停地抬手去擦拭。过了一条街后，他蓦然踩下刹车，伏在了方向盘上，奋力地用拳头在额头上砸击，反复地问自己："为什么不停车？为什么不见她？为什么要走？"

答案其实早就有了，他要报仇，要雪恨，他必须成为萧羽，再不可能是肖也了，肖也死了，死在广陵，死在江北，萧羽要代替肖也去复仇，仇家的名单里，第一个就是吴尚俞府，俞凤山、俞云涛，这父子是他除之而后快的仇敌，同时也是她的父兄。与俞萍如相认，就等于向俞家以及所有的仇人预警，通缉令里那个通共分子肖也还没有死，一大群饿狼将会从四面八方扑过来，他尚未踏上复仇之路，就先死于仇家的反击了。

良久之后，肖也长长地吁了口气，将脚尖挪回油门，义无反顾地向远处自己的住宅驶去。在那里，有一个名叫任晓月的女人在等着他共进晚餐。餐桌前，侍立着中年老妈子，一派温馨的家庭氛围。可是，他能忘掉俞萍如吗？

俞萍如眼睁睁地目送着这辆车消失在视野尽头，方才这个男人，像极了她的情人，也许上次在大陆旅馆挽着其他女人进去的，就是他。他的体形，面容轮廓，都有八九分相似，只是一道弯月般的刀疤改变了她的期待。她眼中噙着泪水，无力地倚靠在背后的铸铁邮筒上。

她从吴尚来到了上海，哥哥的那个昔日同僚给她办妥了护照，就等着这边女校发给毕业证书，大洋彼岸那边一所大学寄来录取通知，就要和两位同窗一起乘船远行，离开中国。她要远离吴尚，把那个身陷牢狱生死未卜，今生再难相见的恋人彻底遗忘掉。

昨天，她刚刚收到哥哥从家乡寄来的一封家书，说父亲染上了重病，让她抽空赶紧回来，吴尚地面已经太平了，可以一路畅行。他将派人在江口码头接她。她看了信，匆忙去买船票，虽然刚刚这个意外扰乱了心境，但这件事还是要办的。明天上午，她将携带随身衣物，踏上归途，回到那处已然令她心痛难忍的伤心之地。

肖也硬着心肠驾车飞驰，在门前摁响喇叭，声音急促，响亮，摆明了是有意给那些蛰伏在暗处的特务听的。女佣赶来开门，躬身招呼："先生回来了啦，任小姐今天亲自下厨做了一桌子菜，热腾腾地正等着您品尝呢。"

肖也脱去外套去了餐厅，果然不错，任晓月坐在餐桌前饶有兴趣地望着一盘子绿韭菜，油炸得金黄的藕夹子，用筷子去调整摆设的形状和位置，周围众星捧月般四样菜，酱鸭、凉拌苦菜、腌笃鲜、小炒肉。一瓶红酒开了封，两只空杯放在旁边，正是待斟欲饮的样子。

肖也坐了下来，微笑道："听说了，你会做藕夹子，我娘在世时会做。她过世后，我已经十多年没尝过了。她是无锡人，任小姐是常州人吧？"

任晓月点了下头，说："原来令堂是无锡人，也算同乡了，你并不是一个纯粹的吴尚人啊？"

肖也去斟满了一杯酒，做个手势，说："冲着你做的这道菜肴，我多喝点。"

任晓月期待地望着他。

他拿起筷子，夹起一块来，送进嘴里轻轻一咬，脆响的面皮里层，肉汁的香浓和肉质的酥嫩一下子占据了他的舌尖味蕾。他吃掉半块，连连赞好，竖起大拇指来，又将剩下的半块塞入口中。

他举杯向她示意。任晓月举起杯子，轻啜了一口，看见他一口喝掉半杯，抿嘴一笑，说："这酒，可是要细细地品。"

肖也大笑，说："我已经传染了马大哥的毛病，不喝烈酒不过瘾，唉，真是物以类聚了。"

任晓月望住他："那，你就改喝烈酒，不必管我。"

肖也摇头："这烈酒自斟自饮没意思，还是喝这个，我权当陪你。"

任晓月将这酒杯挪移开去，掉头对身后女佣说："李嫂，烦你换坛白酒来，我陪肖先生喝几盅。"

肖也惊讶："任小姐能喝白酒？"

任晓月微笑道："能喝一点，索性就陪陪你，让你尽兴。"

女佣李嫂取来一坛老酒，刚想去换小杯。任晓月却示意不用，就以大杯斟酒，豪情毕显。肖也不禁笑了，问一句任小姐真的能喝，任晓月淡淡地说："喝掉才能算喝掉呢，喝不掉，它就在杯子里。"

肖也大笑，取过杯子来，先尝了一口，酒香甘冽，入口绵而有力，先赞了声好！任晓月举杯啜了一口微微皱眉，说："这酒太文雅了，还不够劲，算了，就这样将就着喝吧。"

肖也只当她逞强罢了。俩人喝了几大口，肖也若有所思地看着藕夹子，说："要是芸儿在就好了，才像个家的气氛。"

任晓月却说："送她去住校，是最好的选择了，我们接下来要做的那些事情，是容不得孩子参与进来的，她还小。"

肖也仰头喝了一大口酒，咬牙切齿地说："是的，接下去是要以性命相拼的，小孩子没有容身之地。"

任晓月说："明天，押送何为师长的轮船在十六铺码头停靠的情报，与其他渠道弄来的情报是一致的，马队长他们已经开始行动了。"

肖也担心地问："不会是陷阱？故布疑阵？"

任晓月说："应该不会，程主任和马队长他们有充足的准备，拟订了两套方案，有备而来，胜算较大。"

肖也喝了几口酒，杯中已尽，抬头看对面任晓月杯中，居然也空了，不觉暗自称奇。孰料，任晓月示意李嫂再度将杯中斟满。肖也有心要试她的酒量，也不阻拦，又拣些个闲话谈着。不知不觉，第二杯也下了肚子。估算来已有半斤。肖也有了醉意，再看任晓月，面不改色，凝望着空杯若有所思。他正待开口，吩咐用人盛汤装饭，任晓月却摇手说："再喝一杯，今天索性一醉方休。"

肖也虽不愿喝，但她说了，推辞不得，更不能在女人面前示弱，只得硬着头皮不吭声。

任晓月轻描淡写地举举杯，又示意他喝。俩人对饮了两杯，肖也已是醉了，伏在桌边盯住她白皙的脸庞看了又看，竟是半点醉态没有，心中有数舌头却硬了，笑了几声，心说犯傻了，俗话讲，女人端起酒，醉死三头牛，自己做了那头傻头傻脑的蠢牛。

任晓月含笑望着他，说："再喝一杯？"

肖也摇头想拒绝，手掌却不听使唤地拿起了杯子，再喝一口，脑子里浮现起自己白天里邂逅俞萍如时，她弯眉巧笑的容颜，与这端坐的女人面貌，渐渐融合在一起，难以分开。他一阵阵眩晕，一阵阵地眼花，不由自主地叹气，就此人事不省了。

任晓月指挥着女佣们，一起将萧先生抬回卧房去，替他脱了衣服，盖上薄被，关了灯，抽身出来。回了自己的卧室，在屋子里对着钟默坐，大约在半夜时分，她换了件深色的衣服，悄悄地从旁门出去，先选择黑暗的墙角走，拐入弄堂后，抄捷径来到接头地点。

马援坐在汽车里接应她，问肖也怎么样了。

任晓月说："他没问题，已经醉倒了。"

马援笑了起来，说："你真是有办法啊。"

任晓月拂了下额前的头发，说："舍不得他了？"

马援呵呵地笑，说："我总是感觉，咱们是在利用他，不太好。"

任晓月说："只要咱们没害他，就没事，我看他那个酒量，够呛。"

马援笑出声来，说："程主任已经展开行动，他通过内线借到了一艘用于吴淞口巡逻的汽艇，换了号，换了装，扮成江上巡逻队，先发制人，我这就去会合。你留在这边参加行动，他们想在码头一网打尽我们，我们却在岸上趁机制造一场混乱，等到他们回过神来，已是鸡飞蛋打了。"

任晓月随马援抵达秘密地点，换了醒目的衣服，为避免敌人的盘查，将戏做足了，在上午八九点的阳光下，坐上黄包车，一路直奔外滩。这一刻黄浦江上船只游弋，汽笛声声，正是出入港口忙碌的时候。来去的旅客在码头潮水般进出。少量穿黑色制服的警察在人丛中游走，看不出丝毫有警戒加强的意思。

黄包车在烟摊边停下，任晓月下车买了包香烟，佯作付钱，将手帕包着的手枪逐一递在摊主手里，随即不动声色地离开了。那些买烟闲聊的，掌中分了手枪，谈笑着也四散而去。任晓月揭开烟盒，抽出一支烟来，含在唇边，划根火柴点着了。她抽吸几口，咳嗽着沿着街边信步向前，不时朝码头方向侦看。

她的步履不紧不慢，身上那件红色的长裙又醒目，模样儿又标致，加上吸烟的动作慵懒性感，不由得吸引了众多男人在看。有几个人似乎认识她，窃窃私语，指指点点。她佯作不觉，按照计划只顾走路，估算着时间。

那搜押送何为的轮船从吴淞口拐入黄浦江，汽笛声悠长不绝。江边，一艘插着青天白日旗的汽艇顺流而下，迎面驶来。在十五分钟后相距一公里处，汽艇掉转了方向，变为与轮船同向行驶。艇首架着重机枪，一个上尉军官手执铁皮话筒，高声喊道："我们是淞沪警备司令部江上巡逻队，检查一切可疑船只，请停船，接受我们登船检查，请停船，配合我们执行公务！"

轮船甲板上，一个军官双手合拢在嘴边，高声喊道："我是18师押送犯人赴沪的，船上有重要犯人，不便检查，不便检查！"

汽艇上的人立即做出了作战攻击的姿态，高声警告："奉熊司令的严令，严查黄浦江上通行的船只，确保上海的安全，请立即停船，不然，我们将开火，一切后果由你们自负！"

几分钟后，轮船的烟囱上噗地冒出一道白烟，速度渐渐放缓下来，向岸边靠近。汽艇不待轮船完全停靠稳当，立即尾随跟上，紧贴过去，架起跳板。船舱内，一个小队十几名士兵在军官的督率下，登船。

那上尉行了个军礼，检查船上军官的证件，果然是18师独立团无误，便又敬礼，说："我等是奉命行事，还望长官不要在意，予以配合。这船上，连同犯人在内，共有多少人？"

对方说："共计二十人，另有一个特殊成员，将和重犯一起移交党务特别调查科。"

上尉点头，转身向船尾走去。

冷不防甲板后方，突然有人大声喊道："上当了！他们是共产党，他们是共产党！"

这船上押送的官兵大惊失色，正待拉动枪栓抵抗。但这支假冒的巡逻队已经迅疾地开始了杀戮。扮成士兵的马援，持枪一下子打倒了两个士兵，飞速去甲板后面去追杀那个发声示警的家伙。这个人也不用眼睛看，仅凭声音就知道是谁，这一刻他明白了全部，何为被俘、独立师的失败，无不跟这家伙有关：姚襄，姚特派员！

姚襄在船头认出了装扮的马援，拼命地示警，但见他追赶过来，肝胆俱裂，看看船下奔流的江水，爬上栏杆抱头向江中跳了下去。马援差了一步就可以一刺刀将他捅死，心中愤急，就势拉动枪栓，对准他的入水处不停地射击，打光了弹匣中所有的子弹后，才收手。那边程宇中率着队员击毙击伤了押送的士兵们，在船舱上下寻找着何为的下落，不停地敲打船板，呼唤着。

终于，在底层某间舱室内，传来一个声音："我在这里！"

众人急忙赶过去，将隔间门外的锁砸开，推开厚重的铁门，果然是何为身负重镣坐在舷窗边，面颊密布胡楂，因多时不见阳光而脸色苍白。程宇中快步进去，一把拉起他，无暇打开镣铐，招呼手下将他赶紧搀扶上甲板，转移到汽艇里，迎面遇到了马援，何为一眼看到他，激动地喊了一声："马队长！"

马援顿时眼中噙泪，一把握住他的手，说："师长，你还好吧？那个姓姚的，跳进江里去了，我补了几枪，谅他也活不了啦。"

何为恨恨地点了下头，说："死了算便宜他了！"

一行人快捷地转到巡逻汽艇上，开足马力离开了这片水域，疾驶向远处安全地带。半个钟头后，浦东江滩上，正有一辆汽车等候。马援将何为送上车，赶往安全地带。剩余的人依旧大摇大摆地驾艇航行，返回停泊码头，不动声色地从那里安全撤离。

十六铺江岸码头上，在约定的时间到来之际，也同时爆发出一阵剧烈的骚乱。码头口，突然间有人在纷拥的旅客人丛中朝天开枪，打光了所有子弹后，将手枪往角落里一扔，隐没到四散奔逃的人群里，从容撤退。

而码头对面的十字街口，同样在人群里响应似的，从不同角度里乱枪齐发，子弹在人行道上空流星般飞掠，溅落了许多的石屑、碎砖，扑簌扑簌，像是放焰火。这阵枪声结束后，开枪的人走得干干净净。

被一伙特务盯上的任晓月，站在一家银行的门廊前，手指间夹着根香烟，任其自燃，随手点弹烟灰。从七八级台阶上居高临下地俯瞰着码头内混乱不堪的场面。然后将烟头丢在大理石地面上，用高跟鞋用力踩踏了几下，走进银行，来到惊慌失措的职员面前，说："小姐，我要兑付一张票据。"

大约花费了二十分钟的时间，任晓月将一沓现钞用牛皮信封装好，放进皮包里，却不忙着走，而是在一旁的沙发上坐下，又点起一根烟来，略吸一口，将它搁在面前烟灰缸上，饶有兴趣地看着那端袅袅飘起的烟缕，消磨着时间。

又十分钟后，一截长长的烟灰缓缓垂落之际，银行的玻璃门突然转动起来，几个穿着风衣戴礼帽的持枪男子冲了进来，将枪口对准了她，厉声喝道："不准动!"

这一声，连同带进来的穿堂风，把店堂里的人都吓呆了。任晓月镇定自若地坐着，望着那桌面上的烟灰末儿，嗔怪地说："有点教养好不好？这里是英国人的银行。"

这几个不速之客身后，站了三个红头阿三，用半生不熟的上海话喊道："侬做啥？不准动!"

任晓月纹丝不动，几个特务听到了枪栓拉动的声响，都将两手摊开，为首的缓缓掉头，说："我们是执行公务，执行公务!"

任晓月冷笑了几声，将皮包口打开，露出里面一沓厚厚的现金，放在茶几上，再将包递给红头阿三，说："你们搜一搜，我只不过是来贵银行取钱的，受到了这样荒唐的羞辱，我将会向报馆披露，向在香港的远东分行抗议，我将会让身边的富商朋友们都将存款抽出来，转存到花旗银行去，决不在贵行留一个子儿!"

银行经理脸色有些难看，转身跑到一角去打电话，用英语激烈地吼叫。

红头阿三说："华莱士先生向工部局告状了，约翰森董事，是本行的股东之一，他会很快让巡捕房派人来，将你们当作抢劫犯抓起来的。"

那几个人听了，发了慌，连声道歉，连连鞠躬，向外退却。

任晓月哧的一声冷笑。那经理礼貌地通过翻译道歉，邀请巡捕房派人护送她回家。她笑吟吟地点头，抽出烟来递给对方，点上火，一起欣赏着这几个特务狼狈而去的模样。

4

十六铺码头外的街上，混乱依旧，枪声响后，预先埋伏的一队队士兵和便衣，不顾一切地按照计划去抢占路口要道，封锁交通。可是，这些行动越发地增添了人们心中的惊惶，不顾一切地四突奔散，哪里拦截得住？

负责现场指挥的党务特别调查科副主任李凉现身吹起金属哨子来，指挥部下弹压阵脚。但这乱象哪里弹压得住？而距离码头七八里的水路上，等着押送囚犯的轮船到来，想抢前接收转移要犯，确保行动安全的叶明远，望眼欲穿地看着空茫茫的江面，正惊疑不定时，码头一片大乱，他从望远镜里看到了，却左右为难，一时不知是该上岸稳定局面，还是再等轮船的到来。

也就在此时，淞沪警备司令部的电话打到了码头上，到处寻找着他，有紧要情况通知。他们等候的那艘小火轮，已经被发现在江滩上搁浅了，船上全是死人。他对此尚不知情，想再耐心等等，码头派出一条小船来报信。他一听这个噩耗，脸色顿时如土，在江风里额头滴汗，连连用手帕揩擦，下令返回码头，请警备司令部派出一条江防汽艇来，载自己赶去勘查现场。至于这码头和街口的纷乱，已经无心理会了。

就在他即将登艇时，几个安排在街口盯梢监视重点目标的属下飞奔来，报告说那个女共党在银行里受了洋人的庇护，为避免外交事件，只好放弃逮捕了。

叶明远没有心思理会这个，一挥手带着他们上艇赶往那艘小火轮搁浅的所在。到了目的地，上了那艘有些倾斜的轮船，无非是看到了十几具不能说话的尸首和人去舱空的囚室罢了。叶明远捂着鼻子，回到甲板上，去包里取出先前发来的电报，对照上面标明的所有乘客的名单，数来数去，还差了一个人。但这个人是谁呢？从这些血肉模糊的面孔上，一时无法辨认。

叶明远沮丧地下令撤回，亲自向南京陈立夫发去电报：押送要犯何为的轮船在吴淞口附近黄浦江航道中遭劫，何为失踪，其余人无一活口。随后，在与南京、江北吴尚和淞沪警备司令部的电文中，他的措辞是：我于约定时间准时在码头接应，并做好应急准备，但该船已于吴淞口附近被劫，何为去向不明，初步判断警备司令部等军政机构内，有共产党内线潜伏，党务特别调查科要求南京方面授予全权，予以彻查。

他这一招借力打力，可谓绝妙，先前那些所谓的伏笔在这里起了意想不到的妙用。那个在警备司令部里做什么科长的可疑人物萧羽，仗着有肖定坤做后台，借熊式辉之手从自己手里抢去了要犯，这次，反戈一击，就利用他这件事反证其人的嫌疑，并借机敲打熊式辉和肖定坤，摊上这件事，委员长的秘书长怕是在劫难逃了吧。

他盘算已定，坐等南京方面的复电。正等待时，突然收到了安插在警备司令部的内线打来的一个电话，刚刚十分钟前，有人闯进了警备司令部稽查处，看样子，身上负了伤，浑身潮湿，是坐着一辆黄包车到来的，他身上没有带钱，说是进去取钱付车款，结果进得门后就不再出来。急得黄包车夫在门外指天画地地叫骂，这才引起了众人的注意。至于这个人的身份、姓名等等，都还是个谜。给我好好查一查，这个人到底是谁？他闯进警备司令部究竟为了什么？"

叶明远对于这个闯入警备司令部的不速之客兴趣不大，他要集合侦缉队追查劫救何为的这伙人的踪迹，这些人必定是共产党别动队无疑。想不到，自己安排下这明修栈道，暗度陈仓的计策，竟然被对手以其人之道还治其人之身的法子给破解了。

他在码头密布岗哨，暗藏军队，就等着对手出手救人，一网打尽。而自己提前去半道转移走何为，让这艘船成为诱饵，可是对手居然还抢在自己前面一步，直接从吴淞口入江不久就下了手，能这样破解自己的计划，只有一个可能，对手洞悉了自己的计划。但这个计划是绝密的，没有透露给任何人，有意放风出去的，是故布的诱饵，敌人未曾上钩，却来反制，真是让人出乎意外了。

叶明远下令全面戒严，对已被监视的共产党地下组织和人员立即收网，发动突袭，冀求有所突破，挽回败局。另一方面，他要通过这次行动全面掌控沪上情报工作，绝不容他人染指了。

上海滩上，因一个从江北转押来的共产党人物被劫救，弄得风声鹤唳。这一天上午，太阳升起老高时，肖也才从昏睡中醒来，一看时间，心中着急，急忙穿衣洗漱，出门时顺口问一句女佣：任小姐在哪里？女佣回答说，任晓月不在家，可能一大早就出去溜达了。

肖也宿醉未醒，太阳穴隐痛不已，顾不得许多，开了汽车赶到警备司令部去办公。进了大门，拐入走廊，坐进了自己的办公室，见无人打扰，这才松了口气。今天上午，马援他们要在码头劫船救人，为避免引起怀疑，这个时刻，他必须出现在警备司令部，必须有人证明。

他匆匆替自己沏茶，浏览一下桌上的公文，拣起一件来去楼上见顶头上司。他敲了下门，门里应了一声，推开门时，上司正在盘弄着一对油光锃亮的核桃，笑嘻嘻地招呼道："萧科长，早。"

肖也欠身道："王处长，这份公文请你批阅。"

王处长接过公文，先搁在一边，请肖也坐下抽烟，说："萧科长，咱们是自家兄弟，不要客套，你正当年轻，又有上峰栽培，日后前途无量，可要记得提携我们啊。"

肖也恭敬地替他点火，说："王处长，既然把我当作兄弟，兄弟就此鞍前马后地追随了，有不到之处，请多指教。"

王处长大笑，说："既然是兄弟了，哪有这样客气的，今晚，大家伙请客，去聚仙楼小酌如何？"

肖也摸摸脑袋，为难道："小弟昨晚喝多了，这会儿还头疼呢，让过今晚，明晚我来做东，请你去白俄餐厅，吃牛排喝洋酒。"

王处长闻到他呼吸间的隐约酒气，知道他言下不虚，答应了一声。

肖也踱回了办公室，敞着门从容喝茶，翻阅报纸，一个上午无所事事。中午时，在外面买了点东西吃，回来后打了个盹儿。下午突然得到急报，码头那边出事了。他赶紧查询，却又变成了码头只是骚乱，真正出大事的是江上押送共党要犯的轮船，它在驶入吴淞口不久便遭了劫，人去船空，全权处置这件事的，是党务特别调查科，正像疯狗一样到处戒严抓人。

肖也恍然大悟,欣慰地吁口气。马援他们果然出了奇招妙棋,神不知鬼不觉地抢在船抵码头前下了手,让一艘空船丢在那里由着特务们跳脚了。

这一刻,让他彻底地理会了以暗度陈仓对付暗度陈仓的妙处来,他点起一根烟,接连抽吸几口。这时候,只听得楼梯响,有个人急匆匆地上来,左顾右盼,见他这门敞着,便凑过来拱手作礼,说:"先生,在下要找一位王处长,是鄙人的同乡,不知道他在哪里办公?"

肖也打量此人,神色慌张,衣衫半干半湿,肩头血迹斑斑,不觉骇然,问:"请问你贵姓?从哪里来的?"

这人回头看看,带上了门,轻声说:"我是王处长的同乡,同窗,已经有三四年不见了,这次是来投奔他的。"

肖也朝楼上一指,说:"王处长在楼上办公。"

这人道声谢,去了楼上。不一刻返回来,沮丧地说:"他不在,您可否知道他去哪里了?"

肖也一笑,说:"他不在,可就没法猜了,也许在长官那里,也许已经回去了。"

这人着急起来,立即凑近了低声急促地说:"在下姓姚,刚从江北过来,路遇不测,险些丧命,这上海滩我只有他一个熟人,请帮我找一找,大恩大德没齿难忘。"

他这一说,立即让肖也凝了神,姓姚,从江北来的,这跟何为被劫有没有关系呢?他笑了几声,说:"姚先生,你且请坐,抽根烟。王处长虽然此刻行踪不明,但在这里等,应该会等到他的,我是王处长的亲信部属,理当替他招待您。你这身上的伤势,是不是该去医院找医生看看?"

这人狠命地吸了几口烟,心有余悸地说:"这好险啊,我是老天爷开眼捡了条命,在黄浦江上游了两个钟头,几乎就要淹死在江里了,这一枪,只是皮外伤,不至于致命。唉!唉!"

肖也故作惊讶,问:"原来是这样?那上午在黄浦江发生的轮船被劫案,你是逃生者?"

这姓姚的听他一语点破，愣了一下，说："警备司令部已经得讯啦？"

肖也心中更加确定，点了下头说："已经派巡逻艇去搜索了，并且对市内进行戒备了，你这是——"

姓姚的发觉了他的狐疑，摇摇手说："我是随船来沪的，是幸免于难，跳江逃生的，共产党劫了船，救了何为，我是侥幸脱身。"

肖也心脏剧烈地跳动，脸上却是殷殷关切之色，说："还是先治伤吧，王处长一时半会儿回不来，我马上通知卫兵来护送。"

姚某连连说："不劳费神、不劳费神，我的伤情不重，而且这件事也不宜声张，我找王处长是想请他带我去党务特别调查科，与他们交接。"

肖也点头说："行，你要找谁，联系号码，请写下来，我替你电话联络。"

他手指桌上的一沓白纸。

姚某走到桌边，却找不着钢笔，只得去抓起毛笔来，蘸了墨汁，伏在桌上写道：党务特别调查科，叶明远主任。他刚想抬头说没有电话号码，突然间，脑后砰地挨了重重一击，眼前一黑，连半点声音都没有发出，就顺着桌子软软地向地上滑倒。

圣约瑟大学毕业生肖也，用一只青石琢制的烟灰缸，施展所学的人体结构知识，在这个男人疏于提防的脑后脖颈处动脉血管交汇处，施以沉重一击，立即奏效。他立即冲到门后，将房门销死，这才丢开烟灰缸，扯下他的裤腰带来，将他的双手反绑，嘴里堵上布，打开箱柜，将他塞进去，锁上柜门后，略松口气。但随即又省悟这样做的危险来。

他咬了下牙，再度开了柜门，拖出此人来，双手紧紧地箍住他的喉咙，死劲地掐卡下去，也不过半分钟的时间，这个人喉咙里咯咯地响了几声，便蹬直了腿断了气。肖也抹去额头的汗珠，再度锁上柜门，四肢有些发软，半瘫般仰靠在椅背上，闭上眼，回味方才这一连串举措。

这个人，是被劫轮船上唯一的活口，又认识王处长，再转送到党务特别调查科，极其危险。先灭口再说。但是，杀了此人，如何收场呢？他手抚额头，思索了一气，有了个主意，他起身出去，将办公室的门锁了，开车直奔闹市口，进了家箱包店，心中估算着尺寸大小，买了一只柳条编织的中号行李箱，将它载回办公室，然后将那死者拖出，先将上半身摁在箱底，弯腰向上强行扭曲了，随同两只脚一起倒塞进箱盖，使出气力与这人体的韧性相抗衡，终于合拢了箱体，用一把锁固定死了，再将它侧立起来，尝试一只手去拎。虽然吃力异常，但也只能算是勉强。

他将这个行李箱放在面前，坐下来一边抽烟稳定情绪，一边静候时间。这一刻，从晌午向黄昏日暮的过程似乎凝固下来，令人烦躁不安。这期间，有一个下属上来请示用章事宜，还有三次电话打进来，都让他提心吊胆。他盯住墙上的挂钟，耐心地等了又等，好不容易到了下班时间，眼见走道里房门纷纷打开，同僚们提包招呼着四散而去。上司王处长欢快的声音从门前掠过并远逝。

等一切都归为寂静之后，肖也将嘴边熄灭的烟蒂丢进烟灰缸里，拎起那只柳条箱子，吃力地出了门，沿着楼梯歪歪斜斜地下去。到了出口处，他瞅见远远两个站岗的卫兵，放下箱子，站直了腰，喘口气稍加歇息。片刻后，他奋力拎起箱子，故作轻松地向前走去，那士兵们挺胸昂首行了一礼，并不吭声。

肖也右臂手腕几乎脱力，到了汽车后，放下箱子，打开了车后盖，双手将箱子提起塞了进去。他伏在车门上几乎虚脱，呼吸急促，足足有四五分钟后才缓过气来，坐进车内，试探了一下操纵方向盘，这才发动汽车，脚踩油门向外驶去。

车子速度缓慢地出了警备司令部，拐上大街，经由江边大道驶入法租界。为了避免行驶可能出现的意外，他有意避开繁忙的街道，改走偏僻小路，回到家门口时，边摁喇叭，边留意外面的情形。等女佣开门，掉转方向倒车进去，车尾一直抵到侧翼的门边才停止。他下了车，去开了门，站在车后望宅外，确定远处看不到这个死角，这才掀起车盖，将那个沉重的柳条箱子拖进了宅内，反锁上门，唤道："任小姐，任小姐！"

女佣在客厅里应道："任小姐还没有回来。"

肖也泄了气，双脚一软坐倒在楼梯口。这时候，书房里电话响起，他努力起身，扶着腰上去。电话是肖定坤打来的，只说了一句话："局势有些紧张了，已经和冯、阎开战了，你做好准备返乡，我在南京。"

电话搁下，肖也脑子里先是空白，继而一阵喜悦，正待挪到沙发上躺一躺，睡上片刻。这时，下面女佣说道："任小姐，您回来了，萧先生刚刚回来还问您了呢。"

任晓月应了一声，脚步轻盈地上来了，推开他虚掩着的房门，见他仰靠在沙发上，不禁笑道："你这个大男人，这会儿还没醒酒啊？"

肖也抬起只手来，说："你先扶我起来，我带你去看样东西。"

任晓月不明所以，便去抓住他的手肘，拉他起身，随着他从那一侧便梯下到侧面出口小厅。只见当门一只尺寸不小的柳条箱子。肖也从衣兜里取出钥匙，开了锁说："你瞅瞅，是谁？"

任晓月好奇，随手揭起箱盖，猛不丁惊叫一声，向后躲避。

肖也一把挡住她，嘲笑道："胆小鬼，仔细看看，他是谁？"

任晓月缓过神，大着胆子就着门后微弱的光线，低头看去，顿时惊喜交加，声音颤抖着说："是他！姚襄，可耻的叛徒！"

肖也在她的腰上轻拍了一下，说："这么说，我没做错事？"

任晓月兴奋不已，就势抱住他，双脚跳了两跳，说："我们正为这个担心呢，想不到他居然落在了你的手里，真是大快人心！大快人心！"

肖也被她的头发弄痒了面颊，避让着笑道："疯了，疯了，也不把头发扎一扎。"

任晓月这才意识到自己的失态，松开手说："不成，得去找他们，向马队长通报这个消息，让何为同志也高兴高兴。"

她拔脚欲走，肖也拉住她，说："门外有特务，你这么着急出去干什么？你帮我把箱子抬上车，我开车带你去找他们。"

任晓月答应着，和他合力将箱子抬回车内，再度出行。今晚，监视萧宅的特务们都忙于应对何为被劫的大案去了，这边留下的人也没有留意。这辆车出了宅子，身后竟然没有人跟踪。肖也开过了几个路口，确定安全之后，这才掉转方向，前往任晓月指定的地点。

濒临江边的一间平房外，有人出没于江岸边，几艘渔船系在了木桩上，看似平常，实质上戒备森严。这辆汽车渐渐靠近了，就有人亮出一束手电光来，迎面照射，问："朋友，做什么？"

肖也刹车。任晓月探出头说："程主任、马队长都在？有重要情况汇报。"

拦路人认识她，挥手放行。车子在房子的十来米外停下。任晓月跳下车，去推开门，说："何师长，你们快来看，快来看。"

屋子里，何为、马援有些吃惊，随她出了门，绕过汽车，去车后打开后厢盖。马援力气大，单手提起柳条箱来，放在地上，揭开箱盖，用手电一照，先是愕然，继而笑道："还以为你能飞到天边去，终究是天网恢恢。"

何为看见了姚襄的尸体，叹息一声，说："死有余辜，可惜了那些因他而牺牲的同志。"

肖也双肘交互在胸前，饶有兴趣地望着他们，说："马大哥，这尸体归你们，但箱子我还得带回去，警备司令部稽查处的警卫都看到我拎着箱子出来的，要是来查，还得拿出来。"

5

南京方面和冯、阎的战事一触即发，各路大军开始调动，云集中原。蒋介石亲率行营离开南京，乘坐专列由江北入皖，震慑对手。肖定坤坐镇行营，未能返回上海和家人会面，只能匆匆去了个电话道别。但是对于侄子的安排，可以坐在行营秘书长办公室里从容部署。江淮省主席一职的任命，在蒋离开南京时，公开发布，政学系刘颂尧就任该省政府主席。

次日，刘颂尧即行发电接受任命，开始组建赴任的班底。名单随之公布，十几名各级官员中，萧羽之名赫然在内。他被任命为江北督察专员。这位履历上在江北警备司令部稽查处机要科长职位上不足一年的年轻人，获得了擢升，在外界并无反响，只仅限于稽查处内部有点轰动罢了。王处长得悉后，立即亲自从三楼办公室下来道贺。

他声音洪亮地说："萧科长，不，要称萧专员了，年少才高，年纪轻轻即获重用，可喜可贺，日后，王某怕是要靠你提携了。"

这层楼里的办公室门儿紧闭，窃窃私语声却此起彼伏，知道和不知道这萧科长来历的，都交头接耳在一处。

肖也在办公室里收拾好了自己的个人物品，出了门后，与上司握手，使劲地摇撼了两下，说："在这里叨扰老哥多时，无寸功以报，真是汗颜，他日，在上海滩若有麻烦，还是要求老哥的。"

王处长连声说："萧专员若有吩咐，一定赴汤蹈火，绝不含糊。"

肖也提着包在上司下属的恭送中出了楼，上了车，再度挥手致意后，发动了马达，离开了这处与他只算蜻蜓点水的所在。他的车刚刚驶出稽查处小楼不久，在前方的三岔路口，突然街心里有辆黄包车跌倒在地，拦住了他的去路。他猛地刹车，身体前倾，一下子撞在了前窗玻璃上，哗啦一声，玻璃碎屑划破了面庞，满脸流血。

这时，汽车两侧冲出十几个人来，强行拉开车门，持枪指着他的脑门，说："萧科长，请你跟我们走一趟。"

肖也右手吃力地扶住方向盘，左手去抹擦额角伤口流下来的血，说："你们这样抓我，怕是日后要跪在我面前求饶呢。"

领头的特务冷笑："好大口气，知道爷们儿什么来头？"

肖也勉强笑道："党务特别调查科，CC 的狗腿子。"

这伙人一拥而上，将他硬拖下车，也不顾他脸上有血，左右连扇了几个耳光。

领头的骂道："你小子嘴里犯贱，待会儿见了我们叶主任，舌头怕是保不住了。"

肖也竭力让自己镇定下来，不屑地说："这就带我去见叶明远，我倒想会一会呢。"

他被劫持上了另一辆车，风驰电掣而去。也不过十来分钟的时间，到了一处地方，肖也被架着双臂进了大门，一溜烟地被送入地下审讯室，将他摁坐在铁椅子上。不一会儿，那位戴着眼镜，穿中山装，胸口别着党徽的男人徐步下来，打量他，说："萧科长，萧羽？"

肖也微微闭眼，说："错了，据国民政府最新颁布的任命，应该是江北督察专员萧羽；你们绑架了刚刚被任命的国府地方大员，实在是胆大包天，我的保镖将会把我被捕的消息传出去，我看，不出两个小时，江淮省府、委员长行营，将会有急电彻查。"

叶明远笑道："对，就两个小时，我只需要这两个小时，所以，我的时间是紧迫的，不能再跟你闲扯了，现在，我问你两个问题，首先，三天前进入警备司令部稽查处楼内的那个人，他在哪里？其次，我们在根据江北发来的通缉令，缉拿一个名叫肖也的年轻人，也就是你圣约瑟大学的同学，请你讲一讲，你们之间有什么联系？"

肖也明白自己落入了绝境，但这绝境是有时效的，两个钟头，他要在这两个钟头内熬忍过去，就能获得自由，报复对手；倘若不能，被撬开了嘴巴，那就后果难测了。

他暗下决心，无论如何要拖过这段时间，于是无奈地笑笑，说："叶主任，你问的这些问题，都莫名其妙。有人进了稽查处，关我什么事？更不关你的事。至于圣约瑟大学，我压根儿就不认识一个叫肖也的人。你这是癔症发作了。"

叶明远没有说话，摆了下手。几个打手就将肖也拖离了椅子，拉到旁边一张长条凳子上，扒开他的衣服，用一根电线连接上了手摇电话，电线的顶端，用夹子夹在胸口。行刑的家伙抓住摇把，奋力摇动了几下。

肖也立即抽搐起来，额头渗出了豆大的汗珠，喉咙里发出压抑不住的嘶鸣。

叶明远点起香烟，笑道："这洋玩意儿好，看不出查不明，整死个人只当是无疾而终。萧科长，不，萧专员，你就招了吧，何必受这种罪？"

肖也瘫软在条凳上，虽然痛苦，但仍不屈服，低声说："好滋味，我记着呢，叶主任！"

叶明远示意打手继续用刑。肖也嘶哑地尖叫着，挣扎着，脸色惨白如纸，他索性放声咒骂起来："叶明远，你这个狗日的，狗日的叶明远！"

他骂得越响，用刑的家伙手摇的频率越快，电流如毒蛇般噬咬着他的神经，他终于叫不出声来，在木凳上无休止地颤抖着，嘴边吐出了白沫。

叶明远笑呵呵地说："差不多了吧？"

肖也不吭声，心中对于这种无形的折磨带来的痛楚产生了恐惧，机械地喘着气。叶明远站起身走过来，正待开口逼供。却听见窗外轰的一声巨响，竟似有人扔了颗手榴弹进了院子。砖屑迸散，声若炒豆。叶明远被震得趴在地上，大声地喊道："快去看看，快去看看，究竟出了什么事情？"

两个手下拔出手枪，开了门刚出去不到两分钟，便被一阵乱枪击中，骨碌碌滚落下来。随后冲进来一队士兵，为首的是个上尉，厉声喝道："都不准动，举起手来！我是奉命来接萧科长的！妈的，幸亏有人报信，不然的话，咱们还蒙在鼓里呢，你们是吃了豹子胆了吗？敢在太岁头上动土？"

叶明远说："你们可弄清楚了？这里是中央党部党务特别调查科，你们敢以武力相向，是不要脑袋了吗？"

上尉持枪指向他，说："妈拉个屄，你不惹老子，谁稀罕理你？私自绑架党国大员，持枪对抗国军，我指头一扣，打死你都活该，还敢嘴硬？来人啊，去扶萧科长，不，扶萧专员起来，这事怎么办，听他的吩咐。"

肖也被扶起来，这一刻惊喜和愤怒交加，目光死死盯住了叶明远，说："叶主任，这两个小时过了没有？我也给你两个小时，不，半个小时，把我受的罪也让你尝尝，咱们就此两清。"

他指挥着这些陌生的士兵将叶明远摁在木凳上，如法炮制，自己亲自握住电话摇柄，一口气连摇了三五十下。叶明远惨叫不止，裆下连屎尿都挣了出来，大口大口地喘着粗气，翻着白眼，四肢机械地抽搐着。

肖也凑过去，呸地啐了口唾沫在他的脸上，鄙夷道："你就是条疯狗，只不过是条疯狗罢了，咱们走吧，走吧！"

他在士兵们的簇拥和搀扶下出了地下室，出了这幢建筑，外面街头的行人早已四散而尽，一辆黑色汽车，一辆运兵的卡车正在等待。他们上了车，呼啸而去，留下这处被炸出个大窟窿的所在，不理不顾。这个本该受警备司令部保护的秘密情报机构，却被军队砸了，这是谁也想不到的事情。街上看西洋景的闲人，只顾着热闹，其内事情却是一无所知。

肖也坐在汽车的后座，浑身极度虚弱，这电刑损耗了他的精力，令他昏昏欲睡。任晓月手抚他的额头，叹息不已，并向前座的少校道谢。那少校说："不客气，我是奉了熊司令的密令，现在，我们这支队伍不能留在市区了，立即调防苏州，你们也随我们去吧？萧专员的伤是内伤，得好好地调养，上海也已经不宜再待下去了。这次行动，闯下了大祸。"

任晓月点点头。肖也挣扎着说："我不走，走了反而麻烦，谢谢你们，你们送我回家，弟兄们直接去苏州，他们是不敢追究这件事的，彼此都大打出手了，上面最多也只能各打五十大板。放心。"

肖也坚持回到了住宅，被用人们帮忙送回卧室，这才放心地沉沉睡去。任晓月忙打电话，请广慈医院医生登门出诊。两个小时后，约翰森医生乘车赶到，给昏睡中的肖也检查了病情，询问了经过，说电刑损伤了神经系统，至少得半个月以上才能痊愈，近期要尽量休息，补充营养。

任晓月支付了诊金，送走医生，赶紧通过秘密渠道与马援他们取得了联系。这时，何为已经由特科专人护送离开了上海，转道前往鄂豫皖根据地去了。马援有心跟随，但上海以及江北的工作仍然需要他，更加重要的是，他的朋友、熟人、狱友、结义兄弟肖也，眼下的萧羽，已经被任命为江北督察专员，即将赴任，中央有意恢复吴尚、广陵一带的工作，让他借着这个绝佳的机会一同前往。有了萧羽的暗中帮助，那是可以做到的。

这样的机会和愿景放在眼前，马援自然一口答应了，正做准备时，突然任晓月那边传来这样的消息，他又惊又喜，急忙向程宇中报告。程宇中当即请示中央领导，决定不惜一切代价保证肖也的安全。

特科决定，马援立即以随员的身份搬入萧公馆，负责他的日常安全，任晓月原拟撤离的打算予以取消。程宇中建议，最好她能够以萧太太的名义和肖也在一起，不过这一点不能勉强，取决于任晓月本人的意愿，以及肖也本人的态度。

一天之后，马援提着皮箱，腰间别枪乘坐黄包车来到了萧公馆。这一刻，公馆里安静异常，肖也还在床上养病，背枕着松软的垫子，手里捧着书，正自出神。任晓月坐在他对面的椅子里，尝试着织一件毛衣，不时抬头看他。

马援到来时，女佣通报，她赶紧先下去招呼。看他拎着箱子的模样，心里有数，指指楼上说："他今天精神好多了，已经能够坐起来看书了，昨天还不成呢。"

马援叹口气，说："也是我疏忽大意了，只顾着高兴，没想到敌人敢对他下手。"

任晓月说："幸亏暗中保护他的同志们通知得快，我一得了信，就赶去了警备司令部，报着他叔叔的名号直接找着了熊式辉，他倒也肯帮忙，在屋子里踱了两圈步，就下了决心，派部队去强行解救。"

马援说："程主任讲过，充分利用敌人之间的矛盾为我所用，上级为了确保肖兄弟的安全，决定派我过来，以他随员身份保护他，还有——"

他拉她到一边去，低声将程宇中的意见转达给她。

任晓月脸上红了，迟疑了片刻，说："如果组织这么决定，我服从，但是他心里究竟是怎么想的，我并不清楚。至于他的那个叔叔，倒是极力撮合这件事的，我有的时候在想，他是不是能够忘记那位俞小姐，他虽然因她而磨难，但越是这样，就越难放下，我可不愿嫁给对别的女人念念不忘的男人。"

马援呵呵直笑，说："你这个丫头，哪来那么多的穷讲究，我这个兄弟，模样、学问、本事，样样都有，外面的女人抢都来不及呢，你还在这儿犹犹豫豫的？"

任晓月嗔道："马队长，马大哥，我还是你的革命同志呢，哪有这样讲话的？"

马援乐不可支地说："我这是为你好，口不择言罢了，你这丫头，也不理解我的一片苦心。"

任晓月笑了笑，领着他上楼去。

肖也听着脚步声，放下书抬头去看，只见马援雄赳赳地进来，颇感意外，说："大哥，你怎么来了？"

马援说："听说你吃了亏，我是赶来帮你的。唉，这怪大哥我不好，忘记这个茬儿了，好吧，从今儿起，我做你的保镖。"

他将西装上的三颗纽扣解开，亮出肋下的两把手枪，说："从此刻起，谁也甭想轻易地近你的身了。"

肖也微笑道："你这是自己心甘情愿来的？还是那边上峰的命令啊？"

马援叹口气，说："你这小哥，我在广陵监狱，任小姐在江边路上帮你、救你，难道都是组织上的命令？"

肖也点头，说："好，我身边是得有个贴心得力的人，只是大哥，要委屈你了。"

任晓月领着马援去安顿住处，肖也无心读书，盯着他们离去后的空荡房门半晌，没有吭声，心中暗自思量。

6

党务特别调查科与警备司令部因肖也而发生的冲突，双方均装作浑然不觉。熊式辉在南京的几次会议上，与二陈见面，谈笑风生。陈果夫和陈立夫也全当作没有这回事，熊兄、熊司令喊得亲切。至于肖定坤，对于整个事件的来龙去脉是一清二楚，他知道侄子与共产党有联系，但在他看来，共产党与奉系、桂系、冯系、晋系等势力并无不同，都是与目前南京蒋记政府争斗的势力罢了。所以，对待他们，也就一视同仁，都可以在某些时候引为己用。像这次和CC的交锋，那位江淮省主席的人选，就是占得先筹的妙手。

二陈本已拟定并上报给蒋介石的人选，就此名落孙山，随着他的心腹赴任，一切问题都迎刃而解。受了刑伤的肖也受命前往江北，一方面是避开叶明远以及党务特别调查科，另一方面是正好经营江北，为中央军后方提供可靠的支援，借此立下功勋，在仕途上有所发展。更有一点是，江北吴尚是肖氏家族的根本所在，眼下已然式微，需要他去扶持重振。

在省政府主席发布的次日，肖也等人的属下任命也已经随之出台，肖也在即将离开上海时，遭遇了一连串的厄运。离沪前夕，他在任晓月的扶持下去肖公馆向婶娘和堂妹辞别。

这俩女人对于肖也做官的兴趣不大，只是关心他的身体，拉住任晓月，直把她当作了自家的亲眷，问长问短。任晓月敷衍了几句后，便故作羞涩，再不吭声。他们将照顾芸儿的相关事宜托付给了特科，叮嘱封闭消息，让敌人不知道她的存在，她才是安全的。

肖也和任晓月极其隐秘地离开了上海，他们换了衣服，从旁边的边门出了院子，隐在墙根下的树荫里，沿着马路走了好几分钟，拐入了一条弄堂，把外套脱下，团起来扔进树丛，在弄堂的另一个出口，他们叫了辆黄包车，先去外滩，在那家花旗银行下车，进去兑取了一大笔现金，上了路边等候已久的灰色汽车，直接驶向火车站。马援和另外一个同志已经在车站里等候了。

听着火车高亢的鸣笛声，马援笑了起来，说："这下子，咱们又回江北了，吴尚、广陵这些地方，总在梦里惦记着啊！"

火车载着肖也一行穿越田野，不过半天的工夫，便抵达南京。在南京稍作歇息，肖也便依照约定，先去新任省主席的公馆拜见。刘颂尧把盖着省府大印的委任状取出来，授予他，无非是江北事务要倚仗之类的客套话。肖也神情恭敬，咳嗽几声后，先行告退。拿了这委任状，无异于赴任时手里有了印绶。他回到公馆，让任晓月准备些酒菜，予以庆贺。

在饭桌上，马援忽然问他："兄弟，那个在广陵黑牢里的家伙，你猜他还活着吗？"

肖也沉吟："他那里看似绝境，但已经待了二十年了，咱们离开这才多久，他一定活着。"

"那，你这次凭着专员的权势，能不能救他出来？这老家伙透着股子邪劲，现在想想，说的话还真灵验呢。"

肖也心中一动，念起了那人以及他烂蒲团下的累累黄金来，叹息一声，说："我去救他，他未必肯走呢。也许他在那黑牢里再对付上十年八年没事，出来一见阳光，立马就呜呼哀哉了。"

任晓月不知道这个人是谁，听了倒有兴趣，便问是谁。

肖也望着昏暝中的屋顶，说："那是个神秘的人，一个为自己的罪恶赎抵的人，一言难尽。"

7

这一行人不过一个昼夜的行程，就抵达了目的地。

广陵城里，繁华异常。这里是江北第一个大去处，商贾云集，买卖兴隆。同时，酒家、青楼等行业红火。满目间，是花天酒地好不热闹。肖也一行从西门入城，穿过通衢大街，到县衙后再折向东去，来到明清时的道台衙门。

他下了滑竿，抬头望望积满灰土的衙署匾额，说："行政督察专员公署，也等同于道台衙门了，就住这里，我一路上想好了。马大哥，烦请你去县衙找陆县长，通知他来这里见面。从今日起，这里就算是挂牌开张了。"

马援自然明白，接过他手里准备好的函文，雄赳赳气昂昂去了县府门传信。

县长陆西星想不到这专员来得如此之快，来不及多想，赶紧换了衣服，戴上帽子，拄起文明棍来，迎出门去。随这个黑大汉来到道台衙门。

那个脸色憔悴、脸带刀疤的年轻人，正懒洋洋地抚摩着狮子爪下的石球。

陆西星拱手为礼，说："萧专员，在下是广陵县长陆西星，在此有礼了。"

肖也淡漠地笑笑，手指这座衙门说："在下新近过江来赴任，对江北一带的事务都不熟悉，日后怕是要经常请教呢。"

陆西星说:"不敢不敢,萧专员初来广陵,这里正好可以用作专员公署,我这就让人来整理打扫,弄得内外光鲜了,好让萧专员入住。"

马援心底有些兴奋,正待离开。

肖也却招了下手,说:"马队长,你要负责专员公署的安全等事,不要轻离。这里还是要请陆县长派来的人守着。"

陆西星连连点头,打电话去警察局,让局长安排了六七个警察过来值守。

肖也亲自去检阅,在几个人中,挑了个眉目憨厚的家伙,指点说:"你就暂时做个队长吧,你得听我指挥,我让你干什么,你就干什么,别人的话可以不听,干得好,我有的是机会抬举你!"

那人姓王,欣喜万分,立正敬礼,敬礼立正,忙了个不亦乐乎。肖也挽着任晓月的手,笑道:"有了他们,咱们今天夜里才能睡个安稳觉,养足了精神办大事。"

任晓月看他这一番举措,哪里像初出茅庐的学生哥,俨然是个中熟手了,不觉心中诧异,望望马援。马援不动声色,微笑不语。

肖也下令,警察分班值守,不放任何人出入衙门,然后,去刚刚收拾好的卧室里,盖上新送来的薄被,嗅着屋内任晓月点起的一炷安神香,闭上眼睛养会儿神后,就静静地入睡了。

次日一早,肖也醒来,索性披衣起来出了院子。见那刚被任命为队长的王某正在带队,便做个手势,示意他到身旁来,先询问他的出身、经历,越发地觉得中意,便低声说:"这江北地面上,土匪横行肆虐,没有队伍不成,你帮我个忙,去城外老家那些苦兄弟中,给我招募二三十个人来,成立一个专员卫队,你依旧做队长,警局这边,不干也无妨了。"

这王队长领命,先交代了手里的活计,赶到城外去,也不过半天的时间,真就在老家几个村子找了二十来个在乡间打杂的汉子,傍晚时分赶回来了。

且说日上三竿时,陆县长派用人带了本地产的上等茶叶,沏泡请他尝鲜。肖也在家时,好茶叶品点儿倒也在行,这会儿喝了几口,原本身上带着的三分倦态油然而去,直起腰来,先赞了声好。

马援听到了个"好"字,应声说道:"兄弟,不萧专员,你这声音精气神挺足啊,进了道台衙门,接上了气,身子骨儿恢复了?"

肖也说:"这茶好,倒把我身上的几分不爽洗涤去了,来来来,陆县长尽地主之谊,邀请我们吃这广陵城里的美味,烫干丝、蟹黄包、鱼汤面呢。任小姐呢?也请她来。"

马援坐下来,说:"咱们这一行,是专员大人携带家眷在保镖护送下来广陵就职的,再不能叫任小姐,还是应该按照计划约定,叫萧太太、萧夫人的好。"

肖也脸色微红,说:"虽然如此,却总是怕唐突了任小姐。"

马援摇头说:"她既然肯来,那就是愿意了。"

他们正谈话时,任晓月绾了发髻,穿一身月白的短袖旗袍,沿着亭台楼阁走了过来。

马援迎到门前,说:"太太,萧专员正在等您呢。"

任晓月漫应了一声,走进屋子,但见茶已沏好,倒在洁白如玉的瓷盏内。那伙计揭起盖子,抽出食屉,取出一笼蟹黄包子,四碟烫干丝,四碗面,一盘镇江肴肉,摆满了圆桌,躬身说:"都是刚出笼的,新鲜着呢,请慢用。"

来人退出去,几个人便吃起来。肖也、任晓月倒也平常,马援吃了几口却不耐烦起来,两三口吃掉包子,咕咚咕咚地喝茶,抹着嘴唇说:"这玩意儿,太细致了,好吃是好吃,就是耗费时间,我就喜欢大碗喝酒,大块吃肉。"

肖也和任晓月都笑。他站起身来,说:"我去外面走走,这里郁闷死人了,没劲。"

肖也阻拦道:"不急,待会儿怕是各地的县长都要来见面了,你老哥得给我保驾呢。"

马援一愣,本想去外面街上寻找联络点接头,没想到他这么一说,倒是不方便了。

任晓月问:"难道那几个县的县长准来?"

肖也点下头,说:"依我的预料,上午不来,下午也得到,总之,今天必到。我正要见见吴尚的县长大人呢,看看我这张脸,他还认得出来吗。好歹，我们在吴尚有过数面之缘。"

8

吴尚县长坐着从俞云涛旅部借来的唯一一辆小汽车抵达广陵，拜谒上司。只见空旷的屋子里设了一张桌椅，一个穿着中山服的男人正低头看书，身边有个黑衣壮汉侍立，目光顾盼处，凛然生威。他心中忐忑，拱手道："在下是吴尚县长李仲琳，特来拜谒萧专员。"

那专员抬头站起身，迎出两步。依稀光线里，一张本属文弱的面孔，却被一道狭长刀疤修饰出凶悍之气，眉目间似曾相识，却又想不起来处。

这萧专员说："李县长，一路颠簸，快请坐，喝点茶水。我初来乍到，地方上的事情，都还要仰仗呢。"

李县长连说不敢，就势坐在那黑衣人拎来的一张沉重的红木椅子上。

萧专员专注地盯住他，问："吴尚一带的匪患，如今都平息了吗？"

李县长说："自从共匪被消灭之后，吴尚一带都已经太平了，眼下确实没有匪患。"

肖也问："眼下，吴尚还有驻军？"

李县长说："有，32 旅旅部及直属队驻在城里，其余部队分散在城外。"

"一个旅的人马驻军吴尚，地方上负担得起吗？"

李县长说："他们有国府的军饷供养，地方上的支应只是一小部分。"

"我问的是地方上，一个旅几千人枪，够不够驻扎？"

"承蒙萧专员的关心，这 32 旅只是一个后备旅，俞旅长负责训练新兵，充其量不足一个团，分成几个部分，驻扎完全不成问题。"

肖也一笑，说："俞旅长？是不是那位江北剿匪功臣？"

"正是。"

肖也哈哈大笑，说："他还兼任江北剿匪专员？这匪都没有了，要这个专员干什么？"

"萧专员，这也是防范之举啊，他负责剿匪，您是地方大员，虽然都是专员，都各司其职，各有侧重。"

肖也说："那是好事啊，一文一武，相得益彰，日后，我总要去吴尚的，到时候请你引见引见。"

肖也开口闭口不提肖家父子，但这李县长已经探听到消息，这位萧专员，是本省主席的亲信，而这位省主席，却是肖定坤所推荐，当下多说一句："鄢县肖府，是肖定坤先生的家乡，在下一定用心照顾。"

肖也不置可否。这时候，通县、兴南两县县长在陆西星的陪同下，一起来到。肖也便将他们请到后堂去坐，一改方才的威严，变得和风细雨，温馨可人了。这三县县长，见这个新来的上司少年老成，倒也不敢轻视，合计一下，请他晚上共赴冶春酒楼，为他接风洗尘。肖也也不推辞，吩咐马援、任晓月一起前往。

酒席上，肖也闭口不提公务，只说大上海的奇闻逸事，几个县长敷衍赔笑，附和声声，一派热闹。通县县长在酒宴快要结束时，小心翼翼地问一句："萧专员，这次设立江北督察专员公署，委您为专员，上峰一定是要重点经营江北了，不知道萧专员的施政方略，从哪里先入手呢？"

肖也笑道："今天是私宴，就不谈公事了，各位回去，请撰写一份半年以来的县务纲要，着人呈送到公署来，我要根据各县的具体情形来通盘考虑。切记，切记，不要拖延时间哦。"

众人俱都应承下来，又是一番欢饮，就此结束，各自告辞回去。肖也和马援在这广陵城繁华的大街上步行，忆起那日劫狱脱身，惶然逃逸时的情景，恍如隔世，叹息一声，说："上次经过这里，你还记得吗？"

马援大笑："怎么不记得，就像昨天发生的事情似的。今儿个走在这条路上，心情大不一样吧？"

肖也转身看看任晓月，说："离开这里之后，就遇到了你和芸儿，我也算是逢凶化吉，一路都有贵人佑护了。"

马援正色道："你们都是一家子人了，还这么客气干什么？萧专员、萧太太。"

任晓月笑而不语，向肖也身边靠拢了些距离，加快了步伐跟上。几个人到了道台衙门时，一盏马灯照亮的门厅里已经站满了人。那个早晨受命去乡下招募人手的王队长正用帽子扇风，立正敬礼说："专员大人，卑职奉命招募了共计二十二人，他们都愿意替您卖命。"

肖也自得地一笑。马援的脸色微变，任晓月不觉茫然。

肖也走过去，逐个打量这些土气可掬的乡下汉子，点头说："好，我这就以专员公署的名义致函县府，请陆县长按照人头暂先拨发衣服、枪械，暂借五百大洋，先给他们训练，日后就担当公署的守备和随从。在这里办事，总要有些自己人的，马队长，你说是不是？"

马援勉强点头。肖也又补了一句："这些乡下汉子，都是纯朴的人，比城里的奸猾之徒可靠多了，这一点，我可是从你们身上揣摩来的。"

马援知道他说的是乡下农会的情形，确实如此。但肖也此举打破了他的计划。他本想一到广陵就立即和地下党组织取得联系，调集剩余的游击队进城，直接摇身变为专员公署卫队，有了这层保护，可以利用敌人的武器、军饷来发展壮大队伍，但肖也一到广陵，就这样做，撇开共产党自行组织武装，这是始料未及的。

他笑了笑，说："其实，我是想替你去招募人手的，既然你已经有了主意，那我就放心了。看来近些日子，兄弟你用心了，比上次咱们在广陵相处时，成熟多了。这是好事，大好事。"

肖也笑而不语。马援望着街头那端一座灰色耸立的高墙，说："那是警局的监狱，老弟，有没有兴致去视察一下？"

肖也摇头，说："不，扰人清修，也是罪过呢。"

马援倒也不以为意，当下拱手提高声音说："萧专员，在下有点私事，先离开了。"

肖也点头，说："行，你的事情也要紧，不过早些回来啊，这些新募集的弟兄，还要请你做教头呢，擒拿格斗都得会点儿，不然可就形同虚设了。"

马援应了一声，大步而去。

肖也望望任晓月，含笑说："马大哥快人快语，是条豪爽的汉子。"

任晓月一切都看在眼里，目光垂下，盯住脚底的青石，说："是啊，你做人行事，其实跟马队长不同。也好，人都一样了，这大千世界也就索然无味了。"

9

肖林利用家藏的十几杆枪组建起的护商队，依旧在离城不远的茶铺子附近待着，那些人都是玩枪的好手，拿到了家伙，到旷野里试发，都感觉颇好。但是，他们的月支钱粮，这位肖大少爷却是分文未给，只说一句：马上就会有发财的机会。

那些惯匪听了都不信，但头目老黄信。老黄只认一个理，肖府既然肯将压箱底的军火拿出来，那就必定要有大动作，至于想干什么，他根本不须去想。这伙人昔日里都是盐枭、水匪，打家劫舍惯了的，犯法的事情根本无所谓，只问两个字：好处。

肖林用枪支安置好了外援，自家高坐在店铺内，等待方团总下钩来钓。这方松坡团总，在城外十里铺宅邸里，与一众姨太太花天酒地，醉生梦死，几乎将外事忘得干净了。

这日大早，日上三竿时，他懒洋洋地起床来，坐在宠爱的姨太太的绣墩上，对着镜子略照了一照，但见镜子中那张面孔两眼浮肿，神色憔悴，不禁吓了一大跳。急忙以手抚脸，叫了声惭愧。

身为三县联防民团团总的方松坡，肩负着方氏家族重振名声、重归昔日荣光的使命，竟然在这小有成就之时，就放浪形骸了。他撩衣起身，用毛巾揩去额角的汗水，唤来手下准备滑竿，他要进城去。

出了宅门，站在两个干瘦的轿夫面前，看看那顶小轿，他忽然不满意起来，摆手示意，去牵后院的那匹枣红马来，他要借驰马抖擞精神。不一刻，马儿牵到，他整了整马鞍，在马背上抚摸了片刻，左脚踏住了马镫，骗身上马。马儿发出一声兴奋的嘶鸣，四蹄攒动。他心头起了感应，双腿一夹马肚，抖起缰绳。

这马儿哗啦啦飞奔，沿着通衢大道向着隐现在树丛后的吴尚城奔去。他单人匹马，将随从和护卫远远抛在了身后，一路疾驰入城，来到了肖家的德顺堂药铺。马蹄的脆响和马鼻腔里发出的浓重喷嚏声，惊得周围的人纷纷避开。

店堂里，肖林闻声而起，心中诧异，看他如何。方团总下了马，走进店内，打了个哈哈，说："肖大少爷，咱们的这笔生意成了，货已经到了卖家手里，款子也付清了，猜一猜，咱们这次赚了多少？"

肖林笑道："方团总出手，不是小手笔。嗯，我们是对半的本钱，本钱四千块，莫非，本金翻了个儿？"

方团总大笑，说："兄弟错了，是这个数！"

他伸出一只手。

肖林佯作不解："一万？好买卖。"

方团总不屑地笑："五倍的利润，是两万，如何？"

"太好了！"肖林跳了起来，竖起大拇指。

方团总闭眼想想，说："刨除本金，赚的钱，咱们一人八千，你有八千块钱了，怎么样，是现款给你，还是这个钱继续在我手里做你的本金，再滚上几滚。"

肖林迟疑了一下，说："那——我取走本金两千，另六千继续做本金如何？"

方团总捻着颏下稀疏的胡须，点头说："没问题，我这就把你的本金还你。"

他从兜里取出张银行本票来递还在肖林手里。

肖林一看，竟是自己上次给他的那张，惊讶道："你这钱没去取？"

方团总冷笑："我这生意，是明挑你发财的，哪里差你这两千块钱？这点都不明白吗？"

"哦，那你凭什么要挑我发财呢？"

方团总摇头说："肖定坤老爷子，进入中枢，位高权重，我是有意向你们肖家示好。俗话说，多一个朋友多一条路。有财大家一起发，岂不好吗？"

肖林如梦方醒般，将手里的银票往他手里塞去，说："老哥，我是个愚钝的人，没想到这一层，真是汗颜，汗颜。这本金依旧给你做本钱，这生意，我们还得做下去。"

方团总点起根烟来，在椅子上坐下，得意地说："兄弟我还有一单大买卖，即将开张，你老兄有没有兴趣合股啊？这笔买卖，入股大本大利，货是发上海，我和青帮大佬杜月笙敲定了，这单买卖做下来，咱们个个都得养肥了，呵呵。"

"六千不够？"

方团总摇头，说："至少三万，你想想，三条大船的货，非同小可，路上我还要加强戒备，增加护送人手，军队也肯帮忙，江上巡防团马团长也参了一股，届时派汽艇护航，万无一失。"

"三万？"肖林咋舌道，"我一时哪来这么多的现钱？"

方团总笑了笑，说："肖大少爷，贵府也是本地数得上的人家，这点钱拿不出来，岂不是笑话？"

肖林面有难色，说："老兄，实不相瞒，近几年生意惨淡，实在筹措不出这笔钱了。"

方团总摇摇头，说："这样的机会，千载难逢，做完这一单，我就能享福去了，无须再为钱财操劳了。"

肖林着急，跺脚长叹："这件事，真是一筹莫展，城外还有些田亩，城里还有宅第店铺什么的，但都是一时变不了现的。"

方团总呵呵一笑，说："兄弟，你是着急岔住了气，只往一个牛角尖里钻，依着我，这田亩、宅邸、店铺还有货物，都可以暂作抵押，换成现银，用于周转。我估计，这些产业加起来三万块钱，那是足够了，还省去了借贷之苦，何乐而不为？"

肖林转愁为喜，一把握住他的手，说："还是你老哥足智多谋啊，一出手就解了我的困境，没问题，没问题了，我这就去办，明日一早，您来铺子取款。"

方团总先行道别，重新上马，缓步沿街向前，去了自家在城里的下榻处，盘算起肖家这雏儿上钩后，如何整治他的法子来。至于俞府那边，他决定暂不通声气，没有与他人分一杯羹的打算。

肖林退回店里，拿起算盘来噼里啪啦拨弄了一气，冷笑道："呵呵，用肖家全部的产业去抵押，是置之死地而后生。好，老子就跟你赌这一把，赢了，你这票买卖就是我的了。"

他下定了决心，踱步回家，瞒住了老子，先将家里的积蓄两三千块钱聚集起来，再加上店里周转的货款，凑足了约六千之数，加上留在方团总手里的四千，已是一万，他只需再拿两万出来即可，这两万，算是钓鱼的香饵，不拿出来，那是不成的。

他狠下心来，再度出门，走进了通泰当铺，与当家掌柜商量了一通，立了文契，将肖家的田亩店铺抵押了，换成一张银行两万元的兑票。

肖林回了店里，去药材柜台最底下的抽屉里，拨开药材，取出一把手枪，握在手心里掂量掂量，笑吟吟地说："财向险中求，呵呵，我倒要验证验证这话了。"

10

肖也在广陵，也不过用了三五天的时间，就整出了一支面貌可观的队伍来。这二十来人，穿清一色的黑色警察制服，手里汉阳造步枪，刺刀雪亮，在专员公署里站队布防。他坐在办公室里翻阅几份报纸，无非是湖南江西共匪猖獗，一部进击长沙，被国军击溃云云。

他记得何为离开上海去的就是湖广地区，这正是暴乱的中心，想来他也在其间居功至伟了。不过，南京方面对于这些共产党武装的异动并无应急之策，尽管中原态势一度缓和，但蒋介石一心剪灭群雄的心思，却丝毫没有被打扰的意思。他本人虽然时常往返于前后方，但行营设在蚌埠，始终没有移动。肖定坤也一直留在军中，赞襄军务，具体操办的那些事，又属于最高机密，连他这个侄子也无法从电话和电报里得窥端倪。

他放下报纸，见任晓月端着杯子进来，便询问马援在哪里。

任晓月一愣，说："早上出去了，还没回来。"

"他是出城去了吧？这时间，我算得出来。你们要在江北重新发展起来，我虽有同情之心，但爱莫能助。我身为这一方的治安长官，职责上是不能跟这些人有关联的。我只不过想做点造福百姓的事情罢了。当然，比这更重要的是——"

任晓月以洞悉的目光审视他，说："复仇？"

肖也认真地点点头，说："俞云涛拥兵数千，我们这点儿人，差得远了。"

任晓月说："所以，你要报仇，还得由我们配合才行，单凭你自己的力量，那是绝无可能的。"

肖也凝神思忖，说："我知道，但是，我这个人有几分犟劲，自己的仇怨，自己亲手解决，不到万不得已不求助于人。"

任晓月有些生气，坐下来说："你的仇敌，也是我们的敌人，在对付他们的立场上，并没有两样。你何必分得这样清楚？"

肖也说："不是分得清楚，而是仇恨愈深，我心底亲手报仇的决心就越大，没有切肤之痛是不能明白的。"

任晓月一时倒也难以说服他。

而此刻，马援正在距离广陵城北二十里地的一处乡间树林子里，和红军江北独立师最后仅存的一支队伍会聚。吴尚一败之后，人员武器丧失殆尽，这三十多人，十几条步枪，一挺机枪，弹药匮乏。

马援当即宣读了一封省委签发的任命，他就任江北游击大队大队长，负责武装力量的重建和发展。江北区委继续发动大众，加入农会，力争重新打开局面。

他决定队伍依托吴尚、广陵和长江之间的三角地区，开展活动，打土豪分田地，没收浮财，用于队伍的发展壮大。他挑出了六名队员跟随自己进城，伺机在条件成熟的时候，再在队里建立起党的秘密组织，充分掌握这支力量。

他率着新的成员返程上路，路上走了也不过十几里地，忽然远处的河堤上有人直着嗓子在呼唤自己：马大哥！马大哥！你怎么在这里？

他心中诧异，定睛一看，原来是当年贩运私盐时的旧相识，便问他们在这里干什么。对方说私盐生意不好做了，他们就去了苏家埠，替江南青帮押货，走长江水路，生意赚钱，但风险也不小，"这年头，胆小的挣小钱，胆大的发横财，就这么回事。"

马援心存疑窦，便问："你们这是怎么个挣钱法？是自己做主，还是替别人跑腿？"

那些人先吹得天花乱坠，听他问及底细，倒有些扭捏起来，说："我们是替三县民团方团总押运货物的，他们肯出大价钱。"

马援大笑，说："幸会，原来是那位方团总，久仰大名了，有这么个实力雄厚的大人物做雇主，那还不是马到成功？"

对方也笑，说："马大哥，托你的金口，确实是马到成功了。不过眼下的生意虽然红火，但我们押运的人手不够，方团总不肯自己的人沾这买卖，让我们再招募新人。我看您这几位都是浪迹江湖、无根无绊的，不如就此联手，弄几手买卖做做，一齐发财？"

马援省悟过来，说："他不肯让手下碰的交易，又跟苏家埠有关，那就是贩运大烟了，这玩意儿确实能够挣大钱，但这一路上，官府和土匪都虎视眈眈，你们不怕？"

对方说："我们做熟了，就不怕了，看着危险，实质安全，好几年了，都没出过纰漏。"

马援问："你们统共多少人？"

对方说："十几个人，方团总供应枪械、弹药，火力猛得很呢，你们入伙了，照样人手一支，怎么样？"

马援说了声好，但又叹口气，说："兄弟，不瞒你说，我们都是闲散性子，挣钱可以，受人使唤可不成，生意照做，但咱们也只算是雇请的，事情办完，拿钱走人，各不相欠，如何？"

对方大喜，说："本来就是这样嘛，你担忧什么？"

与这伙倏尔邂逅的昔日同伴相约之后，留下了联络方式，马援就此告别。一路上，他默想借这个机会弄来武器弹药发展队伍，是个好机会；再者，苏家埠出产的烟土是上等的货色，也可以折算成银圆和现钞，对于队伍的发展，都是非常有利的。他拿定了主意与这伙人周旋，从中寻找对自己有利的条件。

回到专员公署，天色已经暗淡下来。马援安置好同伴，去见肖也。肖也正在昔日道台的书房里，从那些积满灰尘的书籍中翻寻着。

他心中好奇，问这些破烂有什么用，肖也拍拍手里的书，说："哪能小看它们呀？书中自有黄金屋，书中自有颜如玉。"

马援笑道："我瞅你呀，黄金屋、颜如玉就不需要了，有任小姐这样的美人在你身旁，还需要去书里乱翻？"

肖也叹口气说："任小姐好是好，但人家未必看得上咱呀，跟你说实话，我这辈子最狼狈、最困窘、最落魄的模样，都被她看在眼里了，实在是自惭形秽！"

马援抬手按住他的肩膀，说："你这话不对，什么最狼狈、困窘、落魄？同甘共苦过，才算是真情。"

肖也望着屋顶天窗，说："也不知道人家对我是什么个看法呢？"

马援哈哈大笑，说："你落难时怎样？酒醉后怎样？人家都见识过了，还肯随你来江北，你还有什么顾虑的？"

肖也说："我就怕她是服从你们组织上的安排来的，并非出自本意。"

马援正色道："你这话错了，这种事，组织上是要征求和尊重个人意见的，人家心里头有你，偏偏你这时候缩手缩脚，哪像个男子汉？"

第六章

1

任晓月住在这座道台衙门的后宅里，兴致勃勃地整理院子里的花圃，倚着太湖石种了两株牡丹，还将一棵已显枯态的黄杨树松土施肥，眼见叶子有些泛青了，这才露出笑脸来。在这里，以专员夫人的身份待着，无事可做，她心神不宁，借此排解郁闷。马援离开公署已经有三天的时间了，她知道他此次出城去的目的，她在这里的烦闷只是暂时的，后面会有许多事情要做。

这会儿听到院墙外熟悉的脚步声，她急忙放下手里的木勺，快步迎到门口，果然是马援，一身薄绸的上衣，襟挂怀表，手执礼帽，几天未刮丛生的胡楂，显示出和上海滩时截然不同的风貌来。

马援咧嘴一笑，说："我已经和游击队联系上了，传达了党的指示，重建了队伍，大家的热情都高涨起来，我这次还带了六位同志过来。"

任晓月雀跃起来："那，我的工作是什么？"

马援说："你现在的工作，就是以专员太太身份住下来，在江北敌人上层活动，寻机查探敌人的动向，为组织上获取有价值的情报；临出发前，程主任转达了中央负责人的意见，如果有可能的话，你嫁给他，成为名副其实的萧太太。他要复仇，我们要重建根据地，目的不同，目标却是相同的。"

任晓月心中一阵子狂跳，脸如红布，低下头去，说："怎么扯到了这个？我……还没有想过这个呢。"

马援笑道："我看得出来，你不讨厌我这个兄弟。而且，他救过你，你也救过他，都共过生死，还有什么打算不打算的？"

任晓月却认真道："不是我不愿意，而是人家未必肯，他不是因为和俞府的小姐相好，才惹来这杀身的大祸吗？那位俞小姐，才是他刻骨铭心的人，我，怕是代替不了她。"

马援摇头，说："你这傻丫头，尽是傻话，我这兄弟因为那位俞府的小姐，差点儿丢了性命，简直是他的催命煞神，他会还惦记着她？我看，怕是躲避还来不及呢，怎么会去惦记？"

任晓月摆了下手，说："男女间的事情，你不懂。"

马援一愣，抬手挠挠后脑勺，尴尬道："我这是在理的话啊，怎么会跟你所说的不接榫呢？我这肖兄弟，可不是个被美色迷了眼的人，他拿得起放得下。说句实话，原来在吴尚广陵时，我只当他是个纨绔子弟，但是到了上海后，你看他做的这几桩事情，哪一件不是恰到好处？尤其是除掉姚襄这个叛徒，更让我刮目相看了，他明白你对他的好。"

任晓月摇了下头，说："我嫁给他，也可以，但是得再等等看，看他是不是一定能忘掉那位俞小姐。"

"行，我这就把话给带到。"

任晓月沉下脸。马援吐了下舌头，说："好好，不多嘴，看他的表现，行不行？"

马援离了后宅到前面去，再找肖也时，值守的告诉他，专员去赴宴了，今儿个警察局长出面替他洗尘。马援便去召集自己带来的几个同志，拉着他们到肖也自行招募的那伙人中去，称兄道弟地拉近乎，先混个脸熟。

而此刻，肖也已经坐在荣华楼的高阁上。广陵地道的绿杨春酒、上等清蒸狮子头、炒软兜、双黄鸭蛋切片、松鼠鳜鱼、粉羹汤、银鱼铺蛋俱已上桌。肖也只喝了两盅酒，就推说量浅，不肯再喝，菜肴倒是尝了不少，这警察局长见他吃得痛快，便献殷勤道："萧专员，这公署中，确实需要重兵把守，要不，我给你联系保安团，再加个十来号人过来？"

肖也摇头说："你老兄调派的人手足够了，这广陵也是个平安无事的去处，不比其他地方，盗贼纵横，士绅们都没有个安稳觉睡。"

众人尽皆附和，肖也放下筷子，凑在警察局长耳边，悄声说："临来时，肖秘书长叮嘱我一件事，到广陵来时，查查一个犯人的生死存活，不知可否帮忙？"

局长连连点头，说："那是自然，不在话下。"

肖也便继续说："肖秘书长初出茅庐时，就在广陵任职，亲手办理了一宗大案，罪犯被判终身监禁，就羁押在这广陵的黑牢里，上次在南京时，他忆起此人，颇有感触，让我到这边时，顺带查访，想来，应该不在人世了吧。"

局长对狱里关押的陈年旧犯，几乎一无所知，听他一说，踌躇片刻，说："没关系，回头我让牢里给你去查，查出来，立即禀报。"

肖也略略颔首，转而和陆县长闲聊，询问起前不久被扑灭的共产党武装割据的事情。县长心有余悸，说这伙共匪，好生了得，几次攻打吴尚、兴南等地，还曾来广陵劫狱，在城中劫掠一番，至今还让人后怕呢。幸亏国军俞团长率部清剿，才有了今日的安定。

肖也便问这俞团长是不是晋升为旅长了，眼下的吴尚总归是恢复太平了。县长担忧道："这太平也许是暂时的，听说外省赤匪闹得更凶，攻城略地，声势浩大，这江北之地，幸亏距离南京不远，否则，怕也是麻烦了。"

肖也淡淡地笑道："广陵太平就好，乱就让吴尚去乱吧，我有手段对付，咱们这里，总得要把握保住才是，我看，城里的守备力量太过单薄，不如设法再添加人马才是。"

陆县长此刻是唯这位专员马首是瞻，称是不已。

肖也说："我想，这公署下面，得有支队伍，可随时调拨，既防共匪，也要防土匪。"

县长念起几个月前那次劫狱引发的动乱，心有余悸，但转念又想了想，说："这江北剿匪事务，有驻军32旅，有剿匪专员，你我越俎代庖，恐怕不妥吧？"

肖也说："剿匪是他们的专务，防匪御匪，却是我们的职责，省府那边，我会设法圆融的，申领枪械和经费，只需你这县长跟我一起联名就成了。"

县长听他如此说，也就应了。

酒席散后，肖也在县长的邀请下，一起去广陵城里名闻遐迩的福德池浴室，泡澡堂子。正惬意时，忽然门帘撩起，警察局长进来报信："萧专员，您要找的人可找着了，这人命大得很，关了近二十年不见天日，居然没死。"

肖也笑道："好！我这就去瞧瞧。"

肖也穿了衣服，跟警察局长离开浴室去了监狱。经过熟悉的牢笼通道，下到地底黑牢里，那股子刺鼻的霉湿气味扑面而来。他下意识地咳嗽着。局长抱歉说这里确实环境差，让专员受委屈了。

肖也摇摇手，掏出手帕来捂住口鼻，顺级而下，跨进铁栅栏，朝那处地方看去。果然见那怪人盘膝不动，宛若磐石，便说："前辈，你还好吗？"

那人开口说："本来，我已经走了，半途上看到你来了，只好回头，会你一会。唉，这一去一往，真是麻烦。"

肖也说："前辈，我在上海见到了叔父，提到过您，他记忆犹存，但没想到您还在人世。"

那人笑了一声，说："他没想到的事多着呢。譬如，他在这世上纵横捭阖，弄潮乾坤，得意过了，便有大失意，他的日子也不会长久的。"

肖也一惊，急忙问道："此话怎讲？"

那人沉默良久，说："得意时须防失意，你附耳过来，我讲一句给你听。"

肖也凑过去，那人悄声说："他这一辈子，了结于江边，让他小心。"

肖也点点头，又问："我的前程，前辈请指点迷津。"

那人依旧压低了声音，说："八面玲珑，左右逢源，终成泡影，大仇得报时，仓皇离乡日，懂吗？"

肖也还要再问，那人却说："你来过了，我见过了，咱们就此道别，今生不见了。来世，或许有机缘再会。"

谈罢，他缓缓闭目，再不理会。

肖也后退着出了牢监，站在台阶上，说："这个人命不久矣。三天后，我来看他，假如死了，就置办棺木，体体面面地葬掉他。如果还活着，就送些酒水，让他解馋。别让闲人去打扰他。"

肖也离开监狱，回到专员公署，先叫来王队长，让他去棺材铺子里定做一具上等材质的棺木备用。王队长遵命去办理，临行之际，想起件事儿，禀报说马长官回来了，还带了六七个弟兄，队伍又增添人手了。

肖也皱了下眉头，却没说话。

2

方团总眼见鱼儿上钩，兔子入笼，一言难以道破，潇潇洒洒地进了城，到了德顺堂外，一眼就看到了肖林坐在门前，晒着一些受潮的药材，便问："资金筹措得如何了？"

肖林做个手势，请他随自己入内，去了账房开了锁，从抽屉里取出一沓新兑的银票来，正好是三万块整。他将这钱双手呈上，顺便将一张白纸放在他的面前，请他签写收据。

方团总浑不在意，提起笔来写道：今收到德顺堂肖家药铺预付货款三万元，方松坡。并用拇指蘸了朱砂，在名字和日期上摁下印记。

肖林将这收据吹口气，待其风干后，收入抽屉锁起来。

方团总怀揣了这三万块银票，心里得意，客气几句后就此告辞。

肖林在路口拱手道别，重新开了抽屉，将那墨迹未干透的收据拿出来看了又看，嘴角浮起一丝笑意来。

方团总侧卧在滑竿里，悠悠荡荡地出了城门，一路向前，走了大约四五里地，眼见日头毒辣，额头出汗，正想招呼轿夫们停一停，去路边树荫下歇息片刻。不料，砰砰砰几声枪响，两个轿夫中弹，扑通一声倒下了。

方团总连人带滑竿坠在太阳晒得生硬的地上，他连滚带爬正要起来，却听得枪声又起，四名护卫也都四脚朝天，倒卧在路边。他心知不妙，正要去兜里摸枪，道路那边的草丛间扑出了十几个蒙面人，枪口直指着将他围在中间，喝道："再动就打死你！"

方团总不敢动，住手抬头，说："好汉，有话好说，有话好说。"

那带头的壮汉将手枪顶在他的脑门上，说："老子今儿在这里搂兔子，逮谁是谁，你老兄走运，成了我们的财神爷，老规矩，拿钱赎命，给我搜身！"

方团总怀揣巨款，心中着急，下意识地迅捷出手，一拳一脚打倒了两人。那壮汉抡圆了枪托，从后面啪的一下将他砸趴下，众人压住他的四肢，动作麻利地去剥剔他的衣物，从内衣兜里搜出了几张银票来。

那壮汉吹了个呼哨，举在手里瞅瞅，骂道："这有个什么屌用？还得老子去银行钱庄，冒着风险，好！再给我搜，老子要现金！"

众人继续搜找，除掉裤子下面藏了十块洋钱，再无收获。壮汉愤然骂道："这些财主，都是吝啬鬼，把钱埋在地下发了霉都不拿出来用，老子今儿个给你留个记号，惦记着！"

他将手里汉阳造枪托照着方团总的胫骨，奋力抡砸。

方团总惨号了几声，疼得昏死过去。

待到他疼醒来时，已在自家宅邸的卧房中，左小腿上用夹板扎得严密，一股子膏药味扑面而来。本地有名的外科郎中坐在他的身边，关切地说："团总，你这是大难不死，必有后福。我检查了你的伤情，小腿骨折了，但不算太重，先上夹板，半个月后就可告无恙了。"

方团总忍住这钻心的痛，一阵子寻思，猜不透这伙劫匪的来历。按理说，经过剿共一役，顺带着将横行在乡间的土匪也消灭得差不多了，哪来的这些人吃了豹子胆，来拦截本县团总，难道是……

他想起那些被抢的钱物票据，油然生疑，难道是肖少爷？但，再细细思量，可又不像。这肖大少想来是无此胆识的，那么，又会是谁呢？

他躺在床上，左右思忖，确定不了真凶，可是从肖林手里取走的三万块钱已经没有了，他在不到一个小时后的时间里，倒欠下肖家德顺堂药铺三万巨款，这可怎么办？他满头大汗，这事情若传出去，实在是不堪见人了，徒添笑柄，只得分派那些安插在四乡里的暗探帮着打探，搜寻这伙强人的下落。

至于凭空里欠下肖府的巨债，他倒不太在意，到时候，带那位肖大少爷一把，将从苏家埠贩运的烟土的利润分他四五成，也就算了。只是设法陷害肖大少爷，就此摧毁肖府的计划，怕是要耽搁拖延了。

当三县民团团总方某人在病榻上愤然且无奈地昏睡入眠时，药铺子德顺堂内，肖林在账房里将那几张去而复回的银票折叠起来，重新放入抽屉里，并再度认真地端详了不久前方团总签下的收据，抬头望着面前的老黄，说："黄兄厉害呀，让那个姓方的叫天不应叫地不灵，过瘾！过瘾！过瘾得很呢！"

老黄笑道："他是跳不起来啦，老子亲手砸断了他的小腿骨。"

肖林连连点头，先去取了一封洋钱，推在他的面前，说："这是一百块洋钱，先让弟兄们喝酒，你们耐下心来，等方团总还了我这笔款子，咱们五五分成。可以买一大块田亩，坐收田租，吃喝享福了。"

老黄忽然有些后悔，拍拍大腿，说："我下手是有点重了，让这家伙赖在床上，该让他能动弹，早点儿还债才是。"

肖林摇头，说："不急，苏家埠那笔生意，我是要连锅端的，只是手要更狠，心要更硬，不知道老兄以及那些弟兄可应付得来？"

老黄将钱在手心里掂量了一下说："肖大少，劫了苏家埠的那批货，就不是一万五啦，是所有货物的一半。"

肖林点头说："只要劫了那批货，一半就归你们，自然不止一万五，我估摸着三万是个底数，我先在这里恭祝黄兄财运亨通了。"

老黄哈哈大笑，说："肖大少就是爽快。好，这次买卖你我一起发财，一起享福，这种买卖，天天有才好！"

肖林不以为然地摆摆手："老黄，你也太贪心了，这种买卖三五年碰上一次，就是老天开眼啦，挣了钱，还得有命去花呢，不然，这脑袋掖在裤腰里挣来的银子，岂不是替别人忙活的？"

老黄竖起大拇指："对，这话是至理名言，有命挣，还得有命花！"

老黄走了以后，肖林伏在账房里又出了会儿神，拿起钥匙重新开了抽屉，将里面的银票等贵重物品取出来，转移到自己歇息的小屋，抽开床头一块椭圆形木雕，将它们用油纸包裹好塞进洞内，再还原掩饰好，这才放心。

这时，肖府来人捎信，老爷子请他回去一趟。

肖林心中隐约有数，这是二叔又有新讯息来了，必是好事，便随他回去。待到一进父亲的卧室，肖定翁就笑声不绝地摆弄着手里的来函，说："林儿，林儿，大好事，大好事啊，你二叔推荐的亲信任江淮省主席，新到任的江北督察专员，也是自家人，这一来，肖家就此重新走上兴旺之路了。"

肖林接过父亲手里的信函，阅览了一遍，说："甭急，爹，二叔眼下正在蚌埠排兵布阵，和冯玉祥他们打仗呢，总得战事了结了才能见到面。这买卖上的事情，我会办妥的，您放心。"

肖定翁摇手说："你近日去一趟广陵，带上份厚礼去面见新任的萧专员，他眼下就是咱们的靠山，得联络好了。"

3

三天后，肖也脱却了别着钢笔的制服，换了一件宽松的长衫，内里特地围了件缝纫得结实的粗布腰带，预留空隙。他离开了专员公署，径自去了监狱，近在咫尺的警察局长得信，赶紧来陪同。他直至监狱门前，让抬棺材的卫兵暂歇，自己和局长先下到地牢门口，请他留步，独自进去，便先招呼了一声。

那人不应声。肖也去探他的鼻息，摸摸结印的手掌，已然是冰凉僵硬了。

肖也发自内心地痛号了一声，叫道："前辈，你果真走了？"

肖也召唤人将棺木抬下来，闲人离开，他要亲自替这位前辈故人收敛尸骸。

十分钟后，棺木已经下到了黑牢里，肖也挥手让他们将棺木放在铁栅栏外，启开木盖后退回地面去，自己去拜了一拜，便将那人铺盖底下的金砖一一地起出，铺放进棺材；然后将尸身埋入坑内，覆土回填了，这才召唤卫兵下来，用绳杠起棺出狱。

四个卫兵听他吩咐，先用结实的两寸铁钉将棺盖钉死，再用指头粗的麻绳将棺身扎捆定当，然后用手臂粗的竹杠穿过，先齐齐发一声喊，一齐上肩直腰，但那棺材重量惊人，几个人岔了气，不禁说声好重。

肖也不动声色，淡淡地说："这是位修行人，死了也跟人不同了，要么轻若鸿毛，要么重如泰山，兄弟们，咱们就权当作抬山架海吧，总得圆了上峰的心意才是。"

警察局长从档案里也知道这个牢里关押的人的奇特，此刻更无怀疑，挥了下手，增添了两个警察，一齐用力呼喊号子，将这具沉重的棺木抬出监狱送上了骡车，吱吱嘎嘎地沿街向南去，直奔道台衙门，从后园子旁门进去，暂时栖放在后花园的廊檐下。肖也围住这具棺材看了又看，吩咐派人看守，不准闲人靠近。

办完了这件事，肖也自觉瞒天过海，大功告成，正待回去休息，前宅的马援闻讯来找他，在园子里迎面撞上，问道："兄弟，那个怪人真的死了？"

肖也苦笑一声，说："在那棺材里躺着呢，我还指望他能为我指点迷津呢。"

"他死在牢里，也不光彩，倒是你这堂堂的专员大人，去牢狱替他收尸，倒让人匪夷所思。"

肖也一笑，说："都是一起坐牢的人，代为料理后事，也是应该的。"

马援换了个话题，说："我倒想你在这广陵坐镇，遥控几个县城，总也不是个事。这些个县长总得拿捏在手心里，为我所用，不然的话，没有他们的支持，你怎么才能报仇雪恨呢？"

肖也听了这话，倒也受用，说："不急，我刚刚来没几天，就要大动干戈，那反倒不好，以静制动，磨砺锋芒，才是迫在眉睫的事情。我问你，你的游击队，眼下实力如何？"

马援摆摆手，说："十几条枪，二十来个人，可惜着呢，想当初那样的浩大声势，成了眼前这样子，真是令人揪心。"

肖也说："有你马队长重回吴尚，什么事解决不了？这个我丝毫不怀疑。"

马援趁机道："只是，在农村发展力量，眼下却费事了，独立师失败之后，敌人利用民团在各村、各庄里扎了根，利用保甲制，捆绑住了民众的手脚，我想打蛇先打七寸，从这些貌似不重要，实质上威胁最大的民团下手，寻机解决掉三县民团团总方松坡，拔掉这颗钉子，事情就好办了。"

提到方团总，肖也想起被他残杀的守坟人，咬了咬牙关，缓缓点头，说："这姓方的可恨，势必要铲除他，容我想一个法子，把他弄到广陵来，你们好就近下手。"

马援应了一声，心中暗自盘算起来。

肖也回到了卧室，躺下小憩。不过两个钟头，突然间墙外有人燃放爆仗，噼里啪啦的声响，清脆入耳。这时，一个卫兵快步跑进来，报告说吴尚有个姓肖的先生登门拜访。肖也愣了一下，喃喃重复一句，姓肖？随即猛省过来，心头顿时一阵狂跳，不知所措。

那卫兵等候了片刻，忍不住又问："见不见他？"

肖也让他少候，自己快步走进房间，去橱面上的镜子照看，只见自己唇上有细须，面横刀疤，和过去的俊俏模样儿大有改变，稳定下情绪，让来人去客厅等候。

肖也换了衣服，努力地压低了喉咙，穿过长廊前往待客的所在。

客厅里，只见肖林一脸的谦恭，站起身来双手作揖，问候道："萧专员好，在下是——"

他远眺肖也，迟疑了一下，继续说："是肖定坤肖秘书长的侄子，肖林，冒昧登门，不胜惶恐。"

肖也见他没有认出自己来，轻声说："临来之际，刘主席关照我，肖秘书长世居吴尚，要我多加照应，我正要抽空去吴尚府上拜望，不想肖先生先来了。"

肖林说："哪里，岂敢劳萧专员屈尊，听说您要来江北就任，肖府上下无不踊跃。近年来，肖家饱受同城劣绅的欺压陷害，我那小弟肖也，风华正茂，就因为跟俞府小姐相好，被俞家父子诬陷为通共分子，至今生死不明。这次萧专员莅临江北，就盼着能够为我肖府说话了。"

肖也笑了一声，说："肖府若是奉公守法，那些顽劣之徒想要陷害，本专员自然责无旁贷，为你们说话。肖秘书长目前执掌中枢，为委员长出谋划策，天下人皆知，这俞家父子，就是吃了豹子胆，怕也不敢再惹肖府了，你且放心。日后，等我巡视吴尚时，必将亲自去肖府，让那些觊觎不轨之徒胆寒。"

肖林心中稍安，再仔细端详这位专员大人，貌似有几分熟悉，默想了再三，却无由来，只得干笑几声，取出一张礼单来双手呈上，说："临来之际，家父叮嘱略备些薄礼，请笑纳。"

肖也摇头说："不能，我是一个清廉的人，哪能私受礼品呢？还请带回去，心意领了。"

肖林着急，凑前去说："这只是朋友间的交往罢了，请不要推托，这也是我二叔肖秘书长的意思。"

肖也听了这话，勉强点头，说："那就却之不恭了，暂先收下。"

肖林连声道谢，起身告退。肖也略送了两步，望着他出门下台阶出院子去。

这时，任晓月从身后旁门进来，仅仅看见了来客最后的背影，不禁好奇，问是谁。

肖也淡淡地说："吴尚肖府的大少爷。"

4

肖林离开了道台衙门，和二叔的亲信部属取得了联系，心满意足。他带着两个伴当来到广陵城外三里地，老黄带着那些弟兄，正坐在路边的林子里，喝些米酒，祛除这盛夏的炎热。

肖林和他们会合了，离开通衢大道，改走小路，向吴尚而去。在路上，肖林便把自己与这位新来的地方大员会面的经过略述了一遍。

老黄听得神往，便问一句："那方团总的债务如何解决？"

肖林负手一笑，说："好办，听说他的腿受了伤，我刚刚在广陵城里买了镇江狗皮膏药，正好带去探望，我会跟他讲一讲新来的专员与肖家的特殊关系。这三万块债务，他就是两条腿都断了，也得爬起来去挣钱赎还！"

几个人大笑不已，一路去了距离吴尚十里远的方宅。

肖林登门拜望，方团总侧卧在睡榻上，作揖苦笑道："太失恭敬了，还望原谅，肖大少登门，蓬荜生辉呀。"

肖林说："我这是顺道而来，刚刚出了趟远门，去广陵拜望新来的萧专员，他与省府刘主席，都是我叔父一力抬举的。"

方团总笑容有些僵滞了，说："那敢情好。"

肖林叹口气说："不能这么说，人家好歹都是地方大员，礼数上不能缺的，我费了半天劲才整备了些上等的礼物，送去广陵，这不，囊中羞涩了，先奔了老哥这里，您老兄的那笔生意交付了没有？兄弟可是等着钱用呢。"

方团总脸色尴尬，咳嗽了一声，说："这不，我的腿受伤了，这些买卖就因此耽搁下来了，自己也着急呀。"

肖林焦急道："坏了，这三万块钱是我用店铺田契抵押来的，连店里的周转资金都垫付进来了，本以为三五天就能回转，谁知道出了这档子的事情，不成，老哥你养伤是不能动弹，但小弟四肢灵便，替你走一趟吧，我也是没法子想了。"

方团总连连摇头，说："不能，不能，兄弟你年轻，这买卖非同小可，可不能让你担这责任，惹上杀身之祸，我，我尽力而为吧。"

肖林为难地说："哪能让老哥你拖着一条伤腿去奔波呢，兄弟愿意跟着你走，不就是苏家埠吗，有你这位三县民团团总在身边，我是什么也不怕的！"

方团总见他坚持要去，心知他牵挂这三万元巨款在自己手里，放心不下，但这笔款子现在早已被劫，不知去向，可是字据留在他的手里，万一翻脸了，麻烦不小。

念及于此，他突然间心生了一股子杀机，想关起门来，就此将他做掉。但转念一想，这肖府不同往昔，干掉一个大少爷，万一走漏了风声，后果不堪设想。小不忍则乱大谋，他强行将心头的杀意压抑住，笑道："好！兄弟放心不下那笔投资款项，可以理解。我这就着手安排，今儿不成，明后天不行，就大后天吧，大后天，咱们一起去苏家埠，运了货到口岸镇码头，交付给上海杜老板的人。"

离开了方宅，肖林如释重负地吁口气，终于将这姓方的老狐狸逼得无路可走，只有跟自己一起去运鸦片了，他的本金已得，再夺取这批烟土，彻底解决掉这个方团总，先折断俞家的一条臂膀再说。

他跟老黄一伙就此别过，先行返城，径直去见父亲复命，叙述了拜望萧专员的经过。

肖定翁宽慰之余，长叹一声，说："你弟弟自从广陵脱狱后，杳无音信，我估摸着，一定还在广陵城附近，你此去广陵，有没有用心寻找啊？"

肖林说："弟弟的行踪，我私下里在城里街肆打听了一下，那天夺狱出牢的人，有不少因为路径不熟，没能逃出去，被官府捕杀了，由于事发仓促，没有记录，我担心二弟会在这些人里面。"

肖定坤在桌面上拍了一记，说："肖家的人，岂能这样草草而死，死得不明不白，你给我仔细认真地去找，花多少钱我都不在乎！总得生要见人，死要见尸！我感觉到，他还活着，就在我们身边不远！"

5

肖也心中愤懑，坐在客厅里连喝了两杯凉茶平抑肝火。任晓月听说过他有哥哥，但并不知晓他们兄弟俩之间的这段仇怨，看他这样子，有些不解，问："他没认出你来吗？你是不是不肯相认，另有打算？"

肖也放下杯子，说："我叫萧羽，本来我对自己新的身份还有犹豫，但是与此人为伍，那是耻辱！"

任晓月惊异地看着他，问："你们兄弟间出了什么事？"

马援站在门外檐下，听到了他们的对话。他是洞悉肖家兄弟间的这种尴尬关系的，也算是个见证人，想要劝慰，但再看看任晓月的关切之情，也就一笑了之了。

他转身离开，走到道台衙门口，却见一支军队正在迅疾通过，枪械锃亮，军容整齐，一打听，原来是国军32旅新兵补充团，经由广陵逆江而上，增援中原。

街角一侧，几匹军马蹄声响亮地奔驰而来，从他的眼前瞬间闪过。当先一人，佩少将军衔，左眼戴着黑色眼罩，手执马鞭，在骑兵的卫护下绝尘而去。马援一眼认出此人，正是江北军事长官、国军少将旅长俞云涛。他是督率部属就此离开江北，北上参战，还是另有他事，和这支队伍的去向无关？他一时难以判断，赶紧返回公署内，去找肖也，将刚刚发现的这个情况告诉他。

肖也立即联系县府，查问究竟。陆西星告知：俞旅长送兵登船交接，刚刚到了县府。

肖也心头一阵狂跳，说："好啊，来的都是客嘛，这倒免了我去吴尚了，我这个地方专员，倒要见见这位剿匪名将。"

陆西星准备吩咐备一桌宴席，请二位官长赴宴，把酒共话。

肖也却要他请俞旅长来专员公署做客，这里有上好的茶叶款待他，想必，俞旅长是不会拒绝的。

马援下意识地去摸腰间的手枪，心生杀意。

肖也一把摁住，说："别性急，报仇，可不是一枪撂倒他那么简单，总得让俞府家破人亡，化为废墟，才能解我心头之恨。"

他们匆匆交代了几句，肖也打发马援先去暂避，那俞云涛已经在县长的陪同下登门来了。他将将渐趋浓密的胡须，稳定一下情绪，迎出门去，在檐下拱手致意。

俞云涛回以一个标准的军礼，打量他一眼，说："早就知道萧专员到任了，只是有些纳闷，这吴尚、广陵都隶属江北地区，萧专员何必厚此薄彼，将行署设在广陵呢？"

肖也大笑，指指陆西星。

陆西星解释道："俞旅长有所不知，按照旧制，广陵是道台衙门驻节地，自然是就在广陵办公了。"

俞云涛也笑，说："我是说笑，不必当真。大家都明白，吴尚虽然也是江北的一个大去处，但始终逊于广陵。"

陆西星摇头道："不过广陵今不如昔了，吴尚却是蒸蒸日上啊。尤其是俞旅长剿匪之后，太平无事，一派繁华，让我等羡慕呢。"

俞云涛自诩战功，没有将这个面带刀疤的萧专员放在眼里，说："乱世兵戈终究不得长久，刀枪入库后，自然要萧专员这样的人来治理。"

肖也正色道："这天下离刀枪入库的太平时节还远着呢，俞旅长秣马厉兵，正要建功立业呢，怎么就想到马放南山了？"

俞云涛自矜地笑笑，说："这地面上已经平安无事了，几个蟊贼，警察民团就可以解决了。"

肖也问："万一共产党卷土重来，民团警察顶什么用？"

俞云涛自负地笑道："江北地带的共产党早已被我连根拔除了，从匪首何为到农会的附从者，都成了我的阶下囚，想死灰复燃，那是不可能的。"

肖也笑而不语。陆县长便想拉他们晚宴，俞云涛却推辞了，行了一个军礼，将桌边的马鞭捡起，扬长而去。

肖也送走了来客，回转到客厅，马援和任晓月坐在屋子里，脸色严肃。

任晓月说："我本想让你拖住他半天，由马队长出城调集队伍，半道伏击，先击毙了他，可惜你一直没有理会我在门外的暗示。"

肖也冷笑说："要铲除他，就要有把握，一击必中，然后能从容脱身，在广陵黑牢里时，我天天想的就是出去报仇，手刃这些仇敌，自己死了也甘愿。但到了上海之后，受叔父的耳濡目染才明白，真正的成功复仇就是让敌人生不如死，或死无葬身之地，而自己还能平安地活着，愉快地活着。"

6

俞云涛送走新兵队伍，率卫队马不停蹄，星夜返回吴尚。夜半时分，在一家小镇内暂歇，吃饭喂马。正歇脚时，突然听到街口传来两声枪响，一经侦察，原来是零星土匪在打劫一家商铺。

他率着卫兵们出了店门，借着黑暗，悄悄地摸过去，一通乱枪打死了六七个匪徒，剩下的夺门跳水逃走了。那三个侥幸逃得性命的家伙逃离镇子，向广陵方向奔去。在日上三竿时分进了城门，直奔道台衙门，去找马援。

马援出门一看，居然是旧日那些贩私盐的弟兄，不觉惊诧。

这几个家伙惊惶地告诉他昨晚发生的事情。马援顿时气不打一处来。

来人哭丧着脸说："马大哥，我们本来是应了方团总的约定，去苏家埠会合的，他新近有一笔大买卖，让我们帮忙押运，谁知道半道上出了这档子事，眼下，就剩这几个人，怎么接这单子买卖？我们合计着，还是请大哥出马，事情就好办了。"

马援望着这三个狼狈的家伙，想到了方团总，心中暗暗地盘算，拿定了主意，安顿他们先去吃点东西，自己去召集弟兄们一起出城，拣近路去苏家埠。

打发走他们，马援先回署内，去找任晓月，告知行程，准备见机行事，争取毙掉方松坡，劫了这批货交给组织上，换取枪支弹药和药品，用于队伍的发展。

任晓月听了他的这番话，心里赞同，只叮嘱一句：千万要小心，这里的事情，需要着你们呢。

7

方松坡团总靠着吞吐鸦片用以镇痛。他坐卧在十里铺的自家宅内，借此全神贯注盘算苏家埠之行，在临出行前半天，他略改主意，先进城去拜望俞旅长。

俞云涛正在翻看新收到的报纸。突然见他如此模样来了，心底一惊。

方团总不待他问，就先说自己在家里不慎滑倒摔断了腿，但下乡巡视剿匪的事情还不能耽搁，只有带伤病出门了。俞云涛看他勤于剿匪，倒不怀疑，便问他此行的目的。方团总便说出行向北，向东，远离吴尚，害怕力薄不能完成使命，请调派一个连的队伍配合。

俞云涛答应了，让人去召来亲信刘连长，让他带领队伍听从指挥，下乡清剿共匪残余。

方团总借了这支援兵，请刘连长过来面授机宜，让他率队伍隐蔽行动，和自己下乡的队伍拉开距离，无事则已，有事以枪声为号立即来救援即可。刘连长不知道他葫芦里卖的什么药，也不多问，照说执行便是。

且说那吴尚城里的德顺堂药铺，肖家大少肖林行装整备，贴身藏了手枪，请了四个得力的仆役随同，骑了马和骡子，出城门往十里铺去。到了镇边和方团总等人会合。

肖林望了望方团总及其麾下人众，心中微安，笑道："这次劳方团总带伤上阵，真是过分了。"

方团总说："在家里床上也是躺，在这车上同样也是，还可以一路看风景，排解忧闷，何乐而不为？"

肖林驱马和这业已启程的骡车同行，笑道："那，肖某就陪着团总一路上看风景。听说苏家埠有一片黄杨林，是个有名的去处，我有意去看看呢。"

方团总点头，说："今儿起得早，这会儿倒有些儿累了，先睡会儿，一路上请肖兄代为照应。"

他放下帷帘，在这艳阳高照的时分，拥着毯子睡下了。肖林心里冷笑，率着几个手下不紧不慢地紧随着车队。这一路走了整一天，马疲人累，距离苏家埠还有十几里地。一行人在一座荒村里停步，找寻落脚歇处。肖林与手下在村口古庙里住下，胡乱地吃了些干粮，烧点水来喝，倒头便睡。

次日天一放亮，方团总就坐在车上发号施令，加快速度赶往苏家埠。这一刻不比昨天，车马奔驰，尘土飞扬。好在道路平坦，桥梁坚固，也不过两个钟头，一座依山傍水的繁华去处便在眼前。方团总遥指那边，说："到了，到了，这就是苏家埠，传说中让人欲仙欲死的地方。"

镇子口，几匹马儿拴在木桩上，六七个黑衣汉子正在路边的磐石上喝酒，为首之人戴着凉帽，双颊胡楂乌青，站起身来扬手招呼。车队中有人说："咱们的帮手，马三请的盐枭。"

方团总笑呵呵地说："好，队伍又壮大了。"

两队人马会合后，就此入镇。镇子里面是本埠武装警卫，方团总是熟谙的客户，开道放行，畅行无阻。他们进了镇，镇子北边果然有个黄杨林，上面有高低飞翔的鹰隼。肖林想去看看，方团总冷冷地说："没什么可看的，那林子里全都是图谋不轨之徒的尸体，白骨累累，咱们不要多事，赶紧提货上路。"

方团总的货物，早在半个月前就订下了，用麻布包扎齐整，木条固定住，提拿方便。不一刻，便从库房里一层层码上骡车，从这地上的车辙可知分量不轻。

方团总侧卧在车内软榻上，付了钱款后，暂歇了一个钟头，吃饱喝足后启程。这一路上，马不停蹄，人不卸鞍，必须一直赶到江边交货地点。

几架大车满载烟土，骡子拉着吃力，行程果然不比来时，走起来速度明显放缓了许多。护送的武装队伍，分成两行挟持而行，不敢懈怠，这一路走到天黑时，也只有四十里地。他们闯了荒村野店，走到半夜时，进入广陵和吴尚的交界处。肖林策马来到方团总身边，问他是否暂歇？

方团总不耐烦地说："我已经说过，马不停蹄，这些货物价值不菲，谨防他人觊觎，这一路不能停，你我的身家性命都在这里，小心谨慎啊。"

肖林黑暗中笑了一声，抬头望天边一轮明月，说："是的，这夜间行路，万分小心，等明天见了太阳，危险就小多了。"

这一队人默默地赶路，黎明时分，已经抵达廖家沟。紧贴着这条奔腾的大河向南而去。这条河流成为他们左侧的天然屏障，只在道路朝西方向留神戒备。

车声辚辚，继续向南去。肖林远眺前方，有意松开马缰，放缓了速度。他的手下们也随之效仿。不知不觉中，落在了队伍的后端，跟那几个新近在苏家埠镇口加入的同伴并行。肖林目光佯作无意中瞥去，却正好与对方领头的姓马的家伙目光相对。被对方那凌厉的眼神震慑了一下。他低下头，一手执鞭，一手去摸屁股后的手枪，借此壮胆。

那马援眼看这押运队伍的情形，心里为抵达口岸镇时，已然预伏在路口的队伍的出击和策应考虑着。他是个江湖经验丰富的人，这一路上形形色色人等、行事无不在目。这一刻，这五人五骑有意放慢了速度，退到队伍的最后，必定是有所图谋。他对这一带的地形熟悉至极，马上意识到了玄机，冷笑一声，将马向左一拨，让到了内侧，让这位肖大少成了自己的挡箭牌。

肖林心中一动，勒住马缰，想摆脱这被动的位置。马援却啪地在他的马屁股上加了一鞭。这匹马嘶鸣一声，向前奔去。肖林怕自己硬行阻止，会被方团总怀疑，只得任由其向前，再设法慢下来，伺机退到队伍尾部。

他对这个新来的姓马的陌生人心生忌惮，但直觉又确定，此人不像是方团总的心腹，似乎跟自己一样，也别有居心，有意要跟他说两句话。当他再度煞费苦心地和马援并肩齐驱时，侧脸看他，说："马先生，你这骑马的身手不错，改日向你请教。"

马援一笑，说："改天的事没个定数，还是眼下着数，你就是吴尚肖家的大少爷？"

肖林点头。马援睥睨他一眼，说："久仰，久仰。"

肖林微微颔首，说："也请马先生关照。"

马援打个哈哈："好说，好说。"

方团总短暂的睡眠，在接近中午时分结束了。他在车轮行驶在斜坡上的歪斜中惊醒过来，下意识地一把抓住扶栏，朝窗外望去。白花花奔腾入江的大河，就在身侧，另一端，是一片树林。这中间的路狭窄且有坡度。他擦了下眼，坐直了身体，正要出声提醒。

刹那间，树林那边，砰砰枪声响起，密集且短促。他的车辆前后，有人的惨叫声和马负痛的悲鸣声。方团总的头脑里立即意识到危险，也不顾腿上的伤情，就势打了个滚，撞开栏板，向路边草丛中摔去。与之凑巧的是，拉车的骡子也在这瞬息间中了弹，向前奔跑了几步后，失足侧翻向河堤下端。车轮、车厢散了架，一片狼藉。

这支行进中的车队，猝不及防遭遇了伏击，死伤一片。倒是后面拉开距离的那些人闻声即止，纷纷跳下马来隐蔽。眼见这民团剩余的人回过神来，借助土坡抵抗。肖林拔出手枪，带头袭击同行的所谓伙伴来。这四下里枪声响处，方团总所带的亲信基本上都被打死了。只方团总一人，沿着野草茂密的河堤不要命地一瘸一拐地跑动着。

肖林举枪瞄准了这个仓皇夺路之人，开了一枪。子弹打偏了，杳无踪迹。他的身后，马援用胳膊拨开他，说：“我来！”

话刚说完，马援甩手一枪，正中方团总那条好腿。方团总痛呼了一声，双手向前一下子扑倒在草地上，两只手的指甲里抓满了泥土。他这一刻，决不放弃逃生，这枪声，必定惊动了尾随的军队，只要坚持十来分钟，他们就会赶到，解决这些打劫的匪徒，包括那个肖家大少。

但是，他这双腿俱废，支撑不了十分钟的时间。马援再度抬起枪口，瞄准了他的后脊背，连扣扳机，接连五枪，将他打得如同筛子，鲜血淋漓再不能动弹了。

肖林看他枪法如此精准，竖起了大拇指，连声赞好。

马援望着那些车上、地下散落的烟土，问：“肖大少，这批货如何分？”

肖林哈哈笑了起来，说：“见者有份，咱们按照人头分，如何？”

马援说声好，一挥手，指挥众人去收拾烟土。那边河道芦苇丛中，肖林预先伏下的木船驶了出来，准备运货。肖林胸有成竹地抱肘笑道：“方团总，饶是你精似鬼，也在这里送掉了性命。”

他的话音刚落，却见周围包抄过一支队伍来，朝天开枪，厉声喝道：“我们是32旅剿匪部队，你们通通举起手来！不然，就地正法！格杀勿论！”

这劫货得手后的肖林和马援，通共不过二十来人，被这样一支军队包围住了，自然是无法抵抗的。马援纵然是骁勇善战，但也只能先举起双手。他望了肖林一眼，叮嘱道：“千万不要乱动，一切听我的。”

马援脚步沉稳地向前走出几步，高声说："不要开枪，我们是江北督察专员公署缉私队，奉萧专员之命，侦缉贩毒大案的，鄙人姓马，充任队长，我的胸口衣兜里有证件，你们可以和广陵专员公署联系。"

那刘连长见他居然自称是江北专员公署缉私队，一时间也不便轻举妄动了，只得逼近过去，冷冷地说："我们负责策应剿匪，你们一干人等，都必须随我去吴尚听候发落。"

马援却摇头大笑，说："这里是在廖家沟大河以西的广陵辖区，理应由广陵县处置。另外，这样重要的案件，由我专员公署缉私队负责侦破，你们这横插一杠子进来，可是名不正言不顺了！"

8

肖也身穿笔挺的中山装，头戴一顶凉帽，衣兜里揣着把勃朗宁手枪，骑着匹快马，却又不得不放缓了速度，保持与广陵县长等人所坐骡车的速度，向着吴尚和广陵交界处的廖家沟西的姚庄而去。

他方才在电话里得悉的第一件喜事就是，三县民团团总方松坡被击毙，罪名是贩运鸦片，五大车上千斤的上等烟土，正要运往上海，从那里再转运广州、北平、天津、武汉等地荼毒生灵，幸而被吴尚肖府的肖大少和专员公署缉私队长马援设计混入，半途中予以拦截。现在，他们被32旅的部队围在广陵城北，双方各执己见，不肯让步，各自去请上司来处置。肖也突然得悉了这个消息，惊喜交加，马上拖着那位陆县长同去。那陆县长见出了这么大一件事情，想托词不去，却不料肖也伸手一把拉住，说："快走，走慢了那边就火并了，你这县长首当其冲要受连累。"

他们带着队伍便匆匆忙忙地往出事地点赶。那刘连长见他们来了，知道是对方的靠山，拿不定主张，敬礼说："在下是32旅连长，恭迎长官，俞旅长闻讯，正在途中，请稍等。"

肖也见了马援，手把驳壳枪浑不在乎的模样，不禁笑了。

马援抢先说："萧专员，受您指派，我等潜入这伙贩毒歹徒当中，和这位肖少爷联手，侦破了这惊天大案，罪魁祸首竟然是这位堂堂的三县民团团总方某人，他竟敢持枪抵抗，已经被我等当场击毙，请看，这就是赃物。"

肖也回过头来望着刘连长，问："你率部队跟随在这贩毒队伍左右，是想缉毒抓人？"

刘连长摇了摇头。

肖也一笑，说："那么，你就是与这位方团总熟悉，替他运输这烟土提供保护的了？"

他此话一出，刘连长脸色苍白，连连否认说："不是，绝对不是！我是路过，路过而已。"

正在这时，村口那边马蹄声碎，四匹清一色的黑色战马簇拥着一匹雪白的军马奔驰而入，旅长俞云涛已然赶到。他跳下马来，先去那身中数弹、死不瞑目的方团总尸体前，低头行了一礼，说："方团总剿匪有功，受过党国的嘉奖，今天不幸蒙难，作为并肩为党国出过力的同事，我心里很难受。请问，他死于何人之手？"

肖林胆怯地望了望马援。

马援昂然而出，说："是我，专员公署稽查队长。"

俞云涛眼中冒出火来，厉声道："你有什么资格，竟敢枪杀三县团总？我要逮捕你，军法从事！"

肖也淡淡地说："马队长是省府刘主席亲自派来江北协助肖某，整顿地方铲除恶匪的得力助手。要动他，先过了我这一关。再去过江淮省主席这一关，最后怕是还得肖定坤秘书长点头。这江北之地，是蒋委员长北击中原的后方，我等奉命前来，就是要铲除这些奸邪之徒，稳定民心，为我数十万中央军坚实的后盾。俞旅长，剿匪威名赫赫啊，但想不到剿来剿去，却在身边剿出个毒枭来，这上报的卷宗公文，是该如何写呢？"

俞云涛凝视着这个留着胡子、脸带刀疤的家伙，压抑住了愤怒，冷冷道："这毒枭的罪名，只是你的片面之词，他虽然死了，但这同行的肖少爷，可都是同伙。这些交给我，用不了一天，我就能让他们说实话。"

肖也摇头："剿共，是你的职责所在，但缉毒，是我督察公署的职能。而且，这位马队长是我亲自委派的，奉的是我的密令，你要抓他，连我一起抓了吧。"

俞云涛脸色铁青，哗的一声抽出佩刀来，刀尖朝上，郑重地说："这是蒋校长亲自赐予的，代表着我军人的荣誉，萧专员，你和你部下今天的行为，玷污了我军人的荣誉，我对着此刀发誓，绝不会让方团总蒙冤而死的，我必定要替他讨还公道！"

他将刀收回鞘内，重新上马，下令道："将方团总的尸体运回吴尚。"

肖也正待阻拦，俞云涛侧眼瞅他，说："萧专员，你不会连一具尸体都不放过吧。"

肖也笑了一声，说："既已伏法，尸体当然可以带走。"

俞云涛举起鞭子，一夹马肚子，在人群中转了个圈，最后目光落在了肖林身上，点了下头，率着几名护卫先行离开了。肖也目送着这几人几骑远去了，马援率着一众人将那散落遍地的烟土收拾好，装车，运回广陵去，随后跟陆县长说立即由县府和专员公署分别同时上报省府，并邀请报馆记者来广陵，现场拍照，登载到报纸上去，这些证据足以用作武器来表明江北吴尚地区之乱，堂堂的民团团总，居然是贩毒头目，真正是腐坏到了极点，无药可救了！必须由新来的专员痛下决心，狠下杀手来予以处理。

这件事貌似了结之后，肖林一时不知道自己是该留在广陵，还是回到吴尚去。眼见这位才有一面之缘的专员大人要走，急忙追上几步，叫道："萧专员，您这就回广陵？"

肖也没有回头，说："是啊，我回广陵，肖先生有什么指教？"

肖林趋前一步，说："请问，我该不该回吴尚？"

肖也笑了几声，掉过头来，说："你是参与缉毒的有功之人，自然该衣锦还乡，堂堂肖府的少爷，这点信心都没有？"

肖林只当是给自己拿定了主意，没有意识到其中的讥讽之意，欠身行礼，说："萧专员说得是，我是为党国立功的人，无所畏惧，自然要返乡。"

等这些官府众人走远了，肖林两手一摊，说："咱们这小命是从阎王爷手里捡回来的，这姓方的狗日的，居然买通了国军暗中护送，险些着了他的道儿，幸亏有萧专员这样的靠山，幸亏呀！"

那老黄呵呵笑了几声，说："烟土被这位萧专员弄走了，你肖大少也博了个缉毒的功名，还报了跟方团总的仇怨，但我们这些弟兄，都两手空空啊，大家都是出来混口饭的，总得有个交代吧？"

肖林低头踱了几步，大笑起来，说："老黄，既然请了你们，就不会赖账，这会儿，先请跟我回吴尚，后天一早，咱们一起去十里铺方宅要债，他在我手里，有三万块的借据呢，他人死了，债却未销，走得了和尚，跑不了庙。"

9

俞云涛铩羽而归，今天凭空里折损了一条臂膀，让他心痛不已。这方团总从吴尚一役以来，唯自己马首是瞻，做了不少得力之事，就连这次贩运鸦片，也是对付肖家之举，万不料自己和他都低估了这位肖大少的本事，居然被他伙同专员公署缉私队，来了个伏击死于非命。而自己一个连的兵力，竟然是救援不及，只落得抬尸回家。

他怒冲冲地走到了后宅去见父亲。俞凤山正在后园里树荫下的竹榻下小憩。突然听到儿子的脚步声，睁眼看时，发现他神色不对，忙问缘故。

俞云涛怒道："这次，我们是阴沟里翻船了，上了那个萧专员和肖大少的当，妈的，方团总死了，那些价值不菲的烟土鸦片被没收了，我飞马赶到，也只抢回了他的尸首，真是晦气！"

俞凤山一惊，问："方团总死了？"

俞云涛长叹口气，说："这是个得力的帮手，可惜！可惜！"

俞凤山正待开口，圆门洞里俞萍如转了出来，随口问："哥，可惜什么？"

俞云涛见她来了，端起杯子来喝了一大口凉水，说："没什么，你女儿家的，多念念书，等些日子，手续全了，我送你去上海，从那里坐船留洋去。"

俞萍如撇了下嘴，说："整天没个真话说，我在上海好好的，却骗我说爹生病了，我赶回来一瞅，好好的，这不耍人吗？"

俞凤山笑道："你这丫头，爹真是发了急症，来得快去得也快，难不成你真要看我重病卧床才高兴？"

俞萍如勉强地嗯了一声，没再理会，再看看那戎装威武的哥哥，倒不似过去那般崇敬了，说："我就知道这都是我哥的主意，我怎么说你们好呢？算了，我也不想再说什么了。"

她离开这院子回去了。

俞凤山有些担心地望着她的背影，说："这件事是不妥，让她安稳地在上海，手续齐备后去留洋，多好？现在回来，也不知道是个什么结果呢。"

俞云涛却笑，说："我是怕她在上海遇上了那下落不明的肖二少，旧情复燃，就一发不可收拾。现在这情形，还是让人放心的。"

俞凤山叹口气，说："人算不如天算，想不到方团总就这样不明不白地死了。"

俞云涛摇头道："这件事是坏事也是好事，给咱们提了个醒儿，对手不再像过去那样任我摆布了，这肖大少，是个角色，我走眼了，咱们真得好生下点功夫来对付他。"

俞凤山思忖道："时也，势也，我看不是肖大少厉害，而是肖家的腰板又硬了，哼哼，我看对付肖家，就两个字：耐心。潮水有涨落，涨时避，退时逐，这是因势而为，我看不要勉强，静观其变。"

俞云涛点点头，说："我自有分寸，这就去联系上海的朋友，好好地查一查这个萧专员的来历。根据履历，之前他是在淞沪警备司令部稽查处做科长，有线索可循，就好办，好办！"

俞云涛回到旅部，通过电台与上海驻军袍泽联系，请他代为调查此事。那位袍泽行伍出身，查人的底细并不在行，只得另托他人。那人倒有几分本事，把这件事转托到了专门机构党务特别调查科手里。

叶明远主任那日被那些当兵的不问青红皂白，也压在凳子上用了电刑，身心受损，就此住进了广慈医院，疗养治病。他躺在病床上，向二陈哭诉，要求惩办罪魁祸首萧某人，连带追查那些伤害他的丘八。

陈立夫于次日驱车赶赴医院，看望慰问他这位得力干将。叶明远见上司亲临，眼中噙泪，谢了又谢，并再度提出，要惩治凶手。

陈立夫考虑说："叶兄，肖定坤新任委员长行营秘书长，左右了政局，而那萧某人，是党国任命的官员，你未经批准就擅自将他绑架用刑，这件事是拿不上台面的，我若提出追查，势必也要将你的所为公之于众，那将会带来极大的负面影响，危及党务部门在委员长心目中的地位。要知道，眼下委员长正让戴笠在鸡鸭巷设立一个受他直接指挥的新机构，这是一个信号，必须引起警惕了。"

叶明远叹口气，说："我这是不甘心啊，特别调查科近年来为党国出力，成绩斐然，众所周知，难道这些功劳就抵不上一个私通共匪的小小专员吗？"

陈立夫抬手按住他的肩头，说："明远，你还是没能理解我的意思，你若是已然掌握了那位萧专员通共的铁证，他现在就是你的阶下囚了，肖定坤也将失去信任，贬斥他处了，所以，你若想复仇，就必须振作起精神来，去追查他们的底细，获得他通共的铁证。所以说，复仇不必求助于人，只求助于自己，你明白吗？"

叶明远点了下头，说："立夫先生请放心，我绝不会放过这个通共分子的，我所受的耻辱，要用他的脑袋来弥补。"

叶明远出院之后，留下的后遗症无非是偶尔不由自主地颤抖，小便尿滴不尽，时常出冷汗、失眠等等。前几样都是他以习以为常的生存状态了，但最后一点，却增加了他工作的精力。他坐在办公室里，挥汗如雨，望着地图上江北一隅出神时，接到了一个电话，是由市党部委员、他的密友冷杉打来的。冷杉转达了一个请求，查明江北督察专员、前淞沪警备司令部科长萧羽的来历和底细。

他听到了那个名字，心脏抽紧，霎时间激动起来，说："冷兄，你慢慢地说，我用笔记下来，是什么人要求查询的？"

冷杉迟疑了一下，说："是吴尚32旅俞云涛旅长托人请的。"

叶明远笑了起来，说："冷兄，我正要查这个人，恨无机会。好，我请你一件事，让这位俞旅长跟我联系，我们直接交流。"

冷杉顺水推舟，便将俞云涛旅部的联系方式转达过去。叶明远利用军队的密码，先和俞云涛联络，约定双方的保密密码后，便开始直线联系。也不过三五天的时间，有关萧专员抵达江北地区的所为，和之前在上海时的经历，便交换成功了，在吴尚和上海两地，大致完整地显现出来。

当然，这个交换中，更为得利的是俞云涛。他坐在办公室的圈椅里，背靠金星闪耀的军服，将那几页文字看了又看，再闭眼去回味揣摩，这个叫萧羽的男人的身影逐渐清晰起来。在上海滩如鱼得水的他，依靠的就是肖定坤，肖定坤的复出，铸就了他奇迹般的飞黄腾达。从一个名不见经传的年轻之辈，摇身成为地方大员，他和肖定坤到底是什么关系？这个疑问盘旋在他的脑海里，左思右想，总难拿出个结果来。不过，这个萧某人通共，倒是一件大好事，他将遵从叶明远的叮嘱，全面监视他在江北地区的一举一动，寻找证据。通共的罪名，足以置人于死地，比如肖家那个二少爷，肖定坤的侄子，同样也可以将他的心腹门下照样解决掉。

想到了那个生死不明的肖少爷，俞云涛的嘴角浮起一丝笑来，这是他为家族荣耀针对肖家所发出的雷霆一击，肖家还没有从这个打击中缓过神来。他要再接再厉，让肖大少、萧专员等等，都掉进这个无底的深坑里，求生不得，求死不能！

10

肖也意外先报一仇，对于马援背着自己所做的这件事，倒也没有顾忌。但是，这件事非他部署，就此打乱了他复仇的节奏，提前将自己凸显出来了，未免有些手忙脚乱。他要重新调整自己的复仇计划。

他将这件事以及对手的反应，拟就密电，向远在前线行营的肖定坤汇报。肖定坤在大战前夕的紧急状态下，阅电后回复：步步为营。同时，他通过江淮省府主席再发公文，为接应前方战事，着令省府下属各专员公署，招募壮丁，由各地拨发枪械，就地训练作为国军预备队，固守后方，维持治安。这个命令，将地方募兵整编的权力，指定到了专员手里，变相地解除了俞云涛等人的扩军计划。

这公文一出，肖也立即复电响应，并在广陵道台衙门大门一侧又加挂一块狭长的木牌，上书：江北壮丁编练部。他向各县发去公函，要求四县各出壮丁、武器，到广陵集结。

肖也回到后宅，兴奋不已，特地开了瓶洋酒，自斟了一杯，慢慢地品咂。去沙发边捡起本熟谙在心的著作《君王论》来，入神阅读。任晓月从隔壁过来，先瞅见他手里的酒杯，笑道："是该喝点酒庆贺了，我把方团总被打死这件事托人捎信给上海的芸儿了，让她也高兴高兴。"

肖也一笑，说："那，你也该陪我喝点儿酒。"

任晓月摇头，转而去看桌上那份新收到的报纸，拿起来看，欣喜地说："湖南那边有好消息了，红军攻占了长沙，敌人望风而逃，这支红军里肯定有何为！"

肖也留神打量她，说："明天我派人护送你去口岸坐船，沿江直下，去长沙看热闹？"

任晓月放下报纸，说："我只不过是猜想一下，哪里用得着这样费事。"

肖也不动声色地说："也不麻烦，萧专员太太回乡省亲，一年半载看不到，也不是件稀罕事儿。"

任晓月坐到他的面前，说："无论如何，这专员太太的角色，我得演下去。"

肖也摇头，说："这对我可不公平，我要是想娶个真正的太太，人家见你在，哪里还能理会我？我，不就被你耽误了？"

任晓月有些气恼，伸手按下了他手里的书，说："你是怪我耽误你娶媳妇的大事吧？那不麻烦，只要你心里有合适的人，说一声，我就马上消失，绝不阻碍了你的好事。"

肖也不禁笑了起来："我是看你这专员太太的角色有些累，怕你心里委屈，才这么说的，像我这样背负血仇容貌被毁的不祥之人，哪里有资格再谈情说爱、成家立业？"

任晓月转嗔为笑，说："哪里呢，我看你是自谦了，年少有为，心地也还算正直，算是个好人，好人必定会有后福的。"

肖也摆摆手，说："祸还没有避尽呢，福从何来？不过，马大哥这次出手，虽然鲁莽，但除掉了方团总，我心里高兴，很高兴！"

任晓月说："听马队长刚刚捎来的消息，俞云涛要在吴尚为方团总举行厚葬，邻县各位缙绅官长都收到请柬了，只这广陵县，他们没送。"

肖也估算道："是赶在头七前下葬，呵呵，他不来请我，难道我就不能去吗？"

次日的清晨，肖也约了陆县长，带着马援及卫队，启程前往吴尚。

重新踏入了吴尚地界，马援心中的感慨很深，怀念起半年前遍地红旗的峥嵘岁月，不觉眼中湿润。肖也展望这平原地带一望无垠的农田，心中暗忖，肖家近百年来的兴旺，也是倚仗这里的粮油物产。省府任命他来这里做专员，目标任务同样也很明确，筹集军粮，使之成为前线数十万大军的重要供应地区。这件事的重要性，仅次于他的复仇。

马援忽然叹息，说："兄弟，你在江北的日子大约也不会太久，倘若你报了仇，就可以全身而退，但我却不一样，我要在这个地面上扎下根来，继续战斗下去。你报仇成功之日，也就是我们分手之时了。"

肖也微笑说："果真如你所说的那样，那么任小姐呢？她会跟我离开江北吗？这个萧太太可就名不副实了。"

马援笑起来，说："我们共产党，也是讲性情的，她如果愿意嫁给你，那随你天涯海角，我们都不反对。"

肖也叹口气，说："我其实是喜欢任小姐的，就怕委屈了她。"

马援摇头，说："任小姐我很了解，人品好，脑筋好，很难得的，你小子别犹豫错过了，日后后悔莫及。"

肖也一笑："她现在不已经是萧太太了吗？"

队伍过了廖家沟后，速度逐渐加快，地平线上隐约出现了吴尚城楼的轮廓。

马援举目眺望，说："吴尚，我又回来了！"

第七章

1

方团总的葬礼，在吴尚东门外正式举行。吴尚本地缙绅，兴南、通县等地的缙绅均如约而来。俞云涛亲自执掌葬礼。俞凤山特地穿了件新做的浅灰色薄绸长衫，站在树荫处躲避阳光。方团总的遗像陈放在棺材前面。由于天热，拖了两天之后，尸体已经开始腐烂，散发出阵阵恶臭。好在今天是南风，将这气味刮向北边，丝毫没有影响到站在东侧面朝西方的众人们。

俞云涛胳膊上戴了白色布套，脸色严峻地率着众人鞠躬致意。这三鞠躬完毕，他直起身子，正待回头说话。身边副官禀告："旅长，有一队人马正向这边来，您请看。"

俞云涛忙取过望远镜来，仔细观察，当先一骑之人戴凉帽穿制服，脸上隐约有一道刀疤，正是新赴任的江北督察专员萧羽。他放下望远镜，咬牙道："果然，是赶着这时间来兴师问罪了！"

肖也一行来到这白幡飘扬的肃穆所在，先拱手客套。

俞云涛神色倨傲地问："萧专员，你们是来搅局的吗？"

肖也不动声色地说："搅局不敢当，我们是来为方团总送行的。"

俞云涛诧异。肖也已经和陆县长一起走到了方松坡的遗像前，作揖施礼，欠身三次，而后回过头来，说："方团总虽然一时糊涂，犯下大错，但是他也是有功之人，斯人已逝，世上再无方团总。他虽死，但绥靖地方、剿灭匪患的责任犹在，确保江北地区的平安，为党国排忧解难，我希望和诸位借此机会，共谋大事。"

俞凤山看他侃侃而谈，声音虽然有些熟悉，但却一时想不起来，再仔细端详面孔，那一道醒目的伤疤，掩去了原来的面目，再难分辨了。

俞云涛说："送方团总入土吧。其他事情，回头再说。"

方团总的棺枢被就地放入预先挖好的墓坑里，回填泥土后，竖起墓碑来，上面是俞凤山手书：三县团总方公讳松坡之墓。

肖也负手端详了这行字，挥手和陆县长一起往吴尚城去了。

他这一来，其他两县的县长以及头面人物倒也不便离开，都纷纷改变了主意，在吴尚稍作逗留。

吴尚城内，头面人物中，只肖府没有人理会方团总的下葬。那肖林，接到了广陵专员公署发来的函文，拆开一阅，居然是任命自己接任三县团总一职的文书，他惊喜之余，遣人去向老爷子汇报后，与老黄在店铺后院里喝茶，商议着近几日去十里铺方家持借据索还债务。

他们正商议时，外面有用人赶来报信，萧专员已经入城了，正在吴尚县府里盘桓，派人来召唤。肖林不敢怠慢急忙去见。

肖也正在训话，却见哥哥肖林走进厅堂，做个手势示意看座，说："其实，我来江北，第一件要务是替前线大军筹集粮食，江浙一带，发了大水，秋粮所收甚少，所以今年的军粮供应就有些吃紧了，这次蒋委员长集结主力北进，三十万大军的粮食必须各地支持才成。江北钱粮充足，为此，省府下令除了正常粮赋外，再加两成作为军粮。这件大事，怕是要请各地的缙绅富商代劳了，不过，这两成粮米是不能强行征收的，算是国府向大家暂借，我这里有凭证借据，等大战过后，凭着这个再逐步退减偿还，不知道各位怎么看？"

厅堂里陷入了一片沉寂。肖也放下手里的茶杯，专注地盯着每一个人，目光缓缓地游移。当看到肖林时，肖林站了起来，笑道："既然是借，那必有还，堂堂国府这点信用还是有的，我们肖府田亩虽不多，但这粮食嘛，照缴不误。按照往年的底子，再加两成！"

他这一开口表态，屋子里众人顿时哗然，交头接耳，低声议论。

肖也大笑："肖团总不愧是党国干城，家风纯然。好啊，肖秘书长在委员长行营为党国谋划经营，肖团总甘为后盾，主动带头出粮，好！"

他鼓起掌来，堂上众人无可奈何，只得也附和着，掌声稀稀拉拉。

肖林端坐在末位上，心中得意。

肖家开了这个头，在场的士绅们低头一合计，也只有如此了，这肖大少，不，肖团总可恨，这笔账总要慢慢地跟他清算的。

肖也眼见这件难事迎刃而解，微笑道："既然大家都没有意见，那这件事就这么定了，我此次带来了票据和印章，总得及时把粮草集结好，择时运往前线，各位县长都是干员，立下功勋，省府那边我自然要报功，大伙儿一起顺风顺水吧。"

他将蜜糖抹在了这几位的鼻尖上，起身来欠身作礼，好一派谦逊儒雅的风度。一时间，厅堂里是客套、保证、寒暄之声不绝，倒也热闹。

2

俞云涛离开那坟地，回家宅去了。俞凤山在方团总的坟前领略了新来专员的风采，心头疑虑不少，但又不知从何说起。这会儿见儿子来了，便说道："这姓萧的小子，收放自如啊，看相貌气质，我估计年龄并不大，可又何至于如此老成呢？还有，那一道刀痕，说明他是个经历过磨难生死的人，他究竟是谁？耐人寻味啊。"

俞云涛苦笑道："这家伙的来历，我已经托请朋友去查了，上海那边有了回信，姓萧的有亲共通共重大嫌疑，和叶主任龃龉相斗，互有胜负。"

俞凤山蓦然站起，竖起食指戳点道："通共，好啊，就怕他浑身金钟罩铁布衫，一点儿破绽没有，那才叫可怕呢，既然通共，那他就是死路一条。涛儿，咱们亲手把肖家老二送进了广陵大狱，让他生不如死，这回，萧专员也可以如法炮制，请君入瓮了。"

俞云涛摇头说："爹，此一时，彼一时了，他不是寻常人，是江北督察专员。"

俞凤山咬牙切齿道："从他弄死方团总这手段来看，绝非善类！"

俞云涛说："这件事必须得谨慎行事，步步稳扎稳打，那党务特别调查科，是中央党部的直属谍报机关，专职对付共产党的，权势赫赫，也没能将他制服，不过，有上海那边的支持，我已经有几分信心了。看来，萧专员虽有靠山，但却也有强敌，我们可以借机行事。"

俞凤山赞许地点头，说："好，你有这份信心，我就放心了。"

俞云涛思忖说："我想，他似乎也在圣约瑟大学就读，这又跟肖家二少扯上了，这里面透着诡异呢。他们是同学、至交、好友？奇怪！"

俞凤山倒吸一口凉气，说："这两个人之间有关？"

俞云涛说："极有可能，但中间的环节缺失太多，我无法把一个广陵大牢里的囚徒，跟同时在上海淞沪警备司令部的科长联系得起来，简直匪夷所思了。"

俞凤山喃喃道："这又有一个不可能啊，我们把萍如送到上海，他如果也在上海，会去找她的，我们就是因为怕有这个可能，又将她哄回来，这几个月的时间，他竟然没去找她？"

俞云涛说："您的意思是，让妹妹去试他一下，看他的反应？"

俞凤山连连摇头，说："不能，不能，这件事，让她离得越远越好，怎么能让她去飞蛾扑火呢？她可是你的亲妹子啊！"

俞云涛笑道："爹，这个妹妹，我比你还疼她呢，岂能让她受伤害。我只是让她做一块试金石，去试一试这位萧专员的成色，我会见机行事的。"

俞凤山叮嘱道："涛儿，千万小心，你可就这么一个妹妹，别给祸害了！"

俞云涛离了后院穿过一个天井、两条小巷，到了妹妹住处信手一推院门，见女佣在扫地，便问："小姐呢？"

女佣说："小姐刚刚还在，大概是到前面花厅摆弄花草去了。"

俞云涛往那边去，果然看到萍如正手持剪刀修剪盆景上多生出来的嫩枝，便站在了门前，望着她近些日子清减许多的背影，心里有些歉疚，要不是那天共匪突袭进城来，他们父子俩也不会发现她和那个肖二少的私情，说不定，现在他们俩此刻已经启程出国了，到了国外，他们私订终身，自由自在，旁人谁又阻拦得了？偏偏这件事被意外撞破了，再往下演绎，件件都是意料之外的事情，回头来看恍如隔世。

他不由自主地叹口气，这声响惊动了俞萍如，掉头来看，惊讶道："哥哥，你什么时候来的？"

俞云涛望着这个明眸皓齿的妹子，说："我从外面回来，顺便走走，不想走到这里来了。你又在这里摆弄花草，也算是学一门手艺吧，将来去了国外，做个园艺匠？"

俞萍如笑了起来，说："我是无聊，打发时间的，哥，你说，我什么时候走啊？美国那边的录取通知也该到了。我还有同行的同学在上海等我呢。万一，她等不及走了，我岂不孤单了？"

俞云涛说："放心，上海那边，让朋友留意着呢，有消息就送你走，而且，我要亲自护送你到上海，亲眼看着你上了轮船才放心呢。"

俞萍如望着一盘被扎得扭曲歪斜的松树，说："我就像它，本来过得好好的，却被你跟爹爹硬弄成了这模样儿。"

俞云涛苦笑说："傻丫头，你不懂，你本来是向歪处长，是我和爹费了九牛二虎之力，才斧正过来的，你说反了，懂吧？"

俞萍如起身欲走。俞云涛叫住她，说："明天，有个上海来的客人，你在上海待过，到时候帮我接待下。"

俞萍如应了一声，没回头，怕被哥哥看出自己眼中泪水，轻盈地向远处去了。

俞云涛缓步走到前厅，吩咐用人取过一张请柬，提笔写道：兹恭请萧专员明日中午光临鄙宅小酌，共商要务。落款是俞云涛。然后将它封好，着人立即送往县府，交给那位新来的专员，便去安排款待客人的相关事宜。

3

肖也在县府后院借得一席之地，和二位县长闲聊。那厢里，马援一身黑衣，皮带交叉在双肩，左胁下挎着一把盒子枪，草帽深檐向下压到眉尖，再加上剃得光滑的下巴，这样在吴尚大街上昂首阔步，满大街的人哪里认得出他就是那率众穿街越巷、席卷过吴尚的猛汉。

　　他沿街而行，停在街角的一家杂货店前，这里是江北地下组织设置在吴尚的备用联络点，掌握的人极少，是何为当年留下的一粒火种，掌握了近三十人的潜伏游击小组，他们隐藏极深，亟待唤醒。

　　店铺里，一个十五六岁的少年正伏在木头柜台上看洋画儿，对于街头的热闹视而不见，充耳不闻。马援用食指在桌上点击了几下，说："拿包烟。"

　　男孩漫不经心地转身去货架上取了过来，递到他面前。马援将几块铜板叠起来，推到他的面前，用力压了一下。男孩去取，但最底下的一枚已经嵌入了木板，难以抠出了。

　　他的眼里顿时闪过一丝光芒，望着马援端详再三，似乎认出了他来。

　　马援使个眼色，说："香油就不要了，下次再来买。"

　　男孩笑容满面，低声说："马叔，这次带了几百号人来了，什么时候动手？"

　　马援点起根烟，说："没有，我来找你爹的，约他晌午时在都天庙等我，不见不散！"

　　他点弹着烟灰，扬长而去。

　　男孩喜不自禁，转身进了里屋去给父亲捎话去了。

　　马援回到县衙，只见一个穿灰衣的男子跟在身后，也想进去，被守卫拦住了。那人连忙取出手里的请柬来，说："我是俞府下人，替俞老太爷、俞旅长送请柬的，要见萧专员。"

　　肖也出来，接过请柬看看，笑了几声，说："俞府好客气呀，好，明儿上午，我就去拜会！"

　　马援看送信人离院子，说："俞家父子请客，不会是鸿门宴吧？那地方，可不是什么好去处。"

　　肖也想起了在上海邂逅俞萍如时她那落寞失望的眼神，心里隐隐灼痛，暗自想幸亏她在上海，不在吴尚，不然明天中午这顿饭，可真是让人不安了。

4

肖林得了三县团总的任命，似梦非梦，一时难明。抽空去跟父亲参详。肖定翁风烛残年家道中落，次子遭了厄运，雪上加霜，正抑郁悲愤，得知长子这喜讯，心情大好，叮嘱说："你二叔重掌权柄，肖家的兴旺，指日可待。你好好地做事，不辜负他的期望才是。"

肖林听了老爷子的这番话后，凝神想了想，肖家的崛起再无疑问，他现在手里有人有枪，索性就在自家宅门前请人做了个牌子挂起。至于那实实在在的三县民团，他也开始进行接管。委派老黄以民团剿匪的名义，带几个人持函文下乡去各村各镇，召集各民团头目三天后在十里铺聚会。这函文自然是冠以专员公署的名义，不怕这些人不来。

这件事部署完毕，已是日色偏西，率了两个护卫回铺子去。在街上迎面来了个穿着布裙、烫着头发的女子来，正是弟弟肖也的恋爱情人，那位俞家小姐。

她闲闲散散地走近，无意中抬眼一看，顿时收住了脚步，迟疑地问："你是肖也的哥哥？"

肖林点头。

她急忙追问："肖也现在怎么样了？他还在广陵狱中吗？"

肖林撒谎道："在，他在那里。俞小姐，我的弟弟是犯了大罪的人，不值得你去惦记了，把他忘掉吧。"

俞萍如眼中含泪，说："你能不能帮我捎个信给他，让他好好地活着，我会想法子去广陵看他的。"

肖林摇头，说："他是个重罪在身的犯人，我花了无数的钱营救他出来，都没能成功。"

俞萍如泪流满面，哽咽起来，抬手掩面，匆匆地离去。

肖林望着她的背影，叹口气，心想那个可怜的弟弟，有这么一个俞小姐牵挂着，就是死了，也值得了。

俞萍如奔出去好远，在僻静处终于忍不住哭泣起来。她的失态，被恰巧路过的俞府用人瞧见了，不出十分钟，就传到了俞家父子的耳中，不觉都皱起了眉头。

俞凤山自责道："不该再让她回来，留在上海，不是好好的，这个样子，我看着心痛。"

俞云涛沉吟道："过了明天，我就着手送她回上海。"

俞凤山跺脚，说："出国，让她出国才是正着。"

俞萍如回到屋子里，用凉水揩洗了，就坐在窗下看夕阳落山，房内渐渐地黯淡，便去床头伏下打个盹儿，却不料这一睡下去，就到了半夜。嗓子眼里一阵涩痒，咳嗽起来。原来身上虚盖的一床薄被滑落到了地上。这一夜已经染了风寒。

俞萍如不停地咳嗽，天明时披上件外衣走到院子里，头目森森，昏昏沉沉。

女佣看见了，赶过来去她的额头摸了一下，说："哎呀，发热了!"

她搀扶她去房内重新躺下，快步去向主人报信。

俞凤山听说女儿病了，心里着急，忙让人去请来大夫，一起去女儿那里看望。那大夫探查一番，号了脉，摇头说没事，只是偶感风寒，吃几剂方子就成了。俞凤山忙让用人按照方子去药铺抓药，再去找儿子。

俞云涛一惊："病情怎样?"

俞凤山说："发热、咳嗽。"

俞云涛想想，说："爹，不急，妹妹实在不成的话，就不让她出来，能撑持片刻的话，那更好。咱们请这萧专员可不仅仅是只有一步棋走。"

俞萍如在病榻上先喝了些姜糖水，出了些汗，用被单裹得严实小睡了一气，等到日近正午时，高烧退了下来，只是这咳嗽声却丝毫未减。

她这时忽然记起中午要上宴席待客，见见什么有来头的人物，于是让女佣来扶她起身，洗脸揩擦了身子，换了件水绿色的裙子，将头发绾得齐整了，出了院门往前宅去。

那客厅里，江北督察专员萧羽已经在座了，身边站着挎枪的稽查队长马某。俞家父子在主席和下首陪坐，新沏的上等绿杨春茶捧上来，揭开杯盖，芳香四溢。

俞凤山有意试探，笑吟吟地说："萧专员，鄙宅内有上等的烟土、精美的烟具，不知可有此好？"

肖也取出根吕宋雪茄来，放在鼻端嗅嗅，说："我抽这个。"

马援划着了火柴，替他点上。肖也深吸一口，说："蒋委员长正在拟草全面戒毒的计划，上海有许多前辈都开始放下烟枪，改吸雪茄了。唉，时势使然，由不得不变，我这里也有省府的禁烟严令，方团总是撞在了枪口上，我深深为之惋惜。"

俞云涛说："恕我直言，用人不必拘泥于小节，这才是关键所在，他这一死，是亲者痛仇者快了。"

肖也点头，说："所以，我要奉请各位不可因小失大，老爷子在家里关起门来抽吸几口，倒也无妨，只是在外面，就不要声张了。"

俞云涛正色道："家父也是旧时留下的一点小癖好，瘾不大，一年到头抽不了几口，我看，请他老人家效仿萧专员，也吸雪茄算了。"

俞凤山笑了几声，说："好！好！好！那我现在就下决心了，烧了烟土，折了烟枪，改吸洋烟。"

肖也见他端详自己手指间挟的雪茄，索性抽出一支来，请他吸。

俞凤山嘿嘿笑道："这怎么好意思呢，在我家里破例要抽客人的烟，惭愧呀。"

俞云涛哈哈大笑，说："老爷子，您别歉疚，改日我托上海军中袍泽送一批去广陵专员公署，替您还了这个人情。"

他们这厢里谈烟，那厢里酒已备好，用人来低声提醒。俞凤山起身来吸了两口雪茄烟，神完气足地说："来来来，今天略备浊酒，为萧专员洗尘，请！"

这一行人穿过走廊和院落，在另一处亭轩坐下。

俞凤山说道："听说萧专员是在沪上久居的，小女萍如也在沪上念书，这几天恰好在家，我让人去唤她出来见个面，日后在上海，或许还要麻烦呢。"

肖也心中惊疑，他离开上海前不久，曾在街口与她邂逅，她怎么会这么快回吴尚呢？是俞家父子别有用心，有意为之？还是——

走廊里，俞萍如在女佣的陪侍下走来，咳嗽声不止。俞凤山心疼地将她拉在自己身边坐下，侧对着肖也，说："你这丫头也不知道好好地保养，这不，受凉伤风了吧。来，我给你介绍，这位是来自上海的萧专员，这是小女萍如。"

俞萍如一眼瞅见了对方脸上那道狭长的刀疤，霎时间失声道："是你？我记得见过你！"

肖也佯作诧异："俞小姐见过我？"

俞萍如肯定地说："我可不止一次见过你，你的背影，像极了我的一个朋友！我差点儿以为是他，但相貌却不是。"

肖也饶有兴趣地说："我像俞小姐的哪位朋友呀？有空介绍给我。"

俞萍如犹豫了一下，说："他不在这里，我好久没见过他了，也不知道他怎样了。"

俞凤山按住她的肩膀，怜爱地说："这孩子，这么大的人，也不知道保重自己，那些乱七八糟的事情，就忘掉吧。"

俞萍如再去细细端详、回忆，说："在上海，第一次我是在大陆旅馆，第二次是在学校附近，每次都把你当作了他，我当时高兴死了，但你不是他。"

她的声音里带了几分幽怨，让人听来既心痛也难受。

肖也微笑道："俞小姐，不必这样，你日后见了我，就把我当作他吧，心情会好许多的。"

俞云涛说："萧专员，我这妹子任性，误交了些坏朋友，不值一提。来，咱们先喝酒，边喝边聊。"

肖也说："我初来吴尚，对这一带的情况不太熟悉，但是俞旅长的名声，是早就耳闻。整个江北的治安，在你的一力撑持下重获平安，居功至伟呀，蒋委员长对你这学生是青眼有加，眼下北顾中原，百万大军对垒，厮杀在即，态势如何，愿听高论。"

俞云涛手执酒杯，说："冯阎联军，与中央抗衡，前一次大战铩羽而归，这次卷土重来，冯玉祥却抛下部属去山西见阎锡山，双方密谋，也不知道谈些什么，委员长平定两广之乱后，中央军二十万精锐掉头向北，兵力上虽逊于对手，但经济方面却要强于对方，这胜负虽说难料，但我猜还是南京方面的赢面大，江浙之地富庶，有财力才能支持得久远，只要中央军稳住阵脚，冯阎就不行了。这伙穷汉，鲁莽劲头也就是程咬金的三板斧。"

肖也不禁笑道："程咬金的三板斧？俞旅长比喻得对，打仗光有横劲是不行的，俗话说，一时痛快不可恃，长久才能得安生。就是这个意思。"

俞云涛将妹妹介绍给这位萧专员之后，察言观色，见他反应并无异样。萍如虽然在上海两次将他误认作肖家二少，但是面容不对，这中间应该还有蹊跷值得推敲。但这一道刀疤，看似犹新，它是陡遭横祸导致的？还是有意为之，以此来改变原先的容貌呢？

他示意用人来扶妹妹回去休息，感慨地说："萧专员在上海两度与小妹见过面，也算是有缘了，呵呵，要不是你脸上的伤痕，差点儿把你当作另外一个人了。不过，看这道伤，就知道萧专员乃非常之辈，是经历过生死的人，我损失了一只眼睛后，对于这一点深有体会。"

肖也说："我的这条命也是侥幸捡回来的，已经不属于自己了，是老天爷额外的赏赐了。"

俞凤山在一旁笑道："在老朽看来，萧专员与犬子，都是上天眷顾的人，大难不死，必有后福呀！我来敬你们两个，祝你们鹏程万里，越飞越高！"

三个人喝了酒。肖也心中戒防，做出不胜酒力的姿态，肘支桌面，手扶额头，拌直了舌头说道："我素来量浅，怕是醉了，马队长，请你代我陪一陪俞老伯和俞旅长。"

马援领命，起身爽快地连敬了对方三杯酒。俞云涛与他有一面之缘，知道方团总死于他枪下，便从口音上问他的来历。马援早有预备，说自己幼时家住江北，成年后去上海混迹，受人推荐，投在萧专员麾下，重返故里。俞云涛关切地问他家住哪里，他说本是渔户，一家子都住在船上，顺河营生而已，居无定所。

这样的回答，倒也无可挑剔。俞云涛凝神想了想，这萧专员虽然操的口音上海味和北平腔掺杂，但仍有几处特征似乎是江北一带的，眼前这个剽悍的家伙，手段了得，这个萧专员是有备而来，不能小觑。

他心中考虑，手中杯盏却不停。

俞凤山有心要在这位萧专员身上找自己所怀疑目标的影子，嘴里虽然客气，眼睛却凑得近了又近，左右端详。但有个问题是，他与那肖二少只见过一次面，当时只顾着愤怒，哪里有心思记牢他的特征。所以直到酒宴结束，来客辞别送出宅邸外时，仍旧没有确定。

望着萧专员一行在街道尽头的背影，俞凤山咂了下嘴，对儿子说："这家伙究竟跟那个肖家二少有没有关联？我拿不准。"

俞云涛背负着手，说："眼下在我看来，他是肖家的人，那是板上钉钉的事情了，他来到江北的作为，都是肖定坤暗中指使的，这个人久留江北，是个祸害，我想——"

俞凤山一惊，摇手说："使不得，涛儿，他是党国一方大员，贸然对他下手，后患无穷！"

俞云涛冷笑："爹，请放心，我怎么会轻易脏了自己的手呢？我要借把刀，越锋利越好，可是吴尚这一带上好的刀，都被我亲手折断了，这倒让人有些为难了。"

5

肖也在俞府里喝的酒不多，回到吴尚县府下榻处，闲聊几句就上床睡了。次日上午，他正盘算着去肖府的事宜，却见马援匆忙进来，附在耳边轻声说："那位俞小姐来拜访你了，见是不见？"

肖也果断地摇头，说："不见。"

马援刚到门口，却又被他喊住，犹豫道："还是请进来吧，这是礼数。"

俞萍如袅袅婷婷地随马援走进门来，一双清澈的大眼睛在他的脸上看了片刻，说："我跟您说起过的那个朋友，在上海时有两次把他当作您了，你们的背影很像，非常像。"

肖也望着她，说："体形相像的人很多，俞小姐，可惜，我不是你要找的那个人。"

俞萍如失望地点头，说："其实，我也是一时糊涂，他不可能在上海出现的。萧专员，我这次来，就是为了他，想请你帮忙。"

肖也心头一震，说："这——从何说起？"

俞萍如眼里流下泪来，用手帕揩着略显红肿的眼睛，说："萧专员，只有你能救他了，他眼下就在广陵。"

"广陵？"肖也重复了这一句，望着她。

俞萍如说："他被关在广陵的监狱里，所有人，包括他的哥哥，都说他通匪，但我死也不信！他一定是被误会了，被陷害的！我恳请萧专员能够帮帮我，放他出来。"

肖也避开她哀求的目光，踱步到窗口，假装去看那园子里盛开的桃花，眼中噙泪，拼命地抑制着肩部的颤抖，说："俞小姐，我很震惊，你的那个朋友居然是个罪犯，你这样的女子，怎么可能去跟一个罪犯交往呢？他是谁？"

俞萍如说："他姓肖，是本城肖家的二少爷。听说他的二叔肖定坤在南京执掌大权，看在这个分儿上，恐怕你也要帮这个忙吧。"

肖也勉强笑笑，说："好的，俞小姐，等我回广陵后，就去查这件事。"

俞萍如破涕为笑道："谢谢，这件事，我就指望您了。"

她告辞而去，走到门外，再回眸望向肖也。

肖也习惯地抬手到耳边，用食指和拇指用力撩动了额头耷拉下的几缕散发。这个动作，是他多年来心神不宁时的自然反应。但在俞萍如的记忆里，却如同半空拉响了炸弹，手掩住口，差点儿叫出声来。

肖也眼带疑问望着她，问："还有事吗？"

俞萍如连连摇头，快步向外走去。

肖也等她走远了，长长地吁口气，手抚额头，说："马大哥，我快撑不住了，你快扶我一把。"

马援吃了一惊，一把挽住他，问："这是怎么了？"

肖也头晕目眩，支持不住，被送回卧室床上，喃喃地说："我，怕是生病了。"

一个钟头后，俞云涛在旅部里，得悉了妹妹独自一人去了县府的消息。再两个钟头后，萧专员称病不见客。他是真的病了，还是假装？这真假病症之间，与妹妹的拜访有关吗？

他的脑海里浮起一个又一个疑问，当即双掌一击，叫来卫兵，请福音医院的约翰森过来一趟，他要带他去现场探访病情，看个究竟。

天黑时分，俞云涛陪着约翰森医生提着医疗箱，一起去了县府，看望萧专员。

刚刚醒来不久的肖也用毛巾擦拭干净脸上的冷汗，到外面去会客，先叹口气说："我这身子最近虚了，老是出冷汗，刚刚睡了会儿就好些了，承蒙俞旅长关心。"

俞云涛说："我是生怕萧专员水土不服，特地请了本地福音医院的约翰森医生替你看看。"

约翰森请肖也坐下，取出听诊器先听了心脏，再听后背的肺音，又检查了他手心里潮湿度，说："萧专员的病，是神经系统的问题，我怀疑，是植物神经系统受损了，而且情绪上波动会引发并加强症状，建议你平时要注意保持心情舒畅，再用些中国的滋补药物来调理，应该有起色的。"

肖也知道这位外国医生所言不虚，表示感谢。俞云涛借着这个机会再次打量他，说："萧专员鞍马劳顿，我那个不知好歹的妹子，又来打扰你了，实在是对不住！"

肖也说："俞小姐倒也是个有情有义的女孩子，心地善良。"

俞云涛说："她的那些麻烦事儿，我听了都头疼，没想到找上你了。"

肖也笑了笑，说："在我看来，如果真如她所说的那样，昭雪一桩冤案，萧某作为江北督察专员，责无旁贷。"

俞云涛点点头，说："这样的事情正需要萧专员这样的地方大员来处置。"

肖也放下毛巾，去取出支雪茄来，划根火柴缓缓地燃烤着。他坐在这淡蓝的烟雾里，身上的汗水渐渐地收敛了。他望着马援，说："俞旅长编练队伍，枪支弹药一定充沛，咱们既来了吴尚，少不得要向他求助了。"

马援会意，拱手说："俞旅长，行署下面的稽查队、卫队、缉私队，都在草创当中，缺人手，更缺的是家伙，此次萧专员带我来吴尚，就是想向军方求助，恳请支持。"

俞云涛思忖片刻，笑道："萧专员、马队长，原来是要枪，好说好说，明天请马队长将所需枪械弹药悉数造册送到我的旅部去，我会设法解决的。"

6

肖也精神好了许多，坐在那张粗重厚实的紫檀木椅上，吸了一上午的雪茄，抬眼来望着身边陪着抽烟的马援，突然开口说："我想回家去一趟，见见父亲。"

马援迟疑道："我就怕你一见父亲，心就软了，忘记了和哥哥的仇恨。"

肖也坚决地摇头："走吧，我有分寸。"

马援和肖也一起换了便装，从旁门出去，穿街越巷来到肖府，抬手去敲门。

门开了，探出张熟悉的面孔，警惕地问："先生，有何贵干？"

肖也心中一阵狂跳，说："我是受肖定坤先生之托，来访客的。"

管家疑惑地打量他以及马援，一面打发人去后面禀报老爷子，一面让人去德顺堂药铺子报信。这肖定翁午睡方醒，正在院子里踱步，听说二弟托人来府中探望，连忙取下拐杖，在用人的搀扶下过去。

肖也在自家的客厅里，望着熟悉的天花板和地上水磨方砖，用力踩了两下，一时间恍然如梦，凝噎无语。

肖定翁走进门来，阳光映在他的背面，令他的面容模糊，步履颤抖。肖也一抬眼就从他的体态轮廓中认出他来，蓦然起身。

肖定翁老眼昏花，但乍一瞬间从大体上认出了端倪来，惊讶道："是也儿吗？你终于回家来啦？"

肖也强抑住冲动，欠身恭敬地作揖，说："肖老爷子，在下萧羽，代肖定坤先生向您请安问候。"

肖定翁一愣，凑近去仔细看这个脸带刀疤的男人，失望道："我认错人了，请恕我眼花，唐突了专员大人，真是罪过，罪过。"

肖也心中黯然，扶他坐下，说："在下奉肖秘书长之命，代他回吴尚省亲，问候老爷子，他眼下正忙于军务，等闲暇时，就回家来。这里的一切，都要托我代为照应。老爷子请放心。"

肖定翁恢复了镇定，颔首道："萧专员是地方父母官，特地来看我，荣幸之至呀。"

肖也说："老爷子，听秘书长说宅上有上等的金芽纹眉小茶，我是顺便来叨扰讨饮。"

肖定翁沉吟片刻，笑道："萧专员非同寻常，我们肖家后园自产的几斤茶叶，也逃不过方家之眼啊。好，来人呀，去四姨太那里取三年陈的金芽纹眉的小茶来，今儿个有贵客。"

不久，肖林赶回府中，见这位萧专员与父亲谈笑风生，不觉笑道："大驾光临，有失远迎啊！"

肖定翁说："林儿，快来拜见萧专员，这可是咱们肖家的贵人呢。"

肖也摇头笑道："谈不上，谈不上，依照肖兄的本事，做这个三县民团团总，那是绰绰有余的。天下名位，有德有力者居之，你的前任，有实力，缺的是德行，所以死了。肖兄有老爷子的熏陶，家风淳朴，那是万万不会失德于吴尚等三县的百姓们，是不是？"

他有意将这德字反复说了几遍，肖林丝毫没有听出异味来。

肖定翁拈须笑道："萧专员，天下之大，唯有德者居之，这是至理名言。我那兄弟昔日行事，偏重于阴谋，我时常不以为然，你有这样的见识，我倒是佩服了。"

肖也说："肖秘书长行事，唯以天下苍生为己念，实为大德，他近年来蛰居沪上，又有新的境界了。"

"这就好。"肖定翁望着他，再瞅瞅儿子，伏案叹息："我还有一个儿子，受仇家陷害，不知去向，音信杳无，他若在，定当能体会你所说的德，比我这个老子耳提面命要有用得多。"

7

俞萍如回到家中，在闺房里将门反带上，坐拥薄被，望着窗外的景致，心底一阵阵地惊惧。她去县府找萧专员，是想恳请他从广陵大狱里放出自己的情人肖也来，能够重新相聚，离开江北，共赴海外，把往事荡涤干净，重新开始新的生活。这时，并未有上海时从他的体态、背影疑及其他的想法。但是，刚才他不经意间的那个肢体小动作，明白无误地透露出了另一个人的特征来，正是她要托他营救的肖也！

这一刹那，她没有兴奋和冲动，下意识里翻涌起的是惊惧和害怕。这个男人诡异、可怖、心机深沉，种种论断都可以加之于身。她不假思索，匆匆跑回家，关起门来回味，臆想中浪漫激情也烟消云散。

萧专员是肖也！他脸上的那一刀改变了他的模样，可改变不了肢体小动作的习惯，改变不了体态的气息。他若果真是肖也，那关在广陵监狱里的肖也又是谁呢？难道他越狱脱身了？去了上海，在叔父的庇佑下换了身份，重新回到了江北地带，他改头换面来吴尚，意欲何为？在此之前，他几次见着了自己，却不肯相认，又是为了什么？俞萍如心头压覆着沉重的石头，不敢去想，却又忍不住偏偏去想，两只手拼命地揪扯着被单的缎面，蜷缩在床头一角。

也不知过了多久，院子里传来响亮的军靴声，这是俞云涛来了。他在门外停住，指节叩门，问道："萍儿，你在睡觉吗？"

俞萍如含糊地应了一声，下床去开门。

俞云涛关切地注视着她，说："你的脸色不太好。"

俞萍如看着镜子里憔悴的自己，说："你和爹让我做的事，我全都照办了，在家里待着也实在是没什么意思了，你还是送我回上海吧，等拿到了通知手续，我就去美国。"

俞云涛说："你真的想走？舍得离开吴尚？"

俞萍如说："当然舍得，在这里，我也没什么好惦念的。"

俞云涛说："我跟爹可都是你最亲的人，难道也想忘掉？"

俞萍如不吭声，有些怨愤地盯着镜子里的自己。

俞云涛叹口气，说："我知道你还没忘掉肖二少，他在牢里，是负罪之身，前程断送；你是俞家的千金，有光明的未来，何必念念不忘呢？"

俞萍如冷笑道："你知道，我早上去找萧专员了？"

俞云涛不动声色："你跟他提肖二少的事？"

俞萍如决绝地摇头："没有，这个世上没有什么肖二少了，再也没有了。哥，你记住，以后不要再跟我提起这个人！我要走，明天就走，你替我准备行程吧。"

俞云涛看她情绪激动，一时难以判明她在县府和萧专员谈话的内容，安抚地在她的肩头轻拍，说："好吧，你把他忘掉也好。不过，明天走太仓促，稍等两天，争取早些动身。"

肖也和马援喝了肖家秘不示人的珍稀茶料后，告辞离开。

马援有些感慨："那位肖大少爷，原来只当他是城府深的人，但今天一见，不过如此，也是个肤浅的家伙。"

肖也纠正道："他有些心计，但是沉不住气。这就是他的致命伤。在和俞家的较量中，我估计他会吃亏。"

马援问："你还担心他吃亏？"

肖也一笑，说："他吃亏了，与我的复仇计划有关联呢，铲除仇人，可是一件需要万般斟酌的细活呢！"

马援听他提起复仇，神色有些沉重，说："报仇？咱们这三四十号人，虽然手里有几杆枪，那是远远不够的。"

肖也说："你们在江北还有多少人？"

马援如实答道："一百来人。"

肖也说："咱们加起来的力量，虽然有限，但只要时机拿捏准了，四两拨千斤也是可以的。而且，这江北地面上，除了俞旅长、方团总，还有一个人有势力，得设法联系，引为己用。"

马援问："谁？"

肖也说："剿匪战报上，因此升迁的，可不止这两个人。"

马援脱口道："黎星斗？"

肖也点点头，说："他是剿匪专员，只不过眼下无匪可剿，他带着保安团移驻口岸，把持了十几个沿江码头，借那里的税赋养兵呢。"

马援笑了起来，说："黎处长、黎专员，手里的保安团怕有上千了，是我们发展的重要障碍。"

肖也摇头道："大哥，你错了，为我所用，而不是与我为敌，这才是正着。这黎星斗，是个贪财的人，在战场上捡了条命后，更是贪恋富贵，放纵于酒色，这样的人，你把他当作敌人，那是抬举他了。"

马援摇头说："不可能的，这个黎星斗，和死鬼方团总一样，双手沾满了革命者的鲜血，我决不会和他合作！"

肖也长笑一声，说："不要激动，想跟黎星斗合作的是萧专员，不是你。"

马援不觉笑了，抬手给了他一拳，说："我知道你的心思，行，我干我的，你干你的，咱们井水不犯河水。"

肖也摇头，说："我们正处于劣势，岂能再分散力量，各自为政？请你出手，安排一支队伍做疑兵，就在吴尚以南俞云涛照顾不到的地方动手，要打出点声响来，造成轰动，这吴尚死水一潭的状态，非得搅浑了才成！"

8

立秋前后，接连下了三四场雨，将江北地区本就未能酷热的气温降到了极端。在这几场雨的间歇中，吴尚地面发生了两件大事。前一件隐秘，后一件众所周知，前一件事是：俞府小姐萍如突然失踪了。她在清晨时空手出门，向距离最近的一处码头走去。那里有一艘客班正待起锚，驶向广陵。她跨上船，补了张船票，将包袱放在身体内侧，抵住了舱壁，右手不经意地探入其内，抚摸着那把小巧精致的手枪，嗅着河上清凉的微风，警惕着同船的其他人，开始了自己的逃亡之旅。

在俞萍如逃离吴尚之际，无形中襄助她此举的是另一件大事。吴尚城北三十里地的霍家镇，凌晨时分突然遭到了袭击。镇子上驻兵一个排，警察所以及民团全都猝不及防。在睡梦里惊醒后惊叫、呻吟、死去。

这支发动袭击的队伍在得手之后，立即在街口、路边用石灰粉写了诸如"铲除土豪劣绅、工农革命万岁"之类大量的标语，然后便在凌晨的黑幕中撤离了，去向不明。

这枪声，惊动了吴尚城内的俞云涛，他翻身爬起，辨听方向，摇动电话查询，得悉是霍家镇遭袭，当即下令，驻军出动增援，务必歼灭该敌。

城内官员缙绅百姓们也被这枪声所惊，家家户户彻夜难眠。只有肖也充耳不闻，安睡不理，直到天亮之后，才懒洋洋地起身。这时，吴尚县长、警察局长都已经守在了他下榻的院子外，窃窃私语、心急如焚。

肖也见他们着急的模样，两手一摊，做无奈状表示："这件事得找剿匪专员来才行，大家一齐去找俞旅长，请他领衔，发一个敦促剿匪的通电！"

32旅旅部里，俞云涛准备率卫队出城去霍家镇实地察看。突然见萧专员、李县长等一干人前来拜望了，不由心底得意，说："各位受惊了，但这是小股土匪作乱，何足道哉，我已经下令派兵清剿去了，不出两天，必有结果。"

肖也赞许地说："俞旅长忠于职守，时刻有备战，咱们那位剿匪专员大人，天天花天酒地，醉生梦死，何其渺小！嘿嘿，我这就拟一封电文。"

俞云涛望了望李县长。李县长会意，说："这黎专员是防备江匪，才驻节江边的，未必是贪图享乐。"

肖也冷哼了一声，说："他是江北剿匪专员，不是巡江大队！昨夜，匪徒的袭击，可不是在江边，而是在距离吴尚的三四十里地！"

李县长去看俞云涛。俞云涛内心矛盾着，对于这个从自己手里拿去剿匪专员职位，转而去江边逍遥，从未来吴尚晤面、态度疏离的黎星斗，他是心中有气。要不要借此机会，利用这个萧专员出头，动黎星斗的手？但是，想起了已经死于非命的方团总，他又心存警戒。当初，他和方团总、黎星斗组成的剿匪三驾马车，彼此配合默契，剿灭了共党的暴动，立下了大功。此时方团总已死，再去一黎，他可就是孤家寡人了。

他指着地图上的江防线说："黎专员守卫口岸一线，自有目的，当初匪首何为，就是利用长江水路，屡屡跳出剿匪大军的合围，在兴南、通县一带游弋，我32旅控制江北，他保安团切断江上交通线，那是防治共匪死灰复燃的必要措施。"

肖也摇头，说："但夜来袭扰的这伙匪徒，让他的守备目的落空了，这吴尚一带，河汉如网，真正清除匪患，没有上万人马，是办不来的。"

俞云涛不以为然道："此话差矣，我们扑灭共匪数千之众，也不过只有一团之力。"

肖也冷笑："那是你有内应，诱敌自投罗网罢了。"

俞云涛也是一声冷笑，说："俞某剿匪靠的不是嘴巴，靠的是手里的枪！萧专员，站着说话不腰疼。"

肖也打了个哈哈，说："好啊，那我就坐下来，试试看，不用你国军劲旅帮忙，我也能独自剿匪成功！"

他们唇枪舌剑，吓坏了几个县的县长，急忙来劝解。

肖也作揖道别，转身而出。一众人沿街西行，到了德顺堂药铺，只见肖林挎着枪，带了二三十人正在列队，便举手招呼。肖林连忙迎上去，说："对付那小股土匪，是我民团的分内事，我正准备率他们出城，去十里铺召集各地民团团总，来个遍地撒网，通缉这伙顽匪。方团总的印鉴都是我接管了，眼下，如果专员公署能发一纸公文，我就更加有把握了。"

肖也点下头，让他半个钟头后去县府取。他依旧昂首回去，一进了门，坐下来先写了剿匪公函，盖上印章，让吴尚县长代交肖府来人。然后，他抽过一张空白纸来，提笔写了弹劾黎星斗的公文，这篇公文，他煞费苦心，巧妙用词，看似手举大板抢得高高，实质上落下来却是轻如鸿毛，他作了如下表述：此为数月前剿灭共党之余部，流

229

窜于吴尚周边，时有窥伺之意。随即他笔锋一转：黎专员只顾专注江上匪患，而将陆上悍匪依赖他人，未能尽忠职守……

这些春秋笔法，精于公文的人自然是一眼就能会意的。吴尚是何等地方？堂堂国军32旅驻地，拥重兵而不能治匪，实在是一大讽刺。

这份公文，由吴尚县府电呈省府，不过三天，抄件和省府复函便转到了离吴尚八十里地的江边重镇口岸。与此同时，三县团总肖林率亲信老黄等一干人，在十里铺召开民团会议。吴尚周边六镇七十四个乡村大小团总们都来参会。

这次会议，选在十里铺，特地放在方宅斜对面的一处旅馆里，简易的木楼上下，放了十几张桌子，济济一堂，门外街口，都是护送团总来的团丁，手里持枪，背后挎刀，坐在路边石阶上闲聊、谈笑。

肖林穿着新制的藏青色短袖绸衣，头戴凉帽，皮带交叉于双肩，右边是勃朗宁手枪，左边是驳壳枪，老黄等人穿着清一色的蓝布短褂，背着汉阳造和一挺花机关，按照演练好的阵势，四个一排整齐地跟在他身后。他们这一队人虽少，但醒目亮眼。一路走来，让满大街的人都肃然起敬。

老黄一脸的杀气，喝喊道："三县民团肖团总到——"

旅馆这边座位中人一齐站起身来，只见肖团总漫不经心地跨进门来，举起手先说道："匪情又起，血光冲天，萧专员秉承省府刘主席的嘱托，授我以剿匪之重任，我必将恪尽职守，死而后已。"

众民团头目对他并不熟悉，心中嘀咕。

肖林在楼底主位上坐下，让老黄代为登记到场人数，结果是：头目近八十，团丁四百多。点头笑了一声，说："好！诸位肯带在身边的，都是精干之辈，我民团正要筹建一支精干队伍，指东打西，挑选个百十人的队伍随我直接剿匪，大家伙儿都有枪，有粮，跟保安团一样的待遇，不知道愿不愿意呀？"

众头目没想到他会使出这一招来，面面相觑，却不好反对。

肖林当即趁热打铁，不过个把钟头，挑选出一百二十人，都列队在一旁，登记造册。

这次肖林开所谓剿匪会议是假，整弄支队伍是真，眼见大功告成，心里高兴异常，忙吩咐酒菜上桌，一起享用。他扶醉望着不远处大门紧闭的方宅，哈哈笑道："这一大笔花销，可得找个去处着落了，方团总死了，债可还欠着呢！"

9

俞萍如的出走在日薄西山天色将晚时，终于被发现了，宅子里一片慌乱。

俞云涛得悉了消息，急忙派人飞骑四处寻找，猜测着妹妹错然出走的缘由。

俞凤山跌跌撞撞地进来，顿足说道："萍儿一个年轻姑娘家，在外面要是出了什么差错，那就完了！"

俞云涛脸色铁青，紧紧盯着地图，说"我已经通知各部搜索吴尚周边要道，爹，请你帮着参详参详，她为什么要走？"

俞凤山情绪稍稍稳定，默想了片刻后不由得倒吸一口凉气，说："莫非，这个丫头不管不顾地去找那个肖二少爷去了？肖二少不是逃狱之后，生死不明吗？"

俞云涛说："如果是这样，我宁可她是跟着肖二少走了，只要想法子找到他们的下落。就怕她是——"

"你是说……萧？"俞凤山骇然。

"萧专员，"俞云涛说，"是的，如果妹妹出走与他有关，呵呵，咱们的麻烦可就大了。"

俞凤山不觉出了一身冷汗："他倘若果真是肖家二少，又摇身成了萧专员，这方团总的死，就是他回来报仇的第一招，再接下来，目标就是你我了？"

俞云涛冷笑，说："凭着他这两三杆子汉阳造，我还不将他放在眼里呢，只不过，他这专员的身份，以及肖定坤的势力，着实令人忌惮，是得想想法子除掉这个祸根了！"

俞凤山说："肖二少不是通共吗？不是越狱潜逃吗？拿准了这个，他就完蛋了！"

"但是，他现在名叫萧羽，是堂堂正正的督察专员，没有证据那是不行的，上海那边，虽然有消息，但是总没有确凿的证据和得力的人手来帮忙，我再发电报，通过军中袍泽求助，想来，那位显赫的叶主任会放下架子来，施以援手的。这肖二少嬗变成萧专员的过程，我虽然不知道细节，但大体上是可以想象得到的，呵呵，这也是上海那位叶明远主任所缺乏的，我们倘若互通有无，这萧专员就大祸临头了。"

查证求助的电报很快发往上海，辗转来到党务特别调查科主任叶明远的桌上。叶明远的身体有所恢复，除了神经衰弱时常失眠之外，并无大恙。他吃了两颗西药，喝了一碗中药汤后，取过这份文件来瞅，一眼看到了上面萧专员的字样，马上条件反射般地拿起来，在这直击心门的字样下面画线、点戳。

他集中精神读罢了这封来自江北的电文，心里猜测，那个远在江北通缉密令中的肖也，和正在上海任职的萧专员是同一个人？如果是，那么许多悬而未决的问题就可以迎刃而解了。为什么他要通过肖定坤，让熊式辉从自己手里保释出共产党女嫌犯，为什么那个名列船上乘客名单的姚襄，死里逃生到了上海走进警备司令部，就此没了音信？这个脸上带着刀痕的家伙是串联的主线。

他兴奋起来，摇动电话，要了陈立夫办公室，低声说道："立夫先生，我是叶明远，我有新的发现，准备去江北一趟，这件事事关紧要，若能落实了，那么肖定坤秘书长就是网中鱼、笼中兔、阶下囚了！"

陈立夫笑了起来，说："明远，你还是那条线索紧追到底？"

叶明远说："立夫先生，我的怀疑又得到了江北驻军俞旅长新的证据的证实，我必须去一趟，请给予我方便。"

陈立夫沉吟片刻，说："那好吧，你以江淮省党部巡视员的身份过去，但时间紧迫，顶多一个月，上海这里太重要了，离不开你！"

叶明远将手里的公务暂作交代，带了一组人坐汽车直奔镇江，从那里过江后直插吴尚，亟待与那位俞旅长碰面，彻底掌握这位萧专员的底细。

他这厢里忙碌，整个大的局势却开始风云突变。冯玉祥在山西待了相当长的一段时间后，突然返回西安，在潼关召集麾下众将，发布讨蒋总动员令。与此同时，阎锡山也在太原通电全国，联冯倒蒋。西北军与晋军数十万之众立即出兵，向中原各要地进发。

蒋介石在南京下达总动员令，中央军各部全线推进迎战。他由南京乘坐专列赶赴蚌埠，进驻督战行营，行营秘书长肖定坤等人正在帐中小酌，批阅战报。

蒋本是个极端厌恶吸烟饮酒癖好的人，但对于肖定坤却不在意，他脱去斗篷，走进屋子，问："秘书长，战事全面展开了，我方有几成胜算？"

肖定坤吸了两口雪茄，说："我中央军精锐能否在前线顶上一个月？"

蒋介石笑了笑，说："我新整编的这二十万黄埔精锐，武器精良、士气旺盛，一个月不成问题，我唯一担心的是张学良驻军山海关，态度犹未可知呢，这可是决定整个战局胜负的关键！"

肖定坤吞吐了几口烟雾，说："如果中央军能坚持一个月，那么，西北军、晋军和张学良，都不是问题了，请放心，我已经做好安排，即日就去上海会见几个人，洽谈协商完了，这场战事也就差不多了。"

蒋介石品味着他话里的玄机，笑了起来，问："秘书长，战前准备工作有成效了？"

肖定坤说："委员长放心，谈判已经进入实质性阶段，但是，我只是代理人，筹码多少，是要您决断的，这次财政上能够提供多少帮助，请明示。"

蒋介石沉吟了一下，说："定坤老兄，这些事也请一并代理，钱财只是个数目，放开谈，蒋某人的信誉还是不错的，几个省主席的位置，我是虚席以待呀！跟着我，比跟着冯在荒野沙漠里吃苦要好多了。"

肖定坤含笑道："既然这样，就有信心了，上个月，我和对方代表已经在洛阳秘密接触了一次，一旦战事开启，请他们移驾第三方中立地区，带上直通电台，时刻与前线传达谈判进展，他们已经陆续抵沪，我在法租界的公馆里等着他们。届时……"

蒋介石踌躇满志地说："好，一切都拜托了，我在前线等你的好消息。"

肖定坤拱手说:"不敢,肖某在上海,聆听委座的胜利消息。"

10

办完了弹劾黎星斗的相关事务,肖也便带着卫队离开了,说是向西回广陵,却在城西二十里地的岔路口折向东南。这一路,人不歇脚,马不停蹄,半夜时分进入口岸镇,来到镇西剿匪专员公署,将黎星斗从梦中惊醒了。

黎星斗对这位弹劾自己的萧专员心存戒备,问他是不是登门问罪。

肖也大笑,说:"黎兄误会了,请仔细看公文,哪一条不是为黎兄开脱?唉,这份公文,非我愿,可是俞旅长再三催促、威逼,我哪里拗得过他,只有出此下策,暂作敷衍了。他以为我回广陵了,却不料我来了口岸,呵呵,黎专员在这江边上吃江鲜,看风景,却不知道杀身大祸要临头了,反倒将我这朋友当仇敌。"

黎星斗沉吟片刻,请这位萧专员一行歇息。即随之坐下,吩咐看茶,借着烛火,仔细打量这个脸带刀疤的青年男子,说:"我杀身之祸在哪里,还望说明。"

肖也摇头说:"说是说不明白的,但看却看得清楚,方团总就是前车之鉴。"

"哦?"黎星斗瞪大了眼睛,说,"请明言。"

肖也淡淡地说:"方团总死时,有32旅部队的尾随包抄。"

黎星斗打了个寒战:"你是说,他是死于……"

肖也说:"江北剿匪,靠的是三驾马车并驾齐驱,互相配合;独立团虽然在战场上立下大功,但没有保安团及时赶到参战,没有民团四下里深入乡间,铲除共匪农会的根基,哪能有眼下这太平的日子?"

黎星斗迟疑:"但,这和方团总之死有什么关系呢?"

肖也笑道:"挟匪自重,这是千古以来司空见惯的事情,匪剿光了,如何能升官晋职呢?"

黎星斗自从以省保安处副处长的身份接任江北剿匪专员，也只是略上一个台阶而已，愣了片刻，说："你这是说我，还是说谁？"

"谁在剿匪中得利最大，自然就是谁了。"

黎星斗叹口气："我明白了，确实是自打吴尚共匪闹腾起来后，他才平步青云的，第一战升了团长，第二战做了专员，第三站，居然就做了少将旅长，半年多一点，他连升三级，军界内可谓少见了。难道，他贪心不足，还想蛇吞大象？"

肖也冷笑："世上哪有心足的人，做了旅长，难道就不想做师长？做军长？做司令？"

黎星斗如梦方醒，站起身去窗口眺望远处江面上出没的渔船，喃喃地说："但这等事，他有这个胆子去做？"

"利令智昏，有何不可？"肖也冷冷说道，"这件事，首当其冲的就是你，你是剿匪专员，你失职了，那自然他就成为剿匪行动的实际负责人，他若是再剿灭几次共匪，不就成了师长、军长？"

黎星斗恨恨地骂道："拿老子做靶子，这姓俞的欺人太甚！"

"岂止是欺人太甚，我怕，你老兄将会成为——"肖也有意拖长了话音来，"成为方团总第二！"

这句话沉重地落在了黎星斗的心头，令他默然良久，以尽弃前嫌的姿态抱拳在胸，斩钉截铁地说："萧专员，多谢你赶来说明一切，黎某人留心提防了。"

肖也说："提防？那是防不胜防，我建议与其坐以待毙，不如主动出击！我将要向省府、向委员长行营揭露此人的险恶用心。请你老兄在密函上共同签名，不知道你肯不肯？"

黎星斗爽快地说："萧专员，何分彼此，你就在这里草拟电文，签名那是义不容辞！"

肖也就在这口岸镇暂住下来。马援趁着这个空闲机会，抽空出镇，单骑一人去江边的几处地点，寻访独立师遗留下的联络点和零星的失散人员。在途中，意外地发现了一支队伍行迹诡秘地从码头方向出来，直向通衢大道行进。

他将马拴在树林子里，自己攀上枝头，仔细地观察。但见队伍里，有几个穿制服、佩戴党徽的男子，再细看面容，不禁一愣，喃喃地说："叶主任，百忙之中，你也来吴尚凑热闹了？"

叶明远以及部分下属临行前拍电报给俞云涛，约定了登岸时间。俞云涛对这位CC的红人要来江北，格外重视，亲率部属出城远迎。

叶明远登岸后，一路看风景。没多久，只听得前方大路上马蹄声碎，十数骑飞奔而来，当先一人军服整齐，先在马上敬礼，问："是叶主任来了吗？"

叶明远拱手说："在下叶明远，你是俞旅长吧？"

俩人伸手互握，齐声大笑。

俞云涛说："江北僻狭之地，敢劳叶主任百忙中赶来。"

叶明远点头说："江北是重镇紧要之地，地方大员通共，岂能小觑？"

俞云涛弃马上车，就此开始密议，先介绍了这位萧专员来江北的举动。

叶明远思忖道："此人来到了江北，在广陵办公，诸事稳妥，没有破绽。"

俞云涛笑道："他要是留在广陵，我们也无计可施，但是前不久，他到吴尚来了，呵呵，真是踏破铁鞋无觅处，得来全不费工夫。"

"此话怎讲？"

俞云涛说："这肖家老二，与我妹妹在上海念书时曾偷偷地恋爱过，后来他和共产党暗中勾结，回到吴尚，意图内应外合，又后来与匪众失散，被我民团擒获，羁押在广陵狱中，但不久后，他又趁共党劫狱之机脱身，去向不明，名列通缉名册。"

叶明远恍然。

俞云涛说："这位萧专员来我俞府做客，我安排了妹妹作陪，这一见面，破绽百出，先是我这妹妹独自去县府看望他，回来后性情大变，再后来——"

俞云涛叹息一声，说："这个丫头突然就离家出走了，她这一走，必然是为这位萧专员。"

叶明远仰头望天，说："这件事，倒是有趣了，俞旅长从妹妹的行径中判断萧专员原来就是肖二少，但这仅仅是猜测吧？"

俞云涛哼了一声，说："我的意思，只要能够明确萧专员就是肖也，即可格杀勿论。"

叶明远笑了起来，说："英雄所见略同，临来江北之前，我还有所顾虑，谨防这里是他的势力范围，现在，我完全放心了。"

他们达成了协议，接下去的第一要务，是寻找那个离家出走下落不明的俞家小姐俞萍如。但她此刻，会在哪里呢？

第八章

1

俞萍如到了广陵，下船后先去道台衙门不过百十步的地方寻觅了个干净的旅社，租住在二楼临街的一个房间，打开窗户就能看到新挂专员公署牌子门前的一切情况。

她住进了这旅馆，这天她正坐在窗口一侧，看外面的街景。却见那巍峨的门楼下，走出个袅袅婷婷的女人来，穿着短袖旗袍，沿着高耸的台阶下来，到了街心里。

这专员公署里还有女人？俞萍如惊疑地瞪大了眼睛，起身来伏在窗棂处向下仔细打量。这女人五官端正，头发烫卷，用绢带束了，随意地垂在脑后。她脚下穿着带跟的皮鞋，步履轻快，在人群中穿行，不一刻就把身边的人都抛在了脑后，显示出了充沛的体力，这与她苗条的身材、姣好的面容又形成了鲜明的对比。

俞萍如看得出神，这在街头鹤立鸡群的女人是谁，她从这专员公署里出来，是公署里的人，还是去公署办事的？她无法确定，心里隐然升起了一丝担忧。潜意识里，一股力量在驱使她去坐下，对着一面污迹斑斑的镜子，依稀照看自己的面孔，然后拢起头发，抹顺了耳鬓的碎发，下楼离开旅社。

她没有尾随追踪那个女人，而是转向侧对面的公署，片刻间到了门前，被那值守的卫兵客气地拦住时，她微笑着说："我是来找专员夫人的，她在吗？"

那士兵没有怀疑，说："太太刚刚出去了，你来得真不巧。"

俞萍如心头唰地冰冷下去，转身回去。在最后一级台阶处，她失魂落魄地踏空了，一个趔趄，扭伤了脚踝，坐倒在地上。疼痛和委屈霎时间涌上心头，笼罩住了她的情绪，她哇的一声哭了起来。但哭泣几声后，又强行抑制住了，努力地爬起来，抹去眼泪，掸去灰土，一瘸一拐地向旅社走去。

回到客房，俞萍如躺在床上，只望着黑暗的屋顶，聆听着楼下的喧嚣渐渐淡去，也不知道什么时候睡着的。等到次日天色渐亮，太阳照进窗户，落在她身上时，温度和光线让她醒来后的精神清爽了许多。今年并不酷热的夏日，多少让这位处于绝望和妒忌中的年轻女性恢复了体力。她翻身坐起，感觉新的一天，似乎可以将昨天的伤心洗得淡漠了。

她坐在镜子前认真地梳理之后，离开旅馆，来到了监狱大门前，被守门的警察拦住，问她要找谁，她说是来探监的，家里有个表哥，半年前被抓了就关在这里。

警察板着脸，说这会儿不是探监的时间。俞萍如从包里摸出两块大洋塞给他。这家伙将大洋互敲一下，听听声音，笑道："你那个表哥叫什么名字啊？"

俞萍如将写有肖也名字的纸片递过去，狱警一看，摇头说："这个人不在牢里，早就不在了！"

俞萍如追问："那他在哪里？"

狱警指指天空，说："飞掉了，飞远啦，他进来两三个月，就跟劫狱的一伙人逃走了，谁知道他在哪里？"

俞萍如心底的疑虑和推断都被间接证实了，她向警察道声谢，转身离去，步履轻快地沿着街道返回。但走到两座巨大石狮把守的昔日道台衙门口时，忍不住停下了脚步。这会儿，他回来没有？在不在里面呢？他那个太太又是怎么回事？她迫不及待要弄个明白。

俞萍如情不自禁地跨上台阶，一级一级上去，直到被守卫拦住。她说自己是萧专员的表妹，要见表哥。守卫告诉她，萧专员外出，还没有回来。她想了想，改口说："那么，我见一下表嫂吧，可有好些日子不见，怪想的。"

守卫进去通禀，得到了同意，请这个年轻的小姐进去见面，俞萍如在衙署内拐拐绕绕，来到了太太的住处。任晓月从窗户里瞅见一个体态轻盈的女子走进来，仔细地分辨。她知道，萧专员不可能有这么个表妹，但也不能因此拒绝这个伪饰了身份存在的这门亲戚。她倒要看看来者的虚实。

任晓月笑吟吟地迎过去，握住她的手，嘴里啧啧地笑道："想不到他还有这么个仙女似的表妹呢，快让我瞅瞅，嗯，真不错，快坐下，我倒杯茶水给你喝。"

俞萍如坐下来，四处张望，问："我表哥呢？怎么警卫说他不在？"

任晓月说："不巧得很，你表哥前些天去吴尚巡视去了，你家住在哪里？这一路来，可扑了个空。"

俞萍如说："我在上海念书，有时候去表哥那里转转，你们结婚了，也不告诉我，真是小气。"

任晓月笑了起来，说："那你就暂先住下，等他回来，我要罚他，有这么位年轻貌美的表妹，居然也不告诉我！"

俞萍如微笑说："我只是路过这里，还有别的事情要做呢，等有空再来，我就住在对面街口的文明旅社。我这表哥，看上去老实，其实是个滑头，不过，表嫂你是个实诚人，可别被我表哥带坏了啊。"

任晓月思忖道："那好，待会儿我送你回去，这会儿留下来吃顿饭吧，我吩咐厨房做些小菜，代你哥哥陪陪你，替他多疼疼这个千娇百媚的表妹。"

2

中原战事已经开打。蒋介石亲率行营，乘坐专列在前线督战，向部下强调，只要能坚持一个月，战局必然会有巨大的变化。装甲列车驶过战场，不时有流弹掠过，击中车皮和铁轮，闪烁起一连串的火花来。他浑然不觉，凝神研究计算着时间，提笔拟了一份密电，吩咐侍从长交由电信室立即发出。

两个钟头后，这份译电放在了上海某幢大楼顶层的一间办公室里。一个阔嘴大眼的男人衔着雪茄，仔细地阅读着上面的一行字：密切关注肖秘书长与各方的谈判，全面予以保护，必要时启动预案。

他划了根火柴，将这份密电点燃了，看着它完全成为灰烬后，果断地摇动电话，说："我是戴笠，今天进展如何？"

那边回答："正在进行中，保护工作万无一失，请放心。"

戴笠点点头，丢开电话，披上外衣出门，走廊里的六七个便衣汉子正在抽烟，一见他来了，纷纷掐烟行礼。他做个手势，率着众人一起走进电梯，下到楼底，沿着大街向前右拐。走了十分钟后，来到大陆旅馆。路边负责监视的部属立即赶过来，指引给他看。

果然，那旅馆三楼向南的两个连通的房间窗户里，灯火通明，人影幢幢。他负责监视保护的目标正在手势丰富地进行讲话。他放下心来，说："虽然是夏天，但夜里江风寒凉，大家注意身体，我今晚跟大伙儿一起，这次任务倘若能圆满成功，委员长会对我们重视的，这次，他弃CC而不用，由我们担负重任，就是信任。"

那部下说："听说叶明远不在上海，去江北了。"

戴笠冷笑："逐小利而忘大计，叶明远是成不了气候的，别管他，咱们干咱们的。哼哼，可惜，主宰历史进程的这等大事，他不能够参与，连旁观的份儿都没有，还配得上他这重要情报机构领导者的身份吗？真是滑稽！"

他在楼下嘲讽同僚叶明远的同时，咫尺之遥的大陆饭店楼上客房的外厅里，一场交易正在商谈中。肩负重要使命的肖定坤，吸着雪茄，踱步在众人之间，缓缓地说："战事的发展，不要看眼前，要看它的趋势，表面上冯玉祥阎锡山他们多占了几座城池，嘿嘿，那是咱们丢给他的。吉鸿昌他们的队伍进城了，城里的银行商铺全都撤得空荡荡，我方用军列替他们搬家，督率着他们烧掉带不走的物资，西北军一无所获，追着追着就没了给养，没了军饷，没了弹药，没了士气。而我们呢，英美都提供了大笔贷款，江浙的财团积极捐资，军火在几个港口源源不断地卸货运往前线；另外，我再透露一个消息给你们，用不了几天，又有一支生力军将要助阵来了，足以改变当前势均力敌的局势，呵呵，猜得到是谁吗？"

在座众人面面相觑，其中一人猜测说："难道是奉军？"

肖定坤淡淡地一笑，望着窗外灯火辉煌的城市，却不回答他的问题，继续说道："几位若是肯效仿韩复榘等人，军前倒戈，归顺中央，蒋委员长以及国府方面，决定以韩为例，给予省主席的职位，麾下各部仍自行调遣指挥，中央还将有巨额现款八十万赠予，这个价码，分量不轻啊，还请老兄复电，将详情告知，不用再拿部下的生命做拖延了。而且，我告诉你们，不仅是眼下几位所代表的将领在和暗中接洽，宋哲元、庞炳勋都不甘人后，地盘虽多，上好的肥缺却少，只怕后来者就吃不到肉了，勉强喝汤吧。"

　　几个代表都点头笑了笑，说："肖先生开出这样优厚的条件，我听着都动心了，何况几位军长司令呢，好，我回去后立即密电前线，催促他们下个决断。"

　　这次密会夜半时分才散。肖定坤回到公馆，立即叮嘱随员密电委员长行营，内容简明扼要，牌已亮底，静候回信。他在松软的沙发里躺下，闭目养神。秘书拿着一份电文进来，悄声说："秘书长，江北萧专员有消息了。"

　　肖定坤坐起身，接过电文看去，上面写着，首批军粮已应行营之命筹备完毕，拟于后日发送，押运部队由32旅负责。他笑了笑，说："这小子越发精明了，这批军粮是供应18军三个师的，拉上俞旅长承担责任，想必是不敢使诈了。"

　　秘书弯腰凑在他的耳畔，轻声说："戴处长负责谈判的安全保卫工作，托我向您问候，保证一切都顺利。"

　　肖定坤说："眼下这情况，倒有意思了。委员长深思熟虑，他也怕CC坐大，有意弃叶明远而不用，是一个对咱们有利的征兆。我会秉承他的意思，日后好好地褒奖这位戴主任的，让他与叶明远分庭抗礼，这出戏就更加地出彩，不过二陈知晓这件事后，会是怎样的反应呢？"

　　肖定坤哈哈笑出声来，又问："叶明远在上海耳目众多，对于这次谈判会晤有察觉没有？"

　　秘书说："他不在上海，日前去江北了。"

　　肖定坤恍然道："哦，原来冲着咱们的萧专员去了，这可要立即电告江北专员公署，千万不能大意。"

3

江北各县征集的粮食，统一安置在吴尚，由驻军负责守卫。但在运输上，却有分歧。地方上认为，由吴尚到淮北的这一段路，自然该32旅派兵押运。但俞云涛认为，他只负责江北四县的地方安全，过了淮河，就是友部的防区了，理应沿途驻军负责安全。

肖也和黎星斗达成协议之后，又派人暗中与吴尚新任的民团方团总联络，听从行政公署及省府的号令，共同进退，这才放心地启程，前往吴尚。

马援此刻在江边纠合余部，已经重新成立了一支游击队，人数在三十人左右，配有短枪八只，步枪十支，少量弹药和大刀梭镖，在沿江一线发动群众，重建农会，策应吴尚城外的游击大队。

随后，他又马不停蹄向东赶往兴南，手持江淮省委交付的联络信函和接头暗号，迅速与当地县委取得了联系，传达了中央特委、省委的指示。马队长率队伍回到江北的消息，不胫而走，影响深远。

他与兴南地区党委负责人匆匆话别后，要设法在那边弄一批武器弹药运送过来，用以武装不断壮大的革命队伍。他回到广陵时，肖也正在几桩要事的交错忙碌中，应接不暇。一见他回来，连忙招手，说："马队长，你回来的正是时候，我这会儿要务缠身了。"

马援坐下来喝口水，说："北边开打了，热闹得很，你也想插一杠子？"

肖也点头，说："上峰来电，粮食物资要运上去，限期严令，我刚刚和32旅联系，让俞云涛派兵押运，他没有答应，我看，他是有不轨之心了。而且我刚刚得悉，还有一位重要客人也来到江北了，你猜是谁？"

马援忆起前些天在口岸镇外的偶遇，笑了一声，说："是叶主任吧？我还以为自己看花眼了呢，果然是他，这位倒真是贵宾。"

肖也竖起大拇指，但心里有话却不肯说明。他揭发检举俞云涛，并由黎星斗签字的密函，威力非同小可，他扣在手里并未立即寄发，要找个时机，让俞云涛按照自己设计的戏本演上一场，来证实他在文内所有的指控。"挟匪自重"这四个字，力比千钧，足以在适当的时机将他打翻在地，再也不能翻身。

马援不知道他心中所想，只当是粮食运输的安全问题，心生一念，说："这件事何必受他掣肘？我来设法帮你就是了。这批军粮，我替你走一趟，不过为了确保安全，得加强押运队伍的实力，我想，干脆用那批被查封的烟土，去换取武器，几百条枪、上万发子弹总是可以换到的。"

肖也没想到他会动那批烟土的心思，犹豫了一下，同意他去办理，用烟土去江边黑市交易，交换枪械弹药。那些游弋于长江沿岸的外国商船，除了运输正当货物，武器是主要挟带物资。国内正值战乱，各处都需要军火，正所谓有枪便是草头王。马援曾经为独立师采购过多次，但替死鬼方团总的这批烟土，他有心要借花献佛，将自己预备下的扩充计划付诸实施了。

肖也见他出去了，暂且将押运粮食的这一要务接过去，倒是略略轻松了一些，集中起精神来，考虑另外一件事，那位与他的专员公署只有一街之隔的文明旅社里的女客：俞萍如小姐。他一回来，就听任晓月介绍过情况了。俞萍如以萧专员的表妹身份登门而来，其中玄妙，无须多言。她在吴尚，即已识出了自己的真实面目，这一路是来广陵找他的，也亏得她想出所谓表妹这一出，既戳穿了他的假冒身份，又有要挟的意思，可不再是那个热恋中的清纯女孩了。

一个难题摆在他的面前，她就在广陵，并做出了姿态，是迎是拒？是承认是否认？两种选择之间的利弊权衡，让肖也头痛不已，他不禁后悔起这次吴尚之行来，他在这次旅程中犯下的最大错误，就是过于自信了。凭着他相貌的改变，别人绝不会认出他来的，即使是父兄和亲人，可偏偏就是这个昔日恋人，以一个爱人的细微感觉，识破了他的伪装。她如影随形而来，会再次给他带来灾祸吗？

肖也脑海里忆起肖定坤的忠告：俞家小姐是他命中克星，带来的只有噩运，只有这位任小姐，才适合做他的妻子，肖家的媳妇。

他点起了一根雪茄，轻轻揉着太阳穴，陷入了矛盾纠结的迷惘中，一时难以自拔。

他犹豫不决，却不知大门外，俞萍如又现身了。她坚守在窗口，看到了萧专员及其部属回来的情形，马上做好去见他的准备。她从包袱里取出件最为合身的裙装，梳理好头发，再描眉打扮，细致用心的程度，远远超过了去见任晓月时。她足足花了两个钟头，直到觉得自己的容貌无可挑剔之后，才起身下楼，横穿街道去那专员公署。

卫兵得了任晓月的吩咐，立即阻拦，说萧专员刚刚回来不久，又去了省城，眼下不在署内。

她心中怀疑，说："我亲眼看着他进去的，可没见他出来，你们别撒谎，我是他的表妹，你们竟敢骗我，我日后会向他告状的。"

任晓月听到动静，亲自出来挡驾，含着笑居高临下地一步步迫近过来，说："妹子，你表哥真的不在，进门来喝了口水，就又启程了。不过，这次快，他后天就能回来，省府有汽车送他，我保证，你会见着他的，放心吧。"

俞萍如在这女人的笑容面前，发作不得，想了一想，说："好，我后天此刻还来，你们不会再阻拦我吧？"

任晓月淡淡地说："表妹见表哥，是件大好事，阻拦干什么？我乐见其成，放心吧。"

俞萍如默默地沿着陡峭的台阶下去，回到旅社，从那窗口再瞅一眼对面。那位俏丽的专员太太还在，也正向这边眺望。她咬住了嘴唇，心底坚信，这女人绝不会是他的太太，她只是伪饰假冒的一个道具而已。他返回了江北，身边多了这么些乱七八糟的人，会将他带坏的，他如今模样，就是一个鲜明的标志。所以，她要赶紧见到他，带着他离开这个是非之地，去海外留学，彻底地把江北这些居心叵测的家伙都抛在九霄云外。

4

肖也得悉了自己昔日恋人独自来到广陵专员公署寻找自己的讯息。

任晓月神色郑重地说："俞小姐刚刚来过，来认这个子虚乌有的表哥了。"

肖也蓦然起身，说："怎么可能？"

任晓月苦笑道："这是事实，已经发生了，你不要顾虑我的存在，自己去面对这件棘手的事情，不，也许是幸福的事情。我，先回去了。"

任晓月丢下这句话回到了自己的卧室里，莫名其妙地流下泪来。

这一刻，她突然明白过来，这日久的相处中，她已经习惯这个男人，甚至有点离不开他了。对于文明旅社里那个女人，她内心是嫉妒？是愤恨？是……

她想不出更确切的词来，用拳头无力地捶打着枕头，纠结到深夜才昏昏沉沉地睡着了。等到她一觉醒来时，远处院落里传来一阵熟悉而爽朗的笑声，是马援回来了。

任晓月翻身坐起，快步出门直奔那笑声的所在。此刻，马援马队长的出现，才是她的主心骨，她要听听他的意见和建议。

马援领了肖也之命，准备用两车的烟土换取武器，去了距离公署不远的一处地方，和那些军火掮客碰面，以手头有货要出为借口，查询当前的价格。以香烛生意为主业，兼带江边码头介绍军火生意的毛掌柜眉头皱了皱，说眼下价格跌了不少，全是因为中原战事的影响。

马援好奇，有仗打武器该涨价才是，怎么会跌呢？掌柜的拈须笑他不懂，这枪支弹药也是按照它的紧俏度来定价的。中原大战，蒋冯阎三家，加起来得有百万大军对垒，一旦分了胜负，那败方的散兵游勇岂不是要像蝗虫那样肆虐了，他们手里没钱，但有枪，凭空里多出了十几万、几十万支枪支来，那价格还不得掉到地底下？

马援心中有了数，照这个行情，他手里的烟土是可以多买三百条枪和弹药的，这样一来，他既可以向肖也交代，也可以多为游击队争取了一批武器弹药，这是个意外的收获，令他欢欣鼓舞。

他回到公署内，和那些守卫闲聊时，笑声不绝，倒引得任晓月循声而来，站在廊檐下，远远地招手，说："马队长，请你过来一下。"

马援见她神色不对，便走过去。

任晓月看身边没人，低声说："马大哥，出事了，俞小姐找上门了，麻烦大了。"

马援吃了一惊："怎么可能，在吴尚时，我们见过，没有异常呀。"

任晓月摇头，说："肯定是你们在吴尚露了马脚，被她识破了，这才惹来麻烦。"

马援问："她来登门，是找肖兄弟，是自认旧时的身份，还是另有借口？"

任晓月说："这个丫头有心计，居然将假作假，说是来看望表哥萧专员的。"

马援眼神陡地凌厉起来，语气浓重地说："你应该早做决断，除掉这个心腹大患！"

任晓月连连摇头，说："不行，我下不了手。"

马援低声说："这件事我来处置，不让你和肖兄弟为难。"

任晓月见他动了杀机，心头迟疑，说："可不能乱来，天知道他是否还惦记着她。"

马援说："我自有主张，你放心，只要把她抓起来，送到乡下去就成，她在咱们手里，反而是牵制俞家父子的一张有力的牌，一举两得。"

任晓月叮嘱一句："这件事要悄悄地去办，不能走漏了风声。"

马援点点头，转身离开。

此刻，正有三艘木船先后在码头停靠下来，船上各自有客登岸，分别在文明旅社、礼来旅馆、悦宾客栈落了脚。住进文明旅社的，是一个饰有假须，戴着软边帽子的中年男子。他带了两名护卫，都以经商的身份共住一间客房，房门斜对着俞萍如的房间。

他站在窗口的死角，望着背阴处河面缓缓驶来的几条乌篷船，船上宿住的，全是他的部属随员。他冷笑一声，拿起干毛巾去脖颈处揩擦汗水，望着镜子里自己那张苍白的面孔，喃喃地说："叶某人居然会在这种地方落脚，也是命数使然。肖定坤、萧专员，我倒要陪你们好好地玩一局，看谁的棋着更妙。"

他从皮夹里取出一张照片来，望着那个清秀的女子，柳叶般的眉梢、笔直的鼻梁、略略显厚的双唇，笑道："俞小姐，我断定你就在广陵，可不要辜负了我和你父兄的期望啊！"

5

对于查找一个从外地新来，且在本城举目无亲的单身年轻女子，叶明远拥有丰富的经验。他派出得力的部下在广陵城里秘密查寻，也不过一个昼夜的时间，就从毗邻专员公署这间旅社发现了俞小姐的踪迹。消息随即传回吴尚，在第一时间里，叶明远乔装入住这家旅馆。与此同时，俞云涛以训练士兵为由，率一个装备精良的主力营，公开离开吴尚，徐徐向西开拔，在廖家沟边拣了几座村庄屯驻扎营，观望广陵的动静。

肖也与叶明远几乎相差了一天的时间，回到广陵，彼此都不知情。唯一目睹公署对面文明旅社所有变化的，只有任晓月派出监视俞萍如的共产党地下人员。

当然，他们监视住了这个来自吴尚的俞府小姐，并不清楚她也被另外的人跟踪发现了。

肖也在自己的卧房里失眠了一夜，不为其他，只为曾经的恋人俞萍如。他知道，她此刻与自己咫尺之遥，造化竟是如此弄人！他点起了灯，坐在烛影里抽雪茄，信手翻阅那本意大利人所著的《君王论》，想凭借其内容来坚硬自己的心肠，斩断儿女情长的软弱。但那些坚硬的铅字印戳出的字里行间，老是莫名其妙地跳出那个女子的面容来。时而欢笑，时而梨花带雨，时而薄嗔销魂，令他一阵一阵地心悸。

他在烟雾里咳嗽着，抽吸着，背脊后冷汗密布，双手不由自主地颤抖着。他在这夜深人静的时分，身心俱疲，濒临崩溃，伏在书页上低声啜泣起来，左手间的雪茄烟灰扑扑簌簌地散落在柏木地板上。

肖也拭去泪水，再去揩擦业已潮湿的纸页，重新去审读这些文字，在字里行间寻找着支持自己下定决心去解决困境的理论基础。大约在凌晨时分，他确定了主意，让这个自己曾经深爱过，也给自己带来噩运，眼下将会给自己的复仇计划乃至生命再度产生威胁的女人就此消失。

他默然取过自己惯用的那支派克金笔，在一张便笺上写道：俞小姐，沪上一别，已有半载，再见时，往事皆如浮云，明日下午三时，广陵城西门外，水镜庵后菜园恭候。他落款只写了一个"野"字，这是他们昔日里私会时的暗语和昵称。

肖也将这便笺装入信封，用糨糊粘封好，看看窗外微亮的天色，推门而出，将它交给正在巡查的王队长，轻声吩咐了几句。

王队长将信揣入怀内，快步而去。

肖也已然没有了睡意，便坐在院子里的树荫下出神。也不知道过了多久，那边月洞门里传来轻盈的脚步，任晓月悄然而至。看到他盯着棵新栽不久的桂花树，便说："不急，等秋凉时，就会开花有香气了。"

肖也笑了笑，说："桂花裹在面粉里油炸，蘸了糖吃，是中秋节的风俗，你会不会？"

任晓月说："这道吃食，我自幼儿就会，无师自通。"

肖也含笑说："那，我就有所期待啦。"

任晓月说："中秋节的事还得等些日子呢，但眼下这件棘手的事，怎么办？"

肖也吁口气，说："我不见她，见了反而不妥。"

任晓月想了想，说："若单单是她来，那还好对付，就怕她身后还有人。"

"叶明远也来江北了。"肖也改变了话题，说，"咱们还得打起精神来对付他，俞家父子何足道哉，叶主任才是心腹大患。"

任晓月已经从马援口中得悉此事，接口说："是啊，这叶明远是个阴险的家伙，我就怕——俞小姐的背后是他们。"

肖也考虑了一下，说："叶来江北，绝非单独行动，这边一定有人接应配合，这俞家父子怕是和叶主任联手了，值得警惕，我二叔已有警示。不过，这叶明远贸然来到江北，他与你们的旧账，怕也是要算一算了。马队长有什么想法吗？"

任晓月恨恨地说："让他有命来，没命回去，这个姓叶的作恶多端，是到了彻底解决他的时候了！"

肖也点头同意，但并不去问他们将如何对付叶明远，只考虑自己力所能及的事情。比如，吴尚的肖林，口岸的黎星斗。

任晓月不再逗留，转身去找马援，示意他到僻静处，悄声说："那位俞小姐住在对面，怕是不能久留了。马大哥，你得想法子，万一肖也儿女情长，意志动摇了，将会惹下大麻烦的！"

马援说："我早有这个意思，但是这件事没有他的明确授意，是不成的。"

任晓月叹口气，说："组织上动员我要假戏真做，但却没有弄清楚他和这位俞小姐的真实情况，我预料担心的，都成了事实。但是抛开这个不说，我只强调一点，这俞小姐必须控制起来，她是颗炸弹，叶明远、她的父兄肯定都在寻找她，一旦找到了她，后果不堪设想，我们必须抢先出手，神不知鬼不觉地带她到乡下去，软禁起来，索性连他都不告诉，等日后危险过去了再释放她。"

马援略加思忖，同意了她的提议。

<h1 style="text-align:center">6</h1>

俞萍如坐在床边，把从哥哥抽屉里偷走的勃朗宁手枪取出来，用干布擦拭了许久。她虽然是闺房里的文静女子，但因为哥哥是军人，耳濡目染下，学会了熟练使用枪支。

此刻，某种危险的气息正在这座旅馆里蔓延，她有所觉察，但却一时弄不清楚底里。阴暗中的角落里，似乎有双眼睛在冷冷地注视着她，让她毛骨悚然，但说不出所以然来，只得以这支精致的手枪来鼓舞勇气。她开始准备搬离这家旅馆，另觅住处了。可是，她想让自己走得悄无声息，不再被危险所追逐，最好就像凭空里消失了一般，只有这样，她才能确定自己的安全。

但是，该当如何行事呢？她正在寻思，房门底下传来扑扑簌簌的轻微声响，她下意识地掉头看去，有个信封被塞了进来。

"谁？"她问了一句。外面木质楼板上的脚步声远去了。

她匆匆赶到门前，捡起那封信来，封套上无字，上端已经用糨糊黏合了。她撕开封口，内里纸页上那一行熟悉的钢笔字迹，让她心头狂跳起来。这是恋人肖也的笔迹，他要见她，地点约在城外，但却另有一个复杂的前往路径。但她没有丝毫的疑心，前面那熟悉亲切的字体，打消了她的全部顾虑。她坐到窗口阳光下，低头再将这封信逐字逐行地看了又看，再去眺望街对面那座气势宏伟的道台衙门，心头充满了期待。

与此同时，在与俞萍如隔了两道板壁的那间客房里，叶明远正举着望远镜观察着那座前清的官署，以及周边的细节。他已经在旅社楼下设置了暗哨，用以监视俞小姐的举动，等待着她和萧专员的见面。

不过，叶明远又担忧这萧专员拒绝和俞小姐相认，那就只能退而求其次，利用俞小姐对昔日情人的失望，并使其因爱生恨，愿意指证萧专员的本来面目，再以自己这边的几宗疑案侦查来推断定案了。总之，俞小姐是关键，俞小姐与萧专员之间的关系，是关键中的关键。

时间缓缓过去，大约在下午两点时，监视的人赶来报告："俞小姐下楼了。"

叶明远赶到窗口，只见俞小姐漫不经心地随着人流沿街向西。他立即下令：全部出动，尾随跟踪，但不要打草惊蛇。他自己则立即出门，摸到她的客房中去，看看她携带的物件里有没有可疑之物。

几个特务奉命盯梢，远远地分散开来，跟在这位俞小姐的身后。但见这女子走走停停，不时地进入谢馥春、玲珑馆等脂粉店和裁缝店，浏览着琳琅满目的货物，却不掏钱去买。特务们随着进了几家店，没了兴趣，便守在店门外等她逛好了出来，并未作其他的打算。

但，在街角拐角处一家杂货店，接连进出了十余家店铺的俞小姐走进门去，借着梳妆用的小镜子，侦看身后无人监视后，径直向前，撩起内屋的帘子，穿过一座小院，从后门出去，进入背阴的一条小街。

一辆骡车正停在路边，帘子揭起，有个人吹了声口哨，示意她上车。

俞萍如毫不犹豫地登车，放下帘子，任由这骡车轮子转动，载着自己去任何地方。

那些严密监视目标的特务，在杂货店前等了十来分钟，感觉到不对劲，赶紧进店去瞧，哪里找得着她，再去店后一看，明白了缘由，不由得跺脚着急，急追出去。但这店后小街上，空空荡荡，哪里见得着这女人的踪迹。

且说俞萍如坐在骡车上，出了小街上了通衢大道，直向南门奔去。出了城门，继续向前，在城外十几里地转入岔道，向着某个不知名的村庄飞奔。等到了目的地，赶车的人提醒她下去，指指破败的庵堂后的池塘边一座芦苇搭成的小屋，让她进去，然后依旧鞭子一甩，吆喝着离开了。

俞萍如打量一眼这破旧的草屋，迟疑了片刻，但想到了那封信上熟悉的字迹，稳定了一下情绪，踏入屋内。屋里光线昏暗，外界的阳光毫无作用，只有一盏油灯蚕豆大的火焰在照明。

一个人坐在张竹椅上，一手把握着佛珠，头也不回地说："你来了。"

俞萍如说："我来了。"

他指了下身后的椅子，让她坐下，说："其实，你完全可以不必来。"

俞萍如说："不行，我必须得来！"

那人叹口气，说："既然来了，就不要后悔。"

俞萍如幽幽地说："既然肯来，绝不后悔！"

那人缓缓地转过身来，依稀的光线里，俞萍如辨认出来，正是自己期待见面的那个人：萧专员，她那离散了大半年，音容笑貌都改变了的恋人肖也。

她嗓子里嘶哑地迸出一声微弱但急切的呼喊，走近过去。但他却退后了一步，伸出手拒绝了她的靠近，仓促地说："不，不要过来！"

俞萍如泪如雨下，呜咽着说："为什么这样？为什么要这样！"

那人说："无路可走，死里求生；对于一个被栽赃陷害，险些死于囚牢里的人来说，只能这样，必须这样！"

俞萍如试图扑过去接近他，啜泣着说："走吧，咱们一起走吧，去一个遥远的地方，谁都找不着，去过一个没有仇怨、没有恐惧的地方生活，这样太累了，太累了，你永远都不会快乐的！"

那人笑了起来，轻声说："我觉得这样很快乐，每当想到他们即将一个个死在我的眼前时，不知道有多惬意呢，呵呵，仇恨越深，快乐越多，你体会不到的。"

"为什么！为什么你要回到这里来！所有的人都快疯掉了，包括我，离开这里，随便去哪里，我陪着你！"

那人冷笑，点起了一根雪茄来，吐出浓重的烟雾，说："晚了，早知如此，何必当初。俞家父子害我的手段太毒、太绝！我要以其人之道还治其人之身。"

俞萍如绝望地叫喊了一声，不顾一切地扑向前去，一把抱住了他，哭喊道："忘掉这些吧，忘掉这些吧，今天就走，现在就走，登上轮船，去外国留学，履行我们过去的约定，我们到了欧洲美国，再不回来，把这里的一切都忘得干干净净！"

那人奋力推开她，说："忘不掉的，俞小姐，我是死过一次重新还阳的人了，不是你所期待的那个人。"

俞萍如再度不顾一切地扑过去，双手死死地环抱住他，使劲地摇撼着，泣不成声。

那人默不作声，绝情地抽着雪茄，望着窗外飞腾的翠鸟和涟漪圈圈的河面，半声不吭。俞萍如尽情地哭泣着，当她喉咙嘶哑、双手乏力时，那人将雪茄搁在桌边，说："俞小姐，你去上海吧，远离吴尚，远离江北，把这一切都忘掉。"

俞萍如蓦然一惊，说："不，我要跟你一起走，一起把这一切都忘掉。"

那人笑了起来，说："等我报了仇，雪了恨，自然会把一切都忘掉的。"

俞萍如站直了身子，拼尽全身的气力，扳转过他的身体，抬手去抚摸他面颊上那道斜长的刀痕，望着他那憔悴的面容，摇着头，喃喃地说："我知道，我知道你心里的苦，知道你心里的恨，可是这一切，都是时间可以弥补的，时间会让仇恨淡漠，时间会让一切都消失的。"

她边说着，边踮起脚，环抱住他的脖颈，狠命地吻上去。那人没有拒绝，双臂用力回应，将她拥在自己的怀里，抵死缠绵。大约十分钟后，俞萍如感觉到了他血脉偾张，情欲奔腾，便松开手，从他的怀抱里退却出去。她站在他的正面，从容地脱卸着自己的衣服，将裸体呈现在他的眼前，骄傲的乳峰笔直地指向他的眼眸，低声呢喃道："来吧，此刻不管其他的事情，继续我们的爱情，回到中断的往事，我爱你，你还爱我吗？"

那人失声哭泣起来，一把将她拦腰抱起，放在桌面上，自己迫不及待地剥去衣衫，然后分开她的双腿，倾尽全身之力向前一送。

俞萍如在情人的缠绵中等待着这一刻的到来。当她在心理上和生理上都调整到位，充满期待地迎接这动人的一刻时，却没有期待中的那一次的坚韧。她啊地叫了一声，只感觉到他整个身体的起伏，其余却是一片空白。

俞萍如双手推拒着他，直起身子看去，掩口瞪大了眼睛。

在心理上强悍，要玩弄对手于股掌之间的肖也，或者萧专员，躯体的关键部位垂落无声，与他整个身体形成了鲜明的对比。他不知所措地顺着她的目光低头看自己，嗓子里突然间发出一声哀号。

他霎时间明白过来，自己的身体出了问题，失去了男人的能力了。

俞萍如望着他那惨白得吓人的面孔，突然间产生了强烈的羞耻感，双手立即护住了胸乳，嗓子眼里迸发出一声尖厉的喊叫，猛地用肘部顶开他，去捡起地上自己的衣物，飞快地穿起。

绝望羞愤中的肖也，一把抓住了她的手臂，厉声说道："不准走！"

俞萍如下意识地扇了他一个耳光，喊道："别碰我！走开！"

肖也被她这撕心裂肺的喊叫声震慑了一下，片刻后，去桌边捡起自己的衣服，默默地穿上。这对男女先后消退了激情，面面相觑。俞萍如哇的一声哭了起来，转身就走。肖也随后一下子拽住她。她奋力地挣扎，却敌不过他的气力，不由得焦急万分，再度给了他一记重重的耳光。

肖也被这一下打醒了，似乎意识到了当下的重要性，急忙彻底抛开怜花惜玉之心，毫不留情地试图制服她。

俞萍如这时明白过来，拼命反抗，急促地喘气、咳嗽着，说："你原本就想抓我是不是，怕我泄露了你的底细？"

肖也喘息着说："放心，我不会伤害你的，只想把你安置到一个安全的地方去，等事情过去了，就让你自由。"

俞萍如退却着，然后一个失足，向一侧摔倒。肖也就势去摁住她的左手，正待用麻绳捆绑，却不料她右手从墙角的包袱里摸出一支小巧的手枪来，指住了自己的额头。肖也立即将双手虚抬，说道："萍如，不要乱来，不要冲动，我是肖也，我是肖也！"

俞萍如愤怒地摇头，说："不，你不是，肖也不会这样对我的，你是个骗子，十足的骗子！我要打死你，打死你！"

她浑身颤抖，手指死死地扣住扳机，纤细的枪口在他的面门上戳下了一个又一个惨白的印记。肖也脸色煞白，死死地盯住这枪口处的准星，闪过一个念头来：想不到会死在她的手里。

这低矮潮湿的简易草房子里，砰的一声枪响。

片刻之后，肖也抱着俞萍如摇摇晃晃地走了出来，问道："是谁？是谁开的枪？"

几条汉子抱着枪从屋后的芦苇荡里走出来，其中一个讪笑道："萧专员，是我。"

肖也怒极，抬脚狠踹了他一脚，发疯似的叫道："快找辆车来，快找车来，送她去医院，送她去医院！"

几个人似乎省悟过来，赶紧去那边路口叫来骡车，帮着将这女人抬送上车，向着广陵城一路疾驰。肖也坐在女人的身边，用帕布按住她背脊处穿透的弹洞不断涌出的鲜血，陷入了一片迷惘之中。

7

叶明远坐在旅馆内，听完了几个手下跟丢目标的报告，压低声音说道："这女人必定是事先有了预备和接应。"

几个手下犯下了错误，都不敢吭声。

叶明远去查看不久前从那女人房里搜来的可疑物件：五发齐整的手枪子弹。说："这女人还带着手枪，早有预防了，也全怪不得你们。算了，去通知大伙儿严密监视专员公署，盯住那个萧专员的动静，我看，这女人的失踪，与他是密不可分的，更能确定的是，他此刻一定不在衙门里，去给我找出他的下落来！"

一众特务遵命而去。叶明远用毛巾揩擦去额头、脖颈间的冷汗，避开阳光，坐在角落里，点起根香烟来，聆听着门外楼梯、走廊里的响动。他判定，这个女人不出意外的话，应该会返回旅店。

但是，耐心的等候，从下午到黄昏，从黄昏到黑夜，从黑夜到黎明，俞小姐的客房那边，半点动静俱无。她仍然未归。

叶明远站起身来，有些焦急地在烛火下转着圈子，直至东方发白，雄鸡一声啼鸣，这才咬牙切齿地喃喃自语道："妈的，这个女人潜逃了，一定是发现了什么破绽！"

他不再等待了，抓起笔来，匆匆写了一张纸条，叫人立即送给俞旅长，自己则退出这间旅社，另觅落脚处。在他这样谨慎机敏的人看来，行踪暴露是危险的，尤其是在当前的情况下。他就此开始进入地下静默的状态。

距离广陵不过二十里地的廖家沟河畔，俞云涛正在指挥军队演习。正在兴头上时，副官骑着快马飞驰而来，高声叫道："广陵来函！广陵来函！"

俞云涛伸手接过拆阅，上面小楷写道：监视目标同时消失，情况尤为特殊，望速去广陵专员公署验明正身。

俞云涛脸色陡变，当即亲率一队骑兵疾驰广陵城。

这一路上，他快马加鞭，无心看路边的风景，只关注遥远的地平线上渐渐显现的城池。等到他纵马入城，来到那座前清巍峨的道台衙门前时，正值晌午。他跳下马，执鞭扬长而入，哈哈大笑道："萧专员，俞某惦念得慌，今儿特地来拜访了！"

他径直向后宅闯，刚进了一个月洞门，却见前方站着一个穿旗袍的女子，冷冷地看着他，说："这里是公署重地，不听招呼就硬闯进来，一点儿礼貌都没有吗？"

俞云涛诧异，打量这女人，问："你是谁？"

女人哼了一声，倒是跟随来的卫兵连忙说："这位是专员太太。"

"哦——"俞云涛意味深长地点头，说："萧太太，听说过，萧专员有位太太，只是以前无缘得见，想不到如此的漂亮。"

任晓月心中憎恨，怕眼神走漏了消息，转而盯住地面的青石，说："不管是谁，这会儿硬闯进专员公署来，过分了。"

俞云涛大笑："我和萧专员彼此投缘，也请他去俞府做过客，今儿个我登门，难不成还要吃闭门羹了？"

任晓月思忖着在这里阻一时是一时，当即转颜笑道："哪有这话，俞将军在战场上自然可以横冲直撞，肆无忌惮，可这里是专员公署，外务我不管，我是替萧专员整顿内务的，得讲规矩，不能由着您的性子来。"

俞云涛没有心思闲扯，想摆脱她向里走。任晓月心思机敏，拣了个占据门洞下的有利位置，趁着这天气犹热时，有意将手臂的衣袖朝上挽起，露出雪白的肌肤来，笑道："不过，我久闻俞旅长的大名，倒想先听听您讲讲打仗的新鲜事儿，一定有趣吧。"

俞云涛不耐烦道："萧太太，这打仗的事，可不是你们女人家绣花缝鸟，看着有趣，那是血流成河，死人如蚁，惨不忍睹，离开战场后，我就不愿意再提了——萧专员这会儿还赖在床上不起？"

任晓月哧哧地笑："他是个懒鬼，一天要睡几次呢，夜里倒是个猫儿，两眼比电灯泡还亮。"

俞云涛摇头，向前一步，说："这家伙，漂亮的太太不陪，偏偏去睡独觉，这不成，我要去教训他几句才好！"

任晓月却一把扯住他的衣袖，连摇了两下，笑道："千万别，他是个烈性子，听了你的话，以为是我传的，弄不好就要怪我呢，我们女人啊，嫁了丈夫，就得夫唱妇随，哪能抱怨呢。"

俞云涛无意搭理她，又向前走。任晓月叫唤一声："哎呀，这什么虫子，咬人一口，可疼得很。"

她抬起肘部，果然有一个红红的圆点儿，大概是树丛间的蚊虫咬的。俞云涛借着看视，侧身凑过去，准备逾越，任晓月猜破了他的意图，再将身子一横，用这只手臂挡住了他，呼痛之余，还高声召唤署内人去拿药膏来涂抹。

俞云涛拿这个女人没有法子，但念着叶明远的叮嘱，忙说："站在这里可不是个事儿，咱们一起去萧专员那里，先消炎止痛才是。"

他伸手避开她身上的重要部位，在她的背后一推向前。任晓月索性将躯体向后完全地倚去，失却了重心，冷不防一下子倒在他的肘弯里。俞云涛下意识地一接，便成了半搂住她的情形。任晓月顿时涨红脸，劈脸甩手给了他一记清脆的耳光，厉声说："俞旅长，你敢不老实，有意轻薄我？这可是在专员公署！"

俞云涛着了这女人的道儿，但也不跟她再费口舌，奋力将她挪开，快步向里。

他刚刚穿过庭院一半，忽然间，前面高轩门扇一开，萧专员穿着睡衣，含着半根雪茄，狐疑地望着他，说："俞旅长，稀客！"

任晓月追赶了几步，带着哭腔说："这粗蠢的家伙，对我非礼！你——还不替我出气！"

肖也冷笑。

俞云涛仰面打个哈哈，说："萧专员果然非同凡响，身边的太太都是这等厉害角色，你千方百计阻拦我进去，是怕我耽误了萧专员办事吧？"

肖也抱肘望着他，平静地说："萧专员的事情，得和萧太太一起办，自个儿躲在被窝里，恐怕也只能是做这春秋大梦了！俞旅长没结婚，于这其中的详情，怕是一无所知吧。"

俞云涛不觉脸皮微红。

任晓月啐了一口，转过身子，拔脚便走。

肖也拱手说："方才是误会，内人怕你打扰我休息，却不知道我午后根本没睡着。"

俞云涛随他进到院内卧房，一眼瞅见了那烟灰缸里满满的烟灰，倒有些相信。肖也去地图前看着，叹口气，说："俞旅长，我这粮食在吴尚聚集得差不多了，前线行营催运，但是途中押运却是个问题，万一出了差错，我可就没办法再去筹集这些粮食了。所以，要请俞旅长帮忙派兵押运，我才放得下心。"

俞云涛摇头说："萧专员，你麾下有民团、保安团，足以完成这项任务。"

肖也说："要是这样，那倒好了，但是，这黎星斗新近受我弹劾，心中自然不满，必然会借剿匪绥靖地方为借口，拒绝配合。那民团嘛，几杆破枪才真正是指望不上呢！只有贵部能够担负这个使命。"

俞云涛依旧拒绝道："我部空虚，不足千人，既要守住这四县之地，又要策应南京方向，实在是力不从心了，萧专员，还是另请他人吧。"

肖也连连摇手，说："前线兵力吃紧，都与敌军在津浦线上陷入了胶着，守卫行营的兵力本就单薄，绝无可能派兵来这里的，所以，唯一指望的就是俞旅长了。"

俞云涛两手一摊，做无可奈何状。他没心思理会这些闲事，当即告辞。

肖也一脸的失望和焦虑，失魂落魄地送他出去，在道台衙门前就此道别。

8

肖也在夕阳里目送着仇敌远去，双腿发软，浑身出汗，倚靠在门边的条石上，缓缓坐下，闭上眼想挨过这随之而来的眩晕。

任晓月快步跑过来，伸手探摸他的额头，问："你怎么了？"

肖也做个手势，让她不要再问，等过了一刻钟后，这阵不适过去了，这才缓缓睁开眼，说："扶我进屋。"

他在屋里，重新点起了雪茄，深深地吸了两口，长长地吁口气，说：“俞小姐在医院，背部中了一枪，昏迷未醒，我是赶回来的，多亏你拦住了这个姓俞的。”

任晓月吃了一惊，问：“她怎么中枪了？你又是怎么跟她在一起的！”

肖也把当时的情形略述了一遍。

任晓月明白过来，心底有些生气，问：“这件事，你怎样善后？”

肖也说：“封锁消息，此时此刻，叶明远、俞云涛来广陵，一定是为的这个，要小心谨慎，千万不能出差错！”

任晓月责怪说：“你事先应该跟我通气，不然，不会弄出这样的局面。”

肖也有几分后悔，点点头，喃喃道：“我必须在这里，不能暴露了目标，但医院那边，得有个人照应，我想请你帮忙，不知道你肯不肯？”

任晓月的脸色霎时红了，说：“我不去，你不该让我做这件事！”

肖也一把抓住她的手腕，摇晃了两下，央求说：“这件事非你不可，只能是你了，帮帮我吧！”

他这哀求的语调，和这情急之下的肢体接触，让任晓月心肠软了下来。

她轻轻抽出手，在他的面颊上抚摸了一下，幽幽地说：“我的担心和猜测是对的，你从来没有忘记过她，好吧，我就勉为其难，帮你这个忙！”

肖也低声说：“她现在昏迷中，应该没有性命危险，我会把她送走的，越远越好。”

任晓月换上寻常衣服，绾了个麻花辫儿，从后宅一处角门出去，穿街越巷，辗转来到医院，看看门前没有异样，这才进去，找到了俞萍如所在的病房。护士正在病房边忙碌，见她进来，便问是否病人的亲戚。

她点头承认了。那护士责怪道：“刚才我们到处找家属，一个人影都不见，送她来的那位先生呢？”

任晓月低头去看俞萍如，只见她双眼紧闭，脸色煞白，躺在洁白的床单上，仿佛一张轻薄得风吹得动的纸。她顺手给她掖好褥单，问护士："她什么时候能醒？"

护士说："失血过多，路上耽搁了，虽然输血抢救了，但什么时候醒还很难说。"

任晓月在医院的病房里陪着昏迷的俞萍如整整一夜。清晨，医生去查房，看看她的伤势恢复情况，表示伤情不会危及生命，但是何时醒来，却没有把握。任晓月听在心里，替她揩擦身子，用一点粥汤喂了几口，看她喉咙机械地吞咽后，才放下碗，先回去了。

回到专员公署，马援也正心急火燎地找她。这边地下党组织派出监视人员，业已发现俞小姐离开旅社后失去了踪迹，彻夜未归。他得悉后，生怕是被叶明远出手劫持去了。此刻听任晓月说了，心中稍定。

任晓月建议，等俞小姐伤情稳定后，就送到乡下去隐藏。他立即同意了，决定这件事情不受肖也限制。两人正商议间，外面却有人来通知，请马队长去专员那里，有要事相商。马援暂先过去，也不过十来分钟时间，便回来告诉她，肖也找他并没有谈及俞小姐，商议的是军粮押运的事宜。

任晓月一惊，问："你去押运？"

马援说："不是我，是他的那位宝贝哥哥去，肖林，肖团总。他们倾轧混乱，正是我们发展的大好时机，从大的方面讲，蒋介石把他的中央军主力调往中原，和冯玉祥、阎锡山火并去了，正好给了我们各处根据地发展的机会，江西、湖南、湖北、福建等地，红军的力量日益壮大。我们这边兴南、吴尚、广陵、通县四县农村基层也都发动起来了，我估摸着，用不了到年底，就可以恢复红军独立师的番号了。"

任晓月高兴不已，却叹口气，说："马队长，说句实话，我实在是想离开这里去乡下跟队伍走，在这里真是太累了！"

马援安慰道："晓月，你的工作比在乡下打土豪分田地重要多了，上级交给你的是战略性的重任，是长期的，你切切记住，是长期，要有这个耐心。"

9

俞云涛暂住在广陵城郊，等待叶主任及其麾下便衣队到处找寻妹子的音信。这天黎明时分，突然间有人飞奔来报告，天亮时专员公署卫队忽然集合，簇拥着萧专员出了门，向东去了，随行的还有骡车，车厢内里用棉布帘子遮着，看不清楚虚实。

俞云涛吃了一惊，忙叫副官去请叶明远，同时，下令部队整装待发。

不一刻，叶明远急匆匆来了，一见面就说："我已经知道了，这家伙有了异动，有动静是好事，我建议俞旅长率部紧跟，看看此人的底里究竟。"

俩人商议既定，立即动手。俞云涛集合起队伍，沿通衢大道，追寻着前头人马的踪迹而行。而前方的大道上，肖也的队伍里，已经缺了马援。马援独自一人一骑挎枪离开大路，抄捷径小道直向南，去会合游击大队，同样向吴尚方向集结，从明处走向暗处了。

此刻，驻江边口岸镇的黎星斗，业已接到广陵的密电，请求他的保安团直接向北行动，剿清吴尚、广陵、兴南以北的各路匪患，为他的运粮队伍扫清障碍。黎星斗本不愿意多事，但惮于他是省主席、行营肖秘书长的亲信，惦念着自己的前程，只有勉为其难出这把力了。

肖也这一路队伍，浩浩荡荡离开广陵前往吴尚，在月上柳梢头时入城。肖也让队伍径自去县府集中，自己带了几个护卫前往肖府。这时候，肖林正在宅内和老黄小酌。肖定翁高卧后宅，不问俗务。肖林不久前刚刚演出了一场现任逼前任的把戏，逼出了方家的三万块钱。他和老黄等人商议，分掉小笔现金，大部分钱都投在铺子里做买卖的本金，每年分红。

肖林还让老黄去江边买了一批武器弹药回来，正留他吃饭，询问详情，却不防宅门外马蹄声声，萧专员竟然登堂入室而来，急忙去迎接。

这位脸带刀疤的萧专员轻车熟路地转过照壁、穿过前厅，在第三进院子北侧的巷口与他们相遇，笑道："肖团总，我是一路赶了又赶，终于这会儿进了吴尚城。"

肖林吩咐管家去厨下再张罗几样酒菜，款待这位贵客。几个人坐下来，尝了几口茶，啜了几口酒，便言归正题。

肖也说："昨日接了前线肖秘书长的急电，催运军粮，今天是赶来请肖团总出山，率部押送军粮去前线的，顺便也见见久违了的叔父，这机会难得呀！"

肖林愣了一下，被后一句话打动了，望着老黄说："走一趟，咱们一起去见见世面，成不成？"

老黄听得真切，点了下头，同意了。

肖也见他们如此爽快，竖起大拇指来，说："好，肖老前辈在前线为党国运筹帷幄，肖兄不辞辛劳做后勤，足以成为吴尚的一段佳话了。肖兄眼下人手够不够？要不要让俞旅长派兵协助？"

肖林连忙摇头说："我手下有四百精壮团丁，足够押运了，不必去劳动他人。"

肖也说："好，既然定下了，那事不宜迟，明天就烦请启程，我拼着今夜不睡觉，把征集的粮草清点装船，你们一路沿运河走，然后入淮河，转向淮北。这一路上，我已安排黎专员先行剿匪开路，由着你一路顺风，只要到了淮北，就有中央军接应了。"

肖林听他的口气，知道这是上峰的严令，不得不如此匆忙，也不挽留。送走了这位不速之客，他们坐在桌前面面相觑，马上醒悟，恐怕自己这一夜也不能消停了，立即放下杯筷，起身往都天庙驻防的民团去，通知那些团丁做好准备，明天一早就要动身。

这一夜，吴尚城里，码头、仓库自是忙碌不堪，灯火通明亮如白昼。而尾随而至的俞云涛已经知晓了全部情况。他没有回宅子，坐在旅部里思量斟酌，点起烟来在地图前研究再三，嘴角掠过一丝冷笑来。他去窗口叫过副官，凑在他的身边轻声说了几句。副官一惊，以为听错了。他用食指虚空一点，加重了语气说："不错，就这样子去办，办得妥当，我自然会让你升官加爵。"

副官这才恍过神来，急忙敬礼，步履匆匆地离开了。

俞云涛缓缓转过身，踱步到窗前，随手提起笔来，蘸了宿墨，在面前一张白纸上信手写道：量小非君子，无毒不丈夫！

10

肖林很快就计算出运粮船队抵达前线所需的时间，大概在两三天之间，因为是水路，路上的阻碍要小于旱道。这一夜，他在宅中只睡了三个多钟头，黎明时分就起了床，去向父亲辞行。

肖定翁昨天睡得早，并不知道儿子今天的行程，刚刚起床喝着桂圆银耳羹，看见他穿着崭新的衣服进来了，心中诧异。

肖林欠身说："儿子押送军粮去一趟淮北，顺道拜望叔父，父亲可有什么话要捎带的？"

肖定翁听说运送军粮，有点儿不乐意，但听说可以见到兄弟，笑了一声，说："去见二叔，那是件大好事，你代我问候他，让他注意身子，不要太过操劳了，国事军务担负一身，还是要多保重。不过，你这一路也要小心着，这军粮运送是头等大事，办得好，是大功一件，出了差错，也是大罪一桩，你明白吗？"

肖林点头说："多谢父亲提醒，我记着了。"

他出了宅子，与宅门外等候的老黄等人一起前往都天庙，在空场子上集合起队伍来。看他们枪支锃亮，将方才的担忧先放下，跨上马背，挥了下手，便带着这群团丁启程出发了。

此刻，肖也正在码头上等候。近三十艘粮船都已装载完毕，四面用麻袋粗绳子捆扎得结结实实，船工们持着篙桨待发。两人远远地互相作揖。肖也迎上来，说："肖兄果然队伍精干，器械整齐，与往时的民团不可同日而语，这次运粮完成后，我拟向省府提议，干脆将你这支队伍转为保安团，由专员公署直辖，你可以兼一个团练总办的职位，再往后，我另寻机会，将这专员职位由你接任。"

他一通蜜糖抹在这位亲兄长的额头上，笑得无比灿烂。肖林心花怒放，拱手连连道谢："此次运粮，一定全力而为，确保粮食运到前线，请放心！"

肖也颔首致意，目送着他在码头处分队上船，看看手表，已是上午八点，阳光明媚，这便挥了下手，说："祝肖兄此去一路顺风，马到成功！"

肖林率着他的民团队伍上了运粮船，驶离码头，沿着河道一路向北，恰逢风势对头，升起帆来，犹如白云朵朵，在绿杨碧水映印下，越发地好看。

肖也取出兜里的半截子雪茄来，重新点燃了，倒不去看船队，只盯着自己吐出的那袅袅烟雾在河畔的大风里被吹散无形的过程出神。也不知道过了多久，河道的尽头，云帆远逝，只剩下几只小鸟扑腾着翅膀来回盘旋。他笑了一下，含着那支褐色雪茄跨上了马背，问道："俞旅长还在吴尚吧？我倒想会会他。"

身边的李县长凑近来，说："俞旅长一大早就率着队伍向江边去了，据说是为率军沿江而下的同僚接风，具体情形，还不清楚。"

肖也说："俞将军总是要时刻显示自己的存在的，这在我的预料中，好吧，我就在这吴尚城里暂住下，你们联系一下黎专员，请他也来吴尚，我们两个专员都驻节这里，还是压得住场面的。"

也不过几个钟头，正带着卫队离开口岸的黎星斗接到了邀请。他望着电文出了会儿神，想到了自己在吴尚城外负伤的遭遇，不禁啐了口唾沫，说："那晦气地方，谁他妈的想去呀！这个萧专员！好吧，咱们去瞅瞅便是了。"

他扬起马鞭，带着麾下改变方向，沿着通衢大道走，眼见到了前方三岔路口时，只见一支 32 旅队伍正在对面行军，向西而去。这支队伍规模不大，武器也不似印象里国军精锐的装备。他看在眼里，心中暗忖：这支队伍已经沦为二流的预备队了，跟过去 18 师嫡系主力，那是不好比啦。

他笑了起来，俞云涛虽然升了旅长，但未能赢下这次大战，失去了立功晋升的机会，这恐怕要成为他军旅生涯的终身遗憾了。他油然忆起这半年内俞某发迹的过程来了，一时间感慨万千。

且说那支队伍与这股保安团擦肩而过之后，直向西走，快速行军，中午时分，抵达廖家沟。那里已经有六艘快船等候，领头的军官做个手势，立即全部乘船，扯帆荡桨，顺流直下，向东北方向疾驶而去。

这一路上，夜不停船，兼程而行，眼见次日朝阳升起时，大河两岸炊烟袅袅，牧童放牛，那支运输船队的帆影在前方天际线上隐约可辨，便放缓了速度，远远地跟随，不让对方觉察。

肖林此刻坐在船舱内，和衣打了个盹儿。这一夜行船，他生怕出事，亲自督率团丁们守住船头，监视岸边的动静。这会儿光天化日下，倒是戒备略松，先行休息。他这一路行程算得精准，今天白天赶路，抢在太阳落下前赶到清江浦，那里是旧日的漕运重镇，泊船之处，有城墙护卫，可保安全。明天急赶一个昼夜，便可抵近前线，有中央军驻防，在他们的卫护下，就大功告成了。所以，拼着这一天一夜的辛劳，他也要坚持下去。

想到即将和多年不见的叔父促膝长谈，博取他的青睐，自己日后前程似锦，他迷迷糊糊地入梦，在梦中畅想欢快起来。

外面的河面上，风向依旧，布帆鼓起，正是受风最佳之际，船行飞快，又走了半天左右，到了前方的河口，有两条船只在近岸的位置同向航行，向汊河转入。船上有人朝这边张望，挥手叫唤着什么。头船立即向后面传信。肖林被惊醒，立即举目眺望，似乎是有一只船搁浅了，想请他们帮忙带拉一把。

他身负重任，哪里肯管这个闲事，冷笑着下令不予理睬，赶路要紧。

船队得了令，保持速度，从这两条船边驶过。但当船只过了三分之一时，突然间，那两条船的舱口处，火舌喷吐起来，两挺重机枪架设在舱内，枪管正对着肖林所处的位置，密集且急速地扫射。

这第一轮打击，先将三县团总肖林和他的座船打得筛子仿佛。肖林坐在舱内，胸口中弹，胸前拳头大的弹洞，血喷如注。他圆睁着眼睛，还没醒悟过来，就步前任的后尘，死在这运河之上了。这中间的主船船身几乎被刹那间摧毁，河水汹涌而入，不一刻整只船就倾覆过去，挡住了后面船只的前进，遭受了同样的火力攻击。

那些团丁拼命地还击。可是这两侧的岸上，枪声四起，伏击船队的不仅仅这两条船上的人，那几艘前面的船猝逢变故，不敢逗留，发了疯似的向前划桨加速。可是，前方水花一闪，从河面下拽起三道绷紧的碗口粗的绳子，立即将这头船拦截住了。挟着火苗的弓矢嗖嗖地射过来，插入那些麻布包裹的粮食上。更有一些射力强劲的飞矛，挂着盛满油的小罐子，砰的一声将这些燃火之物撞碎在船上，引发了蓬蓬火焰。

也不过半个钟头，整支船队如同一条火龙，在河道里火焰熊熊。船夫、团丁们绝望地呼救，抱头跳水，混乱不堪。这两岸以及小船上的伏击者们，见目的达到，立即分路撤离。

其中一路沿着河东岸直向南走，步履轻快，悄无声息，一看就是训练有素的精干队伍。不出半个钟头脱离了现场，领头的人除下头上的凉帽，扇风说道："妈的，想不到几十条粮船烧起来，火势这样猛，老子在岸上都烤坏了，咱们得赶回驻地换装，千万别出了纰漏。"

他们走得快，却没料想，前方小路边的草丛和灌木林里，陡然闪出一支军队来，带队的军官高声吆喝道："别动，我们是32旅巡防队，你们是什么人？"

这些人大吃一惊，停住脚步。领头的上去几步，刚想说话，但对方不容他开口，枪弹齐发，抢先将他以及麾下几十个没有反应过来的部下全数撂倒在地。这些穿着32旅军服，以黄雀在后的姿态出手奏效的队伍，霎时间得手，为首的人去那尸体堆里察看，吃惊地说："果然是32旅的人，这是俞云涛的副官啊！呵呵，来人啊，将咱们身上的军服换给他们，往前面拖拖，这个副官的尸体，赶紧运走，铁证如山，抵赖不掉的。"

这些人立即遵从他的指令行事，有人笑道："马队长，咱们本来是想袭击粮船，截下这批军粮的，但这32旅抢先烧掉了它们，这可是出乎咱们的意料啊。"

那马援大笑："粮食眼下不重要，消灭了这股敌人，又可以重挫俞云涛，这才是最有意思的！"

第九章

1

俞云涛率着卫队在江边迎送走意气风发的同僚，准备前往口岸，会见黎星斗，商榷剿共事宜。

一行人刚刚踏入口岸镇，就先得悉了运粮船队在运河上遭截，一场大火化为乌有的消息，心里大喜，连忙赶到剿匪专员公署，却见门前冷落，卫兵告诉他，黎专员早已离开，去吴尚、广陵以北地区剿匪去了。他一阵失望，随即率着卫队快马加鞭，先赶回吴尚城去，且看这个萧专员如何应对。

但是，当他赶回吴尚时，却发现吴尚内外一片安静。只广陵那边，叶明远有密电传来：萧专员失踪，去向不明。

俞云涛心中忐忑，立即与属下各部联络，查寻萧专员的下落，仍然杳无音信。

三天、五天过去了，对于这支运粮船队以及军粮的消失，一点儿消息都没有传来。

不过，中原战场却是捷报频传。冯玉祥麾下众将纷纷脱离战场，通电投向南京政府，数十万众大半瓦解。阎锡山已知局势不妙，电令本部各军逐步后撤，择机与蒋媾和。中央军前线各部全线发动反攻。南京方面发出通电，督促冯、阎二人下野。

俞云涛坐看风云变幻，热血沸腾。但是萧专员依旧没有音信，难道他真的畏罪潜逃，弃职隐姓埋名了？他左思右想，不得要领。可是，在广陵的叶明远突然打来一个电话，让他措手不及，陷入了慌乱当中。

叶明远在电话里开门见山第一句话就是："那姓萧的在委员长行营现身，陪侍在肖定坤身边。"

俞云涛一愣，冷笑道："他罪责在身，肖定坤救不了他的，我这就公布他的罪状。"

但叶明远说："俞旅长，萧专员是押运军粮去前线的，二十万斤大米安全抵达前线。"

俞云涛惊疑地道："这怎么可能？军粮明明在河上被大火烧了，难道他变戏法将它们变到了前线？"

叶明远笑了一声，说："这军粮被烧事件，黎星斗的调查报告已经送呈上峰了，我有内线转来部分内容。请问，你的副官现在哪里呀？"

俞云涛吃了一惊："我正四处找他呢，难道——"

"你的那位张副官，和另外三十多人，穿着 32 旅的军服，在伏击运粮船队的岸边被发现了，不过，他们都成了不能开口的尸体。"

俞云涛倒吸一口凉气，喃喃道："都死了？都穿着 32 旅的军服？这到底是怎么回事？"

叶明远说："明摆着，这次军粮被焚毁，你有重大嫌疑，俞旅长，你太过大意了！"

俞云涛说："是，我大意了，没想到螳螂捕蝉黄雀在后，可是这黄雀是谁？难道，是这个姓萧的？"

叶明远不客气地说："俞旅长，从眼下的情况判断，你截烧运粮船队的行动彻底失败了，那些军粮已经被那位萧专员运去前线，立下功勋了，你拦截的船队，只是替死鬼，而且，还留下了铁证暴露了你自己，你老兄，把一切都搞砸了！"

俞云涛如梦方醒，缓缓地放下电话。事已至此，他无话可说了。这半年来的飞黄腾达，意气风发，犹如黄粱一梦，被这迎头一盆凉水浇醒了。在和萧专员明枪暗箭的较量中，他一败涂地，悲愤之下，想要知道这个对手究竟是谁？到底是谁？他在失败的氛围围裹之中，被这一点疑惑究底之心戳破了消沉，他伸手抓起军帽来，站在镜子前端端正正地戴上，深深地凝望镜子里这个戴着黑色眼罩威风凛凛的将军，油然又生了几分锐气，他几乎在这刹那间决定，要去一个地方，在那个地方，他要先让一个人生不如死，悲恸欲绝。

俞云涛跨上战马，只带了两名护兵，疾驰向肖府。

他在马背上打量着这座大门紧闭的所在，望着屋檐上的那些灰色的塔儿草，以及朱漆褪色的大门、青石雕琢的石鼓，笑了一声。他此刻要登门拜访的是肖家硕果仅存的老人，纵欲过度终有报应的丹道修士：肖定翁。

2

肖林运粮前往中原去见肖定坤，这一走就是大半个月，虽然没有音信，但肖定翁并不为此担忧。

这一刻，他正靠在四姨太温软的身体上，守着丹田打着盹儿。突然管家来报，俞旅长登门。

肖定翁一惊，支起半边身子，对着窗外说："你请他去客厅小坐，我稍后就来。"

管家走后，他依旧卧伏，喃喃地说："俞家这个小兔崽子，懒得理会他！"

四姨太拨弄着他的胡须，说："抬手不打笑脸人，人家大小也是个旅长，又这么殷勤，冷落了反显得咱们小气。"

肖定翁点了下头，坐起身来，说："好，听你的，见就见一下吧。"

客厅里，俞云涛正襟危坐，望着杯子里漂浮的茶叶，从容地吹拂着。听到外面的脚步声，便迎到庭前。

肖定翁做个手势请他坐下。

俞云涛却在突然间双膝扑通一声跪倒，除去军帽，在地砖上连磕了几个响头，带着哭声喊道："肖伯父节哀顺变，肖伯父节哀顺变！"

肖定翁吓了一跳，问："这怎么回事？"

俞云涛大哭："伯父还不知道吗，肖大哥他殉职了！"

这末尾三个字犹如晴天霹雳，一声巨响中，肖定翁僵立无语，瞪大了眼睛死死地盯住了这个报丧来的世仇，一只手不知何时已经揪住了他的衣襟，奋力地撕扯着。

俞云涛任由他这风烛残年之力徒劳地动作着，侃侃言道："肖大哥押运军粮去前线，在运河上遭遇了匪徒的袭击，和手下几百人连同那几十船粮食，都被一场大火烧得干干净净，我那聪明能干、不可一世的肖大哥，就这样没了，就这样没啦！"

他越发地哀怜、哭喊。肖定翁两只手突然停止了揪绞，在厅堂中央宛若一根朽木，片刻间，如同雕像坍塌般瘫软下去。

俞云涛一把托住，大叫道："肖老爷中风了！肖老爷中风了！快请医生，快请医生！"

他这一来，不过说了几句话，就将丹道修士肖定翁的精神肉体霎时间彻底击溃，心中快意地冷笑，在肖府四姨太、管家、用人们的忙碌中，从容地退出，返回了自己的宅邸。

俞凤山正在宅子里牵挂女儿，一见他回来了，连忙问："你妹妹有下落了吗？"

俞云涛苦笑一声，摇摇头说："爹，是福是祸，这次都躲不过了，我方才替您、替咱们俞家一了百了，赶到了肖家去，报了肖大少的死讯，肖定翁垮掉了，吴尚肖家，呵呵呵呵，了结了！"

俞凤山对于此刻肖家的完结暂时不感兴趣，急促地问："儿子，什么福？什么祸？你说清楚，快说清楚！"

俞云涛颓然坐在椅子里，带着哭腔说："他们在运粮船队遭袭的地方，找到了王副官这些人的尸体，完了，完了，这次是真完了，没有改招了！"

俞凤山眼前一黑，扶住椅把子："这怎么回事？你快说个明白！"

俞云涛便把自己安排部下冒充土匪，袭击烧毁运粮船队，打死肖林的经过详述了一遍，百思不解道："这王副官他们，穿的都是便衣，全身而退，可是最后弄成了穿着军服，横尸在河边现场，这个太过出人意料了，太出人意料了。"

俞凤山听完缘由，叹息道："连环计，连环计，你中了人家的连环计了，肖大少和那些粮食都是诱饵，你贸然动手，却不知道黄雀在后，他们用铁证来证实你是袭击粮船的元凶，那萧专员却在另一路督运军粮去了前线行营，请功邀赏去了，这一招确实是太狠了！"

俞云涛叹息一声，说："我大意了，只顾对付肖大少所率的船队，却没有料想他暗度陈仓了，事已至此，只有坐等上峰的惩处吧。"

俞凤山怒道："亏得你还是个军人，岂不懂战至最后一兵一卒，决不言败的道理？"

俞云涛一惊，直起腰板来，说："是，多谢您的当头棒喝，儿子这就回旅部去想应对之策。"

俞凤山忧心忡忡地目送儿子匆匆离去，自言自语道："这一劫，也不知能不能躲过去呢。"

俞云涛回到旅部，用毛巾擦去了额角的汗珠，凝望着面前的地图，脑子里盘算着自救反击的方略。

负责勘查运粮船队覆没事件的剿匪专员黎星斗，率队伍返回口岸。队伍武装督押的大车内所携的大量证据，既有 32 旅副官王某等人用石灰腌制的尸体，还有三县民团团总肖林的尸体，他是在次日浮起河面的，除掉面容完整外，身体被机枪子弹打得支离破碎，无法收拾，只能用白布裹扎得齐整，等到目的地后再用棺木盛殓，通知肖府来运回。这些现场所能寻觅到的死者遗骸，都已经拍照留档，部分随同公文发往委员长行营，留一部分在手里，有意将之奇货可居，消遣那位挟匪自重、结果又自己扮匪的俞旅长。

队伍从吴尚西侧穿过时，黎星斗留意在望远镜里远眺那个轮廓依稀的城池，想到城里得悉消息后，正像热锅上的蚂蚁乱转的俞云涛，不禁大笑，时至今日，他倒有心瞅瞅这个家伙该当如何自救，如何应对呢。

这一晚，口岸镇的酒家、赌场等处灯火通明，热闹非常。保安团的官兵们丢下武器，拿起黎星斗打赏的钞票，充斥了街头，争风吃醋、打架调情、坐地开赌，让人目不暇接。

也不知过了多久，这酒宴散了，欢场尽了，钱财耗了，整个大街渐渐地沉静下去，镇子里只剩下两条大街的路灯犹亮，却照不见半个人影。这一刻，黎星斗沉溺在姨太太争相递送的肥乳中，酣然入眠。

一轮明月高挂云间，江风萧萧，浪涛阵阵，将这全镇所有的人都送入了梦乡里。而镇子外，三四条僻静小路上，正有几支队伍悄然推进。这些人携带着各式武器，汉阳造、德国老式毛瑟、冲锋枪、驳壳枪，以及大刀梭镖，衣服也和这武器一样，杂乱无章。但整齐的是他们的队伍和步伐，一看就是训练有素。

他们悄无声息地抵近了镇子，他们是什么人？来干什么？在这迷蒙月影下，与他们行踪一样，成了谜团。

3

口岸镇剿匪专员公署遭到共党武装围攻的消息，通过快骑、电话、电报和口信传播四方。远在中原前线行营内的肖也闻讯后，不假思索地断定说："一定是俞云涛所为，挟匪自重，是此人一贯的伎俩，这一次袭击口岸，目标怕就是为了泄私愤，毁铁证无疑。"

肖定坤坐在椅子里，说："依照此人眼下的处境，负隅顽抗，拼死一搏也是可能的，但也不排除其他目的。眼下战局已定，就在这里坐看江北这出戏如何演吧。"

肖也点点头，心中钦佩。

肖定坤抽了片刻雪茄，缓缓开口问道："肖林死了，你父亲知道了，一定会伤心的。"

肖也叹口气，说："叔父，我想过些日子回吴尚，向他表明身份，父子相认。"

肖定坤笑起来："其实，我已经猜到，你让他去督运军粮，本就是要让他做你的替死鬼。但他做梦也想不到，你让他全力护送的这些粮食，都是些掺杂了硫黄和稻草等引火之物，俞云涛不袭击船队，你就要动手了。总之，是要将罪名摊到俞云涛的头上，他是在劫难逃。你这招数，是不是绝情了一点呢？"

肖也一惊，急忙问道："叔父是怪我对大哥下手太绝？"

肖定坤沉默了片刻，摆了下手，说："这也怪不得你呢，他是绝情在先，你只不过是报仇而已，更何况，当下乱世，不绝不狠，那是难有容身之地的，我不怪你，也不教你什么得饶人处且饶人的废话，你自己凭心去做，不愧对良心就行。"

肖也默然。这时，侍从匆匆进门来，呈上一沓电报。

肖定坤翻阅片刻，轻描淡写地说："奉军出兵山海关，直扑北京，张学良发布通电，调解战端，决定最后胜负的筹码下注了，南京方面大获全胜！"

肖也愕然道："张学良出兵了，这样的话，这场战事就结束了。"

肖定坤指示秘书立即将电文转送各处，如释重负地长吁口气，说："这场大战，双方陈兵百万，逐鹿中原，看着热闹，却不知道真正的胜负是在幕后交易出来的；贤侄，我给你透个底，早在一个月前，我在上海，代表蒋委员长与冯玉祥手下几员大将的代表接洽了反正事宜，上海滩十里洋场，才是真正的战场呢！这奉军南下入关，抄了阎锡山的后路，也是七天前商定的，这战事还没有结束，结果却早已定下了，河北、察哈尔等地，悉数交由张学良，他做海陆空三军副总司令、军事委员会副委员长，而山东、河南、山西、陕西等几个省的省主席，都交给那些率军投附的降将担任，委员长下了血本，这场胜利来之不易呀！这才叫作政治，贤侄，这就叫作政治！"

肖也听他一席话，心中感悟颇深，政治这个概念，在他的解析下，直达核心，无非就是两个字：交易，或者说是因交易而带来的势力此消彼长的平衡。蒋委员长用金钱和权势平衡了军力的不足，从看似凶险的境地中扭转了乾坤，实在是谋略高明。

他不禁叹服，问："叔父，这样的大手笔，可是出自您老人家之手？"

肖定坤哈哈大笑："三分军事，七分经济，这是我在上海公馆里与蒋先生初次见面时呈上的方略，承蒙他的欣赏，这次大战中委我以重任，而肖某人不负重托，算是勉力完成了。"

这叔侄俩出了屋子，望着外面林立的岗哨、天尽头隐约浮现的飞机，沿着沙袋垒就的通道，闲散地走了一气，终觉无趣。肖定坤停下脚步，背负双手，感慨说："中原硝烟散去，可还有更加重要的使命在等着我呢，蒋委员长大局已定，就要出手去办另外一件大事了，这可比剪除冯玉祥和阎锡山要难。"

"叔父，莫非说的是——"肖也心中一动，猜测着说，"剿共？"

肖定坤抬起手，在他的脊背上轻拍了一下，说："你说对了，是剿共。"

他的眼中迸出凌厉的杀气。

肖也油然联想到了任晓月、马援、何为他们，顿时泛起了一股子寒意。

肖定坤意识到了什么，微笑道："某些人，某些势力，是可以利用的，但是一旦形势转变，这些人成为累赘，尾大不掉时，要有壮士断腕的勇气和狠心，这又是考验你的一个契机，你得有所准备了。"

肖也明白他的意思，说："是，我回江北后，会慎重应对的。"

肖定坤想起件事来："你回江北后，有件事得先办了，肖家只剩你这根独苗了，多生几个孩子，叔父膝下无子，也想从你那里过继一个孙子，不孝有三，无后为大，这可是件重要的事情。"

他这一说，肖也想起了那天和俞萍如的情形来，心底一阵子刺痛，苦笑一声。

肖定坤继续说："那位任小姐，以太太的名义随你到江北后，还算安分吧？这个女人我印象不错，你想不想娶她？"

肖也说："她眼下就是萧太太，保不准哪天就生个孩子出来，除了您，别人都不觉得诧异呢。"

肖定坤大笑："你这话说得，倒像我这叔叔是外人了，你们这样稀里糊涂地生出孩子来，我也没意见，但我那个孙子，你记着给我送来。"

肖也心情复杂地笑了两声，顾左右而言他："这会儿，也不知道俞云涛是怎样的情形呢，叔父，军方准备如何处置他呢？"

肖定坤说："这件事似乎有些复杂，眼下 32 旅属于 18 师的预备队，仍旧属于陈诚麾下，这位陈师长是蒋委员长的心腹，处置俞云涛，怕最后决断的还得是委员长，我会设法进言的，挟匪自重，杀良冒功，可不是轻易能含糊过去的。"

肖也凛然道："是，侄儿记住了，除敌务求彻底，不留后患！我这就去联系黎星斗，让他将这夜来偷袭的罪责，放在俞云涛的头上。"

4

叶明远遍寻俞小姐不得，又谨防遭到敌手的袭击，将办公处挪移到了船上，坐在船篷之下看岸上街肆间来去的男女老幼。他所携带的电台，就设在岸边那间客舍内，接收着各处的密令和讯息。他江北此行的目的，是为揭穿那个萧专员的真实面目，为党国除害，为自己报仇。但萧专员却离开了广陵，销声匿迹了一段时间之后，突然出现在了委员长行营，这可真是让人大跌眼镜了，同时也激发起他要寻找到俞小姐的急迫心情来。

这位在某个下午离开旅馆，突然消失在街头店铺里的年轻女人，她会在哪里？是追随萧专员的足迹，离开江北了，还是仍旧在这座城市某个角落？他难以判断，陷入了两难的境地。

既然是左右为难，叶明远索性顺其自然，不做选择，随遇而安。首先他命令手下死死守住了旅馆，看着这个女人尚未带走的细软，希望这个女人在逃逸中依靠它们作盘缠，终究要回来一取；其次是留意专员公署所在地，萧专员还留下了一个人，那个姓任的女共产党。一个是失踪的女人，一个是几乎每日出没于眼前的女人，这一实一虚之间，寄托着叶明远在江北逗留的希望。他不敢懈怠，如同一只警觉的猫儿。

但是，旅社的那间客房始终空着。俞小姐仿佛从空气中蒸发了，再也没有丝毫的线索可循。而那位专员太太出入都有武装保护，她有时无事逛街，买些饰品，定做几件秋衣，有时去医院看看医生，绝大多数时候，她都安静地待在公署里，她在宅邸里干些什么，自然是无从知晓了。

叶明远努力地压抑自己急躁的心情，告诫自己冷静、冷静、再冷静。

而近在咫尺的任晓月，却截然相反。这位俞小姐在医院病房里昏睡了四天，第五天勉强能睁开眼，也不知道神志有没有恢复，目光淡漠地望着一切，毫无表情和反应。任晓月时常坐在她的眼前，用手掌晃动着，来测试反应。但俞小姐视而不见，木然不动。

任晓月叹息着俯瞰她那因失血而苍白如纸的面孔，喃喃地说："他怎么会这样在乎你？还去吴尚招惹你，弄成眼下这个境地。唉，他要是干净利落地把你给忘记了，那现在的你们都会活得平静的。"

外科医生来察看病情，示意她代为替俞萍如解开衣服，露出左胸和背部上方的伤口，动作麻利地换敷了药物，说这种贯通伤的愈合速度比较慢，伤者还需要相当一段时间的休养恢复。

任晓月看她在清洗伤口时，身体微微抽搐的反应，询问这伤势影响她的神志恢复吗，医生去扒开俞萍如的眼睑检查了一下，说："生理上已经脱离休克状态，但精神上的问题，不是外科所能解决的，她受了惊吓，心理精神上也同样需要恢复。"

时间如风而逝，天气在萧萧秋雨中凉了下去，任晓月的薄衣也换成了秋装。又过了些天，报纸上刊载了张学良出兵山海关，冯、阎联军土崩瓦解通电下野的消息。她从这个头版头条消息中，意识到了与自身与党组织安危攸关的转折点即将到来。

她放下了报纸，去换了装，重绾头发，提起竹篮，以女佣的模样儿从公署后面隐蔽的小门出去，前往医院。

但是，当她这次踏入外科病房时，突然发现人去房空。一直躺在床上，盖披着薄被的俞小姐已经不在了。她惊讶万分，去找护士询问。护士也不知道这个病人的去向，她顿时惊慌起来。

任晓月站在病房外幽长的走廊里，浑身发冷，没想到近期来殚精竭虑、一心一意照顾这个女人，竟然会是这样的结局。在她细心护理下伤势基本痊愈的俞小姐，不辞而别了，更加让人惊诧的是，在这几十天的时间里，她从没有说过一句话。沉默不语的她，就这样像谜一般地失踪了。

任晓月穿过人群熙攘的大街，来到了文明旅社，匆匆入内，登上二楼。但就在她正要走进那间客房的刹那，猛然间省悟过来，脚下不停，从门前走过而不顾，沿着回廊转过去，依旧从楼梯下去出了旅社大门，径直穿过街道，来到专员公署台阶下，这时掉头望去，只见几个举止可疑的男人正在旅社门口，向这边张望。她如释重负般地松口气，快步进门，招手唤来卫队，低声吩咐了几句。王队长立即遵照而行，集合起二十来人，执枪冲出公署，猝不及防间围住了那旅社，高声宣布专员公署稽查队搜拿歹徒，敢于抗拒者，格杀勿论。

这一众人等加上闻讯而来的警察，冲入旅社，先将几个来历不明的家伙控制住，再让伙计去打开俞小姐所租住的客房。王队长抬手禁止其余人进入，自己小心翼翼地进去，把女房客留在屋子里未曾带走的东西一件件一样样都聚拢起来，用一张被单裹着，提在手里，下令再四下里查勘有没有其他特别之处，这才鸣金收兵。

任晓月等他们回到公署，便授意王队长去审讯那几个监视旅社的不轨之徒，自己坐在隔壁房间里旁听。王队长有意要显身手，将那几个人背缚着双手，关在一间空屋子里，两个摁一个，跪在砖地上，用藤条照着大背脊抡圆了抽打，一片鬼哭狼嚎。其中有个人扯着嗓子喊道："我们直属南京中央党部管辖，这事捅上去，你们省主席、专员，一个个都是逃不了的！"

王队长管他什么党部中央，拿起尺条子劈头盖脸地又是一顿乱打，打得这家伙嘴巴红肿，牙齿脱槽，一张脸几乎变形，连爹妈都认不出来了，只剩哭号求饶。

王队长这便问道："你们是从哪里来的？在这里多久了？领头的是谁？守在这家旅馆干什么？"

那先前嘴硬的家伙知道碰上煞星了，不敢再拿性命开玩笑，忍着痛一五一十地交代了。

任晓月听得真切，叶明远果然在广陵，不禁笑了起来，心说这些天自己虽然空守着俞小姐没有结果，却也把叶明远给牢牢牵制在了广陵，使得他无法去吴尚和俞云涛同流合污，对付肖也和马援了。于是，她摆了下手，让王队长把他们暂时羁押了。现在，她只想弄明白一件事，在医院突然失踪的俞小姐，没有回旅社换衣取包裹，她是穿着医院的病员服离开医院的，一定会有目睹者，一定会留下踪迹。她马上嘱咐王队长联系本地警察去查找。

任晓月对于俞萍如逃离医院后的去向，只有一点担忧，那就是落在了叶明远的手里。其余的，都是可以忽略不计的。

5

俞萍如这多日来静卧在医院病榻上，望着这个女人坐在身边，心底的愤恨一点点地在积累。她天真地踏进了肖也设置的这个陷阱，以为是奔赴爱河，却不想是步入了绝地。这一枪，打掉她所有的幻想；这个身份是萧太太的女人，更加重了她的恨意。是她的存在，让肖也变了心。这个肤色深褐的女人，是靠着什么让他移情别恋的？让他能够对自己狠心下毒手？

她在这许多个漫长的默然对峙中，找不出缘由来。但是，在仇恨忍无可忍的时候，她的枪伤却愈合恢复了。她决定，自行离开这里，去一个别人不知道的地方，在那里休养身体，然后再择机去上海。到了上海后，她会主动联系吴尚的父兄，然后在赴海外的旅途中，将肖也和所经受的一切都抛进太平洋里。

她在佯作平静的躺卧下等待机会。当陪护的任晓月离开之后，她立即开始实施自己的脱身计划，选择在黎明时分悄然离开病房，穿过走廊，下到楼底，沿着围墙根绕过去，趁着门房老头打盹儿之际，闪进去抓了件灰布褂子披上，溜出了医院。

此刻，她只有一个地方可以投奔，她在上海的同学罗雪家。罗雪是她约好了一起去美国留学的，正在上海等待，但她家里的情况俞萍如是清楚的。罗雪与她一样有个哥哥，在上海会计专科学校毕业后，就回广陵协助父亲经营买卖去了，他们之间有过几面之缘，罗雪还半开玩笑，要她做嫂子呢。这层关系，在广陵根本无人知晓。她能够指望在这里藏身，并由此前往上海。

罗家在广陵也算上等人家，宅子在乌鹊巷东边，向路人一问便知。俞萍如虽然体弱，但这几步路还是走得动的。到了门前，正巧有人出来，戴着顶礼帽，西装革履，一身洋派打扮。她依稀认出了他正是罗雪的哥哥，罗家大少爷，当即不假思索地招呼了一声："罗先生。"

罗少爷正要去铺子里办事，这清晨时分，陡然听到一个女子叫自己，吃了一惊，驻足转身，却见一个装束奇怪的女子走近来，面容倒是依稀熟悉，但一时想不起来。

俞萍如说："我是罗雪的同学呀，咱们见过，在上海。"

罗少爷先是愕然，继而下意识地从口中蹦出三个字来："俞小姐，是你？你怎么会在这里？"

俞萍如扶着墙壁说："能让我进屋坐下喝口水再说吗？我遇上了点麻烦，一时不知道该如何是好，想起罗雪和你来，这才一路打听过来的。"

罗少爷赶紧让院门里张望的老妈子出来帮忙，扶她进门。俞萍如在客厅里喝了口水、吃了点东西后，便告诉这位罗少爷，自己是来广陵探望大狱里的朋友肖二少的，却不想没见着他，却被他的同伙给绑架了，要向自己的父兄勒索钱财，她逃跑时受了伤，这伙歹徒还想依靠她发财，就冒险将她送进了医院，派人监视，她是在凌晨时分趁人不备逃出来的。

罗少爷不觉骇然，说这光天化日之下，还有这等事，令人发指，当即就要派人去警局报案。俞萍如急忙阻拦，说："这也怪我，居然昏了头不听父兄的劝阻，来这里看他，原以为他是无辜受害的，想营救他出来，谁知道居然真的是个坏人！"

罗少爷听妹妹说过这位女同学的情史，笑道："俞小姐是个重情义的人，这次能够化险为夷，是老天爷的保佑。不知道我有什么可以帮你的？"

俞萍如说："我想在这里借住几天，然后请你帮忙送我去上海，到了上海，我会与父兄联系，这次广陵之行，千万不能让他们知道，否则会阻止我出洋留学，按照他们的意思，是让我嫁给本城的一个纨绔子弟，这个，我是宁死不肯的。"

罗少爷望着这女子苍白的脸庞，隐约透现的红晕，沉思了片刻，说："好吧，我带你去妹子的闺房，我看，你的身形跟她仿佛，就换了她的衣服吧，这模样儿，老爷子见了，不吓坏了才怪。"

俞萍如就此暂作栖身，足不出户，宅子里上下，都当作是小姐同学来访暂住。倒是罗少爷，因了这女孩子，在店铺里时常心不在焉，抽空找借口回宅，陪她闲聊。

所以，俞萍如离开医院后的踪迹，止于罗家宅子。这么一来，守株待兔的叶明远，四处寻觅的任晓月，都无法达成所愿。她在广陵某处深宅中迎来浓郁的秋意。

这时，剿匪专员黎星斗在口岸镇遭到偷袭后的次日清晨，从后柴房的地窖里，被两个贴身护兵搀扶出来之后，收拢四散的部属，查实损失，其余勿论，只那关键的证物：32旅副官王某的棺木完好无损。原先猜测这是俞云涛故技重施，派兵冒充土匪毁灭证据，搅乱江北治安，好师出有名的想法，貌似是错误了。

两天后，省府回复：着令黎专员担负江北剿匪重责，主持全面剿匪。他心中立即明白了其中的玄奥，立即在口岸发布剿匪通电。

黎星斗登高一呼，霎时间便将那位惯以挟匪自重、扶摇直上的俞旅长尴尬起来。俞云涛夜袭口岸得手，不留任何和自己有关的痕迹，正待借这个混乱造势，减轻因伏击粮船而造成的不利影响，却不料是这样的结果，只得困坐在旅部里喝闷酒解愁。

委员长行营已然由中原大定之后，南归京沪，秘书长肖定坤率行营部分部属乘列车改走广陵以西的线路，在列车上约见了江淮省政府主席刘某，随行的肖也自然和刘主席一起下车，要回吴尚，提前发出了两份密电，一给黎星斗，一给马援，约他们在吴尚以北、苏家埠以南的邮城驿会合，他要以赫赫威势重返吴尚，让机关算尽的俞家父子领略自己的威风。

这一路上，虽然太平无事，但肖也却愁上眉头，所想之事，不在于俞家父子，而在于马援。临别之际，肖定坤有三句话相送，第一句：穷寇勿追。第二句：主动剿共。第三句：亟待军职。

这一、三两件事，他赞成无误，只是这第二件事，让他一时间踌躇难断了。

6

肖也一行从临时停靠的小站下了火车，向着广陵方向而去。四野间，秋意正浓，庄稼金黄，枫林殷红，风正萧萧。一行人过了一座坡度缓和的土丘之后，豁然开朗，江北平原在眼前一望无垠，只见一支灰色队伍正列队于道边，有人举着望远镜向这里瞭望，前哨有骑兵快马如星，飞奔而来。

肖也笑了一声，说："保安团什么时候变得这样威风了。"

两边队伍碰了面，黎星斗从高头大马上下来，老远就张开双臂，哈哈大笑说："萧专员，你这一次可是见过世面啦，百万大军对阵厮杀，是个怎样的情形呢？黎某做梦都想不出来。"

肖也说："我屈憋在火车上、破庙里，只听见了枪炮响，却没有机会见着打仗啊！"他示意随从打开携带的皮箱，从里面取出两块厚实的金砖来，肖也接过递过去，说："老兄辛苦了，兄弟来劳军，请笑纳。"

黎星斗一见这黄灿灿之物，大笑不已，说："萧专员真是个爽快人，我就喜欢跟爽快人打交道！"

他们上了马，徐徐向东进发，走了不过十里地，马援率部在前方一片榆树林前集结。这支队伍约莫四百余人，大半枪械崭新，弹药充足，士气旺盛，是他从兴南、广陵、通县等地农会和自卫队中精选出来的，真实番号是工农红军江北独立大队，对外的名义是专员公署缉私队。他要凭借这支力量协助肖也，借他报仇之力，先行解决了江北地面最危险的敌人：32旅旅长俞云涛。

此刻，他挥手下令部队拉开距离，不要和对方太过接近，自己独自驱马过去。

肖也笑道："马队长瘦减了许多，省府正在拟文，对于此次剿匪有功人员，都要嘉奖。马队长的名字，我已经报上去了，届时让他在黎专员的麾下弄个职务，不知道肯不肯呀？"

黎星斗打量眼前这条汉子，笑道："好！这样的干员，求之不得呢！"

三个人齐声大笑。

这大队人马奔赴吴尚。吴尚城里，俞云涛心事重重，困坐在旅部。上面针对他的处置意见迟迟没有出台，这让他忐忑不安。

他思忖再三，决定给上司陈诚发一封密电，内容的大意是：自己在江北剿匪，处理手段严厉，必然会得罪人，如今，屡遭陷害和攻击，心灰意冷，萌生了解甲归田的想法，请求上司代为斡旋，只求能够全身而退，享田园之乐就心满意足了。信函送出去已有多日，但至今仍未有回信，倒是陈诚又有新的升迁，名列报纸了。

他正斟酌之际，突然守城的部下打来电话，江北督察专员、剿匪专员率队伍联袂入城了。

俞云涛哼了一声，这二人是摆出得胜归来的架势，向自己示威了。他吩咐卫兵备马，自己去镜子前看自己身上这笔挺的军服，不禁叹口气，索性脱下了，改换上件对襟绸衣，戴上顶礼帽出门。副官和随从们见他便衣出行，都有些诧异，但谁都不敢多问。一行人走了不过百十步，俞云涛忽然瞥见路边的肖府，心中一动，勒住了马缰掉转方向，来到紧闭的大门前，拍打门环。

门里的用人探头出来。

他说："快去禀报肖老爷，我已经查出害死肖大少的凶手了，我要当面告诉他。"

十分钟后，宅门开了，用人说："老爷子在后宅等你呢。"

俞云涛穿堂越户来到了肖定翁的病榻前。

肖老爷子在四姨太的搀扶下坐直了身子，目光直勾勾地看着他，嘴角流下了一道涎水。

俞云涛笑了起来，说："老爷子几天不见，精神气不错啊，这样也好，有气力去替儿子报仇了，手刃仇人了！"

肖定翁嘴唇动了动，却发不出声音来，但目光里殷切之情流露无遗。俞云涛再度仔细地打量这个已然中风瘫痪的世仇，快慰无比，含笑说："老爷子，我经过这几天的暗中调查，终于找到了置肖兄于死地的凶手是谁了，这个人就是你那兄弟提携重用的萧专员。这萧专员让肖兄替他押运粮草去前线，其实，是让他做替死鬼、挡箭牌，肖兄督押的不是粮草，而是草料、硫黄等引火之物，用来吸引土匪和仇家的注意，结果，肖兄和他手下的弟兄们都遭暗算而死，别人都以为他和这军粮全数毁在运河上了，却不料萧专员亲自率着一彪人马，偷偷摸摸地走陆路，日夜兼程，畅行无阻地将军粮运到了前线，博得了大功劳。可怜啊，我这屈死的肖兄弟，死不瞑目！"

肖定翁浑身颤抖起来，张开了嘴巴，喉咙里啊啊地发出嘶叫声，显出愤怒之色。四姨太连忙用手帕去揩擦他的嘴角，说："俞少爷，你不能再说了，是想气死老爷子不成？"

俞云涛摇头说："我是让老爷子别再稀里糊涂，到临了还不明白，肖家被人利用了，这个仇要报，这萧专员狼心狗肺、狠毒奸诈，绝不能轻饶了！"

肖定翁眼中流下泪来，使劲地晃荡着脑袋，似乎是受不了这刺激。

四姨太气恼地正待逐客，俞云涛却先拱手说："在下的话就说到这里了，就两条，第一，肖大少押粮死了；第二，萧专员押粮得了大功，其他的事，老爷子斟酌着办。"

他转身离开，不复回顾。

7

肖定翁咳嗽着，仰卧在松软的靠垫上，双眼紧闭，如同死去一般。

前宅的用人回转来，在门外报信说："俞家少爷已经走了。"

四姨太骂一句道："杀千刀的畜生，他是要赶尽杀绝呀！"

肖定翁原本木讷的面容掠过一丝笑意来，坐直了身子，开口说："这小兔崽子，学了点皮毛伎俩，就来老夫面前卖弄，真是班门弄斧，肖家此刻正处于危难关头，他想把我气死，倒是如意算盘，可惜，老夫早已看破了他的花招。"

他下床穿衣，踏入院内，看眼前落叶飘零，一片秋色，不禁叹息："林儿死了，另外一个下落不明，我肖家的血脉就要断了，老二远在他乡，鞭长莫及呀，难道真要靠我这把老骨头撑持门第？"

外面查看动静的用人跑进来报信，有大队人马进城了，都在传两位专员一齐来了吴尚。

肖定翁略略沉吟，吩咐取来椅子，就在这株桂花已然落尽的树荫下，盘膝静坐，淡淡地说："且看他们如何向我交代此事。"

肖定翁所说的他们，其实只是一个他：萧专员。但这位专员此刻并未有先来肖府拜谒的心思。肖也在北山寺和马援住下，黎星斗住光孝寺，约好晚间在县府会晤李县长。

他们各散之后，肖也便问马援江北当下的形势。马援便告诉他，俞云涛新近频繁调动部队，防区变换不停，用意难以猜测。肖也笑了笑，说也许是疑兵之计。马援挠了下脖子，说，他这疑兵是迷惑谁呢？

肖也说："谁在江北，谁在吴尚附近，他就迷惑谁。"

马援想了想，说："我认为，他这是在炫耀武力。"

肖也指尖在桌面上随意地画了两下，说："他这是在掩饰心里的紧张，展示给吴尚县长以及地方缙绅们看的，让他们助饷，银票金条一点儿也不能少。"

马援恍然，问："兄弟，你在上面消息灵通，此人在江北还能待多久？"

肖也说："黎星斗调查公函送呈上面之后，至今没有动静，这件事的操控，似乎在最高层手里，连我叔父也不能明悉内情。俞云涛，呵呵，或许应该另外设法招呼他了，对你们共产党而言，除掉他，是一个象征意义极大的事情，只要能得手，我来做善后。"

马援迟疑了一下，这件事若是放在一个月前，他是毫不犹豫就能付诸行动，但是当前的形势已经有了巨大的变化，他如果率队伍袭击俞云涛，无论得手与否，敌人必定会对吴尚地区展开扫荡，到那时，对手可不仅仅是32旅这几个团的兵力，接踵而来的敌人，将会如同蝗虫般铺天盖地，到那时，这支好不容易恢复几分元气的队伍，不是陷入苦战死战的绝境，就是要被迫撤出江北，另觅去处了。

肖也见他不语，继续说道："眼下，正是32旅实力薄弱的时候，机会难得，要是敌人的主力过来了，或者32旅充实了兵力，那对付他们可就希望渺茫了。"

马援说："这件事，必须先向省委请示，上级会通盘考虑的，当前的形势微妙，总得配合联动才能有把握。"

肖也不明白他的心思，只叮嘱一句："机会难得，稍纵即逝，切记，切记！"

马援出了僧舍，站在大雄宝殿前的石阶上，仰望天空，但见满天星斗，月儿正圆，心底不觉一片透彻。这一刻，他想起远在广陵的任晓月，以及生死不明的俞小姐，还有那个藏在暗处，难以现形的阴险对手叶明远，喃喃说："幸亏俞小姐这枚自己闯入的棋子搅乱了局面，牵制住了叶明远，不然的话，这一系列的行动也难以得手。"

这时候，他担心起来，叶、俞合流将会造成的危害，这一刻，这个叶明远是一颗极其危险的炸弹，什么时候爆炸，难以预料，他一旦出手，目标又将会在哪里？

马援带着担忧，策马去城外村庄里隐蔽驻扎的游击大队，考虑下一步的行动计划。

肖也聆听着马蹄声远去，上床躺下，一合上眼，油然浮现起两个女人的面容来，一个是任晓月，一个是俞萍如。在铲除仇家几乎大功告成之际，他念起她们，思路起先清晰，但随后便陷入了混沌状态，一会儿是任晓月开枪打死了船匪，救自己于垂危的飒爽英姿，一会儿是俞萍如赤裸身体拥抱自己的情形，两者走马灯般轮换不息。他闭上眼，心猿意马之际，猛地想起自己这力不从心的身体，啊了一声，用拳头奋力地捶打着床框，两眼流下泪水来。

门外的卫兵听里面的动静，不敢吱声。这时李县长进了庙，在门外说："萧专员，有最新消息！"

肖也打起精神来，迎到屋檐下。李县长摇晃着手里的电文纸，说："刚刚收到行营和省府来电，都有了消息，18军移师江北休整，即日从洛阳开拔由陆路南下，32旅余部回归建制，开拔去湖南等地，与原西北军等部一起剿匪。"

肖也对于18军来江北屯驻，并不感兴趣，对于黎星斗升职也不在意，只是对于俞云涛没有受到处罚，反而要率军剿共而惊诧。

他说了一句："怎么会这样？"

李县长察言观色，小心翼翼地说："是啊，您运送军粮剿灭匪患为党国立下大功，这次却没有提及，倒是令人意外。"

肖也一笑："这么看来，俞旅长要建功立业了，这倒让人怪想念的。"

李县长附和道："是啊，俞旅长这大半年来，剿匪有功，从营长升到了旅长，日后恐怕要做师长、军长？"

肖也心里迅速作出了判断，自己煞费苦心设的局，未能如愿奏效，蒋介石没有处置这个学生，反而利用他的长处，将剿共的重担交给他了。他率部离开江北，这一走，怕是再难寻他的踪影了。他且气且急，想起与马援说的这件事，倒觉得是个促发其动手的理由。

他从烟盒里抽出支雪茄来，含在嘴边，懒洋洋地说："俞旅长又要踏上升迁之旅了，我们怕是要好好地送他呢。李县长，这事请你作为东道主安排个宴席，我们大伙儿一起为他送行。这一走，也不知道驴年马月才能见面呢。"

李县长本有此意，一得吩咐，便去照办执行。

肖也叼着雪茄，沉思片刻，正待去后面电讯室查询有没有叔父的来电，却有人送了张请柬进来。他接过来一看，上面是父亲肖定翁熟悉的笔迹，邀请他明日中午赴肖府见面。他鼻子突然一酸，眼眶湿润了，想起了哥哥肖林之死，以及这件事对他老人家的打击，长叹一声坐了下来。

8

关于江北人事变动，广陵城里的叶明远主任提前一天收到了来自南京中央党部的密电。江北一带，是委员长实力回填的一个重要环节。今年初春时，这里兵力空虚，导致了共产党力量的崛起，直接威胁到国府的安全，幸亏俞云涛率着他那支残缺的部队，竭力稳住了局势。这也是俞云涛在罪证确凿的情况下，不因袭击军粮运输船队而获罪的主要原因。

蒋介石宽恕了这个学生的罪过，让他发挥长处率部剿共。

俞云涛要去剿共，而自己困居这广陵一隅，非但没有抓住俞小姐，反而被这处自古称作繁华地所在的艳丽风情弄得有些懈怠了。每日里吃早茶、泡澡堂子、喝花酒，弄得意志消沉。不过，真的是意志消沉吗？

叶明远坐在运河边一艘船上，望着樯橹如林的景色，心底立即断然否决了。在这个暂时被大多数人忽略的地方，他张网以待，必有收获。俞萍如俞小姐，沉伏在水底的鱼儿，迟早是要浮上水面来的。

在广陵同样煞费苦心四处寻找俞小姐的，还有任晓月。

她一边关注着吴尚等地所发生的那些眩人耳目的事件，一边以医院为中心，划出了一个半径为一公里的区域来，并派人绘制了草图，将这范围里每一个去处都标写清楚，并逐一暗中查勘，寻找有用的信息。这项工作量大繁重，又不能打草惊蛇，进展缓慢，这一番查寻下来，并没有什么名目。虽然一个逃出医院的女孩子在这座城市应该格外惹眼，但在那个天色初亮的寂寥时分，能够目睹并将这一幕记存在脑海里的，又能有几个人呢？

俞萍如在广陵罗家住了三十来天。罗家对于这个来历不明的女子虽然提供了藏身庇护，但仍旧有疑心。罗家老太太发函往上海正德女校，向女儿查询，不久复信寄到，罗小姐与这位邻县俞府的小姐交情甚好，在信里打趣哥哥，要做好护花使者。

罗老太太笑得合不拢嘴，吴尚俞家的小姐能够嫁到罗家，也是件天大的好事，求之不得呢。于是，罗家上下封锁消息，一面打听当下吴尚俞府的详情，一面查勘这位俞小姐的事情。过了些日子，有关俞家的讯息传来，比他们想象中的还要好，俞大少爷是国军少将，俞老爷是本城缙绅，家业兴隆，罗府与之结亲，说是高攀也不为过了。

俞萍如在罗家受了厚待，并未从一连串的打击中恢复过来，每当夜深人静时，她关紧了门，坐在罗小姐的梳妆镜子前，解开贴身内衣，露出胸口中枪的部位，看那粗糙的疤痕，联想起那位专员太太俏丽的脸蛋儿来，不觉潸然泪下。她在这里藏身，有家难回，有恨难消，只落得这副模样，一个年纪轻轻的女孩子，哪里消受得了？

她对于自己前往上海、远赴海外的未来心生期待，而且这种期待越发地急迫了。

这天的黄昏时分，罗少爷从铺子回来，手中执信，轻轻地敲打着雕花窗扇，说："俞小姐，我妹妹从上海来信了。"

正和衣侧卧在床头翻看报纸的俞萍如起身来开门，微笑问："是吗，美国那边的大学通知书寄到了吗？"

罗少爷点头，说："等了这么多天，终于有了音信，恭喜你，你和我妹即将出洋留学了，了不起呀！你什么时候走？我送你上轮船。"

俞萍如思忖了片刻，说："后天吧，后天走，等我到了上海，再跟吴尚家里联系，说不定，还要请你帮忙走一趟，向我父兄报一声平安呢。"

罗少爷脸色微红，说："去拜见老伯、俞兄，那是我的荣幸。"

俞萍如听了此话，再看他神色，心底一动，嗓子里低低地嗯了一声，便又坐回床边，捡起报纸来。

这时候，专员公署的便衣正在毗邻的巷子里走动，他们不是城里人，穿着光鲜，东张西望，探头探脑的举止，与这一带居民的慵懒、从容截然有别，专员太太的吩咐和催促，已然让这些乡下汉子焦头烂额，顾不得许多了。他们的出没令行人、居民心生疑窦，并迅速以耳语的形式传播开去，这莽撞的行为让衙门里的任晓月始料未及。

这一刻，她正在等待马援的消息。那边留守处的译电员却将一份电文送呈来，说这是萧专员从吴尚发来的。她接过一看，上面写道：速来吴尚，务必、务必！任晓月愕然，吴尚发生了什么大事，需要自己前去？她沉吟片刻，吩咐明天一早，启程前往吴尚。安排完相关事宜，她正待去休息，却听得墙外马蹄声碎，正要去看时，马援风尘仆仆地跨进门来。

任晓月又惊又喜，说："马大哥，你怎么来了？"

马援叹口气："我是奉命来护送你去吴尚的，萧专员这个人，越发地心细了。咱们游击队即将转移了，敌人的主力 18 军即将进驻江北，咱们要去敌人力量薄弱的地方发展，这次南撤，可不只咱们江北这支队伍，各处都有，等到了根据地，汇聚起来，就是一股洪流，那才了不得呢。几万、十几万，乃至几十万红军，摆开阵势，再强大的敌人，也不足为惧了。"

任晓月为之鼓舞，问："我去吴尚干什么？"

马援一笑，说："丑媳妇去见公婆呗。"

9

江北局势大定，往来的船只纷拥如鲫，在沿途各处港口停泊，商贾行旅、谋生计讨生活的各色人等，都在这江岸边码头处住脚登船，驶向自己的目标。俞萍如带着简单的行李，坐在一艘乌篷小船上，从罗家后门的河边起航，在江北平原那些纵横交错的河道里穿梭向南，不露行迹地抵达了口岸。

护送她的罗少爷一脸的欣喜，不时地扭头看她。她被看得有些不好意思了，扬手假意地扇风，说："到了江边码头上了轮船，就没事了。到了上海，我是一路熟悉，倒是你去吴尚，我还有点担心呢，我爹和哥哥都是有脾气的人，万一你说错了话，可不成。"

罗少爷自负地笑："俞小姐尽管放心，我也是个跑码头的生意人，言语上的分寸会拿捏的。只是不能送你去上海，有些担心。"

小船靠在内河岸边，罗少爷提着包挽扶着俞萍如上了岸，转到江边码头，他殷勤地去买了票，送她上船，安置妥当后，在渐渐热闹起来的舱室内留意四顾。

有个操着上海口音的中年男子在两个随从的护送下进来了，那人擦拭着眼镜坐下，礼貌地与他们颔首致意后，就闭上了眼睛养神。

罗少爷与俞萍如轻握了一下，心里留恋这柔软的感受，回到岸上，将兜里那封俞小姐手书的信函取出来瞅了瞅，再揣回去，转而去了一艘驶向吴尚的小客轮。

他所乘的这条小船，在蜿蜒的河流里向着吴尚而去时，江上的客轮发出一声嘹亮的长鸣，缓缓驶离了江堤。俞萍如从舷窗里目送着江北平原灰蛇般的岸线，心中一缕隐痛，眼角噙着泪水，默然无语。

对面那个中年男人不知何时坐直了身子，戴上了眼镜，淡淡地说："小姐，是舍不得方才那位送你的先生吧？"

俞萍如抬手揩去泪滴，勉强一笑，说："哪里，我是想念家人呢。"

"那位先生不是你的家人？"

"不是，他是……朋友，很好的朋友。"

那人笑了起来，摇头说："那位先生看你的眼神，可不是朋友那样简单呢。"

俞萍如打量着他，说："您观察得可真仔细，不过，我说的是实情。"

"哦，那么这位先生是存有好逑之心，只是落花有意，流水未必有情了。"

这人又除下了眼镜，笑了起来。

俞萍如不觉也跟着笑，但随即觉察到这对罗少爷有点不公平，忙收敛起笑容来。

那男人微微欠身，说："鄙人姓叶，请问小姐贵姓？这一段旅程才刚刚开始，路上有个旅伴，也好打发寂寥。"

俞萍如见他言辞诚恳，便说："我姓俞。"

那人油然笑了，说："俞小姐，有幸同去上海，好，很好。"

这个从广陵前往上海的男子，正是叶明远。他在广陵耐心等俞小姐露面，但上海那边，蒋介石召集军事、情报部门负责人开会，部署剿共，他的党务调查科，是侦缉上海共党中央的主要部门，焉能缺席？陈立夫连发三封密电，催促他返沪，他无法抗命，只得暂且从命，却不料在这客轮上邂逅了这位俞姓小姐。他手头有俞萍如的学生照，天真、纯洁、可爱，面容与这眼前的女子很相似，气质上却差别很大，在不知道她底细之前，他并没有联想。这会儿突然有些省悟了。

他不动声色地说："俞小姐在上海做事？还是求学？"

俞萍如说："上学。"

他关切地说："毕业后，我建议你还留在上海做事，江北乡下闭塞得很，民智未开，像你这样的女孩子，回去后会不适应的。"

俞萍如点头，说："我是不想回去。"

叶明远点起根香烟来，说："像俞小姐这样才貌的女孩子，找事做不难，但能否做出一番事业来，却难。"

"这未必吧。"俞萍如倒有点不服气。

叶明远笑吟吟地说："俞小姐，你涉世未深，不明白其中的道理。"

"那，就请叶先生明明白白地说来听。"

叶明远得意地笑了一声，指点道："俞小姐这样品貌上佳的女孩子，毕业后找事做，是有优势的，但做事再想更进一步，那么优点反而限制了你的前途，会给人以貌美之人不实在之感，取得一些成就似乎也不可靠，算是——花瓶吧。"

俞萍如听到最后这两个字，沉下了脸，说："你这是谬论。"

叶明远笑道："等你日后离开学校，经历一些世事，自然会明白我言之不虚。"

俞萍如坐直了身体，矜持地并拢了双膝，望着脚底下花纹凹凸的舱板，再不吱声。她很少有这样与陌生人，特别是男人交流闲聊的机会，和对方辩了几句后，突然省悟了，便不再说话。

叶明远起身来，将手杖倚靠在座位边，信步出船舱，去甲板上透气，顺手从衣兜里取出那张印有俞小姐形象的照片来，再三辨认，喃喃笑道："真是踏破铁鞋无觅处，得来全不费工夫，呵呵，还是老天爷眷顾我呀！"

他将这帧照片撕碎了，丢进滔滔江水中，心中却又起了一番计较。

轮船沿江东下，两岸苍苍茫茫的树林，星星点点的建筑，在黄昏时分的余晖里，恍如隔世。夕阳渐渐在江北的地平线上沉没下去，夜幕笼罩了江面，轮船上亮起了电灯。叶明远畏惧这江风的寒意，返回舱内，却见俞小姐正在吃一块冰冷的桂花糕，不觉笑道："俞小姐，我这里有临上船时新买的烧鸡，来一点如何？"

他从行李中取出油纸包裹的烧鸡和一小瓶白兰地来，递到她面前。

俞萍如礼貌地谢绝了，望望窗外漆黑的夜色，双臂拢在胸前，倚靠住侧面的扶手，用一件外衣遮住双腿，打起盹儿来。

叶明远一只手摩挲着光滑的手杖，凝望着这清秀女子的睡姿，思忖着自己近期来的一系列遭遇，彻夜未眠。次日下午，轮船载着旅客驶入黄浦江，在十里铺码头缓缓靠岸。一片热闹嘈杂喧嚣声起。俞萍如提起包袱，走出船舱。叶明远提着手杖，两个随从紧跟在身后，也离船上岸。

过了跳板踏上了码头后，俞萍如穿过人群，舒口气后，叫黄包车。却不料，两个便衣和巡捕突然从斜刺里冒出来，手执一张纸，就着上面的人像打量她，说："小姐，你等一等，先跟我们走一趟。"

俞萍如吃了一惊，去看那相片。巡捕晃动一下收起来，恶狠狠地说："别想蒙混过关啦，你这个女共党，这次是逃不了的！"

俞萍如一惊，摇头说："你们认错人了，我是个学生，怎么会是共产党？"

"学生里共产党多得是，尽是些不懂事的，走！跟我走！"

两个便衣就要上来拉扯她。

这时候，身后传来了叶明远的声音："怎么这样对女孩子动粗呀？办公事也不该如此没有教养！"

几个人齐刷刷地抬头望去："缉拿逃犯，不要多管闲事！"

叶明远冷笑："我是替政府做事的，你们打着公事的旗号欲行不轨，还不快住手！"

那些人又问："你是什么人？"

叶明远从兜里取出证件来，举到他们的头顶，厉声道："我是中央党部专员，路见不平，难道不能管吗？"

他这证件和气势，压住了这几个家伙，其中一个悻然道："我们抓的是共党分子，你敢替她打包票？"

叶明远挺胸说："那是自然，我今儿个就替她打包票了。俞小姐别怕，我送你，你去哪里？"

俞萍如心怀感激，说："正德女校。"

叶明远昂首摆了下手臂，一辆汽车驶过来，他拉开车门，请她入内，吩咐司机送到目的地。望着消失在街头的车影，他笑了一声，将手杖在腕上玩了个花活，径自而去。只留下几个便衣、巡捕相视而笑。

10

罗少爷怀揣着俞萍如的信函，抵达吴尚，来到了俞府，将信送到。

俞云涛闻讯而出，打量他一眼，问："你是广陵城里的罗家少爷？"

罗少爷心底有些紧张，说："是的，广陵城南罗家。"

俞云涛笑了起来，招手请他进屋去见老爷子。

俞凤山询问了这个宝贝女儿投奔到罗家的经过，沉默半晌，让人带罗少爷去休息，好酒好菜招待。俞云涛马上让副官发电将这个消息告知叶明远。

俞凤山抚胸叹息道："老天有眼，没让她出大事！"

俞云涛点头说："知道她没事了，我也就能心无旁骛地率军剿匪去了。"

俞凤山脸上浮起笑容来，说："涛儿，你看这罗少爷与你妹妹匹配吗？"

俞云涛不假思索地说："不配，这罗少爷不脱小家子气；人比人，货比货，唉，有时候我想，这萧某人若不是肖家的二少爷，那就好了！"

俞凤山冷笑："他不是肖家二少，也就成不了萧专员，门当户对不假，但那是世仇，门当户对的世仇！明白吗？"

院外甬道里，传来轻悄快捷的脚步声，有人来报信说："老爷，专员大人带着太太和保镖进肖家去了。肖家此刻门户紧闭，把闲杂人等一律关在了门外。"

俞凤山撩起长衫，在椅子上坐下，望着儿子说："喝一杯热茶，咱们坐待佳音。"

此时此刻，肖也挽着任晓月略显冰凉的手掌，跨过自家的门槛，信步而入。马援挎着两只驳壳枪，紧跟在他们身后。肖府管家唱了一诺，指挥家丁开门、关门，然后再引导他们前往肖定翁静修的所在。

一行人走进丹炉陈设、花草盎然的院落里。四姨太正在收拾露天里桌上的物件。肖定翁在廊下一张花梨木卧榻上半坐半卧，背倚着松软的靠垫，闭目养神，对于客人进来的动静似乎毫无反应。

四姨太看见来人，视若无睹，提着杂物向外走去。肖也面带微笑，直腰挺立，也不出声，静候着老爷子开口。管家似乎预先得了吩咐，拱着袖子侍立一旁，再不言语。这主仆间心意相通，都知道这貌似恬静的小院内，早已隐伏下了重重杀机。肖定翁要在这里为死去的长子报仇，以命相搏，除掉萧专员。

肖也望着父亲熟谙依旧的睡姿，再去看那熟悉的草木、山石，心中感慨。

肖定翁仍旧小憩，对应邀而来的客人置若罔闻。

这两男一女就在这院内石凳上分坐下来，低声闲话。马援对墙角里的炼丹铜炉感了兴趣，问："这大个的家伙，是做什么用的？"

肖也说："炼丹药呗，老爷子道家内外丹兼修，以丹药和静坐、房中术相辅相成，想要炼就龙虎之身，但现在看，这些古法谬误甚多，不足遵循了。"

任晓月好奇："什么叫房中术？"

肖也愣了一下，笑而不语。

马援呵呵笑道："女孩子家别瞎问，这是男女间的事情。"

肖也淡淡地说："这害人害己的东西，不碰也罢，世上哪来的神仙？要说有，广陵大狱里那位算是，可惜已经化成灰烬了，再也见不着了。"

马援有同感，说："是啊，那家伙神神道道的，倒是个捉摸不透的人。"

肖也说："就冲他在黑狱里静坐二十年，就非同寻常了。"

冥想中的肖定翁突然冷笑一声，说："在黑牢里坐二十年，萧专员还有这等奇缘遇上这等奇人？"

肖也作揖，说："晚辈前来拜望，见老爷子休息，未敢打扰。"

肖定翁示意管家说："给几位客人上茶。"

管家会意，退出院子，将院门咣当关起，从外面闩上了。

马援听出异样，正待动作。

肖也一把按住他的手，说："我要和老爷子进屋去密谈片刻，不知您肯不肯？"

肖定翁似笑非笑："密谈不密谈，单独不单独，都是无关紧要的，萧专员，此刻你我还有什么话好说？"

肖也走近台阶，拱手道："隐梅叔父托我有两句话私下带给您，老爷子，可有兴趣一听？"

"隐梅？"肖定翁脸上掠过一丝惊疑，坐直身子，问："他有什么话说？但我已经不信传言，只认事实了。"

肖也有意不说肖定坤，只说他的号，以期老父能领悟自己和肖定坤之间的亲密关系。但肖定翁心里只想杀这个害死儿子的仇人，哪里管他是不是兄弟的门人部属。两人话不投机，正在胶着，那马援机敏留意，又有江湖经验，觉察出这座院子里隐藏的危险，下意识地去按住腰间的双枪，有意靠前两步，接近了肖定翁，要以他的身体为掩护。

肖也侧移一步，阻住了他的去路，说："老爷子暂且不要心急，这百栖山房是修道的场所，从来不沾血腥，一片宁和，何必坏了规矩？"

肖定翁咳嗽起来，手指他说："萧专员功夫做得真足，居然知道这里叫作百栖山房，但你知不知道，此地有六条灵符镇压，是奸邪小鬼的葬身之所？"

肖也大笑，手指井边石栏、台阶，墙角石虎，廊柱上八卦等处，说："你的灵符已经差一个了。"

肖定翁惊愕地盯住他，问："你，你怎么知道的？"

肖也做个手势，说："还请老爷子进屋一叙。"

肖定翁迟疑了一下，领着他走进房内。这间雕梁画栋的所在，暗伏着枪手，手中武器瞄准了所有人。肖也踏进门槛，心底明白，他凑在父亲的耳边，悄声说："老爷子，你失去的那个灵符，是我七岁时拿出去换糖吃了，它原来挂在这里——"

肖定翁两眼闪亮了一下，随即缓缓地瘫坐下去。

肖也一把搀住他，惶急地说："是我不好，不该瞒着您，但是事已至此，我再也回不了头啦！"

肖定翁目光陷入了痴迷状态，喃喃道："那——为什么害你的哥哥？"

肖也霎时间泪如雨下，伏在他的身旁，语气悲凉地说："我被诬陷成了通匪重罪，关押在广陵不见天日的地牢里，就是蒙他和俞家父子和方团总等人所赐！"

肖定翁啊了一声，哇地吐出一口鲜血来，拼尽了全力扬起手来，声嘶力竭地喊道："散了吧！都散了吧！"

这间屋子的角落里，窸窸窣窣一阵琐碎的声响后，归于平寂。肖定翁花费重金请来的杀手们，就此中止了行动，各自撤出，宛若无事人一般从庭院里任、马二人的身旁走过。

门外的管家得了讯号，重新开门进来，只见肖也站在厅堂前，大声地说："赶紧请医生，老爷子这次，怕是真的中风了！"

第十章

1

肖定翁中风的消息，再度传到了俞府。

俞家父子坐在桌边正吃饭。俞云涛放下筷子，冷淡地对传话之人说："哦，知道了，他又中风了。"

俞凤山笑道："又是老一套的把戏，肖定翁说起来，也是个道门修士，老是中风，岂不是坏了他这些年来积累下的名声？不过，他约萧专员做客，自己却因此中风了，这中间含含糊糊，怕是有文章呢。"

俞云涛系上皮带，修正了一下枪套的位置，戴上军帽，说："上面新拨来一批士兵和武器，我这就去验收，18军即将驻防吴尚，军长是我的学兄，我总得以东道主的身份为他接了风，才好走。"

他出了门，副官手持电报迎面而来，说是上海叶主任发来的。他心存疑问，低头去阅电文，上面清清楚楚地写道：令妹已由鄙人陪同护送抵沪回校，望勿担心。

他笑了一声，掉头对屋子里的父亲说："蹊跷了，真的蹊跷了，萍儿居然回了上海，陪着她的，是叶主任。"

俞凤山愕然问："这丫头，回上海了？那叶主任又是怎么回事？"

俞云涛思忖道："叶主任在广陵找着了她？不对呀，据罗少爷和那封信看，是他送萍儿上船的，叶某人，是在船上遇上她的？"

俞凤山着急道："速速派人去上海，接她回来。"

俞云涛摇头道："爹，是准备汇钱去上海，让她出国留洋。"

"对！"俞凤山摸了下脑门，苦笑，"我这是老糊涂了。"

俞云涛急电叶明远：小妹即将出国，安全问题，请代为照应。

这几个文字转换成密码乘着电波发送出去。也不过两个钟头，就重新组合成文字，呈送在叶明远的案头。

叶明远简略地看了一眼，笑道："刚刚见到宝贝，岂能就此放手，这电文来得正巧，正是时候。"

他扭头朝门外侍立的部下说："小杨，替我去对面的美美花店订一束花，我待会儿要去拜访人。"

"是，主任，不过您要订什么花？玫瑰？"

"嗯，就玫瑰吧，不，换其他的，康乃馨，对，就康乃馨。"

叶明远去脱下中山装，改换了西服，仔细地系好了领带，对着窗户玻璃浮现的影子打量了几眼，转身去找了把梳子，整理了几下后，这便下楼去了。

他开着车，带着那束露滴犹在的康乃馨前往正德女校。这辆黑色别克车缓缓地停在了学校的门前。这会儿，正是学校散学的时候，三三两两的女孩子出了学校，不时有人好奇地打量这辆车，以及车上戴着礼帽的男人。

叶明远眺望、等待着。十分钟后，果然瞧见俞小姐跟一个女孩子谈笑着走出来。他开了车门，取出花束，倚靠住车门招手呼唤道："俞小姐！俞小姐！"

俞萍如正与同学罗小姐聊谈着出国的事情，突然听到有人叫，抬头去看，有个男人依稀面熟，却一时想不起来。罗小姐用肘轻轻顶了她一下，说："刚回上海，就有追求者了啦？这可不成，我得替我哥哥看着你。"

俞萍如笑而不语，和她挽臂过去。叶明远迎上几步，将花儿递上，端详着她，说："俞小姐的气色，比前两天在轮船上时好多了，我刚刚接到令兄的电报，要我照应你呢。我看，你俞小姐这样的女孩子，是不需要人照应的，但是，他既然说了，我不得不敷衍一下，是不是？"

俞萍如看这个穿着得体的男人，猛醒起来，惊讶道："原来是你，叶先生，你怎么认识我哥的？"

叶明远笑道："我也是黄埔出身，与令兄同期不同班，他毕业了从军打仗去了，我惭愧得很，弃武从文，在中央党部做事，有幸和俞小姐同船，却不知是俞兄的妹妹，真是太马虎了，这个过错也就一起弥补吧。"

俞萍如接过花束，本能地嗅了嗅花瓣上的清香，道声谢。叶明远看她低头嗅花的模样，暗暗动心，说："正巧，这会儿是午饭时间，我请二位小姐去吃顿西餐吧，白俄餐厅上等的牛排、醇美的法国葡萄酒都不错哦，也为你们日后出洋先铺垫个底子。"

俞萍如和罗小姐一齐摇头。

叶明远抬手指点说："我这可是代你父兄招待的，必须得去哦，不然，告诉你哥哥的话，他一定会生气。"

俞萍如念起自己出国的费用，迟疑起来。罗小姐暗暗扯她的衣角，示意她拒绝。这一个小动作反倒催促她作出了相反的决定，她将花儿从车窗塞进去，说："这花我不喜欢，既然送花，颜色就得鲜艳。"

叶明远心中失望，却见她信手拉开车门，拉着女伴坐进车来，说："去吧，白俄的牛排跟美国的牛排，也许不是一个味，咱们得有个分别。"

叶明远大笑起来，俯身入座，发动汽车，一踩油门麻利地打了个弯，向来路驶去。

在白俄餐厅里，叶明远和两个女孩子共进午餐，喝了不少的红酒。女孩子们雪白的脸上红晕隐现，他直着腰板，讲这餐厅的典故，讲牛排的做法和吃法，再说，就是跟俞云涛的同学间的旧闻。前者是真实的经验，后者，是虚构的故事。这故事虚构起来，比之真实的生活有意思得多，曲折动人，再加上叶明远娓娓道来，从容不迫，真如眼前发生的一般。不但俞萍如被吸引住了，连罗小姐也听得入了神。

这一顿午饭，耗费了叶明远两个钟头的时间，当两个女孩子饱着肚子离开时，他没有殷勤地送她们，只是手扶车身，潇洒地挥了下手，说："俞小姐，我还有公务处理，下次咱们再聊，换个去处，总之，要跨出国界，先在租界内预览各国风情，日后在异域他乡才不陌生。"

俞萍如笑吟吟地点头，说："我哥哥那里，帮我美言几句，我等着家里汇款出国呢。"

叶明远答应了，驱车而去，这一路先去陈立夫公馆，为迎接后天在沪召开的中央党部大会，和几位CC要人们聚会商榷。会议结束，他没有留在公馆用餐，返回了法租界，回到自己的住处。

那位唱戏的情妇正在沙发里听留声机内袅袅婷婷的吟唱，见他行色匆匆地进来了，娇嗔道："你这个人，一出去许多天，也不理我，这会儿回来做什么？"

叶明远盯住她看了片刻，猛地将她搂在怀里，在她口红浓郁的嘴唇上狠命地亲了一气，用急促的口吻说："出事了，出大事了！你赶紧离开上海，我这就送你去火车站，你立即去南京，千万不要再来上海，我得去武汉避避风头；千万要记住，不能再来上海，否则有杀身大祸！"

情妇被他这陡然间的严峻吓得花容失色，忙不迭地问："出了什么事了？出什么事了？"

他说："东窗事发，大祸临头，你知道得越少越好，走，这就走！"

他放开她，快步上楼，去房内壁橱里取出一沓现钞来，下楼交给她，说："你就在南京我的那处地方待着，隐姓埋名，过了这风头，我去找你，咱们再改去北平或者广州，实在不成，就出国去，事不宜迟，现在就走，迟了就走不成了！"

情妇被他催促得慌了神，连忙收拾了一箱子衣服，带上金银首饰，随他出门上车，风驰电掣般赶往火车站。在空荡荡的站台上，他拥着情妇，亲了又亲，流着泪叮嘱说："事情来得太急了，我没有丝毫的准备，请你原谅我，我如果能逃过这一劫，一定去找你，你记着，上海已经成了危险的地方，再不能去！"

情妇被他送上了火车，哭得泪人儿似的，她虽然是戏子出身，见过世面，但是却没有领略过遭遇飞来横祸，只当这便如此。她伏在车窗边，望着站台上叶明远越去越远的身影，从兜里飞快地取出手帕来，揩擦去眼泪，再取出粉饼盒子来，对着圆镜子补妆，再不后顾。几个钟头后，她将抵达南京，两个月后，她搬离叶明远以他人名义租住的房子，半年之后，与一个盐业稽查科的科长同居，不复再忆起上海那位曾经包养过她的商人叶先生了。

叶明远在料峭的寒风和细雨里裹紧了风衣，回到调查科办公地点，吩咐手下将原来的那幢住宅退租，因安全需要，他需要在法租界内重新租一幢上等的房子，房租预支三年。这三年，将会是他人生发生巨大变化的时段，必须慎重对待。

然后他亲手拟定电文，拍发吴尚俞旅长，电文如下：令妹已经安全返校，余拟鼓动其出面指控萧某，揭穿萧之真面目，彻底解决江北问题。

不久，俞云涛回电，寥寥数字：顺其自然，不可勉强。

叶明远笑了一声，将这电文划根火柴点燃，丢在烟灰缸里，自去翻阅秘书送来的南京会议议程。他明白，击败冯、阎之后，南京政府如日中天，该是到了全面剿共、戡乱建国的时期了。

2

肖也料到父亲得悉自己身份之后的惊诧反应，却没有料到这反应会让这静修有年的老者就此中风、卧床不起。四姨太闻声赶来，和管家一起将肖定翁搀扶上床，医生来了之后，翻看了肖定翁的眼睑，搭了脉象，沉吟许久开出药方来，说肖老爷这是受惊了，情绪一激动，血气攻心所致，得好好地调养，一年半载也许能恢复。

四姨太哭泣说："老爷子原本静养得好好的，可就是见了萧专员之后，才变成这样的，萧专员，你跟他说了什么？"

肖也苦笑，说："没说啥，只是捎带了肖定坤老先生的问候而已，没想到老爷子这样激动，真是意想不到。"

管家知悉内情，说："太太，这事儿不能怪萧专员，老爷子对他没有恶意，一目了然，现在赶紧先救老爷子苏醒过来，再谈其他。"

肖也坐在床榻前，吩咐四姨太先去煮汤药，自己默默地出神。任晓月、马援眼见这情景，都诧异不解。想要询问，却又不便开口。

肖也说："太太，你帮着四姨太去张罗，马队长就烦请你出面带一队人马守住肖宅，别再出意外。我这就急电南京，向肖秘书长报信，老爷子一日不醒，我一日不离肖府。"

马援心情复杂地拍拍他的肩膀，领命而去。这一夜肖定翁共计服了两剂汤药，胸前泼泼洒洒了许多的药汁，任晓月手脚麻利地替他揩擦干净。然后和四姨太一起将他的身子扶放摆正，掖好被头。肖也示意她们都去休息，自己要一个人守候。

四姨太不明所以，说："萧专员，您的心意我们领了，可这种事，不便劳您的大驾，还是我来比较稳妥。"

肖也不语，只是定定地望着父亲苍白的面孔出神。管家猜破了什么，悄声说："咱们还是听萧专员的，老爷子病倒了，肖家无人做主，他是二老爷派来的，我们请他做咱们肖家的主心骨，一切都等老爷醒来了再说。"

四姨太无奈，只得请任晓月去别处暂作安歇了。

肖也在空荡的屋子里抽出支雪茄来，默默地抽吸，管家陪在一旁看他后脑勺以及背脊的轮廓，越看越明白，悄然啜泣。肖也听到了这隐约的哭声，掉头看他，说："别太伤心了，你也去睡吧，明儿早起，还有别的事情要做呢。"

管家抹去眼泪，说："知道肖家有指望了，我心里高兴，不，一半高兴，一半伤心。"

肖也摆了下手，打发他去了，这便合拢了门扇，将灯烛移到床边柜头，屈膝跪倒，双手把住床框，轻声唤道："爹，肖也在这里，这是父子相认的最好时候，您怎么倒下了？您不能倒啊，得醒过来，看儿子如何施展手段，让俞家父子灰飞烟灭，以解您的心头之恨。爹，您醒一醒啊，您是在怪儿子心狠，将哥哥送上了绝路，可是，他伙同俞家谋害我在先啊，他利用我的信任，出卖了我，又帮着买通官府，将我关押在不见天日的黑囚牢里，置我于死地，倘若不是另有机缘，只怕我已经死了，这件事，他瞒住您滴水不漏，不是我说出来，您哪里能知晓？再者，运粮船队遭袭，也不是必定之事，我并未刻意要他去做替死鬼，更何况，杀他的是俞云涛，绝非是我，爹，您要理解儿子的苦衷，为了铲除俞家父子，我要不择手段，只有这样的手段，才能与俞家父子一搏。爹！您醒醒，醒醒啊！"

他絮絮叨叨地翻来覆去地说着，眼泪流尽了，嗓子嘶哑了，仍不停息。

天色在这低哑的叙述中渐渐地亮了，当第一缕阳光透过庭院从窗棂中射入时，肖也伏在父亲的病榻边，不知不觉地睡着了。四姨太迈着轻盈的步履，悄悄地推开门，乍一看去，不觉吃了一惊，连忙去摇醒他，说："萧专员，萧专员，这可使不得，这可使不得，老爷子岁数虽大，但你是堂堂的父母官，怎能这样？"

肖也跪麻了双腿，欲起不能。任晓月随后而至，和四姨太合力将他搀扶起来。肖也干号了一声，傻傻地坐下来，说："给老爷子喂汤药吧，总得先让他醒过来，我才能放心。"

四姨太将凌晨时睡处小火炖的汤药滤成一小碗，递送上来，在任晓月的帮助下，将肖定翁托坐起来，将药碗送到他的嘴边，倾斜角度往嘴里灌送。

肖定翁紧闭着眼，一声不吭。倒是一缕药汤在他呼吸间岔了气，呛进了气管，刹那间爆发出一阵撕心裂肺般的咳嗽。两个女人手忙脚乱，拍打脊背，取铜盂来接痰。这机械的生理反应，不知触动了什么，几声大咳之后，肖定翁睁开了眼，气喘吁吁地望着任晓月，目光奇特。

任晓月转而去看肖也，说："这，怕是呛醒了吧？"

肖也赶紧来看，肖定翁望望他，脸上掠过一丝奇怪的笑意。

"醒了！醒了！这真是歪打正着，歪打正着了！老爷子醒了，醒了！"

肖也高兴地笑了几声。管家从外面赶进来，扑通一声跪倒在肖定翁的面前，带着哭腔说："老天开眼了，老天开眼了，老爷子醒啦！醒啦！"

肖定翁咳嗽声渐渐平缓下来。

肖也俯身过去，试探地喊："老爷子，你没事了？没事了吗？"

肖定翁面无表情地看他一眼，向四姨太招手，含混不清地说："把这些陌生人都请出去，我想……好好地歇息。"

四姨太点头，转身来传达老爷子的意思。

肖也恋恋不舍地再看了父亲片刻，与任晓月一起离开了。

四姨太站在门口不耐烦地掸了掸衣袖，轻声说："黄鼠狼给鸡拜年，就没安什么好心！"

管家拉了一下她的衣袖，悄声说了一句。

四姨太低头惊叫了一声，惊疑不定地望着这个年轻人远去的背影，喃喃道："你这么一提醒，是越说越像了。"

那边床头，肖定翁说："你们快些过来，我的这两条腿似乎没有知觉了，没有知觉了！"

3

马援和肖也、任晓月离开了肖宅，在路上如释重负地松了口气。看看肖也抑郁的神情，悄声说："兄弟，别太伤心了，不怪你唐突，这也是无奈之举。不然的话，老爷子暗伏的刺客动了手，那才是惨剧一场呢。我看他能次日醒过来，腿脚恢复也不是件难事儿。父子相认，日后再说。不是还有位肖家二老爷嘛。"

肖也点了下头，咬牙切齿地说："这俞家父子，害人不浅，我誓必雪耻报仇！"

任晓月冷冷地说："俞云涛即将率部去江西剿共，只怕一时半会儿没有机会了。"

马援笑了笑，说："兄弟，千日相聚，终有一别，我也要走了，也去江西，晓月就留下来陪你了，有什么事，她可以帮你。"

肖也一惊："怎么，你也要走了？"

马援叹口气，说："军阀混战，蒋介石获胜，即将腾出手来对付我们了，中央要求我们放弃在敌人实力强大的地区活动，集中力量来应对'围剿'。你自己也要小心，敌人内部还有叶明远这样对你虎视眈眈的对手，千万要提防，不能大意呀！"

肖也下意识地朝两边望了一眼，念起在广陵失踪的俞萍如来，问："俞小姐会不会落入叶明远的手里？"

任晓月摇头，说："看迹象，似乎没有，我已经让人查找了，应该近日就会有结果的。倘若叶明远抓到了她，现在，你就不会清清爽爽地站在这里了。"

肖也想了一想，叹口气说："俞小姐不会出卖我的，一定不会，我有这个信心。"

"可是，她却从这里逃走了！"任晓月提醒道。

肖也摇头，说："她这次是害怕了，但要说置我于死地，却不太可能。"

任晓月冷笑："我也宁愿她是自己寻觅了一个藏身之处，安然无恙，天天心中惦念着你，牵挂着你。"

肖也咬紧了嘴唇，轻声说："我已是这副样子，不想再害她了，你，替我找到她，我来安排送她出国，她走得越远，就会把这些事忘得越快，这对于她，对于我，都是最好的选择。"

马援突然伸手拉他一把，退到路边。

街头拐角处，几匹快马奔驰而过。

肖也说："俞旅长调兵遣将，是要出征剿匪了，好不威风啊！"

马援却纠正道："兄弟，你走眼了，这几个人不是32旅的，是18军的，奇怪，这会儿他们来吴尚干什么？"

肖也说："不管他们。你老哥不是要率队伍走吗，离开这里，32旅也好，18军也好，都无所谓了。倒是我，还得打起精神来应付他们，只是大仇未报，就让这个俞云涛远走高飞，心里实在是不甘。"

任晓月拍拍他的背脊，说："报仇是件需要耐心的事，没有耐心，可报不了仇。俞云涛离开吴尚，还得去江西、湖南一带跟我们交战，要不，你也跟着去，你们肖家不是有一位神通广大的叔父吗？"

肖也点点头，说："这个，我正在考虑，没有了对手，在江北待着也没什么意思。但到了那边，我们便是两军对垒，不比在这边默契了。"

马援笑道："那也未必，在新的地方，咱们默契相通，用新的法子合作，那也挺有意思的。兄弟，想不想看千军万马厮杀？你坐镇其中，继续下你的那盘棋？"

他这一席话，说得肖也豪气满胸，笑道："好吧，马大哥既然这样说，那我就试试。"

回到县府暂住地，肖也细细地斟酌了一气，拟草了一份简短的电文：湘、赣剿共战事迫在眉睫，似有用武之地，可否？

密电发出后，他在一张竹椅上躺下了，双手枕头小憩片刻，秋意浓重，周身的寒凉透入衣衫，但并未影响他的睡眠。这一觉睡去，别的没梦着，倒是那俞萍如穿着学生裙装，提着包裹走到了门前，笑盈盈地招手，似有话说。她的身后，是熙熙攘攘的码头，轮船高耸的烟囱，悠长宛如丝带的汽笛声不时回荡，这是她要留洋登船吗？梦中的肖也动了心思，忽然将覆盖到双肩上的毛毯等物通通地抛在地上，快步过去，一把拉起她的手，向客轮走去。可是，这俞萍如的手掌犹如虚空，拿捏住的都是空白。

肖也一惊之间睁开了眼，看着窗外一株红枫树，脑子仍沉浸在梦境里，半起半浮。他恍惚了许久，吃力地起身，却发觉自己一身冷汗。这梦境触发了他受刑后留下的后遗症，他拿起干毛巾，揩擦着脖颈。院子外，有人快步进来，送来一封密电，这是肖定坤的回复：剿共会议即将召开，速来上海参会。

他将这电文焚毁了，点起雪茄，出了会儿神，找人去请任晓月，说："叔父来电，让我去上海，你跟我一起走吧？这里的事，都交给马大哥，也许，咱们不回吴尚了，直接从上海赴武汉呢。"

任晓月思忖了一下，同意了，马上去找马援。

马援所携的电台，设在离城五里地的一家粮铺里，闻讯后，立即上马赶去向省委和上海中央汇报。这份密电发出后，马援不敢返回吴尚，就在这里歇脚，顺便料理一下军务。近些日子，经过长足的发展，江北红军队伍已经恢复了独立师时期的元气，但形势大变，面临的对手再也不是国军32旅部分主力以及那些战斗力微弱的保安团、民团了。当前，32旅正在填补实力，由一个空架子充实成为一支近五千人的正规军，而陆续抵达的国军精锐18军，则有近三万之众，江北平原虽然富庶，却无回旋的空间和险要的地形可以凭借，当此剧变，只有转移一个选择了。

但如何离开江北，却让马援煞费苦心起来。他接到省委的指示是，队伍分批由吴尚一直向北，越过苏家埠，进入皖省山区，由此入赣，和红军主力会合。这条路约莫千余华里，途中既有国民党正规军据守要冲，也有土匪民团活动猖獗的山地。这不到两千人的队伍分成多批，这一路上万一遭遇风险，几乎没有抵抗应变之力，所以这个决定并不可取。他致电上级，建议全军集结行动，路线选择不变，只要行动开始，昼伏夜行，十天之内，可以抵达江西，完成转移任务。省委复电，授权江北红军游击大队自主调整转移方案，无须再报，要注意保密，确保此次行动顺利完成。

　　马援立即召集各分队队长开会，确定转移的时间和队伍集结地点。他提出，队伍可以一部分穿国民党军队的制服，一部分穿保安团制服，余下的改扮成民团，收起红旗，以敌军的姿态出发，一路上可以蒙混过敌人的几道封锁线，掩盖行踪，力求隐蔽。

　　与会的所有人都觉得这个方案好，安全性高，可以实施。

　　于是，马援决定三天后所有队伍在吴尚以西、兴南以东的胡庄集结。会议结束后，各分队长纷纷返回驻地。马援等候中央及省委来电，仍旧守候。次日上午，上海中央密电回复：全力维持与萧的联络，安排密电码，保持稳定联系，此为战略性任务，绝密！

　　马援焚毁电文后，立即驱马回城。

　　这时候，肖也已经开始收拾行李准备离开。任晓月因为马援未归，有些心怀希冀，故意拖延了时间。肖也明白她的心思，也不挑明，只是埋头看地图，考虑自己是否应该先回广陵，再从广陵码头去上海。这一刻，只听得外面街头有马蹄声，知道谁回来了。任晓月情不自禁地奔出几步。肖也看在眼里，心里竟有些失望，去摸出雪茄来。

　　任晓月掩饰住自己的失态，转而去屋里，取了件披肩，放缓脚步出去。

　　马援刚刚拴好马缰，见她出来了，便提着马鞭迎过去，低声说："中央密电指示，我这兄弟的分量可不轻，你在他身边是长期潜伏，可是件战略性任务，千万珍惜。"

　　任晓月点了下头，幽幽地说："我参加革命，早已将自己全部奉献给革命事业了，保证毫不含糊地完成任务。只是，他这个人近两天来，我总是隐隐觉得有些变了，是去他叔父身边，受了影响，还是其他原因，一时还没捉摸透呢。你看，这中间是不是有变化？"

马援想了一下，摇头说："不要顾忌太多，这个人禀性善良，又受过反动派的迫害，即使不能成为一个革命者，也是一个革命的同情者，他的身份地位有助于我们，就行！"

任晓月说："我在观察他，他若是跟我一起直接从口岸乘船去上海，是最好的，就怕他先回广陵，那就是牵挂着俞小姐，这俞小姐的父兄，都是手中沾满了革命者鲜血的刽子手，就怕——"

马援不假思索地说："这个你放心，组织上一旦在广陵发现了她的踪迹，会斟酌行事的，但据我看，于公于私，他都和俞小姐走不到一处了，你要明白，他这辈子最艰难的日子，是你陪在他身边的，更何况，肖定坤不是还对你满意吗，这些都是你的筹码。"

任晓月没有吭声，只点了下头，说声保重，正待回去，却见一个人从街口急匆匆地赶到马援身边，附在他耳边悄声说了几句。马援霎时间脸色大变，向她摆了下手，与来人一起离开了。

她见了这情形，知道一定出了大事，但是怎样的大事，却不得而知，只好提着一颗心向县府内走去。

这会儿，肖也已经走出房间，与李县长客套寒暄。一见她来，笑道："顺道去瑞昌那几家老字号逛逛出城吧，咱们去上海，还得买些礼物给芸儿。上次我看到她偷偷地用你的胭脂抹脸呢，就买些胭脂花粉吧。"

4

俞云涛近些天的心情大好，失踪的妹妹有了下落，自己非但没有因罪受罚，反而被委以剿共先锋的重任。另外，他这32旅的兵员、枪械、弹药已然补充到位，足足有六千之众。这是陈诚体恤下属之举，还是出自蒋校长的授意，他并不清楚。但是，此刻兵强马壮，整装待发，不禁豪气风发，一扫先前那些日子惶惶不安的境况，又是一番全新面貌了。

他遵从上峰指令，开始集结部队，移交防区，特地和先期抵达的18军6师副师长、黄埔同学李明见面，以家宴小酌的形式，托以家事。李明一见面，就说此去湘赣剿共，又得去跟老同学打交道了，那何为从上海去了共区后，作为懂军事的干部，被委以重任，担任前敌副总指挥，接连率部攻克了几座县城，击败过几路剿共部队的围攻，声名大振，此人日后必为主要对手，黄埔同学又要上演一出同室操戈的大戏了。

俞云涛自矜地一笑，说："何为有些本事，但是他背叛了校长，与匪党为伍，那就注定他不会有好结果了。"

李明深以为然，说："这次委员长是下定了决心剿共，天下方得太平。此次剿匪，非但有老兄等中央军主力，还有西北诸位降将也随调去湖南了，吉鸿昌整编余部，就任22路军总指挥，也有数万之众，老兄此去可不孤单了。"

他们杯盏交错、酒兴正酣之际，外间的电话突然铃声响起，副官接听后匆匆进来，附耳说了两句。俞云涛心中惊喜，但神色自若地摆了下手，示意他在外面待命，仍然从容地夹菜饮酒，随口问起接防的部队何时抵达吴尚，李明说总得五六天吧。

俞云涛一笑，不再提这个话题，慢慢地与他扯谈昔日黄埔的往事。等到酒酣饭足，李明起身告辞。送客出门之后，俞云涛快步返回，用井水洗脸醒神，问："那个人关押在哪里？我要亲自审讯，亲自审讯。"

副官说："此人是在十里铺以西被巡逻队抓住的，他身边还带了两三个护卫，枪法都不错，害得我们死伤了六七个人，才将其党羽击毙，他本人也受了伤，现在就关押在后花园的地牢里，请旅长亲自审讯。"

俞云涛当即赶过去，侍立在树荫假山石下的士兵们齐刷刷地举手敬礼。俞云涛从柴房内一个用石块砌得整齐的洞口顺级而下，里面点着煤油灯，一个穿着灰布衣服、左腿中枪的汉子被麻绳捆绑在木柱上，几个彪形大汉围伺着，抽烟不语。

俞云涛在这浑浊污秽的空气里咳嗽了几声，接过一盏油灯来，举到此人的颏下，仔细地打量，笑道："这吴尚地面上，杀不尽的贼，烧不尽的草啊，何为之后，又有你们这些亡命之徒接荐儿闹事！"

那被捕之人紧闭着双眼，看都不看他。

他也不发怒，围住他转了一圈，啧啧称赞道："这位好汉好一具皮囊，我看着就喜欢，嗯，快去唤城东的万皮匠来，我军务倥偬中，能够随身带一盏精致的人皮灯笼，那是件多惬意的事情啊！来，取笔墨来，我先画下形状，让万皮匠对照了剥裁，这盏人皮灯笼，我做设计者，就不知道万皮匠手艺能否按照我的意图完成了。"

卫兵取来砚台和毛笔，他就着砚池中的宿墨，用笔尖蘸了，在这人的胸腹部画了一个完整无瑕的长方形来，再让手下将此人翻转过来，一看身后，有三个铜钱大的伤疤，不由得失望道："可惜，可惜，这背后一块皮没用了，真是可恶！"

他取过井水里浸泡的皮鞭来，借着酒劲抡圆了奋力抽打了数十下。那人头十鞭子硬挺过去，但后面有些支持不住，闷哼之后，就喊叫起来，声音凄厉。

俞云涛累了，抛开皮鞭去喝茶解酒。

这时，万皮匠匆匆赶来，躬身问候。俞云涛指指这个人，冷笑道："听说你剥皮的手艺上佳，这现成的料子，我想拿它做一盏罩子，如何？"

万皮匠吓了一跳，双手连摇，说："不敢，不敢，我这辈子牛皮、猪皮、羊皮、狗皮都剥过，就是没剥过人皮，不会，真的不会！"

俞云涛说："人皮、猪皮剥起来是一样的，你就依着剥猪皮的法子动手，必定成功，不要害怕。"

万皮匠扑通一声跪下了，连磕几个响头，哭道："俞少爷，我真的是不会呀！"

俞云涛变了脸，从腰间拔出手枪来，哗地上了栓，将冰凉坚硬的枪口死死地顶在他的太阳穴上戳捣着，说："你不剥，我就打崩了你的脑袋！"

万皮匠号啕大哭。

俞云涛示意卫兵将他携带的工具包打开，取出里面剥皮的薄刀来，塞在他的手心里，催促道："快！快！快动手！不然命都没有了！"

万皮匠被逼无奈，颤巍巍地拿起刀来，弯腰走近了那待剥之人，声音颤抖道："兄弟，你别怪我，我也是被逼的，被逼的！"

那受刑的人昂起头来，冲着俞云涛啐了口唾沫，骂道："畜生！"

俞云涛哈哈大笑，命令将他的四肢固定在木桩上，指定了那画好的部位，说："就这一块，好齐整的一张人皮，仔细地给我剥！"

万皮匠闭上眼，聚了聚精神，这便将薄刃细柄执在手心里，以刀尖对准了他的心窝，正待下刀。俞云涛抬脚将他踹翻在地，说："你想先让他死个痛快再剥吗？我要的是活人身上的皮，死了便宜他了！"

万皮匠爬起来，吐了口血和磕断的牙齿，将刀身侧过，先在此人的胸口沿墨线一刀切下去，慢慢地划动。这一条线长约十五厘米，横越乳下胸脯，顿时皮肉翻卷，但是却没有流一滴血。他叹口气，去换了把锋利刃口的短刃来，从这伤口处由切改为削撬。

那人疼得厉害，大喊了一声："我操你妈！"

俞云涛居高俯瞰他，笑道："不急，待会儿，我把从你身上剥下来的这张皮用石灰盐硝好，绷紧了给你看，再让皮匠切割出漂亮的纹路来，你的躯体代养了这么些年，该派用场了，可不是好？"

那人瞪大眼，嗓子里怒吼了一声，但眼中闪过一丝乞饶的意思来。

俞云涛假作不觉，指点道："皮匠，这皮的厚薄你可要拿捏准了，这盏灯制作好了，要透出光来，光线要柔和，不刺眼，但也不能黯淡，明白没有？"

万皮匠点头，揭起已经拨开的两寸皮来，侧眼观察厚度，再准备下刀。

那人忽然哭泣起来，说道："行了行了，我愿意跟你们合作，别剥了，好不好？"

俞云涛抬脚踏上他的手臂，问："姓名？身份？在吴尚附近干什么？我会核实清楚的！胆敢诓骗，我剥了你整张皮揎草！"

那人的意志防线全部崩溃，说："我姓刘，共产党红军江北游击大队三分队队长，此次来吴尚开会，准备集结转移的，返回驻地的路上，遭遇了你们，这才负伤被俘。"

俞云涛眼中透出惊喜，却没有形之于色，平淡地说："落荒而走，不过是丧家之犬罢了，呵呵，你以为你们走得掉吗？"

那人说："走得掉，江北平原广阔，条条大路通罗马，有什么走不掉的？"

俞云涛随手捡起根树枝来，在墙壁上信手画了个简略的地形图，手指往东、北、西三个方向，说："这江北平原貌似广阔，但容你们撤走的，也不过苏家埠一条路而已，其余地带，国军已经进驻，就这里也是岌岌可危了，我只需一个电话，你们这伙乌合之众，就没了出路，陷入国军的铁壁合围中，无路可走。你今天落在我的手里，是你的运气，受点皮肉之苦，却保住了性命，你的同党可就没这么好的运气了，只有束手待毙一条路好走了。"

他当即下令，将此人严密关押，绝不容许透出风声，他快步赶往旅部，拟就两份电文，一份密发陈诚，一份密发上海叶明远。两份电文内容各不相同，发给陈诚的内容为：军座，我部即将集结，入湘赣剿共，恰巧密捕共匪江北头目，经其供述，散布江北各地的共匪近日正在吴尚、广陵等地集结，约近四千之众，即将取道皖省山地赴湘赣等地会合，为避免匪众聚集力量，抵抗围剿，职等意欲先在江北就地歼灭该部，一劳永逸解决后顾之忧。

发给叶明远的则是：叶主任钧鉴，向日吾兄推测、疑虑皆证实无误，萧专员即吴尚肖家二少，通共叛逆，负罪在逃，受其叔父肖定坤的庇护，竟得委为地方大员，暗中襄助匪首马某等人，使得江北共匪死灰复燃，日益做大，我已擒获共匪头目刘某，悉得口供，趁其集结窜逃之际，予以歼灭，并将一干人犯押送南京或上海，由兄处置。

两份急电去时快，回复也甚为迅速，不出两个钟头，陈诚复电：云涛吾弟，江北剿匪事务，皆托付于你，我已密嘱江北驻军各部，皆可调遣，望吾弟不负众望，一鼓作气荡平共匪，创不朽之功勋。

叶明远的回电：俞旅长云涛兄，电报收悉，甚喜，弟建议，兄应以迅雷不及掩耳之手段，先行捕获萧犯一干人等，使其匪众断绝联系，然后分而治之，星夜押送该犯赴沪，然后兴兵围剿，一举成就大功!

俞云涛看了这封电报,踌躇片刻,立即摇通了吴尚县府的电话,询问李县长道:"俞某即将出征,临行之际,想邀请萧专员一行小聚,请代为转达。"

李县长呵呵笑道:"俞旅长,你晚了一步,萧专员等人已经离开吴尚了。"

俞云涛一惊,忙追问:"可知道他们去哪里了?"

李县长说:"自然是回广陵了,他的专员公署在广陵嘛。"

俞云涛敷衍两句后,搁下电话,立即下令,驻守廖家沟一线的117团沿河拦截萧专员,就地关押,封锁一切消息,不容他和外界联系。接着,他在屋子里踱了两圈步,再度拿起电话,准备联系驻守口岸的黎星斗,让他阻止萧专员等人水路逃遁的通道。但转念一想,这黎星斗和萧交好,万一沆瀣一气,有打草惊蛇之虞。于是改变主意,命令城南驻军搜索萧专员一行的踪迹,如有发现,立即采取断然措施,予以逮捕。

他自认为这一系列应对措施得当迅疾,马上召集各团、营长开会,进行军事部署,为这一决战做准备。

5

叶明远请俞萍如和罗小姐吃了西餐牛排,算是彼此加深了熟悉。他倚仗着俞云涛的虚火,倒是不慌不忙,先密嘱吴尚那边的留学款子暂缓汇给俞小姐,由得她着急,好发挥自己的作用。

俞萍如重返上海学校也不过十几天的时间,美国大学的录取通知书寄到了,接受了她的申请,安排在春季入学。而罗小姐申请的大学,与她相距不过几十公里。几个女孩子欢呼雀跃。俞萍如蹦了几下,牵动了痊愈不久的伤口,钻心地疼痛。这种痛苦一下子将她从奔赴遥远他乡的兴奋中拽回了现实。

她虽然向家里拍了电报,报了自己抵沪平安,同时也坚信那位叶先生也与父兄取得了联系,但吴尚那边,至今还没有音信。似乎父亲和哥哥对她这次贸然出走极其不满。她亟待着汇款来资助自己完成这次留学，却在关键时刻没了回应，心中一时郁闷起来。

密友罗小姐与她朝夕相处，看出她这两天情绪的变化，边劝慰边半开玩笑地说："不如你就先嫁给我哥吧，在上海完婚，然后咱们以姑嫂的名义一起走，那就更方便了。"

俞萍如涨红脸，啐她一口，快步出了宿舍去门房外街对面的电话公司，按照那个号码拨打出去，不一刻，电话接通了，有个陌生的男人问："您找谁？"

俞萍如说："叶先生。"

那人说："叶先生这会儿不在，有什么事需要转达的吗？"

俞萍如难以启齿，对方似乎意识到了，又问一句："那——请问您贵姓，我会转告叶先生的。"

俞萍如说："我姓俞。"

电话挂断后，俞萍如有些沮丧，站在电话公司的门前，望着大街上熙熙攘攘的人流发起愣来。

她所不知道的情况是，此刻叶明远正在距离她不过两条街的子林西路一幢守备森严的大楼内，与陈立夫一起正襟危坐，聆听蒋委员长讲话，就军事上清剿中共武装、侦探部门侦破驻沪共党中央机关做部署。但陈立夫和叶明远都有些心不在焉。在他身后两排北侧一角，正坐着一个崭露头角的人物：戴笠。他目前名义上隶属于叶明远特别调查科的一个分支，但其直接受委员长侍从室指挥。

叶明远初听此人的名字时，曾不屑地撇了下嘴，评价说："一个混混而已。"

陈立夫笑了笑，说："据说是黄埔六期肄业，但既能入委员长的法眼，绝非平庸之辈。"

叶明远也笑，说："黄埔，一白遮三丑。"

陈立夫但笑无语。这一刻彼此心意相通，仿佛背脊后长了一双通灵的眼睛，清晰地觉察着戴笠的一举一动。

蒋介石正慷慨陈词，阐述剿共的必要性，此次准备集中二十万大军，分四路围剿，此次剿共的重点，是盘踞江西的朱毛匪众，力争在两个月内肃清顽匪，完成大任。

叶明远悄声说："不就是些个大刀梭镖火药枪武装的土匪嘛，用得着这样兴师动众？"

陈立夫微笑说："可不是这样，共匪中多有我黄埔学生，更有多位军界人物襄助，依我看，这二十万人还是不够，至少得——三十万。"

他做了个手势。叶明远惊叹，随即宽心自慰道："阎王好对付，小鬼难缠，委员长出二十万大军剿匪虽然不够，但解决共党在上海的中央机关，有千人足矣。"

陈立夫点头，轻声说道："形势不同，此一时彼一时，我看，你得加快速度了，旗开得胜，生擒对方首脑，也让委员长先高兴高兴。"

叶明远郑重地点了下头。

会议结束后，叶明远驱车返回调查科。秘书向他汇报，中午时，有位姓俞的小姐打电话来找。叶明远不用猜，便知是谁，笑了起来，说："知道了，我待会儿就去办这件事。"

他先在办公桌前坐下，处理了几份密件，其中一份来自江北，令他高度重视，立即翻阅，大喜过望，当即拟就回复，让副官送去电讯室拍发。他再仔细看这封来电，呵呵笑出声来，用鼻尖对准落款处一个"俞"字，自言自语道："俞家原来是我的贵人，非常好，不仅助我剿共立功，还能让我襄助立夫先生扳倒肖定坤，成就大业。"

他将这封密电锁进保险箱，起身脱去中山装，换成西服，打上领结，对着镜子顾盼，略略有了几分信心，这便下楼召唤司机、护卫，乘车前往正德女校。车子停在校门外，他叮嘱一句，独自下车。门房老王见过他，虽然畏惧但还是拦住询问。

叶明远笑道："我是来看家里的小妹妹的，俞小姐。"

老王依稀记得俞小姐的父兄都是有势力的人，看他的模样，不敢阻拦，任由他进去。他穿过场地、教室，进了内里的一排宿舍区，但见晾晒的衣服花花绿绿煞是显眼，不便再向前走，停下脚步来彬彬有礼地询问路过的女学生俞小姐在哪里。有人心眼机灵，不等他去寻找，先去报信，告诉正在宿舍床头发呆的俞萍如，有位西装革履的先生来访。

俞萍如顿时来了精神，翻身坐起，顺手理了理有些凌乱的头发，出门沿走廊向前，果然远远望见了叶明远站在草坪边，向这里眺望。她招了下手，唤道："叶先生！"

叶明远走过去，打量她说："打扰俞小姐休息了吧？听说你找过我，我赶紧来了，一定是遇到难事了吧？"

俞萍如微微红脸，说："叶先生说得准，我真的碰上难事儿了，所以打电话向你求助，你恰好不在。"

叶明远做个手势，说："不如我们到学校对面那家咖啡馆吧，在那里详细地说。"

俞萍如答应了，与他并肩向外走去。两人出了校门，过了马路，在咖啡馆临街的一角坐下，要了咖啡和烘烤得酥脆的面包，望着玻璃窗外的车水马龙，交谈起来。

俞萍如说："我哥至今还没有把出洋留学的旅资和生活费汇寄过来，我有些担心，是不是他改变了主意，想把我困在上海，我不能留在上海，不能！这一点他应该知道，他这是想干什么？"

叶明远叹息一声，说："你们兄妹之间，究竟出了什么事？你太激动，我听不明白，还能说得详细点吗？"

俞萍如顿时刹住了嘴，望着地面沉默起来。叶明远端起杯子，用勺子轻轻搅拌着，也不看她也不说话，静待着她先开口。她的目光将地面的几块瓷砖翻来覆去数了两遍，这才开口说："我之前瞒着他们离开吴尚老家去了广陵，他们是要惩罚我，有意惩罚我，但是，我不后悔，一点儿也不。"

"哦。"叶明远故作惊讶，"发生了什么事情，会让俞小姐做出这样的举动呢？不过，我也能理解，你俞小姐这样的大家闺秀，不是万不得已，不会做这样的事情。你一定有苦衷，能否说出来呢？说出来心情会好些，恕我直言，从那天在轮船上第一次看到你，我就觉得你有心事。"

俞萍如摇摇头，手托下巴，望着窗外缓缓驶过的电车，转移了话题，说："噩梦一场，不提也罢。我现在关心的是离开这里，去美国留学，到了国外，也许会把这些烦心琐事全部忘掉，他们想留我在这里，其实是事与愿违。我想请叶先生帮忙，跟他们沟通一下，尽早汇款过来，不然，错过了入学时间，就麻烦了。"

叶明远笑了笑，说："别叫叶先生，太生分了，承蒙你信任，说这些话给我听，应该心目中是把我当成大哥了，以后就叫我哥吧，我比云涛兄大上三四岁，做你的哥哥绰绰有余。"

俞萍如迟疑了一下。

他又说："这件事，一下子怕是谈不好的，得有个反复，咱们在这喧嚣的街头，总得见几次面。好吧，我今天就设法和俞旅长联络，据说他也要率部离开江北，去江西剿共了，你这一走，兄妹俩怕是得很久见不着面了。他会想你的。明天，不，后天的此刻，还在这里，我会来告诉你事情的进展或者结果的。"

他起身，果断地结束了这次见面。俞萍如随他出了门，在阳光满地的人行道上挥了挥手，说："再见了，叶——叶大哥。"

叶明远油然而笑，用食指远远地指点了一下，转身穿过马路，走向自己的汽车。

6

肖也和任晓月离开了吴尚，一行人分乘三辆车先向西去。肖也坐在车厢里，望着外面田野间金黄的麦地出神。车声辚辚走了二十里地，有一条三岔路口，他突然挥了下手，示意暂停，自己跳下车，眺望踌躇了五六分钟，决定从这里改变方向，由小路直奔口岸，从那里上船去上海。

任晓月坐在一旁冷眼旁观，眼见车子向着广陵方向去，心底戚然，只想着一个念头，他还惦记着俞小姐。宁愿耽搁时间，也要去广陵尝试找她。但此刻见他忽然改变了主意，不禁暗喜，只懒洋洋地问一句话："怎么改了方向啦？"

肖也说："值此危局，行踪岂能示之于人？万一俞家父子，还有那个叶明远铤而走险，在半路上截杀，怎么办？口岸是黎星斗的防区，有保安团可以凭借，还是那里安全。"

任晓月笑了起来，信手从窗口探出手去，摘了一支雏菊放在鼻尖嗅闻着。

骠车队向东南那条岔路斜插下去，这一路走了大半天时间，进入沿江公路，江水涛声依稀可辨，不断可以看到大型水鸟翱翔起伏，啼鸣声声。

任晓月有感而发，随口说："天高任鸟飞，看这鸟儿，我心里就敞亮了许多。"

肖也在风中吐了口浅蓝色的烟雾，将手中的雪茄竖起，说："看样子，今天去上海的航班赶不上了，明天上午，有武汉开往上海的班次，我们后天一早就能到上海，可不能太悠闲了。"

任晓月笑了起来，说："你是萧专员，你是为你的党国卖力的，我是专员太太，理应享受，难道也要我像你一样操心？"

肖也哑然失笑，说："我的党国？我也是一只鸟，不过不是小鸟，而是猛禽，一只复仇的鹰，我眼里只有仇人，这些仇人倒是可以被称作心系党国的。哈哈，我这只老鹰为了报仇，在党国的胳膊上啄上一口，也是可能的。"

任晓月却说："这可不对，你的叔父是党国栋梁。"

肖也叹口气，说："我担心的就是这个。呵呵。花无百日红，人无千日好，也不知道他这栋梁能支撑到哪一天呢。"

一行人从口岸镇北的小路进入街肆，不一刻来到了剿匪公署，里面黎星斗闻讯出来，拱手说："萧专员，你这是从哪条道来的？据我的情报，32旅正在行动呢，侦骑四出，吴尚到口岸的通衢大道已经被封锁，据说是要抓人，难道他们想动手来真的了？"

肖也冷笑，说："他吃了豹子胆吗？咱们去查询一下详情。"

他们进了屋，先由黎星斗致电吴尚县长，问及了32旅的异动。李县长惘然不觉，说32旅集结，是要去湘赣剿共去了，怎么能算是异动呢？肖也使个眼色，指指自己。黎星斗会意，问："萧专员还在吴尚吗？我正想去找他呢。"

李县长说："萧专员已经离开，不久前，俞旅长也在找他呢。"

肖也在一旁听得清楚，冷笑一声，说："狗急跳墙，这家伙想在离开江北前放肆一把吗？”

黎星斗抓了抓头皮，却是不解。

肖也想了想，说："先不管他，我在这里住一夜，明天上午去上海，参加蒋委员长召集的剿共大会，到那里，再慢慢地与他理论。"

黎星斗一时不明所以，先给他们安排食宿，过了这宿再说。但这样的异常动静，任晓月却不能掉以轻心，她在暂歇处喝了口水，便以买些杂物为由，去了街上，寻找地下党联络点，进行消息交换。口岸镇是商埠大镇，紧要的去处，地下党自然不会忽略，专设了一个联络站。任晓月走进那处卖南北货的铺子，还没来得及开口，伙计就在柜台后面一眼把她给认出来了，惊喜地叫了一声："任姐！"

任晓月顿时轻松下来，马上随他进了帘子后的货仓，召唤一声："老丁。"

店主老丁在盘点货物，闻声抬头，看见了她，也是一脸的惊喜："任姑娘，是你啊！你不是在广陵吗，什么风把你给吹来了？"

任晓月笑道："我路过口岸，正要去上海，特地来看望你的。"

老丁笑了几声，请她坐下，让小王去店堂内把风，说："任姑娘，可不是来看望我们这样简单吧，还有什么事情？"

任晓月思忖道："据说32旅有异动，派兵拦截我们，险些出了事，我们是在西去广陵的半途中从小路转来的。"

老丁诧异："不会吧？他们追缉你们干什么？都说32旅开拔江西，围剿红军根据地去了，有行动也是正常的嘛。"

他说着，忽然想起件事来，抬手拍了下脑袋，说："不好，今晚马队长他们集结出发，要从苏家埠一线过去，这个时候敌人异动，也许对付的不是你们，而是他们！"

任晓月心中焦急，望着窗外昏暝的天色，说："这时间可不早了，得赶紧想法子，想法子通知马队长，让他们千万小心，千万小心！"

老丁嘿了一声，起身来搓了下手，说："我亲自走一趟，这是件天大的事情，必须将这个消息送到，不然也许会出大纰漏的。"

任晓月点头，叮嘱一句："我住在黎星斗专员公署的南边的院子里，有事没事，请通知一声，我也好放心。"

老丁应诺，送她出了店，吩咐小王关门打烊，自己拔起鞋跟来，在这初霜略湿的路上大步流星地疾奔。马援此刻在口岸镇东十五里地的村子里集结部队，他赶过去，快一分好一分，保险一分。他趁着天色将黑，拣小路捷径健步如飞，走了大约两个钟头，到达村口。远远就见人影幢幢，知道是各路游击队正抵达聚合。他顾不上招呼，先拉住询问哨兵，让他带自己去见马队长。

马援这时正在烛火下与先期到达的几路分队长碰头，并询问三分队至今还没有来到的缘由。这会儿见老丁闯进门，不由得吃了一惊，问出什么事了。

老丁说："刚刚晓月姑娘到了口岸，来铺子里找我，告知一个最新信息，俞云涛派兵对他们拦截追缉，她和那个萧专员阴差阳错地逃过了一劫，她生怕这个行动和咱们有关，所以特地赶来报信。"

马援顿时皱起眉头，望望桌上钟表的时间，思虑道："这么久了，一定出问题了，咱们不管有事没事，立即撤离，现在只有三分队没来，多派几个人沿必经之路寻找守候，让他们改变行程，去万家村会合。"

这会儿月亮升上柳梢头，刚刚集结的红色游击队按照原来的建制，沿着简便的河流网汊，依次离开转向东去。在与兴南县交界的一个地点暂歇，并迅速派人和附近的兴南县委联络，收集当地的粮食，用于转移途中的军粮储备。同时，迅速制订了另一套转移方案。

他们走了一夜的路，天色大亮、阳光露脸时，才抵达目的地。进了几个村子，找到了农会，设岗后安排所有人就地休息，养精蓄锐。马援却心牵三分队的安危，派出人去打探，看他们是否脱险赶到。

但这一等，直到天黑之后，报信、接应带路的人员陆续回来，都说三分队没有动静了，也许他们根本就没有来参加集结。马援清点人数，还有一个人未归，便让他们先去休息，今天夜里，队伍还要转移。

马援一个昼夜没有合眼，这会儿心中焦急，身体倦困，坐在屋内生火的灶边打了个盹儿。也不知过了多久，被推门进来的急促响声惊醒了。他睁眼一看，来人满头大汗地进来，看见他后，叫了声马队长，随即腿脚一软，坐倒在地。

马援一把扶住，说："快说，出了什么情况！"

那人喘息着说："出大事了，幸亏你们走得及时，队伍撤走不过一个时辰，敌人大队人马就到了，来的是主力，黑压压一片，把咱们住的村子围得水泄不通，我趴在树头的一簇枝叶间隐蔽，没有被敌人发现，但发现了一个秘密，三分队来不了了，我在月光下看见了刘队长，刘队长他叛变了，骑着高头大马跟在俞家大少爷身后，他所带领的那些同志，肯定完了。"

马援霎时间犹如一盆冷水当头浇下，浑身冰冷，说："叛徒可恨，姚襄给革命带来多大的损失？这次，险些重蹈覆辙，真是险啊！"

这猝然的变故，让马援在震惊之余感觉到了一丝幸运，倘若不是口岸镇上的任晓月和老丁的报信，使得自己能及时率部转移，后果将不堪设想。他揩擦额头的汗滴，命令派出的哨兵到十里地外望风警戒，以防敌人尾随而来，然后派人立即去通知几个分队长前来开会，研究当前面临的严峻形势和解决之道。

会议开得很简短，眼下的出路，只有两条，一是从江边乘船逆流而上前往江西，但这一路极其困难，一旦被敌人的巡江部队堵截住了，那是危险至极；另一条路是按照原计划，从苏家埠撤离进入皖东山区。但刘队长叛变了，这个计划已被敌人所掌握，敌人一定会利用这个机会全面控制所有的交通要害，这可如何是好？

马援足足抽了两锅烟，望着烟雾里明明暗暗众人的面孔，说："暂时放弃拟订的行动方案，隐蔽待机，让俞云涛像瞎眼的马那样乱窜，咱们先密电联系省委和中央，寻求支援和帮助。另外，我去口岸镇走一趟，如果赶得上的话，这一步，可能会让我们走出困境。"

当下，马援安排队伍重新转移，在兴南、吴尚交界地带等待消息，自己率了两个身手敏捷的同伴，骑上三匹马，当即趁黑上路，星夜赶赴口岸。他只担心一点，肖也和任晓月会不会已经乘了航班赶往上海，与自己失之交臂。

肖也疑窦重重，在口岸的这一夜睡得很不踏实。天还没有亮，就披衣而起，走到院子里，倾听不远处的阵阵江涛声。这时候，他意外地发现，毗邻的房间里烛火幽然，任晓月居然也没有睡，身影印映在窗纸上。他知道她天黑前出门走了一趟，隐约猜到是应对意外而为，至于具体情况，并不想知道。反正，上午旭日高照之时，他们都将登上客轮，顺流而下，直奔上海去了。离开了江北，他就是出笼的鸟儿，展翅高飞，任谁也拿他没法子。俞云涛再兵多将广，也只能望江兴叹了。至于马援以及他那支整装待发的队伍，他是爱莫能助了。

叔父肖定坤发来的密电中，明确提出要设法与共产党方面切割，也许，这就是一个契机吧。在吴尚与这支共产党武装分道扬镳，对双方都是一件好事，互不牵累，各寻发展，是双赢的好事。

等到马援他们顺利抵达江西，他们之间的联系会借任晓月之手重新恢复起来，俞云涛，也许将会在江西、湖南剿共战场上与他们兵戎相见，他不禁露出了笑意，何为、马援他们一洗吴尚之辱，想不到竟然会在千里之外寻到了机会。这是苍天冥冥中的安排吧，他坚信这一点。

江上货船来去纷纭，汽笛此起彼伏，黑夜就在这笛声中渐渐沉没于大江的尽头。一抹阳光从云层中射出，江岸上，到处可闻报晓的鸡鸣。肖也吸了半根雪茄，望着惨淡的烛火犹在隔壁房中摇曳，忍不住说道："天亮了，收拾收拾，咱们准备上路吧，待会儿，我请你吃码头上的宣堡馄饨，皮薄馅儿嫩，真正是好滋味呢。"

任晓月吱呀一声推开门，脸色憔悴，说："不成，我似乎生病了，浑身没劲，今天，今天怕是不成了。"

肖也一惊，关切地摸了一下她的额头，说："没发热啦，难道是受了风寒？"

任晓月扶住门框，说："一定是鞍马劳顿累坏了，今天不走吧，歇息一天，明天一早走。"

肖也明白过来，未置可否，只说一句："我先去叫个医生来才是。"

他推开门，却发现外面已经换了保安团的人，心头一紧，吩咐说："去请个医生来，太太似乎生病了。"

他边说边信步向前，卫兵阻住去路，说："萧专员，您先歇着，我这就去外面请医生，这就去。"

肖也转身回院进屋，说："你心里牵挂着别人，却没料到自己也成了笼中鸟。"

任晓月惊讶："什么意思？"

"门外的卫兵换成了保安团，我们这会儿走不了，不知道是黎星斗的主意，还是俞云涛逼他的。"

任晓月心情沉重下去，问："这怎么办呢？"

肖也思忖道："这要看马队长他们了。"

任晓月理会他的意思，坐下来说："那，眼下咱们只有束手听老天安排啦？"

肖也一笑，说："那也未必，老天虽有安排，但咱们也不能听天由命。"

"那，你有什么法子？"

"静观其变，先弄明白这变故的确切情况。"

"静观其变？此刻，我们可是在别人的手心里，这黎星斗，怎么突然变卦了？"

肖也摇了下头，说："他的心思我揣摩得透，扣住我不放，是从所谓剿匪中取利，但是吃不准这里面的玄奥，所以只是软禁咱们，一旦俞云涛剿匪获胜，他顺势把我们交出去，博一个头功，万一俞云涛剿匪失败，便礼送我们去上海，这墙头草望风倒的本事，倒是一绝，往日里可小觑他了。"

任晓月在台阶前坐下，说："无耻小人。"

肖也笑了笑："他这是自寻死路，呵呵，在江北，俞云涛本不容他，我再不容他，他还能有路走吗？昨天黄昏时分，我吩咐人在镇上邮局拍发了一个电报给上海方面，告知了行程，逾期不归的话，叔父会查问的，他扣留咱们，也就是两三天的事，不要心急，就在这里休息也好。"

任晓月担心马援所率的队伍的安危，但眼下这情形，是无法可想了。她看肖也这般的镇定，半信半疑，也只能听天由命了。

肖也点起雪茄，将眼下的处境评估了一下，当下最坏的结果，就是马援他们重蹈何为的覆辙，兵败江北，自己和任晓月被黎星斗以私通共匪的罪名押送省府请功。这样的结局，他无论如何是不能接受的，他必须寻找外界因素来予以改变，但这外部因素，会在何时出现呢？他没有把握，只能等待，耐心地等待。

<h1 style="text-align:center">7</h1>

黎星斗在他的剿匪专员公署里照旧喝酒，搂着妓女听江潮的涨落，惬意无比。昨天半夜，俞云涛的副官秘密登门求见，呈上了他的亲笔信，信上言简意赅，32旅正奉命就地剿共，已擒获共匪头目一名，据审讯，该犯供认萧专员私通共匪，现萧某已闻讯仓皇逃窜，正派兵缉拿，此人倘若在口岸，望早做决断，切勿受到牵连，就此身败名裂。

黎星斗将信丢在桌上，吸了几口烟，说这个萧专员果真通匪，那可要抓，这就下令驻广陵的保安团，包围专员公署，看他在道台衙门里还有没有好日子过！

副官笑嘻嘻地说："黎专员果然雷厉风行，俞旅长一向敬佩，这次剿共，是成就功名的又一个良机，想来黎专员这样的高人自然也是不会放松的！"

此人走后，黎星斗忐忑起来。他不敢断定俞云涛是否知道这萧专员一行就在口岸，如果知道，那剿共功成，这就成了他攻讦自己纵匪逃逸的铁证；但就地逮捕萧专员等人向上邀功，这举动又操之过急，万一俞云涛剿共不成，这萧专员背后有靠山撑腰，反咬一口，他自忖也吃不消。思来想去，他想出个折中的法子，将这萧专员等人滞留在口岸，以礼相待。静观局势变化，乐得个逍遥自在，岂不是好？

黎星斗貌似悠闲，暗地里却四面派出暗探，打探消息。也不过半天时间，回音不断。昨天夜里，32旅三个团趁黑出动，从三个方向向距离口岸不过十里地的一处地点合击包围，却没有任何收获。俞云涛旅长亲自在村子北侧将随行押来的近百人就地处决，拍照留影后，用车装载了运往吴尚、兴南两地示众。眼下，俞云涛驻军十里铺，居中指挥各部开展扫荡。地方民团也开始配合出动，杀气腾腾。

黎星斗摇摇头，说："这个俞旅长好狠心！"

他身边陪侍的妓女抚摸着他脸上的疤痕，笑道："所以说，您做不了旅长，只能做专员了。"

黎星斗大笑，点头说："你这话对，我黎某人不够狠，所以在江边乐得个自在，他俞旅长杀气冲天，所以注定要在战场上杀戮，不死不休。"

妓女奉承道："黎专员，你就住在这里，天天花天酒地享清福，我们陪着你，顺着你，让你天天开心！这日子，神仙都不换呢。"

黎星斗左搂右抱，好不快活。

这时，楼下副官上来报信："32旅俞旅长又派人来送信了。"

黎星斗皱下眉头，做个手势，示意让他上来。

不一刻，楼梯声响，上来一个眉目依稀有几分熟悉的军官，腰板挺直，先敬了个礼，说："奉俞旅长之命，面呈黎专员一封密函。"

黎星斗懒洋洋地摆了下手，让他将书信递送到眼前。那人应命上去，从胁下公文包里取出件物事来，送在他的面前。他低头看去，却是一柄乌黑锃亮去了保险的手榴弹，细细的弦线绕在指间，只要轻轻一拽，就会爆炸，让他们一起粉身碎骨。

黎星斗刹时僵若木鸡，两眼死死地盯住这致命的物事，半声不得出口。

那军官说："这封信，我来念给专员大人听，从此刻起，剿匪专员黎星斗及麾下保安团各部，都听命于我的号令，不得违抗，否则性命难保，明白吗？"

他将这手榴弹往黎星斗的胸口一戳，黎星斗大叫："好说！好说！一切悉听尊便，听从指挥。"

妓女们惊慌失措地溜下楼去。

这军官膂力惊人，一手将手榴弹抵住他，一手娴熟地从包里掏出根麻绳来，将他的一双手拢在背后扎个结实，说："你听我吩咐，我也不为难你，办完了这档子事，你依旧做你的剿匪专员，步步高升，倘若胆敢异动，这就送你上西天！"

黎星斗浑身颤抖，悄声说："好说，好说，一切悉听尊便，悉听尊便。"

军官笑了起来，就往他身边椅子上一坐，端起茶杯来喝了口水，说："萧专员一行被你羁押在哪里？"

黎星斗手指窗口一侧，说："就在楼下北侧院子里，就在那里。"

军官说："那好办，请萧专员上来坐坐，我倒想亲眼瞅瞅这个通共分子的模样呢。"

黎星斗无奈，冲楼下喊了一声："王副官，去请萧专员过来，我们有要事相商。"

黎星斗猜不透这个人的身份，先疑心是俞云涛派人来挟持自己，又觉得像是共产党假冒 32 旅的人，但听他说萧专员的口气，又存了疑心，这心中盘算着说："这位兄弟，有什么事情要黎某办，一定办到，只是这手榴弹，还请收起，免得旁人看见起疑心。"

那军官笑了起来，说："好办，好办，我替你掩饰，堂堂的剿匪专员，也要些面子是不？来，这样就成了。"

他手脚麻利地又取出一枚手榴弹，去掉保险盖，并排绑牢了，拴在黎星斗的裤腰带上，将两根弦用细绳子系住了，穿过衣袖出来，顶端的拉环套在手指间，退后一步上下打量，笑吟吟地说："这就好了，半点痕迹都不露。"

黎星斗身上拴了这两颗手榴弹，吓得两腿筛糠似的哆嗦，额头豆大的汗珠往下滴，作揖拱手说："兄弟，千万、千万小心，我这性命可就全交在你的手心里了。"

这军官呵呵直笑，一只脚搁在茶几上，惬意地伸展了一下四肢，说："放心，办了事，就恢复原样，保证你一根毫毛都伤不着。"

这时，楼下传来一个声音："黎专员，今天的行程又被你耽搁了，这会儿有什么话说？"

那军官做个手势。

黎星斗会意，立即扯开嗓子说："反正今儿走不了，就请萧专员上楼来坐坐，喝喝茶，看看江上的景致，打发打发这无聊的时间吧。"

肖也脚步平稳地上了楼，乍一进门，就看见了这房间里的动静，不觉一愣。

那军官笑嘻嘻地望着他，问："你就是萧专员？怎么是这副模样，倒让我失望了。"

肖也心有灵犀，会意地大笑不已，抬手指点道："王参谋，久违了，你不在旅部谋划剿匪策略，却来这江边看什么风景啊，小心俞旅长定你个玩忽职守的罪名！"

这位王参谋眼中闪烁着喜悦，说："此来口岸，一是俞旅长为你送行，二是在这里为他打个前站，共党的队伍，将要从口岸劫船南下，情报早已收悉，且看黎专员大显身手，做剿匪的先行吧。"

8

俞云涛率部合击江北共产党游击队，扑了个大空，恼羞成怒，将已被合围缴械的刘某所率游击队三分队所有俘虏全部杀害。他回到旅部，先口授电文，向南京方面报告：卑职率部清剿共匪，于昨夜合围共匪江北游击大队，经一昼夜激战，尽歼其众，先行告捷，继续追剿残余共匪的行动正在进行中。

他说完后，接过电文纸来看了看，执笔将"游击大队"四个字画去，改为"独立师"，笑了一声，说："先壮声势，让陈诚长官高兴，让校长满意。"

这封电文随即乘着电波飞奔而去。

正在南京的陈诚接到了这封电报，拿在手里几乎有些难以置信，江北共产党游击队存在的规模，应该只是小股队伍。这个俞云涛突然间祭出了独立师这个番号，倒是令人起疑了。这位师弟，靠着在江北弹丸之地辗转折腾，今天剿共有功，明天剿共有功，升迁不已，从营长变成了旅长，从中校变成了中将，这简直是……

他一时想不起合适的用词来，倒是从弹劾他的公文里念起一句：挟匪自重。是的，挟匪自重。江北那个弹丸之地，吴尚那座褊狭之城，哪来那么多的共产党？不过是些手提火铳、肩扛梭镖的乌合之众，只需在吴尚城头架起一挺马克沁重机枪，就足以将他们全数轰毙在城下的田野间。什么清剿、围剿，与其他在中原枪林弹雨中恶战、尸山血海中冲杀出来的同僚怎能相比？

他有些愤然，坐在办公桌前，望着这封电报出了半天神，忽然发出一声笑来，说："也好，也好，既然是剿共老手，经验丰富，正好去江西大展身手。我们这些人也该着偃旗息鼓、修身养性。"

他拿起笔来，信手写了复电：云涛吾兄，剿匪战功卓著，定为我黄埔同学之楷模，盼为党国再立功勋，廓清宇内，成不世之伟业！

他笑了起来，再看最后几个字，心头的不快消却了五六分，挥挥手让副官拿去，回复给正踌躇满志的俞云涛俞旅长。

俞云涛收到上峰电文后，心中高兴，这就回城去见父亲。

俞凤山听说儿子回来了，手执一张电文纸急匆匆地迎出来，高举着晃了两下。

俞云涛以为自己立功的消息父亲也收到了，大笑起来。孰料俞凤山啪地将这纸拍在他的手心，说："你就这么一个妹妹，别把她逼死好不好？给她钱，让她出洋，滚到美国去，别再在上海丢人现眼了！"

俞云涛一惊，急忙去看，这纸上写道：寄居女校，接济中断，仰人鼻息而苟活，痛苦不堪，望父兄见怜，速汇款来，年底或可登船赴美，不然，困死沪上，走投无路矣。

他知道，这是妹妹俞萍如发来的乞救电报，但这文字口吻，却浑然不似一个女孩子的手笔。他略想了想，哑然失笑："爹，拟这电文稿的，可不是你那宝贝女儿，一定另有其人。"

"谁？"

俞云涛微笑："哪个女孩子是这样文绉绉说话的，记得去年，她向家里要钱，电文是：快汇钱给我，不然就饿死了！这样直白，才是俞家小姐，眼下这文字，我猜必定是他——"

"他是谁？"

"叶主任，非他莫属！"

俞凤山嘿了一声，说："这么说，叶主任眼下和萍儿关系密切？都到了能代笔拟家书的份儿上了？"

俞云涛颔首说："这么看，他们一定是关系密切了，嗯，叶明远大我四岁，年富力强，又身居要职，妹妹与他好，是上上首选，放眼吴尚，放眼江北，有几个能比拟的？"

俞凤山迟疑："他可大了你妹子十几岁。"

"岁数大些才靠得住，据我与叶某人攀谈所知，他叶家在本地也是名门望族，与我俞府门当户对。"

俞凤山沉吟许久，说："终究是年纪大了一点，但倘若萍儿喜欢，也就罢了。"

俞云涛得意道："这件事若是成了，我与叶明远联手，一军一政，相互默契，那肖定坤虽然位列中枢，倒也不惧他了。"

俞凤山长叹一声，说："毕竟，靠自力才是正途，那裙带之间，未必靠稳。"

俞云涛见老父迂腐，便不多说，将电文再细看了片刻，说："我有意扣她的用度，就是让她跟叶主任亲近，叶主任此时，扮的可是英雄救美的角色，他既然对萍儿有意，自然会拿捏妥当的，爹，不要太过担心。"

俞凤山说："你替我拟一封电文发给他，传我的话，对萍儿要尊重些，我俞府可是名门望族，俞府小姐，更不能受人轻薄。"

俞云涛笑了起来，说："爹，你太多虑了，叶明远是个有身份的人，他对小妹的态度，是发乎情止乎礼的。"

俞凤山叹口气，摆摆手说："好吧，好吧，我没精神气力管这些事了，你们兄妹俩，都好自为之吧！"

俞云涛因为妹妹这件事一打岔，差点儿将来意忘掉了。他下了台阶，忽然想起，掉头来说："爹，忘记告诉您了，南京方面来电祝贺了，等率部抵达江西后，会另有重用。"

俞凤山一听，顿时来了精神："大好事啊！光宗耀祖那是不在话下了。"

他还想再说点什么，俞云涛已然大步离开。他望着儿子的背影，嗟叹一声："自古英雄出少年，这话不假，我俞家几代人的念想，都在他身上实现了！"

俞云涛秉承父亲的意见，分别拍发了两份电报，一份给女校内的妹妹，一份给叶明远，内容各不相同。但分别接到这电报的人，都在第二天傍晚时分，在女校和圣约瑟大学之间那处名闻遐迩的白俄餐厅内见了面。

叶明远坐在临窗的高背椅上，屈肘支拳于颏下，望着灯火阑珊的街头，出了会儿神。俞萍如看了父兄给叶明远的电文，脸上有些红了，说："我爹跟我哥误会了，叶先生，您别在意。"

叶明远好一阵没有吭声，似乎在考虑别的事情。她有意地咳嗽一声提醒。叶明远转过脸来，疑惑地望着她。她用食指强调般地在那张电文纸上点戳了一下。

"哦。"叶明远恍然大悟，喝了一口葡萄酒，说："我想，俞兄可能是误会了，才如此郑重其事地托付，呵呵，我这个人，向来是一诺千金，放心吧，我会达成你上船留洋的愿望的，虽然他们未必希望你走。"

俞萍如见他从容自若的神态，倒也觉得自己有点小家子气了，强笑道："那就谢谢叶先生了，我是落难遇贵人了，真是幸运呢！"

叶明远摇了下头，说："谈不上，俞小姐的贵人，在日后前程里自然会遇上，我只是略效绵薄之力罢了。"

俞萍如将自己那封电文放在他的眼前，他笑了一声，不看文字只望着她那象牙白的脸庞，说："难怪有那封电报，我替你拟文恳情的底细露馅了不是，呵呵，也难怪俞兄作如是想了，你这丫头自作聪明，自寻烦恼，是不是？"

俞萍如脸彻底红了。叶明远从未用丫头这样亲昵的称谓来对她，此刻出了口，看她的反应只是害羞，并无不悦，心里先操了三分胜券，取过酒杯来，递在她的酒杯前，轻轻一碰，悄声说："别担心，我既然提了这件事，就好人做到底，决意要替你弄到那笔留学费用，他们也是一时兴起，哪里能长久得了。我这就设法打个圆场，只不过，你闯下了怎样的祸事，惹得父兄这样？我也好奇呢。"

俞萍如端起酒杯来，喝了一大口，酒精引发的红晕遮盖了她方才害臊产生的红晕。她丢开酒杯伏在桌上，摇头说："你不懂，我的事情，我自己承受得了，这是苍天对我的惩罚，我不怪任何人，不怪！"

叶明远望着她这副模样，声音低沉地说："实在忍受不了，就说出来，就当自己跟自己说，我只做一个倾听者，只当耳边风。你说完了，就会如释重负，放得下来；我听了，就全忘了，咱们这也算殊途同归，是不是？"

俞萍如愣愣地注视着他，忽然哧的一声笑了，说："叶先生，你是一个坏蛋，狡猾的坏蛋！"

叶明远笑而不语。俞萍如垂眼望着光滑的桌面，上面映印着肖也的面孔。这是未谙世事，未遭摧残的肖也的面孔，而非萧专员那张刀疤横陈的面容。半晌不语之后，这桌面上的倒影虚幻尽去，浮现着她自己那张清纯俏丽的脸蛋儿。她顾影而笑，说："叶先生，你也别拐弯抹角地探听了，没什么事情，一点儿都没有，我已经把那些事忘掉了，忘掉了，就等于不存在了。你说是不是？"

叶明远眼光有些奇怪地望着她，说："俞小姐，要是出家，必成正果，这瞬息之间，怎么就顿悟了呢？"

俞萍如嗔怪道："叶先生又胡说了，我年纪轻轻还要嫁人呢，怎么就出家了？"

叶明远作揖，说："俞小姐说得是，你这样年轻貌美、家世又好的女孩子，一定会有许多人追求的，呵呵，生活美好啊，把不开心的事情都忘得干干净净，过快乐的生活。我可眼馋着呢。可惜、可惜！"

俞萍如望着他，问："可惜什么？"

"可惜，我已是老了，见了俞小姐这样的年轻女子，自惭形秽，自惭形秽啊。"

他边说边摇晃着脑袋，做不胜感慨状。

俞萍如侧眼睥睨，说："你也就比我哥大个四五岁，我哥不也没有娶亲吗，他那英姿勃发的威风劲，会像老头子？"

叶明远摇摇头，说："你哥是你哥，我是我，俞旅长是人中豪杰，我算什么？所以，在俞小姐这样的美人跟前，除了惭愧，还是惭愧。"

俞萍如望着窗外街头来去长裙束发的摩登女郎，和西装革履的男人们，叹口气说："在上海，什么事都当不得真的，什么话也当不得真，咱们得过且过吧。叶先生，今晚据说大华电影院有新片子到，我想去消磨时光呢。"

叶明远今晚有个秘密会议要参加，忽然听她这样的提议，不觉一愣，随即点头同意了。这会儿时间还早，两人将那两封电文撕得粉碎，丢进杂物篓里，出了餐厅，上了汽车，在夕阳如血的街头兜风。车子出了法租界，去了外滩，沿着江边大道疾驶。俞萍如从敞开的车窗处浏览街景，不经意间，从反光镜中瞥见了叶明远专注于开车，但脸上不时掠过的忧郁之色，不觉好奇起来。

她掉转头，问道："叶先生难道没有娶过亲？这样的岁数还单身一人吗？有点不合常理哦。"

叶明远放缓了车速，摇头说："以前在老家倒是给说了一门，但后来我去了广东，在国民政府做事，他们家认为是大逆不道，毁了婚约，后来，我在广东有过一个女朋友，是护士，北伐时在战场上中流弹死了。她家人在南洋，兴许都不知道她的死讯，她的后事，都是我料理的。"

他如此一说，俞萍如更加地好奇："叶先生早就参加国民革命了？我哥哥那时候也是不顾父亲的阻挠投笔从戎去报考黄埔军校的。看来，你们都选择对了，你老家的那个女子和她的家人，怕是肠子都悔青了吧？"

叶明远无奈地笑笑："谁知道呢，这年头，谁都离得开谁，好男人多得是，没了叶明远，还有马明远、张明远。"

"自诩好男人？"俞萍如一笑。

叶明远说："不是自认，而是自嘲。叶某人，比上不足比下有余，不算坏男人而已。"

俞萍如点了下头，却说："不好不坏，好人不容易做，坏人也不容易做，不好不好，或者时好时坏，才是活生生的人。叶先生，你认为呢？"

叶明远拍了一下方向盘，激赏道："俞小姐精辟，佩服、佩服。"

俞萍如得意地笑了起来，说："叶先生有空教我开汽车，听说美国人家家有汽车，日后我去了那里，有备无患。"

叶明远一口答应了，趁着前方道路空旷人稀之际，亲自做示范，让她在一旁先记熟发动车子、踩油门、刹车的几个关键动作。俞萍如悉心留意，跟着示范模拟了几遍，叶明远要停车，跟她交换位置，让她亲自试开。她小心翼翼地坐在司机座上，启动成功点火，但脚底下油门却是没数，稍稍用大了气力，车子陡地急速蹿了出去。她慌乱之下，忘记了刹车，车子轰的一声撞在了路边的一棵大树上，轰响震撼后，树断了，车子前半部也狼藉一片。俞萍如眼前一黑，便一无所觉了。

叶明远被这女人的莽撞之举连累得不轻，一头撞破了前挡风玻璃，满脸是血，嘴里哇地吐了口血，拼命爬出车，向路边经过的车辆挥手求救。等到有车停下，司机帮着他合力将昏迷的俞萍如抬上车，送往附近的医院，经检查后，医生诊断她是脑震荡，不久会自行醒来。一直折腾到晚上八点，他们的浪漫之旅就此结束。叶明远脑门上包扎了纱布，鼻梁面颊上都有血迹，他刚想歇息会儿，却念起今晚的会议来，顾不得许多，请护士代为照料，自己快步离开医院，直奔会场而去。

他在一家赌档后的秘密地点露面时，与会的所有人都被吓了一跳，急忙问候。叶明远摆了下手，说只是一次意外车祸，已经安排人去妥善处理了。众人这才放下心，悄声议论。有的说共产党地下组织最近有些猖狂了，刺杀了好几个投奔过来的昔日同志；也有人说这戴笠心狠手辣，一直觊觎党务调查科，不能掉以轻心，必须严加提防。

叶明远无意谈论这些，挥手示意，会议开始进入主题。这次会议的发起者并不是叶明远，而是陈果夫和陈立夫，目的在于针对戴笠的异军突起，从两广事变到中原大战，该系统在协助蒋介石达成战略目的时，都立下汗马功劳。而CC的调查科，在这一轮较量中明显落于下风了，特别是上海秘密进行的策反冯部麾下大将反正的行动，都是戴笠亲自担当保护重任的，工作尤为出色，主持者肖定坤在蒋介石面前多次赞赏有加，这无疑又加重了戴某人的砝码。而蒋权衡之术，本就擅长分而治之，制造鹬蚌相争的局面，以便自己主宰掌控，以防一家坐大。这样的态势，在半年之前是无法想象的，可是就在这短短的时间内，反而成了事实。党务调查科往哪里去，未来的发展方向，都成为必须面对的严峻问题了。

叶明远脸色沉重地点起根烟，平息心中的遗憾和惊骇，竭力将这个傻女孩开车失误所带来的负面影响降低到最小，奋力地咳嗽着，咳嗽着，在众部下一片期待的目光里，打着腹稿，准备着措辞。

9

俞云涛剿匪一战，虽然报了军功，受了奖赏，但内心深处始终忐忑。共党武装主力犹在，伺机远遁，他们眼下藏身在哪里是个谜。萧专员及其心腹一行，凭空里在江北地面上消失了，去向也成了谜。这两股人会不会合合一处，他有所猜测，但是这萧专员此刻倘若是与共产党在一起的话，那他就是个蠢材无疑了。私通共党是解决他的借口，尚属于推测，只能风传，不能落实，但只要在这伙共党队伍里拿获他，那可就是人赃俱获，一劳永逸了。叶明远在上海、广陵苦寻未果的证据一旦在手，那肖家少爷也好，肖定坤也好，将会就此一锅端了，再也不留隐患。

他有些急躁，有些兴奋，俯伏在作战地图前，手指、铅笔和直尺，模拟猜测，以吴尚为中心，画出了三条逃逸的路径，寻找着萧专员的踪迹。接着，他又以刘某的口供为依据，画出了江北共党武装的集结地点和西去的路径，一共找出了两个结合点，一在口岸，一在广陵以东、吴尚以西十里地的唐楼村。

"口岸。"他念叨着这个地名，笑了起来，黎星斗、萧专员也都扯进来了。这冤家路窄，难不成前后的仇怨都在这里一笔了结？俞云涛脑海里一瞬间就厘清了用兵口岸的方略。三个团以品字形向南压迫过去，封锁口岸左右沿江通道，堵死向北的出口，同时截断江岸码头，这一条，怕是要请巡江炮艇大队协助了。理由倒是很充足，防止共党江上的退路。这一下子，兵临城下，他倒要看看黎星斗有什么说辞。

俞云涛得意起来，正待唤副官进来，面授机宜，但就在这时，电话铃声大作。他对这突如其来打扰他兴致的不知趣者心存厌恶，信手抓起话筒，问："谁？"

那边是一个熟悉的声音："俞旅长，我是黎星斗。"

他哈哈一笑，假意客气地说："原来是黎专员，有何指教？"

黎星斗干笑说："指教不敢，倒是有个喜讯要报与俞旅长。"

"什么喜讯？"俞云涛一下子凝神。

黎星斗说："萧专员眼下驻节口岸，他原本是要坐船去上海的，被我冒昧留在了这里，听说俞旅长十分思念故人，可否考虑在军务繁忙中抽点时间来口岸一聚？我这里有江鲜，有美酒，大家共谋一醉，岂不是好？"

俞云涛哈哈大笑："我说萧专员离开吴尚后怎么就销声匿迹了？原来，在口岸做客呢，黎专员待客热忱，值得深交啊，小弟佩服、佩服，万分地佩服！"

黎星斗呵呵笑道："黎某人向来好客，萧专员是客，俞旅长也是客，来的都是客嘛。"

俞云涛笑道："好！好！好！好个来的都是客，我会去口岸做客的，你放心，等我处理好手头的公务，就去口岸做客。"

他搁下电话，放声大笑，这真是踏破铁鞋无觅处，得来全不费工夫。萧专员原来在口岸，被黎星斗扣押了，怪不得这两天音信全无。他重新审视口岸这处地方，再思忖自己先前将它定为重要嫌疑地点并拟将实施包围的军事措施，他瞪大了眼，一种不祥的感觉升上心头。重新提起笔来，蘸了浓墨，在地图口岸的地名上画了个圈。

他丢开笔，一时间陷入了沉默。

这时，电讯处主任手持一封来自军部的密电，急急忙忙送过来。

俞云涛拆阅电文，上面寥寥数语：湘赣两省共匪正向关键地区进击，着令32旅尽快清剿残匪、结束战事，三日后向广陵以西铁路线集结，乘军列驰援。

他放下电报，写了八个字的复电：遵从军令，按期出发。

他对于这封催促自己出兵的电令并不在意，清剿残匪这一项，并不麻烦了，只是对口岸做雷霆一击即可。他拿起电话，要通下属各部，做如下部署：三个团分成两路，趁夜秘密推进至口岸镇外围，一切计划部署其实和接到黎星斗电话前并无差别。唯一的不同之处在于，他将亲自率卫队亲赴口岸，率军勒逼黎星斗交出萧专员，以及潜藏镇内的共党头目及武装。

密令下达后，他看看手表，正是下午三点。天黑之后，三军开始趁黑行动。他正好也可以在旅部先睡上一睡，等吃了晚饭后，再起身出发。他轻松地脱却了军服和马靴，上了松软的床铺，用轻柔温暖的鸭绒被覆盖了身体，就此睡去。一切皆大好的形势，让他高枕无忧，不知不觉中一觉睡到了太阳落山，睡到了月上枝头。

晚七点整，他从梦乡里醒来，唤来副官询问部队进展的方向。副官向他汇报，一切皆遵从安排而定。他点了下头，穿衣下床，下令伙房里开饭，他要喝一点酒，抵御这夜间田野间的寒凉。今天夜里，他要坐镇前沿，一战而毕江北之役，再乘胜向西，做剿共的先锋。

伙房里早已得了吩咐，预备下了酒肉，等他到了，便端送上来。俞云涛示意副官去请来旅部参谋长、警卫连长等亲信，坐了一小桌。众人随他多时，从未见过他在军中如此雅兴，都暗自惊讶。

俞云涛手握酒杯，说：“各位都随我在这家乡的土地上征战有日了，老天帮忙，让俞某顺风顺水，心想事成，俞某不敢贪功，这剿匪的功劳，大家都有份儿。等今晚大功告成之后，我会向上峰为你们请功的。等去了江西，再立功勋，一劳永逸地完成剿共大业，弟兄们都解甲归田，过太平逍遥的日子，享清福去！”

众人明白了他的心意，都纷纷举起杯子来应和，预祝今晚行动马到成功，预祝俞旅长平步青云，成为党国的楷模。俞云涛笑吟吟连喝了三杯酒，陪大伙儿吃了半只烧鸡，端坐廊下，举头望着朗朗月色，耳听萧萧秋风，踌躇满志。

忽然间，只听得北边吴尚城方向枪声响起，他蓦然一惊，掉头回顾，问：“哪里来的枪声？”

众人皆惊，齐声说：“旅座，是吴尚！”

俞云涛快步出了院门，要去对面一座楼上眺望那边的动静。谁知不过走了六七步，这枪声越发地激烈起来，密集如雨，一阵紧似一阵，其间还夹杂着爆炸声。这确凿无疑是共党武装袭击吴尚。眼下，吴尚只有一个连守备，力量单薄，正是他的命门要害。他收住脚步，立即下令，进攻口岸的计划暂做调整，7团立即向口岸逼近，9、12

团即刻回援吴尚，其中，9团下属一个营即刻向吴尚以西、广陵以东通向苏家埠的黄垛村斜插过去，阻断共党北逃的通道。

然后，他去卧室衣架上取下枪套、皮带，手脚麻利地穿好，在台阶上振臂一挥，集合卫队，他这就要在援军赶到之前，先行驰援吴尚。

但就在此刻，旅部门外也突然枪声大作。刹那间扔进了几枚手榴弹来，轰然巨响不断，炸死了守门的卫兵，断臂残肢飞过墙头，只落在俞云涛的脚下。他脸色大变，拔出手枪，喊道："集中兵力，守住二进院门，屋顶架起机枪来，封锁院子之间的通道，致电援军加快速度，十里铺旅部遭到敌人的攻击。"

他亲率着十几个官兵，依靠建筑就地防御，不时抬腕看表，估算着援兵到达的时间。这一刻，对方袭击吴尚，倒不让他惊讶，但将矛头直接对准他的旅部驻地，才令他意外非常。

10

黎星斗被挟制住了，一时间无法可想，只得依照对方的意思行事。肖也坐下来，望着奇袭而来的马援，问："你是来救我离开口岸的？两个钟头后，会有过路的船暂停的，我可以走。"

马援一笑，说："我劝你暂时别走，陪我演一场好戏，二位专员都是明白人，无须我点拨吧，我无意为难你们，只要率部离开江北，但要想稳妥地走，第一件要事就是解决俞云涛和他的32旅。"

黎星斗苦笑："你要解决俞旅长，到我这口岸来，能有什么用处？"

马援笑了起来，说："口岸是派不上什么用场，但是二位专员确实能派上大用场。据我所知，俞旅长正四处缉拿萧专员呢，萧专员在口岸，正好做诱饵，请黎专员打个电话给俞云涛，就说萧专员已经被你扣押在口岸了，请他莅临一聚，我看这俞旅长想念萧专员得很，让他来遂了心愿，岂不是好？"

黎星斗一听这话，心里为难，说："万一他要我押送萧专员去吴尚，怎么办？"

"你就说路途中不安全，万一被其他人半路劫了道，反而不好，还是请他移驾来口岸，那才稳妥。"

黎星斗依旧摇头："俞旅长倘若带着队伍来了，我这保安团可不是对手。"

马援笑道："这俞旅长来口岸，顶多带着卫队，来看一个萧专员，那么兴师动众干什么？"

肖也心里却踌躇，他并不想在口岸了结了和俞云涛的恩怨，俞云涛死则死矣，但自己却脱不了干系。他还有夙愿未了，犯不着在这里孤注一掷。他身处这两者之间，左右为难。

黎星斗还想推托。马援冷笑一声，说："黎专员，我此行只想解决俞云涛，你想做他的替代鬼，这可不是什么好活计，他不来，你可就险了！"

黎星斗见他有意无意地轻拽了一下袖间穿过的手榴弹弦线，叫了一声："好，好，我答应就是了！"

马援一笑，去拿起电话来递在他的手里，说："该说什么？你可明白了？"

黎星斗额头滚下汗来，手抚话筒，再三地定神、定神，这才开始摇动手柄。

肖也站在一边，把他和电话那端俞云涛的对话听得清清楚楚，很想去揭穿黎星斗在一番话语中留下的伏笔和破绽。马援却浑不在意地摆了摆手，待黎星斗通完话搁下话筒，这便说："请二位集合起卫队来，咱们三个一起出镇子，抄近道去一趟吴尚。"

"什么？"黎星斗几乎不敢相信自己的耳朵："去，去吴尚？干什么？"

马援冷笑："俞旅长未必肯来口岸，还是咱们去吴尚拜访他更稳妥些。萧专员，你说是吧？"

肖也顿时明白过来，笑道："对！黎兄，在口岸你我是脱不了干系的，但在吴尚，俞旅长的防区，不管出了什么纰漏，都与你我无干。"

黎星斗霎时也省悟过来，连连点头。

三个人当下离开这江边小楼，集合队伍，出了镇子向吴尚进发。

这支全部保安团装束的队伍，在阳光披洒的树荫和草丛间急速前行。等到抵达了吴尚西门外六里地时，马援下令止步，看看手表，计算时间，似有所待。

黄昏时分，一辆骡车沿着道路奔跑而来，车上堆了些柴火杂物。等到了眼前时，这些伪装通通散落了一地，里面赫然隐伏着一挺马克沁重机枪和射手、弹药。赶车人跳下车，立正行礼，向马援报到。马援面授机宜，然后转身来到肖、黎二人面前，说："这里的事情，交由我的人指挥，二位请随我走，咱们去另外一个地方遛遛。"

黎星斗问："去哪里？"

"十里铺，死鬼方团总的老宅，眼下，正是俞旅长的巢穴。"马援淡淡地说道。

黎星斗心中不解："你这是要拜访俞云涛，还是要对他动手？"

肖也暗笑，说："黎专员，咱们既然如此，只求能够撇干净身子，哪里管得了其他？"

他们坐上骡车，赶往十里铺西边的一个小村落。这一路距离不长，也不过个把钟头，便遥遥可见十里铺镇中那座高耸的三层楼房。马援跳下马，村中冲出一小队 32 旅士兵。黎星斗心中一动，却见他们向马援敬礼，马援低声吩咐了几句。那小队领头的军官回头吹了一声呼哨，只听得脚步声急，村舍间、田野里，一队队伏兵现了身，直奔十里铺。

黎星斗目瞪口呆，半晌后才喃喃地说："原来，共党的队伍就蛰伏在吴尚城外咫尺之遥，这俞云涛还做着美梦威逼口岸呢，真是瞎了眼，聋了耳朵。"

肖也明白这一个昼夜的动静，游击队是从 32 旅各部包围口岸留下的空当里穿插过来的。他不禁掉头看了一眼马援，说："你的胆子真大，佩服！佩服！"

马援说："胜向险中求。"

两人会意地一笑，马援掏出怀表看时间，望着沉没在地平线上的夕阳。天色缓缓地黑了下去，淡白色的月亮爬了上来，四周不住有鸟群飞起，落下，啼鸣。突然间，吴尚城外枪声大作，弹光飞曳。

黎星斗吃了一惊："你，原来是要打吴尚？"

马援说："错了，打吴尚的是保安团。"

黎星斗幡然醒悟："这，这是陷害我！"

马援大笑，说："咱们一起去十里铺，俞云涛旅长率着他的卫队和旅部直属队正蠢蠢欲动呢，我就在这条道上前截后杀，结果了他！"

肖也此刻心中的惊诧和遗憾俱已消散。这会儿，迫切地想要看他们如何解决俞云涛。黎星斗心中惊恐，只得随他沿着田头小径走向十里铺。

半途中，只听得前方镇口轰然响了几声，随后枪声四起，夹杂有号角的吹鸣。肖也笑了起来，望望黎星斗，说："黎兄，子弹不长眼睛，干脆，你就在这里歇息吧，我多走几步，去前面看一看。"

黎星斗正中下怀，连忙答应了，叮嘱一句："兄弟，小心点儿，咱们俩想要自保，缺一不可。"

肖也和马援一起快步赶到镇子里，只见游击队正在围攻敌人的旅部，火把四处燃起，照得远近犹如白昼。俞云涛被困在宅内，组织部署设置火力点拼死抵抗，想拖延时间，等待援兵的到来。

马援计算时间，说："必须在半个钟头内解决战斗，保证有充足的时间撤离转移。"

肖也倚在街口店铺一根厚粗的木柱后面，观看双方交战，一言不发。马援从队员手里接过一支步枪来，先瞄准了宅邸屋脊上封锁大门通道的机枪位置，扣动扳机，一枪将机枪手从屋顶上撂倒。随即下令，将各人身上的手榴弹捆绑集束，拉开保险，向宅子里密集地扔进去。只听得爆炸声剧烈，房屋倒塌。那些拼死坚守的士兵湮没在砖堆和瓦砾中。游击队员们呐喊着，向宅门内冲锋。

但宅内抵抗仍在继续，第一进院子陷落之后，俞云涛和剩余的部下们退守第二进、第三进安置新的防线，两挺机枪依靠两棵大树和井栏石匾的掩护，交叉封锁、火力凶猛。十几个队员在冲锋中被击倒。

马援连忙命令架设起机枪来，进行火力压制，再派人匍匐进行火力爆破。但连续三名投弹手都在半途中被敌方的冷枪击中，当场死去。他急躁起来，整支队伍生死都系于一线，不歼灭眼前之敌，不逮到或击毙俞云涛，游击队就无法离开江北，更无法去湘赣与何为指挥的主力红军会合。

他狠狠地吐了口唾沫，沉住气观察敌情，调派两组人从宅子外面迂回过去，以两棵树为方位目标投掷手榴弹，正面继续维持进攻。攻守双方火力正旗鼓相当时，突然间，围墙外面甩进来几枚手榴弹，先将东面那棵老槐树粗壮的枝干炸断了几根，连带着残叶落下，打死了一个机枪手，但马上有人接替射击。

这时，一个杀红眼的队员飞身奔出去，劈面甩出一颗手榴弹。子弹霎时将他撂倒。但这扔出的手榴弹在弹雨中划出一个弧线，落在了井栏前，轰然爆炸，弹片和石屑迸飞，穿透了这机枪手的前胸后背，一下子伏在机枪上，没了声息。

游击大队一众人等杀入第三进院落，这里已无他人，只俞云涛握着把冲锋枪，站在梁柱后面，负隅顽抗。马援向前低角度快捷地一个虎扑，左肩胛中弹。他侧身连打了两个滚，到了假山石后面，左手大刀奋力飞掷出去，右手拔枪，只凭感觉照着对手所在的位置扣动扳机。

俞云涛看见明晃晃的大刀飞来，不及闪避，枪口掉转扫出一梭子将这把大刀打落在一边，但他没有预防马援那连发的子弹，只听得噗噗几声响，肩膀、小腿同时中弹，向后摔倒。

马援一击得手，大喊道："俞云涛，你也有今天！"

俞云涛受了伤，隐在梁柱背后，吃力地挪动着中弹后血流如注的伤腿，咬牙笑道："俞某投笔从戎，就知道会有这样的结局，无所谓的，老子够本了！"

马援忍住痛站起身，绕过假山石，借着月色，从一个角度找着俞云涛露出的胳膊来，屏息静气地扣动扳机。俞云涛左臂中弹，闷哼了一声，并不动弹，右臂探出还击，子弹击中山石，碎屑溅在了马援的额角，鲜血淋漓。

马援抹去一把血，笑道："俞少爷，还有股子狠劲，好，算是个对手！"

俞云涛忍住痛，也笑道："你也配做俞某的对手，太高看自己了吧。"

他话音刚落，正面圆洞门口，十数支火把熊熊燃起。

肖也在火光里说："俞大少爷，你也有山穷水尽的时候？"

俞云涛一听声音，大声说道："萧专员，你勾结匪党，偷袭国军，是党国的叛徒。你死无葬身之地！"

肖也冷冷道："老子早就死过一次了，还在乎葬不葬身？俞云涛，今天是你的死期，在你咽气闭眼前，我要堂堂正正地告诉你，老子就是你害不死的肖家二少爷，肖也！你跟你那个爹俞凤山一样，都是十恶不赦，看着你们死，我好不开心！"

俞云涛挣扎着扶着柱子站起来，将枪口对准了他，盯着这张因刀伤而改变了形状的面孔，咬牙切齿地说："这一切，都是你弄出来的！"

肖也盯着他，说："这一切都拜你俞家父子所赐，当初你们千方百计要置我于死地，现在，风水轮流转，到了你走投无路的时候了！"

俞云涛长叹了一声，掉转枪来指住自己的太阳穴，正要扣动扳机，却先被马援抢先一枪，打中了手背，那支做工精致的勃朗宁手枪啪的一声摔落在麻石地上。众人一拥而上，将这个双手沾满鲜血的家伙按倒在地，用麻绳捆绑起来，穿在木杠上，你一拳我一脚地殴打起来。

马援笑道："兄弟，你跟黎星斗走吧，我看你的面子才留着他的，有他，你才脱得了干系。"

俞云涛浑身负伤，倒悬在绳索木杠上，血糊住了双眼，只剩一条缝隙，瞅见肖也向外走去，不禁厉声喊道："肖二少，杀了我吧，杀了我，你就报了仇，咱们两清了！两清了！"

第十一章

1

黄浦江上轮船的汽笛声此起彼伏，外滩上一片热闹，车水马龙。俞萍如站在码头对面的一处商行大楼台阶上，向远处江上驶离的一艘客轮发愣，眼中噙着泪水。女校同学中，开始有两位留法同学登船去了欧洲。罗小姐已经收到家里汇来的出国款项，正在打听去美国的航班，做出洋的准备，同时催促她和父兄联系，好方便一同登船上路。她又向吴尚拍了电报，回过头来想找那位叶先生斡旋。但今天，叶先生赴南京开会了，要晚上才能回来。

她一心要等他，但他办公的所在进进出出的人都透着股子邪气，让她很不舒服，这才借口出来，这一逛，不知不觉就到了这大上海的繁华之地。闲看许久之后，她感觉到了饥饿，便沿着街边走，想找一处街头小摊，吃碗馄饨。

路口处，几个报童在叫卖，大声地吆喝道："江北国军大败，江北国军大败，俞云涛旅长被俘，俞云涛旅长被俘。"

她虽然对于上海话听不太懂，但俞云涛三个字却是听得真切的，连忙住脚，招手来买了一张，果然头版上的标题赫然写有哥哥的名字，不由得大吃了一惊，急忙去阅读内容：就在前天晚上，江北共产党队伍袭击了吴尚驻军旅旅部，俞云涛率卫队奋力抵抗，终因寡不敌众，弹尽人绝而负伤被俘，眼下，国军各部正向吴尚等地展开清剿，全力搜救云云。

俞萍如顿时没了主张，想不到屡战屡胜的哥哥，竟在功成名就时，遭遇败绩，失手被俘。这下子怎么办？她两眼泪如泉涌，双手执报，站在路边一隅，如同木头一般。

也不知过了多久，她才在这突如其来的惊诧、惶恐和悲伤中稍稍解脱出来。这一刻，她下定决心，立即赶回吴尚，在这关键时刻去见父亲，设法营救哥哥。这时候，她忽然想到了另一个人：肖也、萧专员。他不是通共吗？对，就找他代为斡旋，救出哥哥来。

俞萍如不顾一切地奔跑起来，赶回学校，准备先行向罗小姐借点路费，明天一早就回去。但想法虽然有了，可是不久后能否说服肖也施以援手，她是半点儿把握全无。肖也是被父兄陷害入狱的，九死一生，那脸上的刀痕说明了他曾遭遇的噩运，他会抛弃仇怨，帮俞府这个忙吗？

一路上，她失魂落魄，心不在焉，两三次几乎被汽车撞到。等到她回到学校寝室时，脸色苍白，浑身发抖，望着正在看书的罗小姐，说："我要赶回吴尚，你能借点钱给我做路费吗？"

罗小姐笑了笑，说："好，可是你得抓紧了，时间不等人。"

俞萍如点头，倒在床边，掩面呜咽起来。罗小姐惊讶，放下书去摇摇她的肩头，问："出了什么事啦？怎么这个样子？快告诉我！"

俞萍如抹去眼泪，摇摇头，说："没什么事，心里不太舒服而已，这会儿已经好了。"

罗小姐心中疑惑，再仔细打量她，忽然冷笑一声，说："你似乎是恋爱了，对不对？失恋了？"

俞萍如依旧摇头，说："别乱说，哪有的事儿。"

罗小姐却不放松，说："是那个叶先生吧？我早就有预感了，他在追求你，你跟他有了什么事，可惜，我哥哥对你一往情深，你，居然三心二意。"

俞萍如哭笑不得，抓住她的手腕摇晃了两下，说："你弄错了，没有的事情，我吴尚家里出了变故，为这个心里烦闷呢。"

罗小姐半信半疑，说："真的？"

俞萍如认真地点头，说："真的。"

罗小姐松口气，重新拿起书来。却听到门外有个男人的声音："俞小姐，听说上午你来找过我，我刚回上海，就来拜望了，有事吗？"

俞萍如听到叶明远的声音，惊喜交加，赶紧去开门，语调急促地说："是我找你的，你回来了就好。"

叶明远朝屋内望望，做个手势，说："那么，请俞小姐出来喝点咖啡，咱们详谈如何？"

俞萍如连忙答应了，忙不迭地去床头取了外套，披在肩上，先出门去。罗小姐恍然大悟，嗓子眼里发出鄙夷的哼声，说："有这样的人陪着，还要我借钱给你？"

俞萍如此刻却无法解释，只得先随叶明远离开学校去咖啡馆小坐。一路上，叶明远并没有询问，只跟她聊些出国准备的琐事。等进了咖啡馆坐下来时，俞萍如再也忍不住，双手掩面，哇的一声哭了起来。

叶明远惊讶，关切地问："出了什么事啦？俞小姐，究竟出了什么事了？"

俞萍如抽泣着说："你还不知道？我哥出大事了！今天，我刚刚在报上看到，他，他打了败仗，被共产党俘虏了，生死未卜。"

叶明远今天凌晨即已得悉此事，俞云涛兵败吴尚，被敌方擒获生俘，去向不明。消息已由口岸江北剿匪专员黎星斗、江北督察专员萧羽联名发出加急电报，省府几乎和南京各重要机关都同时收悉。一时间震惊朝野。蒋介石见这位被捧为剿共先锋的门生在阴沟里翻了船，当即下令各部向江北发动围剿，不惜一切代价救回俞云涛，以免党国颜面尽失。

叶明远自忖熟知内情，冷笑不止，既为俞云涛可惜，又为他的无能而鄙视。他首先对那封发自口岸的电报署名产生了疑虑。这种时候，黎星斗和萧专员联名发电，什么意思？这意味着，萧某人不在广陵驻地，而在吴尚之南沿江要地逗留。十里铺，处于吴尚和口岸的中间地带，俞云涛的败绩，一定与此有关。但，到底是个怎样曲折的情形，他也无法想象。

他望着眼前这楚楚动人的女孩，伸手去按住她的手掌，以坚定的口吻说："别慌，俞小姐，有我呢，俞旅长的事情，十分遗憾，但是你也不用太过担心，想必，国军各部正在全力解救，我看他吉人自有天佑，不会有性命之虞的。"

俞萍如哪里能放心，着急道："他人都已经落在共产党手里了！我爹此刻也不知道如何着急呢？"

叶明远却说："你这丫头就是性子急，却不明白这其中的关节。不错，共产党俘虏了俞旅长，但是，他们仍然被困在吴尚、广陵这弹丸之地，他们必然要利用他来做文章，让周边进剿的国军投鼠忌器，寻一条生路。"

俞萍如忧心忡忡："要是这样就好了，就怕他们一时冲动，对我哥哥下手。"

叶明远摇头："别胡思乱想了，俞小姐，我这就拜托省府以及18军的几个有权势的朋友，请他们想办法，走，一起去我的办公室坐坐。晚上，我再请几个朋友吃饭，咱们一起商议如何救俞旅长。"

听他这样有把握的口吻，陷于慌乱中的俞萍如恢复了少许镇定，不由自主地站起身来，随这个年长自己十来岁的男人出了咖啡馆，走向汽车。看着他那西服衬出的坚硬腰板，和两鬓间早生的星星点点的白发，油然忆起罗小姐说的那些话来，心底一动，脸上不禁红了。叶明远打开车门，向她招手，见她这异样神情，以为是心中焦急，笑道："俞小姐，咱们这就去办这件事。"

汽车在黄昏的街道上飞驰，两旁的商铺行人如梦如幻般飞掠而去。俞萍如双手紧攥，时而担心身处绝境的兄长，时而挂念家中的老父，时而去看危急时刻自己唯一能指望依靠的男人，眼里噙着泪花，身体渐渐松软下来。这一刻，她被这冷酷的世事击败了，溃不成军。她明白，要想生存下去，自己一个人是难以做到的，必须有一个能悉心照料自己、可供倚靠的坚实肩膀。

一时间，她在这猝然变故中，把往昔的情感、未来越洋赴美留学的美梦都放在了一边，无暇多顾了。

2

俞云涛身中数弹，但都是不致命处，经简单的处理止血后，他被捆住了手脚，由几个游击队员抬着，随着这支队伍离开了通衢大道，转入水路，经由吴尚以西的一条芦苇荡遮掩的小河，向北而去。他躺在船舱里，闭目不语，一心待死。但行军中，谁也没有理会他。等到次日天亮之后，游击队在芦苇丛中蛰伏休息时，马援才手执马鞭过来，俯视这败军之将的狼狈相，笑道："俞旅长，打交道多次，咱们也算熟人了。"

俞云涛哼了一声，说："萧专员麾下的得力干将，以专员下属的身份，颠覆党国，绝不会有好下场的。"

马援冷笑："俞旅长，你一心反共，屠杀革命者和老百姓，落得眼前这样的下场，还不知道悔悟吗？"

俞云涛淡淡地说："一时胜负，何足道哉，你们杀了我吧，为党国成仁我死得其所。"

马援摇头，笑道："我怎么舍得杀你？此刻我已经致电上级，在京沪两地与你们的高层联络，拿你这条性命，换我们一条安全退路，划算得很呢。"

俞云涛绝望中微微升起一缕生机，嘴上却硬道："我宁死，也不做交易的筹码，你快杀了我吧，杀了我！"

马援没再理会他，去一旁坐下，摊开地图，研究起突围方案来。中午时分，电台收悉一份省委来电，内容为：处死敌酋，震慑敌胆，乘胜冲出敌人的包围，夺取新的胜利！

他眉头一皱，丢到了一边去，悄声说："又是一个姚襄，专门说些梦话。"

他对这份电文全然不顾，拟订了三种方案，斟酌着从中进行最佳选择。眼下，他们处于吴尚的东北角，再向前去是大海和强大的敌人驻军，以及运河、淮河、黄河三道天堑；向南，是长江，只有西北方向可以脱身。但那个方向，尤其是苏家埠一带，已经有敌军驻守，必须让这些军队动起来，让开道才行。如何让他们让开道路，这是个难题，可用的筹码只有一个，俞云涛。利用他和敌人进行交换。但这件事的运作，他们是无能为力的，必须交由省委和上海中央去办才行。由他们通过中间人与国民党高层，甚至是蒋介石谈判，利用他麾下这位剿共骁将的脑袋换取江北红军游击大队近两千人安然西去。

但是，这个谈判的进展如何、成效如何，都不能确定。马援在这敌军四面环伺之下，被动等待不是好的选择，他得有一旦谈判不成，孤军独立突围的准备。他殚精竭虑，心中没底，去点起烟来，望望瞑目不语的俞云涛，说："俞旅长，你我似乎有缘，在这江北平原上同生共死，这个息息相关的生死劫，怕也是老天爷安排的吧。"

俞云涛睁眼笑道："我活着，未必你们就能脱身，这四周河流、水荡、道路、桥梁，哪里不是枪炮密布，严阵以待？你先前所说的拿我的命换你们的，岂不是太便宜了？别说是蒋委员长，我自己本人都不答应，我愿意拿自己这条命换你们这上千条命，这才划算呢！"

马援大笑，摇头说："俞旅长，有时候，账不是这样算的，这不是一条命和上千条命交换的事情，说大了，这是国民党剿共计划大败亏输、颜面尽失的先兆，说小了是你们俞家就此一蹶不振了，想想萧专员正在大江之上乘风破浪的得意劲儿，你这一死，岂不是心有不甘啊？"

他这话毫不留情地点戳到了俞云涛的软肋，俞云涛变了脸色，说不出话来。

马援用脚跟将烟头蹍进泥土，继续说："所以，如何求生，才是你当下的第一要务。你只有活着，吴尚俞府才有指望，不然，你死了，俞老爷怕也活不了几天了，这空荡荡的宅邸，成了过眼烟云，岂不是太可惜了？"

俞云涛愤然说："这肖家的崽子，刁钻促狭，也不得长久的，老天自然会收拾他。"

马援好笑地说："老天爷的事，只有结果，没有预测；现在他正往上海去，有那么个叔父提携，怕还是前程似锦，俞旅长你，却在这里到了尽头，怎么办？谁能救你？哼哼，我看都靠不住，只有一个人有办法。"

"谁？"

"俞云涛。"马援郑重地说，一点儿戏谑之色都没有。

俞云涛蓦然睁大眼，死死地盯住他，好一阵子才转移开视线，呵呵笑道："我救不了你们的，你们在江北已成死局，走不脱了，32旅有五千之众，18军星夜挺进，有三万大军，再加上邻省驻军堵截，你这一两千人，已是笼中之鸟，无处可飞了。"

马援也笑："我们不需要你救，你得自己救自己，这一年来，你杀人如麻，血债累累，没了军队的庇护，只怕你孤身一人走到哪里，都会被老百姓剥皮活吞了的。"

俞云涛脸色黯淡下来，望着头顶上的太阳，淡淡地说："从江上水路走，也许有一条活路，陆路是走不通的，别白费心思了。"

马援摆了下手，说："水路风险太大，一旦被发觉，就是全军覆没。"

俞云涛一声冷笑："你们哪一条路不是风险重重，要想稳妥，那就缴械投降，我担保你们都安全。"

马援凝神想想，再去地图上查勘，说："何为师长提起过你，打仗是块好料，一向视你为劲敌，看来，他说得不错，我想，要是他在这里主持军务，也会考虑到这一步棋的。"

俞云涛听他忽然扯到了老同学何为，也是一笑，说："我看在同学情分，俘获他之后，并没有为难他，据可靠消息，何为统辖数万之众，正在湖南、江西、福建一带纵横捭阖，声名大振，你们若能突围成功，有再见面的机会。"

马援点头，说："会的，我有信心冲出重围！"

俞云涛要了一支烟，点在唇边，抽吸几口，忍住伤痛仰头眺望着南飞的雁群，喃喃道："眼下时间，比黄金还宝贵呢，时间就是性命，马队长，你还有闲情逸致陪我闲聊？"

马援说："看来，俞旅长还是看重自己的性命的，别急，天黑之后，我们自然会行动。"

3

黄昏时分的江上，略微有些雾气，将西逝的残阳涂抹得含混不清。肖也在甲板上凭栏而立，嘴上叼着的雪茄不知何时熄灭了，只起一个装饰性的作用。

任晓月满心欢喜地伏在他的身边，看近处上下翻飞的水鸥，说："真是想不到，马队长他们活捉到了俞云涛，这是咱们江北游击大队立下的一大奇功，队伍乘胜突围，大有希望。"

肖也并不如她这般乐观，摇摇头说："袭击了32旅旅部，捉住了俞云涛，并非全是好事，我想，这会儿南京方面一定震怒交加，为了挽回颜面，此刻怕是得有好几路中央军主力正向江北开进呢，马大哥他们危险了。临行前，我再三叮嘱，人不卸甲、马不解鞍，立即突围。但不知道，他们会不会抓紧行动呢。"

任晓月说："马队长机警得很，人又胆大，我猜，他恐怕已经在突围了。"

肖也说："俞云涛目标太大，反而是个累赘，当时应该就地处决，随即挥师北进为好。不过，咱们眼下在船上，消息闭塞，没法得悉事态的发展，只有等候明天船到上海后才能弄清楚。"

任晓月专注地望着他，问："你以后还回不回江北？"

肖也一笑，说："我和黎星斗都因俞云涛被俘而负有责任，时局已变，叔父恐怕另有安排了，未必能让我再回去。"

任晓月哼了一声，说："国民党内部，尔虞我诈，相互倾轧，看着你跟他们打交道，我提心吊胆呢。"

肖也说："放心吧，江北这样复杂的局面都撑持下来了，还能有比这更凶险的？"

方才说这话时，任晓月带了几分柔情蜜意，出自心声，听他回答，意识到自己跟这个男人在一起的根本任务来，不就是要通过他获取国民党高层的情报吗，他若不在这环境里厮混，哪来的情报和消息？

肖也没有意识到她心中的念头，展臂在她的腰肢间轻轻一带，说："江上风大，气温低，还是回舱里去吧。"

"那里，"他指着北岸一线的树木、堤坝，说，"咱们就先彻底忘掉吧。"

任晓月不假思索地说："那么，广陵的俞小姐呢？你也能彻底忘掉?"

肖也愣怔了一下,淡淡地说:"缘分已绝,各安天命吧。"

任晓月笑一笑,说:"你放心,我猜她不会有事的。"

肖也胳膊箍住她的腰,用力一抱,用责怪的口吻说:"你总是忘不掉这些琐事,我已经将江北的一切都忘在脑后了,你却不停地将它往我的心头刺戳,我可要好好地罚你!"

他不顾她的挣扎,使尽全力将她拥在怀里,悬空离地,转了两个圈子。

任晓月羞红了脸,低声说:"放手!放手啊!"

肖也却低头侧脸,将双唇压覆在她的嘴上,让她说不出话来。这带有浓烈雪茄烟草气息的一吻,顿时击碎了任晓月所有的矜持和防御,顿时浑身瘫软下来,无力地接受着这男人的亲吻和爱抚。

肖也在亲吻中感觉到了这个女人身体的温度,尤其是在凛冽的寒风中,对比强烈。他转了个角度,倚靠在轮船舷梯后面,奋力地深吻一下,松开手,伏在她的耳边低声呢喃道:"嫁给我吧,明天到了上海,第一件事就是这个,我带你去叔父的公馆,向他报信。"

任晓月意乱情迷中,将其他事都暂时忘却了,这一刻轻轻地点头,点头。

也不知过了多久,这两个沉溺在爱河中的男女终于分了开来。任晓月说:"回去吧,江上风大,别着凉了。"

肖也含笑望着她,在她光洁的面颊上抚摸了一下,一起走进船舱内。

一夜天明,这艘船沐浴着明媚的阳光驶入黄浦江,于中午抵达码头,岸上接站的热闹声和商贩的叫卖声混杂一片。肖也和任晓月在船上洗漱干净,在几个随员的陪同下登岸了。

肖定坤公馆的汽车远远地停在码头外的一家洋行门前,司机正倚靠在车边抽烟看江景。见他们到了眼前,连忙去打开车门,说:"秘书长让我来接您去公馆。"

肖也让任晓月带着几个随员先去自己的公馆,自己上车去见叔父。

这一刻,肖定坤正在公馆书房内翻阅本埠报纸,见他来了,笑吟吟打量片刻，说："江北惊心动魄的一场戏，你能全身而退，殊为不易，但是，我对你的叮嘱，你几乎已经忘掉了？切割与共产党方面的密切联系，抽身出来，日后剿共将是一项长期战略，蒋委员长视共产党如眼中钉肉中刺，凡通共者，绝无好下场。"

肖也恭敬地说："叔父，侄子谨记教诲，逐步疏远了那些人，但这次吴尚之变，我是被迫卷入的，幸而还有一个剿匪专员坐班，摆脱嫌疑。"

肖定坤微微点头，说："江北失利的事情不大，但意义重要。一个小小的俞旅长是无足轻重的，偏偏他是剿共的先锋和楷模，让政府颜面尽失，眼下，陈立夫正通过叶明远寻找共产党地下组织，寻求谈判，赎出俞云涛，呵呵，这俞家大少爷身价不菲啊，一千条枪，两百支手枪，轻机枪十挺，重机枪四挺，银元五万，江北、皖省的驻军让开道路，放他们过境前去江西。"

肖也皱起眉头，问："条件达成没有？"

肖定坤说："还在谈，对方似乎对于这边的信誉持疑，要寻求一个可靠的第三方作保证，这就麻烦了，谁能够在这双方之间提供保证呢？"

肖也想想说："英美使馆出面？"

肖定坤摇头："这种事，洋人不会插手的，除非苏俄，但苏俄恰恰要避嫌，不能出面。"

肖也笑了起来，说："没人肯担保，这件事就成不了，俞云涛死在江北，不是死得其所吗？"

肖定坤说："死得其所是好事，我想，这件事总得咱们暗中操控好了才成，贤侄，你身边那位红颜知己还在？通过她，和上海共方负责人沟通。"

肖也笑道："在是在，幸亏没有切割，不然就费周折了。"

肖定坤凝神看着他，缓缓地说："第一，告诫共产党方面，蒋，不可信；第二，早日择机突围，谨防夜长梦多；第三，叶明远正顺藤摸瓜，一举解决他们驻上海的中央机关，这次谈判接触，正是一个良机。"

肖也心领神会："是的，这三点一转达，俞云涛必死无疑！"

得肖定坤面授机宜后，肖也立即驱车赶往久违的住处。法租界内，那幢冷落已久的公馆里，突然热闹起来。两个看家的女佣，帮着女主人安顿行李、换洗衣物。任晓月换了件旗袍，对镜整理仪容，以外出做头发为由，穿过了路对面的弄堂，去油车马路街去，那里有一个联络点，她必须立即和上海党组织取得联系，寻求帮助。

联络点是家杂货铺，只一个伙计值守，见她来了，接头暗语衔接无误，伏在木柜台上前倾身体，观察她身后街头的动静，悄声说："昨天特科还有同志来询问你们有没有来接头。这会儿，我不便离开，你去二号联络点，拿着这包烟给对方看就行了。"

他所说的二号联络点其实是一家民宅，相隔不过两百米的距离。任晓月匆匆抵达，先敲门，门一开，她还没出示香烟，看到门内人，就惊喜地叫了一声。那人正是特科主任程振中。

程振中微笑道："任晓月同志，江北之行收获很大呀。"

他们进屋后，任晓月坐下说："我下船后就立即来报到，有没有马队长他们的消息？"

程振中说："俞云涛被俘后，敌人通过秘密渠道主动来联系，要求确保俞云涛的安全，并有条件地交换释放他，党组织委派我以中间人的身份与对方接触，相关条件我已经提出了，主要内容就是用俞云涛换江北红军西撤的通道，正在等待答复。组织上急于了解敌人的真实意图，当前，你的任务就是通过肖二少，不，萧专员这条线，查清敌人的底细，事态紧急呀。"

任晓月说："他一下船，就被肖定坤的汽车接走了，也许就和这件事有关，我马上回去等他。"

程振中点头，说："你们一回上海，估计不出一两天，特务们就会恢复监视，最好能够在宅内安置一台秘密电台，便于双方的信息交流，今天下午，会有一位同志去见你的，名义上是花匠，实质上是收发报员，电台就藏在他的随身行李里，切记！"

任晓月答应了，立即起身返回，几乎和肖也同时进宅。

肖也下了肖定坤的车，望望自己那辆蒙尘的汽车，轻轻抹去一道灰尘，笑道："早些擦洗干净了，我在江北的这些日子，手艺都生疏了。"

任晓月在客厅外的台阶上掉头望去，说："看样子，要在上海多待些日子了，不回江北啦？"

肖也说："江北的事情未了，我岂能不去？但眼下江北的事情，却要在上海解决呢。"

任晓月会意，招了下手说："叔父那里有什么讯息？"

肖也示意她上楼进书房，关起门来先说一句："事态并非如想象中那样好，马大哥他们有危险了，你得抓紧时间与上海共产党组织联系，如意算盘打不得的，一着不慎，就是千古之恨。"

任晓月吃惊地问："江北有什么变故？你说个明白呀。"

肖也点起雪茄，思忖片刻，说："目前，贵党正与政府方面进行秘密谈判，谈判内容是，江北马队长他们释放俞云涛，中央军让出一条通道，放他们过境，以一人之命，易千人之命，还附加了一批武器弹药，好划算的买卖。"

任晓月心头沉坠，说："你认为国民党没有诚意？"

肖也一笑，说："你认为他们有诚意吗？"

任晓月咬咬嘴唇，说："你说得对，我是得赶紧让他们知道，可是马队长他们怎么办？江北的红军队伍怎么办？"

肖也说："三十六计，只有一个'走'字可行！"

任晓月听了这话，心底有些按捺不住，就想立即出门去向程主任报信。但外面老妈子进来说有辆汽车围着宅子缓慢地转圈子，形迹可疑。肖任二人去窗口俯瞰楼下街道，果然有辆车绕过来，在对面的街口停下，下来几个人，穿灰色衣服，戴礼帽，四散开来，分别进了邻近的建筑物。

肖也恍然笑道："如影随形啊，这叶主任既要和你们谈判，还惦念着我这幢房子，真是操透了心，我很想见他一面呢。"

4

叶明远在一家小旅馆里，与所谓第三方代表进行了一次秘密会晤。对方是由一位英籍人士陪同而来的，但从神色和谈吐默契上看，他们之间似乎也并不太熟悉。他请客人入座，关上门，只留俞萍如陪同照应。俞萍如是清晨被一个陌生女子从学校宿舍的床上叫醒的。这女人神情拘谨，脸上还带了几分好奇和恭敬。

她睡眼惺忪，问："你是谁呀？"

女人轻声说："我是叶先生的下属，他让我来请你过去，与令兄俞旅长有关。"

俞萍如一听说哥哥，马上明白过来，急急忙忙地洗漱整理，随她出了学校，坐进一辆汽车，直奔法租界内这家不起眼的旅馆。叶明远正在恭候，见了她便郑重地说了三点，一、鉴于当下形势，他主动请缨，代表国府方面与共产党做秘密会晤，决定俞旅长的生死去留；二、这是他为她所能做出的最大努力；三、请她参与会晤，权充谈判的记录者，但不能开口说话，以防露出破绽来，于事无补反而有害。俞萍如一口应承了，迫不及待地等着对方的到来。

上午九时，自称姓华的共方代表与英国商人约翰森进入旅馆。周边街道上，巡捕房、特务、警察云集，严防局势失控。

华先生见了叶明远近距离仔细打量。叶明远不以为意地笑说："我的模样，对你们早已不是秘密了，还需要这样仔细吗？"

华先生笑了笑，说："往日都是远眺，不如现在这样清楚。"

叶明远说："看仔细了，也没关系，党国如叶某这样的角色，车载船装，数不胜数。"

华先生话题就势一转，说："那么，你们俞云涛俞旅长这样的人物呢？恐怕不是车载船装、数不胜数了。"

叶明远用眼角瞥了一下俞萍如，淡淡地说："那是自然，俞旅长是黄埔名将，校长的得意门生，枪林弹雨中闯荡过来的，岂能跟我这一介书生相比。"

华先生说："叶先生谦虚了，若论与我党为敌，你的分量，胜过俞旅长多多了，国民党里，除了你，还有谁堪当此重任？"

叶明远正色道："言归正题，闲话就不多说了，鉴于俞云涛旅长被俘一事，政府方面可以考虑以适当的交换形式促成他的释放和回归。俞旅长家中还有年迈老父亲和稚龄弱妹，家道艰危，还望贵方以人道精神对待之。"

华先生冷冷地说："贵方似乎没跟共产党讲过人道吧？据说那位俞旅长，在江北的杀戮，无出其右，吴尚城头、通衢大道上悬挂的那些血淋淋的人头，都是他的手笔。"

叶明远说："两军对垒，容不得心慈手软，俞旅长在俘获了共方的何为师长之后，可是以礼相待，并未有丝毫加害的行为呀，这便足见俞旅长是个念旧情讲义气的人，仅此一点，共产党即不能加害于他。"

华先生微笑道："共产党方面保证过，不杀俘虏，即使是像他这样双手沾满血迹的刽子手，也要看他的悔过态度而定。"

叶明远说："不加害他，是咱们会晤的基础，他若死了，就不会有这样的谈判了，释放俞旅长，是今天咱们在这里的主要话题，对于释放他，共方态度如何？"

华先生开门见山道："他们可以释放俞云涛，但是贵方必须拿出诚意来，满足他们提出的条件。"

叶明远说："这可以商量，只要可行，便没有问题。"

华先生说着掏出一张清单，推到他面前，说："除了这批武器弹药之外，你们驻军让开一条通道，让我方队伍安全撤离江北，还有江淮省监狱里关押的二十多名我们的同志，也请一并释放。"

叶明远考虑了一下，说："前两条，我在这里就可以明确地答复，不成问题，但是释放江淮省监狱里的人，不在我授权范围内，必须向上峰汇报后，才能给你答复。"

华先生笑了一声，说："时间紧迫，江北局势瞬息万变，万一失控了，我们彼此做出的努力就落空了。"

叶明远站起身，说："请稍稍保持一点耐心，毕竟，满足他们的条件也不是容易的事。我这就向上峰请示，请你也转达我们的意见，让共方尽量保持克制，咱们明早见面，如何？"

华先生应允了，用英语和那外国人嘀咕了几句，一起先行离开。叶明远也不起身，只是将点燃的烟头举在眼前，凝视片刻后，用力摁灭在烟灰缸里，看着焦黑的灰烬，说："你哥哥的事，就是目前这情形了。"

一直没有吭声的俞萍如担忧地问："我知道，你为难的是要释放二十几个共产党，有把握吗？"

叶明远叹口气，摇摇头，说："这个条件几乎不可能了，上面不会答应的。"

俞萍如着急起来："那怎么办？叶先生，你可一定要救我哥呀。"

叶明远皱起眉头，说："叫我叶明远吧，叶先生太生分了。"

俞萍如点了下头，说："叶先——，不，明远，你可千万要想个法子，我就这么一个亲哥，俞家上下，可都指望着他呢！"

叶明远凝神又想了片刻，咬紧牙关说："好吧，为了你，我就铤而走险一次。"

俞萍如破涕为笑，伸手去搭住他的肩膀，按了一下，说："多谢你了，叶——明远，明远！"

叶明远就势将她揽坐在自己的腿上，一脸的沉醉，说："你这个丫头，为了你，我什么都愿意豁出去，我这辈子还从来没为哪个女人如此呢，你明白吧？"

俞萍如脸如红云，本能地想摆脱，但听他这般情真意切地说，心中一软，便不动弹。叶明远贴住了她的面颊，摩挲良久，看她并不反感，便就势吻了上去，喃喃地说："萍如，嫁给我吧，做我的太太，叶太太，日后，有我照顾你，绝不会让你受颠沛流离之苦的，一定让你过舒心稳妥的日子，跟着我享受生活！"

俞萍如倚靠在他的肩膀上，浑身乏力，微微点头，说："好吧，好吧，在这里我举目无亲，只有你照顾我。"

叶明远与俞萍如温存了一气，轻轻松开手，整理了衣服，起身说："我先送你回学校，还是去我的公馆？我顺路去向立夫先生汇报谈判详情，力争说服他同意共产党方面的所有要求。"

俞萍如迟疑了一下，说："去你的公馆，我得在第一时间知道哥哥的安危。"

叶明远先送她去自己的住处，便驱车前往陈立夫公馆，一见了面，就说："立夫先生，共方的条件提出了，果然不出我们所料，都在可接受范围内，他们虽然自觉狮子大开口，但还是低估了委员长的决心。为了稳一稳节奏，我明天上午给他们答复，以及交换条件的落实方案，将这件事彻底了结了。"

陈立夫笑道："明远，你是党国少有的干才，唯有你才能办妥这件事，委员长那边早有预谋，武器弹药一分一毫都不少地运给他们，江北各地的驻军依约让路，他们只要在江北地面上放了俞旅长，出了江北平原，剩下的事情就由不得他们了。"

叶明远脸上掠过一丝诧异，随即会意，呵呵笑道："是啊，我刚刚说过呢，他们低估了委员长的决心，枪支弹药交给他们，最终还是我们的，只俞云涛这个楷模不能倒，救出他后，立即着令他率部追剿，对外声称是脱险归来，这就像恺撒大帝当年从海匪手里交付赎金获得自由后，重新剿匪将仇敌一一钉在十字架上一样。"

"好，你这个比喻很好，形象、生动，一位剿共的党国英雄呼之欲出了，能屈能伸，荣辱不惊，了不得呀！"

陈、叶二人大笑起来。

叶明远忽然神色郑重地说："立夫先生，我有件私事要向你汇报。"

"什么事？"陈立夫感觉奇怪。

"我要结婚了。"

"好事啊！你这家伙，原本是有些放浪不羁的，跟些戏子在一起同居，我也不便责怪你，这回终于要实实在在履行家庭的义务了，告诉我，新娘是谁啊？"

叶明远说："是俞云涛旅长的妹妹，我们在江北时就相识了。"

陈立夫大笑起来："明远兄，你这叫假公济私啊，怪不得那么卖力，原来是去救自己的大舅子，好，好，非常好，你和俞旅长做了亲戚，一文一武，反共铲共，携手同行，委员长知道了，一定会高兴的，一定！"

叶明远受了他这祝贺，心里也有些沾沾自喜，他虽也系出豪族，却只是庶出，备受冷眼，这次在婚姻上娶了个吴尚第一等人家的小姐，又有文化，品貌俱佳，足以弥补心头的遗憾了。

5

花匠是在下午三点多来到萧专员公馆的。肖也只略略问了一句，任小姐接口说这是自己请来的，代为料理花房里那些半枯半死的花草。肖也心里明白，他朝着院外马路示意，说那些狗东西盯得紧，得小心。

任晓月轻声笑道："这就是为了对付他们，才采取的特别措施，以后咱们足不出户，也可以和各方秘密联络了。"

肖也微笑说："那敢情好，你多料理料理花草也是好事，我去书房看会儿书，理理杂务。"

任晓月和花匠进了宅旁那间杂乱的花房，稍加清理，便将箱子里的电台取出来，架上线，接通电源，立即向静候中的上级组织电台呼叫。六分钟后，呼叫接通。任晓月将预先备好的一张纸放在他的面前，上面内容是：谈判有诈，此人不可信，江北队伍自行突围为上。

这封电报一刻钟后就放在了程振中的面前，他的脸色严峻，立即将它转呈给中央负责人。这位负责人看了，踌躇了一气，问他："江北红军有没有把握突破敌人的重重包围和层层封锁，抵达江西？"

程振中想了想说："希望不大。"

负责人说："那么，与敌人谈判的进程暂时还不能停止，总得给江北的同志们争取一段缓冲的时间，多一分准备，多一分希望。现在摊牌，敌人不再投鼠忌器了，那么一定会更加疯狂的。"

程振中说："那么就继续秘密谈判，他们答应明天上午给我答复，我再加条件，再顺延两天，我会致电马援同志，让他们抓紧时间，利用有利时机进行突围。"

他们这边的应对，法租界内分隔数里之遥的两处西洋建筑内的人们都浑然不觉。

俞萍如在叶公馆里坐着，喝着新雇女佣殷勤沏泡的茶水，女佣准备着晚饭，俨然将她当作女主人对待。她有些羞涩，在沙发里翻看报纸，心底忐忑不安，猜测叶明远此去的结果。

　　两个小时后，叶明远驱车回来，车灯径直照进了窗内。

　　俞萍如急切地起身，迎到门前，充满殷切地问："怎么样？"

　　叶明远笑笑，张开双臂说："成功了，所有条件，经我力主，上峰终于同意了，明天一早，我就会当面答复对方，你哥哥归来有望了。"

　　"我哥哥有救了！"俞萍如欣喜地张开双臂，一下子抱住了这个男人颈脖，起劲地蹦跳着。叶明远就势将她拥起，悬空转了两下，在她的唇上吻了一下，说："喝点酒庆祝庆祝，这两天，说不定我会作为谈判代表亲赴江北，担负交接的任务，亲自接回俞旅长，让你们兄妹团聚呢。"

　　他换了衣鞋，和她挽手走进餐厅，女佣端上热气腾腾的菜肴。叶明远指指壁橱，说："我那里还有一瓶上好的洋酒，今天难得高兴，开了喝吧。"

　　在明亮的电灯下，俞萍如心情舒畅，微微低下头，摆弄着餐具。叶明远满满地斟酒，说："我这处房子里，什么都齐备了，就缺一样。"

　　"缺什么？"俞萍如好奇。

　　"缺个女主人。"叶明远不动声色地说。

　　俞萍如笑了起来，并不应话。他便继续说道："幸好，有了你，蓬荜生辉。"

　　女佣端茶上来，跟着附和一句说："是啊，叶先生这样的好人，缺个好女子相配呢，看到他这样高兴，你们有缘呢。"

　　俞萍如飞快地瞟了他一眼，依旧低下头，说："这事儿，总得我哥哥救出来，由他来主持。"

　　叶明远笑了起来，说："那是自然，婚姻大事，岂能儿戏，我一定会隆隆重重地办这件事，我不但要在吴尚、上海办婚事，还要衣锦还乡，去一趟老家，总得让你风风光光地做叶家的媳妇。"

　　俞萍如微笑不语，端起酒杯啜了一小口，但觉酒味辛辣，直冲脑门，一条热线流入腹中，她不觉咂嘴正要去换茶水，却听得旁边客厅里电话铃声大作。叶明远起身去接听，那端传来属下的声音："叶主任，据最新报告，那姓萧的回到上海了，我们已经对他的公馆实施了严密监视。"

叶明远悄声问："宅子里还有哪些人？"

对方说："那个女共党分子，还有两个保镖，一个花匠，另外两个老妈子是一直在这里照看的。"

叶明远哼了哼，说："严密监视，掌握他的行程，一切异常要及时向我报告。"

放下电话，他站在茶几前思忖了一气，这个萧专员，如影随形地回到了上海，从时间上判断，是在与剿匪专员黎星斗连忙发出通电的同时登船返沪的。俞云涛失手被擒，和他一定有关系，他和江北共党武装的交集，也许俞云涛有所了解，这件事，要等俞云涛被交换释放后，才能查清楚。

不过，他倒吸了一口凉气，此人此刻出现在此地，行程匆忙，必有缘由。他们叔侄二人会不会意识到这次俞云涛交换的实质风险呢？倘若萧专员和江北共党之间暧昧关系由此而挑明，那可是一把杀伤力巨大的武器，他们会授人以柄？绝不会！所以，必须重新评估他们在这桩交易中可能起到的破坏作用。

他立即联系陈立夫公馆，心情沉重起来。

此刻上海滩法租界内，与他心情同样沉重的人还有一位，正是让他担忧的萧专员，吴尚肖家二少爷。肖也秉承叔父的意思，将这次国共双方秘密谈判的底牌泄露给任晓月，由她通过花房内刚刚设置的电台，发送出去。但是，他对马援所部能否安然无恙地突围，仍然心存忐忑。

他目前知晓的江北形势，是18军全部已经入驻广陵、吴尚、兴南等县，国军21师、7师6旅，西北降军第三路军独立旅等部驻扎在苏家埠及其东、西多个县城，由江北通向江西、安徽的道路，已被填充满了。

这支顶多两千人的红军队伍，纵有飞天的本事，已是难以离开了，被围歼的可能极高。这样的情形下，对于交换俞云涛的条件，即使不能信任，那也极有可能会铤而走险，试上一试的。更何况，他们可以修改条件，继续挟持俞云涛为人质，直至完全脱离危险区域再放人。如此一来，自己以及叔父就要陷入被动了。当然，现在最要提防发生的局面是，谈判达成协议，马援在江北放了俞云涛，一获自由后的俞云涛，大约首先要做的第一件事，就是要揭发自己和黎星斗与敌共谋偷袭十里铺了。

他坐在饭桌上，喝了点酒，翻了几页书，再看看任晓月，叹口气说："弄不好，我得回江北一趟了，万一马大哥突围心切，与国府方面达成了协议，俞云涛将会是我们的催命恶鬼，我放心不下，着实地放心不下。"

任晓月一惊，说："何必这样麻烦，可以将你的担忧转告我们上级，并电台联络马队长，请他斟酌行事。"

肖也摇头，有句话不便讲，尽管共产党方面知晓了自己的担忧，收悉了自己的建议，但未必会真的放弃和国府方面的谈判，倘若他们甘冒风险，达成并履行协议，那么自己的处境就有危险了。

肖也再喝几杯酒，吃了一碗米饭，先去书房。他在窗口拉开帘子，向对面马路观察，只见人影幢幢，形迹可疑。他冷笑一声，再想想这次国共之间的谈判，叶明远是国府方面代表，他对于自己追猎已久，这又是一个千金难寻的机会，岂能放松？

他在坚实的护墙板上捶了一拳，咒骂了两句，下定了决心，俞云涛决不能活着，决不能，必要的时候，他甚至可以冒险去江北，手刃这个心腹大患！

他点起根雪茄来，开了落地灯，随手拣起书来看了几页，以缓解自己的紧张情绪，好从容不迫地去想出一个有效的办法来，解决当下所面临的难题。

6

次日上午九点，国共双方的秘密谈判继续进行。叶明远今天醒得很早，凌晨时分，窗外犹黑，他扭开床头灯，俞萍如柔软温暖的身体紧紧地依偎在他的侧旁，他小心翼翼地抽出手臂来，望了一眼这个年轻光润的半裸女子，暗暗地叹口气。他的身体经历了那一次电刑摧残之后，每况愈下。昨晚与俞小姐共赴鱼水之欢时，再度力不从心，这足以让他心有沮丧了。他决定，这几天去看中医，请闸北那位闻名遐迩的林大夫开几剂妙手回春、让自己重振雄风的方子来，救急救难。

他竭力转移自己的思绪，去考虑上午的谈判，准备措辞，力争迅速达成协议放人。他在上海，于公于私都迫切地需要俞云涛的回归，先解决萧专员，继而去解决肖定坤。

他用完早餐后，在阳光灿烂中出门，坐进汽车，驶往约定的地点。

今天不同于昨日，由于可能是结果性会晤，租界巡捕房、海军陆战队都派出人手将这里保护起来。上午九时整，谈判双方几乎同时抵达。华先生眼中留有血丝，显然是彻夜未眠。他坐在叶明远的对面，颔首致意后，也不寒暄，单刀直入地先行说道："叶先生，我方上级通知，鉴于形势的变化，谈判条件亦不能适应眼下的实际，所以，我们要改变交换俞云涛旅长的条件。"

"什么？"叶明远霎时瞪大了眼睛，问，"你们要改变交换条件？这是出尔反尔！"

华先生正色道："叶主任，时势瞬息万变，倘若昨天不请示上峰，直接答应了协议，那么昨天我们所商定的，一切都可以安排实施，具有实效。但这二十四小时内，贵方军队封闭了苏家埠、黄村、李家岭通道，我方即使释放了俞云涛，也绝无可能走得出去。"

叶明远耐住性子，笑道："协议达成，我方自然会撤军，这有什么好担心的。"

华先生摇头，说："其实，变动也不大，只不过增加一个条款而已，就一条。"

叶明远凝神盯住他，说："请讲。"

华先生从包里取出一幅地图来，指点道："请贵方立即将苏家埠、黄村、李家岭一线的驻军全部撤走，我方将派遣部队接防并监视，接应江北队伍西撤。释放俞云涛，以这三地皆被我方暂时占领作为标志。"

叶明远冷笑一声，说："狮子大开口，胃口着实不小，这三地撤防，可以说是敞开了共区通向国府中枢腹地的通道了，直接威胁着京沪杭等重镇！"

华先生微笑说："江北诸县，中央军主力云集，还怕我们主动进攻吗？你们在鄂豫皖湘赣等地，正在集结几十万军队，准备进行围剿，还怕我们去打南京上海？岂不是天方夜谭？"

叶明远啧了下嘴，说："你我争辩这个，毫无意义，现在你们是要求增加条款，要我方从苏家埠等地撤军是吧？好，我现在就在这里电话请示南京方面，看上峰如何处置。"

他起身，去走廊上拿起电话，拨打中央党部总机转接陈立夫办公室。三分钟后，电话接通，他说："立夫先生，对方临时加了筹码，要求我方从苏家埠、黄村、李家岭一线撤防，对方接管并接应江北的队伍西撤，请示解决方法。"

陈立夫沉吟片刻，说："你是全权代表，可以临机处置。"

叶明远说："知道，这是个形式，但还应得到首肯才稳妥。"

陈立夫笑了起来，说："他们都在屋子里看着你是不是啊，你爽爽快快地答应了，看他们还有什么借口拖延时间。"

叶明远应了一声，放下电话回到屋子里，也不坐下，直截了当地说："鄙人刚刚请示上峰，同意你们所加的条款，现在就拟文签字？"

华先生心中略有惊讶，却不动声色，点头同意了。

书记员立即蘸墨提笔，以流利的行书方式，拟就了他们这两天来商定的所有条款，一式两份誊抄后，分别交予双方审阅。俩人片刻间看完了，交换再阅，然后自行取笔，在下方签下自己的名字。

而后，华先生与陪同的来人相视点头，对叶明远说道："我方将于二十四小时内，接管苏家埠、黄村、李家岭等要地的防务，确定贵方撤军后，即行通知江北我方释放俞旅长。"

叶明远点头，说："俞旅长的安全，贵方必须确保。"

华先生点头说："这个请放心，我会要求江北方面履行承诺的。"

他们象征性地握了下手，在走廊内分手。华先生走了六七步，忽然停下脚步，问了一句："叶先生，离开这里，你和你的部下仍然会如影随形地跟踪我，是不是？"

叶明远笑道："当然，国共双方势不两立，你我各为其主，少不得要得罪了。"

华先生大笑，双手拢了拢长长的风衣，将帽子戴得端正了，扬长而去。

叶明远倒不着急走了，反而在沙发上一屁股坐下，盯住烟灰缸里残存的烟蒂出了会儿神。谈判形式已经铁板钉钉，但具体履行如何，他却不敢确定对方的真实打算，只有走一步看一步了。

程振中没有料到叶明远会当场答应了这件极为苛刻的条件，并迅速拟定成文，立即签字。他没有回旋的余地，只得先行签约。此刻，他归心似箭，不停地望着两边的街景，催促司机加快速度，赶紧向中央汇报。在这骑虎难下之时，必须抓紧时间让江北部队迅速向苏家埠接近，一旦敌人撤军，就抢先通过，以速度谋求生存。至于俞云涛，必须放在与部队较远的位置，使得敌人认定己方无法在预设时间通过封锁线，达成突围的突然性。

那位英国商人安慰说："华先生，不要着急，国民政府不会出尔反尔的，你的安全是有保障的。"

程振中只得勉作轻松，微笑不语，等到他在预定的地点下了车，转乘地下组织安排的汽车改道进入英租界，再换乘一辆黄包车，穿过弄堂到了中央重要部门的潜伏地点时，才轻轻地吁了口气。

中央负责人正在窗下一张狭长的木桌上玩味一封译电。见他回来了，连忙招手说："我就很担心你的安全啊，江北又出了新的变化，马援同志另辟蹊径，率部已然开始突围了。"

程振中吃了一惊，马上接过电报来看，上面译文明明确确地写道：我部已经征集多艘民船，分批沿长江水道西去，择地登岸后，从敌人薄弱地区向根据地进发。俞云涛被安置在距离口岸十里地，有小分队看守，吸引敌人注意，掩护大部队行动。

他兴奋地拍了一下桌子，说："这个马援，真是胆量包天，完全出乎所有人的意料，敢走水路，好！不过——"

他转而蹙眉，说："这一路危险很大，不知道他们能不能闯关破险。"

负责人说："他将俞云涛远离队伍，另行关押，与我们的设想相同，敌人要俞云涛，就让他成为诱饵，我认为，要将俞云涛再向西北挪移，挪到苏家埠附近去，让敌人把关注力都放在他的身上，那就更好了。"

程振中表示赞同，不久后，一封电报发往江北红军驻地，至于马援所部再转发看守俞云涛的分队，那就不在考虑之中了。这一夜，程振中和他的上级中央领导都失眠了，望着漆黑的夜色，担忧这支队伍的安危。

而城市的另一处地点，肖也，不，萧专员已然从苦思冥想中，准备好了自己的锦囊妙计。

7

肖也苦思冥想之后，起身去卧室。

任晓月听到他从走廊里经过的脚步声，便轻声唤了一声。他在她的卧室门前停下，尝试着推门，只见她穿着一身月白的睡衣，坐在梳妆台前，凝神看自己。那秀巧精致的双肩，透过丝绸的包裹，竟然让他有些心动了，笑了一声，说："这么晚了，怎么不睡？"

任晓月不回头，只从镜子里看他，说："我想芸儿了，今天借着逛街的机会，从那家寄宿学校围栏外走，看到她了，这小丫头，不过半年的时间就长大了，成了大姑娘了，女孩子啊，真是让人惊讶，成熟快得像是一夜之间似的。"

肖也脑海里浮现起那俏丽女孩的面容来，笑道："是啊，长大了，好，不过近期可千万不能接触她，会给她带来危险的，记着呀！"

任晓月答应了一声，说："我心中惦念的事情挺多，容易失眠，哪像你这没心没肺的。"

肖也摇头，说："你说得这么难听，我哪里没心没肺啦？这不，来陪你了。"

他顺着这话，走近了她的身后，望着镜子中他们重叠的身影，叹口气说："越是心事重重，越要抛放得下，不然，什么都事办不成！"

任晓月嫣然一笑，说："我已经放下了，你呢？"

肖也将双手轻轻放在她的双肩上，轻柔地抚摸着肩胛以及背部的蝴蝶骨，默不作声，但心头的欲望却如同荒地上新萌发的水草，飞速地生成并旺盛，身体内部油然感觉到了异样。他下意识地在嗓子眼里发出一声古怪的呻吟。

任晓月感觉到了他掌心的灼热，自己脸上不禁发烫，呼吸急促起来，伸手去肩头按住了他的手，微微用力似乎算是暗示了一下。有了在赴沪轮船上夜间的亲昵的铺垫，这时的肖也在她的面前，已经不必望而却步了。

他低下头去，用一侧面颊摩挲着她的脸，手继续向前向下探索。任晓月一下子仰面抱住他的脖颈，狠狠地吻住了他的嘴唇。他们像是角力一般以椅背为场地纠缠了一番。肖也一把将她合腰抱起，用脚背撩开椅子，走向床边，胡乱地撕扯她的睡衣，嘬吻着她的胸乳，嗓子里如同野兽般地喘息。

任晓月几乎窒息，但身体却听从欲望的召唤，起伏着、摇曳着，他们一起倒在松软的床铺上，把一切暂时都抛开，彼此绞缠在一起，或上或下，或左或右，颠簸摇晃。肖也浑身流汗，任晓月在他的背部摸了湿漉漉一层汗水，惊诧地问："你这是怎么了？"

肖也放纵完了自己的激情，俯伏在她的身上，低声说："自从被叶明远用了电刑，就有了这毛病，不是出虚汗就是痉挛，一直没有法子根治。"

任晓月怜惜地将他抱得更紧，说："多休息，抽空去找上海最有名的医生调理，会没事的。"

肖也嗯了一声，说："俞云涛万一被释放了，这上海，我未必能待久。只怕又要开始一次新的逃亡了，我得提前做好准备。"

任晓月听他的口气，不免担心，问："你这是想做逃兵，不跟他们斗了？"

肖也正色道："不是做逃兵，是摆脱困境，唯一避开危险伺机反击的法子。只是，我叔父那里未必高兴，万一俞云涛占了上风，我就要伪造一个死于非命的现场，让所有人都以为我死了，这样才有可能不连累叔父。"

　　他在这瞬息间接连想出了两种退却的法子。

　　任晓月听得既惊讶又着急，抬手在他胸口拍了一下，说："你想什么呢，那天去十里铺的，可不止你一个，还有那位黎专员呢，他的责任比你大，他不跑，你跑什么？"

　　肖也听得"黎专员"三个字，眼前马上浮现起这位老兄的模样儿，霎时间放声一笑，仰头盯住屋顶那盏雕饰繁复的吊灯，脑子里电光石火般地闪了几闪，失声笑道："是了！是了！是了！黎专员、黎星斗，就是他了！"

　　任晓月见他一脸的兴奋，不明所以，忙问："你，这是又想到什么了？"

　　肖也凝视着她，沉默片刻后，说："叔父说得不错，你是做肖家媳妇的最佳人选，有旺夫之相，果然。这件事，我有正解了，我这就去安排，致电江北口岸的黎专员，请他全权处理此事，呵呵，一根绳子上的蚂蚱，谁也逃脱不了！"

　　任晓月一听，顿时喜上眉梢，低声说："宅子花房里现成的电台，你赶紧将内容准备好送过去，请花匠连夜拍发。"

　　肖也立即披衣而起，去书房打开保险箱，取出与黎星斗直线联络的密电码，草草写了几行字，编成电码，并将呼叫频率和联络方式一并写下，交给随后跟来的任晓月，笑了笑说："这是我自救的一次机会，但愿老天开眼，再帮我一把！"

　　任晓月郑重地点了下头，接过电文稿，去花房叫醒花匠，代为发报。

　　肖也睡意全无，将衣襟裹了裹，再度扭亮台灯，坐在沙发里，将昨晚放下的书再度捧起，望了那字里行间的阐述，思路豁然开朗。他的目光越过书籍，落在地板上自己的背影上，长长地吁口气，喃喃自语道："天无绝人之路啊，老天可怜我受苦蒙难，总要赐予我完美的复仇机会的，我一定要好好珍惜！"

也不知道过了多久，天际里仍然是晨星寥落，一轮月色皎洁如玉。

任晓月走进门来，说："联系上了，密电已经发出，但还没有回音。"

肖也笑了起来，说："黎专员此刻正在江边雕花楼上醉卧美人榻呢，哪有这么快？我估摸着，明天，他会有回复的。"

任晓月暗暗松口气，靠在他的肩膀上，说："夜深了，还是去休息吧，养足了精神，明天还有许多重要的事情要做呢。"

肖也将手里的那本书举起，在她的眼前晃了一下，说："睡不着啦，为了明天的事情，我得多加准备；形势突变，如梦如幻，没有点主意和胆量，那是不行的。我的主意和胆量，都来自这几部书。"

任晓月干脆在他的身边坐下，说："好，我陪着你，古人读书还有红袖添香呢，我就做这一夜的红袖。"

8

这一个昼夜，对于江北游击队所有人而言，像是过了千年般的漫长。天慢慢地黑下去，几乎所有的注意力，都放在了那部电台和报务员的身上。马援盘腿坐在椅子上，一杯又一杯地喝着热茶，一支接一支地抽烟，提振精神。此刻，他们正从口岸北逾越了保安团的防区，进抵廖家沟。据侦察员汇报，向北十里地，是32旅某团的驻地，吴尚已经被18军接防。南边是苍茫的大江，队伍处在西河、南江、北32旅、东保安团的绝地当中。

这个地方，旁人是想也不敢想的，只要敌人发觉了，他们除了跳江喂鱼，再没有第二条路可走。但马援胆大包天，就选择了这里。当然，他没有将那个久经战阵的对手、阶下囚俞云涛随军带来，俞云涛被放置在吴尚、口岸之间的一个隐蔽地带，另有一部电台跟随，那支小队的人物，要接受敌人换取俞云涛的枪支弹药，就地掩藏后，向兴南地区撤退，吸引敌人的注意。而他，则可以在所有人都认定的突围区域虚晃一枪，实质上却另辟蹊径，于大江之上挂帆远行了。

兴南县委动员组织了三十位船民，驾着粮船正迂回到江南，择机而过江，载上他们顺风直下，将一切拦截阻击围剿的敌人全数抛开，什么苏家埠、黄村、李家岭，都成为幌子。

烟头在马援的脚下聚积成堆，但他浑然不觉，全神贯注着电台前的动静。

报务员耳畔响起了熟悉的呼叫声，这是上海中央特科方面来电了，他原本松懈的腰板顿时收紧，身体趋前，拿起笔来，做个手势。马援被他的动作振奋了，快步过去，低头看他笔端快捷地在纸页上收录着电码，一颗心几乎提到了嗓子眼。

也不过几分钟的时间，这封来电业已誊录清楚并熟练地翻译出来。马援接过译文稿，略略一看，兴奋地拍了一下桌子，大声地说："好！立即通知小分队，代表我方与敌人接洽周旋，以人换武器，咱们这就去江边，点上三个大火堆，提示对岸，让兴南的同志准备好船只过江，咱们一路走，安全就有保障了。"

他接连发布命令，整支队伍迅速行动，拍发电报，整理行装，集合列队。马援挥了下手，向正南方向指示，说："三点之前，抵达江边，力争太阳升起的时候，我们已经乘船南下了。"

凌晨时分，这支近两千人的队伍在月色的照映下，快速向江边集结。抢先到达的人，已然在江岸上用稻草、芦苇、柴火堆成了三个大垛，浇上煤油，逐一点燃了，不出十分钟，熊熊火光在黑夜里甚是耀眼，直让江对岸也能清晰可辨。马援站在江滩上，手执望远镜向对岸察看，心如火焚，急切地等待着那边蛰伏的船只露面。

夜幕依旧笼罩着江北大地，但这黑暗，却掩护并遮掩着一连串事件的发生。在与马援及其队伍点火地点隔着数十里地的吴尚、口岸之间的一个芦苇荡里，几间简易的茅草房子中，一群人正同步忙碌起来。小分队队长老李，是一个有着丰富游击经验的老手，他率领这支四十名同样经验丰富的队员们，担当了极为艰巨的任务，交换战俘和武器。

在这个寂寥清冷的深夜，保持静默的电台收到了马援发来的密令，寥寥数字：按照计划执行。老李一跃而起。众人一时间既兴奋又紧张，纷纷去抓起枪来，翻来覆去地检查、校验，生怕有疏忽之处。

他们的举措，被囚禁在屋子里的俞云涛听得清清楚楚。自从那天在十里铺失手被擒之后，他求死不能，但随这支乌合之众在江北平原上飘来飘去，避让着中央军主力的讨伐清剿，其见机之快，行动之速，无一不透露着这伙人的狡黠和敏感。他对自己的失败有所领悟，这支部队本就是以游匪姿态在江北跟自己玩捉迷藏，自己堂堂正正地摆了三路大军，要围而歼之，却被他们瞅了个空子，黑虎掏心，攻破了指挥部。

他恨得直咬牙，这次要是老天有眼，给自己一条生路，那他绝对有把握重整旗鼓，将这支游击队彻底干净地消灭掉。南京方面有意营救自己，倘若肯出本钱的话，他对自己能够全身而退持有信心，并因这信心支撑着期盼，让他彻夜难眠，关注着周边的包括一草一木在内的所有动静。这种关注令他陷入了神经质，心力交瘁，但仍乐此不倦。

这天夜间，他觉察了关押者们的异动。首先是电台的声音，然后是枪械的声响，接着领头者步履轻捷地召集人手，又过了一会儿，两名队员开了门进了草屋，看看草堆上仰卧瞑目的他，吓唬道："俞云涛，你这个刽子手，你的好日子到了！"

俞云涛嘴角扯动了一下，却不睁眼，置若罔闻。

老李在门外吩咐道："把他的双手给捆了，看押好，天亮后咱们出去，先跟敌人谈判约定地点，再来理会他！"

俞云涛心中一阵激动，强忍住要夺眶而出的泪水。

两个队员对他憎恨到了极点，将他扳转得脸朝下，使尽全力，绑扎得如同火腿般结实，喃喃地诅咒着。

俞云涛一声不吭，默默忍受，心底盘算的是脱险后迅速调兵剿杀这些对手的计划。这样忍着熬着，突然间，柴门开了，老李挎枪进来，呵呵笑道："俞旅长，今儿个是你的好日子，老子拿着你的这条狗命去换枪换子弹，再杀你个人仰马翻！走吧！"

他一挥手，几个人一拥而上，将俞云涛推出去先押上一条小划子，沿着曲折蜿蜒的河道走了约莫两三个钟头，在一处村口码头停泊。俞云涛坐在舱里，根据天色判断，现在已是正午时分，再看这村子的环境，估计距离吴尚并不远。一行人押着他下船转乘一辆骡车。老李将两枚手榴弹捆在一起，拴套在他的脖颈后，去掉保险，将拉弦接长了，捏在手心里，笑道："谁要硬抢你，咱们就同归于尽！"

俞云涛淡淡一笑，说："放心吧，没人会硬来劫车的。"

老李摇头，说："你们这些白狗子，奸猾得很，不得不防！"

他们将俞云涛坐稳在车架子上，驾车的把式挥动鞭子，驱车中速拐上通衢大道，直向前去。这一路风平浪静，毫无波折，眼见远处桥口有一人一骑独立，扬手示意。老李举起望远镜观察，是一名国军军官，他让一个队员迎过去对话。那军官在马背上大声地说："为了确保这次交换的成功，我要求亲眼确认俞旅长仍然活着。"

队员捎话过来，老李点了下头，让队员放他一个人过来。那军官跳下马，整理好仪容，大步而来。在距离骡车十几米处，认出了衣衫褴褛、狼狈不堪的俞云涛，蓦地收腿立正，行军礼说："俞旅长，在下是32旅8团7营9连连长马中富，上峰派我来勘查您本人状况，见到长官安然无恙，卑职就放心了，我们已经遵照条约，将武器弹药安置完毕，他们收到军火，确定我方苏家埠、黄村、李家岭守军撤防之后，便会释放您的。"

俞云涛点了下头，并不开口。

老李问："武器弹药在哪里？"

马连长抬手直指桥口军用帆布蒙着的一大堆物品，说："都在这里，请验收。"

老李挥了下手，说："为确保安全，请贵部后撤过桥，拆除桥梁，我方再行验收。"

马连长毫不犹豫，敬了一礼，转身退回到桥的那端，招了下手。田野树荫下隐蔽的军队一拥而出，铺散开去，各自全力拆桥。不过一个钟头，这座砖木老桥便被拆卸大半，只剩下光秃秃的石座基础残留，随后，士兵们列队向远处跑步撤离。

老李见对方撤走，道路被河流阻断，这才稍稍放心。当左右派出的侦察兵传来安全讯息后，他一摆手，身后远远尾随的六七辆大车蹄声嘚嘚地赶了上来，停在桥口。老李揭起帆布，下面果然全都是泛着瓦蓝色泽的捷克步枪、轻机枪和相配的弹药。一众人等立即动手搬运，动作迅速，不一刻便将大车满载，掉转方向向后疾驰，进入芦苇荡地带后，将这批军火转运上船隐蔽起来。

而老李他们则选择了另外的方向，穿插到了吴尚以东不足十里之地。

下午三点时，电台报务员收到了苏家埠、黄村、李家岭一线敌人守军全部撤走，己方友军已然接管控制的消息。老李望望天色，摸摸多日未曾料理的胡子，说："俞旅长，要委屈你走夜路了，天一黑，我们就放你走，你自己好自为之吧。"

俞云涛笑了一声，不再多说，等待着日落，等待着月上枝头。

他靠在船篷闭上了眼睛，略略打了个盹儿，他从看守押送自己的这些人的言谈举止中，看得出针对自己的仇恨，这让他有些自得。这种刻骨仇恨，说明了他过去剿共战功的重要，也由此表明，他的校长对他的重视。这仿佛走进了一个循环的怪圈，他因剿共功劳而被遭剿的敌人不得不释放。他剿共越得力，校长就越器重，就会开出更多的筹码来迫使共产党放人。

他嘴角掠过一丝笑意，被专注观察他的老李看在眼里。老李按捺不住，猛地从腰际拔出了枪，死死地顶在了他的脑门上，怒吼道："得意什么？信不信老子一枪打死你！"

俞云涛陡然一惊，睁开了眼，看见了老李愤恨的神色，两手摊开，说："我死不足惜，只怕是成仁之后，可以青史留名，你们这些背信弃义的家伙，徒留笑柄罢了。"

老李使劲地用枪口在他的额头、太阳穴、面颊上猛烈地戳击了几下，咬牙切齿地说："我不杀你！我不杀你！"

俞云涛脸上流血，端坐不动，任他发泄怒火。

老李渐渐冷静下来，他收起枪，抽出烟袋来，填了一小锅烟叶，在夜色里扑哧扑哧地抽吸着。他的半张脸，在火星闪耀之间忽明忽暗。

芦苇荡的尽头，野鸟投林，蹄声清脆。

他足足抽了三锅烟，将烟杆掉转过来，在船帮上敲打了几下，说："划船到前面码头，放他上岸。"

众人尽皆不语，但闻听桨声阵阵，水波荡漾，这条船离开了隐身的芦塘，进入河道，顺流直下约莫二十分钟，在一处村落码头停靠。老李在俞云涛背后推了一把，说："走吧。"

俞云涛缓缓起身，忍住浑身的伤痛，迈腿跨上石阶，回头来看这些人，想说一句什么，以展示风度，但还没开口，老李就冷着脸粗暴地呵斥道："滚！"

他愣了一下，木立在岸堤上。这些人划起桨来，半眼也不觑他，径自回头去了。他目送着他们走远了，确定自己已经被释放，这便向岸上走去。

在这空寂无人的田间小径上，他徒步足足走了一个钟头，精疲力竭后才放缓了速度，依据行军经验测定自己的方位。这里仍然在吴尚和口岸之间，距离两地的距离大致相等。他不假思索地向吴尚方向挪步，聆听着远处的动静，找寻着同样在寻觅自己的队伍。

再半个钟头后，俞云涛实在走不动了，在路边一座村口停住了脚步，他走进一户人家，拍打门板，叫唤道："我是过路的，口渴了，求一碗水喝。"

门吱呀先开了条缝，有人在里面举着油灯窥视几眼，这才端出碗水来，放在台阶上，由他自饮。他坐下来，揉着酸麻加疼痛的脚踝和小腿，问："这里离吴尚还有多远？"

屋里人答道："四十里地。"

俞云涛说："大哥，我要去吴尚，实在是走不动了，能否给我雇辆车，进了城后，我家人会有重金答谢。"

屋中人沉吟了一下，说："你等着，我去看看。"

俞云涛松了口气，倚靠在门边，正待闭眼小憩。

这时，前方大道上蹄声阵阵，火把如林，火光映印下，依稀是一支国军队伍路过。他心中一喜，霎时忘记了疲乏，起身来远远地招手呼唤："我是俞云涛，我在这里！在这里！"

那支队伍听得声响，循声来寻。他拼尽全力迎过去。几个士兵快步过来，略一打量，立即行礼，欢喜道："是了，俞旅长在这里，俞旅长在这里！"

俞云涛彻底地松懈下去，几欲瘫坐下去。士兵们七手八脚将他扶上一辆马车，四面落下帷幕，特地送上一床棉被来，请他安歇，这就送他回吴尚。他实在是累极饿极，吃了点干粮后，在车厢里拥被而眠，就此沉沉睡去。

不知道过了多久，等他醒来时，听到车厢外呼啸的风声，不禁有些诧异，撩起帘子看去，却是在视野辽阔的江岸之上。他大吃了一惊，这里不是吴尚，竟然在江边。浪涛声声回荡，天色犹未全亮。

他大声喊道："我是俞云涛，32旅少将旅长俞云涛，你们是哪个部分的，竟然将我送到了这里。"

四下里一片寂静，无人理会。他知道不妙，掀开厚实的帘子，跳下车来，却见四周无人，一片空旷。他心中狐疑，茫然四顾，高声喊道："有人没有？给我出来，有人没有？给我出来！"

但回答他的仍旧是大江上的风浪之声。

俞云涛恨恨地诅咒着，去车厢内捡脱下的高帮皮靴，正待穿上。

江堤那边，突然竖起一排人来，有个熟悉的声音说："俞旅长，好雅兴，居然跑到我的防区来了。"

俞云涛闻声叫道："黎专员！黎专员！快听我说，共匪就在附近，立即通知各部合围清剿！"

黎星斗大笑："好，我这就下令全军合围清剿共匪。"

俞云涛心中稍安，也笑道："黎专员，俞某特地送来这件头功，你如何谢我？还不快请我去醉仙楼喝酒？"

黎星斗笑道："好，这就送你去醉仙楼，管保让你吃饱喝足了。"

他一挥手，手下齐刷刷端起枪来，对准了俞云涛，几乎在同时扣动了扳机。

一阵排枪响过后，俞云涛浑身犹如蜂窝。他惊骇地瞪着远处的黎星斗，想开口斥责，嗓子眼里却喷出血来。他这一刹那明白过来，但一切都已是太晚了，仰卧在江边松软的沙滩上，死不瞑目。

黎星斗手执礼帽，望着这位声名显赫的同僚成了枪下之鬼，也不去勘验，只说一句："割下他的脑袋，剥掉他的衣服，尸身丢进江里，这赤条条来，赤条条去，倒也是一个上好的结局，这江北吴尚的事情，就此揭过一页吧。"

9

江北游击部队几天内的踪迹消失得干干净净。苏家埠、黄村、李家岭一线，并无异常，天险虽空，没人穿越。就连先前装模作样来接管的共产党武装，也在某个瞬间没了踪影。随之销声匿迹的，还有俞云涛以及用来交换他的那批军火。

国府方面负责谈判的代表叶明远，在中间人转达完俞旅长已经获释之后，也失去了和那位华先生再见一面的机会。上峰责成他立即追踪调查此事。同时，驻吴尚的第 18 军侦骑四出，到处打探俞云涛的下落。那位负责交接的连长亲率部下，沿着交换线路一路寻找。接连找了三天，依然一无所获。

这天，他从褊狭地带转上了通衢大道，一路挨家挨户地询问查点。在李家舍时，有户人家告诉他们，有天晚上，确实短暂地接待过一个奇怪的人，此人外表狼藉、军服破皱，身上还多处负伤，精疲力竭地在门外歇脚，要了点干粮和水，并请雇车送他去吴尚，并许诺赠以重金。但是，没等到去找车，就有一支国军队伍路过，将他顺道接走了。这支队伍去向哪里，貌似是向着吴尚方向走的。

连长惊讶不已，既然俞旅长被国军找到并接走了，那他肯定是获释了，但这些来历不明的队伍，又将他带到何处去了呢？

他紧急赶回吴尚，向上峰报告。18 军军部极为重视，立即发出指令，彻查各部驻军，有无接到并安顿了俞云涛旅长。但所有的驻军的回复都是两个字：没有。这下子，吴尚方面慌了神，赶紧报告南京方面。南京那边，蒋委员长也着了急，剿共先锋、得意门生俞云涛旅长下落不明，生死难料，谜一般地随着那支番号不明的国军消失了，这简直令人匪夷所思。

南京方面第一个反应就是，俞云涛极有可能死于共产党之手，那释放什么的，都是敷衍的说法而已。现在，国府在江北剿共失去了目标，武器弹药白白地送给了对方，受到了极度的愚弄，是可忍孰不可忍，于是谈判代表叶明远摇身成为杀戮的化身。他在沪宁两地负责实施报复计划，关押在囚笼里有望从这次交换中脱困的共党分子，被他督办执行了枪决。一时间，腥风血雨，杀气腾腾。

肖也在公馆里高卧不起，晒着太阳，喝着咖啡，静待着自己新任命的发布。任晓月每天里除了监督老妈子们洗衣做饭，清理房间外，剩下的空隙都在花房里侍弄花草。花匠老皮在五天后，收到了马援及其所部的讯息，江北红军游击大队近两千人，沿江溯流而上，绕到安徽境内，在赤石矶登岸，不分昼夜急行军，已抵达皖西红军游击区，即将入赣，此次突围大功告成。

而兴南县委在发给省委的密电中，则作如是报告：江北留守部队成功完成战俘、军火交换工作，于口岸镇与吴尚中间地带释放俞云涛后，就地隐蔽了大批军火，业已进入兴南境内。省委回电，以留守队伍为核心，重建江北红军游击大队，继续发展江北红色武装力量，坚持长期斗争，策应苏区的反"围剿"行动，袭扰反动派后方，为革命的胜利做出贡献。

任晓月因这一连串的胜利而喜悦，想外出和特科的领导接头，倾诉这份高兴。但老皮却反对说，潜伏工作，没有特殊情况，不能擅自和外界联系，这部电台的设置，是绝无仅有的，就是中央为了确保这个潜伏点的安全而安排的，绝不能出差错，还有，程主任在谈判商定的次日，就登船前往武汉，他可能将从那里转道前往鄂豫皖根据地，与何为等同志会合，参加反"围剿"的斗争，敌人拿着他的相片正满大街地追查呢，到头来也是一场空了。

"他也走了？"任晓月有些沮丧，幽幽地说，"我多次请求去根据地，但都没有批准，现在这情形，再去也难了。"

"这是革命工作的需要，任晓月同志。"老皮郑重地说，"你的工作，直接影响到了整个战局的安危，江北的同志们为什么能够安全撤离，让势在必得的敌人如意算盘落空了，那就是你的功劳，不要妄自菲薄自己的工作，跟在前方打仗相比，更凶险，更需要勇气和智慧。"

任晓月点了下头，沉思道："江北任务可以告一段落了，但这上海，可是有许多危险存在着，叶明远虎视眈眈，比俞云涛更加地狡猾凶残，我们面临的风险更大。"

门口外面，传来了汽车喇叭声。肖也从门厅里迎出去，亲自去给来客拉开车门。这举止态度，任晓月一下子就明白过来，肯定是他的叔父来了。她洗了下手，从小门进了楼，沿楼梯上到书房，先替他们焚起一炷安息香来，但听得谈笑声中，这叔侄二人已到了，忙去开门。

肖定坤见她这般殷切的态度，笑吟吟地去看肖也，拍拍他的肩膀，说："贤侄，老叔的眼光如何？这位任小姐是旺夫之相吧。"

肖也欠身说："叔父说得是，侄儿上次已经跟您提过，我们即将成婚，这侄媳，名正言顺是要旺夫啦！"

叔侄二人齐声大笑。任晓月羞涩地笑了笑，说："我让李妈她们沏茶送上来。"

肖定坤摆了下手说："不用了，我们叔侄俩在这里抽根雪茄就行了，事务缠身，不能久留。"

目送任晓月下楼梯之后，肖定坤进了书房在沙发中坐定，等肖也关了门，便问："这位任小姐，依然是共产党？"

肖也说："是。"

肖定坤说："这件事千万要小心，不能泄露出去。"

肖也说："这个却难，叶明远早就知道她的身份，当初还是请您托熊式辉出力，从党务调查科保释她出来的。"

肖定坤在茶几上捡起雪茄，点燃了抽吸几口，说："一个叶明远，是为孤证，无足轻重，但是千万不能再有差错，俞云涛之死，已成死局，谨防蒋委员长恼羞成怒，殃及无辜，所以，你必须将这件事抹去一切痕迹，斩断所有线索，保证自己的安全。我已经让刘主席代为运作了，争取举荐你去江西，做一任督察专员，专职于剿匪，这中间有个缺憾是，你没有军职，不过，这个问题不大，我依旧请熊式辉帮忙，先在淞沪警备司令部给你补一个上校参议的资格，从这个基础上再设法任命你一个南昌行营的职位，那就不麻烦了。何况，你在江北期间，戡乱成绩是有目共睹的。"

肖也说："叔父的安排极为周到，侄儿万分感激，这俞云涛虽死，但对我们的威胁并未有减轻，叶明远处心积虑要对我们下手，他背后是 CC 实力，不可轻觑。"

肖定坤不屑地一笑，说："这兄弟俩，仗恃着陈其美的遗荫，得到了委员长的悉心栽培，这个时候不为党国尽心尽力，反而意在倾轧，真是不识时务。这叶明远，我是要收拾他的，但无须我们叔侄俩出手，自有人在暗中布局呢。"

"谁？"肖也好奇地问。

肖定坤说："他们视我们叔侄为眼中钉肉中刺，却不知自己也成了别人眼中的障碍，CC 势力过大，权重震主，委员长有意分权，第一个目标就是情报特务机构，叶明远不会长久的。"

肖也会意，说："您说的是戴笠？"

肖定坤颔首，笑道："是啊，他近期为委员长办了几件大事，圣眷正隆呢。"

肖也想了想，说："剿共事宜如何，不知南京方面有何打算？"

肖定坤说："俞云涛之死，委员长着实地丢了面子，他昨天已经下达动员令，这次恐怕 18 军都要开赴前线了，各路军队集结，三十万人马分道前进，眼下湘赣等省，已快变成军营了，铁路线上的运兵车日夜不停，大战在即了；你且在上海歇些日子，等局势稍定再去赴任，那样风险小，又能有所建树，那就稳妥了。"

肖也有些迟疑："这么说，我跟共产党方面的关系就很难相处了，那边，我的熟人着实不少，比如——"他指指门外压低了声音说，"任小姐，你中意的肖家媳妇。"

肖定坤不经意地笑了笑，说："贤侄，你还是心有拘泥，这就不是一个政治家所具备的素质了。共产党，作为一支重要的政治力量，现在和将来，始终会存在的，委员长想彻底铲除，绝无可能，未来，只能说是国共以及其他各方势力此消彼长的局面平衡而已，你在江北，不是平衡得很好吗？怎么又畏畏缩缩起来？"

肖也说："共产党方面，那些朋友与我有极深的渊源，打断骨头还连着筋呢，所以因此为难。既然叔父说了我在江北的勾当，那倒是可以继续要下去的。"

肖定坤郑重地看着他，放慢了语速，说："贤侄，做任何事都要付出代价的，不可能只收不支，你牢记这一点，收时好收，付出代价时，那可能就是种考验了，我对于你能否安然渡过考验，并没有把握啊。"

10

俞云涛的失踪，给叶明远以巨大的打击，对于急切期盼中的俞萍如，他安慰再三，说可能是共产党方面为确保队伍突围安全，暂时没有放人，而是裹挟着俞云涛一起走了，这支共党武装在哪里，俞云涛就在哪里。

俞萍如半信半疑。叶明远自己心里其实基本判定，俞云涛已死，死因两种可能，他几次剿共，杀戮太重，共产党方面根本就没打算释放他，只是用他来做幌子掩护撤退罢了，达成目的后，就将他处决了；另一种可能是，有人在中间做了手脚，不想让他活着回来成为威胁。如果是后者，那么暗中策划这件事的人，就呼之欲出了。那位萧专员，他判断此人和共产党有直接联系的渠道，这个渠道传递的信息，对于俞云涛的生死一定起到了关键的作用。

他坐在卧室里，望着未婚妻红肿的双眼，楚楚动人的模样儿，叹口气，说："俞旅长自有天佑，不必太过担忧，我当下的任务，是通缉那个华先生，据确切的情报，他已经去了武汉，武汉警备司令部方面，正在全力搜捕，捉到了他，这支共产党队伍的下落也就清楚了，俞旅长行踪也可以确定了。"

俞萍如忧心忡忡，说："可是，据我所知，这几天，你在南京、上海好几处地方都杀人了，都是共产党吧？你这样大开杀戒，会不会是我哥哥有了不好的消息？"

叶明远笑道："不会，绝对不会，我奉命处决的那些人，和俞旅长相比，分量差了好多，你放心，他们绝不会因为这个为难俞旅长的。我奉命要去一趟吴尚，会见刘师长，这个家就先托付给你了，有什么话要我带给令尊的吗？"

俞萍如一听说他要去吴尚，急切地说："我也要去，你带上我吧。"

叶明远为难道："吴尚机场是简易跑道，飞机小，载人有限，你挤在里面不方便，还是等我回来，捎信给你吧。"

俞萍如不高兴起来，哼了一声走开去。

叶明远看看手表，换衣出门。他站在衣橱明亮的镜子前打量自己片刻，突然感觉到这镜子里的男人有些异样。他翻来覆去想找一个合适的词来形容这异样，想了片刻，不觉哑然失笑，对着自己说："你他妈的真蠢，蠢到家了。"

他转过身去，冲门外提高声音说道："好啦，别发小孩子脾气啦，我答应带你去就是了，但这一路上在天上飞有风险，你可得想好了。"

飞机从上海起飞后，径直向北，然后沿着长江北岸一侧向西飞，到了吴尚上空也不过三个钟头的时间。18军在城北大校场临时修筑了一条简易跑道，供来往的飞机起降。俞萍如第一次坐飞机，死死地攥着叶明远，从舷窗看两眼外面的情形，既兴奋又害怕。

叶明远像看一个顽皮的孩子一样好笑，飞机在地面颠簸起伏般降落，几个人都一起被高高抛起，撞了头顶。俞萍如在惊叫声中，以这种方式回到了家乡的土地上。

地面，18军52师刘师长正在恭候。叶明远挽着俞萍如与他们握手致意。刘师长在这初冬的寒风里，紧紧风衣，说："欢迎叶主任莅临吴尚，这里的谜团，亟待你这样的专家来解开呢。"

叶明远笑了起来，说："感谢刘师长的盛情，但要说明的是，在吴尚我叶某怕是要忝为地主之谊，请各位小酌几杯了。"

刘师长等人诧异，问："此话怎讲？"

叶明远挽住俞萍如，说："这位，可是我的未婚妻俞小姐，她是吴尚本地人，俞云涛旅长的妹妹。"

"哦——"刘师长等几名军官瞪大了眼睛，沉默片刻后才会过意来，个个感慨。

随后，刘师长等人陪同叶明远一行驱车先去军部，了解情况。俞萍如见他们谈聊公务，礼节性地要避开。但叶明远却拉住她，说："他们兄妹情深，别的事不便参与旁听，但这件事是个例外。俞府中的老爷子正心急如焚呢。"

刘师长点头，起身去军事地图上摆示出几天前交换方案实施的过程，以及俞云涛和这支共党武装可能所在的位置。

"但是，"刘师长摊开手，说，"对方没有依据我们设置的路线走，也没有走我们预测的路线，像是突然从之后江北地面上飞走了似的。叶主任，请你来参详一下。"

叶明远凝视着地图，沉吟道："刘师长，你所讲的，都是站在围剿者角度，但是他们这些被围剿者，倘若按照你的思路走，那这场战事早已结束了，用不着咱们在这里纸上谈兵了。作为一个军事指挥官，请你假设自己是这支共党武装的领导者，在当下的形势里，你会如何考虑将队伍安全稳妥不留痕迹地带出江北？"

刘师长饶有兴趣地望着他，微笑道："叶主任就是叶主任，一开口说话，就直入关键。据刘某看，这支共党武装想要离开江北，那几乎是不可能的，请看，他们居然没有从我们履约让道的苏家埠、黄村、李家岭一线必由之路走，那么从陆路还有更好的途径吗？向东向西，都是死路，我想，他们会不会改变策略，分散队伍，就地潜伏了？"

叶明远说："当下在江北平原疏散潜伏，那是坐以待毙，真正的死路一条。他们是不会舍得将这么一支队伍丢在江北的，我敢断定，他们一定离开了江北，或者正在离开江北，至于究竟从什么途径走，这才是重点。"

他凝望地图，冷不丁地说："刘师长，方才你说陆路突围绝无可能了，那么从水路呢？这条浩浩大江，他们就不会从江上走？"

刘师长打个哈哈，说："叶主任，从江上走，他们就是南辕北辙了，要白白绕很大的一个圈子，再者，这江上又有我方海军巡逻舰艇出没，一旦碰上，他们连抵抗的机会都没有，通通会去江底喂鱼。"

叶明远蹙眉说："在四面受敌的绝境中，第一考虑的是生存，他们倘若真的乘船沿江走，只要船只驶出了江北沿岸一线，就脱离了国军的重重包围，在任何地点都可以弃船登陆的。刘师长，他们一定是从水路走了，一定是！"

刘师长脸色大变，半晌哑口无言，然后去拿起电话，要了南京方面，将叶明远方才的推测改为自己的判断，请求派遣飞机，侦察长江水道有没有相关的遗留痕迹。

叶明远不再与他多说，转身挽起俞萍如来，向他告辞。他们在军方的护送下，不过十来分钟，便到了俞府。俞府大门紧闭，门前落叶萧萧，破败气息扑面而来。叶明远叹口气说："这才离开几天，就成这样子了。"

俞萍如拍打门环喊门。不一刻，门开了道缝，管家抬头一看是她，惊喜地叫了起来："二小姐！二小姐！你回来啦！真的是你吗？"

俞萍如点头说："老王，我爹呢？"

管家看了叶明远一眼，说："身体不好，正卧床吃药呢，您快去见他吧。"

他们来到后宅，药香缥缈。院子里，俞凤山正在嫌汤药烫人，和姨太太争执。却不防木门吱呀开了，门前站了个束发的女子，轻声叫道："爹。"

俞凤山听到这一声叫，急躁之气先去了大半，抬眼望望，问姨太太："萍儿吗？是萍儿吗？"

四姨太惊喜道："是她！是她！老爷子是萍儿回来了！"

俞凤山掀开被子，下了床，走了两步后，双腿一软，坐倒在地，依旧招手喊道："是萍儿，萍儿回来了。"

姨太太赶紧去搀扶他。

俞凤山一见女儿，顿时老泪纵横，抬手指点道："天啦，俞家走背道啦，今儿夜里，我做了个梦，梦到你哥哥了，他提着脑袋站在我眼前——"

姨太太接连呸了三声，打断他的话，说："老爷，这不吉利！不能乱讲！"

俞萍如一把抓住父亲的手，摇撼道："爹，您别担心，我回来了，我会设法去营救哥哥的。"

俞凤山摇头叹息，被搀扶到太师椅上，说："杀戮重了，有报应了，我只顾着盼着他立军功，升大官，却忘记提醒他要积德、赎债，这不，报应来了！来了！"

叶明远跨前一步，说："老伯，您说错了，俞旅长杀的都是乱匪、贼党，只有功德，哪来的罪过？俗话说，胜败乃兵家常事，俞兄偶尔失手算得了什么？蒋委员长已然下令，全力营救他，小侄我就是奉命督查剿匪的代表。"

俞凤山迟疑半晌，才依稀认出他来，问："你是叶主任？"

叶明远点头。俞凤山疑惑地去看女儿。俞萍如略带点羞涩，低下头，说："爹，这些日子，女儿一直蒙叶主任的帮助和保护，才能安全归来。"

俞凤山点头，说："多谢了，叶主任。"

叶明远扑通一声跪倒地上，说："老伯，叶明远有件事要禀报，恳请周全。"

俞凤山惊诧，问："叶主任有话直说，何必如此？"

姨太太笑了一声，抓起俞萍如的手来。

叶明远说："在下仰慕萍如小姐的风姿已久，一直苦苦觅求，这次凑巧遇上，略尽绵薄之力，不足挂齿，在上海，我已经向俞小姐求婚，蒙她不弃，带我回吴尚来当面向老伯求亲，望老伯不嫌明远唐突，成全了我们。"

俞凤山愣住了，左看看他，右看看女儿，大笑了几声，说："原来叶主任要做我俞家的女婿，俞某得此佳婿，喜欢还来不及呢！岂能不允？好，这是大好事一件！"

叶明远心中一喜，正待开口，不料俞凤山又说："不过，云涛失陷于贼手，一时难以回来，这件婚事准是准了，得等他脱险后回来办，那样的话，俞府就是否极泰来，好上加好了。"

叶明远心底暗说一句："老狐狸！"笑容满面地站起身来，掸去膝盖的灰尘，欠身致谢，回转来挽住俞萍如的手，笑道，"萍如，爹同意了。"

俞萍如淡淡地笑，脑海里却回荡方才姨太太在耳畔嘀咕的那一句话："这人比肖家二少老许多呢。"

她说完这句公允的悄悄话，去服侍老爷子，俞凤山摆摆手，吩咐她去张罗酒宴，招待这位新来的准姑爷。

俞萍如回到自己闺房，站在窗下，忆起往事来，不觉怅然。叶明远却有些不耐烦了，他已然不习惯这处年久宅邸中到处透显着的衰败气息，轻轻挽住她的细腰，说："你在家住一宿，明天我们回上海。"

　　俞萍如一惊："不救我哥哥了？"

　　叶明远笑道："救他，在吴尚有什么用？得在上海、南京，傻丫头！"

第十二章

1

肖也在上海，貌似空暇下来，实质上，却神不知鬼不觉地做了两件事，一件事是以迁坟为由，将放置在广陵专员公署的那批金砖运了回来，在法租界另一处地点买了一座私宅，用以囤藏黄金，同时他还分别在汇丰、华旗、大金等外国银行兑换、存入了巨额款项。年纪轻轻的肖也，成了一个坐拥巨富之人，他的富翁身份以及财富的来源，却完全不为人所知。毕竟，他来自古老家族，给予了所有人足够的想象空间。这其中，包括同样出自这个家族的他的亲叔肖定坤。肖也送给他的，是一座半尺高纯金打造、镶嵌着宝石光艳照人的观世音像。

肖定坤只当他是在广陵专员任上搜刮来的，一边笑纳，一边警示道："贤侄，做官难呀，方方面面需要节制，不可贪得无厌，以免授人以口实。"

肖也说："叔父的教诲，侄儿谨记。"

肖定坤想起件事来，说："青帮大亨们今晚有个聚会，我昔日和他们有点瓜葛，但我实在不想跟这群草莽之辈再打交道，你代我走一遭，替我跟黄金荣、杜月笙等人打个招呼，客套客套也就算了。"

肖也对于青帮并不陌生，知道也是幕后左右政坛的一股势力，何止是叔父昔日与之有关，就是蒋介石当年也不能免俗。但由此带来一个疑问是，他曾经在黑牢中拜入那个神秘人的门下，说是什么洪门，这两者之间是什么关系呢？

他将这个疑问向叔父提及。肖定坤笑道："青帮、洪门，都是江湖中的帮会，昔日是对头，现在也差不离，不过你既是洪门，有一个人必须知晓，这上海滩上，有位王亚樵，手下徒众上万，人手一柄斧头，人称斧头党，这伙人杀心重，出手狠胆子大，其他帮会中人都对他们畏惧三分，有机会可以暗中联络。不过，他们可以引为己用，但不可胶漆，你明白吗？"

肖也心中琢磨这"引为己用、不可胶漆"这八个字的道理，返回宅子。等到他进了家门，看到任晓月在编织毛衣，心中一阵温暖，笑道："不可胶漆，却可引为己用，貌似有语病，但玄机却在这病上，像我叔父这样在政界几度沉沦起伏的政客，心肠底子就是硬，就是黑，儒雅间全是尔虞我诈。"

任晓月低头想了想，摇头说："谁说政治是尔虞我诈？干政治先得有个目标，这目标是光明的，自然不会有那些污秽的想法和念头，就怕目的本来就不干净，自私自利，那不一肚子坏水才怪。"

肖也在她身边坐下，说："我代叔父出去有个应酬，都是青帮流氓，你不方便去，就在家里织毛衣看书吧。"

任晓月有些担心："这青帮的人都是些腌臜货色，你小心点。"

肖也答应一声，自去换衣，傍晚时分穿一件长衫，戴上顶呢帽，等着肖定坤的座车到了，便坐进去直奔张公馆。

张公馆是青帮当下炙手可热的人物张啸林的新公馆，占地面积大，设有香堂，是近年来青帮聚会的主要场所。肖也进门时，有两个黑绸衣汉子询问来历。肖也便将叔父的拜帖递上，两人立即恭谨地让开，朝里喊一声："肖先生到！"

肖也看西洋景般进了宅子，楼底大厅里，依照《水浒传》忠义堂的格式，上面关公像前供香火，下面分左右各列四排座位，已经坐了不少人，正交头接耳地闲聊。肖也在这伙人里找不到自己该坐的位置，散漫地往距门最近处的空位上坐了，静待有人来招呼。但他这个陌生人无人认识，只当他是外地新来的角色，伏小甘坐末位而已。

这样枯坐了近半个钟头，陆陆续续又来了几拨人，客套寒暄，热闹非常。那几个所谓的青帮大亨，是从楼上下来的，张啸林在前，杜月笙随后，黄金荣独自慢吞吞地落在最后。一众人等聚齐了，将大厅的门关了，烛火通明，先向关公像行礼致意，再重新落座。

黄金荣在正首坐下，并不言语。张啸林是东道主，便先开口，说："这次香堂，主要是为了一件事：王亚樵。俗话说，强龙不压地头蛇，上海开埠以来，也有不少北方豪强诸如马永贞之流想来这地头上扬名立万，但都不成功，近几十年来，依旧是我青帮操持，即使是当今国民政府，蒋委员长，也与本帮渊源深厚，但是这位洪门中人王亚樵，既参加过同盟会，也策划过皖省兵变，在政界明里暗里也有不少的靠山，更为棘手的是，此人惯以刺杀爆破为手段，横行不法，他在沪上，安徽籍门徒众多，这斧头党三个字，足以让人闻名失色了。前次，虞洽卿在生意上托月笙哥和我代为料理轮船纠纷一事，不想对方请的居然是他。这伙亡命之徒，先持斧夺船，再用炸药爆船恐吓，无所不用其极，呵呵，可真小觑了本帮了。这次召集大伙儿来，就是商量如何对付他。在我看来，这伙斧头党声势虽大，但只维系于王亚樵一人，只要解决了他，下面的人自然就树倒猢狲散了，成不了气候。"

众人面面相觑，这王亚樵的狠劲儿，他们有的领教过，有的听说过，都明白不好惹，但现在这两位大佬已经跟他别上劲了，是掺和顶上去，还是袖手旁观，这可不好拿捏决断。

肖也听得明白，这张啸林是露怯了，想在同门弟子中找几个硬手出来，去跟王亚樵拼一拼。

杜月笙仰面望着屋顶上那盏熄灭的电灯，咂吧下嘴，正待说话。

不防大门哐当一声被推开了，一个精瘦的中年汉子徐步进来，环顾众人，只说一句："我就是王亚樵。"

大厅内顿时一片死寂。

张、杜二人对看一眼，心存忌惮。

黄金荣眯缝着眼，笑了几声，站起身来，说："原来是王先生，贵客，贵客，鄙人黄金荣，请先生楼上小坐，如何？"

王亚樵大笑一声，说："楼上就不去了，王某喜欢热闹，我这宅子外还有千把弟子，本想也凑个热闹，但怕这屋子要挤塌掉，算了，还是我一个人来吧。各位济济一堂，是谋划着要怎么对付我吧？好办，我一个人即可与诸位在这里做个了断。"

他撩起棉袍衣襟，亮出里面的一排炸药雷管，说："我只需一拉弦，这座宅子就没了，咱们大家一起去逍遥自在，好不好？"

所有人的目光都聚集在他捏弦的那只手上，个个瞠目结舌，无话可说。

黄金荣叹口气，正要开口。

却不防末座上最接近王亚樵的那个脸带刀疤的人站起身来，拱手说："王先生，这满座的人都炸得，唯有在下你炸不得，我是代人来参会的，本不想开口，但此刻，似乎非说不可了；王先生与在座的各位势同水火，得有个人来居中斡旋，说句公道话，王先生是名满天下的人物，在这里逞匹夫之勇，似乎也不妥当吧。"

王亚樵瞅他一眼，笑了起来，问："你是谁？"

肖也说："在下姓萧，受肖定坤秘书长之托而来，这一刻，恐怕只有我方便说话。"

王亚樵冷笑："肖定坤是个人物，可惜他投靠老蒋了，这个面子，我也不必给。"

肖也一笑，说："我不以青帮中人的身份说话，也不以肖定坤的代表身份说话，只做一个局外人的身份，总是成的吧？更何况，我与洪门也有渊源，似乎这个东西，是贵门中的器物吧？"

他将广陵牢狱里羽化而去的那位神秘人物留下的那枚花纹精细古怪的铁牌递在王亚樵的眼前一晃。

王亚樵看了一眼，脸现惊诧，说："了不起，你这东西了不起，你且说几句来听听。"

肖也笑道："我又有什么好说的，王先生来了，自然要走，在座的各位也大多是客，最后也要走，尤其是眼下，萧某先走，王先生走不走？"

王亚樵毫不迟疑，点了下头说："好，你既然要走，王某也走，至于你们走不走，呵呵，看天意吧。"

他将拉弦塞进兜里，抬手指点肖也说："好，替我问候一声肖定坤，不是他的面子大，是你的面子大。"

肖也紧随在他身后出门，问："王先生，他日拜访，何处可见你。"

王亚樵随口答应："十里铺码头，你只要说寻王胡子，自然会有人带你来。"

肖也应了一声，埋头坐进汽车，从车窗向外看，街头巷陌间，果然是人影幢幢，斧光闪亮，这王亚樵所言不虚。但见他举手作势，刹那间，众人作鸟兽散，走得干干净净。

2

在公馆里，肖也对叔父所说的第一句话是："您老人家果然警觉，这青帮聚会，聚无好聚！"

肖定坤哈哈大笑，拉着他坐下，先奉上一根哈瓦那雪茄，问："你是如何应对的？"

肖也说："斜刺里杀出个王亚樵来，身缠炸弹单枪匹马进了香堂，意在立威。那些青帮大亨个个吓掉了魂，只我这个非青帮的局外人能说几句话，呵呵，王某人本来就是恫吓，以亡命以搏声望，看来，这穿鞋的还是怕赤脚的，不过，我想倘若退回到二十年前，他们会不会惧怕这位王先生呢？"

肖定坤微笑道："二十年前，他们也是色厉内荏，要知道自古以来，持勇斗狠之徒，从没有过好下场，王亚樵也曾算是个风云人物，但一番折腾下来，眼下这堂堂的中华民国，给他一把交椅没有？到如今，他看似威风，其实也就是他手里的凶器罢了，只有利用价值，全无倚重的可能。"

肖也听他话中的意思，暗自留心，笑道："是啊，这次听他的口气，似乎是为虞洽卿的一艘轮船归属而起的纠纷。"

肖定坤拍了下扶手，不屑地一笑。

肖也再聊几句后，起身告辞。一路上想着心思，回到宅子里，进了书房，再仔细地推敲，暗自拿定了主意，明天上午，就去办妥此事。任晓月在卧室里心中不宁，睡不着觉，等到半夜他上床时，问他晚间的经历。肖也淡淡地一笑，说没什么，就望着这伙地痞流氓耍热闹而已。任晓月放了心，温存地抱住他沉沉入眠。肖也嗅着这女人的体香，望着头顶吊灯的影子出神，也不知道过了多久，才睡着了。

次日上午，肖也特地换了一身短衣，将花匠老皮的薄袄披在外面，戴上一顶毡帽，提着个竹篮子出了家门，一路跑。半途中，还搭坐了黄包车，继而转乘电车，这一路繁复交替后，估计已经将监视盯梢的特务摆脱了，这才来到十六铺码头。

他丢开篮子，在那些三五成群的搬运工人中驻足，向一个满脸络腮胡子的壮汉问道："我想见一见王胡子，你能带我找到他吗？"

那汉子吓了一跳，仔细端详他，一言不发去了一个精瘦男人身边嘀咕几句，那瘦男人目光如电地盯住他看了片刻，摆摆头做个示意，起身便走。肖也便跟在他的身后，穿过整个码头，从另一侧的大门出去，穿过马路，进了弄堂，然后在一处看似死路的夹道里打了个呼哨。霎时间，不知从何处跳出四五个手执利斧的汉子来，虎视眈眈地围过来。

肖也做个手势，说："我与王先生有一面之缘，这码头叩门之法，是王先生亲口说的，想来，堂堂的王亚樵，不会骗我吧？"

瘦男人面无表情，四个汉子抽出一条麻袋来，迎头由上向下猛地一套，将他就地扳倒，扎上袋口后，分提一角，脚步如飞般而去。肖也在袋子中志忐不安，不知此去的安危，一把汗水捏在手心里，吭声不得。约莫半个钟头后，这麻袋落在坚硬的砖头上，束口的绳子松开了，将他露出头来，在一片阴暗中，他几乎看不清周围的环境。

有个熟悉的声音冷笑道："原来是萧专员，肖定坤的心腹，失敬了！"

肖也勉强笑道："王先生，你又错了，萧某乃是你的同门兄弟，这会儿，你还不肯承认吗？"

王亚樵沉吟道："这洪门执事的铁牌，你是得之何处？"

肖也说："在广陵大狱的黑牢里，有个神秘的囚徒，这是他传给我的。"

"此人是谁？"

肖也说："这人姓张，是反清的义士，被诬以大盗的罪名关押在大牢里，辛亥年后也未能脱身，直至不久前在牢内物化了。"

"洪门向来是以反清为己任的，不像那伙青帮狗腿子。"王亚樵说，"这牌子可否让我一观，上次见到它时，我还是个懵懂孩子呢，唉，光阴似箭，不堪回首啊。"

肖也从容地从麻袋中脱身，抱拳作揖，说："我是真心诚意来拜山门，王先生不要嫌我冒昧啊。"

王亚樵放下铁牌，说："你的来历，昨天我已经连夜查清，你是蒋记政府的干员，新立功勋，亟待飞黄腾达，拜访我这样的人，是没有意义的，所以，道不同不相为谋！"

肖也一笑，说："万事只看表面，不入其骨，等于白看，我若真是你眼中那样的人，现在岂能在你的面前？况且，这面铁牌也不是什么人都能随身携带的吧？"

王亚樵面无表情，问："理上是这么说，请讲明来意。"

肖也从贴身兜里取出张五万元的汇票来，双手恭恭敬敬地呈在他的面前，欠身颔首，然后转放在桌上。王亚樵看了一眼，拍桌怒斥道："你这是想用钱财收买王某吗？"

肖也摇头，说："不敢，这只是份见面礼，目的是请王先生将这笔钱作为善款，用在救济码头工会的弟兄们身上，绝非送王先生个人的，我知道王先生急公好义，特襄其成。"

王亚樵盯住他看了半晌，又拍了一下桌子，大笑起来，说："对，这才像我洪门的弟兄！好，取酒来！我陪这位萧专员，不，萧兄弟好好地喝上几杯！"

肖也谦让几句，便与他隔着桌子面对而坐，有人奉上一碟花生米，一碗炒咸菜，一碟腌萝卜，酒水咕咚咕咚倒满了大碗。两人举起酒碗来先喝个干净，相互将碗底照底。

王亚樵问道："兄弟做这个专员，是身在曹营心在汉？"

肖也摇头。

"那是为了什么？谋个前程？光宗耀祖？那太俗气了。"

肖也再敬了王亚樵一碗酒，从牙缝里蹦出了两个字来："报仇！"

"报仇？"王亚樵惊讶。

肖也说："兄弟被人诬陷，关在广陵黑牢里，险些丧命，亏得朋友相救，才能脱身，我之所以谋求官位，谋划升迁，其实只是为了报仇！那些企图置我于死地的宵小之辈，我一个也不放过！"

王亚樵眼中放光，说："说几个名字来听听。"

肖也徐徐说道："屯兵江北的 32 旅旅长俞云涛，眼下居沪的中央党部特别调查科主任叶明远，还有一些忽略不计的小角色。"

王亚樵说："你老兄了不起，想要对付的，都是眼下老蒋的红人啊，俞云涛屡次见诸报端，是剿共主力。叶明远嘛，嘿嘿，近年来破获缉拿无数的共党人物，你既然与他们作对，那么恐怕也通共了？"

肖也一笑，说："我被诬陷入狱罪名就是通共，好歹，也认识几个共产党的朋友。"

王亚樵越发地笑容可掬，说："俞云涛兵败江北，成了共产党的俘虏，是你复仇计划实施的一部分吗？"

肖也说："俞云涛兵败，自有他兵败的道理，日后叶明远必然也会有他覆亡的缘由，我做这些事，一来是复仇，二来是替天行道罢了。"

"好一个替天行道！"王亚樵终于露出赞赏之色，说，"兄弟，在这上海滩上，能与 CC 党务调查科针锋相对的人不多，你算一个，了不起！比王某人挑几个地痞流氓来做对手要有胆识得多，我该敬你这一碗酒！"

两人齐齐捧碗又尽。

王亚樵抹去颏下的酒水，将铁牌还给他，说："按照规矩来，兄弟既然登了我的门，递了拜帖，日后有用得着王某的地方，尽请开口。"

肖也拱手笑道："我是敬佩王兄这样的豪杰，昨儿在青帮聚会上，如入无人之境，视黄金荣、杜月笙、张啸林辈如砖瓦木石，那真正是英雄气概，小弟佩服得五体投地，这才冒昧登门。"

王亚樵哈哈大笑："萧专员岂是平庸之辈，今儿敞开胸怀略说几句，我就知道你的本事了，了不起！了不起！"

俩人一时惺惺相惜，兴头一起，竟将这坛子黄酒喝得精光。

肖也喝了这许多的酒，扶桌而起，告辞欲行。王亚樵执手相送到路口，唤几个兄弟用黄包车拉上他，径直去法租界萧公馆。送走了这个不速之客，王亚樵手抚短枪，站在路灯一隅，默然思忖。这个脸带刀疤的人突然登门来访，是代表了肖定坤有意示好的举措，还是仅仅是他的个人行为？他所说的报仇，曾身陷广陵大狱等等，是真是假？这却需要去检验查实了。好在他在这上海滩人头熟悉，租界巡捕房、上海警察局内都有内线，查一查这位萧专员的前世今生，以及他和叶明远等人之间的过节，那是再便当不过的事了。

也就是在两天之后，王亚樵便对此人刮目相看了，经查证，他所说的基本属实，但从他在江北的行踪上可以推断，这位萧专员没有撒谎，肖定坤居然能用这样的角色为亲信，其城府之深，谋略之远，那是难以揣测了。

王亚樵在肯定萧专员的同时，也对那位位列中枢的肖秘书长心生了几分敬意，倒愿意与之暗中结交了。他取出了肖也送来的五万元汇票，交给手下去入账兑现出来，分发给码头上的工友们，叮嘱一句，这是本门萧先生的捐赠，大家伙儿要记住了，那位神秘的萧先生。

3

在江北稍作停留后，叶明远便携俞萍如匆匆飞回了上海。与此同时，南京方面派出仅有的两架侦察机，飞抵江北，从上空俯瞰这广袤的平原、河流和湖泊、港汊，寻找着那支不足两千人的队伍踪迹。但连续侦察了两天，都空手而返。蒋介石对于这小股共党武装并不在意，在意的是他的得意门生俞云涛的生死安危。这两度侦察，虽然没有结果，但是他犹不甘心，下令扩大寻找范围，增派一架运输机，将江北平原之外的邻近地带也纳入其内。这一下，倒是收到了成效。飞机在安徽西南部山区的羊肠小路上，突然发现了一支奇怪的队伍，这队伍的规模与他所要寻找的目标大致相当，飞行员立即进行空中拍照，山间匆匆行进的队伍觉察了，看西洋景样抬头指点议论，好奇不已，并没有开枪射击。这使得飞行员大着胆子俯冲下去近距离地拍摄了多张清晰照片后，这才返回。

四个钟头后，这一组照片冲洗出几套，上呈到委员长侍从室、军政部、中央党部调查科等要害部门。蒋介石见了照片询问军政部，军政部见了照片询问该地区驻军有没有这样一支队伍的行动。只上海的叶明远在办公室里看了这照片，拍桌叫道："就是他们，这就是他们！"

他指着照片上一张依稀可辨的面孔，说："这就是跟咱们在上海滩上较量过的对手，江北共产党重要头目之一，呵呵，马队长，原来你在这里！在这里！"

叶明远在第一时间里不假思索地拨通了直达委员长侍从室的特别电话。他竭力压抑住激动，平稳着颤抖的声音，说："王主任，我是叶明远，我刚刚收到转来的航空拍摄的照片，我断定，这股共匪武装已经流窜到了安徽西部，照片上拍摄到的队伍就是他们，就是他们！"

那边王主任请他少候，这边去呈报蒋介石，不一刻电话那端传来奉化口音的男人嗓音："明远，我是蒋中正，请你细述一下，你判断的依据。"

叶明远提了提神，挺直了腰板，说："委员长，卑职是根据照片近景中的几个共党头目的面孔作判定的，其中一人，是江北共匪原头目何为的得力干将，何为兵败后，他逃到上海，加入共党中央特科，多次与我们周旋，留有案底，所以卑职认识他。据可靠情报，此人日前身负重建江北共党武装的使命重返江北，成为他们的实际领导者。他们如何突破国军重重包围到达皖西，还是个谜团，卑职刚刚揭开其中端倪，恳请当面向委员长汇报。"

蒋介石嗯了一声，说："你即刻来南京，我是想当面听你详解这个谜底。"

叶明远搁下电话，犹如打了一针吗啡，立即收拾照片和相关的文件资料，匆匆而出，到楼外门口，忽然想起件事来，又三步并作两步赶回头，重新去抓起电话，打到自己公馆里去，告诉俞萍如，自己即刻奉命前往南京，面谒蒋委员长，她哥哥俞云涛的下落可能有消息了。

打完这个电话，他再无牵挂，坐上汽车，带了两名随从立即启程赶赴南京。现在是中午十一点，他要在今晚抵达南京，抢在委员长休息之前见到他。汽车离开上海，从苏锡常一线飞速向西，这一路紧赶慢赶，终于在晚上九点驶入南京，半个钟头后，来到委员长官邸。

叶明远顾不上旅途劳顿，夹着皮包下车，只见门外还停着几辆车，他快步入内，侍从室主任正在等候，握手道声辛苦，带着他直向里去，穿过走廊连过两道岗卫，进入一个会议室。室内，已经坐了几位军长大佬，蒋介石坐在地图前正踌躇斟酌，听到脚步声回头一眼看到他，抬手招呼一声说："事情紧急，叶主任一路赶来，风尘仆仆啊。"

叶明远颔首致意，说："党国要务，不敢懈怠。"

蒋介石拉着他坐在自己身边，望望在场的人，说："大家方才都作了探讨，但都难以说明这股共党是如何飞到皖西南的，明远主任，是我对付共产党的另一把利刃，经验丰富，且听他说。"

叶明远坐下后，打开公文包，取出一沓文件来，稍稍定神，以不容置疑的口吻说："江北共党武装近两千人，逃离我国军的四面堵截，顺利突围潜逃，其实并非什么奇迹，而是冒了一个别人不敢冒的风险而已，那就是，从江上走，他们在临走前，做足了戏，与国府接洽谈判交换俞云涛旅长等等，其实只是小股分队在虚作声势，他们要求我方撤让苏家埠一线驻军，将交换地点设在吴尚与口岸镇之间，让所有人都以为他们要从这看似唯一的通道上撤离，其实，他们早就准备好了船只，在与我方周旋的同时，主力队伍来了一个金蝉脱壳，他们大致走的应该是这样一条路线——"

叶明远站起身，去地图前继续说道："以吴尚以南沿江地区为起点，溯流而上，进入安徽境内，然后弃船从江南登岸，从薄弱的环节穿过国军警戒区，向江西进发。"

蒋介石出神片刻，问了一句："那，俞云涛旅长会不会被裹挟在内？"

叶明远摇头，说："据卑职猜测，凶多吉少。"

蒋介石脸色一变，喃喃地说："可惜，太可惜了！剿共关键时刻，损我一名先锋大将。"

叶明远重新站起来，说："委员长，本党上下都甘为剿共先锋，明远愿意先行在上海、武汉等地率先动手，为军事行动的展开作铺垫。"

蒋介石点头，示意他坐下，望望在座众人，说："明远主任是我党情报工作的剿共先锋，他愿意打头阵，我看这剿共事业还是大有希望的。好了，立即电令我皖、赣各部驻军全力拦截这股共匪，18军主力，我看也不要在江北无所事事了，着令该部即日调往南昌，准备参加此次围剿。"

会议于半夜散了，蒋介石一反常态，亲自送叶明远出了官邸，登上汽车，挥手送别致意。

叶明远在车窗里激动万分，不能自已，直到次日晚上，回到上海办妥公务进得家门，他仍自沉浸在这兴奋之内。

俞萍如坐在灯下，看他的神色有异，便急问："我哥哥有讯息没有？"

叶明远摇下头，说："国府方面正在全力追踪这伙人，可恨，在江北党政要员中，共党的内应奸细大有人在，俞旅长此次失利，一定与之有关，令人扼腕叹息啊！"

俞萍如见他如此痛心疾首，念起哥哥的生死存亡，不由得问道："你说的是谁？"

叶明远说："云涛兄其实早就跟我提过，此人身居要职，背后又有强硬的靠山，可惜一直没有证据，只能让他逍遥法外了。"

俞萍如隐约意识到他说的是谁，眼前浮现起那张未曾受伤前的清秀面孔来，她使劲地甩了下头，重新回归到现实里那张刀疤横陈的面容，有心说出来，但还是忍住了。

叶明远坐下来，仰头枕在沙发靠垫上，轻声自言自语道："俞兄，俞兄，你在哪里，让人好生难寻啊，这江北不过四县之地，你难道随他们一起插翅飞走了？"

俞萍如心乱如麻，踏上楼梯几步，掉头来说："天不早了，还是先歇着吧，这件事光靠着急，也没用。"

叶明远嘴边掠过一丝笑意，在昏暗的阴影里，说："你先去睡吧，我再好好想想，厘清头绪。"

俞萍如去了楼上卧房，叶明远点起根烟来，吸了几口，站起身去拉开窗帘，让窗外的月光照射进来，这时，茶几上电话铃声想起。他去接听，里面传来陈立夫的声音："明远，昨晚打你公馆的电话，你去南京了？"

叶明远脑子里飞梭般转念，说："是，委员长侍从室突然来电，说委员长紧急召见，卑职不敢怠慢，匆匆忙忙赶过去了。"

陈立夫笑了几声，说："好，这是委员长对明远兄，对党部调查科的重视，这是件大好事！"

叶明远屏息，轻声应是。陈立夫再勉励几句后，这才结束了通话。叶明远手捂住话筒，迅速对上司此刻来电的含意和影响作了一个评估，自觉并无大碍，这才放心地上楼午睡去了。

但他不知道的是，陈立夫得悉这次紧急召见，还是在今天凌晨，侍从室有人秘密告知的。他的部属叶明远主动与侍从室王主任通话，禀报江北剿匪事宜，引起委员长的高度重视，紧急召见。他这个电话，是想听听叶明远主动承认抛开上司直接与最高层寻求联系的疏忽，但叶明远这样的辩解，足以让陈立夫对这位得力干将心存戒备了。

4

肖也在宅邸内得悉了马援及其所部翻山越岭进入江西，已经和前来接应的红军主力一部会合的消息，如释重负，将任晓月一把抱在怀里，亲了一口说："这啊，我的一颗心才落地！"

任晓月嗔道："你这人，看似担心马队长他们，其实是担心自己，对不对？"

肖也轻轻捋了一下她的鼻尖，笑道："在当下这样的形势里，我和马大哥、与你，是利害相关，必须共同进退。马大哥和你出了事，就等于我出了事，这不是玩笑话，而是真真切切的现实。所以，我不怕你不信，一切都是老天安排的，自从那天我从广陵大狱里逃出来，半道上遇见了你和芸儿，我们的命运就捆绑在一起了，甩不掉，松不离，这辈子是注定在一起了。"

任晓月面带娇羞，抬手抚摸他面颊上的那道月牙似的刀疤，吻了一下，说："我看着它，越发地喜欢了，别人都把这当作是一道瑕疵，但，我却把它当作是一道装饰，漂亮得很呢！"

肖也大笑起来，将她抱在怀里，向楼上走去。任晓月着急，在他的肩头捶了两下，说："大白天的像什么话，有李嫂她们看着呢，快点放手！"

肖也不以为意道："下人怕什么。"

任晓月指指窗外，说："还有那些狗东西呢！"

肖也闻言松开手，皱起眉来朝外面看看，骂道："这些畜生，总会有一天，我要一个个地拆了他们的骨头！"

任晓月整理有些皱乱的衣服，说："你报了仇，马大哥他们也顺利突围了，一切都心想事成了，再下一步，怕就是要能够对付那个叶明远了吧？他和俞云涛在江北时沆瀣一气，对你的底细该是有所了解，俞云涛死了，他必然不会轻易放过你的。"

肖也说："这件事，我已有应对准备，俞云涛死了，纸里包不住火的，叶明远会是主要调查者，他这一查下去，必然会拔出萝卜带出泥，哈，这就有好戏瞧了。"

任晓月说："也许，俞云涛的死讯就不会公开呢，所有人都以为他在游击队手里，生不见人，死不见尸，他的生死只能成为一个谜，那是最佳的结果了！"

肖也摇了下头，说："你这是一厢情愿，我已经做好了最坏的打算，一有意外情况出现，会适时地消失，这萧羽萧专员，成为一个来无影去无踪的谜团，这个谜团，才真的有意思呢，比那个俞旅长的生死有看头多了！"

任晓月笑了一声，又去抚摸他的刀疤，说："真到了那一步，你跟我走，我带你去根据地，在那里，有何为，有马大哥，有许多朋友，你不会孤单的。到那时，改回自己真正的名字：肖也。"

肖也去她的眉梢轻轻摸了一下，说："你的提议，是我几种考虑中的一条出路，还有一些想法，日后我跟你说。"

他们正闲谈之际，门外女佣手持一张红彤彤的纸敲门后进来，说："刚刚有人送来的，说是要我面呈您，还请先生自己看。"

肖也好奇，接过去瞅瞅，是一封钢笔手书的请柬，龙飞凤舞般地写道：拟于明日晚于贝当路 29 号举办生日宴会，特邀萧专员携夫人莅临。落款是王九湘。

　　他掉头来看了任晓月一眼，笑道："萧太太，有人邀请萧专员夫妇去赴宴吃大餐呢，你去不去？"

　　任晓月走过来看看请柬，说："这人是谁？"

　　肖也说："我在淞沪警备司令部的时候，听说他已经升到稽查处长了，据说熊式辉和陈立夫都很欣赏他，是个红人呢，也亏得他还记得我，还打听到了我的住址，特地派人来这里送请柬。"

　　任晓月想想，说："那还真有必要去一趟呢，淞沪警备司令部的红人，我倒想瞅瞅，是个什么模样。"

　　为了参加王处长的生日宴会，肖也特地携任晓月上了趟街，走了几家像样的成衣铺子，在法国商人新从巴黎运来的几款衣服中找着了一件中意的。这法国人叫法郎士，在法租界内小有名气，定期为达官贵人、太太小姐们推荐新款服饰，俨然是沪上妇女摩登的引领者。

　　他看任晓月穿了这件露肩长裙出来，殷勤地送上狐皮披肩，说："夫人，你穿着这件衣服，真是太美了，太迷人了，这一款，我只订了两件，你这件是月白色，另一件是深蓝色，上午被另一位女士买走了，上海滩绝无仅有，足以让您鹤立鸡群，引人注目了。"

　　任晓月站在镜子前，对着镜子里的自己笑了又笑。肖也点了下头，表示满意。任晓月附在他的耳畔，犹豫道："穿成这样，会不会被人笑话？尤其是马队长他们，万一传出去，岂不是羞死人了。"

　　肖也笑了起来，说："傻丫头，明天那宴会上全是沪上名流，你穿得土气了去，那才会羞死人呢。"

　　肖也这句话，打消了任晓月的顾忌，欣然同意，但购衣的同时，他们所料想不到的另一件事，将在次日的傍晚让他们大吃一惊、瞠目结舌。

　　王处长在贝当路上的公馆，由于他在淞沪警备司令部内的特殊地位，自然是高朋满座了。肖也和任晓月到达时，已经来了不少的宾客。他下车略整理一下领结，示意任晓月挽住自己，在佣仆的引领下信步入内。客厅里休息处的沙发里，正有几个人在议论时事。肖也循声过去，只见旧上司端坐吸烟，又养胖了几圈，不觉哑然失笑，伸手去致意。

王处长握住他的手摇晃了两下，笑道："大名鼎鼎的萧专员，多久不见了？听说你在江北纵横捭阖，呼风唤雨，屡立奇功，眼下在上海是亟待升迁了？"

肖也摇头谦逊地说："我在乡下那褊狭之地，能有什么响动？倒是老上司、老长官劳苦功高，新近听说您执掌侦缉处了，一直想登门拜访，今天算是给机会了，祝贺您百尺竿头再进一步，为党国再立新功！"

王处长笑声不绝。

忽然间，肖也身后有个声音说道："王处长这么高兴，来了哪位贵客呀？"

王处长松开手，掉头去笑道："叶主任这样的贵客，岂能让王某不高兴？"

肖也蓦然回首，一颗心几乎跳出嗓子眼来。

竟然是叶明远携着俞萍如在和王处长寒暄。

任晓月低低地惊噫了一声，下意识地倚靠在他的肩头，不过她没有去看叶明远，而是死死地盯住了俞萍如。这个在广陵医院失踪后下落不明的女人，竟然如同鬼魅般站在这里，站在叶明远的身旁！她心底猛地省悟了。

肖也瞟了叶明远一眼，面无表情，挽住任晓月的手走到另一边，意态亲昵地附在她耳畔低声说："你看着他们，显得开心点。"

任晓月掩口咯咯地笑，一双眼睛追随着俞萍如的身影，脑子里忆起昨儿买衣服时法国人说的还有一件蓝色同样款式的被另一个女子买走了，那个女子，居然是眼前的俞萍如。

叶明远携俞萍如来这个场合，是存有预谋的，王处长请客的电话到了，他装作漫不经心，说了几句不着边际的闲话之后，转向问他有没有请那位新近声名鹊起的萧专员，提醒他主动邀请这位前途无量的旧属，借此机会熟络，他日还能有用得着的地方。王处长如梦方醒，马上按照他的意思，根据他提供的地址着人送去请柬。他本以为萧、叶二人应该相熟，彼此会很热乎，却不料这会儿见了面，竟是陌路人仿佛。尤其是萧太太那一阵欢笑，来得突兀怪异，他心中诧异，细细打量，不觉也笑了起来，心说这女人心眼就是小，碰上穿同款服饰的同类，也要做出这样反应，真是不可理喻。

他走过去，对肖也说："萧专员，这位叶主任似乎熟悉吧？"

肖也说："熟呀，太熟了，在上海时就熟，后来去了江北，打过交道，更加地熟了，哎呀，在王公馆得遇故人，我高兴还来不及呢，不过，我太太比我外向，她见了俞小姐，早已乐不可支了。"

他的声音清晰，在咫尺之遥的叶明远强笑着挽着俞萍如过来，说："没想到啊，还能在这里邂逅萧专员和萧夫人，江北一别，也有些时日了吧，二位一向可好？我和太太可是一直挂念呢。"

俞萍如眼中泛着泪光，笑着说："是啊，这位萧夫人，我一直惦记着呢，本以为这辈子都难遇了，想不到还有机会在这大上海见面，咱们，是——有缘。"

任晓月笑吟吟地走过去，抓住了她的手，看似柔和，实质用力地捏握下去。俞萍如力怯体虚，疼得脸上变色，却不示弱，伸出另一只手去，有意无意地掐住她的腰肢。

任晓月盯住对方，强笑道："俞小姐，多日不见，当刮目相看了，是吧？"

俞萍如冷笑："这会儿，就请萧夫人看一看。"

这两个女人在角力僵持，肖也与叶明远看在眼里，一个窃笑，一个焦急，但却不能形之于色。依旧是王处长过去，两手一托她们的肘部，将二人分开，笑道："二位太太，久不见面，待会儿我有上等的法国葡萄酒让你们痛饮，一醉方休！"

任、俞二人不约而同地松开手，各退一步回到肖也和叶明远的身边。

俞萍如点头笑道："萧专员、萧太太，二位真是般配。"

任晓月也笑："叶主任和叶太太难道不般配吗？"

肖也和叶明远相视大笑。

王处长松了口气，去拖他们入席，但错开了座位。

肖也额角出汗，双手有些颤抖，去掏出手帕来擦拭，抬眼间，却见叶明远也在做同样的动作，他想起了他被自己率人押在电椅上以其人之道还治其人之身的情形，嘴角一撇笑了起来。叶明远也望着他笑，眼中却流露出杀意。

任晓月再不看俞萍如，凑在肖也的耳边悄声说："这个宴会是个圈套吧？"

肖也不动声色地说："她怎么会跟叶明远这个混蛋在一起？简直令人匪夷所思！"

任晓月说："她从医院逃出去，也许就和他有关系，是我大意了，以为掩盖的周密，没想到提防叶明远。"

肖也说："事已至此，只好顺势而为了，你小心点，别去招惹他们，我们见机行事。"

叶明远此刻对于对面那萧专员夫妇，心中有底，他是这次重逢的设局者，对所有的后果都心知肚明。这一刻，他要做的，是让身边俞小姐这个美人儿伤心欲绝，因绝情而心生杀意，完全、彻底地将对那个男人的好感全数扫荡干净，接下去他还有一出戏要演，以便达成自己谋划已久的目的。他心底暗暗得意，又有些失望。得意的是，不但俞小姐已入彀中，那个女共党分子也意外地卷了进来，这二女相争的局面，是他期待的；但失望的是，俞小姐并未完全忘情于这个肖二少，因妒生恨也好，旧情不忘也好，都是她不能忘却他的具体表现。在他洞若观火的观察中，一目了然，无所遁形。

他在俞萍如的手背轻轻地按了一下，低声佯作不解地问："你认识萧专员和他的太太？巧得很，过去在上海时，我就跟他们打过交道了，这对夫妇是危险分子，千万记住，要敬而远之。"

俞萍如微微点头，也意态亲昵地凑近他的耳畔，低声说："知道了，他们都是危险的家伙。"

她在众目睽睽之下，尤其是在肖也和任晓月的眼皮底下，去叶明远的左脸颊缓缓地吻了一下，满脸的笑容。

任晓月转而去看肖也。他虽然表情淡定，但手却抑制不住地微微痉挛、颤抖，心头不禁生气，低声说："她是在有意做给你看，你千万要控制住情绪！"

肖也握住了她的手，抚摸了两下，笑道："月儿，你只当我是个傻瓜，谁对我好，谁要害我，都分不清吗？"

晚宴在他们抵达四十分钟后开始。王处长无非是要借这个生日邀请沪上与自己有瓜葛的头面人物聚聚，这其中，他对于叶明远的重视程度，要远远超过萧专员。当下 CC 势力坐大，叶某人又是其中的骨干分子，前程似锦，旁人哪里能企及？在这上海滩上，他又手握特工大权，凡事自己都要求他，岂能掉以轻心？

这一顿饭下来，他离座敬酒，其中三次是专敬叶明远。叶明远也不推辞，也三次回敬，这法国红酒虽然醇美，但后劲不小，待到酒宴散时，这主宾二人俱已沉醉，语无伦次。叶明远怀拥美人，跌跌跄跄地钻进汽车，绝尘而去。倒是肖也不过喝了两巡，吸着雪茄，警惕着公馆之外的动静，搂着任晓月轻声问："带枪了吗？"

任晓月摸到包里的手枪，微微点头。肖也说声好，挽着她坐进车内，动作麻利地驾车驶离王公馆，一路上不断加速，接连过了三个街口，掉转方向，从一条僻静的小街绕道返回自家住处。

等他到家进了客厅，似乎是体力耗尽了，一屁股坐进沙发里，解开衣领，头枕沙发，再度用手帕不停地擦汗，喃喃道："这个叶明远，这出戏果然厉害，他怎么会和她在一起？她在他的掌握中，是一件大麻烦事，也许我的杀身之祸不远了，不远了！"

任晓月见他出神，急忙让用人取了热毛巾来，在他的额头脖颈后背擦拭，安慰道："她和叶明远在一起，已经不是一天两天了，这个人，她没有对你不利，或者，根本就无法对你不利，俞小姐也不能证实你是肖家的少爷。"

肖也摇摇头，说："能的，她能的，我过去留在她手里的信函笔迹，足以将我现在的身份和过去联系起来，更何况，萧羽，终究是无根的漂萍，肖家二少，在这个尘世间留下了太多的痕迹，掩盖不尽。"

任晓月担忧道："那怎么办？想办法除掉她，永绝后患？"

肖也摇头："除掉她，还不如除掉叶明远，这个叶明远才是真正的心腹大患。

5

叶明远自以为稳操胜券，虽然最终的目标，是要从肉体和精神上将肖家二少，或者萧专员从这个世界上抹去，但在方式上却追求着稳妥和谋略，一步步地迫近对手，并在他的脖颈上收紧绳索，看着他求生不能，求死不得。

此刻，他自信能够做到这一点，因为他已经抓住了肖也的致命弱点：俞萍如，俞小姐。俞小姐的身份，以及她昔日与肖二少的感情交集，所能提供的详细证据，足以让他身败名裂，足以让他从人生的巅峰摔落悬崖，再也不能翻身。今晚，王处长的生日宴会，给他提供了一个验证实践的机会，效果之好，超出了他的预料。这一刻，他迫切地体验到了因爱生恨的巨大力量，对于男女间的情感心生警惕。

叶明远躺在床上，喝着俞萍如端来的茶水，望着屋顶的吊灯发了会儿呆，酩酊大醉后的他，奇怪于自己的脑筋并未受酒精的影响陷于迟钝，下一张牌的牌面和出牌方式，都已了然于胸了。

俞云涛，他心头跳出这三个字来，目送着俞萍如纤瘦的背影走出房间去，得意地一笑。这将是点燃这个女人疯狂和愤怒的导火索，他手执打火机，在静候着最佳的时机出手。

胸有成竹的叶明远正在自得之际，在距离他公馆不过两公里的所在，王处长正在接听一个电话，态度极为恭敬地说："立夫先生，我昨晚生日宴会上，叶主任点名让我去邀请肖秘书长的亲信萧专员夫妇，宴席间，他们之间的事情非常微妙，萧太太和叶太太似乎彼此有股子醋意，口舌明争暗斗不止，叶主任与萧专员并不热络，不像他所说的那样亲密，非常暧昧。"

话筒里传来几声笑，但对他的话未置可否。王处长又说："你吩咐我全力盯住他，一有异常，立即向您报告，请放心。"

那端嗯了一声，随即电话挂断。

王处长拿起毛巾来，在鼻尖上擦了一下，自言自语道："功高震主，越级求荣，这等事情，是做属下的大忌，这叶明远也是一个聪明绝顶的家伙，怎么利令智昏犯这种错误？对，利令智昏，自然会犯错误！"

他搁下电话，又拨打了萧专员公馆，在话筒里笑道："萧专员吗，昨儿酒喝多了，失态了，没能照顾周到，请你不要放在心上。"

肖也在那端说："我一向量浅，昨儿也喝得不少，一直昏昏沉沉地睡到了天亮，这会儿还头疼呢，叶主任似乎也喝得不少？"

王处长说："叶主任喝多了，跟我一样，呵呵，不是他提，还不知道你兄弟已经回到上海了，谁知道，到场后只顾着自己喝酒，没好好地陪你。"

肖也说："我的酒量没资格让叶主任陪呀，幸亏有您，二位旗鼓相当，不分伯仲，都是酒仙！酒神！"

王处长大笑着纠正道："酒鬼，只能算酒鬼而已。"

肖也说："多谢王处长的盛情，当然，也要感谢叶主任，改日，我会分别去二位府上拜望的。"

王处长连忙客套："哪里，哪里，我去贵府拜望才是。萧专员这样的人中翘楚，天天拜望沾点灵气，也是应该的，完全应该的！"

肖也在自家的床头揭开被子坐起身子，望着任晓月说："昨天晚宴，是叶明远一手安排的，有意让俞小姐跟我们见面的，包藏祸心。"

任晓月说："王处长特地挑明了，是因为昨儿我和俞小姐的对峙让他觉察了其中的蹊跷，特地来电话撇清的。"

肖也摇头，说："王某人与我一直关系平常，现在又身居要职，没必要特地来电话做解释，也许，他希望我和叶明远之间有点事，坐收渔翁之利，可是我与叶明远争斗对抗，他能有什么好处呢？难道，他有取而代之的想法？如果是这样，我倒是可以引他为己用，这样的人，兴许是个好帮手呢。"

任晓月想了想，问："有没有需要党组织帮助的？我代为转告。"

肖也自负地一笑，说："应对一个叶明远，不需要这样兴师动众，我想单打独斗解决他才好。"

任晓月担忧道："你这叫作个人英雄主义，要不得的，更何况，在上海滩，叶明远不是一个人，他的背后是庞大的国民党特务组织，还有 CC 的支持，你独自与他周旋，太势单力薄了。"

肖也本想说自己身后有叔父肖定坤撑腰，但忍住没有开口，一笑了之。

这一夜无话，次日早晨，任晓月进了花房，与花匠老皮低声嘀咕几句，花匠会意。上午八点半，这部隐藏在花房内的电台开始向邻近不远的上级组织电台发报，内容很简单：梅花请求见面。

这是任晓月希望与上级组织当面详细汇报情况的密语。特科方面，任晓月的直接领导程振中正要于次日上午护送中央政治局要员赴武汉。这时候得了信，虽然事务繁忙，但仍然抽出了晚上的时间来约见她。

任晓月并没有向肖也透露，按照电台回复待到黄昏时分，径自先行出门，这趟出门时，她借用了李嫂的布褂，并改扎了李嫂那样的发髻，左手提篮，右手牙疼似的扶住半边脸，从旁门出来步履匆匆地走。她穿过了两条弄堂，从一家行将打烊的铺子里穿过，再闪进电话公司大门内，坐看玻璃窗外来路上有没有盯梢跟踪的人。最后，她在一家餐厅门口站住了，望着进出的人群，似有所待。但她仍然没有进去，而是在一辆灰色汽车驶过时，眨眼间坐了上去，听任它将自己载往任何地点。

车后座上，程振中将压下的帽檐掀起，说："晓月同志，有什么紧急情况向组织上汇报？"

任晓月说："程主任，事态有些严重了，俞云涛的妹妹，竟然和叶明远在一起，关系密切，刚刚与我们在淞沪警备司令部稽查处长的生日宴会上碰了面，流露出敌意，如果她出面指证肖也，肖也就麻烦了，我们的努力也将遭受损失。"

程振中想了想说："至少目前，那位俞小姐还没有做出对肖也不利的事情来，不然，他不会如目前这样安稳，俞小姐和叶明远之间，究竟是什么关系？据组织上调查确认，目前他们同居了，叶明远已经公开宣布要迎娶她，在这样亲密关系下，俞小姐仍然没有出卖肖也，可见她对肖也依然不能忘情；但是，情感这个东西，是不能够作为保证的，肖也确实身陷危险当中了。"

任晓月又问："那位俞云涛有下落了没有？江北游击队已经释放他了，至今怎么还没有音信？我猜，他肯定死了。"

程振中说："俞云涛应该是在我们释放他之后，死于非命了，至于是谁下的手，没有确切的消息，但敌人是会将他死的责任强加在我们头上的，这一点，对于俞小姐影响很大，我想，在他的死讯还没有明朗前，抢先设法去跟她先通个气，告知实情，甚至可以——"

他笑了一声。

任晓月惊讶："那怎么办？"

程振中笑了笑，说："可以将他的死移花接木到叶明远的头上，是叶为了某种不可告人的目的，对俞云涛下了毒手。"

任晓月连连点头，对这个说法既意外又兴奋。

但是，她还有一个疑问："那么，怎么去与俞小姐沟通呢？"

程振中一笑，说："这件事别无其他人选，只有一个人合适。"

"谁？"

程振中说："你回去和萧专员商议，像他这样聪明的人，一定会勘破的。"

汽车在租界内的几条马路上中速行驶，在接近萧公馆的路口短促地停了，任晓月带着疑问下了车，沿着林荫道匆匆走了四五分钟，从出来时的旁门进去，但见李嫂好奇地望着自己，古怪地笑道："太太，您穿我的褂子出去，像变了个人似的，真是好玩。"

任晓月说："我去乡下走一趟，穿别的衣服太显眼，怕不安全呢。"

肖也坐在餐桌旁明亮的窗前，看换装之后的任晓月走到对面来坐下，淡淡地说："你还是去了，其实没有必要。"

任晓月说："我不放心啊。"

他点了下头，说："我知道，不过事已至此，那位程主任或者其他人，未必有能力帮助吧？恐怕只能出主意，也许有点作用。"

任晓月喝了口茶，说："我想，他们的建议恐怕比直接付诸行动还要有效呢。"

肖也未置可否。

任晓月压低声音说："目前，俞云涛的死讯尚未传出，不如设法直接找俞小姐，当面说一下，从这个渠道说出俞云涛的死讯，可以增加叶明远的嫌疑，揭露他的动机，使得俞小姐对他心生警惕，不易为他所利用，这是针对俞小姐的应急方法。"

肖也抬眼看他，说："得有个人去，谁去？"

任晓月笑道："程主任也这么说，他让我捎信给你，谁去？"

肖也呵呵笑了几声，说："自然是你去，你这个傻丫头，还没会过意来？"

任晓月一愣，随即笑了起来，手抚额头，说："你们这些人真是过分，有话直说，尽拿我开玩笑。"

肖也郑重地说："这不是玩笑，程主任明白，你是唯一人选，我，或者他说的任何人，都不适宜做这件事，只有你。"

任晓月思前想后，考虑了半天，说："也是，这话有点意思，似乎也只有我适合了，我去会会俞小姐，但是如何去？什么时候去？这个是个问题。"

肖也说："这个简单，只要叶明远不在，你任何时候都可以去。"

任晓月去他面前取过剩余的半杯酒来，仰头一口饮尽了，拍了下胸口，说："去找俞小姐，我可是有点儿心虚，就先借你这杯酒壮壮胆量吧。"

6

这天清晨，任晓月依照特科方面的约定，与李嫂一起离开了萧公馆。肖也站在窗前，目送她们离去的背影，观察对面那些特务的反应，直到确定无恙之后，才坐下去，点起雪茄来看书。也不知过了多久，太阳爬到了案头，楼下的用人上来禀报，有客人来访。

他放下书，下去见客，只见一个留着浓密胡须、两眼炯炯有神的中年男子，穿一件麂皮外套，手提皮箱，若不是黄皮黑眼，真当作了是一位犹太掮客上门来做推销生意的。

他不认识此人，问："这位先生，您是——？"

那人一笑，四顾无人，抬手变魔术般地将脸上的胡须扯下来。

肖也定睛一看，惊诧道："王先生！"

那人笑道："王某人会一点儿易容术，为防你这屋外的那些宵小之辈，就献丑了。"

肖也竖起大拇指，赞道："神乎其神，佩服！佩服！"

随即，他请王亚樵上楼去，关起窗户，拉起帘子。

王亚樵不以为然道："萧专员，何必这样谨慎，王某也不过稍稍逗留，说一句话而已。"

肖也做个手势，说："别人来了未必这样，但堂堂的王亚樵来了，不如此不足以凸显你的分量呀。"

王亚樵笑了起来，说："我是无事不登三宝殿，有件紧要事想请萧专员出手帮忙，不知道能否应允。"

肖也不假思索，一口答应道："王兄客气，在下竭尽所能，绝不含糊！"

王亚樵拱手道："我有一个朋友，眼下被关押在淞沪警备司令部，不日将被处决，他是因我而被捕的，在狱中遭受酷刑咬紧牙关不肯松口，是条好汉，我宁可自己死了，也要救他出来！"

肖也听说淞沪警备司令部，点了下头，说："不瞒王兄，那里兄弟我混迹过几天，有几个相熟的兄弟，这件事我先去打探，看能不能奏效。"

王亚樵道声谢，从皮箱里取出几根黄灿灿的金条来，放在桌上，说："这是营救的经费，若不够，我再去筹措。"

肖也大笑，将这几根金条依旧替他塞回箱子里，说："这件事，只谈交情，不谈钱，若要谈钱，我就不去了。"

王亚樵哈哈一笑，再度抱拳，也不多说，便先行告辞而去。

肖也也不留他，只问一句："此事若有端倪，如何找你？"

王亚樵说："东亚旅馆1楼，晨光通讯社，华先生，是我的表弟，你尽管去。"

肖也也不送他，重新坐回圈椅中，盯住那本书布质的封面看了半晌，默思这件事的处置方法来。中午时分，他抓起电话，拨打给王公馆去。那边是个女人慵懒地接听，声音腻得人胸口发堵，说王主任此

411

刻不在家，怕是在外面打牌呢。

肖也说："我是熊长官的副官，王处长回来后，请他回电话给我，我的号码是4026。"

他搁下电话，继续去看书，静候着任晓月的归来，也静候着王处长的电话，并猜测是谁先有动静。结果，半个钟头后，电话铃声便响起。他笑了起来，验证了自己的猜测。这电话果然是王处长打来的，语气有些谨慎："马副官吗？"

肖也笑了起来，按住了左侧鼻翼，说："王处长，我有件重要事情要找你，这件事不方便在司令部讲，一个钟头后，在法租界的白俄餐厅，正好一起喝点法国葡萄酒。"

王处长小心地问："你——感冒了？"

肖也嗯了一声，说："也快好了，没关系。"

简短的通话后，肖也脱去睡衣，换上西服，出门去发动了汽车，开出大门，拐上了街道，加速离开了法租界，然后将车停在一幢洋行的楼底，自己坐上一辆黄包车，扯起车篷，重新返回，直奔白俄餐厅。

这会儿，王处长已经到了餐厅，正坐在临窗座位上看手表，眉头微蹙。

肖也笑吟吟地过去，远远地打声招呼："王兄，你怎么在这里？约客了？"

王处长一惊，见是他，礼貌地颔首，说："巧遇，巧得很呢，萧专员，怎么有空来这里？"

肖也笑道："马副官约我来的，你老哥也是约了人？"

王处长也笑："不瞒你说，也是马副官约来的。"

肖也故作惊讶，凑过去坐下，说："这么说，我们是一桌的客人了，有幸得很，有幸得很！"

王处长再看看手表，有点儿着急道："这马副官，约的客人来了，自己却还没到。"

肖也说："不急，不急，咱们等等无妨，再不成，就边吃边等，兄弟来做东就是了。"

王处长犹豫了片刻，忌惮着他和肖定坤以及熊式辉之间的这层特殊关系，欲走却不能。肖也索性就摆出了东道主的架势来，招手叫来侍者，要了牛排、红酒，先行开怀畅饮。王处长不知道他葫芦里卖的什么药，疑疑惑惑。肖也不动声色地切割着鲜嫩的牛肉，品尝着醇厚的美酒，漫无边际地闲扯着一些风马牛不相及的闲事。王处长看看手表，越来越不耐烦，但又不便流露，只得将注意力放在了美食上，对于他所说的一切几乎是充耳不闻。

肖也吃了个九成饱，放下手里的刀叉，用帕布擦干净嘴巴和手指，先从怀里摸出雪茄点上，再去掏出皮夹，从里面摸出张汇丰银行的两千元支票来，对折起来推到对方的面前，含笑而视。王处长顾不上擦手，用指尖拈起看了一眼，先是一惊，继而笑道："萧专员，为何这样客气呢？"

肖也一笑，说："家中有位远亲，遭人陷害，落在了老兄手里，本想请熊长官出面保释，但一想到老兄是直接处置的，何必舍近求远呢？这是先预付的定金，若能蒙老兄抬爱，高抬贵手放一条生路，事成之后，再付这个数目，不知道老兄肯不肯帮忙？"

王处长将这张票据收起，说："在这里谈这件事，场合不对，走，萧专员咱们一起去我的办公室谈谈如何？"

肖也应允起身，王处长似笑非笑道："这马副官怕是不会来了，萧专员替他做东，真是慷慨豪爽啊。"

肖也笑而不语。俩人出了餐厅，上了王处长的座车，一路驶向了淞沪警备司令部所在地。进了稽查处所在的那座警戒森严的建筑。王处长请他坐下，开门见山道："萧专员，这件事能否办得成，就看相关人等的造化了。这里有一种人是无论如何都救不了的，那就是身份已经败露的共产党分子，其他嘛，或可商量。"

肖也松了口气，说："我这亲戚不是共产党。"

王处长点点头，问："他叫什么名字？"

"顾宝轩。"肖也将王亚樵临行前放在案头的纸条上的人名报出。王处长一听，便去卷宗中寻找出一个方脸浓眉的照片来，略想了一下，说："这个人是杜月笙门下检举的不法顽匪，参与了几次凶案，已经判了死刑，不日将枪决。"

肖也说:"我这亲戚一向老实,只不过是误入歧途,入了帮会,这是帮会中人狗咬狗的老伎俩而已。"

王处长定了定神,说:"已经判决了,如何救他?"

肖也默想片刻,说:"李代桃僵。"

王处长叹口气,说:"可惜了那替代的家伙了。"

肖也说:"找个罪大恶极的,却没判死罪的家伙,杀一个放一个,也算是替天行道了。"

王处长摇头笑道:"萧专员,你这振振有词,倒让我理直气壮了。"

肖也高声笑了一声,说:"我这个人硬气,咱们一手交人,一手交钱,先小人后君子如何?"

王处长将这顾某的卷宗放在一边,说:"好吧,明儿我就处决了那个替死鬼,傍晚时分,你去龙华接人,但丑话说在前头,脱身之后,此人不准留在上海,不准用本名,不然再被抓了,他死不足惜,你我都要受连累的。"

肖也答应了,当即辞别。他坐了王处长的座车,一路返回,在东亚旅社附近就近下车步行,走进晨光通讯社时,有人问:"先生,找哪位?"

肖也说:"有位王先生让我来这里找一位华先生捎个话的。"

那人言简意赅地说:"我就是。"随即取过纸笔来,递在他的面前,说:"请留言。"

肖也抓起笔来,写下:明日黄昏四时许,龙华路口,会合接人。写完字,他放下笔,转身扬长便走,前往自己寄停车辆的所在,驾车返回公馆。

这一刻,时间已经不早了,日色西沉,但任晓月还没有回来,她去寻找俞萍如,会是怎样的结果呢?肖也一时没底,望着窗外那些吸烟溜达的特务,心中忐忑。

7

任晓月去那叶公馆选择的时间,是特科相关人员侦察后谋划设定的。这个时间，叶明远驱车离开，前往调查科驻地办公，护卫们也都随行，只留俞萍如一个人在家。中午时分，如没有特殊情况，叶会匆匆赶回来，与这位美人共进午餐，稍作休息后，再返回办公。所以，上午九点到十一点，是叶公馆的真空时间，任晓月必须在这两个钟头内登门冒险说服俞萍如。任晓月深知其中的利害，一路上再三地考虑可能面对的困境，不断地草拟腹稿，等到了叶公馆外时，她依然没有把握，望了一眼护送的同志。

那同志说："程主任临去武汉时，叮嘱过，你不要紧张，俞小姐对于哥哥的安危是牵挂难舍的，你只要说这个，她就不会拒人于千里之外。"

任晓月屏住气，站在马路对面闭眼冷静了一下，让脑子空白下来，然后缓步穿过马路，来到那宅门外，有节奏地敲打了几下。

门内不久便传来俞萍如的声音："谁呀？"

任晓月说："俞小姐，是我，请开门。"

门吱呀一声开了，门内出现了俞萍如惊讶的面孔。任晓月不待她有所反应，一步跨进门槛，反手带上门。俞萍如回过神来，双手正要推拒，任晓月角力一般抓住她的双臂，低声以坚定的口气说："俞小姐，千万不要乱动，时间紧，我是来告知令兄俞云涛的消息的。"

俞云涛三个字仿佛具有魔力一般，令俞萍如双手霎时松开，眼神中却是关切和急切。

任晓月一拽她的手，进了客厅，依旧压低了声音，以不可辩驳的语气说："俞小姐，你至今还蒙在鼓里吧？叶明远没有半句实话告诉你吗？"

俞萍如茫然摇头，说："你快讲，快讲！我哥怎样了？在哪里？"

任晓月咬了下牙，说："你千万要有心理准备，据可靠的消息，令兄俞云涛被共产党游击队履约释放之后，在返回的途中死于非命，至于凶手是谁，目前尚不可知，但从叶明远这藏藏掩掩的举动来看，他的嫌疑很大，毕竟，他是跟共产党方面谈判的代表，只有他熟知谈判交换的内情，才有这个可能下毒手。"

俞萍如木然站了片刻，蓦地歇斯底里发作起来，奋力地甩开任晓月，摇头叫道："我不信！我不信！我的哥哥不会死的！他是一个威风凛凛的将军，怎么会死得这样窝囊？他不会死的！一定不会！"

任晓月抓牢了她的双手，按在沙发中，急切地说："俞小姐，俞小姐，你冷静些，俞云涛真的不在人世了，是有人故意置他于死地，你要替哥哥报仇，替他报仇！他在九泉之下等着你替他报仇呢！"

俞萍如盯着她，冷冷地说："你胡扯，我哥哥绝没有死，是你造谣挑拨，是你造谣挑拨！"

任晓月也不辩解，说："这件事，我多说无益，等你试探叶明远之后，自然知道我是不是在撒谎。如果你相信我的话，下午两点，我在附近那家咖啡馆，见面详谈，如果不信，即算了。"

她拿捏住眼前这个陡闻兄长死讯、失去自控的女人情绪起伏的分寸，转身离去。在公馆外同伴的掩护下，迅速转移。在余下几个小时的等待中，任晓月不思饮食，只盼望着时间早点儿过去。她不敢想象，俞萍如在中午时分和叶明远见面时，会说些什么呢？她会相信自己所说的一切吗？会将自己出卖给叶明远吗？她将如何与叶明远对质？叶明远能觉察到这其中的异常吗？

一连串疑问紧紧地攥住了她的心脏，令她脸色苍白，手足冰冷，坐在临窗的桌边，犹如雕像。同伴似乎没有理解她此刻心中的惶惑，自顾自地吃了一碗米饭，将几块肉和竹笋铺设在她饭碗的表面，催促道："别太紧张，这里是监视对面那家爱尔兰人所开咖啡馆的最佳位置。待会儿，她来不来，就验证你的猜测了，何必杞人忧天呢。"

任晓月端过饭碗捧在手心，从窗口一角向外张望，心中念叨着，直到眼睛一阵阵发酸发麻。手里的饭碗渐渐地凉了，饭菜冷了，可是俞萍如还是没有动静。她叹口气，回头去看钟，时间显示是两点整。

任晓月下意识地夹起一块咸肉丢进嘴里，咀嚼了几下，索然无味，喃喃地说："她，恐怕不会来了。"

同伴看了下手表，说："再耐心点，不要暴露目标，如果半个小时后她再不露面，咱们就悄悄地从后巷撤离。"

任晓月点点头，再去夹起块肉片来，刚刚送到嘴边，却见街口转出个女人来，素净的外套，头发上别了支湖蓝色发夹，正是俞萍如无疑！任晓月兴奋地跳了起来，说："来了，来了，她来了！"

她丢开那片咸肉，忘记了饥饿，兴冲冲地下了楼，同伴想要拉住她，提醒防止对方身后有尾巴，都没有来得及。任晓月下了楼，转到屋后，从一侧弄堂里出去上了大街。俞萍如已经走进了咖啡馆内。她收住脚，拢了一下衣袍的下摆，等两辆汽车呼啸过去后，这才镇定了情绪，也以同样的姿态向那里走去。

俞萍如刚刚坐下，抬眼就看到了她走进门来，油然站起。任晓月在她身边坐下，发现了她脸上的泪痕，不禁心生同情，说："别太难过，要保重自己。"

俞萍如勉强笑了笑，说："我中午时见到他，问了，他还是说没有消息，我说夜里做梦，梦到哥哥浑身是血站在河边，他似乎有点儿慌了，说我这是胡思乱想，我说不用骗我了，我感觉到哥哥生还的希望已经渺茫了。他这才叹口气，说我哥如果死了，那一定是共产党干的，一定是——肖也，勾结共产党害死了我哥哥。"

任晓月冷笑："你追问了，他才半隐半露地透露了点真话，但真相还封闭在他的嘴里呢，他害死了你哥哥，目的很明显了，就是将这件事转嫁给肖也，要你恨他，从而主动做出对他不利的事情来，我猜一定是这样的，一定会是！"

俞萍如没有吭声，思忖着她方才说的话。前面一部分有可能，后面的猜测还没有发生，这个要等时间来验证。她拿定了主意，现在谁的话都不全信，只作参考。不过，一旦叶明远突然明确了俞云涛的死讯，并将他的死完全归罪于肖也，并要自己帮助他揭露肖也的真实面目，那么所有一切便都真相大白了。正如这个女人所说，他是为了对付肖也，拿俞云涛的性命作为促发的手段，这一点，是她的底线，只要发生了，她就义无反顾地和这些人合作，将叶明远送入地狱，绝不容情。

任晓月极有分寸地点到为止后，便不再多说，陪着她一起喝咖啡，看窗外的街景和行人。

良久之后，俞萍如才缓缓开口，说："如果我要找你，怎样才能找到？"

任晓月指指身边这张桌子，说："来这里喝咖啡，写一张便条交给这家咖啡馆的侍应生。由他代转就行了，不过，如果有急事，你打这个电话。"

任晓月决心冒险一试，将萧公馆的电话号码写了下来，交在她的手心里。

俞萍如小心地将它收好，叹口气起身走了几步，在门口停下来，掉头再看看她，问："你跟他真的结婚，成了夫妻？"

任晓月点了下头，却说："他其实一直都不想伤害你，宁可自己受苦。说句实话，你们俞家伤他太深了，他所做的一切，其实都是在自我保护。"

俞萍如微微点头，强行忍住了泪水，走出了咖啡馆，在马路对面走了很远之后，估计着那女人再也看不到自己，这才哇的一声哭了起来，泪水夺眶而出。她快步小跑起来，恨自己突然间软弱，恨这个世界人心叵测，恨肖也的移情别恋。这一路足足走了有一个钟头，当她站在叶公馆墙外时，已经是薄暮时分了。她倚靠在树干上，沉静了约莫十分钟。这十分钟里，她下定了决心，伺机离开上海，从叶明远身上弄到一笔钱，然后再择机行事。

当她进屋后，在松软的沙发上打了个盹儿，再醒来时，叶明远已然魔术一般地坐在了面前，手里提着一篮子水果，正向茶几中间的果盘里盛放。她看了他一眼，慵懒地笑了起来，说："你这人就是喜欢这些华而不实的小情调，今儿下午，我去咖啡馆喝咖啡，遇上了一位学姐，人家似乎嫁给了银行经理，手指间那枚钻戒，又大又晃眼，真是让人羡慕，你什么时候舍得花大价钱给我买呢？"

叶明远笑了起来，说："一枚钻戒，也不算什么大礼呀，除非分量惊人，那枚钻戒几克拉？"

俞萍如说："谁稀罕去多看，万一人家笑话我，怎么好呢？"

叶明远不屑地说："买个戒指送你，就买一个呗，近两年，那些白俄贵族，日子挨不下去，都把祖传珠宝拿出来变卖了，好的货色着实不少，我明天就陪你去转一转，放心，保证你心满意足。"

俞萍如笑盈盈地一跃而起，抓起只苹果来，用水果刀旋削了一个递给他，说："这是犒劳你的，看你的表现如何。做不做叶太太，我还没拿定主意呢。"

叶明远咬了口苹果，说："你这叶太太是做定了，半点儿也跑不掉了，明儿，我先买戒指拴住你的小手，后买项链套住你的心，再后天，用婚纱把你裹了，抱到教堂去就完事了。"

俞萍如哧哧地笑，说："你来拴呀，捆呀，我还就真的等着呢。"

叶明远坐到她的身边来，一把将她抱起，横坐在自己的大腿上，连亲了几下，隔着衣服探摸了几下胸乳，说："小乖乖，我不吃了你，要听话，要温柔，我还不整天捧着你，宠着你？跟着我，穿金戴银的有什么了不起？钻戒会有的，花园洋房也会有的，一切都会有的！"

8

任晓月进屋时，天已经黑了。肖也听到楼底的动静，迎下楼梯来，关切地望着任晓月，充满了期待。

任晓月笑道："别紧张，你那位俞小姐，似乎对你旧情难忘啊，还没有舍得跟叶明远合谋害你呢。我上午一席话，让她动了心，半信半疑了，下午果然履约去了咖啡馆见面，呵呵，现在能够出卖叶明远的，就是他自己了，只要他想以俞云涛的死来激怒她，敦促她出来揭露你，那么俞小姐就会彻底地相信我们说的一切了，俞小姐将会有激烈的手段对付他的，叶明远的日子不长了。"

肖也欣喜地抱住她，在她的背脊上拍打了几下，说："谢了，谢谢你了！"

任晓月推开他，正色道："不过，俞小姐怎么办？你要给人家一个交代。"

肖也明白她的意思，叹口气说："我会设法帮助她出国留学的，美国、欧洲，随便哪里都行，她走得越远，就会把这里的恩怨都淡漠了的。"

任晓月望着他，抬手去抚摸他脸上那道刀疤，怜惜道："处在这样的情形下，真是难为你了。"

肖也摇摇头，说："做男人，总得有点担当，对她，对你，都是一样的。"

任晓月眼中泪花晶莹，踮起脚去深深地吻他，然后用力地搂抱住他，说："我们会长久吗？我们恐怕也不会长久的。"

肖也听她口气中的绝望气息，心底也有一丝惶惑，但仍然强作笑颜，说："傻丫头，哪里乱想呢，咱们怎么会不开心？你是萧太太，萧专员的太太，众所周知的。"

"不，我做的是肖也的太太，不是什么萧专员的太太，那是假的。"

肖也大笑，说："肖定坤老爷子都亲眼见过了，亲口定过了，当然是肖也，肖家二少奶奶！好吧，萧专员的太太、肖也的太太你都放心。"

任晓月放开他，拉开点距离，仔细地端详他，含笑带着三分凄楚地说："天下没有不散的筵席，咱们还是把眼下这日子过好，我就满足了。"

肖也再度将她拥在怀中，静默了约莫几分钟，如释重负地吁口气，说："不管其他，咱们先吃晚饭，所有的事情，都到明天去说。"

肖也所说的那些所有事情，迫在眉睫的第一件，就是要帮王亚樵赎买出那个死囚。次日上午九时整，他从街口眼花缭乱地甩掉所有的盯梢者，来到晨光通讯社。

王亚樵坐在经理室的皮椅上，正看一份《大公报》，一见他，热情非常，立即起身来握住他的手，郑重地摇撼了一下，说："多谢，萧专员果然有办法。"

肖也说："事情还没有办妥，言谢过早，萧某总得先来找王兄，详做安排。"

王亚樵拉他坐下，摊开地图，在上面用红色做个标记，说："这是从淞沪警备司令部去龙华的必经之路，咱们的车在这里等人，另外为避免对方使诈，得有两手准备，这接人的事——"

肖也接口说："自然是我去。"

王亚樵说："我率几个兄弟去，带上家伙，另乘一辆车，在路口以东那片林子左侧埋伏，警戒提防，一旦有变，可以分道出击解围。"

肖也说："未雨绸缪，也行，但我去，一个帮手也不要带，怀里揣张支票就行了。"

王亚樵说："还是兄弟你胆子大，佩服！"

肖也一笑，说："不是胆大，而是对付这些贪财好色的家伙，我轻车熟路而已。"

王亚樵大笑，感慨道："这老蒋，南京政府成立也没有几天，就糜烂至此，真是令人失望至极。可见我王某人反蒋，是情理中事，是正义之举。"

肖也看看手表，正待要走，王亚樵一把拉住，说："兄弟，就不要走了，以免露了行踪，被叶明远之流盯上，反而于晚间的事情有妨碍。这晨光通讯社，是个安全地点，咱们就在这里待着，让人去叫两样可口的菜肴来，喝点酒，闲聊打发时间，等到天黑前直接行动，如何？"

肖也明白他可能是未曾完全相信自己，或者生怕自己离开之后又生变故，直接影响到晚间的大事，有意留住自己，当下便爽快地一笑，坐下来点起根雪茄，在王亚樵的咳嗽声中说："悉听尊便，今儿个咱们就在这个角落里看这个热闹的都市，平日里是匆匆忙碌的过客，今天就做一回旁观者吧。"

王亚樵将腰间、腿肚子后面拴着的短枪、利刃都解了下来，丢在桌上，惬意地半躺下来，说："今天有幸与萧专员在这里荒废时光，也是一乐。"

他们在这晨光通讯社里喝了酒后，改喝茶，又在午后小憩了一阵子，直到太阳西垂时，才打起精神来，王亚樵将防身武器全部携带上，回头望望肖也，问要不要一支手枪，肖也指指胸口内兜的位置，说不需要这个，一片纸足够了。王亚樵一笑，披上件长可及膝的风衣，示意他一起离开。

晨光通讯社围墙外，已经有两辆汽车在等候。肖、王二人上了其中之一，先载送到肖也停放汽车处，由他自去驾车，单独前往龙华目的地。肖也在天色黑透后，前方路灯俱灭时，打开车灯，看清楚道路上的虚实，在前方的三岔路口缓缓停靠下来。他警觉地环顾四周的动静，从座位下摸出一把手枪，拉开枪栓，握在掌心，垂在车窗下面，静待着王处长那边的来人。

约莫二十分钟后，遥远处传来刺耳的警笛呼啸声，黑夜里只见星星点点的车灯光射来，越来越近。他知道，这是淞沪警备司令部处决犯人的车队来了。他将自己的车灯关灭闪耀了三下，以作示意。

这支由一辆装甲车、一辆轿车、一辆卡车组成的车队一路向前，与他擦肩而过。但那辆轿车却在五分钟后掉头返回。在他的车尾后侧停住，车门打开，有个人迟疑着下了车，手铐脚镣声音清脆悦耳。

车前座里，有个人说："萧专员，你要的人在这里。"

肖也将车急速后退，在这囚犯身边停住，打开车门，低声说："进来吧，王亚樵先生让我来接你。"

囚犯浑身一颤，忙不迭地钻进车厢。肖也也不下车，掉转车头，对着咫尺之遥的王处长说："老兄，果然守信履约了，谢谢！"

他从衣兜里取出支票，隔着车身递给他。王处长接过去，就着灯光看一眼，吹了声口哨，做个手势，让司机开车离开。肖也也不迟疑，一踩油门，选择了另外一条路向前行驶。不过十分钟后，突然间听到远处传来一阵密集的枪声。

肖也笑道："你命大，是王兄救了你，不然已经成了黄泉路上的死鬼了。"

那人哼了一声，说："多谢了，快带我去见大哥，我要见他！"

肖也按照约定，将车驶回市区，在一幢宅子前停住，摁了两声喇叭，里面立即有人出来接应，将一件宽松的棉大衣披在此人身上，搀扶进去。那人走到门前，掉头来说："先生，我叫郭二，日后但有所用，赴汤蹈火、两肋插刀，决不含糊！"

肖也对这种江湖小说里的陈词滥调并无触动，挥了下手后，驱车回去。

汽车在无人的街头飞驰疾驶，畅通无阻。他不觉兴奋起来，通过这件事，施惠于那位名闻沪上的杀手大王，这使得自己在上海这处冒险家的乐园里，也有了自己可供利用的帮手，在对付叶明远时，又增添了一份有分量的筹码。

9

叶明远刑讯完两名共产党嫌疑分子之后，早早忙完手头的案牍事务，带上两个护卫先回宅子，接了俞萍如，去离家不远的霞飞路那处犹太人开设的珠宝店铺，购买她所中意的钻石戒指。

俞萍如夜不能寐，心里想着哥哥的生死，念着远走高飞的费用，欲哭无泪。直到天亮之后，才昏昏沉沉地睡过去。身边的叶明远离开返回都没有觉察。他此刻站在床边，欣赏她的睡态，半晌后，才去捏她的鼻子，将她弄醒了。

她起床后，吃了一片面包，喝了点水，这才随他出门。这会儿，珠宝铺子刚开门不久，那个留着长胡子的犹太人正坐在柜台里，用一块兽皮擦拭着新购入的一只镶嵌着红宝石的绞金手镯，试图充分恢复宝石的光洁度。见有客人到了，放下手里的活计过来应酬。

叶明远昔日里曾在这里买过两三件小玩意儿，哄过那个戏子情妇，也算熟客，但对俞萍如却是陌生，犹太老板仔细打量她的面容和体态，心底有了点数，问："先生，有什么可以为您效劳的？"

叶明远昂着头，视线穿过他的头顶投在封闭的玻璃柜台里，说："贵店有没有上好的钻戒，请拿出来看看。"

犹太老板点点头，去抽屉里取出两只精巧的首饰盒子，拿出两枚钻戒来请他们看。叶明远轻抚俞萍如的后背，做个示意。她分别将这两枚钻戒戴在指尖，左顾右盼，并不满意，笑了一声轻轻放下了。

叶明远问："还有吗？我要最好的！"

老板迟疑了片刻，蹲下去从最底层的角落里取出一团包裹着丝绸的东西来，放在玻璃台面上，缓缓地解开。俞、叶二人顿觉眼前一亮，一枚錾花银托的戒指上，衬托着一枚约有大半指头大的钻石。切割完美，闪烁着迷人的光彩。俞萍如深吸一口气，小心地捡起套进指节，伸直了五指反复观赏，轻声说："就这个吧。"

叶明远笑了笑，问："什么价钱？"

"三万。"犹太老板不假思索地开了价，瞅瞅这位客户脸上的肌肉抽搐了一下，随即添加了一句话，"你是熟客，就打八折吧，两万四。"

叶明远的笑容显得僵硬了，望望俞萍如期待的目光，硬着头皮说："请替我包好，下午我会亲自来取的。"

老板爽快地答应了一声，将戒指重新收起。叶明远挽着俞萍如出了店铺，故作潇洒地说："今天晚上，你就会戴着这枚戒指，做个甜美的好梦了。"

俞萍如笑了笑，说："但愿吧。"

送走了俞萍如，叶明远气急败坏地飞车赶到了银行，提出了所有的积蓄，八千元现金，这杯水车薪是解不了燃眉之急的。他坐在车里左思右想，束手无策，接连抽了半盒香烟，出了一身虚汗，眼见日头偏西，时间不等人，这便下了狠心，回到了调查科办公处，直奔财务科去找科长老李，拱手道："李兄，兄弟遇上件麻烦事，要暂借一笔款子，还望帮忙。"

老李正在打瞌睡，听他这么一说，便问要借多少。

叶明远说："一万五。"

老李咂吧下嘴，说："叶主任，经费结余没有这么多啊，我此刻手头顶多只有一万。"

叶明远连忙说："好，一万就一万，快些借我。"

老李仍在犹豫："这可是咱们眼下全部的结余了。"

"很快就还，你放心。"叶明远顾不上许多，提笔来写了借条。老李去打开保险柜，从里面取出厚厚一沓子钞票来，交给他，叮嘱道："千万要记着还，立夫先生对于经费使用很在意的。"

叶明远道谢不迭，将钱揣进皮包，火急火燎地上车赶路，抢在珠宝铺子打烊前赶到了。进门前在街口驻足了三分钟，平稳心情，跨进门槛，笑道："老板，我上午订下的那枚戒指呢？"

犹太商人取过戒指，说："按照您的吩咐，包好了。"

叶明远用食指指点了一下，放缓了语速，说："上午时有女客在，我也没有还价，这枚戒指，好是好，只不过价格还是太高了，我得还个价，您不介意吧？

犹太人愣了一下，问："您出什么价呢？"

叶明远伸出一只手，说："一万，一万足矣。"

老板脑袋摇得拨浪鼓似的，说："太低，太低了，远远低于成本了！"

叶明远叹口气，从包里取出那沓子新借的公款，说："一万，就一万吧。"

老板仍然摇头，叶明远便继续一千一千地加钱，直到一万八全部押上去了，仍然未得同意。他急躁起来，猛地拔出了腰间的手枪，啪地压在了钱上，再不吭声。老板看见了这玩意儿，心脏一阵乱跳，两手一摊摆出无奈的模样，说："您着急了，算了，看在您着急的面子上，就这么多吧，我折本了！谁让您是老客呢，不过这枚戒指确实是好，您可得珍惜。"

叶明远笑了起来，收回枪，说声失礼了，他取了戒指在暮色沉沉中赶回公馆。

这时候，俞萍如还没有睡醒，睡眼惺忪地坐在床头，看他颇似献宝般殷勤地将戒指送到了眼前来，不觉一笑，擦了下眼睛，将它捧在手心仔细地端详。然后就顺手戴进手指，说："这可只算是向我求婚哦，终身大事，总得在我哥哥获救脱险之后才成。"

叶明远心底一怔，脸上瞬时堆满了笑意，说："哪里，云涛兄的安危，牵连着我的幸福，岂敢懈怠？我已经托第三方出面，敦促共产党方面放人，这一点，应该是有些把握的。只要云涛兄还活着，一切皆有可为。"

他这最后一句，刺痛了俞萍如的心，皱起眉说道："这是什么话，只要他活着，难道还有其他可能？"

叶明远察言观色，倒不避让，加了一句："世事多舛，我们做事，要往最好处努力，往最坏处预防，云涛兄身陷匪众，本就是涉险之身，设想得太好，未必能心想事成，我会全力以赴，力争有个圆满的结局，但谋事在人，成事在天，这个道理，你应该明白的。"

俞萍如笑了笑，揉眼拭去眼泪，这一刻心头有些凉意。但叶明远却顺着这个话题趁热打铁，疑虑重重地说："云涛兄未能被共党方面履约释放，我就起了疑心，只怕这中间有人作祟，暗自出手阻挠，呵呵，这世仇深重，黑牢囚禁之苦，是要报复的。这个人，在上海时就私通共党，做出了一系列胆大妄为的事情，我想在这件事上，他一定不会善罢甘休的，危险就可能在这里。"

"谁？"俞萍如佯作糊涂地问。

"那个萧专员。"叶明远淡淡地说道。

俞萍如听了这个名字，便不吭声，深深地将头埋进了两膝间的靠垫中，一动不动。

叶明远恨恨地说："此事若出意外，必然与他有关！叶某少不得要出狠手，纵然他有贵人撑腰，也要扯下他的画皮来：萧羽，萧专员？哼哼，一个私通共匪被捕入狱潜逃后被通缉在册的逃犯而已！"

10

肖也全然不晓，他和任晓月预料的事态发展已经如期发生。在这个夜晚，他接到了来自肖公馆的电话，肖定坤在那端轻描淡写地说："贤侄，事情都办妥了，我已通过省府、行政院方面的同意任命你为即将成立的南昌行营辖下的赣北剿匪专员，负责地方剿共事宜，这次，还特地在军政部给你要了一个少将军衔，我日后到南昌，再伺机补得一个行营内的职位，以便能见到委员长。在江西，你多出力，多立功，再多学些带兵用兵之道，也算是文武兼备了，这样的人才，自然是党国栋梁了，再擢几级，做省主席这样的一方诸侯，那也是指日可待的。"

肖也一笑，被这几句说得热血沸腾，笑道："叔父的提携，侄儿明白，一定不辜负您的栽培，为咱们肖家争光。"

任晓月隐约听见几句，并不真切，问："你那叔叔又给你什么安排？"

肖也一笑，说："猜一猜，不久咱们将会去哪里？"

"哪里？"

"南昌，委员长行营要移驻南昌了，督率各部剿共，我要去江西做专员，还要带兵，呵呵，这样的结果，谁能料想得到？"

任晓月既激动又紧张："这么一说，你岂不是要跟何师长、马大哥他们交战了？和我们党为敌了？"

肖也沉吟片刻，说："事在人为，我自有分寸。"

任晓月先是想劝，说两句后转念忆起上级叮嘱过的话来，肖也身份越重要，越显赫，对于党的事业就越是有利，在他身上将会得到越来越具价值的情报。

她问："那么咱们什么时候启程呢？"

肖也说："这件事还要等些日子，等任命颁布之后。"

任晓月留意在心，要将这最新的消息通过花匠的电台发出去。这个讯息也许不出一天，远在湘赣等地的何为、马援他们都会知道，要为迎接这个老熟人的到来预做准备了。

肖也晚饭后去了书房，坐在灯下仔细地将江西的地理资料翻阅了一遍，对于即将就任的地区辖下的三个县尤为关注，想想自己就要去那内陆省份建功立业，心头一时难以平静。但是在上海如蛆附骨的叶明远会因此而放过图谋自己的企图吗？他认定绝无可能，他每走一步，都会引起叶明远更紧密的戒备，这个狂热的反共分子是不会善罢甘休的，决不会。他甚至可以想象自己履任新职的讯息抵达此人耳边时，他那种必然的惊诧和愤怒相交织的反应。

也许，俞萍如就坐在他的对面或者身边，她会对此作何感想呢？

他想到了她，便问任晓月："俞小姐今天有没有跟你联系？"

任晓月摇头，说："也不过两天的事情，怎么会那样快呢，我猜呀，这件事的结果，总得等到有没有扯掉伪装才成。这是他唯一可以用来对付你的棋子了，唯一的，他应该要等到自觉胸有成竹的时候才做。"

肖也笑了起来："她是棋子吗？如果是，这枚棋子未必肯受人拨弄，过去恋爱时，她就是一个极有主见的女孩子，什么事都不受人摆布，从来上海求学，以及选择出洋留学，全是自己的主意，没有人可以替代她下决心，没有！"

"这就好了。"任晓月略显轻松地说，"从她违背父兄的意愿去广陵找你这件事上看，确实是这样，这女孩子有主见，所以什么时候都不要把她按照自己的想法来设定，也许叶明远正在犯这样的错误呢。"

肖也笑了笑，低头边看书边说："所以，要有足够的耐心，这时候，耐心是主要的，不要沉不住气。"

任晓月起身去替他沏茶倒水，弯腰在他脸上的那道伤疤上亲吻了一下，正待下楼去。这时，有人拍打了几下宅门，问："请问，这里是萧专员的公馆吗？"

用人开了门，来人双手捧着只硬纸板盒子，递送进来，说："有位王先生托我送来的，要赠予萧专员，请收下。"

任晓月闻声下去，李嫂已经接过了盒子，打发走了来人，将这轻飘飘的盒子转送到她的手中。她上楼送给肖也，饶有兴趣地看他拆盒子，瞅瞅里面到底装的是什么。

肖也从桌上拿起一把磨得锋利的剪刀，拆开封条，揭起盒盖，里面却是稀松平常的一块布、两张纸。那布上绣着洪门龙头等字样，纸上写有洪门戒规条例等等几十条，并附有王亚樵手书的一封简短扼要的信函：萧兄弟，持此布照，湘赣川云贵等地，各路洪门兄弟均有照应。

肖也微笑着放下了，说："王亚樵真的把我当作洪门中人看待了，可惜，这东西我未必用得着。"

任晓月坐在椅子上半晌不吭声，忽然说道："你倒成了这些个江湖帮会中人了，为什么不仔细想想，参加我们共产党呢，共产党可是替天下老百姓谋幸福的，可比这些个嘴里挂着江湖义气的流氓混子要强上千万倍。"

肖也说："这根本就是两码事，王亚樵送来东西，是回报我救人之举，让我拥有利用洪门中人的便利，入不入洪门，是不是洪门中人，都无关紧要；但贵党，对于党员要求严格，对我这个要使尽一切手段报仇雪恨的人而言，就有了束缚，等我大仇得报之后，也许会考虑这件事的。不过，我想，咱们做朋友不是挺好嘛，你、马队长他们，与我相濡以沫，我不入贵党，也可以做许多事情的。"

任晓月摇摇头，说："其实，我有句话想说，但一直没有机会开口。"

肖也说："现在就是机会啊，你尽管说。"

任晓月思忖片刻，说："我说了你不准生气，我实话实说了。"

肖也正色道："我不生气，绝不！"

任晓月说："你这个人有点小气，思想格局不够，你只顾着自己的那些私人仇怨，却不知道这仇恨的根源，更不去想有多少无辜的人跟你一样在遭受着这些恶棍的凌辱、欺压和虐杀，为自己复仇，给反动势力一个回击是完全正确的，但是倘若视野能再开阔，心胸再开阔，努力着手推翻这些压迫人民的罪恶势力，领导广大的老百姓打碎旧世界旧枷锁，重建一个光明世界，那才是你肖也应该投身的事业。"

肖也听了出了会儿神，说："你的话有些道理，我得先琢磨琢磨。不过，我做的事情，同样是在帮助你们推翻这个所谓的罪恶旧世界呀，叶明远、俞云涛、方团总，他们都是这罪恶势力中的一员吧？"

任晓月说："但这不够，远远不够，跟我心中期待的，跟何为、马大哥他们的期待是有差距的。但我们有耐心，我们可以等，等到你慢慢体会、理解了再说。"

肖也叹息一声，去将她挽坐在身边，说："对付叶明远，就是你所说的目标中的一个，咱们先铲除掉他，总比嘴上空说要实际多了吧？"

任晓月笑了起来，说："好吧，咱们已经是一条路上的人了，也计较不了什么了，我预感你会完完全全地成为我们队伍中的一员的。"

肖、任二人在书房里夜话，外面北风呼啸，一股寒流越过千山万水，今年首度抵达了这座位于江海之滨的城市。城市的大街小巷，落叶纷飞，那些负责监视萧公馆的特务，也从睡梦中被冻醒了，坐在窗口位置挪移开去，咒骂着叶明远和那个萧专员。他们索性放弃了监视，钻到被窝里去挤在一起，才不管那对面宅子里拥着美人盖着鸭绒被的目标的情形呢。当然，在他们的猜测中，上司叶明远必定也是如此，在相距不算太远的地方，享受着温暖，顾不上去可怜这些在街头上为他卖力的弟兄呢。

这一夜过去，交接班后，夜来轮值的特务回机关本部报到，要上交监视报告给叶明远审阅。叶明远虽然享了福，但也还遵守纪律，处理了一大摞公文后，正待去陈立夫公馆拜望，但是凑巧得很，不等他启程，陈立夫的电话已经打到了他的案头。他刹那间分辨出上司熟悉的嗓音后，马上谦卑地问候。

陈立夫说："叶兄，最近我通过上海市党部给你们机构转拨了一笔款子，一方面要增加武器和车辆，另一方面人员也要增加。委员长如今对戴笠很重视，他的那个处，联结江湖中人，已经有了一张可靠灵验的情报网，我们在这个方面，亟待加强。"

叶明远连声说是。

陈立夫话意突然一变，说："叶兄最近手头有些紧吧？也难怪，要结婚成家了，这是件大事，得好好地去办，待会儿，我派人送一笔钱给你，先垫付着用，不够，我再替你想想办法，总之，婚姻一事，不能马虎。"

叶明远额头出汗，连忙表示感谢。结束通话之后，他立即叫来财务科长，询问自己借用公款一事有没有对外人道及。

此人一脸的茫然，说："这事正要来报告呢，昨儿中央党部遣人送来一万块钱，拿走了您的借条，这件事只您跟我知道，怎么会让上面晓得了？"

叶明远脸色惨白，摆了下手打发他离开，站到窗口去俯瞰楼下，心中暗忖，想不到自己一时着急，挪用公款一事，这么快就传到了陈立夫那里去了，这个部门里，藏有他的耳目，这必须警惕。

他叹口气，想不到自己一心一意为他们兄弟俩卖命，竟然得不到信任，真是寒心了。但是，当他想起自己刚刚被委员长直接召见的情形，又鼓起了勇气和希望。说到底，他们陈家兄弟也是为老蒋办事的，与其为他们，还不如直接为老蒋这位大老板干活，而且，大老板已经对他关注了，日后与他们平起平坐，也未可知呢。

第十三章

1

叶明远在党务调查科内心情矛盾之际，另一个电话正在陈立夫公馆与淞沪警备司令部稽查处之间连通。

陈立夫说："我对叶明远很失望，想不到他为了讨好一个女人，竟然会挪用公款，色欲，把他的节操打得粉碎了。这件事倘若传到委员长耳中，他必无好下场。"

王处长说："先生，不要为这件事生气，所谓英雄难过美人关，他新近亲密的那个女子，我见过，有几分姿色，似乎还是个女学生呢，我已经暗中调查过，似乎近期正准备要出国留学呢，手续俱已齐备了，也许，咱们的叶主任还蒙在鼓里呢。"

陈立夫："她是俞云涛的妹妹，怪不得前一阵子叶明远留在江北不归，是耽于女色，这个女子，迟早是要害了他的，我原本心目中那个干练、果断的叶明远，现在似乎锐气已失。王处长，你要多担待一点相关工作，眼下，正是剿共动员时期，必须有所作为才行！"

王处长立即保证，绝不懈怠，全力侦查共产党潜伏在上海的首脑机关，为剿共成功先声夺人。

陈立夫与王处长所讨论的那个女人，在这阳光明媚的上午，信步走进了那家犹太人所开的珠宝铺子。犹太商人每日里接待的客人不少，对于眼前这位虽然没有什么印象，但一眼瞥见了她指间刻意显现的那枚钻戒，顿时眼光发亮，连忙来伺候。

俞萍如竖起了手掌，说："我最近手头有些紧，想把戒指抵押在你这里，能借出多少钱？"

老板有些担心，说："小姐，针对价格昂贵的首饰，我们这里一般不做回收抵押的，因为客户都是身份特殊的人。"

俞萍如笑了，说："放心，我只是短暂抵押，很快就会赎回的，而且绝对保守秘密，不连累您和商铺，请放心。"

老板点了下头，说："既然是抵押，您要借多少钱？"

俞萍如说："一万五千块。"

老板说："太高，鄙店拿不出这么多的款子，只能暂借八千。"

俞萍如说："一万二。"

老板踌躇片刻，说："一万，绝不能再多了。"

俞萍如点点头，说："那么，我近两天过来，抵押取钱，您能保证随时兑现吗？"

老板笑了起来，说："没问题，我会尽快准备好这笔款子的，只是，您是要现金，还是支票？"

俞萍如说："支票。"

老板说："行，美国花旗、英国汇丰银行本票，在世界各地都随意兑付的，请放心。"

俞萍如离开了店铺，往学校去了。这时，她的同窗罗小姐起床不久，正在窗下胡乱地翻着抽屉里的物件。听到门外的脚步声，掉头来看见是她，嘴角一撇露出鄙夷之色，不理不睬。

俞萍如在自己的床边坐下，开了柜门，取出那些业已办好的函件通知等出国手续，问："你出国护照办妥没有？"

罗小姐嗤地冷笑，说："你还有心思出国？被那个有权有势的叶主任追求着，乐不思蜀了吧。"

俞萍如坐到她身边，说："你往哪里想歪了？我家里出了大事，哥哥打了败仗被共产党抓了，我在外奔波为的是救他脱险，这件事就要有眉目了，但我不能因此而荒废了学业，家里的汇款都已经到了，我可不想错过这个机会。"

罗小姐哪里相信，说："你这个人说话做人都不靠实，我不想跟你扯上什么关系。算了，我哥哥那边也招呼过了，不要再存幻想了，在大上海，多少有钱有势的男人，一个江北乡下的小生意人，哪里会入你的眼，俞小姐，高攀不起！"

俞萍如哇的一声哭了起来，啜泣道："你，你这个狠心的人，你这个傻丫头，偏要冤枉我，我这么惨，这么可怜了，你还忍心欺负我，实在是太过分了，太过分了！我哥哥在江北剿共失利，失手被俘，至今生死不明，为了救他，我求尽了亲朋故旧，也亏得政府还念他昔日的战功，才愿意花代价交换他，好不容易吃了颗定心丸，我已经心力交瘁了，想跟一个亲近的人说几句心里话，你却羞辱我，责骂我，这些事你摊上半件试试？你摊上试试？"

她最后两声几近哀号，着实是打动人心。

罗小姐的心肠顿时软弱下去，转身来看她泪流满面的模样，情不自禁地替她擦拭，也陪着流泪，说："你别哭了，我是看你跟那个叶主任眉来眼去，为哥哥不忿，这才恨你。你一直跟那个姓叶的，没有什么事？"

俞萍如听她提起叶明远，不由得牙关紧咬，说："这个人是个特务，我早就避开他了。"

罗小姐惊诧："特务？你，没被他欺负吧？"

俞萍如摇摇头，说："我哥哥警告过我，务必离特务远一点，我记着呢。"

罗小姐放下心来，说："可是，你又要救哥哥，又要出国，这时间怎么安排呢？"

俞萍如说："救哥哥的事情，政府有专人办理，我不会因为这个耽误了行程。"

罗小姐说："我原本是准备今天去办理护照的，但一个人又不太愿意，你来了正好，咱们这就去，只要有美国大学的通知公函，方便得很，办完了护照，我们就要预订船票，到时候一起走。"

俞萍如如释重负地吁口气，一把搂住她，蹭了两下她的脸蛋儿，说："好，咱们一起走，一家人互相照应着，好得多呢。"

这一整个白天，俞萍如与罗小姐一起，忙碌完了所有未来的计划。出国护照毫无障碍地办妥之后，她们一起去订购了前往旧金山的船票，发船时间在十天之后。完成这些手续，她陪罗小姐回到学校，在校门外道别时，请她代为保管所有出国的证件手续以及行李的托运，并约好十天后，在码头见面，一起登船，就此远航，不复回头。

俩人道别之后，俞萍如看看日头西沉，这便坐上黄包车返回叶公馆。

叶明远中午回来时，没看到她，有些怀疑，问道："这整整一个白天，你都去哪儿啦？"

俞萍如说："回了趟学校，把留在那里的东西收拾了一下，你还没有娶我过门，我这些事要是被同学们知道了，会戳我脊梁骨的。"

叶明远好笑地说："这担心什么？等你做了叶太太了，汽车洋房，钻戒项链，她们个个会羡慕你的。"

俞萍如笑了起来，将藏在手指内侧的钻戒旋到正面，说："我还就怕被人瞧见这个，万一追问起来，我可不爱回答。"

叶明远轻轻揪她的耳垂，说："傻丫头，就说你已经订婚了，这是信物不就成了，而且这也是事实呀。"

俞萍如却又正色道："但请你别忘了，我嫁给你是有前提的，得我哥来主婚，这可是先决条件。"

叶明远的笑容有些僵硬了："这一点，我会尽力而为的，可是，你别用这个作为结婚的条件，你嫁不嫁我，我都要全力以赴营救俞兄的。只是时至今日，仍然没有他的消息，那支共党武装前些天在接应的同伙佯攻婺源配合下调动了布防的国军主力，乘虚进入江西境内了，他们居然逃过了国军的天罗地网，看来，俞兄的失踪并不是唯一出人意料的事情了。人算不如天算啊，我但尽人力，他的祸福，只有老天爷才能掌控。"

俞萍如断定他这是要让自己在潜移默化中慢慢适应哥哥噩耗的坐实，有效地化解掉自己提出的婚姻条件。她念起不久前那个女人登门来所说的一切，不由得悲愤莫名，于是便微笑着坐下来，抚摸着自己的脚面和脚踝，说走路久了，又酸又痛，而且肚子也饿，要吃晚饭。

叶明远这时才由衷地笑了起来，去厨房提过一只食盒来，揭起盖子，里面有精致的菜肴，然后又变戏法般地从左手亮出一瓶上等威士忌，笑嘻嘻地说："知道，知道，俞小姐忙了一天，累了，我特地从天水居订了几样美味，今晚咱们共谋一醉，如何？"

2

肖也等待着俞萍如的讯息，以期用这一点来反击叶明远，做必杀之举，彻底了结掉这个恶贯满盈的家伙。但是，五六天、十天过去了，却不见丝毫的动静。倒是叔父预先告知的新职任命已经出来了。他被任命为赣南剿匪专员、委员长南昌行营少将参议。

他从行政院和军政部领取了这两件委任状，回到公馆之后，坐下来吸了会儿雪茄，问任晓月："你查一查，马大哥他们在共区的哪个方位？"

任晓月昨晚刚刚得悉，马上说："马大哥他们已经改编为工农红军红一军团第六师，驻守在赣西北根据地，似乎——不在你即将赴任的辖区内。"

肖也舒口气，说："幸亏不在，不然兄弟对面为敌，让我跟他们针锋相对，那可是件伤脑筋的事情。"

任晓月笑了起来，说："你错了，假如真是马大哥他们跟你对峙，你肯定会如鱼得水的。"

肖也想了一想，说："说得对，不过是逢场作戏，你进一步，我让一步，都是心有灵犀的。"

肖也在桌边思考了片刻，决定发个电报去广陵江北专员公署去，让自己费尽心思建立的那支卫队择日过江来沪会合，他赴任南昌，已初定了一条运兵船，捎带上他们，自己才不至于到了江西成为光杆司令，手下无人可用。但为了让王队长这伙人心底踏实，他特地在电文末尾注明，凡不愿离乡者，酌情发放路费、遣散回家；凡愿随从者，抵达目的地后，各有提升奖赏。他这一刻倒想看看，那些曾经朝夕相处的江北汉子，有几个是肯出力追随自己的，日后成为心腹，可供倚仗。

这件事安排完后，他起身来伸了个懒腰，望着任晓月说："明天上午，你陪我去叔父那里登门道谢，老爷子去南昌，得陪蒋委员长一同走，可不得同行了。所以你这个丑媳妇是要见公婆的。"

任晓月啐了一口，说："什么话，不是已经见过了吗？"

肖也笑道："那时是任小姐，现在你是肖家的媳妇，名正言顺地去，这个名分难道不想要？"

任晓月甩了下手，先回卧室去了。

肖也暗暗地笑，其实这次去肖公馆，正是肖定坤特地提醒的，对于这个贤侄，他寄予了厚望，爱屋及乌，对于任小姐自然也是，更何况，这个女子当初是他亲口认可的肖家媳妇，当事情果真如他所愿时，不庆贺自己的眼光和远见，那是不成的。不过，最主要的一点在于，他要当着他们夫妇俩的面，点拨他们弄清在各方势力之间闪展腾挪的关键，并现身说法，让这个女共党分子能够分清轻重，不要傻乎乎地效仿那些殉道者，拿自己的性命开玩笑。

肖也有些担心，任晓月会对叔父的某些话产生反感，但是，这些话必须当面讲清，她陪伴在他左右，结婚生子，他会以马援、何为等人为友，酌情提供情报和讯息，这种关系，已经成了约定俗成的习惯了，无须再细加究竟。

这一夜，肖也失眠了，在卧室床上瞪大眼望着屋顶许久难以入眠。身边的任晓月匀净轻盈的鼾声，让他羡慕得要命，只得披衣去书房看书，聊以打发这漫长的寂寥。

次日上午，肖也与任晓月一起来到肖公馆。肖定坤正和太太一起收拾行李。

肖也惊奇："您要出门？"

肖定坤苦笑一声，说："一入公门深似海，回不了头喽，明天我要陪委员长去一趟北平，会晤张学良。那位少帅拥兵数十万，占据着东北、华北，年轻气盛，不肯屈尊来南京，只得我们去了。"

肖也拉着任晓月坐下，说："不日，我们将去江西，特地来见叔父，请您面授机宜。"

肖定坤说："你在江北做得相当不错，我已经没有什么玩意儿可传授了，不过，我还要提醒你一句，跟谁做朋友都行，但千万要记住，朋友就是朋友，朋友间的事情可以做，不要逾规越矩，那会给你惹来杀身之祸的。你还年轻，前程远大，处处要谨慎小心，倒是我这把老骨头，反倒无所谓了。"

肖也说："叔父保重，多少大事等着您一力承担呢，哪能无所谓呢？"

肖定坤望望任晓月，说："任小姐，你既然已经跟了我这侄子，俗话说，嫁鸡随鸡、嫁狗随狗，什么事，都当以他为重，肖也不易呀，命运多舛，处处艰辛，别的话我也不多说了，只四个字：量力而行。千万别做自己承担不起后果的事情。"

任晓月明白他所说的承担不了后果的事情指的是什么，心底好笑，但出于礼貌计，只以微笑相对。

肖也问："南昌行营何时迁移？"

肖定坤指指他，说："你既然已经被委任为少将参议，此去就是为行营打头站的。你到了南昌，别忙去赴任剿匪事务，能拖则拖，等行营抵达了，自然是大兵云集赣省，那时候再劳心效力，又有草创行营之功，岂不是一举两得？"

肖也欠身说："多谢叔父指点。"

肖定坤仰靠住沙发，忽然想起件事情来，说："昨儿我从其他渠道得悉，陈立夫似乎最近对叶明远起了疑心，有换将的意思了，开始在一定范围内吹风了。据说，叶某犯了大忌，越级向委员长侍从室密报军情，蒙委员长亲自召见，这件事，二陈居然被蒙在鼓里，事后知晓了，自然提防。眼下，淞沪警备司令部稽查处的王某，大有取而代之之势啊。可惜，这位叶主任，也被蒙在鼓里呢。"

肖也恍然大悟："王处长是吧？我们还应邀参加过他的生日宴会，与叶主任碰过面呢，原来，这里面还有这么多的蹊跷？"

肖定坤摇头，说："这个狗咬狗一嘴毛的事情，不提也罢，只不过，他跟你的过节，还有企图通过解决你来为 CC 对付我出力的用心，其人可诛！"

肖也愤然，说："叔父放心，侄儿自有对付他的手段。"

肖定坤嗯了一声，微微合眼，说："砍断一棵树，单单靠手臂的力量是吃力的，得借助风势、地势，才能事半功倍。"

肖也心领神会，说："侄儿正在计算这风势的强弱大小，地势的坡度高低，以及其他伐木者的合力，等待最佳的时机，拥兵自重的俞云涛可以除掉，叶明远自然也可以。"

肖定坤赞许地在他手臂上拍了拍，说："孺子可教，老叔就等待你青出于蓝了，咱们肖家未来的希望，寄托在你的身上，千万要牢记这一点，还有一件事——"

他含笑望望任晓月："不孝有三无后为大，你们得给肖家生几个孩子啦，我那老哥在吴尚宅子里也太寂寞了，人到老年，膝下有儿孙围绕，那才是圆满呢。"

任晓月垂首脸红，肖也笑了起来，看着叔父和婶娘再不说话。

3

叶明远得悉了萧羽的新职务任命之后，比当事者本人迟了一天半，告知这一消息的，是淞沪警备司令部稽查处长王某。王处长在电话里感慨说："叶主任，我的部下、你的朋友萧专员又获得新的任命了，虽然没有提升，但比提升还要让人惊讶呢。"

叶明远一惊："他任什么新职呢？"

"赣南剿匪专员，南昌行营少将参议，这是军政两职一肩挑了，能文能武的萧专员，前途不可限量，老兄，我倒想劝一句，你就别跟他过不去了，没用的，他有个圣眷正隆的智囊叔父，我们只能望洋兴叹了。"

叶明远听了前半段话，只觉全身的血液都在刹那间涌上了头顶，脸皮又红又烫，两眼几乎流出泪来。

"这该死的，"他心底暗骂，听完了后半段话，不禁叹息，掩饰般地说："王兄误会了，我哪里会跟他过不去呢，我们是老相识了，这件事，我还要祝贺他呢！"

王处长不置可否地笑，继续说："这年头，人抬人，有路走，人踩人，各损伤，彼此相互提携，那才是正道，叶兄既有此意，那便好，那便好！"

叶明远强作笑声，缓缓地搁下了电话，几乎失去了理智。他喉咙深处爆发出一声压抑的喊叫来，蓦然起身，在屋子里走来走去，两眼通红。

"是时候了！"他在心里对自己说，"是时候了，真的是时候了，摊牌吧！摊牌！"

被愤怒、嫉妒、仇恨交织的大网死死缠绕的叶明远，在他的办公室里困兽一般来回地踱步，这一刻，他下定了决心，要启动自己预谋已久的方案，向肖也发动最后的攻势了。

他拿起电话，下意识地拨打陈立夫公馆，但只拨了一个数字后，便停顿住了，皱起眉头来再想想，又将它丢开。他决定这件事暂先瞒住这位上司，等拿到了确凿的证据后，再给他以惊喜。他要取得这份证据，无须局内任何人的帮助，单枪匹马足以完成。

叶明远在镜子里看顾自己的仪容，将领口系得齐整了，穿上外套戴上帽子，从寒风瑟瑟的街头走过，坐进汽车里，平稳了心情，这才发动车子，向自家的住处驶去。到了公馆外，他从临街的窗户先仔细侦看，隐约瞧见俞萍如的身影飘忽而过，这才下车，掏出钥匙开门进去。

俞萍如听到动静，下意识地去看墙壁上的挂钟，好奇地说："这会儿才下午三点，你提前了好几个钟头回来了。"

叶明远一脸的沉痛，摇摇头，说："我不得不立即赶回来，有个坏消息，萍，你要挺住啊！"

俞萍如惊诧地问："什么坏消息？"

叶明远颓然落座，低下头揉着太阳穴，轻声说："云涛兄，他——殉难啦！"

俞萍如愣了一下，连连摇头，高声说："不可能！不可能！你明明告诉我，他不会出事，怎么会这样？怎么会这样！"

叶明远抱住她，安慰道："萍，别急，听我跟你说清楚，听我跟你说！"

俞萍如挥手打开他的手臂，声嘶力竭地喊道："我不听！我不听！"

叶明远猛地一把攥住她的双臂，高声喊道："他本来不会死的！

他是被人蓄意害死的！"

俞萍如被这一声厉喝惊住了，怔怔地望着他，一言不发。

叶明远拉她坐下，说："本来，一切都商谈妥当了，我方用军火换他，可是，萧专员，那个私通共党的肖家二少，为报私仇，与共党头目密商，撕毁了承诺，在撤退时枪杀了你哥哥，俞云涛，是死在世仇肖家的手里，萍，你要记住，他死在了肖也的阴谋里，在九泉之下死不瞑目呀！"

他声泪俱下，继而号啕大哭。俞萍如仿佛木头人一般，坐在那里，愣愣地看着这个貌似伤心欲绝的男人，再也说不出话。

叶明远号哭了片刻，便发觉身边的人没有反应，再去仔细看看，惊惧起来，急忙去摇晃她的肩膀，说："萍，你别太伤心了，放心吧，我会替你哥哥报仇雪恨的，这个萧专员，不，肖也，他逃脱不了！"

俞萍如咯咯地笑了起来，望着他，说："你这样子真有意思，一个大男人，哭什么？有什么伤心的事情值得这样？"

叶明远说："萍，你哥哥遭遇不幸了，他死了！"

俞萍如顿时低下头，说："我记不起来了，我哥哥不是好好的在吴尚吗？他是个常胜将军，所向披靡，怎么会死？你撒谎！"

叶明远着急起来，想不到这一剂猛药力道太重，竟然将她刺激坏了，心中后悔，一把将她搂在怀里，哄道："对，对，你哥哥没死，他在吴尚呢，他在吴尚，没错。"

俞萍如说："就是，你撒谎骗我，什么借口不好找，偏偏要说他，谁信啊！"

叶明远为了测试她受刺激的严重程度，退后两步打量她。

俞萍如竟是浑若无事一般，面带嗔怪地坐在那里。他心下稍安，说："改日，咱们抽空去江北，回吴尚，去见见你的父亲。"

俞萍如摇头说："不是见过了吗，上次我跟你坐飞机去的，回了我家，见过父亲了。"

叶明远见她还记得这事儿，倒放心了，旁敲侧击一句："我倒不记得了，那次见着你哥没有？"

俞萍如不假思索道："他不是剿匪去了吗？"

叶明远点头，说："不错，他正在剿匪战场上呢，只是这打仗不比其他，难打包票，至今还没有胜利的消息呢。"

俞萍如叹口气，说："总盼着他早些得胜归来，主持咱们的婚礼。"

叶明远笑了笑，认定了她并未丧失理智，只是一时受了刺激，不肯承认兄长已死这个残酷的现实罢了。他对于这一点，有了主意，近期带她重返吴尚，让她从自己的父亲口中再次得悉俞云涛的死讯，再借那个准丈人之力，来促使她站出来揭露指证肖也的真面目。

叶明远宛若无事似的与俞萍如招呼一声，返回调查科去了。

俞萍如笑吟吟地送他出门，回过头来反手带上，背倚住坚硬厚重的门板，两眼紧闭，拼命地想抑制自己的情绪，但这是徒劳的，泪水夺眶而出，在她白净的脸上肆意横流，她在嗓子眼的深处号哭了两声，竭力用双手捂住嘴巴，双肩剧烈地颤抖，背脊顺着光滑的门板滑移下去，蹲坐在冰冷的地面，伤心欲绝。她一直希望哥哥的死，是那个姓任的女人带来的假消息，对于哥哥的生还抱有希望。

但叶明远的所作所为，验证了那个女人的预言，他竟然像是按照那个女人拟定的剧本在演出一般，在隐瞒了这些时日之后，突然亮出底牌，并将俞云涛的死推卸到肖也身上，用心昭然若揭。

她在这冰冷的地面上坐了许久，直到泪水流尽。窗外暮色降临，这才勉强起身，去盥洗室里用凉水洗干净脸，对着镜子补了补妆，以掩盖憔悴悲伤的痕迹。然后，她回到客厅，拿起电话，依照那天任晓月留给自己的号码，拨打出去，扶住桌子支撑住虚弱不堪的身体。

电话片刻后接通了，那端果然是任晓月熟悉的声音："这里是萧公馆，请问找谁？"

她迟疑了一下，轻声道："我是俞——萍如。"

"俞小姐！"

"是，明天下午，还去那家咖啡馆，不见不散。"

她不愿跟这个女人多说，随即挂断了电话。她一步步挪移进了卧房，半卧在床头小憩片刻，恢复精神，强作欢笑应对叶明远。她要让这个曾经给予希望的男人付出代价，全部的代价！

4

任晓月接到了这个短暂的电话后，立即明白了全部，霎时兴奋起来。她一路小跑上了楼，走进书房，从肖也手里取下书，说："俞小姐来电话了，约我明天去那家咖啡馆，果不出你所料，叶明远终于跟她摊牌了，企图用俞云涛的死来激怒她出面指证你，幸亏咱们未雨绸缪抢先了一步，不然她从后面来，以俞云涛妹妹的身份来揭穿你原来真面目，那可就麻烦了。"

肖也笑了笑，沉思着说："她果真如我们所设想的那样，主动来联络了，这是她要借我之手，报复叶明远，但是，我、我们却要借助她的帮助来对付叶明远。"

任晓月一时愣住，想想说："我们要掌握的，应该是叶明远以及他主持的这个特务部门的核心机密，使它能够更加有力地支持党组织的地下工作。"

肖也说："指望她深入党部调查科，去窃取情报卷宗？我看不现实，她能够利用当下身份，从叶明远身上获取的，只能是一样东西。"

任晓月疑虑着，问："什么东西？"

肖也冷冷一笑，说道："密电码！"

任晓月瞪大了眼睛，跳起身来，拍了下巴掌笑道："亏你想得出，还真是啊！"

肖也再强调一句："而且是最机密的，用于绝密情报联络的密电码！"

任晓月激动了片刻，随即又担心起来："俞小姐涉世不深，她，有办法从他手里盗取这份密码吗？"

肖也沉吟着说："这是她仅有的能够借助我们报复叶明远的手段了，除非，她有决心跟他同归于尽，但她既然打来这个电话，就说明她不会这样做。你明天去见她时，设法帮助她一下，分析分析叶明远每次出门必带的东西，或者，他在宅内有没有保险箱，男人隐藏最重要的东西，无非是这两种方法，一是时刻不离身，二是藏在最隐秘处的保险地点。"

任晓月食指在他的额头轻戳了一下，说："这同样也适用于你吗？日后，我也得留意着呢。"

肖也并不因为这件事在预料中，又有意料之外的收获而兴奋，在他内心草拟的一套方案里，是准备结合王亚樵势力来对付叶明远，但如何对付，是肉体消灭还是针锋相对的暗斗，迫其去职饱受煎熬，还没有一个妥善的法子。现在俞萍如突然提供了一个上佳的机会，也许会提前让他的预定想法就此打消。但俞萍如能够起到作用吗？他脑子里浮现起这个女孩子的清晰如昨的面容来，这个受自己连累而命运多舛的女孩，历经几次大的人生变故，也许会成熟了，也许仍旧是过去那样胸无城府，行事莽撞？但愿她能够像自己所企盼的那样。

任晓月虽然高兴，但还是没完全放心，这样的一件大事，必须要向组织上汇报。她出了屋子，走进花房，通过花匠启动电台，在晚间约定例行联络的时间，向特科发电汇报并征询意见。这份电文半个钟头后，就转到了直接负责领导特科工作的中央某领导手里，他顿时大喜过望，立即指示回复：此为获取敌人核心机密的绝佳途径，必须做到彻底保密，不向外透露任何风声，执行任务的同志要胆大心细，力争在敌人毫无觉察的情况下完成任务。

他在斗室内兴奋不已，下意识地要去找直接下属程振中，突然间省悟他已经执行护送任务去了武汉，也不知有没有完成任务返回或者正在返回途中。于是马上让人联络武汉方面，查询他的行踪。他希望，在时间来得及的情况下，由程振中来负责这个行动的安全，他是最为合适的人选。

半夜时分，正当他感到困倦，准备睡觉休息时，武汉方面复电送达，程振中护送任务已经完成，于前天下午乘船返回，预计明天下午抵沪云云。他顿时高兴起来，程振中回来得真是时候，正好可以趁热打铁完成此事了。他拿起笔，草拟指令，让回沪报到的程振中立即与萧公馆联系，确保这一行动完美无缺地执行。

这一夜，上海滩几个了解内幕的人都彻夜难眠。只当事人叶明远酣畅地睡了一觉，清晨时分就匆匆赶去办公了。白天，武汉方面电台一直没有和本部总台联络，他有些疑惑。武汉警备司令部稽查处，是他部门最重要的分部之一，直接负责针对共产党鄂豫皖苏区的情报侦察活动。分部主任刘坚的公开身份是稽查处少将处长，是这个九省通衢之地手握生杀大权的重要人物之一。

武汉方面的军事情报，也是党务调查科的主要来源之一，每日都往来不绝的电报联系，这时候忽然断了线，难道是出事了？他实在是不放心，命令电台主动呼叫武汉分部，没有应答决不放弃。这样催促了足足有半天的时间，那边的电台终于有了回应，但只有寥寥数字，言简意赅：枕戈待战，心无旁骛。

这八个字是什么意思呢？叶明远凝视着它们，每一个笔画都看得力透纸背，但却仍是一无所获。但他根据自己的经验判断，武汉方面要出大事，刘坚似乎有了什么新的发现，但为了安全起见，进行了电台静默，以防被对方觉察。他笑了起来，这个家伙，不是还有一套绝密电码可以启用吗，这套密电码是他和各分部头目传递绝密情报、下达绝密指令所用。看来，刘坚尚无所获，只有得手了，他才会利用它向自己报捷。

叶明远笑了起来，去公文包内侧的暗袋里取出个小而薄的红色封皮本子来，放在手心用大拇指带动纸页顶端，犹如点钞票般发出哗啦啦的一阵声响。这有如行云流水般的声响，安抚了他这忐忑不安的心情，闭上眼凝想了许久，长长地吁口气，将本子塞回原处，再去案头用那支久不使用的毛笔蘸了墨汁，在一张废报纸上写下了一行字：以不变应万变，此乃天地之大道也！

他退后一步，欣赏着自己的字迹，露出了笑容，转身穿上呢大衣，提着这装有密码本等重要物件的皮包，信步出门，招呼司机和护卫道："走，去一趟淞沪警备司令部，拜望那位稽查处王处长，近些日子，听说他的行情看涨，我倒要当面去领略领略呢。"

这辆黑色汽车离开党务调查科，一路飞驶，穿街越巷直抵目的地。当汽车从油车马路街穿过时，十字路口右侧的人行道上，有个女人的背影被他忽略了。在他面前假作片段性失忆的俞府小姐，正在赴与他为敌之人的约会，地点距离这里也不过两百米远。

那家爱尔兰人所开的咖啡馆里，任晓月正在等候。俞萍如全然不知，自己正与内心极度痛恨的人在这繁华街头失之交臂。此刻，她下定了决心，要利用肖也，不，她此刻宁可认他做萧专员的力量，重重地回击叶明远，这个伪善、狠毒的家伙，为自己的白白付出，为哥哥的死出一口恶气。

她来到咖啡馆门前，一眼就从临街的透明窗户里看到了那个女人，当即不假思索地推门而入，走向她。任晓月站起身，这两个女人礼貌地颔首致意，面对面坐下。任晓月说："接到你的电话，我很高兴，谢谢你的信任。"

俞萍如盯住她的脸看了一气，嘴边掠过一丝苦笑，说："其实，我不喜欢你，不是因为这件事，我根本不会打电话、跟你见面。"

任晓月笑了笑，说："明白，你其实心里——"

俞萍如打断了她的话，直截了当地说："你猜错了，萧专员根本不值得我这样做，肖也一心一意选择了报仇，他就不是肖也了，就此变成萧专员，所以，这个世上再也没有肖也这个人了，我会将肖也存记在心里，但是，萧专员，请你带走吧，我不会因此而多看他一眼的。"

任晓月深深地叹息，说："不谈肖也，或者——萧专员了，说说你约我来的目的吧。"

俞萍如说："我要选择一个最佳的方式来惩罚叶明远，我不要他即刻就死，而是要他生不如死，我已经秘密订下了去美国的船票了，随时可以脱身，但我要完成自己的计划，时间不多了，不多了！"

任晓月一惊："你要走？"

俞萍如点头说："这个肮脏的城市，这个伤心的国度，我再也待不下去了，我必须走，不然会真的疯掉的！"

任晓月伸手去摸摸她冰冷的手背，说："不要把一切都看得那样绝望。"

俞萍如摇头，说："你没有这样的遭遇，自然没我这样的感触。"

任晓月沉默片刻，说："据我们所知，叶明远手里有一套密电码，我们需要这个，有了它，可以破译出这个特务机构的几乎所有的绝密情报，叶明远会因此而死无葬身之地的，只要你将它偷偷地弄出来，交给我们，就大功告成了。"

"这个密码本在哪里？"

"据分析，可能在两个地方，一是他在宅子里的保险箱里，一是他随身携带、从不离身的公文包里。"

俞萍如点了下头，说："我拿到密电码后，怎样处理它？"

任晓月说："为了安全起见，为免被他觉察，只有两个办法，一是我们派人潜入叶宅，跟你接头，就在宅子里拍照，或者你来拍照，但是这个需要训练，时间恐怕来不及了。"

俞萍如摇头，说："这两样都不成，我倒有一个法子，但是需要你们提供几粒让他睡着短时间醒不过来的药，叶明远喜欢喝红酒，我把药下在酒里，他发现不了，等他睡得跟死猪似的，我就有足够的时间来处理了，不会拍照的话，我可以誊抄，但东西究竟怎样抄，要领你们得告诉我。"

任晓月见她直接准备手抄密码本，心想这倒省却了拍照的麻烦，只要有了催眠药，这件事也许能够做到，便先点头同意了。她们在这咖啡馆里又坐了十来分钟，约好明天上午在叶宅附近的一家裁缝店里见面，在那里交接催眠药，并有专门人士当面演示用药，并讲明密码的誊录方法和注意事项。

然后，俞萍如先行离开了。任晓月目送着她的背影，以及她身后的安全，直到确定她们的会晤没有遭到监视和盯梢后，这才起身。在门外招了下手，唤来扮成黄包车夫的同志接应，拉起她来向萧公馆飞奔而去。

中央特科主任程振中返回上海的时间，后延了近六个小时。原定下午在码头接他的同志扑了空，为避免暴露身份，只得先行离开。漆黑的夜色中，只有码头一带以及附近的马路上还亮着灯，其他地方都是死寂一片。他离了船，看看外面的情形，并没有急于离开，而是在候船室内凭借着松软的包裹作为枕头，打了一个盹。等到天色微明时，才离开码头，在最近的一个联络点，与守候的同志接头。

那位同志心急火燎地压低声音说："程主任，怎么这会儿才来，老伍派我来接你，有重要任务。"

程振中说："轮船在安徽境内遭遇了岸上土匪的冷枪阻拦，耽搁了小半天才脱险，老伍同志有什么指示？"

来人说："没说详细，请你直接和三号联系，到时候自然就明白了。"

程振中看看手表，顾不得旅途劳累，马上换了件外衣，独自赶往法租界内的萧公馆，去见任晓月。在中央负责人老伍直接掌握的潜伏人员绝密名单中，任晓月名列第三，故而以编号作为代号，足以彰显她的重要性。

这一刻大多数人还在沉睡之中，街道、弄堂里弥漫着一股子点炉生火的煤烟味。程振中佯作过路人，头戴礼帽遮住半边脸，溜达着来到萧宅门前，趁着早起女佣开门之际，一下子闯了进去。女佣吓得要叫唤，他轻声急切地说道："我是萧专员的亲戚，请他们夫妇下来一下，有紧要的事情。"

女佣惊疑地看他，上楼去了。几分钟后，肖也和任晓月匆匆出来，一见是他，惊喜不已。

任晓月问："你从武汉回来啦？"

程振中与肖也握手致意，说："这一路马不停蹄，半夜刚刚登岸，凌晨接到了命令配合你们，来，快讲讲具体情况吧。"

肖也吩咐女佣准备早餐，他们一起去楼上书房详谈。任晓月将关于俞萍如的相关事宜详述了一遍。程振中情不自禁地赞了声好，低声说："这套密码，我方追踪已久了，根据电台监测，每当它启用时，必有重大事件发生，只是没有办法破译，干着急罢了。如果我们真的掌握了密码，敌人的核心机密就落入我们手心里了，这在战略上，具有难以估量的价值，无论付出怎样的代价，都值得一试。"

任晓月便把俞萍如的意思略述了一下。

程振中点头同意，说："这完全可行，但这催眠药的选择要慎重，我亲自去药房选购，只是这件事，她独自一人面对叶明远，我们都无法提供帮助，不知道她能否胜任呢？"

任晓月说："从我两次会面的情形来看，俞小姐经历了锤炼，成熟了，有心机了，知道利用自己的优势了，这一点，我倒不担心。"

肖也听她如此评价俞萍如，合眼去冥想这样的词语描述下的昔日恋人，心头隐隐作痛，她的成熟、心机，都是由自己锤炼而来，倘若自己那时在广陵同意放弃复仇，与她一起出国，隐姓埋名，在这世上寻一处安静的角落相伴相随，了此残生，她是不会变的，仍然是那个美丽、纯真的女学生，自己倾心所爱的人儿。

程振中却对他笑道："萧先生，告诉你马队长他们的好消息，江北红军接受整编后，队伍又扩充了，成为中央红军的主力师，马队长现在是马师长啦！"

听到了马援等人的消息，肖也的心情随之一振，说："他们安然无恙，我心里就踏实了，只是还不知道什么时候能够见面呢。"

任晓月迟疑着问："那何为同志呢？他的近况如何？"

程振中犹豫了一下，说："他在鄂豫皖苏区，本来说是要到武汉来见面的，但后来因故改变了，这次是失之交臂。"

任晓月有些失望地叹了口气。

三个人匆匆商量了片刻，当即分道而行。肖也驱车载着程振中先行离开，途中瞅空子放他下车，自去买药，并前往和任晓月约定的地点汇合。他自己刻意地大张旗鼓，接连驶向几位要人在沪上的公馆，其中就包括陈立夫。

但是，他也不进官邸，只是呈上一封拜帖，帖内写的仅是高山仰止之类久仰敬佩的奉承话罢了，下面署名只草签一个"羽"字。

这么一来，摆了个迷魂阵，足以让叶明远绞尽脑汁也想不出其内的含意了。或许他是新获任命，处处拜谢，或许是认为他已经和要人们暗通款曲，有不可告人的秘密。这一路，走走停停，转了小半个上海，太阳过了正午之后，估计任晓月已经和俞萍如会晤完毕，他这才从容不迫地向自家公馆而去。

回到公馆，他在院子里刚下车，只见任晓月站在门厅内，笑吟吟地看着自己，知道会晤成功，事已办妥，当即颔首致意，问一句："程主任去哪里了？"

任晓月说："他负责接应应急的准备去了，为了确保俞小姐的成功，我们要镇定、镇定、再镇定！千万不能影响她。"

肖也挽起她的胳膊，说："那么，今天从此刻起，咱们就足不出户了，晚上喝一点酒，平抑一下心情，静候佳音吧。"

这一个上午，肖也离奇反常的行为，确实引起了公馆对面监视者们的主意。当萧专员夫妇相挽进宅之后，尾随跟踪的汽车也缓缓地从门前驶过，确定了他回来之后，继续向前一段路后才返回了调查科。

这时，叶明远穿上大衣，正待下楼，突然见负责监视萧宅的部下露面，心知有事，忙问："有什么情况？"

部下说："今天整个上午，目标造访了立夫先生、戴季陶、张群、吴铁城、熊式辉等多位党国政要的公馆，但却都没有进去，似乎是呈上了一封信函就离开了，这个举措过于显眼，所以等他回家了这才赶紧来报告。"

"立夫先生的公馆都去过了？"叶明远诧异至极，马上返回办公室，摇了几下电话后忽然觉得不妥，忙又搁下，做了个深呼吸，喃喃自语道："这个萧专员，他想做什么？肖定坤和CC针尖对麦芒，他跑到他那里去，岂不是滑稽？不可思议！"

他这会儿惊异不定，急忙命令监视萧公馆的人密切注意萧专员的一举一动，再增加一辆汽车跟踪盯梢，他要窥破这个对手葫芦里到底卖的什么药，不然一刻也难以心安。

这一番忙碌下来，时间已经不早，他决意中午不回去，吩咐手下去外面叫了一份客饭，就在自家的办公桌前吃将起来。等他吃完了饭，丢下筷子，又想起了武汉方面的事情来，便打电话到电讯室，查询有无电报？电讯室值班者回禀，武汉方面的绝密电台仍然没有动静。他使劲地握了下拳头，心里暗暗地猜测道："出大事了，一定是出大事了，刘坚难道心存异志不成？"

这一刻，叶明远感觉所有的事情似乎都产生了诡异的反常变化，难道形势有变？上司陈立夫、下属刘坚，乃至仇敌萧专员此刻都已经在暗中联手对付自己了？

他有些儿沮丧，意志消沉，在午后阳光折射的窗下，抽烟并打了个盹儿，再睁开眼看时，日头已经偏西了。楼下街头，熙熙攘攘的人群，嘈杂、吆喝、呐喊，种种带着人世间喧嚣的音响，在他的耳畔交织。

他恍若隔世般地俯瞰良久，在一阵寒风里猛地打了个激灵，这一个生理式的反应，使他在刹那间恢复了斗志。他转过身去，在文件柜上悬挂的一面小镜子前认真地整理衣冠，抹了抹耷拉的头发，去公文包内摸出锃亮的手枪哗啦一声拉开保险，抬起来瞄准了镜子中的自己额头的正面，食指在扳机上滑动，嘴里虚拟了一声枪响。而后，他笑了起来，关闭了保险，将枪塞回皮包里，向外走去。

这一刻，他已经下定了决心，将手里的一些事务解决后，向陈立夫告假，化被动为主动，也要让所有人都能够尝试一下，没有叶明远，这党部特别调查科如何运转？而他，则可以退后一步，在俞小姐身上去有目的地耗费心力，他退后一步海阔天空之余，在所有人的视野之外做重点突破性的工作，只要能够打动俞小姐，得到她的全力合作，他便可以凭一己之力力挽狂澜，以直达天听的方式为党国再立新功了。到那时，他便以退为进，可以击破所有潜在敌人的围伺觊觎了。

叶明远在走廊里手扶墙壁、紧闭双眼，高喊了一声："来人啊！"

走廊里所有的门都开了，一溜排的脑袋探出来，惊诧地看他。他就势按住脑门，说："我头晕得紧，快送我去医院！"

他随即在一伙手下七嘴八舌的问候和七手八脚搀扶下，上了汽车，直奔广慈医院。

急诊医生对于这样兴师动众送来的病人不敢怠慢，急忙请去急救室诊治。大致地检查一遍身体后，医生放下听诊器，说："这位先生血压有些高了，一定是长期操劳引起的，需要静养休息。"

叶明远叹口气，望一眼下属们，摇头说："富贵如浮云，性命最要紧，我这两天就向立夫先生告病假，先歇息几个月，等养好了身体，再为党国效力。"

叶明远回到家时，以一个病恹恹的姿态进屋，他在俞萍如惊疑的目光中在沙发上躺下了，挥手让几个心腹部属先行离开。等到宅门砰的一声关合，屋子里归于寂静，只剩下俞萍如的脚步声走来时，才如释重负地坐了起来。他一边除却领带，一边笑道："我要借着这个不大不小的病情请些日子假，在家里好好地陪你，咱们的婚事，也趁这空闲办了吧。后天，我就递送请假手续，然后，咱们一起启程去江北吴尚，见你家老爷子，请他做主，就在吴尚完婚。"

俞萍如默想片刻，说："那——我哥呢？"

"他在江西剿匪呢，军务繁忙，未必赶得回来，我发个电报给他就是了。这个你放心，虽然长兄如父，但老父健在，就不劳他奔波受累了。"

俞萍如撩了下耳边垂落的一缕头发，问："什么时候去江北？"

"十一号前后，都成。"

俞萍如笑了起来："我也是想家了，你陪我回去也好，我爹眼下独自一人住在吴尚那座空宅子里，挺孤单的，我得在那里好好地住些日子，陪他打发无聊。"

叶明远呵呵地笑，说："是啊，故地重游，对你的记忆有很好的恢复。"

"什么恢复？"俞萍如茫然地问他。

他摆了下手，说："算了，不多说了，总之咱们的好日子近了，晚上一起出去吃顿饭吧。"

俞萍如摇头说："就在家里吧，咱们两个人，喝点红酒，点上根蜡烛，那才——罗曼蒂克呢。"

她的提议让叶明远很受用，尤其是罗曼蒂克这个洋词儿，显示着她的心境，这令他心花怒放，拿起笔来写了红肠、烧鸡、腌笃鲜等几样菜名，让门外值守的手下去附近的饭馆里办妥了送上门。自己去橱柜翻出一瓶上等葡萄酒来，开启瓶塞，举在手里，说："这酒的年份说起来，跟你的年龄差不多了，一定醇美适口，今晚，咱们就在家里罗曼蒂克，对，罗曼蒂克！"

俞萍如盈盈转身上楼去，挑了一件质地柔软、剪裁得体、恰到好处地勾勒出身体曲线的长裙。她对镜顾盼自赏了片刻，将头发向上盘起，垂在左耳一侧，再用口红将双唇涂得鲜艳了，蹬上高跟皮鞋，以摇曳生姿的步伐下了楼梯。

叶明远见她换了装束添了妆容出来，不由得一阵快慰，情不自禁地咽了下口水，他看看窗外浓重的暮色，去将蜡烛插在久已不用的烛台上，安然坐下，等待所订的菜肴上门。

不一刻，门铃声响，饭馆伙计送菜来到，叶明远起身去开门。

俞萍如动作麻利地将茶几下面的一个纸团取出，飞速将药粉倒在叶明远的杯子里，取过酒瓶倾倒瓶身，殷红色的酒液缓缓入杯，浸没了药粉。她将这大半杯红酒在手心里摇晃了几下，从容放下，这才给自己面前的杯子斟酒。

叶明远领着伙计进来，吩咐他将几样菜肴盛放好后，这便去拿起火柴划着，点燃了蜡烛，随后关掉了电灯。俞萍如微笑着凝视他杯中的酒，在这昏黄的光线下，更是显不出端倪来。叶明远坐下来，端起酒杯，意态消沉地倾斜着酒杯，旋转了三四下，用鼻尖去嗅嗅杯沿散发的淡淡的酒香，说："今晚咱们得享受这安静，慢慢地喝酒，看这月色下的上海，似乎别有一番滋味。"

俞萍如语调温婉地说："你整天忙于公务，哪有这个闲工夫来陪我啊，今晚真是难得，非常难得。"

叶明远带着歉意说："是啊，所以我决定了，近期请个长假，好好地陪你四处转转，咱们得好好地享受生活，对吧？"

俞萍如举杯与他轻轻一碰，这玻璃间接触的声响，比任何时候都悦耳动听。她轻啜了一口，凝望着他，似有所待。

叶明远喝了一口，放下杯子，丝毫没有觉察出异样，去挟了筷菜肴人口，点头赞道："这家馆子，口味就是不错。"

俞萍如好笑道："你这酒也很好呀，美酒配佳肴，那是再好不过了。"

"哪里，美酒、佳肴得配佳人才是，你这样的美人儿，在这烛火之下的风姿，又是一种风采，叶某自问近些年来也着实做了几件惊天动地的大事，勉强算是个英雄了吧，英雄美人，美酒佳肴，清新的月光，这世间哪里再找这相配的景致呢？"

他兴致又起，举杯来再喝一口。

俞萍如伸手在他的鼻尖上刮了一下，说："牛饮，这酒不是这样喝的，好的东西要慢慢地品。"

她示范地在杯沿小啜一口，舌尖半吐半露，说不出的撩人风情。叶明远心神荡漾，不能自已，伸手去握住她的手腕，笑道："迷死人了，你这个丫头！"

俞萍如轻轻打了他的手背一下，薄嗔道："粗鲁，猴急，跟品酒一样，缺少风度，美人也不是这样欣赏的。"

叶明远呵呵笑道："是啊，是啊，我性子急了一点，今晚，咱们得慢慢地享受，吃菜、品酒，还有——"

俞萍如咪咪地笑，举起杯子。

俩人四目相对，说不尽的春意盎然。

叶明远卷起衣袖，又喝了一口酒，摇头笑道："人逢喜事精神爽，我这是兴奋得过头了，怎么有些倦困了？"

俞萍如笑道："这是你高兴过度了，多喝点酒，提提精神，我不敢笑你牛饮就是了。"

叶明远说："我这人虽然品酒牛饮，但却还是个解风情的人，来、来、来，未来的叶太太，你也喝一大口！日后嫁入叶家，做了我的太太，我会宠着你，惯着你的，但你也要乖着点儿，不辜负我疼你一场啊。"

俞萍如喝了一大口酒，眼角媚丝流动，说："那也总得我嫁给你才成，你这个人，能不能让我放心地跟你，还不敢断定呢，我可是堂堂吴尚俞家的小姐，哥哥是国军旅长，量你也不敢欺负我。"

"你哥即使不是旅长，我也舍不得欺负你，说到欺负，那是另有其人。"

"谁？"俞萍如手把酒杯，笑吟吟地问。

"此刻不说，免得坏了咱们的兴致，还是喝酒吧。"叶明远又举起杯子，再饮一口，一大杯酒已尽其三。

这一刻，他的舌头似乎有点软弱了，不如方才那般的伶俐，两张眼皮不住地往下耷拉，不停地抬手去搓揉，强打起精神来。俞萍如看在眼里，有意地打了个哈欠，懒洋洋地说："奇怪，我怎么有些困了，难道这情调儿催人发倦？我去开灯，你吹灭蜡烛吧。"

叶明远含糊地答应，起身去开电灯，脚底发软，有点控制不住。

俞萍如噗的一声吹灭了蜡烛，在明亮的灯光下看他，说："今晚我们尽兴了，也许是乐极生悲吧，是再喝点酒去休息，还是现在就去？"

叶明远困得不行，深深地打着哈欠，扶住楼梯上去，说："你也来吧。"

俞萍如说："你先歇着，我收拾一下就来。"

叶明远摇摇晃晃地进了卧室，脱了外套，连鞋子都忘记脱就拉过被子蒙住脑袋，就此鼾声连天，进入梦乡了。

这一夜，叶明远睡得无比实在，连梦都没有半个，直到次日早晨阳光洒落在窗台上时，才醒来。而他，以及夜间轮值这座住宅的手下们都没有觉察，在晚间十点时分，宅内某个储藏室内，点了一盏蜡烛，一个女人正在这笔直的火苗照耀下，拿着支笔抄写着一本红色封面的薄薄本子里的数字和文字，这不算暗淡的光线中，她的脸上闪烁着奇异的光泽，眼睛里闪耀着兴奋的光芒。

夜犹深，大地一片苍茫，这座远东大都市，也是苍茫中渺小微弱的一点而已。

5

这一夜，程振中彻夜未眠，他临时找了一处毗邻叶宅的空房子，带了五个特科成员，携带武器潜入守候，密切关注着宅内的一切变故。但这座宅子夜来静谧、平和，没有一丝响动。随着夜色的退去，阳光照耀房屋、街道、河流和早起的行人。

吱呀一声，叶宅临街的窗口开了半扇，一个女人正在拉开窗帘，让屋外清新的风儿吹入。

叶明远听着这业已习惯的声音，知道俞萍如起床了，他仰面躺在床上想起昨晚的情形，笑了起来，说："以后你起床时别太早，我也许后天就休假了，咱们一起睡懒觉，这也是幸福的一种啊。"

俞萍如笑了起来，说："怎么天天睡懒觉？你不要陪我回吴尚了？在我们家俞府，你还想睡懒觉？我爹怕不拿鞭子抽你起早。"

叶明远笑道："这么狠？倒是家教严厉。"

他在被窝里延展了四肢，伸了个懒腰，开始起床去盥洗室洗漱，穿上外套对着镜子修饰一下衣襟和头发，去提起牛皮铜扣的公文包来，与正在收拾床铺的俞萍如招呼一声，出门上车，赶往调查科去了。

俞萍如不紧不慢地忙完了手里的事，四顾没有异常，这才走进储藏室，从一堆杂物下摸出个小而轻薄的本子来，揣进怀里，拎着一只竹篮子，佯作买菜出门。她沿着门前这条街走了十来分钟，拐上另外一条街，远远地瞅见任晓月迎面而来，彼此互相发现之后，对方便走进一家杂货铺子。

她的心跳得厉害，停下了脚步，借看墙上的招牌平息自己的慌乱，然后再从容地向前，也走进铺子里。

在柜台前，任晓月买了针线和香烟，堆在面前，请伙计代为捆扎。伙计答应着去找纸张，俞萍如便将怀里的本子取出来，任晓月接过去就势夹在这些物什中，由着伙计去将它们捆得严严实实，拎在手心里先行离开。

俞萍如如释重负，脸上露出轻松的笑容，指指柜台里的物品，又让伙计忙碌起来。

且说任晓月提着一捆杂货出了铺子，在人行道上走了约莫五六分钟，在路边监视掩护的同志示意下，迅速转到另外一条路上。路口，程振中坐在汽车内急切地等候着。一见她来到，立即打开车门，接她入内，迅速驶离，赶往特科秘密电台设置处。

在确定安全无虞后，他们弃车进入宅子，上到阁楼顶，正有两部电台在工作。任晓月割断细而坚韧的麻绳，抽出本子交给程振中。他解开一看，赞了一句："俞小姐兰心蕙质，果然一教便会。这密码、呼叫频率，抄录得清清楚楚，半点儿不乱，省却了麻烦，可以直接使用了。"

他将抄写的密码本交给电讯员，电讯员大略地看了，立即调整频率搜索寻找。程振中叮嘱说："这套密码很重要，估计敌人不会轻易频繁使用，但一旦使用它，将会有重要情况，你们要密切关注，不能疏忽，一有情况，必须马上监听记录，千万不能掉以轻心。"

电讯员点头表示明白。

程振中和任晓月一起离开这处极为隐蔽的所在，在街头分手。任晓月办了这件大事，心头的激动难以自抑，回到萧公馆时，面若桃花，额头见汗。正坐在书房里的肖也闻声出来，看她这副模样，不禁笑道："人逢喜事精神爽，你这样子，那是事情办妥了，了不起，了不起！"

任晓月在沙发里坐下，背倚松软的靠背，说："你得多谢俞小姐了，她果然成功骗过了叶明远这条狐狸，将密码抄录到手，厉害！"

肖也思忖说："其实，我也想得到这套密电码，有了这么一件利器，就能够掌握叶明远这伙人的核心机密和不为人知的行动，从而扼住他们的咽喉要害了。"

任晓月犹豫道："这件事，恐怕得请示中央责任同志了，但我看，如果有不利于你我的情况，特科同志会在第一时间通知我们的。"

肖也没再多说，眼看叶明远这个最为危险的对手正在步入绝境，以及委身于他的旧情人反戈一击，都让他感到了满意，正待回书房去小憩片刻，这时却听见门外的嘈杂，一个女佣奔进来说："先生，外面来了一伙陌生人，要见你呢。"

肖也吃了一惊，向门外走了几步，但任晓月拦住他，说："我去看看。"

她心生警惕，生怕门前的变故跟自己刚才执行的任务有关。但刚走出门厅，外面就有几个人叫道："太太，太太，是我们！"

任晓月定睛瞧去，原来是广陵专员公署卫队的那些人，又惊又喜，说道："你们，这是怎么来的？快进来，快进来！"

这七八个人一拥而入，看见了肖也，不觉一齐松了口气，然后又急切地说道："萧专员，王队长在码头被扣了，人在淞沪警备司令部呢，咱们随身携带的短枪，也都被缴械了。"

肖也惊诧，他原先的指令是让他们随王队长去南昌会合，没想到他们居然来了上海，这个主意想必是王队长拿的，他倒不生气，反而有些欣慰，想自己做了这几个月的专员，能有这么些性命相托、愿意背井离乡追随的人，倒也是意外的收获了。他立即让任晓月帮忙，代为照应他们，再在这附近找个旅馆，临时安置。他这就出门，赶往淞沪警备司令部去找稽查处王处长。

一个钟头后，肖也走入了王处长的办公室。王处长坐在办公桌前把玩手里的一块玉石，又是呵气，又是摩挲。见他到了忙请坐下，兴致勃勃地介绍说这玩意儿是刚刚从一个古董掮客手里得到的，据说是汉墓中出的，用于塞七窍的，年代久远，已有血沁之色，珍贵得很。

肖也打趣道："王处长，这东西也许是塞口鼻的，也可能是塞屁眼的，你能确定它究竟是塞哪儿的吗？"

王处长一笑，说："不猜，这世上有几样东西是干净的？全是自己心里胡思乱想瞎猜疑，我看啊，只要玉好，其他都是微不足道的。"

肖也大笑："老哥，确实，世上哪有干净和不干净的，全是自己的心理在作祟，不过，我这人不修佛，总得在俗世里打滚，这不，又摸上老哥的门上来了。我的卫队长在码头上被稽查处的人抓了，我没处去讨，只得找你。"

王处长一笑，说："我刚刚拿到报告，说是在码头抓获多名持枪的可疑分子，为首的姓王，自称是江北专员公署的卫队长，我是看在你的面子上，只留下了领头的，余党都放了，这会儿，是在等你呢。"

肖也苦笑："原来老兄尽在掌握中了，倒是我显得可笑了。"

"不可笑，我是想拜望老哥无门啊，这不，借这个机会向你祝贺，你此去南昌参加剿共，功成名就，可千万别把兄弟我给忘记了。"

肖也这才会意，挥手道："老兄，你不是拜望无门，而是忌惮我门外那些个叶明远的暗探吧？"

王处长不置可否地笑，把玩玉石，说："你那卫队长，我吩咐人好吃好喝招待着，待会儿让他跟你走，不过，你老哥此去南昌，兄弟的一家老幼可要托付给你了！"

"怎么讲？"肖也不明白。

王处长说："我兄弟在南昌警察局做事，你在委员长行营能够替他谋个体面的差事吗？"

肖也应声答道："可以，老哥原来是想让我帮这个忙，放心，尽管放心。"

王处长将兄弟的履历递给他，不经意地说："这也是天顺其便，今儿一早，我接到武汉警备司令部稽查处的电报，要求加强码头的安全警戒，可能有重要情况，不想就凑巧撞上了你的卫队，咱们有缘，真的是有缘啊。"

肖也好奇："武汉那边，会有什么重要人物来沪？眼下这态势，中央大员们还都在京沪两地享福呢。"

王处长不以为然道："抓个芝麻当西瓜，这些家伙都自命不凡了，尤其是武汉警备司令部的刘坚，新晋了少将军衔，得意得很呢！哦，你可别在意，我绝不是指桑骂槐，他这人真是这样，本来隔三岔五就主动跟我联系招呼的，这些日子也没了音讯，怕是自以为是统率雄兵、能征惯战的将军了。"

王处长奚落着这位远在武汉的同僚。肖也却暗暗留意了这个讯息，再闲扯几句，带着那份履历以及王队长离开了。回去的路上，他询问王队长究竟是怎样的情形，王队长说大家伙儿下了船后，就见码头上到处军警林立，稽查处到处搜查，一见他们这个架势，马上起了疑心，就来包围，差点儿酿成了剧变。

肖也听了，心底约莫有数，回到公馆后，便将这件事提醒任晓月，武汉方面是否出事了，似乎气味有点儿不正常。

任晓月虽然不清楚，但对他的猜测心底警惕，想了想，说："那我这就把这件讯息发出去，看组织上有没有警觉。"

这一刻离例行联络的时间倒也差不离，花匠老皮开启电台，照习惯呼叫、应答，将这个不大不小的异常情况拍发出去。谁知道，对方立即回复：事态紧急，事态紧急，迅速做好撤离准备，武汉方面发生重大变故，重大变故！

花匠将这电文赶紧交给了任晓月，任晓月大吃一惊，急忙去找肖也，肖也倒吸一口凉气，说："这到底是怎么回事？居然连我都牵连上了，需要应变，得是多大的变故？"

任晓月着急，马上复电，要求迅速面见程振中，了解详情。

对方回电，一小时后，在元顺菜馆的二楼见面，有重大事变！

任晓月望望肖也。肖也说："我开车送你，但叶明远加派了一辆车跟踪，我要吸引开他们，这会面怕是你得自己去了，在菲德尔北路那个拐弯口，你下车进弄堂，其余的事就不用管了。"

任晓月忧心忡忡地答应了，去卧室抽屉里摸出把手枪来，塞进包里，望着门外黑漆漆的夜色，坚定地迈出一步去，说："你放心，如果出了什么大事，我会尽一切可能掩护你的，你不能出事，不然，是我和党组织对不住你了。"

6

叶明远坐在自己的办公室里，花费了半天的时间，斟酌词句，拟了封告假信，无非是近一年来忙于公务，无暇休息，身心疲惫，又值新的变故发生，身体受损，自忖犹如老牛拉重车，渐渐力不能支，故而暂请两个月的长假，除调养身体外，得以有暇研读，为日后的工作进行准备。

他写好信，嫌涂抹不清，又重新誊抄一遍，待墨水收干后，塞入信封装进公文包，然后开了门，站在幽长的走廊里，凝望了一气这个在自己手里有了气色的情报机构，叹口气回身去穿起衣服来，拨打电话到陈立夫公馆，询问他是否在家。那边说立夫先生陪果夫先生去南京了，上午返回。

他脱掉衣服，坐下来发了会儿愣，不觉已是中午时分。想起昨晚与俞小姐的罗曼蒂克，不由得笑了，想回家去，在这冬日暖阳下的午后，一起在阳台上打盹，喝茶，先享受清闲。

他抓起衣服，拎起包出了办公室，走到楼梯口，却见楼上脚步声碎乱，电讯处主任手持电报快步赶来，急急火火地说："武汉，武汉有电报了，绝密1号，绝密1号，请您亲自译电。"

叶明远本已懈怠的情绪刹那间荡然无存，他接过电报，返回办公室，去公文包里取出那本红色小册子，译解这份发自武汉警备司令部稽查处长刘坚之手的绝密电文。

不一刻，电文译出，一行字跃然纸上：

业已捕获共党之重要人物辜平，该犯愿意归顺党国，并
欲求见委员长，已从水路秘密转押上海，拟于明日抵沪，望
严格保密，并妥善接收，确保安全。

　　他的手有些颤抖，几乎不敢相信自己的眼睛，又将这短短译电再
看了一遍，霎时间把什么休假、什么与俞小姐共沐阳光的事情全然忘
却了。一个上天赐予的千载难逢的机会来了，共产党中央情报安全的
主要负责人，在武汉被调查科分部逮捕了，即将押来上海，他只要在
上海接收此人，立即安排晋见蒋介石，这样的奇功，是空前绝后的。

　　叶明远在困窘中，霍然走入了幸运之门，这样的机会，他一生中
也许只有这一次了，不死死地抓牢，那将是终身的遗憾。他立即拿起
电话，召集下属开紧急会议，部署应急任务，将所有散布在市区各处
的人员，全部集结，全面密切关注共产党一切可疑人员、可疑地点、
可疑的举措。尤其是对于车站码头，予以重点监视，不放过任何一点
可疑迹象。

　　他要确保明天的交接任务绝对安全。刘坚发来的这份电报内容，
他没有做半个字的透露，迄今为止，上海知晓这个秘密情报的，只有
他一个人，这个世界上知晓这个秘密的，也不过三五人而已。但一旦
明天刘坚亲自押送辜平抵沪登岸后，不出半天，中共中央潜伏在上海
的所有重要机关和人员，都将会被一网打尽。在蒋介石正式发动剿共
军事行动之前，先声夺人，将会是何等的震撼？

　　叶明远兴奋得不能自已，关起门来，一根接一根地抽烟，借以平
息心头的激动。

　　叶明远发出密令的一刻钟后，便在上海市区有了常人难以觉察
的变化。但偏偏在萧专员公馆外，未能逃过被监视人萧专员夫妇的法
眼。肖也想去开车送任晓月与特科负责人见面，却见马路对面有了异
动。六七个特务急匆匆地离开屋子，坐进了那两辆专门用来盯梢跟踪
自己的汽车，疾驰而去，不复回顾。对面乃至周围那些可疑人物，也
顿时如同秋风扫尽的落叶一般，全然没了踪影。

　　肖也高度警惕，靠在车门边，吸着雪茄，望着这猝然的变故，静

观待变。半个钟头后，当他确信周围特务已然全数撤走时，才冲楼上做个手势，示意任晓月立即下楼、上车。

他发动了车子，缓缓地驶出公馆大门，在一览无余的马路上向前。从车镜中侦看身后的情况，全无异常，他笑了一声，说："今天真奇怪，连我这处重点监视目标都撤防了？难道上海滩真的要出大事？"

任晓月喃喃地说："这，到底是怎么一回事？"

汽车在大路上加速行驶，出了法租界，就地停在一处不引人注目的地方。肖、任二人下车后，快步闪入人流密集的百货公司，走马观花，穿梭在人丛之间。十分钟后，从边门走出，沿着僻静的小街又走了近十分钟的路程，隐在弄堂口，稍作停留。在确定身后无人跟踪之后，这才重新起程，穿过两条马路，来到目的地。

这时，特科隐蔽地点内，几乎所有人都不在，只剩下程振中一个人，手拿着一张纸，不停地拨打电话，只说一句："舅舅家里的孩子不见了。"

这是中共特科在最危急时刻才会启动的暗语，意味着出现了无可挽回的重大危险，必须灭除一切痕迹迅速转移撤离。任晓月惊诧地望着他忙碌，几乎说不出话来。

肖也说："淞沪警备司令部方面突然开始对码头进行严密封锁，我公馆外守候监视的特务们也都撤了，一定发生了极其严重的事情，才会这样。"

程振中点了下头，抓起毛巾来不停地擦汗，说："辜平在武汉被捕叛变了，正乘坐轮船转押来沪，他将给我们党带来难以估计的破坏。"

任晓月惊叫了一声，捂住嘴。辜平是临时中央负责人之一，也是程振中的上司，负责特科等情报、保卫工作，他这样分量的人物，居然被捕并叛变了，简直令人不敢想象。

程振中叹息一声，说："我这次去武汉，就是护送他去鄂豫皖根据地的，谁知道他逗留在武汉，没有及时跟接应的同志们一起走，结果暴露了目标，落在敌人手里，想不到，他竟然是个软骨头，太让人震惊、失望了！"

任晓月说:"既然是这样,那得赶紧通知同志们撤退转移呀!"

程振中手指电话前的名单,说:"我已经第一时间向中央负责同志报告了,中央部署立即进行全面的疏散、转移,但时间紧迫,上海又大,必定会有许多同志来不及通知或转移,这是个大难题。所以,眼下特科所有的同志都去各个联络点了,这会儿正忙得不可开交呢。当然,萧先生你也要避一避了,辜平知道你的存在,也知道你身边有我们的人,你也有危险了。"

肖也冷峻地一笑,说:"我走不开,离开这里,就什么也不是了,成了一个失去作用的废人,行尸走肉,我不走,我想我可以找出让人信服的理由来自保。"

程振中劝道:"不要低估了敌人的狡诈和狠毒,我只是想请你暂避一时,等风声过后再出头露面。"

肖也摇摇头,说:"这是被动应对的法子,你们摊子大,人数多,危险程度高,我一个人倒也无牵无挂,我想,与其坐以待毙,还不如先下手为强呢,咱们变被动为主动,就像上次救何为那样,出其不意,半道上拦截。"

程振中凝神考虑了一下,说:"你的建议不失为一个积极的办法,但敌人此次必定加强了安全护卫,又有前车之鉴,未必能那么容易得手,我们得有一个较为稳妥的方案。"

肖也说:"是啊,现在就可以谋划,总不能等到叶明远他们抢起刀枪杀过来,再做应对吧?"

任晓月拉了一下他的衣袖,对程振中说:"党组织对于叛徒,历来是要严厉惩处的,他们给革命造成的损失,比敌人的破坏要严重得多。"

程振中点点头,拿起电话拨号出去,接通后轻声说:"老伍同志,我们特科建议,在紧急疏散撤退的同时,寻找机会争取在叛徒危害还没有完全生效时,先行锄奸,事态紧急,请求中央批准给予特科应急独立处置的权力。"

老伍在电话那端沉吟了一下,说:"好,但要注意,择机而行,不要做无谓的牺牲。"

程振中兴奋起来，捡起椅背的毛巾来，揩擦去额角的汗珠，立即摊开地图，指点道："根据俞小姐提供的密码，我们破译了敌人武汉警备司令部稽查处的密电，明天上午，押送辜平的轮船将抵达十六铺码头，叶明远会亲自去码头接收、转押。根据萧先生提供的讯息，淞沪警备司令部方面的异常情形说明，他们也得到了相关的通知，届时码头上一定会是戒备森严。敌人必然会重兵封锁保护。所以，在码头动手解决，成功的机会很小。"

肖也说："鉴于何为被解救的教训，这次，他们在水路的护卫一定也加强了戒备，似乎从江上发动突袭也难以奏效。我想，只有在他们完成交接后动手，才有机会。"

程振中说："这要能预先大致判定他们接到辜平后，会去哪里，去党务特别调查科的话，有两条路可以选择，去其他地方，就比较难设定了。"

他埋头去仔细研究市区交通图，猜测道："无非是三种可能，一是去调查科，利用他的口供迅速部署全城的大搜捕，二是去陈立夫公馆见面会晤，三是直接押送他去见蒋介石。但据我们目前所掌握的情报，此刻蒋介石并不在上海，那么暂先排除这个可能性，就剩下两种可能了。"

肖也点起雪茄，坐在地图前，默默看了一气，说："下棋得有几步后制的路数，要估计充足，我看，至少预备两道埋伏，一着不成，还有第二着隐伏在后才行，关键是要选择有利的地点，有利的袭击方式。"

程振中取过支红笔来，在地图上快速地进行推演，将码头通向叶明远老巢和陈立夫公馆的路线反复地揣摩，说："他们接到了人，必定害怕夜长梦多，一定会选择最便捷的路线走，快速抵达目的地。我看，这两处一在法租界内，一在字林西街，确实是要害之处。"

肖也点头，说："是最佳伏击地点，但是为保险起见，我建议在另外两条岔道上也设置阻击点，关键时刻可以袭击拦阻他们。"

程振中点了下头，马上进行安排准备武器弹药。

肖也站起身来，心底暗伏了一个主意，却不说出口。他新来上海的卫队部属，也要用起来，只不过不参加共产党方面的锄奸，而是要在叶明远意想不到之处动手，施展最后致命一击，将叶明远连同他的情报机构从上海地面上抹除掉。他的手下虽然不足十来人，不过还有一支奇兵可借用：王亚樵！

他笑了起来，拱手说："程兄你先忙，晓月就暂留在这里帮助你应急，我还有些其他要务要处理，不打扰了。"

程振中本想与他磋商伏击事宜，见他突然先走，心下疑惑，但也不便挽留，便请任晓月送他。

肖也在宅门边望着任晓月，叮嘱道："得小心了，这是生死关键之时，切切要留意自己的安全。"

任晓月点了下头，说："放心，我们必须全力以赴解决这个难题，它关系你我，关系几乎所有人的安危，无论付出怎样的代价，也要阻止它！"

7

为了全力保证新得到的这条大鱼能够安全顺利地抵沪，并一定要落到调查科手里，叶明远殚精竭虑，将分布于市区的所有部属都集中起来，为了确保不泄露机密，所有人都从此刻起在两处地点集结待命，互相监视，不容许与外界有任何的联络，权当这二十四小时在空气中融化了一般。这些个特务虽然经验丰富，但也没见过这样的阵仗。不少人心底嘀咕，是不是上面要清理门户，重新开张，把所有人都变相地关在这里？

但看到叶明远特地赶来，部署任务，却又不像。

叶明远宽慰他们不要紧张，说委员长刚刚发下密令，执行一项绝密行动，所有人都必须遵守纪律，包括他自己，这一天一夜的工夫绝不容节外生枝，出现差错，不然的话，大家的性命都将难保。他以身作则，大家自然都无话可说，便在这里坚持着，并窃窃私语，议论到底是出了怎样的事情。

叶明远拿出一个经深思熟虑确保万无一失的方案来。这次码头的安全警戒和沿途押送，倾注全部人手，分成三队行动。一路保证码头内围的安全，严密监控每一个可疑人等，在武汉方面轮船抵达时，能够迅速清场，护卫叶明远等人在第一时间内接来人上车，快速离开。第二队人在码头外几条必经要道上预先警戒，排除危险，让车队安全通过。第三队分乘两辆卡车，一辆黑色汽车武装护送叶明远及武汉来人。

这样的部署，可谓铁桶一般，待明天清晨时，就付诸实施。叶明远就地守在本部，确信自己是这座城市中唯一知晓掌握这个秘密的人。一种掺杂着神圣荣耀和得意的感觉盘踞在他的心头。

他慢慢地兴奋，聆听着自己的心跳，望着窗外远方一点点正在地平线上坠落的太阳，全然把法租界公馆里的俞小姐、萧公馆里的萧专员等人忘得干干净净。他憧憬着明天上午在朝阳升起的时分，他接到了在上海滩交锋已久的对手，以上宾规格来礼遇这位阶下囚，得到他的全面合作，就在明天的此刻，他的调查科以及淞沪警备司令部、驻军全面出动，将散布在这座城市各处的共产党中央机构一网打尽，尽数捕获，押送南京，向蒋介石报功，就此名标青史，平步青云，成就一番惊天动地的大事业。

他这一夜和所有调查科的部属一起，彻夜未眠。却不知，他那公馆里孤单一人的俞萍如却惊惧不安，提心吊胆地过了整整一宿。缘由就是他这一夜的消失无讯。俞萍如今天下午，悄悄地来到了那家犹太珠宝铺子，和老板咬定，明天上午来铺子抵押钻戒，取那笔钱。然后又去了正德女校，和同行的罗小姐约定在码头上见面，并将行李包裹托付她代为运送。这样子，如果按照预计的那样不出差错的话，她将会神不知鬼不觉地和罗小姐一起登上中午启航的远洋美籍客轮，行驶向太平洋上，应了天高任鸟飞那句话。

她不知道的是，昨天夜里，足足长达一个半钟头抄写的密码，交到任晓月手里后，将会带来天翻地覆般的变化，更想不到，几乎她认识的所有人，都会被牵连进去，命运也因此跌宕难料。

但在这临行前夕，行止失常的叶明远，让她害怕惊恐。他为什么突然不回来了，是对她生了疑心，还是另有他事？

这一夜担着心思的俞萍如在天色蒙蒙亮时，终于支不过疲倦，迷迷糊糊地睡着了。这一觉睡到了日上三竿时，窗帘空隙处透入的强烈的光线将她惊醒。她揉着眼，去看墙上的挂钟，已是上午八点一刻。她吓了一跳，急忙起身，穿衣洗漱，提着只皮包出门，就在路边买了只粢饭，坐在黄包车上，一路叮叮当当地到了那家珠宝铺子。

　　犹太老板坐在柜台里，把她盼了又盼，眼见她进了门，赶紧过来伺候。她也不多说，将包里手帕包裹严实的钻戒拿出来，丢在柜台上。老板连忙捡起，先在手心掂了下分量，用放大镜看了一眼，这是熟悉至极的东西，便放心收到保险柜里，并取出银行汇票和几页抵押文件来，交在她的手里，请她签字后，说："小姐，这是花旗银行的汇票，在本埠，乃至香港、欧洲、美国，都是可以通兑的，请验清金额数目。"

　　俞萍如看了一眼票据上的数目，便将它揣在衣襟内的暗袋里，道声谢后，转身便走。她坐上仍在等候的黄包车，拉起篷子，遮住自己的上身和脸，赶向码头。这一刻已是上午九点十分，距离她和罗小姐在码头上约定会合的时间，差不离了。她坐在车上心急火燎，催促车夫。车夫卖力，拉着这位体态婀娜的俏丽女子，奋力奔跑在上海的柏油马路上。

　　半个钟头后，车到码头。俞萍如付了车钱，也顾不上细瞧，匆匆忙忙地进了码头，向着远处驳岸边停泊的那艘豪华客轮赶去。

　　走了十七八步，突然间，一个熟悉的声音在背后问道："萍，你怎么来码头了？"

　　这一声问，犹如炸雷似的在头顶迸响。

　　俞萍如蓦然一惊，收住脚步，掉头去看，正是一夜未归的叶明远。她霎时间心中惊惶，他已经知悉了自己的逃亡计划，早已在这里张网以待？还是尾随来看个究竟的？她愣在当场，一时无话可说。

　　叶明远却一把拉住她，低声说："今天码头戒严，到处是便衣和警察，你一点儿看不出来？还在这里凑热闹？还不快走！"

　　俞萍如恍然大悟，他这是在码头有公务，碰巧撞上了。

　　她咬了下牙关，以豁出去的心态说："我是来送罗小姐的，她今天要出国去，在上海就我一个知心好姐妹，我不送她，谁送？"

叶明远油然朝那边望去，依稀间果然瞅见罗小姐的身影，正站在一堆行李中，茫然四顾，不觉叹口气说："好吧，好吧，你赶紧去，赶紧走，以免码头出事。"

俞萍如如释重负，连连点头，强作镇定地往那边走去。只觉得叶明远那多疑的眼光如同利箭般刺戳着自己的脊背。她拼命抑制着内心的恐慌，努力地放缓脚步，向前走去。

罗小姐远远地瞧见了她，奋力地挥舞着手臂。她的身边，旅客们正在零零散散地登船，距离发船时间已是近了。她奔跑了几步，来到罗小姐的面前。罗小姐并不知道她此刻的处境，急切地说："差点儿就赶不上这班船了，我再等会儿就要上船了。咱们的行李，我都已经托运出去了，就等你人来了。"

俞萍如一把攥住她的手，忌惮地回头望了一眼，却见叶明远已经转身离去，正向另外一个方向走去，愈行愈远。那边，正有艘轮船缓缓靠岸，悠长的汽笛鸣叫了一声，码头内，刹那间出现了无数的军警，驱赶闲人，封锁道路。

罗小姐愕然问："出什么事了？"

俞萍如松了口气，一把拉起她，催促说："快走，快上船，这是最后的机会了，最后的机会。"

罗小姐虽然不明白她所说的最后机会是什么，但这艘客轮已开始做离岸的准备了。铁链开始滑动，巨锚正在一点点地提升。她们携手上了舷梯登船，全然将身后的一切都抛下了，不复回顾。

俞萍如心悸阵阵，激动难言，无来由地咳嗽着。她在这一刻，期盼着听到这艘轮船的长鸣，以及这眼前的景物，逝水般流淌而去。她在这座城市里，遭遇的欺骗，以及愤而进行的反击报复，在驶向新的国度的航程中，都将成为过去。这一段航程，将会是一次洗心革面、荡涤身心的过程，她期待，在登上大洋彼岸的那一刻，一个全新的俞萍如，和过去一刀两断的俞萍如，将会以新的面貌继续生活。

8

叶明远彻夜未眠，在漫长的等待中，竭力地告诫自己，要沉着、要冷静，千万不能在天降大任之际，自乱阵脚。他通盘重新审视了自己的计划，觉得万无一失，既能对外封锁消息，又能确保武汉来人的安全，这才稍稍放心。但随即，在接踵而至的片刻打盹中，忽然一个念头萌生，接应投靠而来的共党大人物，萧专员和他的那个共党分子的太太，就此横尸血泊，那该是多么快意的事情！

他默想着这样的场景，心头一阵阵作痒，终于按捺不住这份冲动，去摸起电话来。但也就在这电话将拨未拨时，理智终于战胜了冲动，迫使他放下了话筒。这一刻，还不是机会，真正的机会还在后面，辜平来了，他所掌握的共党内部机密必定会连带这位萧专员，在他的身边暗藏着一个女共党分子，目的自然是要觊觎党国最高层的核心机密，这样一条重要线索，他不掌握，谁还会掌握？他兴奋地挥舞着手，否决了自己先前的打算，条条大路通罗马。原本考虑从俞小姐身上动脑筋来对付此人，现在则有更好的手段来对付他了，那样一来，萧专员是必死无疑，肖定坤也必将倒台失势，而他就此报却仇怨，大功告成。

叶明远双手抱肘，靠在沙发上，再也难以入眠，只得闭目养神。也不知过了多久，东方天色略吐鱼肚白，附近的一户人家豢养的公鸡，率先啼鸣了一声。这报晓之音，没有叫醒其他人，只叫醒了叶明远。他顾不上洗漱，立即去电讯室查询有没有武汉方面或者刘坚那边的电报，电讯主任摇头，说对方始终保持着缄默。

叶明远点头，说："这是谨慎的做法，好，我的部署会让他的行动更加周全稳妥的。"

他回到办公室，平抑稳定情绪，看了会儿昨天的几份报纸，然后让总务出去购买一批馒头、点心、油条，让枕戈待旦的部属们先填饱肚子，做好准备。上午七点整，他要通了几处集结地点的电话，发出指令，按照拟订计划立即行动。沪上整个党务调查科的特务们速度迅疾地倾巢出动。叶明远戴上呢帽，穿上风衣，率本部人马立即出动。

一辆汽车、一辆卡车，以及三辆三轮摩托车，尽数满载而出，直向码头方向赶去。这独立的两层楼，几十个房间及地下室只留六七个人留守。

车队向码头进发，早晨七点四十五分，先行抵达码头。叶明远在码头外跳下车，点起根烟来，默默注视着几个得力部下，分别指挥各自的下属分散隐蔽，层层设防。不一刻，调查科全体安排到位。又过了半个钟头，才见淞沪警备司令部稽查处的人姗姗来迟。王处长并未露面，只有一个队长现场负责。当然，他扮演的只是一个跑龙套的角色，无足轻重，同时也对行动背景的重要性一无所知。

心知肚明，总揽全局的，只有叶明远，叶主任。他抬腕看手表，望着天边的阳光，信步在码头内外踱步以此来纾解心头的紧张。按照他的估计，此刻武汉方面的轮船顺江东来，已经驶入吴淞口了，此刻淞沪警备司令部的两艘炮艇将会为它护航，向这里驶来。刘坚，这几天的电台静默，一定是在秘密审讯辜平，他从辜平口中，能得到多少有价值的货色呢？

他有些按捺不住，喃喃地骂道："这个王八蛋，一定不能让他抢先去找陈立夫，要连他一起扣住，控制在调查科手里，这才稳妥，这才符合我的思路。"

时间在他矛盾难言的不安中流逝。码头上渐渐开始热闹，他抬腕看看时间，距离武汉方面约定的抵港登岸的时间差不多了。他立即下令警戒、清场，尤其对于拟定的停靠区域进行彻底封锁。他自己则快步进入码头，检查现场各处可能存在的疏漏。

走了不过几步，却见一个熟悉的女人背影在前面，不假思索当即招呼。

俞小姐今天提着手袋，一副去邻家串门的姿态。见了他在码头，似乎有些意外。他本有些怀疑她在这里露面，与自己这次绝密行动有关联，但当她手指那艘美国远洋客轮，以及岸边向这边做手势的罗小姐之后，放下心来。此刻，他无意掺和进这些女孩子依依惜别的伤感流连当中，他有更重要的事务亟待处理。尤其是听到那边目标所乘坐的轮船抵岸的汽笛嘶鸣后，所有的精力都被吸引过去了。

他叮嘱一句后，丢下她，迎向泊船处。但见那艘客轮冒着热气，轮机声渐渐微弱下来，依着石块砌实的驳岸缓缓停下。他挥了下手，所有的人都高度警惕起来，望着舷舱出口。那处紧闭的铁门咣啷一声打开了。先露面的是穿着少将军服，器宇轩昂的刘坚。他的身后，出现一个高个头，一脸阴鸷之色的中年男人。他略微打量了一下这岸上的情形，轻声说了一句什么。刘坚随即笑了起来。

叶明远伫立不动。这一刻完全镇定从容下来，静候着刘坚走近来行了一个军礼，说："劳主任费心了。"

叶明远微笑道："刘处长辛苦了。"

刘坚说声不敢，转而介绍身后那人："这位是辜先生，想必二位在这上海滩时，互相仰慕已久了，总是不相识吧。"

辜平淡淡地说："鄙人鉴于当前时势，愿意与贵党重启合作之门，面晤蒋先生一陈利害。"

叶明远笑了笑，说："这个我们会安排的，当前最重要的事情，是确保辜先生的安全，此地龙蛇混杂，不宜久留，还是先去调查科本部下榻吧。"

一行人登岸后，在大批便衣武装的簇拥下，急忙坐进汽车，绝尘而去。车队出了码头，拐上大街，一路中速行驶。

刘坚望着车窗外的街景，说："叶主任，辜先生抵沪的消息，请绝对保密。"

叶明远点头笑道："放心，这偌大的上海滩，此刻知晓这件事的只有你我，可确保绝密。"

刘坚吁了口气，说："这座繁华都市，共产党首脑组织将不复存在，随后，国军云集湘赣的几十万大军以摧枯拉朽之势，扫荡共区，共产党这三个字，在中国也就成了一个名词而已，不复存在了。"

辜平冷笑一声，说："这也未必呀，在我看来，你的断言要等我与蒋先生会晤之后才能下。我所直接掌握的遍及各地的情报、行动机构和人员，实力雄厚，都是能够为党国做贡献的。"

刘坚笑了笑，不置可否。

叶明远也不吭声，心中却暗怒。这些人都将要成为调查科剿杀的目标，刀下之鬼而已，蒋委员长才不会要他们为党国做贡献呢。车队临近第一处关键要地，这里早已预先埋伏了行动队，荷枪实弹，行注目礼目送着他们通过。叶明远掏出手帕来，擦拭着额头和脖颈间的汗水。

刘、辜二人默然无语，一个面朝窗外、一个闭目养神。车队急速向前，又行驶了刻把钟，接近距离调查科的最近的一个关键岔口。这里，依旧有队伍把守，戒备森严。

车队驶过后，叶明远眼望前方，说："辜先生，想必对于调查科本部一直有兴趣吧，叶某忝为东道主，这次要好好地接待你这位贵客呢。"

辜平笑了一声，说："贵处的情况，从地下刑讯室到楼上的办公处和监房，以及宿舍的方位摆设等等，辜某了如指掌，这次实地检验一下，看看这些日子叶明远有没有调整改变。"

叶明远和刘坚俱哈哈一笑。辜平的笑声短促沙哑，夹杂在他们的笑声里，格外地明显。

也就在车内三人笑声不绝之际，前方弄堂处突然间冲出一辆汽车来，横穿马路停在路心，车内司机拔枪对准了来车，扣动扳机，将弹匣里的子弹尽数倾泻得干净，这才跳车撤退。

全力警戒的开道车顶部的机枪居高临下，突突地扫射迎击着。六七秒后，子弹追上了伏击者，将他打死在路口一家店铺的门外。开道车并未刹止，径直向前，准备撞开这辆挡道的汽车，放后面的车队过去。

不料，这辆车内装了满满一车烈性炸药，此刻导火索燃烧到位，轰的一声巨响，连同这铁甲车一起被送上了半空，四分五裂掉落下来之后，陷入熊熊烈火当中。这时，后面两侧街面的店铺里，枪声大作，子弹如暴雨般倾泻，几辆汽车被打得弹痕累累，千疮百孔。卡车上的武装便衣立即分头反击，保护主车的安全。

这辆车内，刘坚肩胛中弹，辜平经验丰富，立即俯伏下身体。叶明远指挥司机迅疾掉头，回过头往身后另一条路冲过去。司机技术老道，刹车、掉头、加速一气呵成，拐上了人行道后，逆向沿街顶飞了摊贩摆放的物事，抄捷径飞驰而去。

刘坚在车内，捂住伤口忍着疼痛，气急败坏地说："叶主任，你泄密了！你泄密了！我们怎么会遭遇伏击？遭遇伏击！"

叶明远反应奇快地喊道："是你们泄密了，一定是在武汉时就泄露了消息，是你的责任！"

辜平双肘抱头，悻然说道："这点事都做不好，二位的保密工作也太稀松平常了吧？我要直接面见蒋委员长，我要直接面见他！可不想把性命送在你们二位的手里。"

护送的便衣武装在他们身后的大街上和伏击者激战，枪声爆炸声号叫声不断。这辆车在司机的驾驶下涉险过关，野马一般地从大街钻进弄堂，从弄堂折入小街，再绕个圈子，直向调查科本部赶去。

叶明远擦拭着满头的大汗，说："事不宜迟，辜先生，一到调查科，请你立即交出中共中央组织所有重要潜伏地点和人员名单，我这就与委员长侍从室联系，请求他直接接见；刘处长，清剿任务由你来负责，按图索骥，力争此次将贵党首脑人物一网打尽，还来得及！还来得及！"

刘坚哼了一声。

辜平长叹口气说："本来一网打尽，何足道哉，这下子能捞住一条大鱼是一条啦，我归顺党国的消息一旦传出，他们会有应急处置方案的，咱们赌就赌一把，时间也许会给咱们机会的。"

他们三言两语讨论应对方案，汽车已然驶到目的地。调查科本部楼前，一片宁谧，远处的隐约嘈乱，只当是背景喧嚣罢了。司机停下车，敏捷地去替他们打开车门。

刘坚捂着肩头先出来，转身去看车内，问："辜先生，你没有受伤吧？"

辜平猫腰出车，说："我没事，刘处长，你得看医生治伤了。"

两人并肩向前方大门入口走去。叶明远从车的另一侧下车，回头去看，真有一队便衣武装分乘三轮摩托赶来护卫，这才松了口气，扶住车身，脑袋里一阵阵地眩晕，几欲呕吐。这一阵惊心动魄的变故，令他宿疾发作了。

就在这时，楼上窗口突然打开了，亮出一溜长短枪，有个粗壮的声音说道："兔崽子们，今天让你们死无葬身之地！"

叶明远一觉异样，双腿一软，瘫坐在车后地上，恰巧遮掩住了自己的身体。从车窗的缝隙里，他看到调查科本部二楼上，有人呐喊，几十支枪同时射击，密集的子弹尽数落在了门前的水泥台阶范围内。辜平和刘坚顷刻间被打成了马蜂窝。

他在车后发出撕心裂肺的悲鸣，招手指挥赶来的援兵去救助辜、刘二人。

这队人马向楼上反击冲锋，楼上的伏击者们扔下十几枚手榴弹，剧烈的爆炸将楼梯、扶手炸得支离破碎。等他们好不容易攻上去，却发现已然人去楼空了。只有留守被杀人员的几具尸体堆垒在了走廊的中央，示威一般展示着。

这伙伏击者，居然抢先摸进楼内，解决了留守的人架起枪来以逸待劳，等他们冲破重重阻碍回来，这一点，叶明远无论如何都没有料算得到。

9

肖也坐在自家客房里，有些心不在焉，雪茄的烟雾弥漫了室内，但他丝毫没有起身去开启窗户的打算。任晓月坐在他的对面，织着一件毛衣，不时地被毛衣针扎痛了手，但仍然坚持着。她天黑后回来，这一夜没有睡，沏了杯浓酽的茶水，坐在花房里，与花匠一起监听敌人那个频率里的秘密联络，应付随时可能出现的变化。

但这一夜，并无动静，敌人利用这套密码的联系，真是惜墨如金。同时也更凸显了它所传递的情报的重要性。天色大亮之后，花匠催促她上楼去休息，万一有情况马上通知，这里尽管放心。

可她哪里睡得着觉？上楼进了卧室，倒见肖也刚刚起床，哈欠连天，不禁笑了起来，问："这一宿睡得好吗？"

肖也伸了个懒腰，说："今夜无人入眠，我看，程主任也没有，甚至连王亚樵他们，都没得觉睡了，今天上海滩有戏看，可惜我为了避嫌，只得坐在家里，瞌睡打盹静候讯息了，也罢，今天就做甩手掌柜，诸事不问，看书喝茶。"

两个人吃完早饭，关起门来相对而坐，各做各事，一片安静。只有壁钟的钟摆在一下一下地晃悠着，显示着时间不可阻挡的脚步。

大约临近中午时，遥远处隐约传来爆炸声和交火的枪声。

任晓月一下子抛下半截毛衣，跑到窗口，向远处眺望，兴奋地说："动手了！动手了！程主任率着红队动手了！"

肖也放下书和雪茄，凝神聆听，轻声说："一波未平，一波又起，这就对了，叶明远这次行动，不敢掉以轻心，程主任他们的伏击，也只有五成把握，余下的那五成，得别人来填，最好，连叶明远一起处置掉，也算报一箭之仇吧。"

任晓月听不明白，问："王亚樵，他也参与了？"

肖也一笑，说："王亚樵和他的那帮人马，在叶明远的老巢等着他呢，咱们的王队长也带着人去了。"

任晓月一惊："在他的调查科本部？太冒险了！"

肖也笑道："不入虎穴，焉得虎子，放心，叶明远不死于程主任的伏击，也将死于王亚樵他们的乱枪之下。他的那些护卫人马，预防一次伏击有把握，两次就够呛了，在惊魂未定夺路求生的情形下，他自己的本部巢穴，那是比什么都安全的，呵呵。"

任晓月将信将疑，伏在窗口又听了会儿，枪声沉寂下来，取而代之的是响彻城市的凄厉警报声。这在闹市区的交火，惊动了巡捕房、警察局和驻军、军政大员、洋人商贾以及平民百姓。这大上海出了怎样的大事？这前所未有的震动，必将影响许多人的生活。

肖也重新拿起书来，再度衔起雪茄，望着仍在向外观望的任晓月，说："别太激动了，咱们坐下来静候音讯吧，这会儿，该乱的是国府那些大员了。"

任晓月笑了起来，说："这一切，还得归功于俞小姐呢，不是她冒险抄录了这份密电码，还不知道眼下会是怎样的情形呢，我们都得感谢她！"

肖也笑了笑，说："你夸奖她，真是难得。"

任晓月微微红了脸，说："岂止是我感谢她，你更得感谢她，谁能想到，她能救了这许多的人。"

肖也叹息："岂止是救人？她改变了时局，改变了历史；我刚才估计了一下倘若没有得到这份密码的后果，简直是不堪设想，触目惊心。"

俩人在书房内闲谈感慨。外界却没有一丝的动静。等到日过正午，等到日头偏西，等到暮色四垂，电话铃声突然响了。肖也立即拿起电话，那端传来了肖定坤的声音："上海发生了什么大事？委员长匆匆返沪，我马上也要动身了。"

肖也说："我也不太清楚，上午时只听得枪声大作，路上都警戒了，岗哨林立，虚实难辨呀！"

肖定坤说："你联系淞沪警备司令部，查询一下。"

肖也应命，拿起电话拨打给那位稽查处长。王处长接了电话，声音沙哑地问："哪位？"

肖也说："王处长，我是小萧呀，刚刚南京肖秘书长来电询问，上海出什么大事了，惊动了委员长紧急返沪。"

王处长苦笑一声，说："是出大事了，党务调查科在码头递解一个共党重要人物，途中遭袭，抵达本部后，遭遇伏击，武汉警备司令部稽查处长刘坚死了，还有位前共党大人物，也死了。"

"谁？"

王处长压低了声音，说："据说是辜平。"

肖也佯作惊诧："他？怎么可能！"

"可能，就是可能！没什么不可能的！"

"那，叶明远呢？"

王处长叹口气，说："生死不明，正在进行尸体甄别，几次爆炸，留下了几十具面目全非的尸体，也不知道他是死是活。"

肖也也叹气，说："那太遗憾了，叶主任可是你我的老朋友了。"

王处长不无遗憾地改变了口气，说："这个叶明远，死有余辜！正是他的无能，让党国白白丧失了一次彻底解决共产党的天赐良机。这样的机会，以后还能有吗？还能有吗？"

肖也也故作惆怅地嗯了一声，说："委员长心里一定异常失望，唉，戴笠本就咄咄逼人，大有取而代之之势，偏偏叶明远出了这样的大纰漏，调查科是需要改组啦。"

王处长冷笑："青云直上与坠入地狱，只有一步之遥，叶明远就在这一步之间失足了，他死和不死，都将坠入地狱了，无药可救！"

任晓月望着他接电话时的喜悦神色，捂嘴而笑。等到他敷衍完这个电话，搁下话筒后，问："叶明远死了吗？"

肖也说："辜平死了，护送他来上海的刘坚也死了，叶明远岂能独活？我们谋划的行动，一击而中，大功告成了！"

任晓月欣喜地跳了起来，拍掌说道："这下子，咱们可以毫无遗憾地离开上海了！"

肖也将她抱在膝盖上，说："这会儿，我忽然觉得去不去江西都无所谓了，我情愿就这样跟你厮守在这里，把这辈子的时光都虚度了，那才好呢！"

任晓月伏在他的肩头，轻声说道："男子汉大丈夫，当立不世之功于天下，岂能贪念安逸？这世上，岂止一个叶明远、俞云涛这样十恶不赦之徒？我们要推翻这个万恶的旧世界，重建一个公平正义的新世界，这才是好男儿所为！"

肖也嗅着她的发香，紧紧地抱着她，却不说话。

任晓月等候许久，吻了吻他的耳垂，松开手挣脱，退后两步去打量他，问："你——还在想着俞小姐呢？"

肖也摇头，说："我跟她有杀兄之仇，这，已经永远都不可能了。"

任晓月眼中噙着泪，微笑着说："其实，有时候我在想，你们俩，才是这世上最般配的一对，因为彼此缘由，这劫难过后，也许你们会更加珍惜过去那些美好的日子。"

肖也抬手抹去她的眼泪，说："傻丫头，你错了，俞小姐日后的生活，会寻觅一个可靠稳妥的男人做丈夫，她历此劫难，早已该将一切都看破了，她会竭力忘掉曾经的一切，包括我，包括叶明远，像我这样的人，早已与她无缘了，咱们该多想想自己往后的日子。"

任晓月正待说话，门外传来女佣的声音："先生、太太，有位姓程的先生来访。"

肖也笑了起来，说："走，下楼去见见程主任，他一定会给你带来好消息的。"

楼下来客果然是程振中，长衣马褂，戴着礼帽，携带着一只皮箱，在沙发里坐下，刚刚点起根烟。见他们来了，由衷地笑着站起身，说："特地来告诉你们一个好消息，想必你们可能也得悉了，叛徒辜平，连同叶明远、刘坚这些刽子手都死了，横尸在他的老巢门前。"

肖也与任晓月对视一眼，不约而同地笑了。

程振中继续说："请萧专员感谢那些帮助我们的朋友，我们共产党人会铭记那些在关键时刻支持革命的同路者的，只要是为了推翻这样一个腐朽反动的政权的仁人志士，我们绝不会忘记他们的！"

肖也握住他伸出的手，用力摇撼了两下，说："程主任放心，为了建设一个公平正义的新世界，我会竭尽所能，做一切事情的。"

程振中望着他，再看看任晓月，大笑着摇晃食指，说："二位越来越有夫妻相了，恭喜，恭喜！"

10

叶明远在这次全盘皆输的行动中，竟然得以毫发无损，捡得了一条性命。他在目睹了辜平和刘坚中弹的同时，第一个反应就是离开，留得青山在，不怕没柴烧。他一边招手指挥部属向楼内进攻，一边弯腰闪进了路边的弄堂里，这本部附近的捷径小道，他早已了如指掌，这一刻，四顾无人，拔脚飞奔，手里紧握着防身的手枪，随时向可能对他不利的人开火。

出了弄堂，上了大街，再入弄堂，拼尽全力远离、远离！这一路上直走到了精疲力竭，他将枪插入兜里，伏在墙边，呕吐起来。方才这猝然的变故，他全然没有准备，一系列的举措都是应急，不假思索中而为。虽然此刻头脑兴奋，身体却承受不住。

这番翻江倒海之后，他渐渐地恢复了镇定，再看周围的景致，居然离自己的法租界公馆一步之遥。他叹口气，将衣服上的灰土掸了掸，决定先回住处，取了细软，带上俞小姐先行离开上海。

叶明远匆匆赶回公馆，进门后，从窗口留意外面街头上的动静，确定无人尾随之后，立即呼唤道："萍，萍儿。"

空荡荡的屋子里没有回应，俞萍如不在宅内。他心急火燎地抬腕看表，已是下午两点，这一刻依照往常的惯例，她应该在卧室里午睡小憩。他上了楼，推开卧室门，床上的枕被整整齐齐，显然今天她打破了习惯。叶明远想起上午在码头上遇上她的情形来，心生狐疑。她送罗小姐登船出洋，船早已走了，她也该回来了，怎么至今没有踪迹？

他在这屋内再不能等，马上去开启保险箱，取出里面早已预备好的现钞和证件，换了一件外衣，戴上副眼镜，装上假胡子，戴上一顶缀毛的皮帽，站在镜子前端详了片刻，转身便从后面的小门离开了。

但他没有走远，根据平日里观察留下的印象，毫不迟疑地穿过马路，在斜对面一家夜晚从来没有灯火的宅子门前停下，左右打量，看看没人注意，马上从包里取出把万能钥匙来，塞入锁孔上下左右试探拨弄，约莫两分钟后打开房门，闯入其内。

这里果然是间无人居住的空房子，虽然家具摆设俱全，但全都用灰色的布幔覆盖着。他无暇多顾，上了楼撩起一角窗帘，拖过去一张椅子，坐在窗口的一侧，斜对着街对面自己的住所。他决意要在这里逗留到明天的早晨，一是等俞萍如回来，二是看有没有人对自己的住处采取行动。他犯下了这样的失职重罪，蒋介石、陈立夫都不会轻易放过他的。他面临着军法或者国法惩处的危险，再无可能在这里立足了。

他忍着饥饿，坐在那里打了个盹儿，再睁开眼时，夕阳已将沉没，黑夜正在来临。他依旧坐在黑暗里，敏锐地观察对面的动静，思忖着自己的出路。离开上海后，他为自己制定了两个去处，一是天津，在天津租界内隐姓埋名，等待机会；二是两广，那里目前还是南京政府鞭长莫及的所在，李宗仁、李济深等人都是蒋介石或明或暗的对手，在他们的势力庇护下，他也许会有东山再起的机会。除此之外，便再无可能。

这一天剧变如此，彻底地扭曲了他的命运，本该是平步青云的叶明远，眼下有如一只惶惶不可终日的丧家之犬，这下场是天意？他痛苦地闭上眼，用力地捶打着坚硬的墙壁，心中愤懑，这如果只是一场噩梦，那该多好？梦中无论如何不堪，梦醒之后，他都可以扬帆上路了。可惜，这不是梦，他，叶明远明明确确地落入了绝境，几乎无路可走了。

叶明远抽光了半包香烟，拼命地提神，眼望着对面这黑漆漆的建筑，自始至终没有一丝的光亮。俞萍如没有回来。他再看手表，已到了凌晨。但他依然不肯放弃自己的幻想，耐住性子继续等待。直到黑夜逝去，黎明来临，他的宅子始终只是一座空宅，无人进入。

他绝望地站起身子，捶了捶发麻的双腿，终于确定，俞小姐今夜未归，而且，可能不会回来了。但她会去哪里呢？叶明远再凝神想想，心头一惊，恍然跺了下脚，带着哭腔喃喃自语道："我昏头了，真是昏头了！这样的事，早该想到了，这个女人，她跑了，她哪里是送同学呀，她是跟同学一起坐船走了，走远啦！再也不回来啦！"

他这悲切的声音在空荡荡的屋子里回荡着。他低下头，几乎不想看这旭日东升的光明世界，饥饿加上寒冷，以及浑身的虚汗，让他颤抖战栗，再也忍受不了。他丢下包和手枪，两手空空地望着自己的住宅，感到自己被这个世界彻底地抛弃了，刹那间万念俱灰，心头一片空白。

外面的街口，行人渐渐多了，谈笑声、吆喝声、汽车喇叭声、黄包车的铃铛声，从窗户空隙里，仿佛是一窝蜂似的拥了进来，重新将他挟裹入这俗世尘嚣中。他的视野中，出现了一辆黑色的汽车，车牌号是淞沪警备司令部稽查处的，在他的门前戛然而止，车门开处跳下三四个人，拾级而上，先敲了一气门，然后迅速地破门而入。

叶明远猛然一惊，从一片空洞中醒悟过来，现实里的危险犹如鞭打，令他浑身毛孔收紧，心头抽动。他下意识地去捡起包和手枪，离开了这座无主之宅，继续逃亡之旅。此刻，他要去码头，购买一张去天津的船票。在上海车水马龙的街头，叶明远这一袭宽松外套，络腮胡子，宽边的旅行帽，与那个严肃拘谨的原有形象大相径庭。

他坐了两站电车，又叫了辆黄包车，在与昨天大致相仿的时间抵达了码头。他在售票窗口，查询了驶向天津的航班，买了票后，小心地揣进兜内，并没有马上离开，转而向那驳岸走去。在二十四小时前与俞萍如最后一次见面的地方，他停下脚步，点起根烟来，回味着记忆里那短短的相见。俞萍如拎着手袋，并无行李，表面看上去并无矛盾，但她远行的包裹和行李，也可以提前托运，甚至可以由那个同行的罗小姐代为上船。她两手空空，也可以登船。但是，她为什么要这么做？原因何在？

叶明远痛苦地咬紧了嘴唇，一缕鲜血从唇间流了下来。他要利用她来对付萧专员，继而对付肖定坤，一切做得小心翼翼、谨慎万分，至今还在等待最适当的机会将俞云涛的死讯告诉她，毫无破绽可言。而她，在他的面前，是个涉世未深天真可爱的女学生，怎么会是这样的结果？

但是，叶明远想到一个疑点，她近期关于俞云涛之死，有一段选择性的失忆。这段生活经历，看似在她的记忆里抹去了、消失了，就像从来没发生过一般。她要在他休假之后，重返吴尚，去见俞家老爷子，由他主持完婚，再致电谎言中正在江西剿匪的俞云涛，征求他的意见。

叶明远苦笑一声，望着江上来去的船只，喃喃道："好的，全是哄骗，这个女人什么事情干不出来？"

在说出这句话的同时，他脑海里飞速地掠过一个念头来，顿时倒吸了一口凉气。他奋力地追踪着这个念头，死死地咬住，不错，这个女人什么事做不出来？她既然早已是下定决心，假作失忆，择机甩掉自己乘船出洋，那就应该早就知晓了哥哥的死讯，因此对自己的刻意隐瞒由疑生恨，现在这偌大的上海，能够知晓或推断俞云涛已死的人，寥寥无几，自己是一个，还有的，就只能是他了。

他咬牙切齿地说出一个名字来："萧专员，一定是他！是他将俞云涛的死讯告诉了她，她那几天的失态、失忆，就是因此而来，她背后的黑暗里，隐伏着的是萧专员！"

叶明远的手死死地抓着冰冷的皮包，恍然大悟，一切谜团皆由此迎刃而解了。是的，他就是辜平、刘坚等人遭袭被杀的幕后主使，通共分子萧专员，不，肖也，肖二少爷，这个命中注定的敌人，借着昔日恋人之手，从自己的手里窃取了那套绝密密电码，获悉了刘坚押送辜平来沪的时间，与共方应急制订了这个袭击截杀的计划，是他，就是他！

叶明远喘息起来，在这冬日的阳光下，开始虚汗淋漓，浑身乏力。他拖着沉重的双腿向码头外走去，他要报这一箭之仇，绝不容许这个仇敌再在这世间生存，哪怕是同归于尽，也不容许。

他在心底坚定地下了决心！

11

由党务特别调查科所谋划并付诸实施的，旨在一举解决潜伏在上海的中共中央机关的行动，在起始阶段，便以彻底的失败而告终。价值难以估量的原中共高级领导人辜平，以及捕获讯问并护送他来沪的武汉警备司令部稽查处长刘坚，都在一阵乱枪中死亡。党务调查科主任叶明远生死未卜，下落不明。

袭击过后一个钟头，陈立夫便已得讯，一时间惊诧莫名，责问为什么不在第一时间向自己报告辜平被捕押运上海的信息。那边的人语调低了三分，说这件事是由刘处长与叶主任秘密联络的，他们之间有单线联系的绝密电码，具体情况，只有他们清楚。辜平被捕这样的大事，确保机密是第一要务，不敢擅动。

陈立夫没好气地说："绝密？绝密了怎么会途中遭遇伏击？怎么会让守在调查科本部楼内的对手给一锅端掉了？奇耻大辱，奇耻大辱！你们立即给我查勘叶明远的生死，先去死尸堆里找，找不着，就去他的公馆，去他所有可能去的地方找，这件事必须有人负责，蒋委员长不出半天，就可能知悉所有的情况，在这就向他作汇报。"

他这边刚刚搁下电话，铃声却又响起。接听时，是哥哥陈果夫的声音："我在委员长官邸，捕获辜平为什么不汇报？一个天赐良机，就这样白白失去了！"

陈立夫叹口气，说："叶明远为保密起见，封锁了消息，只和刘坚单线联系，不想弄巧成拙，这样的结果，实在是太意外了，我这会儿还没缓过神呢。"

陈果夫说："你立即安排调查，辜平在武汉被捕后交代了什么，所有审讯记录都立即封档并用飞机空运到上海来，我陪着委员长紧急飞沪，出了这样的失误，简直是令人难以置信！"

陈立夫心情沉重地拿起电话拨打给淞沪警备司令部稽查处王处长，迅速按照兄长的叮嘱，安排他接管调查科的一切事务，派干员飞赴武汉空运档案。他望着窗外的一株业已萌青的腊梅，心头郁闷，暗想这个巨大的失误，怕是要让那些政学系的家伙又有了攻讦的口实了，尤其是那位肖秘书长，他此刻肯定在幸灾乐祸着呢。

陈立夫的猜测精准无误。此刻，肖定坤正在与张群、熊式辉等人在南京国府的某间办公室内，衔着雪茄侃侃而谈："叶明远这次无论生死，都已不足虑了，辜平的得而复失，是这个情报机构由盛转衰的转折点，CC兄弟手握党务、特情两大权力，先自断一臂，元气大伤，是件大好事，他们坐大了，终非党国之福。这一点，委员长心里也是清楚的，不然他不会让戴笠另起炉灶的，我看，日后戴笠将会变得越来越重要，取而代之，是大势所趋。"

张群不语，熊式辉一笑，说："彻底解决中共，恐怕仅仅抓获他们在上海中央机关的头目，也未必奏效。只不过起一些象征意义罢了。最后，还是得靠武力，委员长在南昌建行营，就是日后坐镇调兵对共产党湘赣鄂豫闽数省占据的地盘进行清剿。我是受命担任前敌总指挥，不日将启程前往南昌。定坤兄，你何时走？"

肖定坤说："我怕是要随委员长一起动了，呵呵，中原兵戈方熄，湘赣烽火又起，大家都疲于奔命，不过也好，创业立基，总得要一番磨难的。"

张群扶了下眼镜，说："二位都忙于军务政务，我偏偏要出使那冰天雪地里，请那位张副总司令南下，参加中常委会议，张少帅正春风得意时，婉拒了南京方面的邀请，我这是要做苦口婆心的说客，谈何容易呀！"

熊式辉等人都笑了起来。

肖定坤说："张兄，你这时才搞的是政治呢，我等不过是幕僚跑腿的罢了。"

张群摇头叹息不语。

熊式辉念起件事来，提醒道："定坤兄，南昌行营的事务，总得未雨绸缪，萧专员，不，萧参议恐怕要催他一催了。"

肖定坤笑道："他此刻去南昌，正是时候，我这就催促他起身。"

他拿起电话来，拨要了萧公馆。那边正是肖也接听。他便佯作随意地问道："贤侄，上海的事情都办得差不多了吧？"

肖也会意，说："是的，都办妥了。"

"那，还不快些去南昌？有更重要的责任在等着你去担当呢，做好前站工作，不日，熊总指挥就会抵达，我和委员长也将随后前往，总得有点气势规模，懂吗？"

肖也说："明白，我明天一早就走。"

肖定坤放下电话，望着众人，说："年轻人新婚燕尔，守着个美娇娘，陷在温柔乡里，老夫不当头棒喝，哪里能成才？"

众人皆笑，再扯了些闲话便各自散去了。

肖也自然听不到叔父背后这番高论，只是耳朵有些发烫而已。他望望正在收拾行装的任晓月，说："我猜测得对不对？丧失了这样消灭共产党的良机，上面是恼羞成怒，重重出手了。我是先行官，但不是带兵打仗的，而是搭建帐篷运送粮草而已。"

任晓月说："你这是个人恩仇大事已了，如释重负，要去南昌散心，不过，我提醒你一句，到了南昌，恐怕形势会更加险恶。"

肖也一笑，说："险恶什么，有你们在，我会勤勉用心，叶明远这个险恶的对手没了，对我而言，是算得上如释重负。实话说，这些天我手心里一直捏着把汗呢。"

任晓月说："是啊，我也是一颗心捏在手心里，现在这个祸害除掉了，迫在眉睫的危险消除了，后面的事情，也许真如你说的，要好多了。"

她收拾好一个皮箱，放在一边，站起身来正待去喝口水。突然间无来由地反胃，掩口快步冲进了盥洗室，伏在水池边呕吐了几口。

肖也惊讶："你不舒服吗？要不要去医院看看？"

任晓月喝点水漱口，说："不用了，不用了，我没病。"

肖也疑惑地坐下去吸了几口雪茄，回过神来，赶紧快步过去，笑道："难不成，你是——真应了我叔父的话，我们肖家，有后了！"

任晓月脸上泛红，跺了几下脚，说："唉！要去南昌干重要的工作，竟然这样了，真是——"

"好事啊，这是大好事！你这个新婚不久的专员太太，届时挺着大肚子，那是货真价实，绝无虚假了。"

肖也笑得合不拢嘴，任晓月有些生气，推了他一把，说："你们男人，闯了祸还得意，后面的苦楚，都得我们女人来承受，这世间，真是不公平！"

肖也见她沮丧的样子，便去握住她的手摇晃了两下，说："晓月，这些事都是人活在世间必须过的几道关口，过了，这人生就不残缺了。咱们留下了后代，日后不管怎样，都不会留下遗憾。"

任晓月沉默了片刻，脸上漾起一丝笑容来，说："我是一时情急，怕这孩子来的不是时候。"

肖也亲了一下她的面颊，说："别这么想，不管他什么时候来，都是时候。"

他伸手在她的小腹轻轻地抚摩，笑道："小家伙，欢迎你来到这个世界，接下来的这大半年，我们将为你营造一个合适的环境。"

任晓月去亲了亲他脸上的伤痕，说："好吧，咱们就等着这小家伙来吧，我……做好做母亲的准备了。"

肖也将她用力地抱在怀里，许久之后才松开手，说："好，我这就去预订船票，咱们从水路走，一路上看风景，也许还能有机会和马大哥他们遇上呢。"

任晓月兴奋起来，连忙穿上外套，缠上围巾，说："我也出去一趟，见一下程主任，顺便向他汇报行程。"

肖也笑了起来，说："你这丫头，就是个急性子，唯恐落了后，走吧，我去开车，在路边等你就是了。"

任晓月站在镜子前整理衣服，修饰头发，这才转身下楼去。

肖也在楼下衣帽间戴上帽子，披上大衣，推门而出，与女佣李妈招呼一声，去院子里开了车门，缓缓地发动，缓缓地倒车出去。在马路上掉转过头来，挨着人行道路牙停住，半摇下窗户，朝屋子里看，等待着任晓月。

任晓月匆匆下楼，皮鞋声声在地板上清晰可闻。肖也笑了起来，望着她在门厅下出现的窈窕身姿，笑道："今儿个天气真好，是个出门的好日子。"

任晓月信步顺级而下，抬眼望着这边，突然间脸上现出惊诧之色。

肖也下意识地感觉到了异常，扭头望去，一支冰冷的手枪已经指在了他的额角，黑洞洞的枪口后面，是叶明远那张狡诈的面孔。他心中一沉，却笑道："叶主任，今天是身体力行来执行任务啦，竟然劳你大驾了，你的那些手下呢？"

叶明远狞笑着说："今天，除掉你这个祸害，我只消一颗子弹就足够了，萧专员，不，肖二少爷，今天你的死期到了。"

他正待开枪，任晓月已经从手袋里掏出枪来，顾不上仔细瞄准便扣动扳机。砰的一声枪响，子弹打在了车顶上，掀起了几块漆皮和铁屑，间接击打在叶明远的眼睑处。叶明远猝然吓了一跳，一眼瞅见了她，又待去开第二枪，当即掉转枪口，抢先射击。他的枪法不差，子弹击中了任晓月的胸口。她望着车子里的肖也，身体一下子向前倾伏下去，顺着台阶翻滚到了宅门边。

肖也在这刹那，猛地打开车门，奋力地顶向这个不速之客。

叶明远稍一分神，被这坚硬的钢铁向外推搡，失去了重心，一个踉跄向后滑倒。肖也就势飞扑出去，一只手摁住他握枪的手，一只手扼住他的喉咙，死命地卡掐着。

叶明远一面试图让握枪的手摆脱对手的控制，一面用另一只手反过来也掐住了他的脖子，伸直的手臂，死命地挣拒着，让对方那只致命手使不上劲。同时，他抬起膝盖来，不住地顶他的腹部，一下、两下——

肖也高声怒吼着，拼尽全力要置这个敌手于死地。但两人的气力是半斤八两，彼此谁也不能占据上风优势。一时间僵持不下。

枪声以及他们的打斗惊动了宅子内外及附近的人，有的受惊避让，有的则飞奔而来施以援手。宅子里，花匠和留守宅子的几个卫队成员提着枪赶了出来。老皮一眼看到了血泊中的任晓月，惊叫了一声，顾不上许多，急忙去探视伤势。

叶明远挣扎着，眼角余光瞥见了宅内有人出来，知道不妙，情急之下陡地侧过头去，咬住了肖也的手腕，死命地撕扯。肖也负痛叫了一声，松了劲。叶明远顺势起身，全身使劲甩开他，翻身爬起，跌跌撞撞地向前没命地奔跑。

宅子里的人乱枪齐发，他的脊背接连中弹，但却没有倒下，舍生忘死地向前奔跑，转而冲进一条弄堂去了。后面的人围追过去，却没了他的踪影，点点滴滴的血迹在巷内分岔处戛然而止，连同叶明远本人一起没了踪迹。

肖也赶到任晓月的身边。

她呼吸急促，努力睁着眼睛，眼角有一滴晶莹的泪珠正缓缓地溢出。

肖也托起她的头，向着宅内大声地呼喊着："快！快打电话去医院，不，快点来帮我抬她上车，去医院！"

任晓月吐了口血，摇摇头，说："来、来不及了，我，想多看你一会儿，就成。"

肖也摇头，说："不，得送你去医院，来得及！"

他试图挪动她的身体。

任晓月再吐一口血，喘息着，说："我，不行了，你——要保重，后面的艰辛，后面的，更难，我怕，你——一个人承受不了。"

肖也泪流满面，摇头说："不，你要坚持下去，我，我不能没有你。"

任晓月眼里流露着殷切的期待，一只手死死地攥住他，声音微弱下去："你——听我——说，你一个人——终究是——不成，得依靠、依靠我们党组织，我没有——其他的——希望，就是——你加入组织，跟、跟马队长他们一起，这样——我就——放心了，你——答应我！"

　　肖也点头，使劲地点头，奋力托起她向汽车走去。但任晓月抓住他的那只手，渐渐地松开了，一下子凭空垂落，鼻端也没了气息。

　　肖也哭出声来，将她安放在车座后面，发动了汽车，让她倚靠住自己，加大油门飞驰出去，赶往广慈医院。

尾　声

黄浦江上，汽笛声声，船只来去，一派繁忙景象。上海往返湘赣等地的船只开始上客。那里的战事，即将拉开帷幕，许多人从内地逃来上海避难，上海却有许多军人及家眷正待上船起航。

肖也一身戎装，领口处金光闪耀。他神色憔悴，站在码头一侧的僻静处，眺望着江边那些风格迥异的西洋建筑，默默地抽着雪茄，一言不发。现在，距离轮船起航的时间还有半个钟头，按照约定，等候着程振中的到来。

一辆白色汽车在马路对面缓缓停下，一个穿着校官制服的军人腰板笔直，步履干练地穿过马路，从码头口进入。值守的警察不敢查询，一脸羡慕的神色盯着他那笔挺的军服和擦得锃亮的马靴。

他来到肖也面前，先敬了一个军礼，然后上下打量他片刻，说："你穿军服，比文官制服更合适，看来，少将参议这个职务很契合这一点。"

肖也回礼，伸出手去，说："程主任本就是军人出身，在你面前，我这是滥竽充数罢了。"

程振中感慨一声："肖也同志，你绝不会是滥竽充数的，你历经了命运的磨炼，是个成熟、富有经验的合格革命者了。前天，我向中央负责同志汇报了你的入党请求，已经获得批准了，由于你的身份特殊，入党仪式可以免除，现在，你是中国共产党的一名特别党员，仅有极少数在重要岗位上的同志知道，受中央直接领导，你将要在敌人的心脏里长期潜伏下去。目前，你的任务就是潜伏，不到关键时刻，不要轻举妄动。你是一个神秘的战略潜伏者，我们期待你在敌人阵营里的地位不断提升，你的地位越高，潜伏的价值就越大，明白吗？"

肖也点点头，说："我记着，晓月临终前的愿望，我必须义无反顾地做到。"

程振中叹息一声，说："任晓月同志的牺牲，是我们的巨大损失，令人痛心啊！这个仇一定要报！"

"叶明远有下落没有？"肖也问。

"他中弹负了重伤逃走了，生死未明，现在，特科的同志们正在到处搜寻他的踪迹，一旦发现，立即处决，绝不留后患。你放心，眼下，他是无处藏身的孤魂野鬼了，命不长久的。"

肖也咬紧牙关，说："我恨不能亲手杀掉他！也罢，一切都拜托你们了！"

程振中郑重地颔首。

驳岸处，即将起航的轮船汽笛再度长鸣。两人再度用力地握手，互敬一礼。

肖也转身向轮船走去。

程振中目送着他的背影，纹丝不动，直至他跨过舷梯进了船舱，轮船收起锚爪，缓缓地离岸，在江面上向北驶去。

而这座冬日阳光下的城市，喧嚣一片，芸芸众生往返来去，将他们的送别湮没得不留一丝痕迹。

图书在版编目（CIP）数据

天色将晚／陈建波著 . -- 北京：作家出版社，2022.11

ISBN 978-7-5212-1791-9

Ⅰ.①天… Ⅱ.①陈… Ⅲ.①长篇小说-中国-当代

Ⅳ.①I247.5

中国版本图书馆 CIP 数据核字（2022）第 019057 号

天色将晚

作　　者：陈建波
责任编辑：田小爽
装帧设计：留白文化
出版发行：作家出版社有限公司
社　　址：北京农展馆南里 10 号　　邮　　编：100125
电话传真：86-10-65067186（发行中心及邮购部）
　　　　　86-10-65004079（总编室）
E-mail: zuojia@zuojia.net.cn
http://www.zuojiachubanshe.com
印　　刷：河北鹏润印刷有限公司
成品尺寸：152×230
字　　数：411 千
印　　张：31
版　　次：2022 年 11 月第 1 版
印　　次：2022 年 11 月第 1 次印刷
ISBN 978-7-5212-1791-9
定　　价：58.00 元